Elisabeth Hauer

DIE ERSTE STUFE DER DEMUT

Roman

Literaturedition Niederösterreich

Mein besonderer Dank gilt dem Abt des Benediktinerstiftes Altenburg, Bernhard Naber OSB, der mir die Arbeit in den Archiven ermöglichte und mir beim Auffinden wichtiger Dokumente persönlich behilflich war.

Herzlich bedanke ich mich bei Hannes Glatzer, der mich mit seiner profunden Kenntnis der örtlichen Geschichte und mit seinem umfangreichen Studienmaterial unterstützte.

Meiner Tochter, Andrea Hauer, danke ich für ihr stetes Interesse an meiner Arbeit, für ihre Anteilnahme am Schicksal der handelnden Personen, für ihren Rat.

Elisabeth Hauer

Der Bauer ist auch ein Mensch – sozusagen

Schiller, Wallenstein

INHALT

Kapitel 1
Der Taufpate   7

Kapitel 2
Ein Bildstock wird gesetzt   34

Kapitel 3
Ein Fest auf Schloss Wildberg   83

Kapitel 4
Extra ecclesia nulla salus
Außerhalb der Kirche ist kein Heil   135

Kapitel 5
Das Gespende   175

Kapitel 6
Wolf Schaf und Sternmoos   218

Kapitel 7
Das Mädchen mit den sieben Fingern   258

Kapitel 8
Tonscherben und Uhrenmännchen   303

Kapitel 9
Der Dorfrichter   341

Kapitel 10
Die erste Stufe der Demut   383

KAPITEL 1

DER TAUFPATE

Als Maria Magdalena Palt aus Frauenhofen, die man Lena nannte, am 19. April 1759 ihr erstes Kind, einen Sohn, zur Welt brachte, hatte sie keine Hoffnung, daß es die nächsten Tage überleben würde. Infolge der Schwächlichkeit des Kindes war die Geburt mit Hilfe einer Nachbarin rasch und ohne Schwierigkeiten vor sich gegangen. Das Neugeborene war so zart, daß die Mutter glaubte, sein Herz unter der blassen Haut schlagen zu sehen. Die Nachbarin riet zur Nottaufe, und Lenas Mann, Johann, der das Kind argwöhnisch und freudlos betrachtete, wollte sich auf den Weg machen, um den Pfarrer zu holen. Lena aber bat ihn dringend, noch zu warten, ohne diese Bitte begründen zu können. Nach zornig gezeigtem Widerstand ließ Johann von seinem Vorhaben ab. Glücklicherweise schoß der Mutter die Milch früh und reichlich ein, und das Kind begann gierig zu trinken. Schon nach kurzer Zeit kräftigte sich sein Körper, und die kleinen Fäuste schlossen sich fest um Lenas Finger.
Bald arbeitete Lena wieder auf dem Feld. Zur Stillzeit lief sie jedes Mal wie eine Gehetzte heim, denn das Kind wartete ungeduldig, unter heftigem Geschrei, auf seine Nahrung. Hätte Lena schon damals über ihre eigene Person nachgedacht, wäre sie zur Erkenntnis gekommen, daß ihr das unverhoffte Gedeihen ihres Kindes ein erstes, großes Glücksgefühl bescherte. Nach dem Stillen hielt sie das Kind noch eine Weile auf den Knien und forschte in seinen unfertigen Zügen nach Eigenschaften, die sie später an ihm finden wollte. Schweigend nahm sie dafür den rauhen Tadel ihres Mannes entgegen, dem ihre Abwesenheit von der Arbeit stets zu lang dauerte.

Ein einziges Mal nur versuchte sie ihm von der erfreulichen Entwicklung des Kindes zu erzählen. Aber Johann, der nie einen Blick in die Wiege warf, zeigte kein Interesse.Wird aus dem nichts, wird aus dem nächsten was, meinte er trocken. Oft hatte Lena das Gefühl, er wäre ihm recht gewesen, das Kind wäre gestorben.
Während seines ganzen weiteren Lebens konnte Johann seine Abneigung gegenüber dem so schwach geborenen ersten Sohn nicht verbergen.
Es war Lenas Gedanke, den Bruder ihres Mannes zu bitten, die Patenschaft für das Kind zu übernehmen. Sie meinte, man müsse dem Himmel für die unerwartet gute Entwicklung des Sohnes, die fast an ein Wunder grenze, besonders dankbar sein. Ein geistlicher Herr als Pate sei dafür der beste Beweis. Johann sträubte sich. Er hatte nicht den Wunsch, seinem Bruder zu begegnen, der kaum jemals Notiz von ihm genommen hatte, der für ihn ein Fremder geblieben war. Aber Lena verfolgte ihr Ziel mit solcher Hartnäckigkeit, daß Johann schließlich widerwillig nachgab. An einem Sonntag, das Kind war bereits über zwei Wochen alt, machte er sich auf den Weg. Josef, der Knecht, hatte den leichten Wagen gewaschen, das magere Pferd gestriegelt und eingespannt. Er hielt das Tier am Zügel, bis der Bauer kam. Johann hatte sich für diesen Anlaß festlich gekleidet. Der runde schwarze Hut, der noch von seinem Vater stammte, zeigte zwar schon Altersspuren, aber das Leibl aus bunter Seide hatte Johann selbst angeschafft, als er sich mit Maria Magdalena vermählte. Es lenkte ab vom zerschlissenen, langen blauen Rock und der ausgebleichten, bockledernen Hose, die Johanns Schenkel und Knie straff umspannte.Das Halstuch hast Du vergessen, sagte Lena, die mit dem Kind am Arm in der Tür stand, ohne Halstuch sollst Du nicht fahren. Verärgert ging Johann ins Haus, mit finsterer Miene kam er zurück, das zer-

knüllte Tuch in der verschwitzten Hand.
Lena sagte sich vor, sie müsse sich freuen, daß ihr Mann diesen wichtigen Gang unternahm, müsse ihm dafür dankbar sein. Aber als sie ihn mit schweren Schritten den Wagen besteigen sah, als sie seine gedrungene Gestalt mit dem runden Rücken auf dem Kutschbock betrachtete, als sein Profil mit der dicken Nase und dem schmalen Mund sich unter dem flüchtigen Schatten einer rasch ziehenden Wolke verdeutlichte, fühlte sie erneut, wie ihr ganzes Wesen sich gegen ihn auflehnte. Und sie fühlte die Genugtuung, die ihr diese Auflehnung, trotz ihrer Sinnlosigkeit, bescherte.
Aus dem Stall drang leises Kettenklirren, der Knecht band die Kühe aneinander, um sie auf der nahen Wiese weiden zu lassen. Lena hob das Gesicht des Kindes in die Frühlingssonne. Auch sie wandte sich der Sonne zu, sie schloß die Augen und blieb noch eine Weile auf der Schwelle stehen.

Im Jahr 1759 war Leopold Palt, der nun als Benediktiner den Namen Willibald trug, Pfarrverweser in Röhrenbach, einem kleinen niederösterreichischen Dorf, das wie Frauenhofen zum Waldviertel gehörte und nicht weit von dort entfernt war. Willibald hatte seinen um zehn Jahre jüngeren Bruder Johann seit langem nicht gesehen. Seine Schwägerin Maria Magdalena, ebenfalls aus Frauenhofen gebürtig, hatte er nur flüchtig als ein stilles, blondhaariges Mädchen in Erinnerung behalten. Schon früh hatte der in seinem Heimatdorf amtierende Pfarrherr Intelligenz und Auffassungsgabe des Bauernbuben erkannt und die Eltern veranlaßt, ihn zum geistlichen Stand zu bestimmen. Erziehung und Ausbildung hatten ihn aus der bäuerlichen Welt herausgenommen und in eine andere, höhere Welt hineingestellt. Was diese Welt betraf, hatte er hochgesteckte Ziele. Im Jahr 1759 war

er auf dem besten Weg, sie zu erreichen.
Willibald Palt hatte an diesem Sonntag in der Spitalkirche von Röhrenbach die Zehn-Uhr-Messe gelesen. Das Spital, gestiftet von einem nahe residierenden adeligen Herrn, gab dem sonst unscheinbaren Ort seinen Bekanntheitsgrad und seine Bedeutung. Willibald Palt legte Wert darauf, diese Messe selbst zu zelebrieren. Sie wurde von den gehfähigen Kranken besucht, ihnen konnte er mit seiner Predigt Aufmunterung und Trost schenken. Auch die Männer des Ortes versammelten sich zu diesem Zeitpunkt in der Kirche, nahmen ihre angestammten Sitze ein, während sich die Kranken in den hinteren Reihen still aneinander dückten. Die Frauen waren schon zur Frühmesse erschienen. Ihre Arbeit erlaubte ihnen nicht, Haus und Hof am Vormittag zu verlassen. An den Frauen zeigte der Seelsorger nur wenig Interesse. Von sich aus fromm und zur Demut neigend, waren sie, näherten sie sich wirklich einmal der Sünde, mit den Strafen der Kirche leicht zu erschrecken.
Willibald Palt war an diesem Sonntag besonders guter Stimmung. Seit drei Tagen residierte er im Pfarrhaus von Röhrenbach, hatte Amtliches erledigt, säumige Pfarrkinder zur Vernunft gebracht, war, begleitet von zwei Ministranten, bei strömendem Regen zu einer Versehung gegegangen, hatte das Aufgebot für zwei Hochzeiter ausgeschrieben und mit dem Kooperator die Agenda der nächsten Woche besprochen. Am Montag wollte er wieder in sein Stift zurückkehren, in das Benediktinerstift Altenburg, das sein eigentliches Domizil war. Von einem Boten des Stiftes, der ihm an diesem Vormittag einige wichtige Schriften überbracht hatte, war ihm vertraulich mitgeteilt worden, daß der dortige ehrwürdige Abt Justus Stuer in der vergangenen Nacht abermals einen Herzanfall erlitten hatte. Dieser Anfall war von solcher Heftigkeit gewesen, daß die herbeigeru-

fenen Brüder um sein Leben bangten und um die letzte Ölung eilten. An diesem Sonntagmorgen aber hatte er sich wieder besser gefühlt und sich sogar, noch im Bett, in den Exerzitien geübt. Alles mit Gott, sagte der Bote und sah Willibald fragend an. Alles mit Gott, wiederholte der Angesprochene, gab den Blick des Boten nicht zurück und bekreuzigte sich.
Er öffnete das Fenster. Warme Luft strömte in den kühlen Raum des Pfarrhofes, in dem die Amtsgeschäfte stattfanden. Willibald blieb, vom Vorhang halb verborgen, am Fenster stehen. Im Vorgarten bemerkte er überrascht die aufbrechenden Knospen von Frühlingssafran und Narzisse, an den Wegrändern die weißblühende Akkerkresse. Die hereinströmenden zarten Gerüche vermengten sich mit dem aus der Küche dringenden, deutlichen Bratenduft. Willibald fand diese Mischung durchaus angenehm. Er entschloß sich, am frühen Nachmittag einige geruhsame Stunden bei beschaulicher Lektüre und einem guten Glas Wein zu verbringen.
Er hatte sich noch nicht wieder umgedreht, als die Tür aufgestoßen wurde. Ein Rohrstock mit einem Beinknopf, an den ein Buschen welkender Frühlingsblumen gebunden war, flog auf den Boden. Willibald fuhr herum. Erst nach einigen Sekunden erkannte er in dem Mann, der nach altem Brauch den Taufstock ins Zimmer geworfen hatte und jetzt langsam eintrat, seinen Bruder Johann.

Das liegt so weit zurück. Er rechnet nach. Siebenunddreißig Jahre sind seither vergangen. Damals war er ein fünfjähriges Kind. Aber jener Tag, jener seltsame Tag sitzt noch immer in seinem Kopf. Die Zeit konnte ihn nicht verdrängen.
Eben hat es noch geregnet, seit Tagen regnet es, Unmassen von Wasser läßt der Himmel auf Dorf und Felder niederfallen. Die Bauern fürchten, daß die Wiesen in

diesem Jahr nicht mehr trocken werden, daß das Korn am Halm verfault. Er hat im Haus herumgetrödelt, sich am Heuboden versteckt, um dem mißgelaunten Vater nicht beim Holzmachen helfen zu müssen, hat dann der Mutter, um sie zu versöhnen, zwei Eier aus einem heimlichen Hühnernest in die Küche gebracht, Über die Eier hat sie das Verfügungsrecht. Auf der gemauerten Kochstelle steht der Hirsebrei, die Flamme wird durch das Auflegen schwacher Holzspäne klein gehalten, der Brei wogt, träge Blasen werfend, in der eisernen Pfanne auf und ab. Er mag den Geruch des Hirsebreis nicht, er rollt diesen Brei, den er fast täglich essen muß, zu kleinen Klumpen geformt von einer Backe in die andere und schluckt ihn erst, wenn ihn der finstere Blick des Vaters trifft. Er weiß heute nicht mehr, ob er nur diesem Breigeruch entkommen wollte, oder ob ihn das plötzliche Aufhören des Regens dazu ermunterte. Er läuft hinaus in den Hof, barfuß wie immer, das lose Hemd flattert hinter ihm her, feuchte Luft schleicht seinen Rücken hinauf. Er läuft weiter in den schlecht gepflegten Garten mit seinen alten Kohl- und Krautstrünken, der zur kleinen Taffa hin steil abfällt, sieht den sonst harmlosen, schmalen Wasserlauf hochangeschwollen und schmutzig, kehrt um und verläßt das Gehöft über den hinteren Zaun. Lehm und nasse Erde drängen sich zwischen seine Zehen, springend versucht er den riesigen Pfützen auszuweichen, da er aber nicht sehr geschickt ist, patscht er mitten in die Pfützen hinein. Hose und Hemd sind bereits von zahllosen Schmutzspritzern befleckt. Er erreicht den Ortsausgang, hier ist das Ziel seiner Neugierde, die sogenannte Alte Taffa, ein Sumpfgebiet, das jeder versuchten Trockenlegung bisher widerstand. Umgeben von Weidenbäumen und Büschen, von Schilf und hohem Gras, ist es die Heimat unzähliger Kröten und Frösche und der Tummelplatz der Dorfkinder für ihre grausamen Spiele. Unter Schreien und Johlen fangen sie das glitschige Getier und spießen es an Stöcken auf. An diesen Spielen nimmt er nie teil, sie stoßen ihn ab, man hat ihn deshalb verspottet und verlacht, manchmal auch grob verdroschen. Da er stark und kräftig ist, hat er sich dagegen gewehrt, aber irgendwann hat er aufgehört, zur Alten Taffa zu gehen, wenn die anderen dort waren. Heute aber ist er überzeugt, daß außer ihm niemand kommt.

Der Sumpf ist von einer Schicht bräunlichen Wassers bedeckt, fast sieht er aus wie ein kleiner See. Der Fünfjährige hat schon oft versucht, auf der Kleinen Taffa Schiffchen treiben zu lassen, Schiffchen aus Rindenstükken, denn Papier gibt es kaum im Bauernhaus. Die Wellen des kleinen Flusses aber sind rasch, auch wenn man sich bis ans Knie ins kalte Wasser wagt und mit einem Ast das Schiffchen zu lenken versucht, wird es meistens von der Strömung mitgenommen, bis es schließlich, schon weit entfernt, an einem der Uferbüsche hängen bleibt.

Er steht am Rand dieses so unverhofft entstandenen Sees, hier gibt es keine Bewegung, ruhig liegt die braune Wasserfläche, und verlockend leuchtet ein Stück schwarz glänzender Rinde aus dem Schilf. Langsam trabt er hin, zieht das Rindenstück heraus, es hat die Form eines kleinen Nachens, glücklich betrachtet er es ein paar Sekunden lang. Dann setzt er vorsichtig, Schritt für Schritt, die Füße in den See, noch voller Angst, auf den Körper einer warzenbedeckten Kröte zu treten. Aber schon gleitet das Rindenstück aus seinen Händen, und der kleine Nachen tümpelt lustig auf dem glatten Wasser dahin, man braucht nichts anderes zu tun, als ihm zuzuschauen und langsam nachzugehen, immer nur ein kurzes Stück, ein ganz kurzes Stück. Er merkt nicht, daß er schon bis an die Waden im Schlamm steckt, er

spürt nicht, wie es ihn ganz sanft hineinzieht in die geschmeidige, drängende, sumpfige Masse. Erst als sie seine Füße nicht mehr freigibt, als er keinen einzigen Schritt mehr machen kann, um dem kleinen Nachen zu folgen, beginnt er zu schreien, er schreit und schreit, aber niemand hört ihn.
Er ist nicht weit eingesunken, denn der Sumpf ist nicht tief. Auch das braune Regenwasser, das in seine Hose dringt, ist nicht kalt. Aber er weiß heute, siebenunddreißig Jahre später, daß er niemals wieder in seinem Leben solche Angst empfunden hat wie damals. Irgendwann, als seine kleine Gestalt keine Bewegung mehr zu machen wagt, sich in sich selbst verkrümmt, kommt jemand vorbei, zieht ihn heraus und bringt ihn zur Mutter. Er ist lang krank, fiebert hoch. Die Mutter legt ihm abwechselnd heiße und kalte Tücher auf, die sie mit einem Kräuterabsud tränkt. Nächtelang sitzt sie an seinem Bett und verläßt ihn auch nicht, wenn der Vater zornig verlangt, sie möge endlich schlafen gehen, sie würde sonst ihre Arbeit nicht weiterbringen am nächsten Tag.
Daran erinnerte sich Willibald Palt, als sein Bruder Johann gegangen war. Johann hatte ihm, außer der verlegen vorgebrachten Bitte, er möge die Patenschaft für seinen Sohn übernehmen, wenig zu sagen. Ja, die Wirtschaft gehe weder gut noch schlecht. Ja, die Frau arbeite bereits wieder. Er forderte Johann auf, sich zu setzen, aber Johann blieb lieber stehen, erklärte, er müsse wieder heim. Es gab nichts, was Willibald mit ihm verband. Kein Wort, keine Geste. Trotzdem erklärte er sich bereit, der Pate dieses Kindes zu werden.
Das noch junge, im Licht der Unschlittkerze über sein Bett gebeugte Gesicht der Mutter verließ Willibald Palt an diesem Sonntag lang nicht. Die erbauliche Lektüre blieb ungelesen. Bei dem Glas Wein, das er sich vergönnte, wurde ihm klar, daß er sich später nie um seine

Mutter gekümmert, ihre schüchternen Annäherungsversuche bei seinen seltenen Besuchen stets abgelehnt, ihrem Leben, ihren Sorgen kein Interesse entgegengebracht hatte. Seit seinem zehnten Lebensjahr gab es keine Familie mehr für ihn. Sein Beruf verlangte, sich aller persönlichen Bindungen zu entledigen. Aber einem Kind, einem neugeborenen, unschuldigen Kind, dachte Willibald Palt, durfte man erbetenen Schutz und Beistand nicht versagen.

Fran lebte, seit er denken konnte, im Stift. Seine Eltern hatte er nie gekannt. Den Grund, warum und von wem er als ungefähr Zweijähriger im Dorf Altenburg ausgesetzt worden war, kannte er nicht. Als die Bäuerin Anna Leutgeb an einem heißen Sommertag von der Feldarbeit nach Hause kam, saß das völlig verwahrloste Kind auf einem Grasflecken vor der Hofeinfahrt. Es war nur mit einem kurzen Hemd bekleidet, und die eben verrichtete Notdurft rann, helle Furchen ziehend, über die schmutzigen Beinchen. Aber das Kind lächelte die Bäuerin an, ließ sich widerstandslos von ihr hochheben, ins Haus tragen und gründlich waschen. Nach drei Tagen hatte sich noch immer kein Angehöriger des Findlings gemeldet. Anna Leutgeb, Mutter von sechs Kindern, wollte den Kleinen unbedingt behalten, aber ihr Mann Anton wehrte sich gegen den unnützen Esser und lieferte ihn an der Pforte des Stiftes ab. Auch dort war man über ihn nicht erfreut und übergab ihn schließlich der Frau des Schaffners, in deren sich ständig vermehrender Kinderschar er aufwuchs. Man hatte ihm, nach seinem Überbringer, den Namen Anton gegeben. Er hätte gern die Stiftsschule besucht, aber danach fragte man ihn nicht, schon früh verwendete man ihn zu schwerer körperlicher Arbeit. Aus naheliegenden Gründen machte man ihn dann zum Laienbruder, er wurde Frater Anton genannt, später Fra Anton, aus Bequemlichkeit aber bald nur mehr Fran.

Fran war, als in Frauenhofen dem Johann Palt ein Sohn geboren wurde, dreißig Jahre alt. Er war ein starker, fröhlicher Mensch, der widerspruchslos tat, was andere ihm anschafften. Aber Fran hatte ein Geheimnis. Niemand wußte, daß er lesen und schreiben konnte. Er hatte es sich unter größten Schwierigkeiten selbst beigebracht. Dem Priester hatte er auf den Mund gesehen, wenn er das Psalter las und dann versucht, mit dem Nachahmen der Laute den entsprechenden geschriebenen Buchstaben zu finden. Er war den jungen Stiftsalumnen nachgelaufen und hatte sie gebeten, ihm etwas aus ihren Schriften zu rezitieren, ihm mit den Fingern zu zeigen, was sie lasen. Dabei hatte er vorgegeben, sich Regeln, Maximen zur Glaubensstärkung merken zu wollen und doch nur auf die Zusammenhänge zwischen Sprache und Schrift geachtet. Viele mühsam ausgeklügelte Wege hatte Fran noch gefunden, um seine Kenntnisse zu erweitern. Sein hervorragendes Gedächtnis war ihm die beste Hilfe dabei. Und niemand hatte eine Ahnung, daß unten, im zugeschütteten Teil des mittelalterlichen Klosters, auf dem die Baumeister des Barock die großartige Anlage des neuen Stiftes gesetzt hatten, Fran eines Tages einen Hohlraum gefunden hatte, den er mit seinen starken Händen ständig erweiterte, bis dessen Größe es ihm erlaubte, sich einen heimlichen Unterschlupf einzurichten. Dort saß er oft nachts wie einst die Mönche in ihrer Zelle, studierte beim russenden Licht einer Pechfackel die mit größter Vorsicht aber wahllos der Bibliothek entliehenen Schriften, übte sich auf schlechtem Papier in Kalligraphie und baute um sich eine vielfach verworrene, aber faszinierende Welt des Geistes auf. Zur Frühmesse verließ er diese Welt und ordnete sich wieder ein in die niedrigen Pflichten eines langen Arbeitstages.

Mit dem Abt Justus Stuer hatte Fran seine Schwierigkeiten. Justus, ein magerer, fast zerbrechlich wirkender Mann, hatte zwar den Willen, die großen baulichen Werke seines Vorgängers Placidus Much würdig fortzusetzen, aber die Hauptarbeit war bereits getan. Getragen vom Stilbewußtsein des Hochbarocks hatte Placidus Much die Klosteranlage umgebaut und erweitert, hatte in dem begabten Baumeister Josef Mungenast einen genialen Planer, in den Malern Paul Troger und Johann Georg Schmidt sowie im Bildhauer Jakob Schletterer große Künstler gefunden und so dem Stift seine bleibende und imponierende Gestalt gegeben. Für Justus blieb nicht mehr viel zu tun. Er veranlaßte kleine Ergänzungen, nachträgliche Verschönerungen, kümmerte sich um die Erhaltung des Bestehenden und vergrub sich, seines unbedeutenden Wirkens bewußt, in das Studium der Literatur und Musik. Diese Materie beherrschte er in hohem Maß, und Fran mußte höllisch achtgeben, sich nicht in einem seiner seltenen Gespräche mit dem Abt, der gern mit seinen Kenntnissen brillierte, zu verraten. Oft verschluckte er im letzten Moment einen naheliegenden Einwurf, eine sachkundige Antwort, ließ dann erschrocken den Mund offen stehen und lächelte wie ein Tölpel unter den spöttischen Blicken des Abtes. Fran vermied, so gut es ging, die Begegnungen mit Justus Stuer. Die Begegnungen mit Willibald Palt, der im Stift das Amt des Priors bekleidete, suchte er. Trotz des großen Standesunterschiedes gab es zwischen ihnen oft ein plötzlich aufblitzendes, unerklärliches Einverständnis. Hol Dir einen Krug Wein, sagte Willibald dann und Fran folgte dieser Aufforderung gern, denn er wußte genau, wo die beste Sorte zu finden war.
An hohen Festtagen besuchte Fran die Menschen, die ihm den ersten Schutz geboten hatten. Die Familie Leutgeb. Anna war eine alte Frau geworden, müde und we-

nig gesprächig. Wenn sie vom Dorfbrunnen Wasser holte, zogen die schweren Eimer ihre mageren Arme tief hinunter zur Erde. Aber Anna konnte sich noch freuen, wenn Fran erschien, sie ahnte, ohne jemals eine Frage zu stellen, daß mehr in Fran steckte, als die ärmlichen Kleider des Laienbruders verrieten. Auch ihr Mann Anton hatte gegen Fran nichts mehr einzuwenden. Was er aus dem Stift mitbrachte, einen Topf Schmalz, eine Flasche Wein, wog bei weitem auf, was Fran während seines Besuches verzehrte.
Zu Peter und Paul, am 29. Juni 1759, überraschte Anna Leutgeb ihren Besucher Fran mit der Nachricht, daß ihre Schwiegertochter Elisabeth, die Frau ihres ältesten Sohnes Andreas, guter Hoffnung sei.

Von der Taufe des ersten Paltkindes sprach man in Frauenhofen noch lange Zeit.
Johann hatte dem Vorschlag seines Bruders, das Kind in der Stiftskirche in Altenburg zu taufen, nicht zugestimmt. Er tat es in seiner mürrischen, kurz angebundenen Art und erklärte, die Kirche zu Frauenhofen genüge, er sei nichts anderes als ein schlichter Bauer, der Pracht und Gold nicht brauche. Lena wäre gern nach Altenburg gefahren. Jedesmal, wenn sie die eindrucksvolle Kirche dort betrat, was selten geschah, wurde sie von einem seltsamen Gefühl, zusammengesetzt aus Ehrfurcht, Bewunderung und unbestimmbarer Hoffnung bewegt. Aber sie wagte nicht, ihren Mann um eine Änderung seines Entschlusses zu bitten. Sie wußte, sie hatte seine Geduld bereits bis zum Äußersten beansprucht.
Der Sonntag ist warm, man schreibt schon Mitte Mai. Niemand in Frauenhofen kann sich erinnern, daß ein hier geborenes Kind so lang auf seine Taufe hat warten müssen. Aber es hat sich herumgesprochen, daß der Altenburger Prior Willibald Palt erst die Bewilligung sei-

nes Bischofs hat einholen müssen, um als Pate fungieren zu können. Es ist nicht üblich, daß ein geistlicher Herr persönlich ein solches Amt übernimmt. Der Pfarrer von Strögen wird das heilige Sakrament der Taufe spenden, denn die kleine Kirche in Frauenhofen gehört zu seinem Sprengel. Der Pfarrer von Strögen ist über diese Aufgabe nicht glücklich. Er weiß, daß der Prior Willibald Palt ein kluger, kritischer Kopf ist, der genau auf jede Bewegung, auf jedes Wort des taufenden Priesters achten wird.

Wie immer ist Lena um fünf Uhr morgens aufgestanden. Zuerst hat sie das Kind gestillt, es erkennt sie bereits, wenn sie sich über die Wiege beugt, sie merkt es an seinen Bewegungen, an seinen Augen. Johann, schon im Arbeitsgewand, ist wortlos an ihr vorbeigegangen, auch an diesem Tag schenkt er dem Kind keine Beachtung. Lena hat sich damit abgefunden. Sie weiß, daß dieses Kind ihr allein gehören wird, und das ist gut so. Dann geht sie ihren Pflichten nach, versorgt das Vieh im Stall, stellt die Milch auf den Herd, schneidet das Brot. Josef, der Knecht, kommt herein, grüßt kurz, hockt sich an den Tisch und brockt in groben Stücken das Brot in die irdene Schüssel. Er löffelt es rasch in sich hinein, blickt dabei nicht auf. Später setzt sich Johann dazu, sie essen und schweigen. Lena findet keine Ruhe, sieht nach, ob alles, was sie am Vortag für das Kindsmahl nach der Taufe gerichtet hat, in Ordnung ist, das gesottene Rindfleisch, das weiße, eingemachte Kraut. Die rohen Erdäpfel für die Knödel darf sie erst vor dem Gang zur Kirche schälen, sie werden sonst schwarz. Fett glänzen die Krapfen auf dem Holzbrett, Lena hat Johanns Mahnung, nicht zuviel Schmalz zum Backen zu nehmen, nicht befolgt. Unruhig läuft sie hin und her, läuft immer wieder zum Kind, das mit hochge-

hobenen Ärmchen schläft. Der runde Kopf ist von einem hellen Flaum bedeckt, auf der Stirn stehen winzige Schweißtropfen, die Wangen sind zart gefärbt. Lena ist mit dem Kind nun außerordentlich zufrieden, fast findet sie es schön.
Der Name des Kindes ist festgelegt. Mathias. Nach Lenas Vater. Dagegen hat sich Johann nicht gewehrt, diesen Vorschlag seiner Frau hat er sofort angenommen. Lena ahnt, warum ihr Mann nicht will, daß das ungeliebte Kind seinen Namen trägt. Johann soll der nächste Sohn heißen, der, wie er hofft, gesund und kräftig zur Welt kommen wird. An dieses nächste Kind, das sicher bald gezeugt werden wird, will Lena gar nicht denken. Als sie mit allem fertig ist, als auch der Tisch für die wenigen Gäste, die Johann erlaubt hat, gedeckt ist, holt sie vom Brunnen viele Eimer Wasser und gießt sie in das Schaff, das sie in die Kammer gestellt hat. Sie legt die staubigen, nach Stall, Milch und Rauch riechenden Kleider ab und steigt in das kalte Bad. Sie schrubbt sich, bis ihre Haut sich rötet, sie fühlt dabei ein ungewohntes Behagen, dem sie sich mit tiefem Ein- und Ausatmen hingibt. Dann nimmt sie die frische leinene Wäsche und zieht ihr Sonntagskleid an, das einmal ihr Hochzeitskleid war. Sie stellt sich vor den fast blinden Spiegelscherben, der seit Jahren in der Kammer hängt und bemüht sich, ihr eigenes Bild zu erraten.
Mit dem Umkleiden hätte sie noch warten sollen, meint Johann, als er sie sieht, sie hätte den Trank für die Schweine noch zubereiten können, bevor man zu dieser Taufe aufbreche. Nachher, antwortet Lena und setzt leise hinzu: Laß mich in Ruhe, laß mich endlich in Ruhe. Sie wickelt das Kind, zieht ihm ein weißes Hemdchen an, das sie selbst genäht hat. Dann setzt sie ihm das Häubchen auf, das schon ihr Mann bei seiner Taufe getragen hat. Nach einer Weile nimmt sie ihm das Häub-

chen wieder ab und umhüllt den kleinen Kopf mit einem fein gewebten weißen Tuch. Sie bindet es so geschickt, daß es einer Haube gleicht. Nun ist sie zufrieden, sie setzt sich auf die Bank in der Stube, räumt auf dem Tisch die Teller beiseite und legt das Kind vor sich hin. Sie sieht es unentwegt an, die Hände im Schoß.
Im Ort erzählten die alten Frauen:
Der Altenburger ist mit zwei Rössern vorgefahren, in der Kutsche vom Abt, hoch aufgerichtet ist er drinnen gesessen, fast hat man geglaubt, der Abt kommt selber. Neben dem Kutscher war noch jemand auf dem Bock, das war der Fran. Der sollte dem Altenburger beim Umziehen helfen in der Sakristei, den Mesner aus Strögen, den hat er nicht gewollt.
Unser Pfarrer hat schon lang, bevor der Altenburger angekommen ist, vor der Kirchentür gewartet. Ganz weiß war er im Gesicht, weiß wie sein Chorhemd. Als hätte er Angst vor dem hohen Stiftsherrn, der ein Professor, aber in Röhrenbach auch nur ein Pfarrer ist. Die Tür hat er aufgestoßen vor dem Altenburger, sperrangelweit und so heftig, daß sie an die Innenwand geflogen und ein Stein ausgebrochen ist. Ein Stein neben dem Weihwasserkessel. Das ist kein gutes Zeichen.
Ob der Altenburger unserem Pfarrer für den ehrerbietigen Gruß gedankt hat, wie es sich gehört, hat man kaum gesehen. Weil so viele Menschen vor der Kirche gestanden sind. Und drinnen war auch alles voll. Ganz Frauenhofen war da. Unseren Neunzigjährigen, den Simon, haben seine beiden Enkel, die auch nicht mehr jung sind, hineingetragen und vorn in eine Bank gesetzt, aber der hat nichts mehr verstanden, immer nur Speichel aus dem Mund gelassen.
Endlich sind sie heraufgekommen, den Kirchenberg, die Palts und der alte Griegnstainer, der Vater der Lena. Die Mutter selbst hat das Kind getragen, weil sie ja keine

Gevatterin gehabt hat, nur den geistlichen Paten, den Altenburger. Das ist schon eine seltsame Geschichte, wenn eine Mutter selbst ihr Kind zur Taufe trägt. Der Johann hat wieder ausgeschaut als hätte er den Krampf im Gesicht. Aber der alte Griegnsteiner war ganz stolz und noch stolzer war die Lena in ihrem brokatenen Feiertagsgewand, das in der Sonne fast geleuchtet hat. Als ob es eine große Sache wär, ein Kind auf die Welt zu bringen.
Unter dem schwarzseidenen Kopftuch hat sie ihr blondes Haar herausschauen lassen. Das war hoffärtig und wäre nicht nötig gewesen. Und vom Kind auf seinem Polster hat man fast nichts gesehen, so war es eingehüllt in die gehäkelte Decke. Nein, die Decke hat keine Löcher gehabt, das war das Muster, ein schwieriges Muster, darauf versteht sich die Lena. Niemand hätte sich getraut, ein Kind mit einer löchrigen Decke dem Altenburger in den Arm zu legen.
Eine schöne Kasel hat der Altenburger angehabt. Rot und Gold. Recht gedrungen hat er ausgesehen darin, mit seiner rundlichen Gestalt und dem Bauerngesicht. Sicher hat er schon vergessen, daß er einmal einer der Unseren war und auch in der Frauenhofener Kirche getauft worden ist. Das Kind hat er gehalten als wäre es ein Kirtagsstriezel. Mit weggestreckten Armen, damit er es ja nicht berührt. Wie soll auch ein Pfaff ein Gefühl für ein Kind haben. Die Hände unseres Pfarrers haben über dem Taufbecken gezittert, die ganze Zeit. Aber er hat nichts falsch gemacht, rein gar nichts.
Alle, die vorn gesessen oder gestanden sind, haben es gesehen. Alle. Als der Pfarrer nach der Absage an Satan und Sünde das in der Osternacht geweihte Taufwasser über das Kind gegossen und ihm seinen Namen gegeben hat, hat es den Mund aufgemacht und ein paar Tropfen davon geschluckt. Es hat die Augen geöffnet und sie

dann offen gehalten bis zum Schluß. Kein einziges Mal während der Zeremonie hat es geschrien, nicht einmal, als man es mit dem Chrisamöl gesalbt hat. Es wird auch ein geistlicher Herr werden, ganz sicher, dafür wird der Altenburger schon sorgen.

Bevor er nach der Taufe nach so vielen Jahren wieder sein Vaterhaus betreten hat, ist der Altenburger ein paar Sekunden lang still vor dem Tor gestanden. Der Johann war schon drinnen, aber die Lena, mit dem Kind auf dem Arm, ist neben dem Altenburger gestanden, still wie er. In der Weißbuche vor dem Haus hat ein Zaunkönig zu singen begonnen. Die wenigen Verwandten, die geladen waren, haben es genau gehört.

Zehn Monate später wurde in der Stiftskirche zu Altenburg die Tochter des Andreas Leutgeb getauft. Sie erhielt, in Anwesenwesenheit ihrer Eltern und der Gevatterin, ohne dem Beisein weiterer Familienmitglieder, den Namen ihrer Mutter, Elisabeth. Die Zeremonie war einfach und von kurzer Dauer. Es handelte sich nur um ein Mädchen.

Dort, wo der Fluß Kamp die gewaltigste seiner zahlreichen Windungen macht, nämlich rund um den sogenannten Umlaufberg, stand an seinen Ufern die Rauschermühle, ein weitläufiges Gehöft, das seit dem Anfang des 17. Jahrhunderts dem Stift Altenburg gehörte. Man hatte es damals neu aufgebaut und dabei nicht gespart. An das wuchtige Hauptgebäude schlossen sich zwei Nebenflügel an, das gequaderte, rundbogige Portal zeigte herrschaftlichen Anstrich, ebenso das hohe Walmdach mit seinen Kaminen. Unter dem Kranzgesims zog sich ein Fries von kleinen Konsolen hin, in der tonnengewölbten Durchfahrt überraschten den Besucher Engelköpfe und verspielte Rosetten. Es war, als hätte sich der damalige Abt mit diesem ungewöhnlichen Wirtschaftsge-

bäude eine Freude machen und ein Denkmal setzen wollen.
Der Umlaufberg stürzt mit steilen Felsenwänden hinunter zum Fluß, der aus dem Osten kommt und mit wachsender Kraft die Täler tief und eng in das Gestein schneidet, sodaß nur für schmale Wiesen und kleinflächige Felder Raum bleibt. Aber das braune, eisenhältige Wasser des Kamp bewegte mit seinen raschen Wellen das Mühlrad verläßlich und schnell und brachte so dem Stift den erhofften Ertrag.
Man holte sich die besten Müller, die man finden konnte, oft von weither. Im Frühling des Jahres 1759 war ein junger Müller aus der Gegend nahe der mährischen Grenze eingezogen. Er hieß Lorenz, um seinen Nachnamen kümmerte sich niemand, er war, wenn man von ihm sprach, nur der Lenz. Seine junge Frau aber trug den ungewöhnlichen Namen Faustina, und als sich das im Dorf Altenburg herumsprach, war die Neugierde der Bewohner groß, jeder wünschte zu wissen, wie die Frau des Müllers aussah. Aber die Stiftsknechte, die auf mühseligen Wegen das Korn entlang des Flusses zur Mühle karrten, hatten sie auch nach Monaten noch nicht zu Gesicht bekommen. Bald gingen die düstersten Gerüchte um, man erzählte, die Frau des Müllers sei von einem Buckel entstellt, habe einen hinkenden Gang, ihre Züge seien von schweren, geheimnisvollen Narben gezeichnet. Es war Fran, der als Erster hätte erzählen können, wie Faustina aussah. Fran aber schwieg.
Warum man die Frau des Müllers nicht zu sehen bekam, hatte besondere Gründe. Sie war, wie ihr Mann zu ihr sagte, eine seltsame Person. Und oft setzte er hinzu, er hätte sie, wären ihm ihre Eigenheiten schon früher bekannt gewesen, nie geheiratet. Das entsprach nicht der Wahrheit. Seit er ihr zum ersten Mal unter nicht alltäglichen Umständen begegnet war, war er ihr verfallen. Es

wäre unvorstellbar für ihn gewesen sich von ihr zu trennen, so schwierig sich auch das Leben mit ihr gestaltete. Seit sie damals in der ersten Nacht nach ihrer armseligen Hochzeit, der Eltern und Verwandtschaft des Bräutigams ferngeblieben waren, während der ersten ungeschickten Berührung von ihm aus dem Bett gesprungen und, nur mit dem Hemd bekleidet, ins Freie gelaufen war, wußte er, daß er es schwer haben würde mit ihr. Seine Berührungen ertrug sie später in stummer Unbewegtheit. Sie hatte ihn gern und war ihm dankbar, daß er sie zur Frau genommen hatte. Aber sie liebte ihn nicht. Aus dem Bett sprang sie immer wieder. Besonders bei Vollmond.
Du lebst Dein Leben in der Nacht, Stina, sagte Lenz oft zu ihr. Sie nickte dann, lächelte, ohne daß es ihr bewußt wurde und gab die immer gleiche Antwort: Aber meine Arbeit mache ich, das weißt Du. Das war keine Lüge. Sie hielt das große Haus in Ordnung, sie bepflanzte und pflegte den Gemüsegarten, der sich breit und üppig bis zum Fluß hinunter zog, sie betreute Kuh und Ziege, mähte die Wiese, sie kochte das Essen für ihren Mann und den Müllerburschen, der fast nichts redete, weil er stotterte und sich deswegen vor ihr schämte. Manchmal half sie den beiden Männern auch die Kornsäcke tragen, denn sie war groß und kräftig, und sie hatte kein Gebrechen. Ihr Gesicht war klar, fast schön. Aber sie verließ das Haus nur, wenn sie wußte, sie würde niemandem begegnen, und sie weigerte sich, den zweistündigen Weg durch den Wald hinauf ins Dorf zu gehen. Wenn sie von dort was brauchte, nahm ihr Mann es mit. Nichts war ihr lieber als die Einsamkeit.
Die Einsamkeit fand sie am Ufer des Flusses, an gewissen Plätzen, die sie immer wieder aufsuchte. An einem solchen Platz saß sie auch, als Fran sie, ohne es zu wollen, überraschte.

An diesem späten Herbstnachmittag macht sie sich, wie so oft, die Stunde vor dem Melken der Kuh, vor dem Zubereiten des Abendbrotes ohne Gewissensbisse zu eigen. Dort, wo sie sich niedergelassen hat, geht die Felswand nicht gleich in den Fluß über, sie macht einen kleinen Sprung zurück und läßt einer schmalen Böschung Raum. Grobes, stets feuchtes Gras wächst da, Steinbrocken, von der Felswand abgestoßen, tragen dunkelgrünen Moosbewuchs. Im spröden Boden hat sich eine Erle festgesetzt, sie preßt ihre schwarzen Wurzeln tief in das Ufer. Wenn Faustina, die auf ihrer Schürze sitzt, sich nach hinten beugt, spürt sie die Dornen eines kleinwüchsigen Brombeerstrauches in ihrem Rücken. Sie hat ihre Arbeitsschuhe mit den dicken Holzsohlen ausgezogen und ihre Füße ins Wasser gehängt. Das Wasser ist zwar schon kalt, aber Faustina mag es, wenn die Kälte sich brennend wie unzählige kleine Nadelstiche bis hinauf in ihre Fingerspitzen zieht. Sie beugt sich vor und taucht auch ihre Hände mit den abgestoßenen, dunkelrandigen Fingernägeln in den Fluß. Der Schmutz unter den Nägeln wird weich, sie kann ihn nach einer Weile mit der Zunge entfernen. Faustina trocknet die Hände an ihrem Kittel ab. Sie schließt die Augen und legt den Kopf zurück. Die Sonne steht schon ziemlich tief, fast berührt sie das Wasser. Das Wasser gibt die Wärme zurück, legt sie auf Faustinas Brust. Sie knöpft zuerst das Leibl auf und dann ihr Unterhemd, um sich ganz dieser Wärme hinzugeben. Dabei entblößt sie ihre Brust bis zu den dunklen Monden. So sitzt sie noch, als Fran, der dem Müller vom Stift eine Nachricht bringen soll und einen nur ihm bekannten, abkürzenden Weg genommen hat, aus dem Wald tritt.
Fran bleibt stehen und schaut wie gebannt auf diese Frau und auf das Stück unbekannter weiblicher Nacktheit, das sich ihm darbietet. Erst als ein kleiner Stein

unter seinen Füßen wegrollt, wird ihm bewußt, was er tut. Da bemerkt ihn auch Faustina, sie erschrickt, sagt aber kein Wort, bedeckt auch nicht ihre Blöße. Ihre Blicke treffen sich und bleiben sekundenlang aneinander hängen. Die Stille zwischen ihnen wird drückend und schwer. Ganz plötzlich dreht Fran sich um und eilt wie gehetzt davon. Er wird sein Leben lang die weiße Brust der Frau, ihren zurückgebeugten Oberkörper, ihr reiches, dunkles Haar, das aussieht, als hätte es sich in den Zweigen des Brombeerstrauches vernestelt, nicht vergessen.
In der auf diesen Tag folgenden Nacht bemerkte der Müller an seiner Frau ein bis dahin unbekanntes Entgegenkommen, das fast einer Aufforderung gleichkam. Er wunderte sich, dachte aber nicht darüber nach.

Es herrschte jene fast fühlbare Stille, wie sie großen, sparsam eingerichteten Räumen eigen ist. Der Abt Justus Stuer saß an seinem Schreibtisch, sein Arbeitszimmer befand sich im Nordtrakt der Prälatur, dessen Bauzeit bereits hundert Jahre zurücklag. Es wäre dem Abt freigestanden, die besser ausgestatteten Zimmerfluchten der neuesten Bauperiode zu wählen, unbewußt aber zog es ihn dorthin zurück, wo es noch keine Spuren seines großen Vorgängers gab. Im Brunnenhof, den er von seinem Fenster aus sehen konnte, lag früher Novemberschnee. Er war in der Nacht gefallen, es war kalt geworden, und Justus spürte, wenn er sich aufrichtete, einen feinen, eisigen Luftzug den Rücken hinaufstreichen. Er fröstelte. Vor ihm lag die Abschrift eines Gedichtes seines verstorbenen Abtbruders Virgilius Gleißenberger, das den Titel Medicina contra melancholiam trug. An trüben Tagen vertiefte sich Justus gern in die heiteren Verse, die ihm oft halfen, Unsicherheit und schlechtes Gewissen zu überwinden. Es war ihm bewußt, daß er seine Pflichten

vernachlässigte. Immer mehr seiner Amtsgeschäfte, seiner Verantwortung lud er auf die Schultern des Bruders Prior ab. Ein Glück war, daß der sich nicht dagegen wehrte, sondern die zusätzliche Arbeit gern und mit Umsicht erledigte. Justus tröstete sich dann, daß es vielleicht doch nicht so wenig gewesen sei, was er bisher getan habe. Die Bibliothek war durch ihn um viele wertvolle Schriften, die sich mit Historie, Kunst und Literatur befaßten, erweitert worden. Noch immer unterrichtete er, trotz zunehmender Müdigkeit, an der Hauslehranstalt des Stiftes die thomistische Philosophie, deren kirchenpolitisch umsetzbares Gedankengebäude ihn faszinierte. Wenn er sich nun immer mehr von Pflichten, die ihm lästig geworden waren, freimachte, so war daran, sagte er sich, seine Krankheit schuld, sein schwaches Herz, dessen unregelmäßige Schläge ihn nachts hineinjagten in eine schweißtreibende Angst, aus der ihn auch das hingebungsvollste Gebet nicht erretten konnte. Tagsüber, wenn er sich etwas wohler fühlte, hatte er nur noch den Wunsch, sich seinen Neigungen hinzugeben, nur das zu tun, was ihm persönlich Freude bereitete. Nachts holte ihn sein Gewissen wieder ein und ließ ihn am Ende qualvoller Stunden den Zusammenhang von Angst und versäumter Pflicht schmerzhaft erkennen.
Er trat ans Fenster und sah in den Hof hinunter. Den Wasserstrahl des Springbrunnens hatte man wegen der Frostgefahr abgestellt. Eine niedrige Schneehaube bedeckte den Beckenrand, sie war so exakt geformt, als hätte sie einer der im Stift beschäftigten Stukkateure gefertigt. So ist auch alles, was ich hier mache, dachte Justus. Vergänglich. Vergeßbar. Es müßte noch was geschehen, was meinem Namen Dauer verleiht. Aus dem Vorhof sah er den Prior kommen. An seiner Seite Fran. Sie schienen in ein lebhaftes Gespräch vertieft. Man sieht sie so oft zusammen, wunderte sich Justus. Wel-

ches Einverständnis kann es nur zwischen ihnen geben. Er sah den beiden nach, wie sie gestikulierend im Konventhof verschwanden. Ein ungewohnter Zorn stieg in Justus auf und mit ihm der seltene Drang, seine Herrschaft, seine Befehlsgewalt zu zeigen. Er ließ den Prior rufen.
Willibald Palt hatte eben von Fran erfahren, daß es seinem Täufling gut ging, daß das Kind, nun schon im Alter von sieben Monaten, fröhlich und lebhaft sei und sich erstaunlich gut entwickle. Fran hatte sogar mit einem Übermaß an Begeisterung erklärt, daß das Kind, das nicht mehr in der Wiege sondern in einem kleinen Ställchen liege, ihm bereits die Ärmchen entgegenstrekke, wenn er in Frauenhofen erscheine, um auf Wunsch des Priors nachzusehen, ob es dem Kind an nichts fehle.
Du übertreibst, meinte Willibald und schlug Fran leicht auf die Schulter. Er hatte Mühe, den Wunsch, an Frans Stelle zu sein, zu verdrängen.
Ihr wart schon lang nicht dort, stellte Fran fest. Ihr solltet hinfahren. Euer Täufling würde Euch Freude machen.
Ja, ich werde es tun. Bald. antwortete der Prior. Sie betraten den Gang des Prälatentraktes. Aus den dicken Mauern sickerte kühle, feuchte Luft, legte sich auf Willibalds Kutte, auf Frans nackte, schmutzige Zehen. Ihre Schritte blieben ohne Echo. Bevor sie sich trennten, stellte Willibald die Frage, um deren Unterdrückung er vergeblich gekämpft hatte.
Wie geht es der Kindesmutter?
Sie ist gesund, antwortete Fran. Sie ist zufrieden. Mit dem Kind, meine ich.
Willibald nickte beiläufig. Die Frage nach dem Bruder wurde nicht gestellt.
Ihr Haar ist so blond, sagte Fran leise.

Aber der Prior schien es nicht mehr zu hören, er stieg bereits die Treppe zu den Gemächern des Abtes hinauf.

Tretet näher, Bruder Prior, verlangte der Abt Justus Stuer. Ich habe Wichtiges, ja Dringendes mit Euch zu besprechen.
Er stand hinter seinem Schreibtisch und streckte sich. Aber seine Gestalt blieb klein und unscheinbar. Willibald bemerkte, daß keine Akten auf dem Schreibisch lagen. Nur das Gedicht, das die Melancholie vertreiben sollte. Er wartete.
Wir sind, Bruder Prior, begann Justus, ein wenig nachlässig mit den notwendigen Erwerbungen von Grund und Liegenschaften umgegangen. Wie Ihr wißt, ist es wichtig, das Klostergebiet ständig auszuweiten, um geistigen Einfluß und ökonomische Erträge zu vermehren. Ich habe, was dies betrifft, schon längere Zeit keine Vorschläge von Euch bekommen. Es ist nun mein Wunsch, über die derzeitige Vermögenslage unseres Stiftes genau von Euch unterrichtet zu werden. Ebenso über die Möglichkeit, neue Ankäufe zu tätigen. Ihr werdet außerdem Erkundigungen einziehen, welches Objekt, das sinnvoll für uns wäre, zur Zeit günstig zu erstehen ist.
Justus Stuer hatte seine Rede mit kräftiger Stimme, dem Prior streng ins Auge blickend, begonnen. Aber je länger er sprach, umso mehr verlor er seine aufrechte Haltung. Die Hände suchten und fanden die Stütze des Tisches, die Blicke senkten sich und wanderten mit uneingestandener Sehnsucht zum Titel des Gedichtes, als wollten sie daraus die verlorene Kraft wiedergewinnen. Der Oberkörper des Abtes knickte ein, kleine Schweißperlen saßen auf seiner hohen, kahlen Stirn, die Stimme wurde leiser und leiser, wurde ein Flüstern.
Der Prior hörte ihm schweigend zu. Schon oft hatte er dem Abt entsprechende Vorschläge gemacht, es war ver-

geblich gewesen. Aber er wußte, daß ein Hinweis darauf sinnlos war. Der Prior führe in Ehrfurcht aus, was ihm sein Abt aufträgt, er tue nichts gegen den Willen oder die Anordnung des Abtes. So verlangte es die Regel des Heiligen Benedikt.
Morgen, sagte der Prior, wird Euch alles nach Wunsch vorgelegt werden.
Wie geht es Eurem Täufling, fragte Justus, um ein Zeichen der Versöhnung zu geben.
Wie ich höre, gut, antwortete Willibald kurz.
Schön, schön, der Herrgott möge ihn behüten.
Justus Stuer suchte ungeduldig die Stelle des Gedichtes, an der er seine Lektüre unterbrochen hatte. Er setzte sich mühsam, mit zusammengepreßten Lippen.
In der Kanzlei schlug Willibald die Mappe auf, die Angebote und Pläne verkäuflicher Liegenschaften enthielt. Längst schon hatte er eine Auswahl daraus getroffen, er wußte genau, was er wollte. Mit größter Konzentration vertiefte er sich in die Papiere, erwog Prinzipien und Vorgangsweise der Kaufverhandlungen, versetzte sich nachdenklich in die Person des Verkäufers. Vom Erfolg seiner oft bewiesenen, geschickten Taktik war er überzeugt. Er schnalzte mit der Zunge, erinnerte sich flüchtig an eine an diesem Tag genossene vortreffliche Mahlzeit, ließ einen jungen Klosterbruder zu schriftlicher Arbeit holen und Fran ausrichten, er möge sich für ausgedehnte Botengänge bereithalten.
Die Krankheit hatte den Abt Justus Stuer gezeichnet. Schmerzhaftes Leiden, Angst und Unsicherheit hatten seine Züge geprägt. Der Abt Justus Stuer würde bald seinem Herrn und Gott nahe sein.

Irgendwas ist mit Fran geschehen. Wie so oft ist er unterwegs. An diesem Novembertag pfeift der Wind über die Fluren, beutelt die dicken Äste der Bäume, zaust die schwachen Zweige der Sträucher. Fran meidet die Straße mit ihren tiefen, durch die Kälte erstarrten Furchen, er geht über die Äcker, die Schollen sind bereits gefroren, manche sind so groß, daß er darüber hinwegsteigen muß. Fran hat alte Sackleinwand um Füße und Waden gewickelt, aber kalt klettert der Wind seine Schenkel hinauf, schleicht sich durch die abgewetzte Wolle der Hose bis hinein in die Höhlung des Bauches. Früher hat Fran die herbe, vorwinterliche Kälte kaum gespürt, in diesem Spätherbst aber ist alles an ihm anders, er ist empfindsamer geworden, empfindsamer in jeder Hinsicht. Ein hartes, ungerechtes Wort des Schaffners beutelt er nicht mehr mit einem Lachen ab, der heimliche Spott der Alumnen, der ihm stets gleichgültig war, bereitet ihm Ärger, oft protestiert er, was er sonst nie getan hat, gegen Willkür und Hochmut der Klosterbrüder. Das primitive Holzgestell seines Bettes reißt ihn, dreht er sich auf die andere Seite, aus verquollenen Träumen, die eisigen Wände seiner heimlichen Klause lassen ihn neuerdings bis zur Gänsehaut erschauern und seine Finger werden so klamm, daß ihnen das Buch entfällt. Oft muß Fran seine Gedanken zur Lektüre zwingen, sie gehen eigene, seltsame Wege, die er nicht verstehen will.

Fran will das Dorf Fuglau erreichen, es ist nicht mehr als eine Stunde vom Stift entfernt. Der Wirt der dortigen Schenke ist ein Mann von großem Wissen. Sein Gedächtnis speichert alle Neuigkeiten, die er von Herren und Bauern erfährt, und er ist stets bereit, diese Neuigkeiten an den Pater Prior weiterzugeben, um eines kleinen Ablasses, einer kleinen Fürbitte willen. Viel Unwichtiges ist darunter, aber auch manches, was der Prior brauchen kann, um es zum Vorteil des Stiftes zu verwenden. Vom Wirt kann man erfahren, welcher Hof verschuldet ist, welches Gut zum Verkauf steht, welcher

Schloßherr sich in Schwierigkeiten befindet. Was der Wirt zu sagen hat, wird Fran dem Prior genau mitteilen. Willibald weiß, daß er sich auf Fran verlassen kann.
Fran schneuzt mit zwei Fingern seine Nase und schleudert den dicklichen Ausfluß über das Feld. Es ist seine Gewohnheit, den Weg nach Fuglau über die Äcker zu nehmen, die zum Hof der Familie Leutgeb gehören, er hat dann das vage Gefühl eines Besitzes, den es für ihn nicht gibt. Der Wind wird stärker, Fran zieht die Kapuze tief in die Stirn, wirft sie aber gleich wieder in den Nacken, er hat das Bedürfnis, sein Gesicht, seinen Körper, alles, was an und in ihm ist, dieser beißenden Schärfe auszusetzen, um Klarheit darüber zu gewinnen, was mit ihm geschieht, was schon da ist und noch auf ihn zukommen wird. Es wird eine Veränderung geben, weiß Fran, und sie wird nicht nur ihn betreffen.

KAPITEL 2

EIN BILDSTOCK WIRD GESETZT

Der kaiserlich und königliche Kammerrat Johann Gabriel von Selb hielt sich mehrmals im Jahr in Schloß Wildberg auf. Die Räume dieser ehemaligen, aus dem 12. Jahrhundert stammenden Burg fand er trotz vielfacher Veränderung kalt und abweisend, er schlief hier schlecht, denn die unebenen Wände seines Schlafzimmers erlaubten es nicht, sie mit warmen Tapeten auszustatten. Der steinerne Fußboden konnte sich auch während heißer Sommer nicht erwärmen, trotz seiner Samtpantoffel litt der Freiherr ständig an kalten Füßen. Die Landschaft aber rund um das hoch auf einem Hügel liegende Schloß liebte er. Er genoß es, von seinem kleinen, kunstvoll erbauten Stück Garten in die Gegend zu schauen, hinunter auf den schmalen Lauf der Taffa, auf die Dörfer Messern und Mödring, auf die von dunklen Waldflecken unterbrochenen Wiesen und Äcker. Dann fühlte er sich als Beherrscher dieses Landstrichs, der er im Umkreis von einigen Meilen auch war und vergaß die unangenehme Pflicht, bald wieder in die Haupt- und Residenzstadt Wien und zu seinen Amtsgeschäften zurückkehren zu müssen.
Der Freiherr war nicht allein, wenn er sich in Wildberg aufhielt. Er befand sich in Gesellschaft einer Frau, die nicht die seine war. Das wußte das Gesinde, auch die Bewohner der umliegenden Dörfer wußten es. Anfangs hatte man viel darüber geredet, im Laufe der Jahre aber fand man diesen Umstand nicht mehr wichtig. Man faßte zu der Frau, die man die Dame nannte, und die sich warmherzig um die Sorgen der Bediensteten und der Bauern kümmerte, Vertrauen und respektierte sie. Dem Freiherrn von Selb bedeutete ihre Gesellschaft, die er

ungetrübt nur in Wildberg genießen konnte, viel, sie erst machte ihm den Aufenthalt dort erträglich.
Manchmal hatte der Freiherr den Wunsch, sein Leben zu verändern. Dann träumte er davon, sein Schloß intimer und bequemer zu gestalten, sich seinen Sammlungen alter Briefschaften und Dokumenten hinzugeben, nicht mehr zu Frau und Kindern zurückkehren zu müssen. Oft stand er nachdenklich vor dem im Norden der Anlage befindlichen fünfeckigen Turm, der nur mehr ein Torso war. Die Reste des Turmes waren von einem mächtigen Nußbaum durchwachsen, dessen Laub bis spät in den Herbst hinein die Wunden der verstümmelten Mauern bedeckte. Dann erinnerte sich auch der Freiherr seiner Lebenswunden, die nur eine bestimmte sanfte Frauenhand zu heilen wußte. Manchmal träumte der Freiherr, er könne fliegen, könne sich abstoßen vom Laubengang der oberen Geschoße. Wie ein Vogel würde er sich über die vielfältigen Gebäudeformen seines Besitzes erheben, dann aber in stillem Gleiten über der Landschaft schweben, über die Strohdächer der Bauernhäuser, über die Kirchturmkreuze hinweg. Der Aufwind würde ihn die höchsten, oft von Felsgestein duchsetzten Erhebungen bezwingen, eine Bö ihn hinunterfallen lassen in die tiefen, dunklen Täler der Flüsse. Immer wieder aber würde er dem Himmel nahe sein, geborgen im weichen Flaum einer Wolke, weit weg von den Mühseligkeiten der Erde. Der Freiherr Johann Gabriel von Selb lebte trotz seiner fünfundfünfzig Jahre gern in einer Welt der Phantasie. Es war die Aufgabe der Dame, ihn wieder in die Wirklichkeit zurückzuführen.
An diesem ungewöhnlich warmen Apriltag des Jahres 1762 hatte die Dame zum ersten Mal das Gartenhäuschen betreten. Das luftige Gebäude stand auf einer runden Plattform der südlichen Umfriedungsmauer des Schlosses, seine vier Säulen verbanden sich mit einer

lockeren Balustrade, trugen das glockenförmige, hochgewölbte Dach. Die Dame liebte diesen Platz. An den seltenen Sommerabenden, die einen Aufenthalt im Freien erlaubten, saß sie in Gesellschaft des Freiherrn an dem runden Tisch bei einem Glas Wein, sie unterhielt ihn mit manchmal schon gehörten, manchmal neuen Geschichten, die sie mit lebhaftem Ausdruck erzählte. Begann der Freiherr von seinen Gedanken, Ideen und Phantasien zu berichten, oft in einem bewegten, raschen Fluß hastig gesetzter Worte, hörte sie ihm still zu. Der Freiherr hatte keine Geheimnisse vor ihr. Sie glaubte sein Leben und seine Person zu kennen, aber sie ließ ihm einen kleinen, schwer erforschbaren Rest. Auch sie hatte ihm nicht alles von sich erzählt und damit ihrer Beziehung die Gefahr der Alltäglichkeit genommen.
Die Dame, die den bürgerlichen Namen Philomena Burger trug, stützte sich auf die Balustrade und atmete tief die frühlingshafte Luft ein. Ihr Kopf war unbedeckt, das braune, leicht von grauen Fäden durchzogene Haar fiel locker auf ihre Schultern, berührte das weite, in persischem Muster gehaltene Tuch. Philomena war groß, sie konnte, stand der Freiherr neben ihr, ein wenig auf ihn hinunterblicken. Ihre leicht zur Fülle neigende Gestalt zeigte, daß sie vierzig Jahre bereits überschritten hatte. Das ungeschminkte Gesicht aber war jung, von natürlicher Farbe, mit hellen Augen und einer leicht aufwärts gerichteten Nasenspitze, die der Freiherr von der ersten Begegnung an unwiderstehlich gefunden hatte.
Sie dachte über die Nachricht nach, die ein Bote am Morgen gebracht hatte. Im Stift Altenburg hatte die Inauguration des neuen Abtes stattgefunden. Er hieß Willibald Palt, was niemanden überraschte. Jeder wußte, daß Willibald schon seit langem mit dem Tod seines Vorgängers Justus Stuer gerechnet hatte. Justus Stuer aber hatte sich mit dem Sterben Zeit gelassen. Immer wieder war

er vom Krankenbett aufgestanden, blaß, schwach, nur mehr eine Handvoll Leben, bis zum Schluß hatte er die Illusion aufrechterhalten, die wichtigsten Amtsgeschäfte noch selbst erledigen zu können. Die Brüder ließen ihm diese Illusion, längst befolgten sie die Anweisungen des Priors. Die Befehlsgewalt des Abtes aber fehlte. Seine spärlichen, emotionell motivierten Anordnungen waren oft im letzten Moment von ihm widerrufen worden. Die großen Pläne des Priors ließen sich nicht verwirklichen. Es war wenig zu Ruhm und Ehre des Stiftes geschehen. Nun wird er wieder anfragen lassen, der Palt, jetzt, wo er Abt ist und mit größerem Nachdruck als bisher, ob Wildberg verkäuflich wäre, dachte Philomena.

Seit ein Vorfahre des Freiherrn die Herrschaft Wildberg von einem schwer verschuldeten gräflichen Geschlecht im Jahr 1669 gekauft hatte, nahmen die Sorgen um diesen Besitz kein Ende. Der damalige Käufer hatte sich verpflichten müssen, nicht nur die hohen Schulden des Verkäufers zu bezahlen, sondern auch noch dessen rückständige Steuern abzuführen. Von Anfang an hatte auf den neuen Besitzern von Wildberg ein gewaltiger finanzieller Druck gelastet, der sich unter deren Nachkommen noch verstärkte. Denn die von Selb waren wohl angesehene, hochgebildete Herren, mit Geld aber verstand keiner von ihnen umzugehen.

Sie müsse, überlegte Philomena, die Frage nach der gegenwärtigen finanziellen Lage des Freiherrn wieder einmal stellen. Die Möglichkeit dazu gab es selten. Laissez faire, laissez aller, pflegte der Freiherr lächelnd auf ihre vorsichtig gewählten Worte zu antworten und sich einem erfreulicheren Thema zuzuwenden.

Aus dem riesigen, pyramidenartigen Schlot der entfernten Küche trug der Wind dunklen, von Ruß durchsetzten Rauch zum Gartenhäuschen hin. Eine neue Magd kam über den Hof gelaufen, barfuß, einen mit Abfall gefüll-

ten Eimer in der Hand. Das wirre, ungewaschene Haar fiel ihr tief über die Augen, als sie den Eimer in den ehemaligen Burggraben entleerte. Sie bemerkte die Dame an der Balustrade, blieb erschrocken stehen und sah mit offenem Mund zu ihr hinauf. Dann drehte sie sich blitzschnell um und lief davon. Bleib, rief Philomena zu ihr hinunter, aber die Magd hörte nicht.
Als Philomena mit dem Freiherrn an der Mittagstafel saß, beobachtete sie ihn nachdenklich. Sie betrachtete seine weißen, feingliedrigen Hände, die den Braten genüßlich in kleine Stücke zerteilten, dann wieder zum Weinglas griffen und es mit ruhiger Geste an die Lippen führten, sie sah seine kahl werdende Stirn, die sich in angemessenem Abstand über den Teller neigte, und, als der Freiherr sich wieder aufrichtete, seine klugen, grauen Augen, die schmale Nase, den noch vollen, allen sinnlichen Freuden zugetanen Mund. Sie wußte, daß er das Schöne, das Angenehme, das Problemlose liebte, und daß er nun, wo er alt zu werden begann, sich entschlossen hatte, allen Schwierigkeiten aus dem Weg zu gehen. Da ihm ihre ganze Liebe gehörte, wollte sie ihm jede Schwierigkeit ersparen. Doch sie wußte, es würde nicht möglich sein.
Der erwartete Bote aus dem Stift Altenburg traf nicht ein. Der neue Abt Willibald Palt hatte vorläufig anderes zu tun.

Im von Wohnhaus, Ställen und Scheune umgebenen Hof sitzt der dreijährige Mathias Palt auf dem schmutzigen, von den Rinnsalen der Jauche aufgeweichten Boden. Er hält einen Haselstecken in der Hand, er taucht ihn in die Jauche ein, schwenkt ihn wild herum und sieht den übelriechenden, zur Erde hinunterstäubenden Tropfen nach. Er ist ein kräftiges Kind, rotbackig, blauäugig, das glatte, strohblonde Haar, von der Mutter kunstlos geschnitten, steht in dichten Büscheln um seinen runden Kopf. Obwohl man erst den Monat April schreibt und das Wetter im Waldviertel mit wenigen Ausnahmen noch recht kalt ist, trägt Mathias nur einen groben, bis zu den Knien reichenden Leinenkittel, Waden und Füße sind nackt. Mathias hat an diesem 19. April Geburtstag, er hat es von der Mutter erfahren, und er hat zum ersten Mal begriffen, was damit gemeint ist. Die Mutter hat ihm gesagt, er werde heute was Besonderes zu essen bekommen, aber erst, wenn der Vater mit dem Knecht aufs Feld gefahren ist. Nur selten noch fährt die Mutter mit. Maria Magdalena Palt leidet seit der Geburt ihres zweiten Kindes, des Sohnes Johann, den sie Hans nennt, an einer seltsamen Schwäche, deren Ursache sie nicht kennt. Der Bader der Gegend, der von Dorf zu Dorf zieht, hat gemeint, es fließe zu wenig Blut in ihrem Körper. Er hat ihr einen Absud aus Eisenwurz verschrieben und ihr ein Pflaster auf die Brust geklebt, das ihr einen Ausschlag, aber keine Besserung ihrer Kräfte bescherte. Auch die Eisenwurz zeigte keine Wirkung. Ihr Mann Johann war der Ansicht, ihr Leiden werde von allein gut werden, wenn sie es nur wolle und sich nicht ständig vor der gesunden Arbeit drücke. Lena hatte es versucht, war aber im letzten Sommer beim Garbenbinden zusammengebrochen. Eine Menge Blut, von dem sie angeblich zuwenig besaß, hatte sie von sich gegeben und einige Wochen lang nicht aufstehen können. Seither duldet es Johann, daß sie die anstrengendsten Arbeiten nicht mehr verrichtet. Er macht, wenn er sagt, das Weib solle zu Hause bleiben, ein böses Gesicht, oft von einem höhnischen Lachen begleitet. Das Lachen soll ihr klarmachen, daß sie nichts mehr wert ist. Im Bett rührt er sie nicht mehr an. Ihr ist es recht, sie hat die derbe Inbesitznahme durch ihn nie gemocht. Außerdem weiß sie, daß sie kein gesundes Kind mehr zur Welt bringen kann. Der kleine Hans, vom Vater nach dem ungeliebten Erstgeborenen dringend erwartet, ist ein schwächliches Kind, das sich trotz seiner bald zwei Jahre nicht richtig entwickeln will. Neben seinem Bruder Mathias wirkt Hans kümmerlich und blaß. Das hat die Abneigung des Vaters Mathias gegenüber noch verstärkt.

Die Mutter läßt die kleinen Ferkel aus dem Stall, sie springen um Mathias herum, robben durch den Schmutz, wälzen sich im Rinnsal, kollern vor seine Füße, fallen aufeinander, quietschen. Mathias jauchzt und lacht, wirft den Haselstecken weg, beginnt sich mit den Ferkeln im Schmutz zu wälzen. Die Mutter packt ihn am Kittel, zieht ihn heraus, schimpft mit ihm, aber schlägt ihn nicht. Sie nimmt ihn mit ins Haus, stellt ihn samt dem Kittel in ein Schaff und wäscht ihn ab. Dann stülpt sie ihm ein frisches Hemd über und streicht kurz über seine hochroten Wangen. Der kleine Hans steht in einer Ecke und sieht zu. Er kann noch nicht sprechen.

Das besondere Essen erweist sich als eine Speise von zwei Eiern, aufgeschlagen in einem Löffel heißem Schmalz. Dazu gibt es einen Ranken Brot. Mathias ißt laut schmatzend, Mutter und Bruder sehen ihm zu. Den letzten Löffel Eierspeise steckt Mathias dem kleinen Bruder in den Mund.

Es ist früher Nachmittag. Johann hat beim Essen den Mehlschmarrn nach wenigen Bissen dem Knecht hingeschoben. Der fällt gierig darüber her. Lena macht sich beim Feuer zu schaffen, sie hat es sich abgewöhnt, die Mahlzeit mit den Männern einzunehmen, sie ißt später ein paar Bissen. Erst als sie sich umdreht, bemerkt sie, daß ihr Mann zu essen aufgehört hat. Den Arm am Tisch aufgestützt, in der erhobenen Hand den hölzernen Löffel, so sitzt er da und sieht sie an. Sie kennt diesen Blick, Verachtung ist drinnen, fast Haß und der ständige

Vorwurf, daß sie zuwenig tut. Schweigend will Lena die Schüssel wegstellen, die der Knecht rasch geleert hat.Da packt Johann sie beim Handgelenk, dreht ihren Arm um, daß das Ellbogengelenk kracht und die Handfläche nach oben schaut. So fest er kann, drückt er mit seinen rauhen Arbeitsfingern zu, dabei entfährt ein leises Keuchen seinem Mund. Lena erwidert gleichgültig, fast mitleidig seinen Blick, kein Schmerzenslaut kommt über ihre Lippen. Johann läßt ihr Handgelenk los und spuckt auf den kleinen Brocken Mehlschmarrn, der dem Knecht vom Löffel auf den Tisch gefallen ist. Dann steht er wortlos auf und geht hinaus.
Die Kinder spielen im Hof, nun zieht Mathias den kleinen Bruder am Haselstecken hinter sich her, sie verjagen mit lauten Rufen die Hühner, die sich mit wildem Flattern zum Misthaufen hin retten. Da öffnet sich das Hoftor und Fran tritt herein. Als Mathias ihn erkennt, macht er einen Freudenschrei und eilt ihm entgegen. Fran fängt ihn auf, hebt ihn hoch und dreht sich mehrmals mit ihm um die eigene Achse, wobei seine Kutte den eingetrockneten Hühnerdreck wegfegt. Mathias späht sofort nach dem Jutesack, den Fran mit sich trägt. Der kleine Hans kommt langsam näher, bleibt aber ein paar Schritte von Fran entfernt stehen. Fran lockt ihn mit dem Finger, macht gekonnt das Gegacker der Hühner nach, kräht wie ein Hahn, der Kleine lacht und gesellt sich zu ihm und Mathias. Zu dritt gehen sie ins Haus.
Ich habe Euch was mitgebracht, sagt Fran in der Küche und legt den Sack auf den Tisch.
Das tut Ihr doch immer, meint Lena und stellt ein Glas Most vor Fran hin.
Diesmal nicht vom Herrn Prior, sondern von seiner geistlichen Gnaden, dem Herrn Abt, sagt Fran und löst die Schnur.
Mathias ist auf den Tisch geklettert und versucht zu er-

kennen was sich im Sack verbirgt. Fran aber öffnet den Sack nicht gleich, er zieht ihn auf dem Tisch hin und her. Mathias beginnt zu schreien, stößt mit seinem Kopf immer wieder gegen das harte Holz des Tisches.

Der hat seinen Willen, meint Fran zu Lena, einen starken Willen. Es wird später gut und auch schlecht für ihn sein.

Fran öffnet den Sack, langt mit der Hand hinein, zögert. Endlich zieht er die Hand wieder heraus und legt ein kleines, in ein Stück Stoff gehülltes Paket vor Mathias hin. Es ist von einem Bindfaden umwunden, den Lena mit dem Messer aufschneidet.

Jetzt schau hinein, sagt Fran zu Mathias. Gespannt blicken Lena und er auf das Kind. Ungeduldig reißt Mathias den Stoff auseinander. Zum Vorschein kommt ein kleines, blau-rot bemaltes Holzpferd, es steht auf vier plumpen Rädern, es hat einen eigentümlichen, hoch erhobenen Schwanz und dieser Schwanz hat an seinem Ende ein rundes Loch.

Ich zeig Dir was, sagt Fran, nimmt das Pferd, das Mathias in ungläubigem Staunen noch nicht zu berühren wagt, an sich und bläst in das Loch des Schwanzes. Ein schriller, durchdringender Ton steigt an den russigen Mauern der Küche hoch, hängt noch Bruchteile von Sekunden an der hölzernen Decke, verhallt unvermittelt. Der kleine Hans beginnt zu weinen, verkriecht sich hinter der Mutter, Mathias aber reißt Fran das Holzpferd aus der Hand und eine Serie wilder Pfeiftöne durchgellt den Raum.

Er begreift rasch, sagt Fran anerkennend. Sehr rasch für sein Alter.

Da hat uns der Pate was angetan, sagt Lena, lacht nach langer Zeit wieder und setzt hinzu: Es ist das erste echte Spielzeug, das der Bub bekommt.

Das ist noch nicht alles, sagt Fran und greift noch ein-

mal in den Sack. Da ist noch was. Aber nicht für das Kind. Für die Mutter. Was es ist, weiß ich nicht.
Bis an ihr Lebensende, bis zu ihrem frühen Tod wird sich Maria Magdalena Palt an diesen Augenblick erinnern, sie wird sich von diesem Geschenk, dem schönsten der wenigen Geschenke, die sie jemals erhielt, nie mehr trennen. Tagsüber wird sie es in den Falten ihres Kittels vergraben, nachts unter ihren Kopfpolster legen, so oft es geht wird sie es berühren. Die Sekunden des Öffnens der unscheinbaren Schachtel, das Entdecken ihres Inhalts wird sie sich immer wieder zurückrufen, dabei den dumpfen Essensgeruch, den Geruch des sauren Mostes in der Nase haben, und den gleichen Herzschlag spüren wie jetzt, da sie den Rosenkranz, der in dieser Schachtel liegt, herausnimmt. Kein Kranz aus abgegriffenen Holzperlen, wie sie ihn besitzt, ein Kranz aus Steinen von einem milchigen Gelb, ungleich in Farbe und Form, mit einem silbernen Kreuz an der Schnur. Maria Magdalena Palt wird niemals wissen, daß dieser Kranz aus dem seltenen Bernstein besteht, aber wann immer sie Zeit hat, wird sie die gelben Steine durch ihre Finger gleiten lassen, die sechs Vaterunser und dreiundfünfzig Ave Maria mit unfreiwilligen Unterbrechungen, aber mit Inbrunst beten und dabei einen Teil ihrer Ängste und ihre zunehmende Mutlosigkeit vergessen. Eine Weile steht sie stumm da, dann sieht sie Fran an und fragt: Warum? Fran weiß keine Antwort, meint aber, es sei ein Geschenk des Schwagers auf Grund seiner neuen Würde, ein Zeichen von Gnade und Wohlwollen. Diesen Gedanken nimmt Lena an, er verdrängt, weil sie es so will, die Bilder einer Begegnung, die mehr als ein Jahr zurückliegt.
Es war ein Morgen im Juli, sie hatte in der sogenannten Mühltaschen den Rain gemäht, nachdem der Frühtau getrocknet war. Damals war es ihr schon nicht mehr gut

gegangen, aber besser noch als jetzt. Das Feld war nicht groß, und das Rainmähen nicht besonders anstrengend, eben Weiberarbeit, wie ihr Mann sagte. Sie hatte ungewöhnlich stark geschwitzt, der Zopf war ihr aufgegangen, das Haar hing in Strähnen von ihrem Kopf, als sie mit der Sichel heimgehen wollte. Beim Betreten der Mödringer Straße, auf der noch die Hitze des Vortags lag, sah sie, daß ein Wagen sich näherte. Trotz der Wolken von Staub, die ihn umgaben, wußte sie sofort, es war ein Wagen vom Stift, und sie versuchte, sich hinter dem Stamm eines wilden Kirschbaums zu verbergen, als ahnte sie, wer in dem Wagen saß. Es war ein untauglicher Versuch, denn der Wagen hielt, und der Prior stieg aus. Er grüßte sie freundlich, mit erkennbaren Zeichen von Freude, nannte sie Frau Schwägerin und fragte sie nach ihrer Arbeit. Sie gab ihm Auskunft, sie bemühte sich ruhig und unbefangen zu sprechen, aber sein Blick, der sie auf eine seltsame Art nicht losließ, erlaubte es nicht. Nur zögernd kamen ihre Antworten, und als er fragte, wie es mit ihrer Gesundheit stehe, sagte sie, es gehe ihr gut. Er aber schien die Lüge zu erkennen, er prüfte jeden Winkel ihres Gesichts und meinte dann leise, sie möge auf sich achtgeben. Während er das sagte, hob er die Hand als wollte er eine Haarsträhne aus ihrer Stirn streichen, senkte sie aber, ohne es zu tun. Dann stieg er wieder in den Wagen. Er hatte keine Fragen gestellt. Weder nach seinem Täufling, noch nach dem zweiten Sohn und schon gar nicht nach seinem Bruder. Es war die erste und einzige Begegnung zwischen ihnen, die ohne die Anwesenheit anderer stattgefunden hatte.
Fran bleibt noch eine Weile im Haus, spielt mit den Kindern. Lena strickt Socken aus der lohfarbigen, gekämpten Schafwolle, die sie im Winter gesponnen hat. Gern würde sie eine feine Häkelarbeit machen, wagt es

aber nicht. In den Augen ihres Mannes wäre es nur sündhafte Zeitverschwendung. Bevor Johann zurückkommt, empfiehlt sich Fran. Er weiß, daß Johann ihn nicht mag, daß seine Besuche von ihm nur geduldet werden, weil er ihn als Abgesandten des hochgestellten Bruders zu respektieren hat. Was immer Fran seit der Taufe im Namen Willibalds für das Kind gebracht hat, kleine Geld- oder Sachgeschenke, eine geweihte Kerze zum Namenstag, hat Johann verächtlich entgegengenommen und irgendwo verräumt. Nach langer Suche hat Lena das Versteck gefunden, alles war noch da, auch das Geld war unangetastet. Lena hat dazu geschwiegen, heute aber ist sie fest entschlossen, dem Kind sein erstes Spielzeug nicht wegnehmen zu lassen. Sie wird auch das Geschenk des Rosenkranzes vor Johann nicht verheimlichen und spürt schon jetzt eine Art von Triumph bei der Vorstellung, es ihm voller Freude zu zeigen.
Es ist wie immer. Sie hört das Öffnen des Tores, das Rumpeln des Wagens in den Hof, die Handgriffe des Knechts, der das Pferd ausspannt. Sie hört das Abladen der Ackergeräte, ihr Abstellen an der Scheunenwand, bevor sie im Schuppen verwahrt werden. Sie hört Johanns schwere Schritte, als er zum Brunnen geht, das Knarren des Schwengels, das zuerst zögernde, dann rascher fließende Wasser, dessen kühlen Strahl Johann in seine hohle Hand rinnen läßt, um es sich dann über Kopf und Hände zu schütten. Sie hört die kurzen, harten Befehle, die er dem Knecht erteilt, dann seine Annäherung an das Haus. Dabei überfällt sie jedesmal ein leichtes Frösteln, und sie schlägt die Knöchel ihrer Hände aneinander.
So wie immer tritt Johann auch jetzt in die Küche, grußlos, mit gleichgültigem Blick. Sie wartet nicht mehr darauf, daß er sie anspricht. An diesem späten Nachmit-

tag aber richtet sie das Wort an ihn.
Der Fran hat was gebracht, sagt Lena. Dem Mathias zum Geburtstag.
Was ist das, ein Geburtstag, fragt Johann. Dann wendet er sich Lena plötzlich zu und fordert: Zeig her.
Der Bub hat es bei sich, sagt Lena.
Wo ist er, fragt Johann.
Hinterm Haus, antwortet Lena und geht Johann bis zur Türe nach, der in den Hof tritt und Mathias mit lauter Stimme ruft. Es dauert eine Weile, bis das Kind kommt, das Pfeifenrössel fest in der Hand. Es bleibt stehen, hält sich vom Vater entfernt und mißachtet seinen Befehl, näherzukommen. Aus dem Stall tritt der Knecht und beobachtet die Szene. Der kleine Hans ist hinterm Haus geblieben, was Lena beruhigt. Johann macht ein paar Schritte auf das Kind zu. Mathias bleibt an seinem Platz. Als der Vater Jetzt aber her mit Dir, ruft, mit einer Stimme, die sehr bös ist, dreht sich Mathias aus Angst und Trotz um und zeigt ihm den Rücken. Mit wenigen Sprüngen ist der Vater bei ihm, hebt ihn hoch, stellt ihn mit heftiger Bewegung zurück auf den Boden, beutelt ihn, schlägt ihn derb auf beide Wangen, zwingt ihn in die Knie.
Um Verzeihung bitten, um Verzeihung bitten, fordert Johann und drückt den Kopf des Kindes fest hinunter zur Erde. Lena macht sich bereit einzugreifen und betritt den Hof. Plötzlich aber gelingt es dem Kind, mit dem Kopf nach der Seite auszuscheren, es setzt das Rössel an den Mund und bläst den schrillen Pfeifton dem Vater mitten ins Gesicht. Johann weicht erschrocken zurück, stolpert über einen hinter ihm liegenden Rechen und fällt auf den Rücken. Der Knecht bricht in lautes Lachen aus. Lena ist herbeigeeilt und stellt sich vor Mathias. Johann steht auf, kochend vor Zorn, den Rechen in der Hand. Er geht damit auf Frau und Sohn zu, den

Arm zum Schlag erhoben. Nein, brüllt der Knecht und springt vor.
Du tust es nicht, Du tust es nicht, ruft Lena und hält die gelben Perlen des Rosenkranzes vor ihre Brust.
Johann läßt den Arm sinken, wirft den Rechen weg und geht davon. Er läßt sich an diesem Abend nicht mehr blicken, kommt auch nicht in die Schlafkammer. In der Folgezeit macht er keinen Versuch, Mathias das Pfeifenrössel wegzunehmen. Über den Rosenkranz verliert er kein Wort.

Die Abendmesse war vorbei, die Kirche leer. Einer der Laienbrüder hatte die Kerzen gelöscht, ein feiner Wachsgeruch war noch spürbar. Willibald Palt war, nachdem Fran ihm das Meßgewand abgenommen hatte, noch einmal in die Kirche zurückgekehrt. Er vergewisserte sich, daß die Tür des Tabernakels zu war, strich mit den Fingern über das schwarze Holz, den goldenen Zierat. Es war einer der seltenen Augenblicke, wo er unbewußt handelte, es gab keinen Grund, an der Abgeschlossenheit des Allerheiligsten zu zweifeln. Seit seiner Wahl zum Abt geschah es manchmal, daß Willibald sich bei ungeplanten Handlungen ertappte, er führte es darauf zurück, daß er noch nicht vollkommen in sein neues Amt hineingewachsen war. Diese Unsicherheit machte ihn zornig. Wie immer, wenn er vor dem Altar stand, blieb sein Blick an dem Gemälde Paul Trogers haften, an diesen leuchtenden Farben Blau und Rot, auf dem die Jungfrau Maria, von zahllosen Engeln und einer Aureole goldenen Lichts umgeben, auf einer Wolke dem Himmel zuschwebte. Mit sehnsüchtiger Gebärde verfolgten die an ihrem Sarkophag Zurückgebliebenen diesen wunderbaren Flug. Etwas war an diesem Bild, was Willibald still und klein machte. Er spürte den Triumph des Glaubens, der sich in Marias Gestalt darstellte, der sei-

ner eigenen Würde die Bedeutung nahm und ihm seine Sterblichkeit zeigte. Mit dem unbewußten Wunsch nach Auflehnung wandte sich Willibald von dem Bild ab, und er lief fast, als er die Kirche verließ.
In der Bibliothek war es still. Keiner der Brüder ging zu dieser Zeit seinen Studien nach. Durch die hohen Fenster drang das melancholische Licht der Dämmerung. Die schwerelose Schönheit des Raumes, gegliedert durch korinthische Pilaster, überhöht von säulengetragenen Kuppeln, verlor ihren barocken Zauber, die Farben Blau, Violett, Weiß und Gold verblaßten. Auch die gleichnishaften Darstellungen der Gemälde büßten die Kraft ihrer Aussage ein. Nur die dunklen Rücken der Bücher drängten sich in die Augen des Besuchers. Langsam ging Willibald an den Abteilungen Musik, Astronomie und lyrische Poesie vorbei, merkwürdige Bücher, wie er fand, von Justus Stuer mit Vorliebe gesammelt. Er näherte sich dem Schrank mit den Werken der Philosophie, sie hatte ihm stets als die nobelste Wissenschaft gegolten. Mit ihr hatte er sich auseinandergesetzt, als er die Humaniora in Horn studierte, war ihr nähergekommen, als er in Wien mit neunzehn Jahren zum Baccalaureus ernannt wurde. Während des Studiums der Theologie, ebenfalls in der kaiserlichen Haupt- und Residenzstadt, hatte er die inhaltliche Nähe der beiden großen Lehren erkannt und mit dieser Erkenntnis die letzten Spuren bäuerlichen Denkens abgestreift. Sein Amt als Theologieprofessor an der Hauslehrlehranstalt des Stiftes bereitete ihm Freude. Er liebte es, seine Schüler mit schwierigen philosophischen Systemen bekanntzumachen und deren Akzeptanz durch methodische Befragung zu erreichen.
Nachdenklich nahm Willibald ein Buch zur Hand. Er wollte sich von seiner Unruhe durch Lektüre befreien. Die rauhe Oberfläche der Pergaments an seinen Fingern,

die Überschrift des Tractatus bereiteten ihm Unbehagen, er stellte das Buch zurück an seinen Platz, nahm ein anderes, schlug es nicht auf. Die Ruhe, nach der er verlangte, wollte sich nicht einstellen. Statt zu lesen versuchte er zu meditieren, Einkehr zu halten, Antwort auf offene Fragen zu finden. Es gelang ihm nicht.
Er sah auf, als er Schritte hörte, die einen derb, die anderen fast unhörbar. Er wußte sofort, daß Fran in die Bibliothek getreten war, aber er erriet nicht gleich, wer ihn begleitete. Dann erkannte er Lena. Sie trug ihre Arbeitskleidung, die aussah als sei sie ihr zu groß. Ihr Haar blieb unter dem dunklen Kopftuch verborgen. Als Willibald sich erhob, blieb sie stehen, und Fran deutete ihr durch heftiges Winken an, näherzukommen. Willibald ging ihr nicht entgegen, er sagte nur Gott grüße Euch, Frau Schwägerin.
Lena erwiderte leise seinen Gruß, sie verwendete die Anrede Hochwürdiger Herr Abt. Willibald schüttelte den Kopf, wies sie an, sich auf den von Fran herbeigeholten Stuhl zu setzen. Aber Lena blieb an ihrem Platz und begann, aufgezogen wie ein Uhrwerk, rasch und mit tonloser Stimme zu erklären, warum sie gekommen sei. Es sei ihr Mann, der Johann, der sie schicke. Er selbst sei wegen der vielen Arbeit unabkömmlich von Feld und Hof. Weil er nicht mehr zurechtkomme mit allem. Daran sei sie schuld. Sie sei nämlich krank, nicht sehr, aber doch so, daß sie es spüre, daß sie dem Johann nicht mehr die Hilfe sein könne, die sie ihm früher gewesen war. Und eben, weil er also durch ihre Schuld nicht mehr soviel schaffen könne, lasse er durch sie bitten, daß man ihm die Robot erleichtere, daß der Herr Bruder ihm von den achtundneunzig ganzen Tagen im Jahr, die er für das Stift zu arbeiten habe, doch einige wegnehme und ihm auch einen Teil vom Zehent erlasse. Das Pferd sei krank, der Knecht kaum mehr zu ernähren, das zwei-

te Kind kränkle und entwickle sich nicht gut, das Dach der Scheune sei schadhaft seit langem und wenn
Hier brach Lena plötzlich ab und drehte sich um. Sowohl Willibald wie Fran merkten, daß sie weinte. Sie weinte leise, verhalten, ihr Rücken zeigte, daß sie sich schämte. Fran wollte zu ihr hingehen, aber Willibald deutete ihm zu warten, bis sie sich beruhigt hätte. Als Lena sich ihnen wieder zuwandte, fragte der Abt, ob sie der Aufforderung ihres Mannes, mit dieser Klage zu ihm zu kommen, gern und freiwillig gefolgt sei.
Lena zögerte kurz. Dann schüttelte sie den Kopf.
Wie sie wisse, sei ihm als Abt des Stiftes Gerechtigkeit gegenüber allen Untertanen höchstes Gebot, sagte Willibald langsam. Dieses Gebot erlaube ihm nicht, bei allem Verständnis für die Lage seines Bruders, dessen Wünsche zu erfüllen. Es würde sich herumsprechen, man würde eine Bevorzugung aus familiären Gründen darin sehen. Das dürfe nicht geschehen. Er selbst aber sehe in dieser Ablehnung einen Anlaß, sich um ihretwillen Sorgen zu machen. Sie möge ihm sagen, wie er ihr persönlich helfen könne.
Das sei nicht nötig, antwortete Lena, sie komme gut allein zurecht. Der Johann sei ein braver Mann und Vater. Und ein tüchtiger Bauer. Irgendwie werde es schon weitergehen. Sie wolle sich auch noch bedanken für das Spielzeug, das der Mathias erhalten habe und für den wunderbaren Rosenkranz, beides sei ein so schönes Geschenk.
Aber dann schien sie ihre Kraft zu verlassen, und sie lief aus der Bibliothek ohne ein Wort des Abschieds.
Was machen wir jetzt, Fran, fragte Willibald verstört.

Das geschah in letzter Zeit oft. Daß Lorenz sich davonschlich, plötzlich, während der Zeit der Arbeit, einfach davonschlich unter Mitnahme eines leeren Getreidesackes, den er hinter sich herzog. Faustina stand dann, mit dem Kind am Arm, im Tor und sah ihm nach, von Gewissensbissen gequält, denn sie wußte, dieses seltsame Verhalten hatte mit ihr zu tun und mit den Ereignissen der letzten zwei Jahre.

Sie trat zurück in den Hausschatten, stellte das Kind, das wieder in sein leises, verhaltenes Weinen verfallen war, in sein Ställchen und ging in den Mühlentrakt, um dem Burschen zu helfen. Sie hatte sich mittlerweile an die Arbeit in der Mühle gewöhnt. Es war notwendig geworden, denn oft blieb Lorenz viele Stunden weg, und wenn er zurückkam, sprach er nicht mit ihr, setzte sich an den Tisch, trank mehr als ihm guttat vom Most oder fiel in sein Bett. Legte sie sich an seine Seite, merkte sie an seinen Bewegungen, an seinem Atem, daß sein Schlaf nur gespielt war. Alles war anders geworden zwischen ihnen.

Im dumpfen Staub der Mahlkammer keuchte der Bursche unter der Last der Arbeit. Stina schleppte das getrocknete, von den Spelzen befreite Getreide in die Kammer, schüttete es säckeweise in den über dem Mühlkasten angebrachten Trichter, von wo es durch das Steinauge, ein Loch in der Mitte des Läufers, den eigentlichen Mahlvorgang erreichte. Beim knarrenden Geräusch der von der Zarge umkleideten, bewegten Mühlsteine überwachte sie die Vorbrechzone und die Mahlbahn. Die zerriebenen Körner, von der Holzummantelung der Mühlsteine aufgefangen und durch die Rotation der Steine zur Ausgangsöffnung des Kastens transportiert, gelangten über eine Rutsche in den darunter hängenden Sack, den der Bursche füllte und wegstellte. Es war Schwerstarbeit für beide, und sie taten sie schweigend. Manchmal bat sie der Bursche mit stolpernden Sätzen doch aufzuhören, es sei zuviel für die Frau. Stina schüttelte dann nur den Kopf und kratzte den klebri-

gen, mit Staub versetzten Schweiß von Stirn und Körper. Verschwand Lorenz am nächsten Tag wieder für einige Stunden, beschäftigten sie sich mit dem Sichten, Beuteln und Sieben des Mahlgutes, um es in Mehl und Kleie zu trennen. Sie wechselten einander ab im Rütteln des schweren Handsiebes, und oft hatte Stina das Gefühl, es reiße ihr die Arme aus dem Schultergelenk.
Trotz all ihres Bemühens wurden die Arbeitsrückstände immer größer, und die Beschwerden von Stift und Bauern mehrten sich. Immer wieder nahm sich Stina vor, ihren Mann zu fragen, wohin er gehe. Aber sie brachte es nicht über sich.
Auch an diesem Tag hat er sich davongemacht, er steigt, ohne den schlecht gepflegten Weg zu benutzen, von der Talebene des Flusses den Hang hinauf zum hochgelegenen Wald. Es ist ein später Nachmittag Ende Juli, dumpf lastet die Hitze unter den verkrüppelten Laubbäumen, er stolpert über Steine und Wurzelgeflecht, oft bleibt der mitgeschleppte Sack an den stacheligen Büschen hängen, er löst ihn mühsam, mit leicht zitternder Hand. Zweige schlagen ihm ins Gesicht, unwillig biegt er sie zur Seite und hastet weiter, bis er endlich die Höhe des Berges erreicht, den der braune Fluß umfließt. Nun nimmt ihn der Wald auf, ein dunkler, alter Wald, hier mischen sich Eichen mit hochstämmigen Nadelbäumen, der Boden wird weicher, die braune Erde, vom Humus des Herbstes bedeckt, tut seinen Füßen gut. Bald begleitet ihn das steinige Bett des Baches, der nahe dem Forsthaus entspringt und sich in unzähligen Windungen hinunter zum Fluß ergießt. Wie immer bleibt Lorenz kurz an seinem Ufer stehen, taucht die Arme bis an die Ellbogen in das kühle Wasser und benetzt sein Gesicht. Dann wandert er weiter, ohne viel auf die Umgebung zu achten, er weiß, wohin er geht, er hat ein Ziel.
Die Wildnis entläßt ihn, ein Weg liegt vor ihm, breit, an

beiden Seiten von ungewöhnlich hohen Fichten gesäumt. Die untersten, fast nackten Ästen hängen tief zur Erde, die dicht benadelten Wipfel scheinen sich einander zuzuneigen, ein Dach zu bilden. Vom Tageslicht dringt wenig ein. Wie eine Allee, wie bewußt gesetzt, ziehen die Bäume sich ein ganzes Stück schnurgerade hin. Als sei der Kaiser hier geritten, hatte einmal einer der Fratres gemeint und seither nennt man diesen seltsamen Weg, der unvermittelt in einen schmalen, wieder wildumwachsenen Pfad endet, die Kaiserallee. Sie wird von den Stifts- und Dorfbewohnern gemieden. Niemand weiß warum.

Lorenz verläßt die Mitte der Allee, geht den Rand entlang, streift ab und zu mit den Händen die Rinde der Bäume, riecht an den klebrigen Harztropfen und preßt die Hände aneinander. Sie lassen sich für eine kurze Zeit nicht lösen, das gefällt ihm, er hält die so gefesselten Hände vor seinen Körper, vor sein Gesicht. Als die Allee sich verengt, taucht er wieder ein in die weglose Wildnis des Waldes, er beginnt zu laufen, keucht fast blicklos seinem Ziel zu.

Dann liegt sie vor ihm, unvermittelt, als riesiges schwarzes Loch: Die Wolfsgrube. Reisig verfault in ihrer schwer auslotbaren Tiefe, brackiges, nie versiegendes Wasser hat gefallenes Laub zu stinkendem Matsch verkommen lassen. Die Ränder der Grube sind an der Innenseite zum Teil noch fest, zum Teil sind sie eingebrochen. Dort, auf dem ständig glitschigen Erdreich, kann jeder unvorsichtige Schritt hinunter in die Tiefe führen. Es ist viele Jahre her, daß sich in dieser Grube ein Wolf gefangen hat.

Auf ihren festen Rand breitet Lorenz den mitgebrachten, leeren Sack aus. Er legt sich auf den Bauch, sein Kopf hängt über der Grube. Mit geschlossenen Augen läßt er sich einhüllen von den gleichzeitig scharfen und schwü-

len Gerüchen der Verwesung, von neuem beginnt er nachzudenken, was mit ihm geschehen ist, mit seinem Leben, mit seiner Frau und den Kindern, die sie geboren hat. Er versucht, wie jedes Mal, wenn er hier ist, alles wie auf einer Kette aufzureihen, um es endlich zu erraten, zu begreifen. Gleichzeitig fürchtet und hofft er, daß er darüber einschlafen wird, zurechtgerückt in eine angenehme Lage, einem trügerischen Vergessen hingegeben.
Im Herbst vor drei Jahren, als Stina ihm sagte, sie erwarte ein Kind, war er glücklich gewesen. Er hatte gehofft, daß es einmal soweit sein würde, aber es hatte lang gedauert. In dieser Gegend geschah es selten, daß Mann und Frau allein blieben. Den meisten wurde die Kinderschar zu groß, nicht für alle gab es Brot und nicht für alle gab es später Arbeit. Und mit Arbeit für das Wohlergehen der Eltern sollten die Kinder ausgleichen, was diese für sie getan hatten, wettmachen die viele Plage, den ununterbrochenen Verzicht. Wäre seine Ehe kinderlos geblieben, hätte Lorenz die Ursache bei Stina gesucht und ein stiller Vorwurf wäre für die Dauer ihrer Verbindung geblieben. So aber kam diese Nachricht noch zur rechten Zeit.
Er hatte sie geschont während der neun Monate. Er verbot ihr den Zutritt zur Mahlkammer. Gab es schwere Arbeit im Haus, half er ihr. Vom Krämer im Dorf brachte er alles, was sie ihm sagte, feine Leinwand und Nähgarn für Hemdchen und Häubchen, obwohl er wußte, man belächelte ihn und verstand nicht, daß sie nicht selber kam. Dazu war sie nicht zu bewegen. Sie lehnte auch den Beistand der Hebamme ab und meinte, sie käme schon allein zurecht mit der Geburt, sie wolle nicht die Hilfe fremder Hände. Er möge die Hebamme fragen, wie er ihr helfen könne. Er tat es, wieder in dem Wissen, es würde sich herumsprechen und ihn er-

neut zum Narren machen. Der Winter war sehr kalt gewesen, Eisschollen trieben den Fluß hinunter, oft mußte die Arbeit in der Mühle unterbrochen werden. Schlimm war, daß sie kaum Holz im Haus hatten, er hatte im Sommer zuwenig davon eingeholt. Wenn er nun in den Wald ging, um Bruchholz und Reisig zu sammeln, war alles naß und wollte nicht brennen. Dann saß Stina vor dem schwelenden Feuer und rieb unaufhörlich ihre Hände, er konnte es nicht mitansehen, es quälte ihn.
In den Wochen und Tagen, die der Geburt vorausgingen, hatten sie in großer Ruhe und Zuversicht miteinander gelebt. Stina hatte sich wohl gefühlt, sie strahlte eine stille Freude aus, die sich ihm mitteilte. Als es dann soweit war, verrichtete er alle Vorbereitungen mit großer Besonnenheit und versuchte, ihre Schmerzen zu lindern, indem er ihre Hände streichelte und ihr den Schweiß von der Stirn wischte. Aber dann wollte der Kopf des Kindes nicht heraus, er sah schon den feinen Flaum der Haare und den Ansatz der Stirn, doch es ging nichts weiter, obwohl er alles tat, was ihm die Hebamme gesagt hatte. Der Kopf des Kindes steckte und die Qual für Stina und seine eigene Ratlosigkeit wurden immer größer. Als sich das Kind nach einer Ewigkeit aus dem Körper der Mutter löste, war es ein kräftiger Knabe, und sie waren beide außer sich vor Freude. Erst nach einer Weile wurde ihnen bewußt, daß das Kind noch keinen Laut von sich gegeben hatte. Lorenz hielt es mit dem Kopf nach unten und klopfte es heftig auf seinen Hinterteil, aber das Kind blieb stumm. Nun bewegte er es, wie es ihm gerade einfiel, er hörte nicht, was Stina, nun auch von Panik erfaßt, ihm zurief, er knetete den kleinen Körper, hauchte seinen Atem in den winzigen Mund, bis er damit aufhörte, erschöpft, verzweifelt und leise sagte: Es ist tot.
Noch immer sieht Lorenz, während er sich über die

Wolfsgrube beugt, das tote Kind vor sich. In seiner Erinnerung wird es immer größer und schöner, aus dem brackigen Wasser leuchtet sein Gesicht zu ihm herauf, die einst geschlossenen Augen sind geöffnet, es sind große, traurige Augen, sie sagen Ihr seid schuld, daß ich nicht lebe. Das kann Lorenz nicht ertragen, er legt sich auf den Rücken, starrt hinauf in die Wipfel der Bäume. Von da an war alles anders. Stina erholte sich rasch, aber sie redete fast nicht mehr mit ihm. Es war, als gäbe sie ihm die Schuld am Tod des Kindes. Und auch er warf ihr heimlich vor, daß sie in unverständlichem Starrsinn die Hilfe der Hebamme verweigert hatte. Griff er nachts zu ihr hinüber, sprang sie wie in der ersten Zeit ihrer Ehe aus dem Bett und lief aus der Schlafkammer. Einmal versuchte er mit ihr darüber zu reden. Sie hörte ihm zu, aber er hatte den Eindruck, daß alles, was er sagte, an ihr abprallte. Als er meinte, sie sollten es doch wieder versuchen, sie seien beide gesund und jung genug, um Eltern zu werden, machte sie eine abwehrende Bewegung und preßte die Hände vor ihr Gesicht. Von da an litt er schwer unter ihrer Verweigerung, und er verlor die Hoffnung, sie könnte sich ihm jemals wieder zuwenden.

Im darauffolgenden Winter bemerkte er zunächst nichts. Die dicken, wollenen Kleider verbargen die Veränderung von Stinas Körper. Es fiel ihm nur auf, daß ihr Gang anders geworden war. Und dann, plötzlich, wußte er, so war sie gegangen, als sie das Kind erwartete. Er beobachtete sie nun, so oft er konnte. Ihre Kleider legte sie vor dem Schlafengehen nicht mehr in der Kammer, sondern im Vorhaus ab, aber nach einiger Zeit verriet auch das weite, leinene Nachthemd ihren Zustand. Er fragte sie direkt danach, und sie gab es zu. Ja, sie erwartete wieder ein Kind. Er brauchte seine ganze Beherrschung, um ruhig die nächste Frage zu stellen. Die Frage nach

dem Vater. Sie sah ihn an und und versetzte ihn mit ihren ebenfalls ruhig vorgebrachten Worten: Hast Du vergessen? in größte Verwirrung.
Was sollte er vergessen haben? Er konnte nicht etwas vergesssen, was er nicht erlebt hatte. Er dachte nach und marterte sich ab, aber da war nichts, nichts woran er sich hätte erinnern können. Es hatte es keine eheliche Nähe zwischen ihnen gegeben. Immer nur Stinas stumme Verweigerung, die sich schon vor jedem Zubettgehen unverkennbar in ihrem Gesicht ausdrückte. Immer wieder wollte er sie fragen: Wann war das, sag es mir. Aber er wollte sich nicht selbst zum Tölpel machen.
Wie schon oft stellt er sich auch jetzt vor, es könnte damals gewesen sein, als er spätnachts aus dem Dorfwirtshaus zurückkam. Es hatte sich ergeben, meistens vermied er das Zusammensein mit den wenig gesprächigen Bauern, die nur dann laut wurden, wenn sie nach einigen Bechern Schnaps ihrem tief eingewurzelten Mißtrauen gegenüber der Person des Müllers und seiner Arbeit Ausdruck gaben. Wieder einmal hatte man ihn angegriffen und ihn in primitiver Art der Unehrlichkeit verdächtigt. Er hatte sich zornig verteidigt und beteuert, daß er niemals auch nur einen Sack Korn veruntreut habe. Die Antwort war nur böses Gelächter. Er weiß es, ja, er weiß es ganz genau, daß auch er dann zuviel vom Schnaps hinunterstürzte, den gefährlichen Schnaps aus den Früchten der Elsbeere, die in den umliegenden Wäldern wuchs. Er weiß auch, daß er nachher den Weg vom Dorf zum Fluß mehr hinunterfiel als ging. Sonst weiß er nichts mehr. Aber wenn er nachrechnet, was er jetzt, am Rande der Wolfsgrube, zum soundsovielten Mal tut, kommt er genau hin zum Geburtsdatum des Kindes. Und damit bietet sich ihm eine Lösung an, mit der er sich zufriedengeben kann. Mit der er sich zufriedengeben muß.

Er rückt seinen Sack zurecht im abgestorbenen Laub und hat für wenige Minuten die Illusion, daß alles in Ordnung sei. Er erlaubt sich, an dieses zweite, von Stina geborene Kind zu denken, das er so gern lieben würde und nicht lieben kann. Diesmal hatte Stina die Hebamme nicht abgelehnt, sie hatte alles getan, was man an Vorsicht von ihr verlangte, und das Mädchen, das zur Welt kam, schrie sofort mit kräftiger Stimme. Da ist was nicht in Ordnung hatte die Hebamme plötzlich gesagt und die linke Hand des Neugeborenen aufgehoben. Da fehlt was. Nur der Daumen und der kleine Finger saßen daran.
Als Lorenz sich nach kurzem Schlaf von seinem Sack erhebt, hat sich trotz seines Nachdenkens, trotz aller Möglichkeiten und Illusionen nichts für ihn geändert. Er fühlt sich ausgelaugt, sein Kopf ist leer und schmerzt, eine tiefe Traurigkeit sitzt in ihm. Er dreht sich noch einmal um und sieht hinein in die Schwärze der Wolfsgrube, dann macht er sich auf den Weg zurück. Er weiß, er wird morgen wiederkommen.

Es war einfach alles anders in der Haupt- und Residenzstadt Wien. Das Leben hier zeigte sich mit Ansprüchen, die Johann Anton von Selb ungern erfüllte. Da war sein Amt als Kammerrat, dem er nur mit Abneigung nachging, das ihm Tätigkeiten auferlegte, die er am liebsten ganz seinen Stellvertretern überlassen hätte.Nicht immer konnte er es tun, von Zeit zu Zeit war seine Anwesenheit unbedingt erforderlich. Dann unterzog er sich, schlecht gelaunt und voller Ungeduld, den verhaßten Obliegenheiten, befaßte sich flüchtig mit Stößen von liegengebliebenen Akten, mit neuen Gesetzen und amtlichen Verordnungen und gab Sekretären und Schreibern unpräzise Anordnungen, die zwar respektvoll akzeptiert, aber von den besser informierten Untergebenen heimlich korrigiert wurden. Geschah es manchmal, daß er von Beamten hohen Ranges wegen seiner oftmaligen Abwesenheit von den Geschäften einer vorsichtigen Kritik unterzogen wurde, antwortete er lächelnd mit einem allbekannten Ausspruch des Kanzlers der Hofkanzlei: Car enfin nouveauté sur nouveauté dans un gouvernement n'est ni convenable, ni utile, was hieß, daß fortwährende Veränderung oder Erneuerung durch eine Regierung weder angebracht noch nützlich sei.

Kam er vom Amt nach Hause, gab es selten die gewünschte Entspannung und vor allem nicht die geliebten und in Wildberg stets erlebten Stunden des sinnlichen Genusses von Speisen und Wein, des geistigen Genusses eines inhaltreichen Gespräches für ihn. Und, was ihm am meisten fehlte, keine menschliche Wärme, keine persönliche Anteilnahme. Seit bald dreißig Jahren war er verheiratet. Man hatte ihn nicht gefragt, ob er Therese wollte. Man hatte Therese nicht gefragt, ob sie ihn wollte. Sie waren sehr jung gewesen und sehr unerfahren. Irgendwie fanden sie zusammen, und wenn er zurückdachte, hatte es einige fast glückliche Jahre für sie gegeben. Dann kam die erste Tochter, dann die zweite Tochter, dann hätte er gern einen Sohn gehabt, dann hatte Therese einige Fehlgeburten und schließlich wollte sie ihn nicht mehr in ihrem Schlafgemach. Er hatte es nicht übermäßig bedauert, aber die Tatsache, daß er keinen Sohn hatte, schmerzte ihn noch immer. Sie war daran schuld, daß er nur mäßige Liebe für seine Töchter empfand, was von diesen mit einem Minimum an Gehorsam und absolutem Desinteresse an seiner Person bestraft wurde. Therese hatte einen neuen Lebensinhalt durch die Flucht in zahlreiche eingebildete Krankheiten gefunden, und jedesmal, wenn er nach Hause kam, wurde er von ihr mit einem neuen Leiden konfrontiert. Seine bedauernden Worte waren dann verlogen, sein Mitleid war geheuchelt, und wenn er ihr ständig mit Tüchern verhängtes, nach scharfen Essenzen riechendes Zimmer rasch wieder verließ, schämte er sich. Er war durch einige reizvolle und einige langweilige Beziehungen gegangen, und erst seit er Philomena Burger gefunden hatte, war sein Gefühlsleben wieder in Ordnung.

Sein Haus am Graben in Wien stammte aus dem 16. Jahrhundert, ein großes, ein herrschaftliches Haus, mit einem weitläufigen Hof, umgeben von rundbogigen Arkaden und einer schwungvollen Schneckenstiege, die sich bis ins dritte Stockwerk hinaufzog. Als seine Vorfahren das Haus vor hundert Jahren erwarben, fanden sie diese noble Adresse an einem der schönsten Plätze der Stadt ihrem Rang angemessen. Die prächtige Fassade fiel jedem Vorübergehenden ins Auge, an der Ausstattung der zahllosen Innenräume hatte man nicht gespart, sie zeugten von Kunstsinn und erlesenem Geschmack. Die Zeit aber hatte manches verändert. Teile des Mobiliars waren kaputt gegangen, Parkette und Tapeten schadhaft geworden, die großen Öfen produzierten im Winter mehr Ruß als Wärme, die Fenster schlossen schlecht, durch das an manchen Stellen schadhafte Dach drang die Nässe ein. Man hatte sich arrangiert, einige der Zimmerfluchten abgeschlossen und noch immer genügend Platz gefunden. Der Freiherr vermied es während seiner Aufenthalte in diesem Haus sorgfältig, dessen Zustand zu kontrollieren. Kam er an den verschlossenen Zimmern vorbei, beschleunigte er seine Schritte, niemals verlangte er vom Majordomus die Schlüssel. Obwohl man kaum Instandsetzungsarbeiten daran vornahm, lag auf dem Haus eine große Schuldenlast. Der Freiherr war sich zwar darüber im klaren, aber er verdrängte, wie es seine Art war, dieses Wissen. Allerdings wagte er nicht, den ständigen Klagen von Frau und Töchtern über Geldmangel und häusliche Unzulänglich-

keiten mit seinem Lieblingsspruch Laissez faire, laissez aller zu entgegnen. Er hörte ihnen mit gespieltem Interesse zu, versprach baldige Änderung und machte nichts. An einem Abend Ende August verließ der Freiherr nach einer solchen unangenehmen familiären Unterhaltung erleichtert sein Haus. Die Hitze des Nachmittags hatte nach einem heftigen Gewitter nachgelassen, dunkel glänzte die Nässe auf dem Katzenkopfpflaster. Wie immer wehte jener leichte Wind, von dem die Einwohner der Stadt glaubten, daß er sie vor Seuchen und Krankheiten weitgehend schütze. Johann Anton dachte, während er seinen Dreispitz fester in die Stirn drückte, an Philomena, die er bald in Wildberg wiedersehen wollte. Weniger Menschen als sonst bewegten sich auf dem Graben, das Gewitter hatte die meisten vertrieben. Nur ein paar Verkäufer von Neuigkeiten priesen mit heiserer Stimme ihre Ware an, die Limonaden-, die Konfitürenverkäufer machten ihre Buden nicht mehr auf. Als der Freiherr sich plötzlich mit seinem Namen angesprochen hörte, sah er überrascht auf. Vor ihm stand ein vornehm gekleideter Mann, den er nicht kannte.
Ich könnte Euch helfen, sagte er mit leiser Stimme. Wirkungsvoll helfen.
Ich brauche keine Hilfe, antwortete Johann Anton empört. Verlaßt mich sofort.
Der Mann, der aussah wie ein Kavalier, blieb an seiner Seite. Hört mich wenigstens an, fuhr er fort. Es lohnt die Mühe. Ich mache Euch ein Angebot. Ihr müßt nicht darauf eingehen. Aber Ihr solltet darüber nachdenken. Es könnte Euch viele Sorgen nehmen.
Johann Anton versuchte in die Mitte des Platzes auszuweichen, in der heiligen Nähe der Dreifaltigkeitssäule Schutz zu suchen. Aber auch dorthin folgte ihm der Fremde, behutsam, darauf bedacht, kein Aufsehen zu erregen. Ratlos geworden, lehnte sich Johann Anton an

den Säulensockel und hörte sich widerstrebend an, was der Unbekannte ihm sagte. Ein Zettel wurde ihm in die Hand gedrückt, auf dem eine Adresse stand. Dann verschwand der Mann mit einer Verbeugung. Johann Anton blieb noch eine Weile stehen und bemühte sich, das Gehörte aus seinen Gedanken zu verbannen. Es gelang ihm nicht. Mit raschen Schritten machte er sich auf zum Cafe Taroni, wohin er immer ging, wenn er Ruhe und Genuß suchte.
Die Wiener Nächte sind schwül. Die dicken Mauern helfen nicht, die Schwüle dringt durch die Fensterritzen, setzt sich schwer auf die Brust, macht die Lippen trokken und die Haare feucht. Der Freiherr liegt in seinem ungeliebten Bett, er hat die dicke Decke abgeworfen, das macht es nicht besser, nun glaubt er, immer wiederkehrende, feine Kälteströme an seinen Beinen zu spüren. Um nicht in den hochaufgeschichteten Polstern zu versinken, hebt er den Kopf leicht an. Er fühlt sich unbehaglich und fürchtet keinen Schlaf zu finden, gleichzeitig will er wach bleiben, denn noch immer spürt er den Zettel des Fremden in seiner Hand. Ein bereits vollkommen zerknülltes Papier, auf dem die Schrift unleserlich geworden ist. Es macht nichts aus, denn die Adresse, die darauf stand, weiß er auswendig. Eine gute Adresse, er kennt das kleine Palais, das sich in einer der engen Seitengassen des Grabens befindet. Es gehört einem reichen Handelsherrn, dessen Person ihm zwar nicht bekannt, dessen Name ihm aber geläufig ist. Zu dieser Adresse soll er einen Boten mit einem Kennwort schikken, man würde ihm den Ort einer nächsten Zusammenkunft nennen. Johann Anton ist überzeugt, daß es sich bei dem Fremden nicht um den Handelsherrn selbst handelte. Vielleicht ist er ein Verwandter des Kaufmanns, einer der ebenfalls über viel Geld verfügt, denkt er, seine Kleidung ließ darauf schließen. Denn nur um Geld

ging es in dem Angebot, das man ihm gemacht hatte. Die Versuchung ist groß. Schon melden sich Pläne, was er alles tun könnte, sollte er wieder über größere Summen verfügen. Die Sicherheiten. Mein Gott. Man könnte Schuldscheine unterschreiben, das ist man gewohnt, vielleicht sogar Wechsel ausstellen. Das Faszinierende an der Sache ist ja, daß man ihm anbietet, was er nicht selbst verlangt. Stets war es das Schwerste für ihn, Hilfe zu erbitten, sei es auch mit stolzen Worten und um die Last hoher Zinsen. Auch diesmal wird man ihn nicht schonen. Aber vielleicht ist man geduldiger, großzügiger, was die Rückzahlungen betrifft. Sonst würde man doch kein Angebot machen. In weiten Kreisen weiß man ja um seine Schwierigkeiten.

Johann Anton denkt an Wildberg und die Verschönerungen, die er dort seit langem durchführen will. Er denkt an ein Schmuckstück für Philomena, vor kurzem erst hat man ihm einen Ring mit fünf der schönsten Rautensteine angetragen. Er denkt an den längst fälligen Trousseau für seine Töchter, den sie immer drängender mit dem Hinweis, sonst keine Bewerber zu finden, von ihm fordern. Er denkt auch an seine Frau, aber für sie fällt ihm trotz flüchtiger Überlegung nichts ein.

In dieser Nacht verwöhnen den Freiherrn unerwartet schöne, gefällige Träume. Träume, wie er sie immer schon liebte.

Der Fremde entledigt sich in einem Kellerraum seiner vornehmen Kleidung, schlägt sie sorgfältig in ein leinenes Tuch, legt sie in eine Kiste, der er vorher eine abgetragene Drillichhose und ein baumwollenes, geflicktes Hemd entnommen hat. Hose und Hemd zieht er zusammen mit schweren, abgetretenen Stiefeln an. Unter dem Strohsack, der auf dem Bettgestell liegt, zieht er eine kleine Tasche hervor und entnimmt ihr zwei Kreuzer.

Die muß er noch heute dem Kammerdiener geben, den er unter einem Vorwand zum Schreiben der dem Freiherrn übergebenen Adresse bewegen konnte. Er selbst kann weder schreiben noch lesen. Aber er hat ein feines Gehör und ein gutes Gedächtnis. Erstaunlich ist auch seine Fähigkeit, das Verhalten anderer Menschen nachzuahmen. Er verläßt den Kellerraum und macht sich an seine abendliche Arbeit. Er heißt Severin Schintnagel, stammt aus Messern und ist einer der Stallburschen des Handelsherrn.

Im November 1762 sprang auf einem der abgeernteten Felder des Altenburger Bauern Andreas Leutgeb ein Hase auf. Da dies im Spätherbst öfter geschah und die Hasen auf den Stoppeläckern gut sichtbar und leicht zu schießen waren, hatte Andreas Leutgeb seine Flinte dabei. Da er scharfe Augen besaß, traf er das Tier mit dem ersten Schuß. Es fand sich noch einiges Stroh, er band damit die Läufe des Tieres zusammen und legte es sich auf dem Heimweg über die Schulter. Er wollte aber noch das Winterkraut auf einem seiner Äcker kontrollieren, dabei war ihm der Hase im Weg, und er deponierte ihn in einem halbverfallenen Holzverschlag, der dem Stift gehörte. Nachdem er auf dem Krautacker einige Zeit verbracht hatte und leichter Nieselregen einsetzte, entschloß er sich, den Hasen dort, wo er war, zu belassen und ihn erst am nächsten Tag wieder zu holen. Das war ein Fehler.
Bald nach Andreas Leutgeb kam ein Försterknecht am Holzverschlag vorbei, um eine dort abgestellte Falle zu holen. Er entdeckte den Hasen, und da er auf dem nahen Krautacker den Leutgeb umhergehen sah, mit dem er erst vor kurzem wegen einer Nichtigkeit einen hitzigen Streit gehabt hatte, beschloß er, sich an ihm zu rächen. Er nahm zwar nicht an, daß der Leutgeb, sollte er

den Hasen geschossen haben, es auf einem der herrschaftlichen Gründe getan hatte. Der Holzverschlag aber war herrschaftlicher Besitz. Ein Anlaß, den Leutgeb zumindest in den Verdacht zu bringen, unrechtmäßig gejagt zu haben. Und damit ein Wildschütz zu sein. Laut geltender Wildschützenordnung waren die Strafe für diesen Frevel schwer. Hatte der Wildschütz ein Hochwild geschossen, mußte er mit Festungsarbeit, der zwangsweisen Aufgabe seines Besitzes, ja sogar mit Landesverweisung rechnen. Bei Niederwild waren die Strafen leichter, konnten sich aber außer in öffentlicher Brandmarkung in verstärkter Robot, hoher Geldstrafe und im besten Fall im bleibenden Verlust der Flinte auswirken. Andreas Leutgeb erzählte seiner Frau Elisabeth, die er Else nannte, am Abend von seinem Jagdglück. Sie kamen überein, den Hasen bis zum kommenden Sonntag im Keller zu lassen, damit das Fleisch gut abliege. Zu dem selten genossenen Braten wollten sie Andreas Eltern, die bereits im Ausgedinge lebten, einladen. Die Knödel, meinte Andreas, dürften ausnahmsweise aus dem hellen Vorschußbrot sein, man sollte in diesem Fall nicht sparen.
Früh am Morgen, noch bevor er mit seiner Arbeit begann begann, holte Andreas den Hasen aus dem Verschlag. Er glaubte im Halbdunkel eine nicht bestimmbare Veränderung wahrzunehmen, dachte aber nicht darüber nach. Auf dem Heimweg pfiff er vor sich hin, prüfte den Reif auf den Schollen, dachte an den kommenden Winter und an die Notwendigkeit, daß die Erde gut durchfriere. In der Küche warf er den Hasen auf den Tisch, seine Frau fand das Tier fest und reich im Fleisch. Mit dem gereinigten Balg, den Andreas abends abziehen wollte, könne man sich im Winter im Bett die Füße wärmen, meinte sie. Der Hase landete vorläufig auf dem Boden der Speisekammer.

Es war ungefähr zehn Uhr am Vormittag, als Fran in Begleitung des Försterknechtes erschien. Else, die gerade ihre zwei-jährige Tochter Elisabeth auf den Knien hielt und mit Brei fütterte, sah durch die Fensterluke nur Fran, der sich dem Tor näherte. Sie wunderte sich, denn gewöhnlich fanden Frans Besuche nur am Abend, wenn die Stallarbeit erledigt war, statt. Sie stellte das Kind auf den Boden, um Fran entgegenzugehen. Da stand der Försterknecht schon in der Einfahrt und sah sie mit hämischem Lächeln an.

Der Försterknecht machte keine Umstände. Er drückte die Bäuerin grob zur Seite, lief in die Küche, öffnete die wenigen Kasten und Laden, stolperte in seiner Hast fast über das Kind, das zu weinen begann. Dann lief er zurück ins Vorhaus und stieß die Tür zur Speisekammer auf. Triumphierend ergriff er den Hasen, ließ ihn vor dem Gesicht der Frau baumeln und machte Anstalten, ihn ihr um die Ohren zu schlagen

Es kam nicht dazu, denn Fran riß den Försterknecht zurück sodaß er taumelte, schlug ihm den Hasen aus den Händen und schrie ihn an, er möge seine Botschaft ausrichten, nichts anderes habe er zu tun.

Der Bauer Andreas Leutgeb, sagte der Försterknecht mit vor Wut zitternder Stimme, möge am nämlichen Nachmittag zur vierten Stunde vor dem Dorfrichter erscheinen. Der von ihm unrechtmäßig erlegte Hase werde vorläufig konfisziert und mitgenommen. Der Bauer Andreas Leutgeb habe sich wegen Wildfrevels zu verantworten.

Fran versuchte mit vorsichtigen Gesten die Bäuerin zu beruhigen. Sie stand wie erstarrt und sagte kein Wort bis die beiden Männer sich entfernten.

Er war nicht erschrocken gewesen, er hatte nur aufgelacht, als seine Frau ihm von der Aufforderung, sich vor dem Dorfrichter zu verantworten, erzählte. Er hatte im Wald Brennholz eingeschlagen und wollte es am Nachmittag mit dem Pferd abholen. Andreas Leutgeb verstand es, mit seiner Zeit umzugehen, er wußte genau, wann und wo und wie lang etwas zu tun war. Der Gang zum Dorfrichter kam ihm ungelegen, das war alles, er hatte zu diesem Mann, einem alten, geachteten Bauern, eine gute Beziehung, mit ihm würde er reden und ihm alles erklären können.

Es hatte wieder zu regnen begonnen. Wie stets verwandelte sich die Dorfstraße innerhalb kürzester Zeit in zähen Schlamm. Die Nässe färbte die Strohdächer der Häuser schwarz, die Mauern aus ungebrannten Lehmziegeln wurden abweisend, schienen zu schrumpfen. Andreas dachte an seinen Plan, ein neues Haus zu bauen, ein Haus mit einem Schindeldach, wie es die Städter und die reichen Herren hatten, ein Haus verputzt mit Mörtel, mit Zierrat unter den großen Fenstern. Ganz genau sah Andreas Leutgeb dieses Haus vor sich und so, wie sich seine Wirtschaft dank kluger Arbeit trotz der grundherrlichen Lasten entwickelte, sollte es sich verwirklichen lassen.

Schon als er das Haus des Richters durch den düsteren Vorraum betrat, verspürte er eine eigene unbehagliche Stimmung, die er zunächst auf die stickige, abgestandene Luft zurückführte. Der Richter empfing ihn mit verschlossener Miene, fing sofort an, ihm die Klage des stiftsherrlichen Försters vorzutragen und ihn in strenger Weise zu befragen. Andreas erklärte ruhig das Geschehene, meinte, er könne, da es seit gestern regnete und der Regen alle Spuren verwischte hätte, den Schweiß des Tieres auf seinem eigenen Acker nicht nachweisen, er hoffe aber, es genüge sein ehrliches Wort, um dieses Mißverständnis aus der Welt zu schaffen.

Der Richter schwieg und sah nicht auf.

Ob er jetzt gehen könne, wollte Andreas wissen.

Er müsse bleiben, sagte der Richter, es gäbe einen Zeu-

gen, der gesehen hätte, daß er den Hasen im Stiftswald schoß.
Wer das sei, fragte Andreas, der spürte, daß ihm die Hitze in den Kopf stieg und seine Hände zu kleben begannen.
Der Bruder des Försterknechtes, ebenfalls ein Untertan des Stiftes, hätte einige Zeit vor der Auffindung des Hasen in dem zum Stift gehörenden großen Wald einen Menschen gesehen, in dem er den Bauern Andreas Leutgeb erkennen konnte. Der hätte seine Flinte dabeigehabt, erklärte der Richter.
Der Zeuge wurde hereinbefohlen. Er war, im Gegensatz zu seinem Bruder jemand, der sich nicht durch grobe Rede und Handlungen, sondern trotz seines Standes durch erstaunlich wohlgesetzte, leise vorgetragene Worte auszeichnete. Alles, was er vorbrachte wirkte klar und überzeugend.
Was der Andreas Leutgeb dazu zu sagen habe, verlangte der Richter zu wissen.
Andreas schwieg und senkte den Kopf. Er tat es nicht wie einer, der sich schuldig fühlt und sich schämt, daß nun seine Schuld, die er geleugnet hat, erwiesen wurde. Eher erkannt man an seiner Haltung den Beginn eines nicht ungefährlichen Widerstandes, ähnlich jenem eines kraftvollen Tieres, das sich zum Kampf gegen seinen Gegner anschickt. Eine Weile blieb Andreas Leutgeb so stehen, den von vielen Wettern verfärbten Hut an die Hose gedrückt. Nur die schweren Schuhe, die er zu besonderen Anlässen trug, kratzten Furchen in den Lehm des Bodens.
Er möge endlich reden, auf der Stelle reden, befahl der Dorfrichter mit zorniger Ungeduld.
Jetzt richtete sich Andreas Leutgeb auf und ging mit langsamen Schritten zum Bruder des Försterknechtes hin, der ebenso langsam zurückwich. Der Richter wollte

etwas sagen, blieb aber, sei es aus Überraschung, sei es aus Neugierde auf das Folgende, stumm. Der Försterknecht selbst, der seit Beginn der Vernehmung am Richtertisch lehnte und darauf wartete, nochmals befragt zu werden, machte Anstalten, unter diesen Tisch zu schlüpfen, wurde aber vom Richter mit heimlichen Fußtritten daran gehindert. Inzwischen war Andreas Leutgeb beim Bruder des Försterknechtes angelangt, der infolge der hinter ihm befindlichen Wand nicht weiter zurückweichen konnte. Er versuchte, der Wand entlang, ebenfalls bis zum Tisch des Richters vorzudringen und hatte erst zwei, drei Schritte in diese Richtung gemacht, als Andreas Leutgeb ihn mit einem Sprung erreichte. Ohne ein Wort zu sagen, stieß er ihn zuerst mit den Fäusten derb in die Rippen, dann traf er den Kopf des Mannes, der sich vergeblich mit den Armen zu schützen suchte und schlug wild darauf ein, dann riß er dem Zeugen die Arme zur Seite, trommelte auf dessen Brust und schrie immer wieder: Gib zu, daß Du gelogen hast, gib es zu, Du Schwein.

Der Zeuge, von den Schlägen benommen, stürzte zu Boden. Andreas Leutgeb zog sich von ihm zurück, stand still, nun wieder mit erhobenem Kopf. Der Försterknecht lief zu dem Ohnmächtigen hin und rief: Der ist tot, der ist umgebracht worden, da steht der Mörder.

Der Richter stand auf, rief seinen Gehilfen und befahl ihm, ein Schaff mit kaltem Wasser zu holen, das der Gehilfe über den Ohnmächtigen goß. Der begann sich zu bewegen, vorerst noch mit geschlossenen Augen, bis er plötzlich aufsprang und, sich beutelnd wie ein Hund, vom Wasser zu befreien versuchte. Der Försterknecht, sprachlos mit offenem Mund, schien von dieser Wiedererweckung enttäuscht zu sein. Hilflos drehte er sich zum Richter um, der wieder zu seinem Tisch zurückging. Andreas Leutgeb brach in lautes Lachen aus, er konnte da-

mit gar nicht aufhören und schlug sich immer wieder mit der Hand auf seine Schenkel. Erst der zornige Anruf des Richters und dessen Befehl, sofort still zu sein, konnten ihn beruhigen.
Der Spruch des Richters lautete:
Der Bauer Andreas Leutgeb wird angeklagt, im Haus des Richters, das als Friedensbezirk gilt, Rechtsbruch begangen zu haben, indem er einen Zeugen gewalttätig niederschlug. Wegen dieser Untat wird der Bauer Andreas Leutgeb dazu verurteilt, eine Geldstrafe von 30 Gulden zu zahlen oder in den Stock zu gehen. Was den Wildfrevel betrifft, wird der Bauer Andreas Leutgeb dazu angehalten, innerhalb zweier Tage den Beweis dafür zu erbringen, daß er nicht der Nämliche gewesen sei, der laut Aussage des Zeugen im großen Wald gejagt habe. Gelänge ihm dies nicht, würde nach eingehender Beratung mit der stiftsherrlichen Obrigkeit das Urteil über ihn gesprochen werden.
Wie es zu erwarten war, erklärte sich der Bauer Andreas Leutgeb nicht bereit, die hohe Summe von 30 Gulden für die Niederschlagung des lügenhaften Zeugen zu bezahlen. Er wurde vom Gehilfen des Richters in den Stock gesetzt, einer hölzernen, scherenartigen Vorrichtung, in deren Öffnungen man seine bloßen Füße steckte. Gnadenhalber verzichtete man darauf, seine Hände mit Eisenmanschetten an der Oberseite des Stocks zu fixieren. Die Zeit seiner Anhaltung im Stock wurde mit zwei Tagen festgesetzt, womit ihm die Möglichkeit genommen wurde, seine Unschuld am Wildfrevel zu beweisen. Dieses Faktum war Andreas bewußt, doch da er sich im Recht fühlte, konnte er nicht anders handeln. Der Stock befand sich in einem offenen Schuppen, und Andreas' Frau Else brachte ihm zum Schutz vor den kalten Nächten Pferdekotzen, um seine Schultern und seine nackten Füße zu bedecken. Sie hatte während die-

ser Zeit mit dem Knecht die Arbeit des Holzeinbringens weiterzuführen. Dabei traf sie das Unglück, daß ein morscher, aber noch schwerer Buchenstamm auf ihren Unterleib fiel. Bauch und Schenkel zeigten sich blutunterlaufen, sie aber konnte sich, wenn auch unter Schmerzen, normal bewegen.
Nur wenige Dorfbewohner waren gekommen, um Andreas in seiner beschämenden Lage zu begaffen und sie taten es aus respektvoller Entfernung. Andreas hatte sich stets Achtung von seinen bäuerlichen Nachbarn zu verschaffen gewußt, man bewunderte seine unerschütterliche Haltung vor dem Dorfrichter und vergönnte dem Bruder des Försterknechtes die schmerzvolle Niederlage. Als man Andreas Leutgeb nach zwei Tagen aus dem Stock befreite, zeigte er sich zwar geschwächt, sein Gemüt aber war ungebrochen, und er wandte sich mit dem ihm eigenen Fleiß wieder seiner Arbeit zu. Bald darauf gab ihm der Dorfrichter das Urteil wegen Wildfrevels bekannt. Die Herren des Stiftes, die den Angaben des ihnen als unverläßlich bekannten Zeugen mißtrauten, empfahlen Milde. Andreas Leutgeb wurde zum immerwährenden Verzicht des Tragens einer Flinte verurteilt.
Erst nach einiger Zeit stellte sich heraus, daß seine Frau Else infolge des beim Holzeinbringen erlittenen Unfalls nie wieder imstande sein würde, ein Kind zur Welt zu bringen.

Im Dezember 1762 verschlechterte sich Lenas Gesundheitszustand. Es fiel ihr zusehends schwerer morgens aufzustehen. Wenn ihr Mann Johann sich um fünf Uhr früh aus dem Bett wälzte und ihr wortlos, mit einem Stoß in die Rippen, zu verstehen gab, daß es Zeit sei, mit der Arbeit zu beginnen, grub sie die Zähne in die Lippen und stellte sich noch einige Sekunden lang schlafend. Während Johann in seine Hosen fuhr –

Nacht- und Taghemd blieb für eine Woche lang dasselbe und verströmte einen für Lena kaum zu ertragenden Geruch nach kaltem Schweiß – versuchte sie ihre Gedanken an den vor ihr liegenden Tag wegzuschieben und noch einmal zurückzukehren in jenen Traum, den sie immer öfter träumte.

Sie trägt ein Kleid von makellosem Weiß, darüber einen wehenden, tiefblauen Mantel. Ihr nackter Fuß steht auf der Sichel des Mondes, auf ihrem gelösten Haar funkeln zwölf Sterne, von einem Engel als Krone dargebracht. Hinter ihrem Rücken die gebündelten, kräftigen Strahlen der Sonne, ihren Leib gleichsam durchleuchtend. Das ist sie, Maria Magdalena Palt, nicht mehr unterdrückt und todtraurig, nicht mehr geschunden und nur von der Liebe zu ihren Kindern erwärmt, sie ist die Frau, zu der sie sonst demütig aufblickt, die sie nur im Traum sein kann, die Frau, die mit einer sanften aber deutlichen Gebärde ihres Armes alles Böse von sich weist, das Böse in Gestalt eines gräulichen Drachens, der sie verfolgt, aber nie erreicht. So kann sie bewahren, was ihr nur in diesem Traum zuteil wird, was sie in ihrem Erdendasein nie bekommen hat. Güte und Zuneigung, Mitleid, ein verstehendes Wort, die Überzeugung, daß auch ihr kurzes Leben nicht vergeblich war. Lena weiß, daß diese wunderbare Frauengestalt, die im Traum ihr Gesicht trägt, sich im Kuppelfresko der Stiftskirche zu Altenburg befindet und die heilige Maria darstellt. Sie weiß nicht, daß der Maler Paul Troger heißt und schon zu Lebzeiten ein berühmter Mann war, sie hat keine Ahnung, daß Paul Troger in diesem Fresko Verse aus der Geheimen Offenbarung des heiligen Johannes in Bilder verwandelte. Es ist für ihren Traum nicht von Bedeutung. Wichtig ist, daß das Leuchten der Sterne in ihrem Haar den ganzen Himmel durchflutet, einen Himmel, dem sie bald nah sein wird. Aber damit ist der Traum noch nicht vorbei. Er geht weiter, geht über das Fresko hinaus. Denn Lena, in Gestalt der heiligen Maria, dreht sich um, bevor sie sich dem Himmel nähert, ruft leise nach ihren Kindern. Da kommt Mathias mit seinen gelben Stoppelhaaren, im Laufen heftig und laut von seinen kindlichen Abenteuern erzählend, da zappelt der schwächliche Hans hinter ihm her, nach verzweifelten Rufen endlich den Bruder erreichend. Nun stehen sie vor ihr, vor dieser herrlichen, ein Wunder darstellenden Mutter, sie beugt sich zu ihnen hinunter, reicht ihnen die Hand. So gehen sie gemeinsam aufwärts zu dem Thron, wo wieder, wie im Fresko, Gottvater sitzt, bereit, sie liebevoll zu empfangen. Als sie aber knapp vor ihm stehen, erschrickt Lena heftig. Denn Gottvater trägt, es ist unverkennbar, die Züge des Abtes Willibald Palt. Dieses Erschrecken reißt Lena jedesmal aus dem Schlaf, aber nichts wäre ihr lieber, als wenn der Traum noch einmal von vorn begänne.

Wie immer trieb Johann sie mit bösen Worten aus dem Bett. Langsam setzte sie ihre Füße auf den Lehmboden, nun erst spürte sie, daß sie eiskalt waren. Dann schleppte sie sich in die Küche und machte Feuer im Herd.

Der Kirschzweig, den Lena am 4. Dezember, dem Barbaratag, in ein Gefäß mit Wasser gestellt hatte, vertrocknete in diesem Jahr. Hätte Lena das Wasser, wie es sich gehörte, täglich erneuert, wäre der Zweig am Christabend aufgeblüht. Lena hatte den Zweig nicht vergessen. Sie war nur zu müde, einfach zu müde, um sich darum zu kümmern. Sie versorgte Haus und Hof so gut es ging. Es war ihr gleichültig, ob ihrem Mann Johann und dem Knecht recht war, was sie auf den Tisch stellte. Sie achtete nur auf das Gedeihen der Kinder, bemerkte mit Freude, daß Mathias immer größer und stärker wurde, beobachtete mit Besorgnis die langsame Entwicklung des kleinen Hans. Immer öfter entfiel ihren Händen ein

Arbeitsgerät, immer öfter zerbrach auf dem Boden eine Schüssel. Sie machte sich nicht mehr die Mühe, die Scherben zu kitten. Johanns harter Tadel glitt an ihr ab. Auch während des Tages setzte sie sich nun auf die hölzerne Bank in der Küche und betete ihren Rosenkranz. Seine gelben Bernsteinperlen gaben ihrem Körper und ihrem Willen die Kraft, irgendwie weiterzumachen. Manchmal fielen ihr die Augen dabei zu. Dann erschienen unter ihren Lidern die tröstlichen Bilder überirdischen Lebens. Wenn Lena wieder aufstehen wollte, mußte sie ihre Hände zu Hilfe nehmen. Als sie eines Tages während der häuslichen Arbeit ihre locker gewordenen Holzschuhe von den Füßen verlor, zog sie sie nicht mehr an und ging barfuß. Niemand außer Mathias bemerkte es. Auf seine Frage, ob sie in der winterlichen Kälte, die auch im Haus herrschte, nicht friere, gab sie zur Antwort, sie spüre sie nicht.

Eines Tages kam Fran und erschrak über ihren Zustand. Bevor er ins Stift zurückkehrte, suchte er Lenas Vater, den Bauern Mathias Griegnstainer auf.

Lenas Vater hatte bis zu seinem einundzwanzigsten Jahr nicht die geringste Aussicht gehabt, einmal einen Hof zu übernehmen, sei es als Ganz-, Halb- oder Viertellehner. Er war das Kind von Inwohnern, armen Leuten, die selbst keine Behausung hatten, nichts besaßen und auf die Gnade der Bauersleute angewiesen waren, auf deren Hof sie wohnten. Mathias Griegnstainer dachte später, als es ihm viel besser ging, noch oft an den einzigen übelriechenden Raum zurück, in dem er mit den Eltern und vier Geschwistern mehr vegetierte als hauste. Die eine Hälfte des Raumes nahm das Stroh ein, selten gewechselt und oft schon faulig, auf dem die Kinder schliefen, in einer Ecke gab es die einzige Bettstatt für Vater, Mutter und das jüngste Kind. Der Rauch über der Herdstelle fand keinen Abzug, sodaß die Tür hinaus ins

Freie oft auch bei niedrigsten Temperaturen offen blieb. Den durch die ständige schwere Arbeit für die Bauern gekrümmten Rücken des Vaters sah Mathias Griegnstainer viel öfter als dessen Gesicht und die tiefroten, von Erfrierungen gekennzeichneten Hände der Mutter, Rüben zerstampfend oder Kraut durch die Hächel treibend, tauchten noch lang vor seinen Augen auf, wenn er einen Brocken Fleisch auf seinem Teller zerschnitt, Fleisch, das es in seiner Jugend kaum zwei Mal im Jahr gegeben hatte. Er war in keine Schule gegangen. Auch wenn eine solche existiert hätte, für Inwohnerleute wäre sie nicht dagewesen. Ab seinem fünften Jahr arbeitete auch er für die Bauern, bei denen sie lebten. Aber seit er klar denken konnte und er konnte es besser, als ihm bewußt war, hatte er keinen anderen Wunsch, als diesem jammervollen Zustand ein Ende zu bereiten. Geld hatte er bis zu seiner Heirat nie. Gelang es ihm gelegentlich außerhalb des Hauses ein paar Kreuzer zu verdienen, lieferte er sie sofort dem Vater ab. Denn auch Inleute, so arm sie waren, hatten Steuer zu zahlen, einen Gulden jährlich für jedes Familienmitglied. Das war nicht leicht, alle mußten dazu beitragen. Aber der junge Griegnstainer hatte, als er erwachsen war, gegenüber allen anderen Burschen des Dorfes Frauenhofen einen unübersehbaren Vorteil. Er war größer als sie. Er war kräftiger als sie. Er hatte einen offenen Blick. Und er hatte nichts von der dumpfen Schicksalsergebenheit an sich, in die Gleichaltrige schon in jungen Jahren verfielen. Er war voller Zuversicht, er war fröhlich.
Die Agnes Schlögl, Tochter des wohlhabendsten Bauern von Frauenhofen, hatte ihn nie interessiert. Sie war neun Jahre älter als er, und es gab keinen, der von ihr nicht sagte sie sei häßlich. Das sparsame Haar spannte sich in dünnen Strähnen um ihren runden Kopf und endete in einem kleinen, stets fettig glänzenden Knoten. Auch

vorn an ihrem Hals saß ein Knoten, er vergrößerte sich merkbar im Lauf der Zeit. Ihr Oberkörper war schmal und zeigte, als Agnes erwachsen wurde, kaum den Ansatz von Brüsten. Dafür wogte ihr Hinterteil zu beiden Seiten breit aus, und wenn sie mit ihrem dicken Kittel auf plumpen Füßen über die Dorfstraße ging, sah sie aus wie eine der Figuren aus dem Wetterhäuschen, was ihr den Namen Wetternesi eintrug, den besonders die Kinder hinter ihr herriefen. Die Agnes Schlögl aber war nicht stolz darauf, zu den Wohlhabenden zu gehören, sie winkte den Kindern stets freundlich zu. Sie tat es nicht, weil sie arm im Geiste, sondern weil sie reich im Herzen war.

Das erkannte auch der junge Griegnstainer, als die Eltern ihn drängten, er möge sich um die Agnes Schlögl kümmern, die trotz ihrer Wohlhabenheit keiner wollte, das brächte ihn vielleicht weiter. Sein innerer Widerstand wurde nicht nur durch den Wunsch, sein armseliges Leben zu verlassen, gebrochen. Nach einigen verlegenen Gesprächen zwischen ihnen vergaß er Agnes' unglückliche äußere Erscheinung. Er fand, was sie sagte, nicht nur vernünftig, er spürte auch die Wärme, die von ihrem Wesen ausging, eine Wärme, die ihm bisher fremd gewesen war. Bald wußten sie, daß sie zusammengehörten. Der alte Schlögl sah nach anfänglichem Widerstand im jungen Griegnstainer einen Nachfolger, der imstande sein könnte, Haus und Hof nicht nur zu bewahren, sondern den Besitz noch zu vermehren. Die Hochzeitsfeiern zwischen dem Mathias Griegnstainer und der Agnes Schlögl dauerten, nachdem sie einander in der Kirche von Strögen am 11. November 1729 das Jawort gegeben hatten, drei Tage. Der einunzwanzigjährige Bräutigam wirkte in seinem bescheidenen Hochzeitsstaat neben der dreißigjährigen, reich geschmückten Braut wie ihr jüngerer Bruder. Aber er sah zufrieden, ja

fast glücklich aus. Als beim Verlassen der Kirche eisiger Regen über dem Brautpaar niederging, als der Bräutigam seinen Janker auszog und ihn der Braut sorgfältig um die Schultern legte, verstummten diejenigen, die dieser Verbindung die Liebe absprechen wollten.
Ein Jahr später wurde dem Ehepaar ein Sohn geboren. In eben diesem Jahr starben rasch hintereinander die Eltern der Agnes. Der Vater fiel während des Pflügens tot um, die Mutter, seit Jahren von der Wassersucht gequält, verlor den Lebensmut und folgte ihm nach zweiundvierzig Tagen nach. Nun war Mathias Griegnstainer Herr über den Schlögl'schen Besitz, aber gleichzeitig auch ein Untertan der Altenburgischen Stiftsherrschaft. Von Anfang an kam er allen seinen Verpflichtungen nach. Zur Robot ließ er sich nicht auffordern, er brachte Gespann und Arbeit ein, wie es vorgeschrieben war. Den Zehent zahlte er im voraus. Das verschaffte ihm zwar Hohn und Spott der Dorfbewohner, es verschaffte ihm aber auch die Freiheit, die eigene Zeit nach eigenem Willen zu verwenden. Agnes und er arbeiteten gut zusammen und lebten gut miteinander. Nach einigen Fehlgeburten kam 1735 noch eine Tochter zur Welt. Maria Magdalena. Diese Geburt tat der sechsunddreißigjährigen Mutter nicht mehr gut. Sie begann zu kränkeln, und alle ihre Bemühungen, ihren Zustand zu unterdrücken, waren vergeblich. Der Bader meinte, es sei eben eine schleichende Krankheit, eine Krankheit, die man weder heilen noch aufhalten könne. Der große Kropf trage dazu bei, daß ihr das Atmen immer schwerer fiel. Als Lena zwei Jahre alt war, starb Agnes. Ihr Mann betrauerte sie tief, fast verzweifelt. Nun wechselten die Kindsdirnen auf dem Hof, Mädchen, die selbst noch Kinder waren und darunter litten, daß die Eltern, verarmte Bauern oder Inwohner, sie früh in die Fremde schickten. Lenas älterer und robuster Bruder kam über den Verlust der Mutter

rasch hinweg und machte sich über die Kindsdirnen lustig. Lena aber zog sich in sich zurück, sie verlebte, obwohl sie bei jeder Arbeit mithalf, eine einsame Kindheit und Jugend. Der Vater, von seinen Pflichten vereinnahmt, fand für die Tochter keine Zeit. So gelangte Lena mit dreiundzwanzig Jahren an den Johann Palt, der damals, weil sie ihm in ihrer blassen Schönheit gefiel und er sich eine anständige Mitgift erhoffte, gute Worte zu ihr sprach und sich anders gab, als er wirklich war. Mathias Griegnstainer war über die Wahl seiner Tochter nicht glücklich. Aber der Sohn, der die Schwester aus dem Haus haben wollte um selbst heiraten zu können, drängte zu dieser Verbindung. Später, als Mathias Griegnstainer das Unglück seiner Tochter erkannte, sagte er sich, daß auch er daran schuld hatte, daß es aber nun einmal geschehen sei.

Sein Gewissen regte sich erneut an dem Tag, als Fran überraschend bei ihm auftauchte und ihm besorgt von Lenas Zustand berichtete. Schon länger wußte er, daß es Lena nicht gut ging, aber Sohn und Schwiegertochter wirtschafteten schlecht, und er hatte Mühe, das, was er geschaffen hatte, zu erhalten. Die seltenen Besuche bei seiner Tochter richtete er so ein, daß er Johann nicht traf. Dann saß er mit Lena in der Küche oder auf der Bank vor dem Haus, und Lena bemühte sich, ihren Zustand vor dem Vater zu verbergen, der sie mit den derben Scherzen aus seiner Jugend zu erheitern suchte. Oft schwiegen sie ein ganze Weile, der Vater pfiff dann leise vor sich hin, während Lena ihre Hände in den Schoß legte. An seinem Enkel Mathias, der seinen Namen trug, zeigte Griegnstainer lebhaftes Interesse. Manchmal brachte er ihm ein Ei, ein Stück vom weißen Brot mit. Den kleinen Hans übersah er.

Als sich Griegnstainer nach Frans Besuch zu seiner Tochter aufmachte, war es Abend. Hohe Schneehaufen säumten die vereiste Straße, deckten den mit Unrat gefüllten Dorfgraben zu. Auf dem geländerlosen schmalen Holzsteg über die Taffa war der Schnee klumpig festgetreten. Griegnstainer, die Laterne in der Hand, überquerte ihn vorsichtig und stand nach einigen Metern vor dem Haus des Johann Palt. Aus der Stube kam kein Licht, das Hoftor war verriegelt, erst nach langem Klopfen wurde ihm von Johann geöffnet, der ihn unfreundlich fragte, was er wolle.

Das Weib, sagte er nach Griegnstainers Antwort, schlafe bereits, aber der Vater könne es wecken, denn es schlafe auch bei Tag und arbeite nichts mehr.

Griegnstainer schob Johann zur Seite und trat ein. Wortlos verschwand Johann zur Scheune hin. Im Vorhaus lag der säuerliche Geruch von Milch und altbackenem Brot. Über die Küche erreichte er die Kammer, in der eine Ölfunzen schwelte. Das stoßweise, leise Atmen seiner Tochter Lena hörte sich anders an, als einst das rasselnde Luftholen seiner todkranken Frau, aber es klang nicht weniger gefährlich. Griegnstainer schob das schwere Federbett zur Seite, suchte sich auf dem Strohsack einen schmalen Platz. Noch immer war Lena nicht erwacht. Griegnstainer legte seine warme Hand auf die kalte seiner Tochter, spürte zum ersten Mal in seinem Leben das zarte Flackern ihres Pulses, und oberhalb ihrer schwieligen Finger das Netz der Adern. Ohne daß es ihm bewußt wurde gab er sich diesem ungewohnten Gefühl einige Minuten lang hin, saß ganz still, bevor er Lena weckte. Sie erschrak zuerst, dann verwandelte sich ihr Erstaunen in ein mühsames Lächeln.

Was will der Herr Vater so spät noch, fragte sie.

Er will wissen, wie es der Tochter geht, antwortete Griegnstainer. Und es ist noch nicht spät.

Es geht ihr gut, sagte Lena und richtete sich auf. Draußen ist es doch schon finster.

Seit zwei Stunden ist es finster, antwortete Griegnstainer. Es ist Dezember. Wir haben bald Weihnachten.
Ich kann nichts dafür wegen dem Barbarazweig, meinte Lena. Der Herr Vater soll nicht bös sein.
Das drückt mich nicht. Daß Du nicht gesund bist, das drückt mich.
Mir ist bang, sagte Lena. Um die Kinder ist mir bang.
Um Dich ist mir bang, antwortete Griegnstainer. Der Bader soll kommen.
Den brauch ich nicht, sagte Lena. Der nimmt zuviel.
Wie ist der Mann jetzt zu Dir?
Nicht anders. Wie immer
Auf Deine Mutter hab ich geschaut, als sie krank war.
Ich weiß. Der Bruder hat es erzählt.
Es ist nicht gut, wenn niemand schaut auf einen, wenn man krank ist.
Es geht schon.
Es ist auch nicht gut, wenn auf die Kinder niemand schaut.
Ich tu es ja. Es geht schon.
Ich hab nicht auf Euch geschaut als ich allein war.
Das ist lang her. So war es halt.
Lena drehte den Kopf zur Seite. Noch immer lag die Hand des Vaters auf der ihren, und sie bemühte sich, sie nicht zu bewegen. Draußen hatte es wieder zu schneien begonnen. Es waren dicke Flocken, sie fielen langsam, klebten kurz an den Fensterscheiben. Man hörte wie nebenan eines der Kinder sich umdrehte. Johann kam nicht wieder. Trotz der Kälte war er in der Scheune geblieben.
Den Mathias könnte ich zu mir nehmen, meinte Griegnstainer nach einer langen Stille.
Das will ich nicht, antwortete Lena. Nicht solang ich da bin. Und dann soll er bei seinem Vater bleiben.
Vielleicht geh ich zum Abt, meinte Griegnstainer. Der Abt könnt Dir eine Dirn schicken.

Jetzt riß Lena ihre Hand weg und setzte sich auf.
Tut das ja nicht, sagte sie rasch, das wäre dem Mann nicht recht. Und mir auch nicht.
Dann weiß ich nicht weiter, sagte Griegnstainer. Dann kann ich wirklich nur den Bader holen.
Keinen Bader. Darum bitt ich den Herrn Vater.
So geht das nicht. Ich kann Dein Unglück nicht mehr anschaun. Es geht nicht, daß man sein Ungück nur erträgt. Man muß was dagegen tun.
Und was soll ich dagegen tun?
Griegnstainer sprang auf, drückte seine Hände auf Lenas Schultern, schüttelte sie und rief ihr ins Gesicht:
Dann schrei halt, Tochter, schrei.
Und zum ersten Mal in ihrem Leben schrie Lena ohne die Ursache körperlicher Schmerzen, sie schrie laut und ohne aufzuhören, sie schrie, wie ihre Seele es verlangte. Als die Kinder hereinstürzten, als Johann die Tür aufriß, stellte sich Griegnstainer vor Lenas Bett. Mit ausgestrecktem Arm schaffte er alle hinaus.
Jetzt braucht sie Euch nicht, sagte er, jetzt hilft sie sich selbst.

Am 31. Dezember 1762 nachmittags schickte Johann Palt zum Frauenhofener Pfarrer, damit er Lena die Sterbesakramente reiche. Statt des Pfarrers kam Johanns hochwürdiger Bruder, der Abt Willibald Palt. Johann erfuhr nie, auf welchem Weg ihn die Nachricht von Lenas bevorstehendem Tod erreicht hatte. Willibald Palt kam ohne Ministranten und ließ Fran im Wagen warten. Die Gegenwart Johanns im Sterbezimmer duldete er nicht. Als er Lena verließ, sagte er, die Sterbende sei gefaßt und mit allem was geschehen sei sowie mit ihrem Gott im Einklang. Als Johann dann zu seiner Frau ging fand er sie schlafend. Sie erwachte nicht mehr.

Maria Magdalena Palt wurde, siebenundzwanzigjährig, in ihrem Hochzeitskleid begraben. Ungeachtet der bösen Nachrede richtete ihr Mann Johann kein Totenmahl aus. Ein Vierteljahr später wurde auf dem halben Weg von Frauenhofen nach Altenburg von einem unbekannten Stifter ein Bildstock gesetzt. Das Gemälde in seinem Inneren zeigte die Mutter Gottes bei ihrer Auffahrt in den Himmel. Manche Frauenhofener glaubten eine Ähnlichkeit zwischen den Zügen der Gottesmutter und jenen der seligen Maria Magdalena Palt zu erkennen.

KAPITEL 3

EIN FEST AUF SCHLOSS WILDBERG

Ich geh nicht mit.
Mathias stand in der Mitte des Hofes. Es war ein heißer Julitag. Im Hof war es außergewîhnlich still, man hörte nur das Scharren der Hühner am Misthaufen, aus dem Kuhstall das Summen der Bremsen. Johann Palt und der Knecht leisteten mit Pferd und Wagen Robot für das Stift. Es war Erntezeit, Zeit des Getreideschnitts. Das Getreide war in diesem Sommer dank des beständigen, warmen Wetters gut gediehen und früh gereift. Die Untertanen waren angehalten, dem Stift bei der Einbringung der Ernte zu helfen. Auf den eigenen Äckern durfte erst nach erfüllter Robot geerntet werden.
Fran stand Mathias gegenüber. Langsam vergrößerte Mathias den Abstand zwischen ihnen indem er mit kleinen Schritten rückwärts ging. Fran ging ihm nicht nach. Er wiederholte nur, diesmal lauter und ungeduldiger, seine Aufforderung mitzukommen.
Pack Deine Sachen, sagte Fran. So will es Dein Taufpate, der hochwürdige Herr Abt.
Ich geh aber nicht.
Mathias lief zur Scheune, deren Tor geöffnet war. Auf der Wiese dahinter hörte man die Stimmen der kleineren Kinder, die schwache Stimme seines Bruders Hans, die kräftige Stimme der vierjährigen Eva, der Tochter der Magd. Im dunklen, staubigen Dunst der Scheune blieb Mathias stehen, drehte sich langsam wieder um. Er wußte, daß von den Kindern keine Hilfe zu erwarten war. Ein kleines Stück ging er auf Fran wieder zu.
Der Vater ist nicht da, sagte er. Ich muß mit den Kühen hinaus.
Du kriegst auch ein Geschenk, sagte Fran. Er sagte es

so, als spräche er diesen Satz nicht gern aus.
Warum, fragte Mathias voller Mißtrauen.
Weil Dir der hochwürdige Herr Abt eine Freude machen will.
Mathias kam näher. Daß ihm jemand eine Freude machen wollte, war ihm fremd. Vor langer Zeit, da hatte die Mutter noch gelebt, hatte Fran ihm das Pfeifenrössl gebracht, das er noch immer besaß. Nun war er sechs Jahre alt und kein Geschenk des Abtes war seither mehr in seine Hände gelangt. Wann immer Fran gekommen war, um für Mathias etwas abzugeben, hatte es der Vater übernommen ohne es dem Sohn zu zeigen.
Diesmal zog Fran kein Spielzeug aus seinem Beutel. Was er Mathias entgegenhielt, gab es nicht im Haus des Johann Palt, Mathias hatte es bisher nur in den Händen des Pfarrers gesehen. Ein Buch. Zögernd griff Mathias danach. Enttäuscht drehte er das Buch eine Weile hin und her, öffnete es, blätterte rasch, wie angewidert, die Seiten auf, schloß es, wollte es Fran zurückgeben.
Das brauch ich nicht.
Du wirst es aber brauchen, erwiderte Fran. Du sollst nämlich lesen und schreiben lernen.
Nein, schrie Mathias, nein, der Vater sagt, das brauch ich nicht.
Während er mit großen Sprüngen wieder zur Scheune hinlief, landete das Buch in weitem Schwung auf dem Misthaufen. Fran, der Mathias nachgeeilt war, konnte ihn vorerst in der Scheune nicht entdecken. Schließlich fand er ihn hinter einem Strohhaufen. Mit festem Griff zog er ihn hervor, beutelte ihn und zog ihn hinter sich her, den Hof hinunter. Du holst jetzt das Buch und Du packst Deine Sachen. Hast Du mich verstanden. Steck alles, was Du brauchst, in einen Sack. Du wirst jetzt eine Weile im Kloster bleiben. Das ist ein Befehl.
Mathias holte das Buch. Seinen Einband bedeckten tie-

rische Exkremente. Mit ausgestrecktem Arm, leise schluchzend, hielt er es von sich weg. Zwischen seinen Zehen drang bräunlich die Jauche hervor. Fran nahm das Buch und wischte es mit einem Strohbüschel ab.
Die Magd half Mathias beim Packen seiner geringen Habseligkeiten. Sie stellte keine Fragen und ließ sich im Hof nicht blicken.
Als Fran mit Mathias über die zum Teil schon abgeernteten Felder zog, als die nackten, von Schorfen bedeckten Fußsohlen des Kindes über die harten Stoppeln fuhren, redeten sie nichts miteinander. Erst als der Turmhelm der Stiftskirche vor ihren Augen auftauchte, fragte Mathias leise:
Warum tust Du das, Fran, warum?
Weil ich tun muß, was der Abt mir sagt. Aber glaub mir, es wird Dir nicht schlecht gehen. Und ich bin schließlich auch da.
Am Abend dieses Tages wurde Johann Palt aufgefordert, sich beim Frauenhofener Pfarrer einzufinden. Der las ihm ein vom hochwürdigen Abt des Benediktinerstiftes Altenburg, Willibald Palt, unterzeichnetes Schriftstück vor, mit dem er davon unterrichtet wurde, daß sein Sohn Mathias, Patenkind des hochwürdigen Abtes, in das Stift verfügt worden sei, um dort unter geistlicher Obhut eine religiöse Erziehung zu genießen und die Kunst des Schreibens und Lesens zu erlernen.
Die Willkür des Bruders erfüllte Johann mit ohnmächtigem Zorn. Den Weggang des Sohnes bedauerte er nicht.
Der Abt hatte Fran, bevor er ihn nach Frauenhofen schickte, um Mathias zu holen, im Marmorkabinett erwartet. Willibald liebte diesen Raum, der in seinen Dimensionen bescheiden, in seiner reichen Ausstattung aber den anderen Zimmerfluchten der neuen Prälatur gleichwertig war. Hierher zog er sich oft, wenn er Ruhe von den Amtsgeschäften suchte, zurück.

Das Aussehen Willibalds hatte sich im Laufe seiner Zeit als Abt verändert. Der Körper, von jeher kräftig, hatte an Umfang zugenommen, der runde Kopf schien nun, durch die Verdickung des Halses, näher an den Schultern zu sitzen, seine gedrungene Gestalt wirkte kleiner als vorher. Die Züge seines Gesichts aber drückten die Würde aus, die seinem Amt entsprach, nur noch selten entspannten sie sich in einem breiten bäuerlichen Lachen. Während seiner Unterhaltung mit Fran zeigten sie Ungeduld und Ärger.
Hör auf mit Deinen Gegenargumenten, befahl er, Du machst, was ich Dir sage und zwar gleich. Ich dulde in dieser Angelegenheit keinen Widerspruch.
Nicht nur dem Prior, auch dem Abt hatte Fran manchmal widersprochen. Es geschah in respektvoller Art und niemals ohne Grund. Meistens war Willibald einsichtig und tolerierte es. Diesmal war er nicht dazu bereit.
Fran stand vor ihm mit gesenktem Kopf. Unruhig strichen seine Finger über den rauhen Stoff der Kutte.
Der Bub, sagte er leise, wird nicht wollen. Es geht ihm gut, seit die Magd im Haus ist. Sie kümmert sich um ihn.
Auch wegen der Magd will ich, daß er zu uns kommt. Du weißt, was die Leute reden.
Jetzt richtete sich Fran auf, er warf sich hinein in den Ungehorsam, sein Ton wurde laut.
Aber das ist doch nicht wahr, was die sagen, ist ein böses Gerücht. Sie ist gut eine gute Frau und der Bub
Schweig, entgegnete Willibald scharf. Niemand wollte sie nehmen. Nur mein Bruder hat es getan. Ja, er war allein. Er brauchte jemanden für die Arbeit. Für die Kinder. Aber es hat sich nicht geschickt nach einer Frau wie der seinen einer solchen Weibsperson, noch dazu mit einem Kind, Unterkunft zu geben. Ich sage Dir, es hat sich nicht geschickt.

Das Kind, sagte Fran und Willibald wußte nicht, warum er plötzlich das Gesicht mit den Händen bedeckte, das Kind ist ehelich geboren.
Mag sein, sagte Willibald. Aber es ist nicht mein Wille, daß mein Täufling mit diesem Kind aufwächst. Es ist vor allem nicht mein Wille, daß seine Fähigkeiten auf dem schlecht bewirtschafteten Hof eines Halblehners vergeudet werden. Du selbst hast mir doch stets von der lebhaften Auffassunggabe des Knaben berichtet. Oder hast Du mich belogen, um mir Freude zu bereiten?
Nein, stammelte Fran, nein. Niemals. Er ist klug. Und hartnäckig in allem, was er tut.
Dann wird er mit Freude lernen, was wir ihn lehren. Unser Gespräch ist zu Ende. Du machst Dich jetzt auf den Weg.
Ihr spracht von einem Geschenk, murmelte Fran und blieb wie festgewurzelt stehen.
Mit unerwarteter Behendigkeit sprang Willibald auf und griff nach dem Buch. Der kleine Tisch, auf dem es lag, wurde von einem in Demut geneigten Mohren getragen. Die Tischplatte lag auf Kopf und Schultern. Fran hatte jedesmal, wenn er den Tisch ansah, das Bedürfnis, dem Mohren die Platte abzunehmen.
Das gibst Du ihm, sagte Willibald. Es ist die Vita des heiligen Benedikt. Wenn er auch noch nicht lesen kann, es wird ihn interessieren. Ja, es wird ihn interessieren.
Fran nahm das Buch zögernd, fast unwillig entgegen. Dann ging er langsam hinaus.
Zurückgelehnt in seinen mit rotem Samt gepolsterten Armstuhl summte Willibald leise vor sich hin. Neues würde geschehen. Ein Kind würde ins Kloster kommen, ein Kind aus der profanen Welt, das sich einordnen würde in die Vita communis und doch ihm, dem Abt, nahestünde wie keiner der Fratres. Nicht er selbst konnte die Erziehung dieses Kindes übernehmen, aber er würde sie

regeln, überwachen, er würde eingreifen, wenn dabei geschähe, was ihm nicht richtig erschien. Keiner der Klosterbrüder konnte an der Aufnahme des Kindes Kritik üben. Der Abt selbst hatte mit der Patenschaft auch die Verantwortung für dieses Kind übernommen. Nein, es würde keine Kritik geben.
Der rosa Marmorstuck der Wände schien ihm an diesem Julitag des Jahres 1765 besonders hell entgegenzuleuchten. Sein Blick wanderte hinauf zu den reichen Kapitälen der Pilaster. Plötzlich mußte er die Augen schließen. Zuviel Gold, sagte er leise, zuviel Gold.
Fran war, bevor er nach Frauenhofen aufbrach, noch eine Weile auf dem Schragen seines Bettes sitzengeblieben. Er rührte sich nicht, seine Ellbogen bohrten sich in die Oberschenkel, leise Atemgeräusche kamen aus seinem offenen Mund.
Schließlich stand er auf, gab das Buch in einen Beutel und verließ das Stift.
Fran hatte Angst. Er hatte Angst, Mathias Kummer zu bereiten. Er hatte Angst, auf dem Hof des Johann Palt der Magd zu begegnen.

In einem heimlich der Stiftsbibliothek entlehnten naturwissenschaftlichen Buch hatte Fran eine Zeichnung der Flußperlmuschel gefunden. Den lateinischem Namen, Margaritifera, verstand er nicht, auch nicht den lateinischen Text, der darunter stand. Aber anhand der Zeichnung wußte er sofort, worum es sich handelte. Früher, so hatte er von den Fratres gehört, war diese Muschel auch im Stift als ein Geschenk der Natur angesehen worden, das man zu Geld machen konnte. Das weiche, kühle Wasser der braunen, eisenhaltigen Bäche schwemmte die Larven der Muscheln in den Fluß Kamp, später setzten sich diese, zur Art geworden und Schutz vor der Strömung suchend, in den stilleren Fur-

chen des Flußgrundes ab und dort wuchsen sie heran. Sie lebten vom Schlamm und brauchten zwanzig Jahre ehe sie sich fortpflanzen konnten und noch weitere dreißig Jahre, bis sich in ihrer stromlinienförmigen, schimmernden Schale eine Perle ausbildete. Fran hatte wie immer, wenn er etwas über die Wunder der Natur erfuhr, aufmerksam zugehört, und es hatte ihn mit Genugtuung erfüllt, daß die Ökonomen des Stiftes es schon seit langem nicht mehr als ergiebig betrachteten, in den geringer gewordenen Beständen dieser Tiere entweder keine oder nur minderwertige Perlen zu entdecken. Denn die sechs bis sieben Millimeter große, makellose Perle fand sich nur ganz selten.
Seit Fran die Zeichnung der Perlmuschel in jenem naturwissenschaftlichen Buch gefunden hatte, stand ihr Bild ständig vor seinen Augen, es übte eine Faszination auf ihn aus, der er sich nicht entziehen konnte. Der Wunsch, eine dieser Muscheln zu finden, eine, in der die schönste der schimmernden Perlen wuchs, setzte sich in ihm fest. Er wußte, warum, aber das gestand er sich nicht ein.
Das Fischereirecht an einem weiten Stück des Flusses Kamp gehörte dem Stift. Es war nicht leicht, die Einhaltung dieses Rechtes zu kontrollieren. Immer wieder versuchte einer der ärmeren Bauern oder Inleute eine Zeit des Hungerns trotz der Abschreckung durch harte Strafen mit verbotenem Fischfang zu überbrücken. Ab und zu wurde Fran ausgeschickt, um nach dem Rechten zu sehen. Er berichtete dann von verstecktem, primitiven Angelgerät oder verfaulendem Köder. Nie noch war es ihm – zu seinem Leidwesen, wie er sich ausdrückte – geglückt, einen der Frevler auf frischer Tat zu ertappen. An einem sonnigen Tag des vergangenen Herbstes hatte Fran sich auf Geheiß des Hofmeisters wieder auf den Weg zum Fluß gemacht. Er teilte sich diesen Weg so

ein, daß er an der Mühle vorbeikam. Am Rand der schmalen Wiese, die dem Haus gegenüberlag, stand eine Reihe dichtbelaubter Sträucher. Dahinter ließ Fran sich nieder, mehr kauernd als sitzend. Um dieser willkürlichen Pause den Anschein des Notwendigen zu geben, holte er aus einer von Krümeln verschmutzten Tasche ein Stück trockenes Brot und begann langsam daran zu kauen. Dabei spähte er durch eine schmale Lücke zwischen den Zweigen ständig zur Mühle hin. Er konnte den Müllerburschen sehen, der sich einen vor dem Tor abgestellten Getreidesack auf die Schultern legte und in den Hof trug. Er sah die kleine Tochter der Müllersleute, die einen niedrigen, plump gefertigten Leiterwagen hinter sich herzog, ihn umwarf und sich daneben ins Gras fallen ließ. Fran mußte an sich halten, um nicht hinzulaufen und das Kind aufzuheben. Ein anderer Müllerbursche tauchte auf, er machte sich an einem Karren zu schaffen, er war neu hier, man brauchte ihn, denn der Müller selbst war so krank, daß er kaum noch arbeiten konnte. Er habe es im Kopf, sagten die Leute. Nach einer halbe Stunde verließ Fran seinen Platz. Er hatte Faustina nicht gesehen.

Der schmale Steig entlang des Flusses wurde immer wieder von steilen, ins Wasser stürzenden Felswänden unterbrochen. War der Fluß seicht, konnte Fran sie umwaten, brach das Ufer tief ab, mußte Fran die Wände kletternd umgehen, was ihm Kleidung und Schuhwerk erschwerten. Endlich erreichte er jene Stillwasserzone, die oft zu verbotenem Angeln aufgesucht wurde. Es war niemand zu sehen. Fran verhielt sich eine Weile ruhig. Dann zog er seine Kleider aus und stieg ins Wasser.

Tief gebückt, mit den Händen den schlammigen Grund abtastend, suchte er, wie schon oft, nach der Perlmuschel. Leere Gehäuse hatte er manchmal gefunden. Diesmal aber richtete er sich mit einem leisen Schrei auf.

Fast wollte er es nicht glauben. Seine Finger umklammerten die von feinen Tropfen benetzte, zart geritzte, noch geschlossene Schale eines ausgewachsenen Tieres. Fran stürzte ans Ufer und holte aus seiner Kutte die mitgebrachte Zange. Auf einem Stein sitzend, tief atmend, öffnete er damit vorsichtig die Muschel. In ihrem Inneren, fast versteckt, lag die Perle. Sie war klein, von schwachem Glanz und unausgewogener Form. Aber es war eine Perle. Ja, es war eine Perle. Fran zog sich rasch an und hüllte die Perle in einen kleinen Leinenfetzen. Dann setzte er sich wieder hin, streckte die Beine aus, ließ die Schultern sinken und spürte die milde Wärme der Sonne auf seinem Nacken. Er war glücklich. Ein kleines Stück weiter zweigte ein toter Arm des Flusses ab, der sich in einem Auwald verlor. Dort, wo er abzweigte, bestrahlte die Sonne hell eine von Farnen und Flechten bewachsene Felswand. Fran kniff die Augen zusammen, er glaubte, daß sich auf der Wand etwas bewegte. Leise ging er dicht an sie heran. Von einem unbedeckten Fleck grauen Gesteins hob sich in leuchtendem Grün der schmale, langgestreckte Körper der Smaragdeidechse ab. Fran betrachtete sie bewundernd. Er verhielt sich still, denn er wußte, das leiseste Geräusch würde sie verjagen. Als ein Vogel plötzlich aufflog, verschwand die Eidechse blitzschnell. Fran hätte gern das Schlupfloch gesehen, wohin sie verschwunden war. Er machte einige Schritte seitwärts, suchte mit den Augen die Felswand ab. Als er nichts entdecken konnte, drehte er sich wieder um und wandte sich, ohne daß es ihm bewußt wurde, dem toten Arm des Flusses zu.
Dort betrug die Wassertiefe kaum einen halben Meter. In einer engen Nische, die das Ufer bildete, war das Wurzelgeflecht einer alten Schwarzerle freigelegt worden. Fran meinte zwischen den von winzigen Moosen bedeckten Hölzern etwas liegen zu sehen, was nicht hin-

gehörte. Die Neugierde trieb ihn näherzugehen.
An einem Wurzelende aufgespießt hing ein Stück menschlicher Kleidung. Diese Kleidung gehörte zu jemandem, der so im Wasser lag, daß man gerade noch sein Gesicht bis zum Ansatz der Haare sehen konnte. Die Haut über dem Gesicht, von einem seltsamen Weiß, bedeckte grotesk aufgeschwemmte Züge.
Trotzdem erkannte Fran, wer da lag. Es war der Müller, Faustinas Mann.

In den letzten Monaten vor seinem Tod hatte Faustina ihre ablehnende Haltung ihm gegenüber aufgegeben. Sie hatte sein Unglück erkannt, seine tiefe Verzweiflung und wieder mit ihm zu reden begonnen. Nun aber war er es, der nicht antwortete, der den Anschein erweckte, er höre nicht, was sie sagte oder einfach hinausging, wenn sie das Wort an ihn richtete. Sie versuchte dann auf andere Weise, ihn aus seiner Abwesenheit zu zwingen. Sie schickte das Kind zu ihm und trug ihm auf, von seinen kleinen Erlebnissen zu berichten. Dem Kind hörte Lenz oft geduldig zu, lächelte es sogar an. Es kam aber auch vor, daß er es mit einer unwirschen Handbwegung fortschickte und es tagelang nicht sehen wollte. Wenn Faustina ihm von der Arbeit in der Mühle berichtete, der er sich schon seit langem entzog, schloß er die Augen, fuhr mit den Fingern unruhig über das Holz des Tisches oder strich unaufhörlich durch sein Haar. Er hatte keine Meinung zu dem, was in der Mühle geschah. Die Ankunft des neuen Burschen nahm er nicht zur Kenntnis. Alle Anordnungen, was zu geschehen hatte, mußten von Faustina ausgehen, und es gelang ihr, sie durchzusetzen. Da er sich immer mehr von ihr entfernte, wurden Faustinas Schuldgefühle ihm gegenüber immer stärker. Manchmal zwang sie sich zu weinen, wenn sie wußte, daß er sie hörte. Es bewegte ihn nicht.

Als ihr zwei Stiftsknechte nach einer Woche der Unruhe über seinen Verbleib seine Leiche brachten, nachdem Fran seinen Fund im Stift gemeldet hatte, war sie zuerst erleichtert. Sie lehnte es ab, in diesem fremden, verzerrten Gesicht ihren Mann zu sehen. Das ist er nicht, sagte sie, als man die primitive Trage vor sie hinstellte. Erst als einer der Männer meinte, sie müsse doch an der Kleidung erkennen, wer vor ihr liege, zwang sie sich zur Vernunft.

Sie überließ es dem alten, stotternden Burschen, den abstoßenden Leichnam zu waschen und anzukleiden und ging nicht mit, als man ihn fortbrachte.

Als man im Dorf vom Tod des Müllers erfuhr, erhob sich sofort das Gerücht, er habe sich selbst das Leben genommen. Das Gerücht drang auch ins Stift, und der Abt beriet sich mit dem Prior, welcher Vorgangsweise man sich bedienen sollte. Man kam überein, an einen Unfall zu glauben, er würde die Stiftsherrschaft von jeder Verantwortung für den Tod des Untertanen befreien. Nichts lag näher als ein unfreiwilliger Sturz des gemütskranken Müllers von der in der Nähe der Fundstelle befindlichen steilen Felswand. Um diese Überzeugung zu dokumentieren erlaubte man, den Leichnam des Müllers in der Veitskapelle, die sich für seinesgleichen sonst nicht öffnete, aufzubahren. Faustina kam nicht, um an seinem Sarg zu beten. Sie erschien erst zum Begräbnis, die kleine Tochter an der Hand. Es war ihr erster Weg in das Dorf Altenburg. Von den vielen Einwohnern, die den Sarg zum Friedhof begleiteten, kamen die meisten nicht um des Müllers sondern um Faustinas willen. Sie begafften sie ohne Scham, drängten sich nahe an sie heran. Auf dem Friedhof weinte Faustina nicht. Nur das kleine Mädchen schluchzte aus Ratlosigkeit. Nachher sagten alle einstimmig, sie sei eine verderbte, hochmütige Person und trage Schuld am Tod ihres Mannes.

Kurze Zeit später kam ein Bote des Stiftes und forderte Faustina im Namen des Abtes auf, die Mühle mit ihrem Kind binnen einer Woche zu verlassen. Ein neuer Müller sei bereits bestellt. Man werde ihr die Gnade erweisen, ihr einen Platz im Stift zu geben, wo sie Quartier nehmen könne und Arbeit in der Küche oder in der Landwirtschaft finden werde. Faustinas Entgegnung, sie habe die längste Zeit allein die Mühle mit ihren Helfern geführt und verstehe inzwischen das Handwerk, wurde nicht gehört.
Willibald Palt verstand die Weigerung Faustinas, sein christliches Angebot anzunehmen, nicht. Er bedauerte, daß sie nun wohl die Landplage der umherziehenden Bettlerscharen mit ihrem unschuldigen Kind vermehren werde.
Nur Fran glaubte zu wissen, warum Faustina nicht im Stift leben wollte. Es war nicht allein ihr Stolz, der es ihr verbot.Bevor Faustina die Mühle verließ, brachte ihr ein Bauernkind ohne weitere Nachricht die in einem Leinenfetzchen verpackte Perle.
Das, was nun auf sie zukam, würde sie meistern, das glaubte Faustina. Als sie an einem regnerischen, kalten Spätherbsttag die Mühle verließ, das Kind und den vollgepackten Handkarren hinter sich herziehend, war sie voll Mut und Zuversicht. Sie würde Arbeit finden und damit ein Dach über dem Kopf. Wenn nicht gleich, so bald. Noch waren die Nächte im Freien zu ertragen. Sie hatte eine Plane mit, die sie über vier Äste spannen konnte und genügend Stroh, um es auf den kalten Boden zu legen. Was ihr kostbar erschienen war an ihrem Eigentum, ein paar Möbelstücke, etwas Leinen und Geschirr, hatte sie mit Erlaubnis des neuen Müllers in einem zur Mühle gehörenden Schuppen eingestellt und sorgfältig verwahrt. Später, irgendwann, wenn sie wieder Platz dafür hätte, würde sie es holen.

So gehen wir dahin, mein Kind, sagte Stina zu ihrer Tochter, irgendwohin, wo man uns haben will. Ich bin schon viel umhergezogen in meinem Leben, bin viele Wege und Straßen gegangen, bis ich endlich in der Mühle zur Ruhe kam. Ich hatte gehofft, hier eine gute Zeit zu haben, aber es wurde keine gute Zeit. Ich habe Schuld auf mich geladen, ich wollte es nicht, aber es ist geschehen. Und weil ich Schuld auf mich geladen habe, ziehen wir beide nun dahin mit diesem Karren, hinein in wahrscheinlich unsägliche Mühen. Aber wir werden sie mit Gottes Hilfe ertragen und alles wird besser werden, ich verspreche es Dir. Wir wollen heute nicht flußaufwärts gehen, ich mag den Fluß nicht mehr, er ist zu einem bösen Fluß für mich geworden. Wir wollen auch nicht hinauf ins Dorf, denn dort sagen die Leute, ich sei eine böse Frau. Vielleicht haben sie recht. Wir wollen im Wald bleiben während dieser ersten Nacht, im Wald ist es still, im Wald werden wir gute Träume haben.

Das dreijährige Mädchen hatte der Mutter verständnislos zugehört. Fröhlich und voller Neugierde, was kommen würde, lief es vor dem Karren her. Es wußte nicht, daß es bald müd werden und die Mutter es auf die hochaufgepackte Last setzen würde. Es wußte nicht, daß es in unbequemer Lage dort einschlafen und die Mutter die kleine Hand, an der nur zwei Finger saßen, fürsorglich unter den groben Kotzen stecken würde, mit dem sie es zugedeckt hatte.

Stina sollte recht behalten. Die ersten Nächte waren nicht schlimm, es regnete nicht, der Wind war noch nicht kalt. Der Karren holperte über wenig begangene Wege, die in die Tiefe der Wälder führten. Oft mußte Stina das plumpe Fahrzeug aus schrundigen, vom Regen ausgewaschenen Furchen befreien, mußte es unter Aufbietung aller Kräfte über nicht umgehbare Gesteinsbrocken ziehen. Sie bereiteten sich ihr Lager im Schutz

mächtiger Eichen und breitästiger Buchen, die lang ihr Laub behielten, sie versteckten ihre Habe hinter der dichtwüchsigen, dornigen Schlehe und hörten, bevor sie einschliefen, auf die Geräusche, die leise aber unüberhörbar auf sie eindrangen. Das zarte Piepsen der zierlichen Waldmaus, die erst bei Anbruch der Nacht ihr unterirdisches Nest verließ, den sanften Flügelschlag des beutesuchenden Uhus, das klagende Rufen des Käuzchens. Früh am Morgen brachen sie auf. Stina hatte vor, entlegene Dörfer zu erreichen, Dörfer, wo man sie nicht kannte.
Aber die bäuerliche Arbeit im Spätherbst war ruhig geworden. Was noch zu tun war, konnten der Bauer und seine Familie selbst verrichten. Man brauchte keine Hilfe. Und schon gar nicht jemanden, der ein Kind mitbrachte, das auch zu essen verlangte. Manchmal überließ man ihnen ein Lager in der Scheune oder im Stall. Manchmal um Gottes Lohn. Öfter aber um Überlassung eines der Gegenstände, die sich auf dem Karren befanden. Die Last darauf wurde immer leichter. Als es zu schneien begann und mit dem Schnee die harte, winterliche Kälte einbrach, hatten Stina und ihr Kind noch immer kein Dach über dem Kopf.
Die Bettler waren gehaßt und gefürchtet. Sie bedrängten die Armen, weil sie noch ärmer waren als sie. Sie tauchten vereinzelt, oft aber auch in Scharen auf, sie waren eine Plage, sie erpreßten und bedrohten oft jene, die in der Einschicht lebten und sich nicht gegen sie zu wehren wagten. Manchmal stahlen sie und plünderten, manchmal, wenn man ihnen nichts gab, zündeten sie die Scheune an. Sie waren Abgehauste oder Krüppel, Arbeitsunwillige, unheilbar Kranke, hoffnungsloser Not Ausgelieferte. Sie besaßen nichts. Sie vertranken das Almosen, fraßen haltlos auf, was man ihnen in die Hand drückte. Sie schliefen auf Heuschobern, unter Korn-

mandln, im Winter in verfallenden Hütten, in verdreckten Höhlen vor rußendem Feuer.
Als sie noch in der Mühle lebte, hatte Stina keinem Bettler eine Gabe versagt. Als der Winter fortschritt, als die Kälte immer unerbittlicher, grausamer wurde, gehörte sie zu ihnen.
Zuerst versuchte sie es allein. Man sah eine Frau und ein Kind, man fürchtete sie nicht und wies sie ab. Sie hatte nichts mehr außer dem Leinenfetzchen, in dem sich die Perle befand, das sie auf ihrem Herzen trug. Sie schloß sich einer Gruppe an und mußte sich ihren Gesetzen unterwerfen. Das war ihre schlimmste Zeit. Als sie einmal unerlaubt in einem Stadel übernachteten, erließ der Dorfrichter den Befehl, das Gesindel abzuschieben, jeden in seinen Heimatort. Die meisten sagten, sie hätten keinen. Das brachte Stina nicht über die Lippen, und sie nannte das Dorf Altenburg. Nach endlosen Tagen, durchgerüttelt auf den unterschiedlichsten Fuhrwerken, kam sie dorthin. Die Nachricht von ihrer Ankunft verbreitete sich wie ein Lauffeuer. Sie gelangte bis nach Frauenhofen, bis zum Hof des Johann Palt.
Johann war nun im dritten Jahr ohne Frau. Keine Magd hatte es bisher bei ihm ausgehalten. Er entschloß sich, die Witwe des Müllers samt ihrem Kind bei sich aufzunehmen.

Der fünfunddreißigjährige Severin Schintnagel, aus Messern als Sohn eines Kleinhäuslers gebürtig, war seit vielen Jahren nicht mehr in seinem Heimatdorf gewesen. Die Mutter, von der man sagte, sie stamme von Zigeunern ab, war eines Tages spurlos verschwunden. Dem Vater, der außer zwei Ziegen, die er auf einem winzigen Stück Wiese durchbrachte, nichts besaß, brannte eines Tages das Strohdach seiner Keusche ab. Er konnte es nicht erneuern, konnte den einzigen Raum, den er mit den Tieren geteilt hatte, nicht mehr bewohnen. Er war außerstande, auf diese Weise zu überleben. Teilnahmslos und geistig verwirrt siechte er im Armenhaus dahin. Nie fragte er nach seinem Sohn. Nie fragte der Sohn nach dem Schicksal des Vaters.

Da sich die Hochsommertage in der Haupt- und Residenzstadt Wien stets durch große Hitze und schlechte Luft auszeichneten, pflegte der Handelsherr, dem Severin Schintnagel als Stallbursche diente, diese Zeit auf seinen Gütern zu verbringen. Der Großteil der Dienerschaft war angehalten, im Wiener Haus zu verbleiben und die dort notwendigen Arbeiten zu verrichten. Es gab viel weniger als sonst zu tun. Schintnagel entschloß sich daher, seinen Dienstplatz im Einvernehmen mit dem ihm vorgesetzten Verwalter kurzfristig zu verlassen, um sich, wie er erklärte, nach Messern zu begeben. Er habe den dringenden Wunsch, nach langer Zeit seine Familie wiederzusehen.

Dieser Plan hatte nichts mit Schintnagels dahindämmerndem Vater zu tun. Er war einzig und allein darauf ausgerichtet, Schintnagels zwar getrübte aber immer noch bestehende Beziehung zum Besitzer des Schlosses Wildberg, dem Freiherrn Johann Anton von Selb, aufrechtzuerhalten.

Als Severin Schintnagel den Freiherrn an jenem Augustabend des Jahres 1762 auf dem Wiener Graben ansprach, hatte er durch kleinere Gaunereien und Diebstähle bereits eine beachtliche Geldsumme zusammengebracht. Sie erlaubte ihm, das Spiel mit dem Freiherrn zu beginnen, ein Spiel, bei dem er nicht an finanziellen Gewinn, sondern nur an sein persönliches Vergnügen dachte. Dieses Vergnügen bestand darin, ein anderer zu sein, als er war, in eine Verkleidung zu schlüpfen, die nicht nur sein Äußeres, sondern seine ganze gefallsüchtige und spielfreudige Person verändern sollte. Seit er von den finanziellen Schwierigkeiten Selbs wußte, hatte er sie zur Grundlage einer schlau durchdachten Strategie gemacht.

In Messern konnte er sich ungefährdet blicken lassen. Hier kannte ihn niemand mehr. Als er das Fuhrwerk verließ, das ihn hergebracht hatte, betrat er in den Kleidern eines bescheidenen Kaufmanns die Straße. Er bemerkte sofort, daß sich das ärmliche Bild des Ortes nicht gebessert hatte. Zur Zeit als die protestantischen Grafen in Wildberg herrschten, war Messern ein lebhafter Markt gewesen. Im Zuge der Gegenreformation und ihrer Kämpfe verlor es an Bedeutung, die Wohlhabenheit seiner Bewohner nahm ab. Mit verächtlichen Blikken streifte Schintnagel die vernachlässigten Häuser, den Schmutz und Unrat, der sich überall häufte. Das einst berühmte Brauhaus verfiel, die Kirche zeigte zum Teil nackte Mauern. Ängstliche, ungewaschene Kinder drückten sich an Hoftore, halb verhungerte Katzen strichen nahrungssuchend die Zäune entlang. Die Tatsache, hier geboren zu sein, erfüllte Schintnagel mit Scham und Unbehagen. Er war froh, daß es die elterliche Keusche nicht mehr gab. Mit raschen Schritten verließ er den Ort in Richtung Wildberg.

Etwas außerhalb, nahe der Taffa gelegen, gab es einen Bauern, der ein ausgedientes Reitpferd besaß. Der Bauer machte daraus noch ein Geschäft und verlieh es für bestimmte Wegstrecken an durchreisende Handelsleute. Schintnagel hatte es vom Kutscher erfahren, er hatte Glück, das Pferd befand sich gerade im Stall. Widerwillig bestieg er das abgemarterte Tier. Nach wenigen Minuten hielt er an einer von dichtem Gebüsch umgebenen Stelle. Er legte die Kleider des Kaufmanns ab und bedeckte sich sorgfältig mit dem vornehmen Gewand, das er bei seiner ersten Begegnung mit dem Freiherrn getragen hatte. Nun war er bester Stimmung, er trieb das

Pferd zu rascher Gangart an und übersetzte auf der östlich des Schloßhügels gelegenen Brücke den Fluß. Bald darauf meldete er sich beim Pförtner ohne Namen an unter dem Hinweis, er sei vom Freiherrn geschickt. Der Pförtner, vornehme Besucher nicht gewohnt, ließ ihn passieren.
Schintnagel wußte, daß sich Johann Anton von Selb zur Zeit nicht in Wildberg aufhielt.
Ungefähr eine Stunde bevor Schintnagel sich auf den Weg nach Wildberg machte, hatte die Dame Philomena Burger das Dorf Messern verlassen. Sie hatte einer vom Kindbettfieber befallenen Wöchnerin kräftige Nahrung gebracht, hatte ihr Trost zugesprochen und ihr versichert, sie würde sich, sollte es keine Rettung für sie geben, um das Neugeborene kümmern. Als sie die ungelüftete Kammer verließ, in der die Frau, wieder allein gelassen, zusammengekrümmt auf dem durchgewetzten Strohsack lag, überfiel sie tiefe Niedergeschlagenheit. Was sie an Hilfe geben konnte war, das wußte sie, nicht mehr als ein kurzer Augenblick trügerischer Hoffnung. Sie war dann zu der auf einem Hügel liegenden, dem Apostel Jakobus gewidmeten Pfarrkirche hinaufgestiegen, um im Gebet Ruhe und Zuversicht zu finden. Es gelang ihr nicht. Als sie sich vom Altar abwandte, fühlte sie sich mutloser als zuvor.
An der Kirche vorbei führte ein steiler Treppenweg, der später in einen Fußsteig mündete, hinauf zum Schloß. Die Dame Philomena ritt nicht gern. Sie fuhr auch nicht gern mit der Kutsche ins Dorf. Sie fand es nicht passend, sich vor den Bewohnern als zur Herrschaft gehörig auszuweisen. Sie ging zu Fuß, bei jedem Wetter. Die Vorhaltungen des Freiherrn schob sie beiseite, und sie verheimlichte ihm, daß ihr der Aufstieg manchmal körperliche Beschwerden bereitete, über deren Ursache sie nicht nachdenken wollte.

Auch ihm kann ich kaum noch helfen, dachte Philomena, als sie langsam Schritt vor Schritt setzte. Er hat sich verändert. Stark verändert. Seine Fröhlichkeit, seine Lebensfreude sind verschwunden. Er ißt nicht mehr gern. Den Wein trinkt er nicht mehr langsam und mit Kenntnis, er schüttet ihn in sich hinein. Das Gespräch mit mir scheint ihn oft zu ermüden, ja oft gar nicht zu interessieren. Was zum Inhalt seines Lebens gehörte, ist daraus verbannt. Er genießt nicht mehr. Er kann sich nicht mehr freuen.
Sie hatte ihn immer wieder gefragt, was ihm fehle und nur ausweichende Antworten erhalten. Sie hatte ihn, um der großen Liebe willen, die sie für ihn empfand, gebeten, ehrlich zu sein. Er erwiderte stets, daß auch er sie liebe und alles seine Ordnung habe. Aber sie spürte, daß es keine Ordnung mehr für ihn gab.
Wenn er früher von seinen Wiener Amtsgeschäften, von den unerfreulichen Begegnungen mit seiner Familie nach Wildberg zurückkehrte, war es wie ein Fest für ihn. Nur in Andeutungen erzählte er von seinen Problemen und erklärte, daß sie in Wildberg und in ihrer Gegenwart keine Bedeutung mehr hätten. Kam er nun aus der Hauptstadt zurück, wirkte er wie von schwerer Krankheit gezeichnet, und es brauchte Tage, bis es ihm besser ging und er seine Sprache wieder fand.
Ich muß wissen, was ihn bewegt, dachte Philomena, als sie versuchte, ihre Atemlosigkeit vor sich selber zu verbergen, ich muß es in Erfahrung bringen.
Als sie dann in ihrem Zimmer saß, beschäftigt mit einer Handarbeit, die sie haßte, als man ihr die Ankunft eines Fremden meldete, der angeblich im Auftrag des Freiherrn kam und ihr eine Botschaft übermitteln wollte, wurde sie von großer Unruhe befallen.
Das Benehmen des Unbekannten war von ausgesuchter Höflichkeit. Er bat sie zu verstehen, daß er seinen Na-

men nicht nennen könne, denn er habe sich unter falschen Angaben Eintritt verschafft. Nicht der Freiherr schicke ihn, aber um des Freiherrn und dessen schwieriger Lage willen sei er gekommen. Er wolle helfen und bitte sie ihn anzuhören.
Seine Worte, sein Auftreten verwirrten Philomena. Er gab sich wie ein Herr, aber irgendwas, das spürte sie, war falsch an ihm. Die gediegene Kleidung schenkte seiner großen, kräftigen Gestalt die vornehme Wirkung, aber sie konnte eine gewisse Derbheit der Haltung nicht verbergen. Die Gesichtszüge des Besuchers schienen auf einen lebhaften Geist hinzuweisen, das Spiel seiner Augen aber war unstet, es vermied oft ihren Blick. Philomena zwang sich zur Ruhe und bat den Besucher sich zu setzen.
Und das war die Geschichte, die sie hörte:
Er habe, sagte der Fremde, durch seine verwandtschaftliche aber nicht legitime Nähe zu einem reichen und bekannten Handelsherrn von den finanziellen Problemen des Freiherrn gehört. Aus christlicher Überzeugung, vor allem aber aus echter Anteilnahme, dem Freiherrn gehe ja der Ruf einer großen Persönlichkeit, die sich um das Staatswesen beachtliche Verdienste erworben habe, voraus, habe er versucht, ihm mit seinen schwachen Mitteln zu helfen. Diese Hilfe habe der Freiherr, mit dem er sich auf unkonventionelle Art bekannt gemacht habe, liebenswürdiger Weise angenommen. Nur der Form halber habe er sich vom Freiherrn einen Schuldschein ausstellen lassen, ein wertloses Papier, er sei darauf nicht als Geldgeber aufgeschienen, da er anonym bleiben wollte. Die Geldsumme sei ja, im Hinblick auf die bestehenden großen Verbindlichkeiten des Freiherrn, von keiner Bedeutung gewesen. Aber doch eine kleine Hilfe vielleicht, ja vielleicht.
Der Fremde hatte sich erhoben und sich Philomena ge-

nähert. Mit vorgeneigtem Kopf, die Arme in den Ellbogen geknickt, die Handflächen ihr entgegenhaltend, stand er da. Was er sagte, klang sonderbar, aber es war, wie sie den Freiherrn kannte, nicht unmöglich. Sie sog den Geruch des Fremden ein, er roch sauber. Philomena liebte den Geruch nach Sauberkeit.

Der Fremde setzte sich wieder und zeigte eine besorgte Miene. Der Freiherr habe, fuhr er fort, wie erwartet seine Schuld ihm gegenüber nicht begleichen können, und er habe selbstverständlich die angeführten Gründe akzeptiert. Um ihm weiterzuhelfen, habe er ihm geraten, sich an den Handelsherrn zu wenden, dessen Möglichkeiten er kannte und der sich auch mit Wechselgeschäften befaßte. Es sei nun dazu gekommen, daß der Freiherr Wechsel über hohe Summen gezeichnet hätte. Deren Fälligkeit habe er, auch nach Prolongation, nicht eingehalten. Ja, und nun habe der Handelsherr Klage gegen den Freiherrn beim Wechselgericht eingereicht. Es bestehe die Gefahr, daß nicht nur die Wiener Besitzungen, sondern auch Teile der Herrschaft Wildberg gepfändet würden. Der Freiherr habe ihn, der nur der Beste für ihn wollte, jetzt für seine Lage verantwortlich gemacht. Das schmerze ihn unsagbar. Er bitte daher die Dame, ein gutes Wort für ihn beim Freiherrn einzulegen. Nur ihr Einfluß könne ihn von seinem Kummer befreien. Und er würde gern, sehr gern, dem Freiherrn noch einmal weiterhelfen.

Der Fremde war in sich zusammengesunken, starrte auf die glänzenden Schnallen seiner Schuhe. Philomena war während seines Berichtes still dagesessen und hatte versucht, das, was er sagte, auf seine Wahrscheinlichkeit zu prüfen. Sie wollte nicht glauben, was sie hörte. Aber immer mehr kam sie zur Einsicht, daß ihre Zweifel eine Flucht waren. Sie hatte, trotz aller Bedenken, geschwiegen zu den persönlichen Anschaffungen, die der Freiherr in den letzten Jahren getätigt hatte. Die üppige Einrichtung zweier Räume des Schlosses, die großzügige Instandsetzung des Archivs, die Anschaffung eines neuen Altarbildes für die Kapelle, und, was sie mit Sorge erfüllt und dann doch mit Freude angenommen hatte, das Geschenk eines wertvollen Schmuckstückes für sie. Eines Ringes mit fünf der schönsten Rautensteine. Nun wußte sie, woher das alles gekommen war. Nun wußte sie, was den Freiherrn bedrückte.

Als sie den Fremden fragte, wie er dem Freiherrn noch helfen könne, meinte er, er habe einen bestimmten Plan, über den er nicht reden wolle. Besorgnis und Kummer waren in dem Augenblick, als er diese Worte sprach, aus seinem Gesicht verschwunden. Philomena sagte sich, daß ihm die Möglichkeit nochmaliger Hilfe eben Freude bereite. Aber sie war sich dessen nicht sicher. Trotzdem versprach sie ihm, sich beim Freiherrn für ihn zu verwenden. Als sie, nachdem er gegangen war, aus dem Fenster blickte, als sie ihn davonreiten und heftig mit einer Haselgerte auf das müde Tier einschlagen sah, dachte sie, daß ein Herr ganz anders auf dem Pferd säße, daß er nicht auf diese derbe Weise eine arme Kreatur züchtigen würde.

Bald darauf fand in Wien, in einer düsteren, schlecht besuchten Weinstube, die Schintnagel vorgeschlagen hatte, dessen Unterredung mit dem Freiherrn statt. Johann Anton von Selb traf zu seiner größten Überraschung nicht auf den vornehm gekleideten Unbekannten früherer Zusammenkünfte sondern auf einen Angehörigen der untersten dienenden Klasse. Er steckte in einem zerrissenen, schmutzigen Gewand und gab sich als der zu erkennen, der er war. Auf die erschrockene Frage des Freiherrn, was das zu bedeuten habe, antwortete Schintnagel, er habe das schönste Spiel seines Lebens gespielt, er habe in dem Freiherrn einen willigen Akteur gefunden, der die Anweisungen eines Stallburschen blindlings befolgt habe. Er bedauere nicht, sein eigenes Geld dabei verloren zu haben, das sei ihm die Sache wert gewesen. Er wisse nun, daß er zu Höherem berufen sei und werde sein Leben danach richten. Als der Freiherr ihn entsetzt fragte, was er ihm denn getan habe, um auf diese infame Weise von ihm betrogen und in den Untergang getrieben zu werden, lächelte Schintnagel verschmitzt. Der Freiherr habe ihm nichts, rein gar nichts getan, ja er empfinde sogar eine gewisse Sympathie für ihn. Das Spiel mit ihm sei nur so leicht gewesen, so unglaublich leicht.

Der Freiherr, zutiefst gedemütig, erzählte Philomena vom Inhalt dieses Gespräches nichts. Er sagte nur, er habe die Hilfe dieses Menschen abgewiesen, er wolle mit ihm nichts mehr zu tun haben. Was Philomena insgeheim befürchtet hatte, wurde ihr nun klar. Der Fremde hatte sie beide getäuscht. Auf welche Weise, erfuhr sie nicht.

Bald darauf starb die Frau Johann Antons an den Blattern. Er, der sie immer mehr gemieden hatte, sagte zu Philomena, er fühle sich schuldig an ihrem Tod. Seine Schwermut verstärkte sich bis hin zur völligen Sprachlosigkeit.

Die finanzielle Lage des Freiherrn wurde imer schwieriger. In Wien folgte Pfändung auf Pfändung und die vom Wechselgericht ausgesandten Kommissare hatten sich in Wildberg eingefunden, um den genauen Besitzstand der Herrschaft zu prüfen. Ein Unglück würde kommen, sagte eine der Mägde zu Philomena, sie habe aus der Tiefe des Brunnens fremde, drohend flüsternde Stimmen gehört.

Manchmal träumte Mathias von seiner Mutter. Aber sie war schon sehr fern. Sie hatte kein Gesicht mehr, nur eine Stimme. Die Stimme fragte ihn mit leiser Mahnung ob er immer brav sein werde. Diese Frage lag noch in seinem Ohr. Im Traum gab er keine Antwort mehr. Auch im Traum wußte er, die Mutter würde nicht wiederkommen.

Der Abt hatte gemeint, man müsse Mathias von den Frauen lösen, er müsse sich daran gewöhnen, nun unter Männern zu leben. Nur er selbst wußte, daß diese Meinung seiner Überzeugung entsprang, daß keine Frau der Mutter Mathias' gleichkam, schon gar nicht eines der Eheweiber der weltlichen Bediensteten des Stiftes.

Zu seinem Lehrer wurde Bruder Leander, der Bibliothekar, bestimmt. Er war ein ältlicher, belesener Mann, der noch niemals nähere Bekanntschaft mit einem Kind gemacht hatte. Seine Laune wurde meistens durch die von schwerer Gicht verursachten Schmerzen getrübt. Die Aufgabe, die der Abt ihm zugeteilt hatte, machte ihm keine Freude. Er mußte sie annehmen, aber er verwahrte sich dagegen, dem Bauernbuben mehr Zeit als die Stunden des Unterrichts zu geben. Er bat damit warten zu dürfen, bis dieses aus primitiver Herkunft stammende Kind Sitte und Anstand gelernt habe. Als er dieses Anliegen dem Abt gegenüber vorbrachte, hatte er vergessen, daß dessen Herkunft die gleiche war. Willibald vergaß es ihm nicht.

Mathias landete schließlich bei Bartholomäus, dem Schneider des Stiftes. Er wurde Bartl genannt, war nie verheiratet gewesen und für seine Geduld und Gutmütigkeit bekannt. Im Wirtschaftshof bewohnte er zwei Kammern. In einer der Kammern nähte er. Der Boden war bedeckt von Flicken und winzigen Stoffresten, um die sich unzählige abgerissene Fäden rollten. Auf seinem Nähtisch lagen größere Stoffteile, mit flinker Hand setzte er darauf Stich um Stich. Es gab nur die Farben schwarz und weiß, Bartl nähte die geistliche Kleidung

der Fratres. Er freute sich, als man ihm Mathias brachte. Ein zweites Bett wurde in die andere Kammer gestellt und ein Tisch, an dem Mathias lernen sollte. Bei Bartl fühlte er sich wohl. Nachts hörte er sein Schnarchen nicht und auch nicht die erleichternden Töne, die Bartl seiner Verdauung gönnte. Das Essen holte Bartl aus der Klosterküche. Es war mehr und es war besser als im Elternhaus.
Sitte und Anstand, hatte der Abt gemeint, werde man Mathias rasch beibringen.
Das gelang vorerst nicht. Mathias verkroch sich vor der neuen, fremden Welt in die Trotzhaltung eines störrischen Kindes. Holte ihn morgens einer der Novizen ab, um ihn zum Unterricht zu bringen, zeigte er alle Dummheiten, die ihm einfielen, lief davon, versteckte sich, warf sich auf den Boden, blies den Rotz aus der Nase, spuckte und grunzte, stellte dem Novizen ein Bein. Seine Einfälle überschlugen sich und rissen erst vollständig ab, wenn er vor Leander stand, der ihn stumm, mit ausgestrecktem Zeigefinger zu seinem Pult wies. Daß er lernen sollte, verstand er. Aber er tat es nicht. Mit weit aufgerissenen Augen und offenem Mund sah er Leander an und sein Griffel fuhr in wilden Strichen über die Schiefertafel. Du mußt tun, was man von Dir verlangt, hatte Fran zu ihm gesagt. Umso leichter wirst Du es haben. Aber auch auf Fran wollte Mathias nicht hören. Aufmerksam wurde er erst, wenn Leander, von Zorn und Ungeduld geplagt, ihm aus der Bibel vorzulesen begann. Mathias fand diese Geschichten schön. Er stellte Fragen. Er wollte noch mehr erfahren, als in dem Buch stand. Dann blickte ihn sein Lehrer prüfend an und sagte, er wisse, daß Mathias nicht dumm sei. Er wisse, daß er sich verstelle. Das sei eine schwere Sünde.
Der Abt erhielt in der ersten Zeit keine guten Nachrichten über Benehmen und Lerneifer seines Patenkindes.

Sonderbarerweise machte es ihm nichts aus. Er erinnerte sich an den Nachmittag, als Fran Mathias zu ihm gebracht hatte. Ein verstörtes, unglückliches Kind mit Tränenspuren auf den schmutzigen Wangen. In ihm fand er sich selbst wieder, sah sich, erschreckt und verzweifelt, aus dem Elternhaus genommen und ins Unbekannte gestoßen. Dieses Patenkind, das er nur einmal, zur Taufe, im Arm gehalten, das er dann nie wieder gesehen, von dem er immer nur gehört hatte, war ihm nun endgültig anvertraut. Er wollte Geduld mit ihm haben. Das hatte er sich vorgenommen an jenem Nachmittag, als Fran wortlos, mit finsterer Miene, Mathias vor ihn hingestellt hatte.
Das Kind, in einem leinenen Kittel, die bloßen Füße von Staub bedeckt, hatte den Kopf gesenkt. Das dichte, kurz geschnittene Haar war noch heller als das seiner Mutter gewesen war. Die Hände bildeten kleine Fäuste, in denen sich der Daumen verbarg. Es war später Nachmittag. Noch immer saß Willibald im Marmorkabinett. Er war, unter Vorgabe dringender Arbeiten, ohne Beisein des Schreibers hier geblieben, nur vom Stundengebet in der Kirche unterbrochen. Er wollte das Kind nicht in einem großen Raum erwarten.
Du weißt, daß ich Dein Pate bin, sagte er.
Mathias blieb stumm.
Wenn Du nicht sprechen willst, dann nicke wenigstens.
Fran stieß Mathias in den Rücken und Mathias nickte.
Du wirst von nun an bei uns im Kloster leben.
Mathias schüttelte den Kopf. Fran tat nichts um ihn daran zu hindern.
Das habe ich entschieden. Es bleibt dabei.
Mathias drehte sich zu Fran um und sah ihn fragend an.
Fran blickte geradeaus und bewegte sich nicht.
Willibald stand auf und ging ein paar Schritte auf Mathias zu. Er beugte sich aber nicht zu ihm hinunter.

Dein Vater ist mein Bruder, sagte er, und Fran merkte, daß es ihn Überwindung kostete. Ich bin also nicht nur Dein Pate, wir sind auch verwandt.
Mathias kratzte sich an der Wade und sah zum Fenster hinaus. Eine Krähe flog vorbei. Mathias hob das Kinn und sah ihr nach.
Du hast zu Mittag Brei gegessen, sagte Willibald. Warte. Er zog ein großes weißes Taschentuch unter seiner Soutane, benetzte es mit Speichel und wischte Mathias einen winzigen, eingetrockneten Breirest von der Unterseite des Kinns. Das Kind, überrascht, hielt dabei ganz still. Fran blickte den Abt an als hätte er ihn nie vorher gesehen.
Jetzt sag mir genau wie Du heißt. Das wirst Du wohl wissen. Sag es.
Nach einigen Sekunden bewegte Mathias die Lippen.
Lauter. Ich höre nichts.
Mathias Palt.
Das ist nicht Dein ganzer Name. Du hast noch einen Vornamen. Du heißt Mathias Leopold. Leopold war mein Name bevor ich in den geistlichen Stand eintrat. Also wie heißt Du.
Mathias Leopold Palt.
Es ist gut so. Jetzt kennen wir einander. Du kannst Herr Pate zu mir sagen.
Mathias sagte nichts.
Willibald ging zu seinem Schreibtisch zurück und setzte sich wieder.
Ich habe Dir ein Buch geschenkt, meinte er ernst.
Fran zog das Buch aus seinem Beutel.
Hast Du es Dir angesehen, fragte Willibald.
Mathias nickte und schüttelte gleich darauf den Kopf.
Fran steckte das mißhandelte Buch vorsichtshalber wieder ein.
Ich wünsche mir, daß Du bald lesen und schreiben

kannst, sagte Willibald und seine Stimme klang nun streng. Je eher umso besser.
Mathias stellte seine großen Zehen auf und betrachtete sie eingehend. Erst als ihm Fran leise was ins Ohr flüsterte, sagte er Ja ohne den Blick zu heben.
Er wird müde sein, sagte Willibald zu Fran. Er soll ein kräftiges Essen bekommen und dann zu Bett gehen.
Er gab Fran einen Wink, sich mit Mathias zu entfernen. Bevor sie den Raum verließen, lief Mathias zur Figur des Mohren hin.
Der ist ja schwarz, rief er, der ist komisch, warum ist der schwarz.
Weil er aus einer anderen Welt kommt, antwortete der Abt.
Bis zur Vesper blieb Willibald allein. Er arbeitete nicht mehr. Er hatte vorgehabt, nach der Begegnung mit seinem Patenkind noch Schriftliches zu erledigen, den Brüdern Anweisungen für die nächsten Tage zu geben. Er war sich seiner schwierigen Aufgabe, Menschen zu führen und der Eigenart vieler zu dienen ständig bewußt. Er durfte dabei das Heil der ihm Anvertrauten nicht geringschätzen und die irdischen Dinge nicht in den Vordergrund stellen. Er wußte, daß ihm letzteres nicht immer gelang. Einen Augenblick lang fragte er sich, ob es richtig gewesen war, diesen sechsjährigen Knaben im Kloster aufzunehmen, eine Handlung, die er nicht ausgeführt hatte, um Gott wohlzugefallen, sondern um dem Willen seines eigenen Herzens zu folgen. Das widersprach den Regeln des heiligen Benedikt. Widersprach es ihnen wirklich? Willibald erlaubte sich vorerst daran zu zweifeln.
Als Willibald die Kirche zur Vesper betrat, fiel das Tageslicht noch voll durch das oberhalb des Hauptaltares befindliche ovale Fenster, vor dem in Glorie die Taube des heiligen Geistes schwebte. Die Stärke des Lichts

zwang Willibald zu kurzem Augenschließen. Auch unter seinen Lidern wirkte die Helligkeit noch nach. Er nahm den ihm zustehenden Platz ein und versenkte sich in das Dankgebet für den zu Ende gehenden Tag. Seine Lippen bewegten sich im Gesang des Hymnus und der Psalmen, er widmete sich dem Canticum aus den Apostelbriefen, lauschte der kurzen Lesung eines der Fratres, beteiligte sich am Responsorium, am Magnificat und an den Fürbitten. Wie es ihm zukam, sprach er am Schluß als der Vater aller Brüder das Gebet des Herrn. Immer wieder aber mußte er an die Worte denken, die er selbst zu Mathias gesprochen hatte: Er kommt aus einer anderen Welt. Es war ihm bewußt, daß auch dieses Kind aus einer anderen Welt kam, und er nahm sich vor, es nie zu vergessen.

In dieser ersten Nacht sollte Mathias, bis man eine passende Unterkunft für ihn gefunden hatte, in einer leerstehenden Futterkammer schlafen, in die man einen Strohsack legte. Fran möge, hatte der Abt befohlen, mit ihm das Abendgebet verrichten, noch eine Weile bei ihm bleiben und ihm einige tröstende Worte sagen. Das Kind werde bald in einen erholsamen Schlaf fallen und am nächsten Tag ausgeruht in seine neue Umgebung, in seine Pflichten eingeführt werden.

Fran war lang geblieben. Er hatte sich bemüht, Mathias vom wunderbaren Klosterleben zu erzählen, hatte sich immer mehr in begeisterte Schilderungen hineingesteigert und erst geschwiegen, als Mathias, der zuerst nur stumm dagelegen war, die Augen schloß. Er war dann still hinausgegangen und hatte sich eingeredet, daß alles in Ordnung sei.

Mathias rührte sich nicht. Alles, was an diesem Tag geschehen war, erlebte er nochmals unter seinen geschlossenen Lidern, wieder kam Fran in den Hof, wieder weigerte er sich mitzukommen, wieder spürte er das seltsame Buch in seiner Hand, wieder sah er Stina, die schweigend seine Sachen in einen Sack stopfte und ihn dabei nicht ansehen wollte. Von neuem spürte er Frans Hand, die ihn mehr zog als führte, weg von dort, wo er bisher daheim war, noch einmal hörte er die Stimme seines Bruders Hans, die Stimme von Stinas Tochter Eva, die im Garten hinter der Scheune spielten und seinen Weggang nicht bemerkten. Er hörte das Muhen der Kühe im Stall, die er hätte auf die Weide führen sollen, er sprang auf von der Bettstatt, warf die Decke ab, die ihm nur zitternde Kälte und keine Wärme bescherte, lief zur Tür, rüttelte daran und rief: Ich will nach Haus, ich will nach Haus. Die Tür war unversperrt, trotzdem gab sie dem Drängen seiner schwachen Hände nicht nach. Als der Morgen kam, lag er in sich verkrümmt auf dem durchnäßten Strohsack.

Fran erbat vom Abt die Erlaubnis, am Marienfeiertag, dem 15. August, nach der Messe mit Mathias die Familie Leutgeb aufsuchen zu dürfen. Schon lang sei er nicht dort gewesen, meinte Fran, die Gesundheit der alten Bäuerin sei schlecht, und auch Andreas' Frau Else habe sich nach dem bei der Holzarbeit vor drei Jahren erlittenen Unfall nicht richtig erholt. Der Andreas Leutgeb habe viel auf sich, da auch die kleine Tochter, das einzige Kind, nicht richtig gedeihen wolle. Er würde sich gern nach dem Befinden der ganzen Familie erkundigen und halte es für Mathias von Vorteil, wenn dieser mit einem gleichaltrigen Kind zusammenkäme.

Der Andreas Leutgeb, das ist doch der, der im Stock saß, meinte der Abt nachdenklich. Der hat sich doch was zuschulden kommen lassen.

Er war unschuldig, hochwürdiger Herr Abt, antwortete Fran leise.

Also geht, in Gottes Namen, sagte Willibald. Aber Du bist mir dafür verantwortlich, daß der Mathias nicht in

schlechten Einfluß gerät.
Mathias hatte das Kloster seit dem Tag, als er es mit Fran betreten hatte, nicht verlassen. Die täglichen quälenden Unterrichtsstunden bei Leander hatten bisher nur klägliche Ergebnisse gebracht, die Lektionen in Anstand und Sitte, von einem adeligen Novizen zwar mit Geduld und manchem Spaß erteilt, waren wenig erfolgreich geblieben. In heimlichen Gesprächen teilten die Fratres einander ihre Überzeugung mit, daß der befremdliche Akt des Abtes, einen sechsjährigen Bauernbuben ins Kloster zu holen, um ihn hier zu erziehen, von allem Anfang an zum Scheitern verurteilt gewesen sei.
Mathias tanzte und hüpfte vor Freude, als er von dem bevorstehenden Ausgang erfuhr. Bartl hatte ihm aus diesem Anlaß die erste Kniehose genäht, aus schwarzem Stoff zwar, aber mit einer Ziernaht aus rotem Garn. Ein getragenes Kinderleibl steuerte die Frau des Tischlers bei, und der Schuster bastelte auf Frans Wunsch ein Paar Sandalen aus Lederresten, Der Abt hatte für Mathias nur einen neuen Leinenkittel angeschafft. Barfuß, meinte er, sei auch er in den Sommern seiner Kindheit gegangen.
Es war knapp vor der Mittagszeit, als sie sich auf den Weg machten, und es war ein heißer Tag. Fran hatte ihren Besuch angekündigt, und er schwärmte Mathias vor, was alles sie an leiblichen Genüssen erwarten würde. Eine Rindsuppe vielleicht. Vielleicht auch ein schweinerner Braten und Mehlknödel. Das sei zwar nicht sicher. Überzeugt aber sei er, daß es mit Mohn gefülltes, süßes Gebäck geben werde.
Im Rasen seitlich des Hoftores saß ein kleines Mädchen. Es hatte ein zartes, blasses Gesicht, das braune Haar war zu zwei kurzen Zöpfen geflochten. Als es Fran sah, stand es auf, um ihm entgegenzulaufen, dann blickte es auf Mathias und setzte sich wieder ins Gras.

Elisabeth, rief Fran, ich habe Dir jemanden mitgebracht. Den Mathias nämlich.
Elisabeth näherte sich zögernd. Knapp vor den beiden blieb sie stehen. Auch sie war sechs Jahre alt. Aber sie reichte Mathias nur bis ans Kinn. Mathias sah an ihr vorbei. Sie wußte nicht, was sie tun sollte. Plötzlich drehte sie sich um und lief ins Haus.
Das wird schon mit Euch beiden, meinte Fran, komm, wir gehen hinein.
Sie war zwei Mal ziemlich krank gewesen, jedesmal hatten die Eltern um ihr Leben gebangt. Das erste Mal, sie war kaum drei Jahre alt, hatte sie die Masern gehabt, in einer bösen Form, mit hohem Fieber und einem Ausschlag, der den ganzen Körper bedeckte und länger als üblich nicht vergehen wollte. Hals- und Kopfschmerzen quälten sie noch lang, sie aß fast nichts, und die Augen wollten nicht aufhören zu tränen. Kaum ein Jahr später befiel sie der Keuchhusten, auch diese Krankheit verlief nicht ohne Komplikationen, denn die krampfartigen Hustenattacken endeten meist mit einem würgenden Erbrechen. Der ohnehin zarte Körper verfiel immer mehr, trocknete fast aus. Den Bader zu bezahlen fiel den Eltern schwer, und seine begrenzten Fähigkeiten erlaubten keine wirksame Hilfe. Elisabeth kam durch. Dank der nie ermüdenden Fürsorge ihrer Mutter und, wie diese überzeugt war, deren unzähligen Stoßgebete zum Himmel. Elisabeth blieb kleiner und schwächer als die meisten Kinder ihres Alters. Der Mutter machte es nichts aus. Sie war froh, daß die Tochter lebte.
Der Vater, Andreas Leutgeb, sagte zwar, daß er dem Schicksal, das ihm sein einziges Kind gelassen habe, dankbar sei. Im Grunde aber schämte er sich. Ein Mädchen. Und noch dazu nicht gut gediehen. Ein Sohn würde nicht mehr kommen. Der männliche Erbe, der ihm die notwendige soziale Achtung gebracht hätte. Andreas

wußte, daß die meisten der Dorfbewohner, obwohl sie seine Stärke bewunderten, von heimlichem Neid ihm gegenüber erfüllt waren. Die Erde seiner Äcker war besonders gut. Sein Vieh war besser genährt als das der anderen, denn er war der Erste, der nach der Zehentbefreiung von Futterkräutern im Brachfeld Klee, Safran sowie weiße und gelbe Rüben anbaute. Das Vieh brachte also auch mehr Dünger, um die Erde fruchtbar zu machen. Wenn er die Ernte einfuhr, war sein Wagen schwer beladen. Das Pferd am Zügel führend ging er langsam daneben her, mit hoch erhobenem Kopf. Seit dem Unfall seiner Frau hatte er einen zweiten Knecht aufgenommen, zu dritt erledigten sie alle Arbeit rasch und zügig und lieferten der Obrigkeit ohne Verzug, was sie zu bekommen hatte. An manchen warmen Abenden konnte man Andreas vor dem Haus sitzen sehen, während die anderen Bauern erst mit der Stallarbeit begannen. Wird alles einmal ein Fremder kriegen, sagte jeder, der ihn so sah. Und es war dieser Gedanke, von dem auch Andreas sich niemals befreien konnte.
Andreas Leutgeb liebte seine Frau. Und seltsamer Weise liebte er sie nach ihrem Unfall, durch den ihm der Sohn versagt blieb, mehr, als er es vorher getan hatte. Das gestand er sich nicht ein. Man zeigte keine Gefühle in einer Welt härtester Arbeit und ständigen Verzichts. Er mußte sehen, daß er weiterkam, noch besser wirtschafteten, um seinem Traum von einem großen, gemauerten Haus, wie es die Bürger in der Stadt hatten, näherzukommen. Andreas Leutgeb verhielt sich freundlich zu seiner Frau Else und zu seiner Mutter Anna, die im Ausgedinge lebte. Viel freundlicher als die anderen Bauern des Dorfes es den Frauen gegenüber taten. Aber auch bei ihm gab es nur einen Herrn im Haus, der das Sagen hatte, nach dessen Willen alles geschah, der urteilen durfte und verurteilen, belohnen und bestrafen.

Das war so selbstverständlich wie essen und schlafen, und weder Mutter noch Ehefrau begehrten dagegen auf. Das ist also der Sohn des Palt aus Frauenhofen, sagte Andreas, als Fran mit Mathias eintrat. Er ist groß und stark. Der gehört nicht ins Kloster. Wann darf er denn wieder nach Haus?

Er hat noch viel zu lernen, antwortete Fran rasch und zog Mathias zu sich her, der aufgeregt auf Andreas zustolperte.

Es stand alles auf dem Tisch, was Fran vorhergesagt hatte. Sie aßen schweigend. Die Hausfrau hatte ihr Arbeitsgewand mit einer reinen Schürze verbessert. Ihr Haar war unbedeckt, im Gegensatz zu Anna Leutgeb, die ein schwarzes, wollenes Tuch tief in die Stirn gezogen und unter dem Kinn geknotet hatte. Leutgeb selbst hatte das Vortuch, das er über seiner Kleidung trug, abgelegt. Die beiden Knechte hatten es nicht getan. Zwischen Vater und Mutter saß die kleine Elisabeth. Sie aß mit den Fingern aus dem Holzteller, während die anderen mit dem Löffel aßen und nur zum Schneiden des Fleisches ein Messer verwendeten. Manchmal schob Else ihrer Tochter einen Bissen in den Mund, den Elisabeth nicht gleich schluckte. Manchmal nahm sie den Bissen wieder heraus und warf ihn, nach einem vorsichtigen Blick auf den Vater, unter den Tisch. Mathias sah ihr staunend zu. Er stopfte in sich hinein, was ging. Hin und wieder sah er zu Fran hin, mit vorgestrecktem Kinn. Dann nickte ihm Fran beruhigend zu. Anna Leutgeb aß nur von den Knödeln, die sie in kleinste Brokken zerteilte. Sie hatte keine Zähne mehr. Als sie unvermutet aufstand und sich über den Braten beugte, um dessen Duft einzusaugen, machte ihr Sohn eine unwillige Handbewegung. Anna setzte sich wieder hin.

Das Vergelt's Gott am Ende des Mahles sagte Fran. Die Knechte waren an diesem Feiertag zwei Stunden lang

von der Arbeit befreit, sie verschwanden zu ihrem Lager im Stall. Die Frauen standen auf, um die Küche in Ordnung zu bringen. Fran und Andreas blieben auf der Eckbank sitzen. Ein Gespräch über das Wetter, die Ernte, das Vieh und das Leben im Kloster kam langsam in Gang.
Elisabeth war in den Hof gelaufen. Fran meinte zu Mathias, er solle ihr nachgehen. Mathias trieb sich noch eine Weile in der Küche herum. Endlich ging er hinaus. Elisabeth lehnte an der Stalltüre und zerzupfte ein Grasbüschel. Sie tat, als sähe sie Mathias nicht.
Mathias ging, von ihr abgewendet, hin zur Scheune. Plötzlich erinnerte er sich daran, daß er sich in der elterlichen Scheune vergeblich versteckt hatte, um nicht mit Fran ins Kloster gehen zu müssen. Er machte kehrt und ging zurück zum Haus.
Komm her, sagte Elisabeh leise. Mathias schien nicht zu hören.
Komm her, sagte Elisabeth lauter. Den Blick in den sandigen, frisch gekehrten Boden des Hofes vergraben, kam er zögernd näher.
Schau, sagte Elisabeth und hielt ihm das zerstörte Grasbüschel entgegen.
Mathias sah sie verständnislos an
Ist mein Gras, sagte Elisabeth und beutelte es.
Mathias schüttelte ratlos den Kopf. Er setzte sich auf den Türstaffel zum Ausgedinge und begann mit einem Stück Holz ein Muster in den Sand zu zeichnen. Elisabeth sah ihm von ferne eine Weile zu, dann lief sie weg.
Zum Verabschieden und Danksagen wurde er später von Fran ins Haus geholt. Daß Fran Annas Hand nicht loslassen wollte, sah er mit Verwunderung. Er wußte nicht, daß Fran jedesmal, wenn er Anna sah, gern das Wort Mutter ausgesprochen hätte. Sie hatte ihn einst aufgeho-

ben und in die Arme genommen, ihm Schutz gegeben, als er ganz verlassen war. Das hatte er nicht bewußt erlebt. Aber in seinem Inneren klang es nach.
Als sie sich auf den Heimweg machten, wurde Mathias von Fran gefragt, ob er sich mit der Elisabeth Leutgeb unterhalten habe.
Mathias verneinte heftig. Auf Frans Drängen erklärte er endlich, Stinas Tochter Eva, die bei ihm zuhause wohne, habe zwar nicht soviele Finger wie die Elisabeth, sie sei aber viel größer, viel schöner und viel gescheiter.
Fran machte keine Einwände. Er lächelte.

Knie nieder, verlangte Bruder Leander.
Ich will nicht, antwortete Mathias.
Du sollst niederknien, sag ich Dir.
Ich will nicht.
Warte, ich werde Dir Gehorsam beibringen.
Ihr tut mir weh, Ihr tut mir weh.
Also. Jetzt kniest Du endlich. Runter mit dem Kopf.
Ich kann nicht.
Runter. Ganz runter. Bis auf den Boden.
Nein. Ich will nicht mit dem Kopf auf den Boden.
Was sagst Du? Ich habe Dich nicht verstanden.
Ich will nicht mit dem Kopf auf den Boden. Warum?
Mit dem Gesicht zur Erde soll der Büßer liegen.
Was hab ich getan?
Du weißt genau, was Du getan hast. Heuchle nicht.
Ich weiß es nicht. Darf ich aufstehen?
Du hast Deine Lektionen wieder nicht gelernt.
Darf ich aufstehen?
Ich könnte Dich mit Rutenschlägen strafen.
Nicht wieder. Bitte nicht wieder.
Du versprichst in Hinkunft gehorsam zu sein. Aus Furcht vor den Strafen der Hölle.
Ja. Nein. Ja.

Du betest als Buße zehn Vaterunser. Sogleich.
Ich. Ich
Wage ja nicht, Dich zu erheben. Du bleibst unten. Unten. Deine Stirn berühre während des Gebets den Boden. Also. Ich warte.
Leander, vor Mathias stehend und auf ihn niederblickend, vernahm nicht das Eintreten des Abtes. Der Abt hob Mathias auf und verließ schweigend mit ihm den Raum. Leander wurde von der Pflicht, Mathias zu unterrichten, entbunden. Entbunden wurde er auch von seiner Arbeit in der Bibliothek. Der Abt entschloß sich, von nun an selbst sein Patenkind zu unterrichten.

Das Frühjahr 1767 war eine windige Zeit. Aber der Wind hatte sein Gutes, denn er trocknete den von der Schneeschmelze her nassen Boden der Äcker. In den ruhigen Tagen des Winters hatte Johann Palt die Wirtschaftsgeräte ausgebessert, hatte sie bereitgemacht für die kommenden Tage harter Arbeit. Es gelang ihm allerdings nicht, die Pflugschar, die der ständige Aufprall auf die zahlreichen Steine des Bodens verbogen hatte, vollständig zu richten. Er wußte, er würde es schwer haben beim Pflügen, es würde länger als sonst dauern die Erde aufzureißen, sie zu lockern. Um Gregori, den 12. März, sollte für die Aussaat des Hafers, mit der man begann, gepflügt sein. Johann hatte den Winter nicht gut überstanden. Schwerer Husten hatte ihn geplagt, oft rang er nach Luft und in schwächerem Ausmaß tat er es noch immer. Manchmal war es, als hätte er das Sprechen verlernt. Die Anweisungen an den Knecht wurden immer knapper, an Stina wandte er sich nur um sie zu tadeln, seinen Sohn Hans rief er lediglich, um ihn zur Verrichtung ungeliebter Tätigkeiten zu zwingen. Stinas Tochter Eva nahm er nicht zur Kenntnis. Als der Knecht ihn und das Pferd nach dem ersten Tag des Pflügens, wie es üblich war, mit einem lauwarmen Wasserguß begrüßte, machte Johann einen Buckel und verschränkte schützend die Hände über seinem hochroten Kopf.

Stina hatte sich verändert. Sie ging noch immer kerzengerade und zeigte in dieser Haltung die Kraft ihres Körpers. Aber ihr früher glänzendes, schwarzbraunes Haar, das sie zu einem einzigen, dicken Zopf geflochten hatte, den sie auch bei der staubigsten Arbeit nie mit einem Tuch bedeckte, hatte seinen Glanz verloren. Während der wärmeren Jahreszeit ging sie an jedem Samstag, wenn es dunkel geworden war, hinunter zur Kleinen Taffa, um in dem herben Wasser, dem sie eine besondere, reinigende Wirkung zutraute, ihr Haar zu waschen. Obwohl sie nur bis zu den Knöcheln im Fluß stand und ihr Körper nicht naß wurde, bedeutete dieses Waschen des Haares für sie eine Reinigung ihrer ganzen Person, eine Reinigung von inneren Schmerzen, von Kummer und Erniedrigung, von Auflehnung und Haß. Aber sie mußte bemerken, daß ihr Haar seine Schönheit verloren hatte. Und sie sah auch, daß sich in ihrem Gesicht Falten um Mund und Kinn eingruben, die von Müdigkeit sprachen, vom Nachlassen der Zuversicht. Dann sagte sie sich, daß sie niemals aufgeben dürfe in diesem für sie so schwierigen Leben, um ein besseres Leben für ihr Kind zu erreichen.

Manchmal glühte ihr Körper noch nachts. Dann stellte sie sich vor, daß es Johanns Hände wären, die sie berührten, und es schauderte sie. Einmal, es war schon lange her, hatte er versucht, in ihre Kammer einzudringen. Auf dem Schragen, den man ohne Sorgfalt gezimmert hatte, schlief sie mit ihrer Tochter an der Seite. Vor Stinas Erscheinen waren in diesem Raum Häckseltrog und Säurebottich gestanden. Den Häckseltrog hatte der Knecht im Stall untergebracht, aber der Säurebottich stand noch immer da, und die mit Wasser übergossenen

zerkleinerten Kraut- und Halmrüben verströmten einen scharfen, unangenehmen Geruch, dessen Entweichen die winzige Fensterluke nicht zuließ. Es war in einer stürmischen Herbstnacht, schon gegen Morgen, als Johann kam. Stina hatte schlecht geschlafen und dachte sie träume, als sie das Knarren der Tür hörte. Der Lehmboden schluckte das Geräusch von Johanns nackten Füßen, und sie fuhr erst auf, als sie seine Hände auf ihrer Brust spürte. Sie kämpfte gegen ihn an mit aller Kraft, aber sein Verlangen gab ihm eine Stärke, der sie nicht gewachsen war, und auch ihre stoßweisen Worte: Das Kind, das Kind, halfen nicht. Dann gelang es ihr, ihn an seinem Hemd zu fassen, dessen Halsausschnitt offen war. Sie zog den Stoff fest um seine Gurgel zusammen, er bäumte sich auf, und in diesem Moment stieß sie ihn mit Händen und Füßen von sich und zwar mit solcher Gewalt, daß er im Säurebottich, dessen Deckel offenstand, landete. Sie hörte sein zuerst ungläubiges, dann von wilder Wut erfülltes Keuchen, aber sie hatte keine Angst mehr vor ihm. Sie wußte, er würde sie verlassen, ohne ihr etwas anzutun. In den nächsten Tagen sah sie ihn nicht. Er versuchte nie wieder, sich ihr zu nähern.
Anfangs war Stina nicht zur sonntäglichen Messe in die Frauenhofener Kirche gegangen, um sich nicht den neugierigen und verächtlichen Blicken der Dorfbewohner auszusetzen. Sie hatte ja auch während ihres Lebens in der Mühle den Gottesdienst versäumt und sich vorgesagt, daß ihr die eigene, in unregelmäßgen aber intensiven Gebeten geübte Frömmigkeit genügen müsse. Eines Tages hatte Johann ihr vom Pfarrherrn ausgerichtet, ihr Fernbleiben von der Kirche werde einst für sie, vor allem aber für ihr Kind, dem sie den Zugang zu seinem Herrgott versage, die schlimmsten Folgen haben. Als sie zum ersten Mal im Gotteshaus erschien, mit erhobenem Kopf, die verunstaltete Hand ihrer Tochter mit der eige-

nen bedeckend, drehten sich alle nach ihr um. Sie setzte sich an den äußersten Rand der letzten Bank. Nach der Messe sprach niemand sie an. Als sie nach einiger Zeit um zwei Bänke weiter vorrückte, gab ihr der Mesner zu verstehen, sie habe zu bleiben, wo sie hingehöre. Von da an betrat Stina nicht mehr die Kirche. Ihre Tochter Eva aber schickte sie, sorgfältig gekleidet, mit dem kleinen Hans jeden Sonntag zur Messe.

Eva hatte den Spott der Dorfkinder wegen ihrer fehlenden Finger längst überwunden. Stina kam es fast vor, als hätte sie ihn nicht zur Kenntnis genommen. Bald hörten die Kinder auf sie zu necken. Evas Fröhlichkeit wirkte ansteckend, die Streiche, die sie ausdachte, waren niemals bös, mit ihrem gesunden, überaus beweglichen Körper glich sie die Mängel der linken Hand aus. Oft sang sie, meistens waren es nur Melodien, manchmal erfand sie auch seltsame Worte dazu. Der kleine Hans wich nicht von ihrer Seite.

Der Knecht hatte bald Vertrauen zu Stina gefaßt. Ab und zu erzählte er ihr von seinen Sorgen. Daß er ein Mädchen gern habe, als Dienstbote aber ledig bleiben müsse. Daß er sich gern verbessern würde, vielleicht als Viehhirte oder gar als Hausierer gehen könnte, was aber nicht möglich sei. Er habe sich eben aus Not, weil er das achte Kind armer Inwohner gewesen sei, auf lange Zeit in den Dienst des Johann Palt verdungen und könne ihm nicht vorzeitig aufsagen. Man würde ihn sonst mit Arrest belegen, ja sogar mit dem Zuchthaus bestrafen. Seit langem habe er schlimme Schmerzen im Rücken und in den Armen. Wenn es auch warm sei im Stall durch die Ausdünstung der Tiere, so schließe die Tür doch schlecht und lasse im Winter die eisige Zugluft herein. Stina brachte ihm Leinenfetzen, um die Fugen zu verstopfen. Mehr konnte sie für ihn nicht tun. Manchmal sprach er von Maria Magdalena. Dann hörte sie aufmerksam zu.

Im vergangenen Herbst war Mathias zu einem ersten Besuch in das väterliche Haus gekommen. Länger als ein Jahr hatte er bereits im Stift gelebt. Während dieser Zeit hatte Johann nicht mehr von ihm gehört als ihm Stiftsleute zutrugen. Auch Fran war nicht mehr erschienen. Nur ein einzige Mal äußerte sich Johann zu Stina und sagte, daß es ihn nicht interessiere, was mit seinem Ältesten geschehe. Der habe reichlich zu essen und müsse nicht mehr mit den Händen arbeiten. Es gebe keinen Grund, sich über ihn den Kopf zu zerbrechen.

Johann war nicht da, als Mathias erschien. Stina, die sich im Haus aufhielt, hörte, wie jemand den Hof betrat. Zuerst mit laufenden, dann mit zögernden Schritten. Dann war Stille. Sie ging hinaus und erkannte Mathias sofort. Er war stark gewachsen, sah älter aus als siebeneinhalb Jahre. Die schwarze Kniehose war ihm zu klein, reichte ihm kaum über die Hüften. Er versuchte gerade sie hochzuziehen und das leinene Hemd in den Bund zu würgen, als sie kam. Sie mußte lachen, und er wurde rot.

Daß Du einmal kommst, sagte Stina. Warum bist Du nicht früher gekommen?

Der Herr Pate hat es nicht gewollt, antwortete Mathias. Aber heute hat er es erlaubt.

Warum heute?

Weil ich ein Zertifikat bekommen habe.

Ein Zertifikat? Was ist das?

Da steht drinnen, daß ich gut gelernt habe.

Hast du es mitgebracht?

Ja. Für den Herrn Vater.

Komm herein. Du mußt was essen.

Wo sind die anderen? Der Hans und die Eva?

Die sind draußen. Mit dem Bauern. Beim Rübengraben.

Er trat in die Küche, als sei sie ihm fremd. Sein Blick

wanderte über einst vertraute Gegenstände, als sähe er sie zum ersten Mal, schweiften verwundert über den Herd, auf dem das Mehlkoch dampfte, hinauf zu den Ofenstangen, an denen die Socken zum Trocknen hingen, liefen über den Herrgottswinkel, vorbei an dem winzigen, nie geöffneten Fenster bis hin zum Tellerladen, in dem auch die hölzernen Löffel steckten. Mit einem Sprung war er dort, riß einen der Löffel heraus und rief: Das ist meiner, das ist meiner. Den Löffel wild schwenkend tanzte er in der Küche herum bis zur Atemlosigkeit. Nun war er wieder daheim, nahm große Brokken vom Mehlkoch und leckte sich das Schmalz von den Lippen, mit dem Stina es verbessert hatte.
Als die Kinder früher als Johann zurückkamen, erkannte ihn der kleine Hans nicht und Eva mußte ihm sagen, wer er war. Hans stellte sich hinter Stina und bohrte sein Gesicht in ihren Rücken. Eva lachte laut. Mathias blickte auf die Reste seines Mehlkochs. Sie mögen in den Hof gehen oder hinters Haus und sich dort beschäftigen, verlangte Stina. Zögernd folgte Hans den beiden anderen, die hinausstürmten. Das Zertifikat, in ein Stück Stoff eingeschlagen, blieb auf dem Tisch liegen.
Als Johann kam, verlangte er mit einer befehlenden Geste zu essen. Stina, ebenfalls wortlos, wies auf seine Hände, an denen noch Reste schwarzer Erde klebten. Johann wischte die Hände flüchtig an der Hose ab. Dann fielen seine Blicke auf das Zertifikat, und er griff danach, löste den Stoffumschlag, seine Finger schnappten nach dem Papier. Noch bevor sie es fassen konnten. wurde es ihm von Stina entrissen.
Wasch Deine Hände, Bauer, bevor Du das angreifst, sagte Stina.
Verblüfft sah Johann sie an. Was ist es, fragte er.
Da steht drauf, daß Dein Sohn ein guter Schüler ist. Daß er schon vieles gelernt hat. Daß er schon jetzt ge-

scheiter ist als Du, Bauer.
Ist der da, fragte Johann und richtete sich ruckartig auf. Wo ist er?
Draußen bei den anderen, antwortete Stina.
Johann zwang Stina, das Papier loszulassen. Dann ging er hinaus.
Die Wiese hinter der Scheune hat schon ihr herbstliches Gesicht. Da und dort braune Grasbüschel, von der Nässe verfärbt, unter dem vermodernden Laub liegt fauliges Obst, abgefallen von den krummen Bäumen. Die Bäume sind schwarz und naß, nur noch einzelne, ledrige Blätter hängen daran. Auf dem Birnbaum sitzt Mathias, schaukelt in einer Astgabel. Auf dem Apfelbaum sitzt Eva, klammert sich mit ihrer guten Hand an einen starken Zweig. Zwischen den Bäumen läuft Hans hin und her, versucht auf den einen, dann auf den anderen Baum zu klettern, es gelingt ihm nicht. Die Bäume stehen nicht weit von einander entfernt. Mathias und Eva reißen kleine Ästchen ab, werfen sie zum Apfel-, zum Birnbaum hinüber, versuchen damit einander zu treffen. Mathias schreit auf, wenn er Eva trifft. Eva trifft besser, sie singt dabei. Wenn sie, ohne es zu wollen, den kleinen Hans, erwischen, beginnt er zu weinen und klagt, er werde es Stina erzählen. Die Sonne zeigt sich kaum zwischen den rasch dahinziehenden Wolken, kommt sie zum Vorschein, ist ihr Licht bleich und kalt.
Johann wird von Mathias und Eva erst gesehen, als er knapp unter ihnen zwischen den Bäumen steht. Hans hat sich ein Stück weggeschlichen, die Schultern eingezogen, als hätte er etwas angestellt. Aber Johann bemerkt ihn gar nicht. Er schaut zu Mathias hinauf, der noch ein Stückchen Ast in seinen verschmutzten Händen hält. Mathias macht sich steif, streckt sich in die Baumkrone hinein. Eva hat zu singen aufgehört.
Komm herunter, sagt Johann.

Es dauert lang, bis Mathias wieder Boden unter den Füßen hat.
Warum bist Du gekommen, fragt Johann. Mehr als ein Jahr hast Du Dich nicht sehen lassen.
Mathias zuckt die Achseln. Er will ein freundliches Gesicht machen, den Vater anlächeln. Aber irgendwie gelingt es ihm nicht.
Der Herr Pate hat gesagt, ich soll Euch erst dann besuchen, wenn ich Euch zeigen kann, daß ich ordentlich gelernt habe.
Und dazu hast Du bis jetzt gebraucht, fragt Johann.
Mathias schweigt. Er sieht das Zertifikat in der Hand des Vaters, zeigt darauf.
Das sollt Ihr Euch ansehen, stammelt er.
Ich soll mir das ansehen. Gut, ich soll mir das ansehen. Dein Herr Pate weiß und Du weißt es auch, daß ich nicht lesen kann, was da steht. Keiner von uns hier kann lesen. Nicht ich. Nicht die Magd. Und schon gar nicht die Kinder.
Ich, ich, sagt Mathias und bringt es endlich über die Lippen: Ich kann Euch ja sagen, was drinnen steht.
Und ich muß Dir dann glauben, was Du sagst. Du kannst mir ja die größte Lüge auftischen. Kann alles, weiß alles, dieser Bauernbub, ist fast schon so gescheit wie ein Novize. Das kannst Du mir sagen, und es steht gar nicht da. Vielleicht steht da, nimm ihn wieder heim, lieber Bruder, nimm Deinen liederlichen, faulen und dummen Sohn zurück, wir können ihn nicht brauchen in unserem so gelehrten Kloster, laß ihn wieder in der Erde graben, sowie Du es tust, der auch nichts anderes kann, als graben in dieser steinigen, neidigen Erde, die nur soviel wachsen läßt, daß der Bauer nicht verhungert.
Mathias starrt den Vater an, erschrocken, verwundert, nie noch hat er ihn so lang reden gehört, nie noch hat der Vater an ihn soviele Worte gerichtet. Er weiß nicht,

was er tun soll, er sieht zu Eva hin, die noch immer auf ihrem Baum sitzt und sich tief hinunterbeugt, um alles zu hören.
Johann bleibt eine Weile vor Mathias stehen, wendet den Blick von ihm ab. Geh zurück, sagte er dann mit heiserer Stimme, hier ist kein Platz für Dich. Komm nicht mehr her. Geh zurück und werd ein Pfaff.
Das Zertifikat fällt auf die Erde. Johann entfernt sich durch die Scheune.
Mathias geht noch einmal zu Stina in die Küche, wickelt das verschmutzte Papier wieder in den Stoffumschlag ein. Leise sagt er, daß er vergessen habe, Stina einen Gruß von Fran zu bestellen. Dann verläßt er langsam, trotzig seine Tränen verschluckend, den Hof. Eva und Hans sehen ihm vom Tor aus nach.
Abends, als Stina um das Schweinefutter geht, sieht sie Johann in einer Ecke des Stalles stehen. Er hustet krampfhaft, röchelt nach Luft, er hustet so stark, wie er im Winter gehustet hat. Als er weg ist, treibt es Stina zur Ecke hin. Eine kleine Blutlache versickert im von Unrat bedeckten Boden.
Seither beobachtete Stina den Gesundheitszustand des Johann Palt mit großer Genauigkeit.

An einem warmen, sonnigen Apriltag des Jahres 1767 erwachte der Freiherr Johann Anton von Selb erstaunlicherweise aus seiner Lethargie und Schwermut und befahl dem Kutscher, den leichten Wagen anzuspannen. Philomena, vollkommen überrascht, hoffte auf ein Wunder, das Johann Anton die für immer verloren geglaubte Gesundheit wiederbringen würde. Sie kleidete sich sofort an, um ihn zu begleiten, ohne das von ihm gewünschte Ziel zu kennen. Zu ihrem größten Erstaunen lehnte er dieses Vorhaben mit freundlichen Worten ab. Philomena stand dabei, als der Wagen abfuhr, und ihre

so plötzlich erwachte Zuversicht verwandelte sich in Ratlosigkeit.
Johann Anton summte vor sich hin, als der Wagen sich holpernd den Berg hinunter auf den Markt Messern zubewegte. Stets hatte er Messern nur durchquert, um von hier aus das Schloß zu erreichen. Heute aber wollte er aussteigen, ein wenig verweilen, Kontakt mit der Bevölkerung aufnehmen, sich als der zeigen, der er gern gewesen wäre, aber aus Bequemlichkeit und Müßiggang nur zu einem geringen Teil gewesen war: Der um Wohl und Wehe seiner Untertanen besorgte Grundherr.
Er wunderte sich über die leere Straße, die geschlossenen Tore der Häuser, als er zuerst mit zügigen, dann immer langsamer werdenden Schritten durch Messern ging. Ratsuchend drehte er sich nach dem Kutscher um, der auf dem Bock dahindöste und horchte erst auf, als es von der Kirche zehn Uhr schlug. Da fiel ihm ein, daß alle Leute auf den Feldern waren, dort oder irgendwo anders seit den frühen Morgenstunden arbeiteten, ahnungslos, daß der hohe Herr durch ihren verwaisten Ort ging und sich plötzlich für sie interessierte. Johann Anton seufzte erleichtert auf, als er den Krämerladen entdeckte, klopfte an die auch dort verschlossene Tür und nickte freundlich mit dem Kopf, als der verdutzte Krämer ihm öffnete. Mit spitzen Fingern wählte er sinnlos unter bunten Bändern und hölzernen Knöpfen, richtete einige Fragen an den Krämer, die dieser stotternd beantwortete und verließ den finsteren Raum mit dem Hinweis, daß er jemanden schicken werde, der seinen Einkauf bezahle. Dann bestieg er wieder seinen Wagen und befahl dem Kutscher weiterzufahren in die noch verbleibenden zehn Gemeinden, die zu seinem Besitz gehörten. Es vergingen fünf Stunden, ehe er nach Hause kam. Er hatte mit dem Krämer gesprochen, mit einigen verschreckten Kindern. Und auf der Heimfahrt mit einem

der brabbelnden Insassen des Messener Armenasyls, der, ohne daß Selb es ahnen konnte, der Vater des Severin Schintnagel war. Aber er fühlte sich zufrieden, fast glücklich. Er sagte zu Philomena, daß er die Absicht habe, ein großes Fest zu geben, ein Fest auf Schloß Wildberg, zu dem er alle Bewohner des Ortes Messern laden wolle.
Sie kamen von überall her, nicht nur aus Messern. Die Nachricht vom Fest auf Schloß Wildberg hatte sich wie ein Lauffeuer verbreitet. An jenem Sonntag im Monat Mai, an diesem strahlenden, warmen Tag waren zur Mittagszeit Kolonnen von bäuerlichen Untertanen unterwegs, gefolgt von Handwerkern, Inwohnerleuten und Dienstboten. Man schleppte die Alten mit und wechselte sich ab in ihrer Betreuung, man führte die Kinder in Schubkarren oder zog sie in kleinen Leiterwagen hinter sich her. Wer ein Gefährt hatte und dazu ein Zugtier, belud es mit einer Unzahl von Menschen, unter deren Last es stärker schwankte als unter der Einbringung der Ernte.
Schon Tage vorher hatte man im Schloß mit den Vorbereitungen begonnen. Der Freiherr hatte in bester Laune erklärt, es dürfe an nichts fehlen, man müsse mit einer großen Menschenmenge rechnen, man müsse der Vorstellung und dem Wunsch jedes einzelnen gerecht werden. Ein großes Schlachten begann, Rinder, Schweine, Schafe und zahllose Hühner kamen zu Tode, alles Vieh stammte aus dem ureigensten Besitz des Freiherrn, der befand, man dürfe den Bauern nichts wegnehmen, was sie selbst unter großen Mühen aufgezogen hatten. In der riesigen schwarzen Küche des Schlosses trampelten verschwitzte, aufgelöste Mägde einander auf die Füße, wurden vom Koch, vom Verwalter mit derben Flüchen zu rascherer Arbeit angetrieben und fielen erst spätnachts auf ihr dürftiges Lager. Knechte fingen das aus der

Gurgel der Schweine hochaufspritzende Blut in hölzernen Bottichen auf, bis es der Metzger mit Speck und Brot zu dicken Würsten verarbeitete. Gewaltige Stücke vom Rind wurden in Kesseln gesotten. In Pfannen, die auf Dreifüßen standen, auf Rosten über dem lodernden Feuer wurde der Braten bereitet, in riesigen, mit Schmalz gefüllten Reinen brutzelten die Krapfen. Zahllose Laibe Roggenbrot schoß der Bäcker in den Backofen ein. Die auf der Herdplatte gebackenen Flecken, geformt als Vollmond und Sichelmond, die mit Mohn oder Nüssen gefüllten Kipfel lagen auf langen Brettern zum Verzehr bereit. Der Krautkeller wurde geleert, und der Geruch nach gedünsteten Rüben sandte süßliche Schwaden in den Hof.
Im Gartenhaus saß der Freiherr und beobachtete vergnügt, was in seinem Haus geschah. Er saß allein, ein Glas Wein vor sich, denn Philomena kümmerte sich darum, daß alles seine Odnung hatte. Der Einfall, dieses Fest zu feiern, war nach langer Zeit der Interesselosigkeit für ihn wie eine Auferstehung aus fremder Zeit, er hatte seine Heiterkeit wiedergefunden, seine Gabe, sich zu freuen. Er saß und schaute, er griff nicht ein ins Geschehen, denn Philomena war ja da, und er entfernte sich nur, wenn der Todesschrei eines Tieres zu ihm herüberklang.
Am Morgen des Festes erhob er sich früh. Er brauchte viel Zeit um sich anzukleiden, überraschte Philomena mit einem Festgewand aus feinstem Tuch und glänzender Seide und einem Lächeln, das auf seinen Lippen blieb. Er fand ihre Kleidung zu einfach, sie aber sagte, sie wolle nur tragen, was ihr zustehe. Den Vormittag verbrachte er ungeduldig in seinem Archiv, um zwölf Uhr mittag stand er mit Philomena am Eingang zum großen Innenhof des Schlosses.
Die Ersten kamen nur zögernd. Die Männer, den Hut in

der Hand, die Schultern eingezogen, die Ellbogen an den Leib gepreßt. Die Frauen mit niedergeschlagenem Blick unter dem Kopftuch, die rissigen Hände unter der Schürze verborgen. Kinder wollten nach vorn, wurden zurückgehalten im unbekümmerten Lauf, fielen nieder, begannen zu weinen, verstärkten das Gebrüll der steif in ihren Polster eingebundenen Säuglinge. Man grüßte mit gesenktem Kopf den Schloßherrn und die Dame. Mancher machte einen Kratzfuß, mancher streckte dem Freiherrn die Hand entgegen, die dieser verwirrt und kurz ergriff.

Plötzlich aber kam Bewegung in den stockenden Zug, ein Drängen von hinten stieß die Vorderen weiter, nun quollen die Massen herein, unbeachtet und ungegrüßt wurden Johann Anton und Philomena zur Seite gedrängt. In kürzester Zeit erfüllten Hunderte von Menschen den Hof. Hastig suchte jeder seinen Platz auf den aus Klötzen und Brettern gezimmerten Bänken vor den langen Tischen und verteidigte ihn mit bösen Blicken und derben Worten. Aus der Küche wurden die ersten Speisen aufgetragen, aus dem Keller rollten die Fässer mit Most und Bier. Dann hörte man nur mehr die Geräusche des Essens und Trinkens, nur manchmal unterbrochen von einem lauten Ruf nach neu gefüllten Schüsseln.

Johann Anton hatte versucht, von Tisch zu Tisch zu gehen, freundliche Worte an die Essenden zu richten. Er merkte bald, daß er störte. Er bedauerte es nicht, es war ihm wichtig zu sehen, daß die Menschen das, was er ihnen bot, genossen. Er winkte Philomena zu sich her, zwei Stühle wurden neben die der Küche vorgebaute Laube geschoben, sie setzten sich nieder und sahen ihren Gästen zu.

Der Gastgeber hielt sich nicht an Most und Bier. Er trank Burgunder. Er füllte selbst sein Glas aus einer am Boden stehenden Karaffe, er leerte es immer rascher, immer fröhlicher goß er sich nach und beachtete nicht den leisen Druck von Philomenas Hand auf seinem Arm. Als einer seiner Untertanen, nicht mehr nüchtern, zu ihm hinstolperte, deutete er es als einen freundlichen Annäherungsversuch. Der aber beugte sich keuchend hinunter zur Karaffe und trank den Rest des Weines in einem einzigen Zug. Burgunder, rief Johann Anton und sprang auf, Burgunder, her mit den Flaschen. Nein, sagte Philomena, nein. Die Essenträger blieben stehen. Die Untertanen verstummten, sahen einander ratlos an, nie noch hatten sie dieses Wort gehört. Der Betrunkene hob die leere Karaffe auf und schwenkte sie johlend. Die Untertanen begriffen. Burgunder, verstümmelt, verdreht und doch verständlich hallte der Ruf durch den Hof. Endlich folgten die Knechte der befehlenden Geste ihres Herrn. Sie holten die Flaschen aus dem Keller.

Philomena konnte später in ihrer Erinnerung den Fortgang des Festes nicht mehr genau nachvollziehen, sie wußte nur, es war jeder Lenkung entglitten. Musikanten zogen auf mit Fiedel, Trompete, Klarinette und Trommel, Füße in Holzschuhen und Stiefeln stampften über den von Essensresten bedeckten Boden, die Tanzenden wiegten sich im Sieben- und Dreiviertelschritt, klatschten in die Hände und jauchzten, jene, die nicht mehr tanzen konnten, saßen auf der Erde und schlugen mit den Fäusten den Takt. Dazwischen die Kinder, die Alten, die einen hüpfend und schreiend, die anderen mit nicht mehr begreifendem Lächeln, versunken in einem unbegreiflichen Glück. Johann Anton, zuerst ernüchtert und erschrocken, fand zurück zu einer alles verstehen wollenden Heiterkeit. Er gebrauchte sein geliebtes Wort Laissez faire, laissez aller und zog Philomena über die enge Treppe hinauf in das Gartenhaus. Dort stützte er sich auf die Balustrade und sah hinunter in den Hof. Die Musik hatte aufgehört, denn nun tanzten auch die

Musikanten. Sie tanzten wie die Untertanen zu einer Melodie, die in ihren Körpern saß, einer Melodie, der sie sich restlos hingaben, weil sie durch sie befreit wurden von allen Mühen dieser Erde.
Das Gewitter kam plötzlich, unerwartet. Starker Wind trieb die dunklen Wolken rasch heran, die ersten, schweren Tropfen gingen in prasselnden Regel über, es donnerte laut, der Einschlag der Blitze war erschreckend nah zu hören. Der Tanz hörte auf, die Frauen schlugen ihre Schürzen über den Kopf und packten die Kinder, die Männer suchten ihre Hüte und und packten die Alten und Betrunkenen. In wenigen Minuten war der Hof leer. Tiefe Pfützen bildeten sich im sandigen Boden und verschluckten die Spuren der Menschen, die nicht hierhergehörten.
Später saß Johann Anton mit Philomena in einem der Räume, die er besonders liebte. Sein Gemüt hatte sich beruhigt. Er war zufrieden. Keine Sorge belastete ihn mehr. Seine Blicke tasteten sich über Balkendecke, Rundbogenfenster und Kamin hin zu den großen Spiegeln, die die Wände bedeckten, diesmal nahm er sein eigenes Bild, von dem er sich sonst abwandte, an. Es machte ihm auch keine Mühe, das Porträt seines Vorfahren Johann Gabriel von Selb, der einst Schloß Wildberg gekauft hatte, zu betrachten. Lange Zeit hatte er es aus Scham vermieden, dem strengen Herrn im schwarzen Rock ins Gesicht zu sehen. Nun konnte er es ohne zu zögern.
Der Regen fiel nur noch leise. Stille breitete sich aus. Die Müdigkeit, die Johann Anton erfaßte, war nicht die Müdigkeit, die er kannte. Sie durchdrang seinen Körper von den Füßen, die seltsamerweise nicht kalt waren, bis hinauf in die Höhe der Augen. Er ahnte, er würde sich nicht befreien können von ihr, aber er fand sie angenehm. Er sagte zu Philomena, er wisse, daß der Verlust

von Wildberg nicht zu vermeiden sei, es mache ihm nun nichts mehr aus, denn es gäbe, und davon sei er überzeugt, andere angenehme Orte, wo man gern bleiben würde.
Er stand auf, er wollte zu Bett gehen. Er küßte zuerst Philomenas Hände, dann ihre Stirn und zuletzt ihr Haar. Ihr war, als spüre sie statt der Küsse nur den Hauch seines Atems.
In dieser Nacht starb der Freiherr Johann Anton von Selb. Philomena fand Trost in der Überzeugung, daß sein Fortgang aus dem Leben so geschehen war, wie er es gewünscht hätte.

KAPITEL 4

EXTRA ECCLESIA NULLA SALUS
Außerhalb der Kirche ist kein Heil

Fran ist da, um Mathias zu holen.
Mathias sitzt im Konventgarten, in dem auf Geheiß des Abtes auch er sich aufhalten darf. Er arbeitet an der Herstellung einer Weidenflöte. Erst unlängst ist ihm eingefallen, daß er eine solche Flöte zu der Zeit, als er noch daheim war, immer mitnahm, wenn er das Vieh auf die Weide trieb. Frans Erscheinen ist ihm nicht recht, denn er hofft, mit der Flöte die Neugierde der anderen Kinder im Stift zu erwecken. Kinder, die den weltlichen Bediensteten gehören und die ihm aus dem Weg gehen, seit der Abt selbst ihn unterrichtet und auch sonst manche Zeit mit ihm verbringt. Ihr Verhalten ärgert ihn mehr als er den Umgang mit ihnen vermißt. Während der Arbeit an der Flöte fällt ihm das Pfeifenrössel ein, das er vor langer Zeit von seinem Paten bekommen hat, und das nun wahrscheinlich sein Bruder Hans besitzt. Ihm wäre lieber, wenn Eva es hätte. Der Konventgarten ist von einer niederen Mauer, die auf der alten Befestigung des Klosters sitzt, umschlossen. Ein paar Obstbäume stehen da, sie tragen weiße Blüten in diesem Monat Mai. Die Bienen gehen bereits ihrer Arbeit nach, Mathias fürchtet sie nicht, manchmal hebt er den Kopf und nimmt bewußt ihr leises, stetes Summen auf. Er ist jetzt acht Jahre alt, er hat sich, seit sein Vater ihm gesagt hat, er möge nicht mehr heimkommen, endgültig an sein Leben im Kloster gewöhnt. Fast ist er gern hier.
Geht es nicht später Fran, fragt Mathias und arbeitet weiter.
Als Fran verneint und wieder sein böses Gesicht macht,

das Mathias seit einiger Zeit an ihm bemerkt, steht er auf, versteckt die unfertige Flöte unter den Ästen eines Baumes, packt ein Bündel mit Büchern und geht langsam und unwillig hinter Fran her.

Also, was habt Ihr zuletzt durchgenommen, fragt Fran, als sie in seinem heimlichen Unterschlupf sitzen, aus dem die Kälte des Winters noch nicht gewichen ist.

Noch immer das Leben Jesu, antwortet Mathias und streckt die Füße in den kargen Sonnenstrahl, der durch die niedrige, versteckte Tür hereinfällt.

Berichte, verlangt Fran.

Ich weiß, wie die Menschen ausgesehen haben, damals, sagt Mathias. Ich kenne auch die Landschaften, in denen Jesus gelebt hat, ich weiß, wie das Wetter dort war, ganz anders als bei uns, ich weiß, mit wievielen Hammerschlägen man Jesus ans Kreuz genagelt hat, ich weiß viel, Fran.

Gut, sagt Fran, wenn Du soviel weißt, werdet Ihr mit dem Leben Jesu bald fertig sein. Was nimmst Du sonst noch mit Deinem Paten durch?

Die Chronik des Stiftes, antwortet Mathias und gähnt. Kennst Du sie, Fran?

Nun wird Fran lebhaft, er beginnt sofort sein Wissen vor Mathias auszubreiten, erwähnt die Gründung des Klosters durch die Gräfin Hildeburg von Poigen im Jahr 1144, die Bestätigung der Stiftung durch den Bischof zu Passau, die Einführung der ersten zwölf Mönche, die auf unwegsamen Pfaden aus der Steiermark hierher kamen. Über die Regierungszeit der ersten drei Äbte, fährt Fran fort, berichteten weder Sagen noch Urkunden. Erst über den vierten Abt, Wintherus, heiße es in einer Schrift, er habe sich in unkorrekter Weise Rechte angemaßt, die ihm nicht zugestanden seien. Und das habe sich leider fortgesetzt, fügt Fran bitter hinzu. Der fünfte Abt schließlich, Adalbert, habe nur kurz regiert –

Zwei Jahre, ruft Mathias dazwischen, das alles weiß ich, und jetzt hör auf Fran und erzähl mir lieber, wie war es im alten Kloster, wo haben die Mönche geschlafen, welche Tiere haben in den Wäldern gelebt, hat es unser Dorf, hat es Frauenhofen schon gegeben?
Sie hocken ganz nah beisammen und Fran erzählt, erzählt alles, was er herausgelesen hat aus den vielen, heimlich zusammengetragenen Büchern. Er schildert ihm den Kapitelsaal des alten, frühgotischen Klosters. Hier, erklärt er, hätten sich die Mönche nach ihrem Rang versammelten, um mit dem Abt wichtige klösterliche Angelegenheiten zu besprechen. Er beschreibt das Dormitorium, den Schlafsaal, in seiner kühlen Kargheit, den Mönchssaal mit seinen Büchernischen, wo die Brüder tagsüber sich aufhielten, arbeiteten und studierten, den Kreuzgang, wo unbedingtes Schweigen herrschte; die Veitskapelle, sagt er, habe es bereits damals gegeben, sie schenkte jenen Adeligen, die dem Stift wohlgesinnt waren, die letzte Ruhestätte. Und eine Schule, ruft er aus, stell Dir vor, eine Schule gab es auch schon. Dann hält er sich, da er Mathias erlöschendes Interesse an den Bauwerken bemerkt, nicht weiter dabei auf, führt ihn hinein in die dichten, von keiner Menschenhand noch berührten Wälder, der Heimat von Bär, Wolf und Luchs, läßt vor seinen Augen Bussard und Falke steigen, führt ihn in die Einsamkeit der von Kamp und Taffa durchflossenen Täler, zu den Quellmulden der Bäche, zu den von Nebeln umlagerten Wiesenmooren, zu den kaum sichtbaren Neubrüchen urbar gemachten Landes. Er beschreibt ihm die Burgen auf den schroffen Höhen, wo die mächtigen Herren hausten und im Gegensatz dazu die verstreuten, einsamen Dörfer mit ihren sich vor Wind und Wetter in Senken und an Hänge duckenden, armseligen Hütten. Er beendet seinen Bericht mit Frauenhofen, das damals Vronhoven hieß. Aber, meint Fran,

wieviele Menschen damals dort lebten, könne er nicht sagen. Jedenfalls seien es nur Untertanen gewesen, nichts als Untertanen.
Mathias bewundert ihn und erklärt, was Fran ihm erzählt habe, sei viel interessanter als die Chronik, die mit ihrem Aufzählen der Ereignisse keine so schönen Bilder vor seinen Augen entstehen lassen könne wie Fran es tue.
Jetzt müssen wir aber üben, verlangt Fran.
Mathias nimmt ein Buch aus dem Bündel, schlägt es auf.
Das hier, das soll ich lesen bis zum nächsten Mal. Fehlerfrei.
Sie stecken die Köpfe zusammen, und Mathias beginnt aus dem Leben des Heiligen Benedikt zu lesen, jenem Buch, das einst auf dem Misthaufen des väterlichen Hofes gelandet war. Zuerst stockend, bei jedem Fehler von Fran unterbrochen, bei den Wiederholungen immer besser, schließlich fließend.
Fran, sagt Mathias, als sie fertig sind, ich bin froh, daß Du mir hilfst.
Aber Du weißt, ermahnt ihn Fran, niemals, wirklich niemals darfst Du erzählen, daß ich lesen kann, daß ich hier, in meinem Unterschlupf, mit Dir das Lesen übe. Vergiß nicht, Du hast es mir geschworen.
Ich vergeß es nicht, antwortet Mathias. Und ich bringe Dir das Rechnen bei. Denn rechnen kann ich gut, und Du kannst es nicht.
Dein Pate, der hochwürdige Herr Abt, rechnet wohl nicht nur mit Dir, meint Fran. Er rechnet auch sonst sehr viel. Ich glaube, er muß es tun.
Das weiß ich nicht, sagt Mathias. Sind wir fertig, kann ich gehen?
Da kannst gehen, antwortet Fran leise. Früher haben wir mehr Zeit miteinander verbracht. Früher, als Dein Pate

sich noch nicht so viel mit Dir beschäftigte.
Aber Mathias hört ihn nicht mehr.
Am Abend dieses Tages ging Fran zur Zeit der Vesper durch den menschenleeren Brunnenhof. Das tat er oft. Der Abt, die Fratres und Stiftsalumnen hielten sich in der Kirche auf. Man vermißte Fran nicht. Es war die Stunde, in der Fran versuchte, seine Gedanken zu ordnen, Gedanken, die ihn nicht losließen. Das Plätschern des Brunnens, dachte Fran, würde sein Gemüt beruhigen. Er durchquerte den Hof einige Male und blieb schließlich vor dem Osttrakt des Klosters stehen, von dort konnte man ein Stück des Kirchturms sehen. Zuerst erkannte er nur die dunkle Toröffnung des Gebäudes, die in den Vorhof zur Kirche führte, dann, beim Heben der Augen, die über diesem Tor thronende heilige Immakulata, zwei Engel beteten sie an. So wie jedesmal war ihm auch jetzt, als wachse sie wieder in den Himmel hinein, von dem sie einst herabgestiegen war. Fran schloß kurz die Augen, lehnte den Kopf zurück, öffnete sie, um ganz hoch hinaufzuschauen, nun erblickte er über den hohen Satteldächern des Konvents den Kirchturm und zwar, wie er überzeugt war, dessen schönsten Teil. Dort sah man nämlich, klar gemeißelt, die Gestalt des heiligen Lambert, des Patrons der Kirche. Er stand auf einer Wolke, und wurde von Engeln – es gab ja soviele Engel, es gab unzählige Engel hier – direkt in den Himmel getragen. Den heiligen Lambert sah Fran immer wieder gern. Er fühlte sich von ihm beschützt, obwohl der heilige Lambert wissen mußte, daß Fran ein Sünder war. Auch jetzt fühlte sich Fran beim Anblick des Heiligen erleichtert, und er atmete auf.
Unerwartet überquerte der Schaffner den Hof.
Wer schaut denn da auf den Kirchturm, höhnte er, ist das nicht unser Fran? Sag mir, wie spät es ist, Fran, oder kannst Du vielleicht die Uhr nicht lesen?

Fran schüttelte den Kopf und lächelte. Es fiel ihm schwer. Es fiel ihm von Tag zu Tag schwerer.
Geh in den Wirtschaftshof, Fran und sieh nach, ob die Tore der Futterkammern gut verschlossen sind. In den Ställen mußt Du prüfen, Fran, ob das Vieh sich ruhig verhält, und wenn Dir einer der Fratres, der beim Stall vorbeigeht, mit gerümpfter Nase sagt, hier ist es schmutzig, hier stinkt es, dann reinige den Stall, Fran, obwohl der Abt gesagt hat, diese Arbeit mußt Du nicht mehr tun. Du willst es Dir ja nicht verderben mit jenen, die Dir neidig sind, weil der Abt Dich so oft ruft, mit jenen, die hinter Deinem Rücken über Dich herziehen und Dir gern was Böses antun, wenn es leicht geht. Dann putzt Du auch die schmutzigen Stiefel der Melker und kratzt den Dreck vom Boden ihrer verwahrlosten, Unterkünfte, dann lachst Du zu den ewig gleichen Scherzen der Novizen, der Professen und erträgst ihren unverhohlenen Spott. Du wirst ewig das Findelkind bleiben, das man ungern und nur aus Barmherzigkeit hier aufgenommen hat, der arme Tölpel, der nicht lesen und schreiben kann, aber aus unerfindlichen, absolut unerklärlichen Gründen vom Abt bevorzugt und immer wieder zu besseren Diensten herangezogen wird. Bevorzugt wie jener Bauernbub einfachster Herkunft. Aber gegen den darf man nichts sagen, dem darf man nichts antun, zu dem sind alle freundlich. Bis jetzt.
Es war noch immer so, dachte Fran, daß der Abt ihn brauchte, ihm vertraute. Daß er kein Tölpel war, hatte Fran ihm immer wieder bewiesen. Aber die Anweisungen des Abtes waren kürzer geworden in letzter Zeit, oft fehlten die persönlichen Worte. Daß Mathias die besondere Gunst des Abtes genoß, war nicht zu übersehen. Was das Lernen betraf, hatte die Strenge des Paten nicht nachgelassen. Was die lernfreie Zeit betraf, waren die Zügel locker geworden.

Viel hatte Willibald bewegt in den letzten Jahren. Die Verschönerung des Klosters und seiner Umgebung hatte er sich zu einer Aufgabe gemacht, der er sich mit unbeugsamem Willen und großer Freude unterzog. Ganz anders als früher näherte sich der Besucher dem Stift, viel nachhaltiger war der erste Eindruck, den er nun empfing. Statt einer trostlosen Steppe breitete sich vor dem Haupteingang saftiger Rasen aus, von gepflegten Wegen gesäumt. Um diesen Rasenfleck, Johanniswiese genannt, zog sich eine gelb gefärbte Mauer, unterbrochen von einem hohen, offenen Torbogen, den zwei Vasen krönten. Er lenkte den Blick des Eintretenden auf die beiden geheimnisvollen Sphingen, den Symbolen der Weisheit, hoheitsvoll niedergelassen auf mächtigen Steinsockeln. Der Stiftsgarten war angelegt worden, ergiebig in seinem Ausmaß, hier hauste der Gärtner mit seinen Helfern. Alles, was an Pflanzen, an Obst und Gemüsen gezogen wurde, bestimmte der Abt selbst. Versuche wurden gemacht mit noch nie in dieser Gegend verwendeten Sorten, und ein kleines Feld wurde der Grundbirne oder, wie man auch sagte, dem Erdapfel zugewiesen, einer Frucht, die noch weitgehend unbekannt war. Manche Ärzte hielten ihren Genuß für gefährlich. Sie meinten, er würde häufig den Geschlechtstrieb wecken und, infolgedessen, die Geisteskräfte abstumpfen. Darüber tuschelten die Konventualen unter vorgehaltener Hand. Den Abt schien die Meinung der Ärzte nicht zu interessieren.
Dort, wo die Straße von Altenburg in das Dorf Fuglau führte, schob sich die Außenwand eines Pavillons in die Mauer des Stiftsgartens. Mit harmonischen Maßen in den stillen Teil dieses Gartens gestellt, diente er dem Abt, der seinen Bau befohlen hatte, in der warmen Jahreszeit zum Ort beschaulicher Stunden. Rosen rankten sich über das Geländer der Freitreppe, über die man das

obere Geschoß erreichte, und von einem balkonartigen Podest erblickte man den Reigen grotesk gekleideter Zwerge, versteinert in drastischer Gebärde.
Dorthin, das wußte Fran, durfte Mathias den Abt manchmal begleiten.
Was macht Ihr da, hatte Fran gefragt, der seit einiger Zeit seine Eifersucht erfolglos bekämpfte, gibt er Dir auch im Pavillon Unterricht? Aber nein, hatte Mathias geantwortet, wir trinken Limonade. Limonade, hatte Fran überrascht wiederholt, aus echten Limonen? Ja, hatte Mathias erwidert, die kommen von weit her, die kosten viel Geld. Nur mein Pate und ich trinken Limonade. Soll ich Dir sagen, wie Limonade schmeckt? Fran hatte schroff verneint aber wissen wollen, worüber sie sich im Pavillon unterhielten. Der Pate erzählt mir Geschichten, hatte Mathias geantwortet. Heilige, hatte Fran gefragt. Nie, war Mathias' lachende Antwort gewesen. Geschichten von der großen Stadt Wien, von der Kaiserin und ihrem Hof. Oder auch Märchen. Oder was ihm gerade einfällt, was er erfindet. Und das ist alles, hatte Fran gezweifelt. Manchmal singen wir auch ein Lied gemeinsam. Eines, das er von früher her kennt und ich auch.
Der Abt Willibald Palt hatte sich verändert. Er hatte Freude gefunden an der Gegenwart eines Kindes und ihm seine persönliche Zuneigung und einen Teil seiner Zeit geschenkt. Das war in seiner geistlichen Aufgabe nicht vorgesehen.
Es war Fran nicht gelungen, seine Gedanken zu ordnen. So zu ordnen, daß sie ihm Trost hätten schenken können. Es gab in diesem Kloster zwei Menschen, denen er zugetan war mit ganzer Seele. Beide hatten sich von ihm entfernt.

Die Erbschaftsangelegenheit nach dem verstorbenen

Freiherrn Johann Anton von Selb wurde in der Haupt- und Residenzstadt Wien rasch abgehandelt. Die Gläubiger, vor allem das Wechselgericht, drängten darauf. Nach dem Testament des Freiherrn waren dessen zwei Töchter als Erbinnen eingesetzt. Einer gewissen Philomena Burger sollte das immerwährende Wohnrecht auf Schloß Wildberg eingeräumt werden. Aber angesichts der großen Schuldenlast waren die Anordnungen des Erblassers nicht erfüllbar. Zwei gerichtliche Administratoren wurden bestimmt, Schloß Wildberg sollte im Lizitationswege feilgeboten werden. Noch vor dieser Anordnung hatte sich die ältere der Töchter die Mühe eines Besuches gemacht, um Philomena Burger aus dem Schloß zu weisen. Daß sie sie nicht mehr vorfand, erfüllte sie mit Erstaunen. Wohin Philomena Burger gegangen war, war ihr gleichgültig. Nicht gleichgültig war es den Bediensteten des Schlosses und den Einwohnern des Dorfes Messern. Sie hatten es nicht erfahren.
Am 23. Juni 1767 kaufte der Abt des Stiftes Altenburg, Willibald Palt, die Herrschaft Wildberg. Laut Kaufbrief um die Summe von 101.500 Gulden. Im Hinblick auf den Umfang der Herrschaft war dieser Preis nicht hoch. Willibald Palt war jedoch nicht bereit, der Anordnung der Regierung zu folgen und soviel an Untertangründen in natura herzugeben, wie es der Kaufsumme als Aequivalent entsprach. Er beangabte diese mit einem Barbetrag von 41.000 Gulden.
Mit dem Kauf von Wildberg, der der Obrigkeit 278 Untertanen und elf Dörfer einbrachte, hatte das Benediktinerstift Altenburg den Höchststand an Besitz in seiner Geschichte erreicht.

Der kleine Hans hieß noch immer der kleine Hans. Faustina war fast überzeugt, er würde sein Leben lang so heißen. Während ihre Tochter Eva mit jedem Jahr um ein Stück größer wurde, sah es so aus, als sei Hans, seit Stina dem Johann Palt als Magd diente, überhaupt nicht gewachsen. Er war ein stilles Kind, er fügte sich ohne Widerspruch den väterlichen Befehlen zur Mitarbeit, die in den meisten Fällen seine Kräfte überstieg. Er schlief allein in einer winzigen Kammer, die einst dem Ausgedinge gedient hatte. Manchmal hörte Stina ihn weinen. Dann ging sie zu ihm und wiegte ihn in ihren Armen ein. Sein schwacher Körper zitterte, sein Kopf vergrub sich in der Beuge ihres Armes, bohrte sich hinein in Stinas Wärme, als wollte er sie zu sich herholen. Einmal war Johann, vom Wirtshaus heimkehrend, dazugekommen. Zornig verbot er ihr, seinen Sohn in solcher Weise zu verweichlichen. Er braucht mich, sagte Stina, scher Dich weg, Bauer. Wie immer blieb Johann stumm, während die Wut seine Züge veränderte.

Eines Tages in diesem Frühling bemerkte Stina, daß Hans sich kratzte, sich immer wieder und heftig kratzte unter dem aufgehobenen Hemd. Was ist los mit Dir, fragte sie, bist Du in die Brennesseln gefallen? Hans schüttelte den Kopf und sah sie verzweifelt an. Abends, vor dem Schlafengehen, untersuchte sie ihn genau. Kleine, rötliche Schwellungen, nicht größer als Linsen, bedeckten seine Haut. Die Fingernägel des Kindes hatten bereits blutige Risse darauf gesetzt. Stina legte ihm feuchte Tücher auf. Es half nur kurz. Nachts schlief er nicht und krümmte sich wimmernd auf der Decke, die Stina vor dem Bett ausgebreitet hatte, in dem sie mit ihrer Tochter schlief. Am nächsten Morgen waren die Schwellungen zu großen Flächen zusammen zusammgeflossen, die sich immer mehr ausbreiteten. Hans begann zu fiebern. Stina wußte, es mußte was geschehen. Sie erinnerte sich, daß es eine Pflanze gab, die in solchen Fällen half. Erst nach einer Weile fiel ihr deren Name ein. An einem frühen Morgen, noch bevor Johann auf-

stand, brach sie auf. In der Nähe der Mühle, ihrer einstigen Mühle, würde sie die Pflanze finden. Seit sie die Mühle verlassen hatte, war sie nicht mehr in dieser Gegend gewesen. Sie würde die Länge eines Tages für den Weg hin und zurück benötigen.
Auf der staubigen Straße von Frauenhofen nach Altenburg bewegte sich noch kein einziges Gefährt. Stina hatte die Schnürstiefel des Bauern über dicken Socken angezogen, ihre Holzschuhe waren für dieses Unternehmen nicht geeignet. Die Luft war noch kalt an diesem Morgen Ende Mai, nur langsam kroch die Sonne über den Horizont herauf, und erst als Stina den Eingang des Dorfes Altenburg erreichte, verwandelte sich ihr blasses Rot in wärmendes Gelb. Im Dorf erwachten langsam die Menschen. Der eine oder andere Bauer trat auf die Straße, mit hängenden Schultern unter dem Arbeitsgerät, im Gesicht keine Hoffnung, nur die müde Ergebenheit des Sprachlosen. Stina ging rasch, sie wollte nicht erkannt werden. Den steilen Waldweg hinunter zum Fluß Kamp lief sie mehr als sie ging, übersetzte den oftmals querenden Bach mit weiten Sprüngen. Längst hatten die Vögel ihren Gesang begonnen. Amsel, Meise, Singdrossel, Pirol und viele andere mischten ihre Stimmen, unterbrochen vom eiligen Hämmern des Schwarzspechts. Ab und zu blieb Stina kurz stehen, um den Vögeln zu lauschen. Sie schloß dann die Augen und ihr Körper nahm jene Einsamkeit in sich auf, die sie immer geliebt hatte. Es ging kein Wind, das Wasser des Flusses bewegte sich ruhig, als sie ihn erreichte. Es war nicht mehr weit zur Mühle. Nun hatte es Stina nicht mehr eilig. Auf den spärlichen Uferwiesen machte der Morgentau die feinen Gewebe der Spinnen sichtbar, die sich zwischen den Gräsern spannten. Sie schienen leicht zerreißbar und wurden doch nach jeder Zerstörung wieder kunstvoll verknüpft. Vorsichtig berührte Stina mit der Fingerspitze

eines der Netze, es gab ihrem Druck nach und dehnte sich dann wieder zwischen den Halmen aus. Als die Umrisse der Mühle auftauchten, blieb Stina stehen. Das Mühlrad arbeitete. Das Tor zum Haus stand offen. Langsam ging Stina hin. Sie wolle den Müller sprechen, sagte sie, als ein Bursche sie in der Einfahrt aufhielt. Der Müller kam und tat, als würde er sie nicht erkennen. Sie nannte ihm ihren Namen und er zeigte sich überrascht. Er spielte schlecht. Als sie sagte, sie wolle nachsehen, wie es um ihre Sachen bestellt sei, die sie bei ihrem Fortgang im nahen Schuppen gelassen habe, konnte er sich an nichts erinnern. Erst als sie zornig wurde, griff er sich mit der Hand an den Kopf, zeigte angestrengtes Nachdenken und gleich darauf die plötzliche Erleuchtung, daß ja davon nichts mehr vorhanden sei, denn man habe in den Schuppen eingebrochen, irgendwann während der Nacht und habe alles mitgenommen. Sehr geschickt sei man vorgegangen, denn in der Mühle habe man nichts, rein gar nichts gehört. Ja, so stehe es um diese Sache. Die Müllerswitwe könne, das möge ihr Trost schenken, dabei nicht viel verloren haben, es sei ja nur Gerümpel gewesen, kaum brauchbares Gerümpel. Sie sitze doch seit einer Weile schon in einem warmen Nest, fügte der Müller mit schmutzigem Lächeln hinzu, wie man höre, spiele sie auf dem Hof des Johann Palt die Rolle der Bäuerin und zwar in jeder Beziehung.

Wortlos drehte Stina sich um und ging. Ich muß ruhig bleiben, überlegte sie, ganz ruhig, ich darf diesem Schwein von Müller nicht zeigen, wie hart mich das trifft. Immer wieder, wenn es mir besonders schlecht ging, habe ich an diese geringe Habe gedacht und mir vorgesagt, ich sei doch nicht ganz so arm wie es scheint. Als ich mit den Bettlern umherzog, als ich mich dem Johann Palt verdingte, als dieser erklärte, er könne

mir vorerst keinen Lohn zahlen, vielleicht später, wenn ich gezeigt hätte, daß ich arbeiten wollte, daß mein Kind und ich nicht nur Schmarotzer wären, habe ich heimlich meine Hand gehoben und mir vorgestellt, ich streiche über das Holz der kleinen Truhe oder über die rauhe Platte des Tisches. Diese tröstliche Vorstellung muß ich nun aufgeben. Ich weiß, daß Truhe und Tisch in der Stube des Müllers stehen, ich weiß es genau, Gott verdamme ihn.
Es war ihr klar geworden, daß sie nicht nur um der Pflanze willen, die den kleinen Hans heilen sollte, in die Nähe der Mühle gekommen war. Sie wollte mit dem Betrachten ihrer Habe ein Stück ihrer Würde zurückgewinnen.
Die Sumpfdotterblume wuchs auf moorigen Wiesen und war in dieser Jahreszeit leicht zu finden. Hochgewachsen überragte sie mit ihren gekerbten Blättern und leuchtend gelben Blüten die Gräser. Ein Absud aus dieser Pflanze, das war in bäuerlichen Kreisen bekannt, konnte bei Erkrankungen der Haut helfen.
Innerhalb kurzer Zeit hatte Stina die benötigte Menge gesammelt. Sie war müde und wollte sich ausruhen. Sie wußte wo.
Das Bild, das sich ihr bot, sah aus wie einst und hatte sich doch verändert. Die steile Felswand nahe der Mühle ging nicht gleich in den Fluß über, sie machte einen Sprung zurück. Auf der dadurch entstandenen Böschung wuchs noch immer grobes, feuchtes Gras, aber die Wasser des Flusses hatten ein Stück des Bodens mitgenommen, und die moosbewachsenen Gesteinsbrocken beanspruchten fast den ganzen Raum. Zwei, drei der schwarzen Erlenwurzeln lagen nun frei, trotzdem war die Erle sichtbar gewachsen, ebenso wie der Brombeerstrauch, dessen hochstrebende Äste sich an die Felswand krallten. Damals, als ich zum letzten Mal hier saß, war es

ein Abend im Herbst, dachte Stina, seither sind acht Jahre vergangen, eine Zeit, in der sich ihr Leben vollkommen verändert hatte. Zum Unglück verändert hatte. Heute, überlegte Stina weiter, steht die Sonne, im Gegensatz zu damals, hoch am Himmel, denn es ist ein Mittag im Mai. Heute brauche ich die Wärme nicht zu suchen, aber warum soll ich nicht auch jetzt mein Leibl aufknöpfen und auch mein Unterhemd, um diese Wärme auf meiner nackten Brust zu spüren, heiß und gut.

An diesem Tag würde niemand aus dem Wald treten, sie anstarren wie ein verbotenes Wunder und dabei Gefühle in ihr wecken, die sie vorher nicht gekannt hatte. Aber es war ihr etwas geblieben von diesen Minuten, die Ewigkeiten glichen, ein Zeichen, daß es sie wirklich gegeben hatte.

Faustina griff nach der in ein Leinenfetzchen gewickelten Perle, die sie an einer Schnur um den Hals trug und umkrampfte sie mit ihrer Hand. Dann knöpfte sie Unterhemd und Leibl zu und machte sich auf den Heimweg.

Der Absud aus Blättern und Blüten der Sumpfdotterblume half dem kleinen Hans, Hautausschlag und Fieber gingen zurück, der Juckreiz hörte auf. An ihrer Erleichterung erkannte Stina, daß sie begann, dieses Kind zu lieben. Auch ihre Tochter Eva hatte den sanften und anhänglichen Spielgefährten gern. Johann Palt hustete sich immer öfter die Seele aus dem Leib. In der folgenden Zeit verließen Stina die Gedanken über die eigene und die Zukunft ihrer Tochter nicht mehr.

Das, sagte der Prior, sei beschlossene Sache. Es sei der Wille des Abtes und gemäß der allzeit zu befolgenden Regel des heiligen Benedikt gebe es dagegen keinen Widerspruch. Es sei bestimmt worden: Die Konventualen hätten von nun an gemeinsam im großen Saal des Ostflügels zu wohnen und zu studieren und zwar unter

seiner, des Priors, Aufsicht. Zu lax seien in letzter Zeit Eifer und Gehorsam gewesen und es diene der Besserung, wenn einer auf den anderen achte und sich nicht allein, in seiner eigenen Zelle, unerlaubter Muße hingebe. Die gemeinsame Wohnung der Brüder sei schließlich ein Wunsch des heiligen Benedikt. Auch die Novizen, so habe der Abt befohlen, müßten ihre Einzelräume verlassen, auch für sie sei ein großer, gemeinsamer Raum vorgesehen, es sei an der Zeit, ihr oft leichtsinniges und unklösterliches Verhalten zu beenden. Ein Guckloch, das den Raum des Novizenmeisters mit jenem der ihm Anvertrauten verbinde, sei sowohl als Kontrolle wie auch als Maßnahme der Erziehung gedacht. So würden Zucht und Ordnung wieder einkehren.
Die Konventualen murrten. Die Novizen murrten. Sie beklagten sich beim Prior. Sie beklagten sich beim Novizenmeister. Sie weigerten sich, ihre Zellen zu verlassen. Sie wurden in den Konventsaal gerufen.
Der Abt Willibald Palt betrachtete eine Weile ihre verkniffenen Gesichter. Prior und Novizenmeister, die sich an seine Seite stellen wollten, entfernte er mit ruhiger Geste. Er begann zu sprechen und ging auf die Beschwerden der Brüder, von denen er unterrichtet war, nicht ein. Er erklärte ihnen, was er mit dem neuerworbenen Besitztum Wildberg vorhabe. Beschrieb ihnen die Planung der landwirtschaftlichen Nutzung dieser Herrschaft, die dem Stift nicht nur Ehre, sondern auch die so wichtige ökonomische Stabilität bringen sollte, sprach davon, daß er auch die Einrichtung der Güter und Freihöfe zu verbessern gedenke. Schilderte weitere Vorhaben, den Besitz des Klosters zu vermehren, Vorhaben, die sich nur durch gemeinsame Arbeit, und, vor allem, durch den gemeinsamen Geist des Gehorsams, der Demut und der Liebe zu einander würden verwirklichen lassen. Die Brüder mögen sich, fuhr er fort, an den neu-

en, großartig gedeihenden Bäumen und Pflanzen des Stiftsgartens erfreuen, an der nun so harmonisch und eindrucksvoll gestalteten Umgebung des Klosters, eines Klosters, in dem zu beten, zu arbeiten und zu leben jedem Einzelnen von ihnen auf dieser Welt zu Ehre und Auszeichnung gereiche und ihn dem Himmel nahebringe.

Nach diesen Worten verließ Willibald den Konventsaal. Die Brüder zerstreuten sich. Sie hörten auf, sich gegen die neue Ordnung zu wehren. Als Zeichen seiner Gnade und Liebe überraschte sie der Abt kurze Zeit danach mit einer gediegenen Ausgestaltung des Refektoriums. Die hölzernen Bänke wurden weggeschafft und durch bequeme, lederbezogene Stühle ersetzt. Teller aus Zinn anstelle der Teller aus Holz gaben zusammen mit silbernen Löffeln der klösterlichen Kost neuen Wert.

Im Herbst des Jahres 1767, der sich durch milde Wärme auszeichnete, jagte Willibald oft in den stiftseigenen Wäldern. Diese Vorliebe für die Jagd hatte sich erst in den letzten zwei Jahren seiner Herrschaft gezeigt. Sein Gewehrschrank enthielt eine Sammlung erlesener Waffen, Spürhunde wurden in Zwingern gehalten, Hütten zur Rast der Jäger im Wald gebaut. Oft lud Willibald einige der Brüder ein, ihn auf der Pirsch zu begleiten. Nach den Jagden geschah es manchmal, daß Willibald nach dem Bader schickte, damit er ihn zur Ader lasse. Der Besuch des Baders erfolgte in aller Heimlichkeit. Es gelang Willibald, die Gedanken an seine Unpäßlichkeit zu verdrängen. Er lebte gern.

Der Bandlkramer hatte seinen Rückenkorb abgestellt, Elle und Schere weggelegt. Er streckte die Füße der Länge nach aus, um der Wärme des Ofens näherzukommen. In der Stube des Andreas Leutgeb und seiner Frau

Else war gut zu verweilen. Er würde nicht lang mehr wandern, meinte der Bandlkramer, der Winter sei nah, es werde immer kälter und eine gute Herberge könne er sich nicht leisten. Altenburg sei eines der letzten Dörfer, das er aufsuche. Während seiner langen Wanderung vom nördlichen Waldviertel herunter, wo man die schönen Bänder webe, sei das Geschäft nur mäßig gegangen. Die meisten der Bauern seien eben geizig, hielten nichts davon, daß ihre Weiber sich mit einem Stückchen bunten Bandes schmückten. Da sei der Bauer Leutgeb schon anders, beschenke Frau und Mutter und sogar die kleine Tochter. Er müsse aber hinzufügen, daß die Ware, die er anbiete, wirklich erstklassig sei, haltbar und von bleibender Farbe.

Von der Küche drang der kräftige Geruch einer Fleischsuppe in die Stube, und der Bandlkramer war entschlossen so lang zu bleiben, bis die Suppe fertig war und man ihm einen Teller davon anbot. Seit dem vergangenen Abend hatte er nichts mehr gegessen. Das Geschäft zwischen ihm und dem Bauern war abgeschlossen. Gedankenverloren ließ die alte Mutter das schwarz gewebte Band durch ihre Finger gleiten, sie nickte dabei ständig mit dem Kopf. Die Bäuerin hatte ihre zwei Ellen mehrfarbiger Borte und die dicken Zwirnspulen schon weggeräumt, und das geteilte rote Band der achtjährigen Tochter wand sich, zu Maschen gebunden, um die dünnen braunen Zöpfe. Das Kind scheint nicht recht zu gedeihen dachte der Bandlkramer. Ein Mädchen noch dazu. Was für eine Schande für den Bauern.

Er wußte, er mußte die Zeit bis zur Suppe irgendwie herumbringen. Er entschloß sich, zu erzählen. Vieles hörte er bei seinen Gängen von Haus zu Haus, Wahres und Unwahres, Gerüchte, Verleumdungen, bösen Tratsch. Das, was ihm davon am besten gefiel, gab er weiter. Langjährige Übung hatte ihn gelehrt, wie man es ma-

chen mußte.
Er setzte sich auf, stützte sich mit den Ellbogen auf den Tisch und gab den Frauen ein Zeichen, sich zu ihm zu setzen. Die Bäuerin folgte nur zögernd. Ihr Mann war in den Hof gegangen.
Da gibt es eine Geschichte, die liegt ein paar Jahre zurück, begann der Bandlkramer. Erinnert Ihr Euch an den Müller aus der Rauschermühle am Kamp? An den, der ertrunken ist?
Anna Leutgeb und ihre Enkelin Elisabeth rückten näher zum Bandlkramer hin. Else Leutgeb blieb an ihrem Platz.
Ich erinnere mich, sagte sie. Ein unglücklicher Mensch.
Seine Frau, die hat sich doch bis zum Leichenbegängnis niemals hier blicken lassen, sagte der Bandlkramer und machte eine Pause.
Die Zuhörerinnen schwiegen.
Warum und wie der Müller zu Tod gekommen ist, weiß man bis heute nicht, fuhr der Bandlkramer fort.
Man hat ihn aus dem toten Wasser tot gefischt. Das weiß ich vom Fran, der ihn gefunden hat, meinte Else. Aber wie ist er hineingekommen? Man hat gesagt, er sei vom Felsen gestürzt. Ist er ausgerutscht? Ist er von selbst gesprungen? Er war nicht verletzt. Oder hat er sich einfach ins Wasser gelegt, um zu sterben? Der Bandlkramer erhob seine Stimme wie zu einer Anklage, das ergab eine starke Wirkung. Nun rückte auch Else näher.
Was willst Du damit sagen, Kramer, fragte Andreas Leutgeb, der die Stube wieder betreten hatte.
Überzeugend bleiben, das war oberstes Gebot, das wußte der Bandlkramer. Wenn er überzeugend blieb, machte seine Geschichte Eindruck und man wollte sie weiter hören.
Ich will sagen, Bauer, daß es aussieht, als wäre wahr,

was man damals geredet hat.
Und was hat man geredet?
Die Frau soll schuld gewesen sein am Tod des Müllers. Sie war es, die sein Gemüt verdüstert hat mit seltsamen Mitteln. Sie hat ihn in den Tod getrieben. Weil sie die Mühle wollte.
Und wer sagt das?
Alle. Fast alle.
Wer sind alle?
Die aus Frauenhofen. Die wissen das jetzt. Die Frau des Müllers arbeitet ja beim Johann Palt als Magd.
Das ist nicht neu. Was weiter?
Es hat doch seinen Grund, daß sie das tut. Der Johann Palt ist nun auch krank auf den Tod.
Das wird man rascher, als man denkt, Kramer. Ich mag solche Geschichten nicht.
Erzähl weiter, Kramer, sagte Else. Erzähl weiter, sagte Anna. Elisabeth starrte den Mann unverwandt an. Andreas Leutgeb wandte sich schweigend ab. Aber er blieb in der Stube und begann Holz für den Ofen zu spalten. Von keinem Tadel mehr gestört, wuchs der Kramer zur Hochform auf.
Hört, sagte er beschwörend, hört mir jetzt gut zu. Der Müllerswitwe also, Faustina heißt sie – ist nicht der Name schon seltsam – ist es gelungen, auch den Johann Palt krank zu machen. Er schleppt sich nur mehr dahin. Hustet, spuckt Blut. Schaut schon aus, als wär er halb tot. Vor kurzem noch, da war er ganz gesund. Ein Bauer, wie er sein soll, kräftig und robust. Ein guter Mensch dazu. Die Leute sagen, er macht es nicht mehr lang. Seit Wochen schon sitzt ein Rabe auf dem Hausdach, tiefschwarz und fett. Stunde um Stunde sitzt er da und krächzt Komm mit, komm mit, man kann es deutlich hören.
Der Bandlkramer verstand es gut, die Stimme des Raben

nachzuahmen. Fünf, sechs Mal krächzte er dessen Aufforderung in den Raum, dann fuhr er mit seiner Erzählung fort.
Und im Hof hat eine weiße Henne zu krähen begonnen. Sowas kommt in hundert Jahren nur einmal vor. Auch ein Zeichen des Unheils. Und der Knecht des Johann Palt ist verschwunden. Nicht, weil er eine Dirn geschwängert hat und dafür ins Zuchthaus sollte. Sondern weil ihn die Müllerswitwe hinausgeekelt hat. Richtig hinausgeekelt. Um allein wirtschaften zu können auf dem Hof des Johann Palt. Um alles an sich zu reissen. Für ihre Tochter, das Mädchen, das nur zwei Finger hat an der linken Hand – auch ein Beweis, daß mit der Mutter was nicht stimmt, man hört, der Müller ist gar nicht der Vater – für dieses Mädchen also, reden die Leute, will sie die Wirtschaft haben. Wer nimmt denn ein Mädchen mit einem solchen Makel zur Frau. Zwei Finger nur an der linken Hand.
Der Bandlkramer streckte seinen Arm aus, zog Zeigefinger, Mittelfinger und Ringfinger ein und hob Daumen und kleinen Finger in die Höhe. Seine klobigen Finger gehorchten ihm nicht recht. Fasziniert hatte Elisabeth ihm zugesehen und machte nach, was er tat. Ihr gelang es ohne Einschränkung. Da der ältere Sohn des Johann Palt ja ein Pfaff wird, hat er nur den Jüngeren zuhaus. Und der gedeiht nicht. Überhaupt nicht, sagte der Bandlkramer und warf heimlich einen Blick auf die kleine Elisabeth. Es war kein Mitleid darin.
Wahrscheinlich hat auch dabei die Müllerswitwe ihre Hand im Spiel. Der neue Müller hat sie im Frühling gesehen, auf der Sumpfwiese am Fluß, da hat sie ein Kraut gepflückt, wahrscheinlich ein giftiges, denn damals war der kleine Palt krank, sagt die Nachbarin. Mit dem giftigen Absud hat ihn die Müllerswitwe behandelt. Der Bub ist blasser als je zuvor. Den will sie natürlich

auch ausschalten. Manchmal steht sie vor dem Bildstock, wo die Muttergottes so aussieht wie die selige Maria Magdalena Palt, das hat man beobachtet. Was sie dort zu tun hat, hat man sich gefragt. Jetzt weiß man es. Rund um den Bildstock wächst nämlich die Bibernelle. Aus ihren Wurzeln läßt sich ein Saft machen, nach einem heimlichen Rezept. Und wenn man sich durch Besprechen noch die Gunst der Toten aus deren Bild holt – der Bandlkramer senkte die Stimme – schenkt dieser Saft besondere körperliche Käfte. Wie sonst könnte die Müllerswitwe mit ihrer Arbeit nun auch den Knecht auf dem Hof des Johann Palt ersetzen.
Anna Leutgeb lauschte mit offenem Mund. Else hatte längst aufstehen wollen, um nach der Suppe zu sehen. Sie saß noch immer da. Elisabeth duckte sich auf ihrem Schemel zusammen und zerrte an den Maschen ihrer Zöpfe.
Wie alle Altenburger wissen, meinte der Bandlkramer und drehte sich vergeblich nach Andreas Leutgeb um, der noch immer Holz spaltete, ist das Grab des Müllers auf dem hiesigen Kirchhof eine einzige Schande. Kein Kreuz gesetzt, kein Name, nur von dichtem Schlehdorn umwuchert.Nie noch, in all den Jahren, hat man die Witwe dort gesehen. Nicht einmal am Allerheiligentag. Kein Wunder bei einer Frau, die niemals in die Kirche geht. Und an der Stelle, wo der Müller ertrunken ist, ist ein Förster an einem stürmischen Herbstabend dem Geist des Müllers begegnet. Nur aus grünlichem Licht hat seine Gestalt bestanden, so grün, wie alle Wasserleichen sind. Seine grünen Arme hat er erhoben.
Der Bandlkramer sprang auf, wiegte sich mit erhobenen Armen langsam hin und her, atmete stoßweise, stammelte mit ersterbender Stimme: Erlöset mich, erlöset mich, bestraft mein böses Weib.
Anna Leutgeb bekreuzigte sich. Elisabeth begann zu

weinen.
Genug jetzt, genug, sagte Andreas Leutgeb.
Bleib noch zur Suppe, Kramer, sagte Else, bevor sie hinausging.
Vergelts Gott, antwortete der Kramer und rieb sich die Hände unter dem Tisch.

Der berühmte Maler ist in Stein bei Krems zu Hause und befindet sich auf dem Weg nach Altenburg. Der Abt des dortigen Benediktinerstiftes, Willibald Palt, hat bei ihm anfragen lassen, ob er Zeit habe, ihn zu porträtieren. Daß er zusagen konnte, war reiner Zufall. Denn der berühmte Maler – er heißt Martin Johann Schmidt und wird, weil Stein nahe der Stadt Krems liegt, ja mit ihr fast verwachsen ist, auch der Kremser Schmidt genannt – ist ein vielbeschäftigter Mann. Als begnadeter und vielseitiger Künstler ist er nicht nur im ganzen Kaiserreich, sondern auch in Polen und Rußland bekannt. Die meisten seiner Arbeiten aber schmücken Kirchen und Klöster in Niederösterreich. Seine Altar- und Tafelbilder zeigen zwar noch den Einfluß der großen Barockmaler, sind aber in Farbgebung und Bewegung, in der Verteilung von Licht und Schatten von unverkennbarer Eigenständigkeit. Seine leuchtenden Fresken findet man an Saal- und Kirchendecken. Er ist ein hervorragender Zeichner und Kupferstecher. Höchste Anerkennung hat Johann Martin Schmidt im Anfertigen von Porträts gefunden. Im kommenden Jahr, das steht schon fest, wird er in Wien die Kaiserin und ihre Familie malen. Dagegen ist der Auftrag des Altenburger Abtes nicht mehr als eine Kleinigkeit. Aber Johann Martin Schmidt schlägt selten eine Arbeit aus. Er arbeitet rasch, trotz aller Sorgfalt. Die Zahl seiner bisherigen Werke beläuft sich auf mehrere Hundert.
Sein gediegenes, geräumiges Haus an der Steiner Brük-

ke hat er an diesem regnerischen Novembertag ungern verlassen. Aber die eigene Kutsche ist bequem, warm mit Stoffen ausgeschlagen, die Sitze haben weiche Polster. Der Kutscher, ein erfahrener Mann, zügelt voller Umsicht den raschen Lauf der jungen Pferde. Sie werden die Straße über Langenlois einschlagen, den Fluß Kamp entlang fahren und nach der Rosenburg das letzte Stück durch einen dichten Wald nehmen, der sich erst knapp vor Erreichen des Dorfes Altenburg lichtet. Der berühmte Maler trägt einen granatfarbenen Anzug mit gestickter Weste, Seidenstrümpfe, Schuhe mit Silberschnallen. Degen und Stock liegen neben ihm, auf der weißen Perücke sitzt der Dreispitz. Der Abt des Stiftes Altenburg soll wissen, mit wem er es zu tun hat.
Das weiß der Abt, als er ihn empfängt. Gleichzeitig macht er dem berühmten Maler mit seiner Haltung klar, daß ein Regierender vor ihm steht, einer, der nicht nur über das Kloster und seine Insassen, sondern auch über weite Besitzungen herrscht. Die Stimmung zwischen ihnen ist vorerst gespannt. Sie lockert sich, als man dem Maler ein hervorragend ausgestattetes Quartier zuweist, wo er nicht nur seltene Früchte, sondern auch eine Karaffe des besten Weines vorfindet, der aus den an der Donau gelegenen Rieden des Klosters stammt.
Die erste Sitzung findet in einem hellen Raum der Prälatur statt. Der Abt hat auf seinem Lieblingsstuhl Platz genommen. Während der Maler, nun in seinem Arbeitskittel, Farbkasten und Staffelei aufstellt, erklärt ihm der Abt, wie er sich die Komposition des Bildes vorstellt. Der berühmte Maler hört ihm ohne Aufmerksamkeit zu. Die Komposition ist ausschließlich seine Sache, da läßt er sich nichts dreinreden. Fran hat Abtstab und Mitra, die die Würde des Abtes kennzeichnen, bereitgelegt. Die beiden kostbaren Ringe, die nur zu den großen kirchlichen Festen getragen werden, schmücken schon die Fin-

ger seines Herrn. Der Abt nimmt Platz, er wird, das steht bereits fest, als Halbfigur en face abgebildet werden. Sein schwarzer Habit ist aus fein gewebtem Stoff, der weiße Halsvorstoß breiter als sonst, ungewöhnlich sind die weißen Seidenmanschetten der Ärmel. Bevor der Maler mit seiner Arbeit beginnt, will er das gesamte Bild im Kopf haben. Er greift nach dem reich geschnitzten Stab, versucht, ihn dem Abt in die Hand drücken. Jeder der Äbte, die er bisher malte, hielt den Stab in der Hand. Der Abt Willibald Palt lehnt es ab. Er läßt die Einwände des Malers nicht gelten. Nochmals wird nach Fran geschickt, der schuldbewußt angelaufen kommt, ein Kästchen in der Hand. Darin liegt, auf Samt gebettet, das Pectorale. Es ist das herrlichste Abtkreuz, das der Maler je gesehen hat. Diamanten im Rosettenschliff, in Platin gefaßt. Das Kreuz hat die Form eines Blütenornamentes, der Aufhänger an der Goldkette ist einer Krone nachgebildet. Der Maler gibt seiner Bewunderung Ausdruck und will wissen, woher diese großartige Arbeit stammt. Seine Frage wird nicht beantwortet. Der Abt verlangt, anstatt des Stabes das Pectorale in der Hand zu halten, gut sichtbar und genau dargestellt. Der Maler gibt zu, damit eine besondere Wirkung erzielen zu können. Sie besprechen nun gemeinsam, wie das Bild, abgesehen von der Person des Abtes, zu gestalten sei. Abtstab und Mitra, gleichsam als Dekor und nicht zur Gänze sichtbar, zur rechten Hand des Porträtierten. Im Hintergrund keine Landschaft, keine Miniatur des Klosters, lediglich ein Vorhang aus grünem Samt, von einer reichen Schnur mit kunstvoller Quaste aus Goldfäden gerafft. Nur der Abt und und seine Insignien. Der berühmte Maler sieht diesen Auftrag nun mit anderen Augen. Er wird sein Bestes geben.
Sie haben sich aneinander herangetastet und begonnen, Sympathie für einander zu empfinden. In ihren Gesprä-

chen finden sie Themen, die sie beide faszinieren, die Geschichte der Antike, die Göttersagen der Griechen und Römer. Insgeheim bewundert einer des anderen Bildung und Belesenheit, aber sie nehmen es als etwas Selbstverständliches, das keiner Komplimente bedarf. Immer wieder flechten sie Heiligenlegenden der katholischen Kirche ein, und es zeigt sich, daß der Maler, trotz Lebensfreude und Lebensgenusses, ein tieffrommer Mensch ist. Nach anfänglichem Zögern erlaubt er sich neben dem Erzählen amüsanter Anekdoten die Darbietung nicht immer ganz harmloser Scherze, und Fran, der sich im Vorraum für notwendige Dienste bereithält, hört das Lachen der beiden Männer durch die geschlossene Tür.

Eines Tages bringt Fran einen Knaben zur Sitzung. Er ist bescheiden gekleidet, betritt aber den Raum mit erstaunlicher Selbstverständlichkeit. Der Abt erklärt, es handle sich bei dem Kind um seinen Täufling, der im Kloster lebe und hier erzogen werde. Die Zeit, die er nun dem Maler widme, bedeute einen Verlust der sonst dem Knaben gehörenden Stunden des Unterrichts und der Erbauung. Er wünsche, dem Kind mit dessen Anwesenheit bei der Porträterstellung ein neues Erlebnis, eine neue Erfahrung zu verschaffen. Der Maler ist darüber nicht erfreut. Er hat selbst Kinder, und weiß, daß sie nicht stillhalten können. Aber der Knabe, der Mathias heißt, sitzt ohne zu stören auf seinem Schemel, beobachtet genau das Mischen der Farben, den Pinselstrich des Malers und läßt seine Augen immer wieder vom Modell hin zur Leinwand wandern. Nur einmal springt er auf, als der Maler sich mit den Augen seines Modells befaßt. So sind sie nicht, ruft der Knabe und greift fast mit dem Finger in die nasse Farbe, sie sind mehr rund, mehr rund. Der Maler ist verärgert. Der Abt lächelt.

Von nun an ist der Knabe bei jeder Sitzung anwesend.

Der Schemel bleibt nur noch kurz sein Platz, er steht auf, geht auf Zehenspitzen umher, stellt sich ans Fenster, schaut hinunter in den Brunnenhof, kehrt aber immer wieder zum Maler zurück, um ihm über die Schulter zu sehen. Dieser fühlt sich zuerst gestört, gewöhnt sich dann aber an die Anwesenheit des Knaben, an dessen leichten Atem, der über seinen Hals streicht. Er will ihm eine Freude machen und mischt für ihn aus besonders schönen, lichtechten Pigmenten, unter Zusatz von Leinöl und ätherischen Ölen, von Harz und Bienenwachs ein leuchtendes, pastöses Blau und hält ihn an, die Farbe auf einem Stück Leinwand nach eigenen Vorstellungen aufzutragen. Das macht der Knabe mit wenigen, rasch gesetzten Pinselstrichen, scheint sich aber über das kunstlose Ergebnis nicht zu freuen und verliert rasch das Interesse an diesem Experiment. Lieber verfolgt er weiterhin mit größter Aufmerksamkeit die Arbeit des Malers, macht aber keine Einwände mehr. Als der Abt von ihm verlangt, er möge vor dem Künstler eine Probe seines Wissens ablegen und einige prägnante Abschnitte aus Chronik und Kirchengeschichte vortragen, die er mit ihm durchgenommen hat, zitiert sie der Knabe unbefangen und ohne zu stocken. Der Maler sieht ein Leuchten in den Augen des Abtes, ein Leuchten des Stolzes und der Liebe, aber er nimmt dieses Leuchten nicht mit hinein in das Bild, es hätte der Tradition, es hätte seinem Auftrag widersprochen.

Der Knabe wird stets einige Zeit vor dem Ende der Sitzung von Fran geholt. An einem der letzten Tage, das Porträt ist fast fertig, nimmt der Abt, bevor Fran sich mit dem Knaben entfernt, das Pectorale ab. Er hängt es dem Knaben um den Hals, hebt ihn ein kleines Stück in die Höhe und sagt: Das wirst Du einmal tragen. Der Maler und Fran hören diesen Satz. Sie werden ihn nicht vergessen.

Wie erwartet, ist dem Maler Martin Johann Schmidt ein ausgezeichnetes Porträt gelungen. Lebensgetreu – sogar die Warze auf der linken Wange des Abtes blieb nicht ausgespart – aber von hoher künstlerischer Qualität. Kunstexperten viel späterer Zeit werden darüber sagen, daß sich in dem Bildnis dieses aus dem Bauernstand stammenden Abtes unverkennbar die Lebenshaltung eines Herrn und Fürsten abzeichnet, der, in seinem Reich, dem Kaiser an Macht und Würde gleichkommt.

Die rechte Hand des Porträtierten weist auf ein vorläufig noch nicht vorhandenes, später dem unteren Bildrand beizufügendes Schriftband, auf dem das Wappen des Abtes, sein Geburtsdatum, seine Verdienste um das Kloster und der Tag seines Todes aufgezeichnet werden sollen.

Nun müsse ein guter Platz für das Bildnis des Lebenden, ohne Legende, gesucht werden, sagt der Abt, als er sich in Freundschaft von dem Maler verabschiedet. Mit dem Schriftband habe es noch lange Zeit.

Johann Martin Schmidt kann sich, als er seine Kutsche wieder besteigt, der Überzeugung des Abtes nicht anschließen. Er weiß nicht, warum.

Langsam stieg er die Treppen hinunter. Er tat es mit Widerwillen, er wußte nicht, was ihn plötzlich hinzog zu diesem unheimlichen Ort, den er nur ungern betrat. In dieser Totenkammer, der Krypta des Klosters, wurde nie einer der Mönche begraben. Sie hatte ihren Zweck nicht erfüllt und war doch ein immerwährendes Memento mori geblieben. Kalt war es hier an diesem Dezembertag, die bunten Farben der Fresken, die den riesigen, tonnengewölbten Raum von der Decke bis zum Boden ausfüllten, verstärkten seltsamer Weise den Eindruck beissender Kälte, die Willibalds ganzen Körper erfaßt hatte. Spärliches, winterliches Licht fiel durch die kleinen, hochgelegenen Fenster, es vermischte sich mit dem flackernden Feuer der an den Pfeilern angebrachten Fakkeln zu zwitterhaftem Leuchten.

Da war er nun unten in dem Abgrund, der den Gegensatz zum Himmel bildete, einem Ort des Todes und der Verdammnis, mit den Tiefen der Erde und des Wassers das Totenreich prägend. Langsam wanderten seine Augen über die groteske Ornamentik aufbrechender Erdschichten und Schollen, symbolhaft von Muscheln, Algen und Korallen übersät, wanderten weiter zu Blumen und seltenen Bäumen, Sinnbild der vier Kontinente, auch hier alles Leben vom Sterben bedroht. Totenköpfe, Fledermäuse und Eulen verwiesen auf das Theatrum mortis humanae, alles Fleisch war wie Gras, unbarmherzig, unausweichlich zum Verwelken verurteilt. Der Totentanz triumphierte in schaurig-zynischen Bildern, wehrlos stand der Mensch jeden Alters dem Sensenmann gegenüber.

Willibald setzte langsam Schritt vor Schritt, er konnte sich plötzlich nicht mehr erklären, warum er Fackeln verlangt hatte, lieber wäre ihm nun gewesen, die unheimlichen Bilder nicht in aller Genauigkeit zu sehen, ihre Drohung zu verdrängen. Er versuchte, sich zu Ruhe und Gelassenheit zu zwingen, zur notwendigen Auseinandersetzung mit einem Thema, das ihm als Priester stets gegenwärtig sein mußte und dem er sich in letzter Zeit bewußt entzogen hatte. Kalter Schweiß bedeckte seine Stirn, die Zunge klebte am Gaumen, ließ sich auch zum leisen Sprechen eines Gebets nicht lösen. Als er tappende Schritte auf der Treppe hörte, wagte er nicht, sich umzudrehen. Er hatte Angst, er schloß die Augen.

Ehrwürdiger Abt, sagte eine Stimme hinter ihm. Eine Stimme, die er nicht kannte, rauh und und kaum verständlich. Willibald machte eine leichte Wendung, nahm

die Umrisse eines Mannes auf, der gebückt am Ende der Treppe stand.
Wer seid Ihr, was wollt Ihr, fragte Willibald, schon bereit, die Störung anzunehmen.
Johann, sagte der Mann. Johann Palt, Euer Bruder.
Johann, was suchst Du hier. Wer hat Dich hierher geschickt.
Ich suche Euch. Die Not hat mich hierhergeschickt. Niemand sonst.
Komm näher. Und sag, was Du willst.
Er war kleiner geworden. Nicht nur, weil er bucklig ging. Es war, als würde sein Körper sich zurückziehen wollen in eine andere Welt, weil er diese Welt nicht mehr ertrug. Den Hut hatte er abgenommen. Verfilztes, graues Haar beschattete sein von durchsichtiger Haut bedecktes Gesicht, die ehemals dicke Nase war nur mehr ein schmaler, knochiger Strich, der über die Oberlippe hing. Johanns Hände zitterten. Der Blick, vom ständigen Zucken der Lider gestört, war auf den Boden gerichtet.
Sieh mich an, verlangte Willibald. Du bist krank.
Ja, antwortete Johann. Deshalb bin ich hier. Ich werde sterben. Bald.
Soll ich Dir die Beichte abnehmen? Soll ich Dich, als Dein Bruder, erlösen von den Sünden dieser Erde?
Nicht heute. Beichten will ich, bevor ich dahingehe. Wenn dann noch Zeit dafür ist. Heute bitte ich Euch um eine besondere Gnade.
Ich will sie Dir gewähren, wenn ich kann. Und sprich mich nicht wie einen Fremden an. Wir sind Brüder. Ich heiße Leopold.
Das habe ich vergessen. Schon lang hab ich vergessen, daß Ihr mein Bruder seid. Ihr seid der Herr. Ich bin der Untertan.
Das sollst Du nicht so sehen. Ich habe Deinen Sohn

über das Taufbecken gehalten. Ich kümmere mich um seine Erziehung, um seinen Werdegang. Ich habe Großes mit ihm vor.
Unerwartet, mit hastigem Schritt, trat Johann an Willibald heran. In diesem Augenblick fühlte Willibald die todbringende Krankheit des Bruders in einer Stärke, als säße sie in seinem eigenen Leib. Langsam, unbewußt, bewegte er sich rückwärts. Johann folgte ihm. Ein Schwächeanfall zwang ihn, sich an einen der Pfeiler zu lehnen. Der Rumpf des darauf dargestellten Atlas schien sich aus Johanns Kopf zu winden, der Atlas trug auf seinen Schultern die sündige Welt, wo der allgegenwärtige Knochenmann die Sehne seines Bogens spannte, um mit der Spitze des mörderischen Pfeiles das nächste Opfer zu treffen.
Komm, sagte Willibald und zog Johann weg von der Wand. Komm. Lehn Dich an mich.
Der Bruder schwankte, suchte aber keinen Halt.
Euer Täufling, sagte er, gehört Euch. Ihn brauche ich nicht mehr. Aber ich habe noch einen Sohn. Er ist der Jüngere. Und er ist schwächlich. Es muß jemand für ihn da sein, wenn ich nicht mehr bin. Deshalb will ich mich verheiraten, bevor ich sterbe.
Willibald schwieg. Er verbarg sein Erstaunen nicht. Er packte Johann am Arm und führte ihn zurück zur Treppe. Sie setzten sich auf die Stufen.
Wer ist es, die Du zur Frau nehmen willst, fragte Willibald. Wer ist es, die bereit ist, als Witwe ein fremdes Kind großzuziehen, die Arbeit auf dem Hof zu verrichten bis dieses Kind erwachsen ist und sie dann wahrscheinlich ohne Dank ins Ausgedinge schickt.
Die Magd, sagte Johann leise, es ist die Magd.
Willibald sprang auf, rüttelte Johann an den Schultern, rüttelte ihn heftig und ohne Rücksicht auf seine Schwäche.

Das darfst Du nicht tun, Johann, nicht diese Frau. Ich werde die Erlaubnis zu dieser Ehe nicht geben.
Ich bin Witwer. Sie ist Witwe. Ich habe ein Kind. Sie hat ein Kind. Ich habe mich um ihr Kind nie gekümmert. Sie hat für meinen Sohn gesorgt. Sie arbeitet wie ein Mann. Sie ist stark. Und gut im Wesen. Mein Körper verlangt nicht nach ihr, das ist nicht mehr wichtig. Mein Körper ist mir schon weggestorben. Sie soll das Wenige, was mir gehört, für meinen Sohn erhalten.
Heftiger Husten hatte Johanns Rede immer von neuem unterbrochen. Willibald sah ihn besorgt an.
Du weißt, was man von Deiner Magd erzählt. Ihr Ruf wird sich nach Deinem Tod nicht bessern. Ja, man wird sagen, auch an Deinem Sterben sei sie schuld. Sie wird schon jetzt von allen gemieden. Als Deine Witwe wird sie ganz vereinsamen. Und Dein Sohn mit ihr. Johann. Du hattest eine fromme, untadelige Frau. Sie hat Dir Deine Kinder geboren. Sie würde im Himmel weinen, wenn sie sähe, wer nach ihr kommt.
Vielleicht kann ich sie im Himmel bald trösten. Johann lachte laut auf. Ich hab sie im Leben nie getröstet So war das. Ja, so war das.
Er stand auf.
Bruder, sagte Johann, Bruder, sei mir gnädig. Dieses eine Mal.
Ein dicker Strahl dunklen Blutes quoll aus seinem Mund. Er traf das Kleid des Abtes und rann dunkel daran herunter, er rann in dessen Schuhe, und Willibald spürte die klebrige Wärme dieses Blutes, das auch in seinen Adern floß.
Folge mir, sagte Willibald zu Johann.
Langsam ging er in die Mitte des Raumes, langsam ging Johann hinter ihm her, den Mund mit einem Leinenfetzchen trocknend.
Die Schrecken des Todes, die Gefahren des ungestümen,

alles ertränkenden Wassers, die Wucht der stürzenden, alles verschlingenden Erde gab es hier nicht. Scheinaltäre, an die Wände gemalt, dem Schmerzensmann und der Mater Dolorosa geweiht, zeigten den Weg aus dem Reich des Todes hinauf zur Erlösung, schmückten die verheißene Seligkeit mit Schnüren praller Früchte, mit Paradiesvögeln in exotischer Pracht.

Seien wir bereit, sagte Willibald leise, das Leid der Welt auf uns zu nehmen in der Hoffnung auf den Glanz der Ewigkeit.

Wir? fragte Johann.

Nimm die Magd zur Frau, sagte Willibald nach einer Weile des Schweigens.

Er wollte ihn heimbringen lassen in seiner Kutsche.

Durch die Kälte bin ich hergekommen, erwiderte Johann. Durch die Kälte gehe ich zurück. Wie es sich schickt für einen wie mich.

Als Johann gegangen war, rief Willibald nach Fran, damit er die Fackeln lösche. Im verdämmernden Licht des Tages blieb er noch einige Minuten lang stehen. Nun sprangen Schatten über Decke, Pfeiler und Wände, saugten die Bilder des Todes und seiner Symbole auf. Aber die Bilder verließen Willibald nicht, immer wieder drängten sie sich in der folgenden Nacht unter seine geschlossenen Lider.

Zwei Tage nach der Wahl des neuen Abtes holte ein Knecht den Badezuber aus der Küche des Schneiders. Bartl erhob ein großes Geschrei und versuchte durch Zerren und Ziehen dem Knecht den Zuber wieder zu entreißen. Aber er war zu schwach. Allerhöchster Befehl, sagte der Knecht und verschwand lachend, indem er den Zuber mit beiden Armen über seinem Kopf balancierte.

Nicht mehr baden zu können bedeutete für Bartl einen

argen Verlust. Er hatte sich daran gewöhnt, nach Mathias, für dessen regelmäßige Reinigung der verstorbene Abt den Zuber angeschafft hatte, in das warme Wasser zu steigen. Begonnen hatte es damit, daß Mathias erklärte, er müsse sich vor jeder Mahlzeit die Hände waschen. Kopfschüttelnd hatte Bartl ihm dabei zugesehen, hatte es dann auch getan und es als angenehm empfunden. Dann kam der Zuber und seit Bartl ein Bad nahm, fühlte er sich als besserer Mensch, ja fast einer höheren Klasse zugehörig. Das war nun vorbei.
Sovieles war vorbei. Gleich nach dem Tod des Abtes Willibald Palt, als in der Zeit des Interregnums der Prior dem Kloster vorstand, hatten die Veränderungen begonnen. Die Stiftsküche schickte keine Extrabissen mehr vorbei. Einfachste Kost, wie sie für die einfachen Bediensteten vorgesehen war, stand wieder auf Bartls Küchentisch. Der Unterricht für Mathias fiel aus. Pater Leander, der mit Einwilligung des Priors in die Bibliothek zurückgekehrt war, weigerte sich, den einstigen Schüler wieder anzunehmen. Stumm und verstört lungerte Mathias in Bartls engen Räumen, in den Höfen des Stiftes herum, der Zutritt zum Konvent war ihm verboten. Eines Tages kam der Schaffner, drückte Mathias einen Eimer in die Hand und forderte ihn auf, die Stiegen des Wirtschaftstraktes zu waschen. Das werde dem verwöhnten Nichtstuer guttun, meinte er höhnisch. Als Fran dazukam und den Schaffner zornig zur Rede stellte, meinte der, auch Frans gute Zeiten seien vorbei, der Tölpel möge zurückkehren, wo er hingehöre, zu Dreck, Mist und Jauche.
Immer öfter verschwand Fran trotz der dort herrschenden Kälte in seinem heimlichen Unterschlupf, einem Ort, wo ihn, wie er fest überzeugt war, niemand finden konnte. Kurz nach dem Tod des Willibald Palt war eines Tages Mathias, unzulänglich gekleidet und frierend,

vor dem gut getarnten Eingang gestanden, um auf Fran zu warten. Einer der Stallknechte ging kopfschüttelnd an ihm vorbei. Als er ihn nach einer Stunde noch immer am selben Platz fand, fragte er unfreundlich, was er hier tue. Stockend brachte Mathias hervor, er suche nach einem verlorenen Buch, worauf der Stallknecht antwortete, ein Buch werde Mathias wohl nicht mehr brauchen, er solle es ruhig in diesem schmutzigen Winkel verkommen lassen.
Mathias hatte sich entfernt und die Geschichte Fran später erzählt. Hier dürfe er nie wieder auf ihn warten, meinte Fran streng, sie müßten nun besonders vorsichtig sein, er fürchte, es kämen böse Tage für sie beide. Mathias hatte geweint. Weinen war sonst nicht seine Sache. Er weinte oft seit Willibalds Tod. Auch Fran war von einem tiefen Schmerz erfüllt, ein Schmerz, der ihn kaum mehr verließ und ihn mit dem Bewußtsein eines unwiederbringlichen Verlustes erfüllte.
Der Dezember des Jahres 1767 hatte kaum Schnee gebracht, es war kalt gewesen, doch nicht so kalt wie sonst in dieser Gegend. Oft hatte es Sturm gegeben, er fegte durch die Höfe, riß die Schindeln von den Dächern und drang durch die Fensterritzen. In den Gemächern des Abtes mußte Fran auch bei Tag die schweren Vorhänge zuziehen. Willibald sagte zwar, er fühle sich wohl, aber Fran merkte, daß er fror. Auch ohne daß er es verlangte, schob Fran ihm ein Kohlenbecken unter die Füße und legte einen alten Pelz um seine Schultern. Kam Mathias zum Unterricht, nahm Willibald den Pelz ab, als schäme er sich seiner. Im Jänner, sagte Willibald zu Fran, müsse er einige Tage in die Haupt- und Residenzstadt Wien reisen, um im dortigen Prälatenhof, der den Namen des Stiftes trug und einen Teil der Verwaltung beherbergte, eine Inspektion durchzuführen. Fran möge sich während seiner Abwesenheit um Mathias

kümmern.
Die Zeit zwischen Weihnachten und Neujahr war eine Zeit der Besinnung und der innigsten Frömmigkeit gewesen, mit feierlichen Chorälen dankte man in der Kirche für die Ankunft des Herrn, von weit und breit strömten die Untertanen herbei. Die Geschäfte des Abtes ruhten weitgehend, Willibald bereitete sich auf seine Reise vor. Unter den zahlreichen Konventualen und Dienstleuten standen auch Fran und Mathias im Johannishof, als Willibalds Kutsche anfangs Jänner das Kloster verließ.
Seine Wiederkehr erfolgte überraschend, viel früher als vorgesehen. Er war in Wien schwer erkrankt. Man mußte ihn aus der Kutsche heben, auf eine Bahre legen, ihn in seine Gemächer tragen. Er fieberte hoch und sprach manchmal wirr. Man schickte in die nahe Stadt Horn um den Arzt. Der Arzt untersuchte Willibald mit der Sorgfalt und Umständlichkeit, die der Würde des Patienten entsprach. Nach langem Überlegen teilte er dem Prior mit, es handle sich nach seiner Überzeugung um ein sogenanntes Faul- und Nervenfieber, das durch Ansteckung hervorgerufen werde und einen bösen Verlauf nehmen könne. Er verschrieb mit Essig getränkte Wickel und versprach, auf schnellstem Weg eine Medizin zu schicken, die das Befinden des Patienten bessern werde. Kein Fenster möge geöffnet werden, kein Tageslicht dürfe in das Krankenzimmer dringen. Es sei nicht ausgeschlossen, daß das Schlimmste eintrete.
Der Prior verordnete allen Brüdern hingebungsvollstes Gebet um die Genesung ihres Vaters, unterstützt von zweitägigem Fasten. In einer Zeitspanne klaren Bewußtseins verlangte Willibald Fran zu seiner Pflege. Und er verlangte seinen Täufling Mathias zu sehen. Doch gleich darauf versagte er sich die Erfüllung dieses Wunsches. Er wollte das Kind nicht der Gefahr einer Ansteckung

aussetzen.

Weder Wickel noch Medizin erbrachten die gewünschte Wirkung. Das Fieber stieg. Heftige Schweißausbrüche wechselten sich mit Schüttelfrösten ab. Immer wieder überfiel ein grausames Zucken Körper und Glieder des Abtes. Fran wich nicht von seiner Seite, kühlte und trocknete seine Haut, legte ihm nasse Tücher auf die Stirn. Schwer und dumpf lag die verbrauchte Luft auf Decke und Kissen. Manchmal bewegten sich die Lippen des Kranken im Gebet. Es habe, sagte er mit größter Anstrengung und stockenden Worten zu Fran, aufgeschrieben, was im Falle seines Todes mit seinem Täufling geschehen solle. Erziehung, Studium, Eintritt in das hiesige Kloster. Das Papier liege in seinem Sekretär. Fran möge es rasch, noch in seiner Gegenwart, dem Prior übergeben. Fran fand das Papier und übergab es dem Prior. Aber da war, am Nachmittag des 18. Jänner 1768, der Abt Willibald Palt bereits tot.

Lehrne, wo Weisheit, Tugend und Klugheit seye, sprach der Prior am Sarge des Abtes Willibald Palt.

Wir alle sollen die Weisheit suchen: dann ihre Fußstapfen sind allein der Weeg, der nicht fehlen kann. Sie ist die Mutter und Lehrmeisterin aller Dinge, weilen sie ein Dampf der Kraft Gottes, ein Glanz des ewigen Lichts und ein Bild seiner Güte ist.

Wir alle sollen die Tugend suchen: sie ist der Grundstein von allen Gebäude, so wir in unseren Seelen aufführen sollen, weilen doch unser Haus der Himmel ist, zudem wir alle gebohren und erschaffen sind. Sie ist die Richtschnur, nachdeme wir alle Strich unseres Lebens führen sollen.

Wir alle sollen die Klugheit suchen: Es muß bey aller Weisheit und Tugend die Klugheit allein die Waagschal halten, ohne dieser wird die schönste englische Tugend und Weisheit mit einen Lucifer gar gestürzet werden, ja beeder werden beständig in der Finsterniß irren, ihr Thun ist alles in gewisser Zahl, Maaß und Gewicht abzuwägen.

Was Wunder, sprach der Prior am Sarg des Abtes Willibald Palt, daß Weisheit, Tugend und Klugheit Willebaldum bey allen Guten so beliebt gemacht. Auch die Natur tragete hier alles bey, einen Leib bey sechs Schuhe, welchen von der Sohle bis zu den Scheidel ein Bildhauer nicht besser zeichnen könnte, ein allezeit lächelnd und freundvollen Antlitz so das beste Gemüth und Herze auf den Händen truge.

Ach, klagte der Prior am Sarg des Abtes Willibald Palt, daß halt auch eine Klugheit wäre, so auch den Tod zu gescheid werden könnte; so hätte Willebaldus selbe auch gewiß besessen. Ja, er hat sie besessen, er ist ihme zu gescheid worden, weilen er den Tod auf den Willen seines Gottes eben, sowie sein Leben liebete: Es waren ihm das schönste Alter von 50 Jahren, 4 Monath, 25 Täge, sein Ordensstand von 25 Jahren, 6 Monath, 25 Täge, sein priesterliche Ehre von 24 Jahren, 3 Monath, 5 Täge, die Zeit seiner Inful von 5 Jahren, 8 Monath, 25 Täge nicht zu kurz, weilen es dem Allerhöchsten lang genug erschienen.

Anfangs Februar berichtete die Pfarre Strögen dem Stift Altenburg von einer Eintragung in ihre Matriken, die besagte, daß der in Frauenhofen behauste Bauer und Untertan Johann Palt die Müllerswitwe Faustina geehelicht habe.

Anfangs März ging im Stift Altenburg ein weiterer Bericht der Pfarre Strögen ein. Er besagte, daß der in Frauenhofen behauste Bauer und Untertan Johann Palt am Bluthusten verstorben sei.

Als Mathias von der Verehelichung seines Vater mit Stina erfuhr, zeigte er Anzeichen von Freude. Als man ihm Mitteilung vom Tod seines Vaters machte, waren keine

Anzeichen von Trauer an ihm zu bemerken.

Aus der Erwägung, daß Abtwahlen mit vielen Kosten und Beschwerden verbunden seien, entschlossen sich die Konventualen, dieses Amt einem jüngeren Bruder zu übergeben. Bei der Wahl am 20. April 1768 fielen die Stimmen auf den noch nicht dreißigjährigen Professor der Moraltheologie Berthold Reisinger.

Die Passiven des Stiftes waren infolge der Schuldenbelastung durch den Ankauf des Schlosses Wildberg überaus hoch. Gleich bei Antritt seines Amtes war Abt Berthold zum Verkauf mehrerer Güter gezwungen, und er erkannte, daß sich auch in den nächsten Jahren die finanzielle Lage des Stiftes nicht wesentlich bessern würde. Ohne es auszusprechen, im Innersten aber heftig erzürnt, gab er seinem Vorgänger im Amte daran schuld. Er sah sich daher in keiner Weise dazu verpflichtet, den Täufling des Willibald Palt, Mathias, noch länger im Kloster zu behalten und verfügte dessen Rücksendung in das Elternhaus. Die Beteuerung des Laienbruders Fran, er habe dem Prior ein Papier des Abtes Willibald Palt überreicht, in dem dieser dargelegt habe, was mit Mathias zu geschehen sei, wurde vom Prior nicht bestätigt, die Aussage Frans daher als unglaubwürdig abgetan.

Bald darauf machten sich Fran und Mathias auf den Weg. Der Monat Mai hatte gerade erst begonnen, sie gingen am Morgen, es war noch kühl, der Himmel zeigte sich bewölkt. Fran hatte ein Bündel mit Mathias' Kleidern geschultert, Mathias selbst trug in einer Hand einen Packen Bücher, in der anderen seine Schuhe. Niemand hatte Mathias verabschiedet. Nur Bartl hatte ihm über den Kopf gestrichen und erklärt, daß ihn die Trennung traurig mache. Längst gingen der Schaffner, die Knechte ihrer Arbeit nach, liefen die Alumnen durch die Höfe. Sie sahen Mathias nicht an, sie sahen durch ihn hindurch, es war, als wäre er nicht vorhanden. Im Jo-

hannishof lag noch der Tau auf der Wiese, hell hoben sich die weiß gesandelten Wege vom Rasen ab, sie führten Fran und Mathias durch das vom Abt Willibald Palt gebaute, mit steinernen Vasen gezierte Tor hinaus aus dem Kloster.
Sie vermieden das Dorf, schlugen sich durch die Felder, indem sie die Raine entlanggingen. Krähen genossen die neue Saat, Lerchen suchten den Himmel, manchmal sprang ein Hase auf. Wenn sie tief Atem holten, blieb die kühle Luft noch sekundenlang in der Höhle ihres Mundes. Sie schwiegen. Es war selbstverständlich gewesen, daß sie gemeinsam diesen Weg machen würden, einen Weg, den sie vor fast drei Jahren in umgekehrter Richtung gegangen waren. Damals gab es keinen Zweifel, daß Fran in Mathias' Nähe bleiben würde. Diesmal stand ihnen eine Trennung bevor, an die sie noch nicht glauben wollten.
Als sie zur großen Taffa kamen, kniete sich Mathias nieder und tauchte die Hände ins Wasser. Es ist nicht sehr kalt, sagte er. Es waren die ersten Worte, die er seit dem Verlassen des Klosters sprach.
Knapp vor seinem Elternlaus blieb Mathias stehen und sah Fran fragend an.
Geh nur hinein, sagte Fran, Stina ist ja da.
Geh mit mir, verlangte Mathias.
Im Hof wurde Mathias von Eva mit fröhlichem Lachen begrüßt. Sie holte ihre Mutter aus der Scheune. Mit Stina kam der kleine Hans heraus.
Stina sah Mathias an, sah Fran an, sah das Bündel, den Packen, den Mathias trug, die Schuhe in seiner Hand. Sie kam nicht näher, blieb vor dem Scheunentor stehen.
Was willst Du hier, fragte sie Mathias.
Fran antwortete für ihn: Er kommt wieder nach Hause.
Nach Hause? fragte Stina, und nur Fran merkte, daß ihre Lippen bebten. Du hast hier nichts verloren. Du

gehörst nicht mehr hierher.
Stina, sagte Fran. Und noch zwei, drei Mal: Stina
Sein Vater hat gesagt, er braucht nicht mehr zu kommen. Sein Vater war mein Mann. Und dieses Kind hier, Hans, ist der Erbe des Hofes. Bis er erwachsen ist, habe ich hier das Sagen. Und ich sage, der gehört nicht mehr hierher. Er soll gehen.
Irgendwas war mit Stina geschehen, denn sie beugte sich plötzlich vornüber, als hätte ihren Körper ein heftiger Schmerz erfaßt, ein Schmerz, der fast unerträglich schien. Dann drehte sie sich um, lief zurück in die Scheune und riß den kleinen Hans hinter sich her.
Fran und Mathias blieben noch kurz in der Mitte des Hofes stehen. Eva hatte sich in einem Winkel versteckt. Fran legte Mathias die Hand auf die Schulter und führte ihn hinaus. Ich weiß, wohin wir gehen, sagte er.
Mathias Griegnstainer saß auf der Stiege zu seinem Ausgedinge und band Kleinholz zusammen, als Fran mit Mathias erschien. Er sah kurz auf, ohne seine Arbeit zu unterbrechen.
Du bist der Sohn meiner Tochter Lena, sagte er zu Mathias. Er kann bei mir bleiben, sagte er zu Fran. Er stellte keine Fragen. Was notwendig war, geschah.
Fran lud das Bündel mit Mathias' Kleidern ab und trug es in die Stube. Mathias legte den Bücherpacken und seine Schuhe dazu. Über den beschmutzten Boden gakkerten zwei Hühner. An der Wand stand ein Bett, davor ein Tisch und ein Stuhl. Hosen und Jacken hingen an hölzernen Haken. Das kleine Fenster war offen.
Gott mit Dir, sagte Fran. Er drehte sich um, rührte sich aber nicht. Plötzlich lief er davon und lief und lief, bis Mathias ihn nicht mehr sehen konnte.
Mathias setzte sich neben Griegnstainer auf die Stufen. Er griff nach dem Holz, sah seinem Großvater auf die Hände und versuchte es wie er zu ordnen.

KAPITEL 5

DAS GESPENDE

Er sagte, er komme aus Vorderösterreich und habe viele Jahre lang riesige Schafherden und zwar allein, nur mit Hilfe eines Hundes, auf den saftigen Weiden nahe der Donau gehütet. Traurige Ereignisse innerhalb seiner Familie hätten ihn veranlaßt, seine Heimat zu verlassen. Nach endlosen Wanderungen sei er nun in Niederösterreich angekommen, ihm gefalle die ruhige Landschaft, die seinem Gemüt wohltue, er wolle, falls man seine Dienste als Schäfer annehme, gern bleiben.
Der Mensch, der vor dem Abt Berthold Reisinger stand, sah nicht aus, als hätte ihn das Schicksal geknickt. Groß und kräftig, die schweren Arme an den Körper gelegt, die wuchtigen Beine durchgestreckt, den breiten Kopf mit dem dichten, schwarzen Haar erhoben, sagte er seinen Spruch auf und erklärte, mit jedem Lohn, den der hochwürdige Herr ihm biete, zufrieden zu sein. Nichts sei ihm wichtiger, als inmitten der freundlichen, anspruchslosen Tiere, die er liebe, seine Ruhe wiederzufinden.
Jene Papiere, die Name und Herkunft hätten bestätigen können, seien ihm während seiner Wanderung abhanden gekommen. Er heiße Martin Kloibenstrunk, ja, ein seltsamer Name, aber in seiner Heimat gebräuchlich, und er sei vierunddreißig Jahre alt. Selbstverständlich römisch-katholisch getauft und ein gläubiger Christ.
Eine bestimmte Eigenschaft störte Berthold Reisinger, der nun schon im siebenten Jahr dem Stift Altenburg als Abt vorstand, an diesem Bewerber um den Dienst des herrschaftlichen Schäfers. Der Mann wußte sich auszudrücken, stammelte nicht wie andere Gemeine, gebrauchte Worte, die demütige Bittsteller sonst nicht fan-

den. Von der Einsamkeit ihres Berufes geprägt, zeigten sich die Schäfer meist einsilbig und schwerfällig in der Sprache. Er ist weit herumgekommen, lang durch das Land gewandert, dachte der Abt, so war er vielleicht gezwungen, sich gut verständlich zu machen. Auf seine Frage, ob auch der Vater Kloibenstrunks Schäfer gewesen sei, wie es bei diesem Beruf üblich war, bekam er eine ausweichende Antwort. Der Abt zögerte kurz, ehe er den Bewerber annahm. Der äußerst niedrige Lohn, den dieser ohne Widerspruch akzeptierte, gab den Ausschlag. Der Abt Berthold Reisinger kämpfte noch immer mit einer riesigen Schuldenlast. Er war überzeugt, daß auch geringste Ersparnisse helfen könnten sie zu vermindern.

Der herrschaftliche Schafhof befand sich in unmittelbarer Nähe des Stiftes. Er bestand aus einem langgestreckten, primitiven Gebäude, das auf einer nicht allzu großen Weidefläche stand und zur Unterbringung der Tiere während der kalten Jahreszeit diente. Dem Schäfer bot er kein Quartier. Dazu diente das Halterhaus, das ein Stück entfernt am Rande eines kleinen Waldes lag. Für seinen Bewohner gab es einen Raum zum Schlafen und eine kleine Küche mit einer gemauerten Feuerstelle. Es wurde erwartet, daß man auch den Schafknecht in das Halterhaus aufnahm.

Die dörflichen Untertanen hatten ihren eigenen Schäfer, ihre eigenen Weiden. Es wurde streng darauf geachtet, daß die Schafe der Untertanen sich mit jenen der stiftherrlichen Obrigkeit nicht vermischten. Seit Jahrhunderten umgab die Halterhäuser, egal, ob sie in herrschaftlichem oder untertänigem Besitz standen, eine Aura des Ausgegrenztseins, ja des Unheimlichen.

Der Schafknecht, der dem Vorgänger Martin Kloibenstrunks gedient hatte, war ein älterer, verbrauchter Mensch, einfach im Geist und nicht mehr anpassungsfä-

hig. Nachdem er kurz mit ihm gesprochen hatte, erklärte der neue Schäfer, er könne diesen Tölpel nicht brauchen, er suche einen jungen, kräftigen Knecht, eine echte Hilfe für seine Arbeit, die er zur vollsten Zufriedenheit seiner Herrschaft leisten wolle. Man schickte einen Ansager in die umliegenden Dörfer aus, der nach heftigen und lauten Schlägen auf die mitgebrachte Trommel die Suche nach einem solchen Schafknecht verkündete. Im Dorf Frauenhofen wurde er fündig.
Der sechzehnjährige Bursche, der Martin Kloibenstrunk im Halterhaus aufsuchte, entsprach den Vorstellungen des Schäfers. Er war von mittlerer Größe, gut gewachsen, kräftig. Über seinem lebhaft gefärbten, eher rundlichen Gesicht erhob sich ein Schopf hellblonder Haare, die ein Wirbel in der Mitte teilte. Der Blick des Burschen war offen, sein Handschlag fest. Mit Genugtuung vermerkte Martin die von schwerer Arbeit ausgetrocknete, rissige Haut dieser Hand. Er fragte ihn nicht nach seiner Familie, fragte auch nicht, warum er als Schafknecht arbeiten wollte. Und er erklärte ihm, daß er nicht daran denke, im Halterhaus zu wohnen. Er habe weder Frau noch Kind, er werde sich sein Lager im Schafhof einrichten samt einer Kochstelle, das genüge ihm. Er nehme an, daß es seinem Knecht gefallen werde, das Halterhaus für sich allein zu haben.
Es gefiel dem Knecht. Aber er stellte eine Frage, in der Martin Angst zu erkennen glaubte. Er wollte wissen, ob er beim Abt des Stiftes vorstellig werden müsse.
Der Abt, erklärte Martin, habe ihm gesagt, er könne als Schafknecht einstellen wen er wolle, der Knecht sei ja jederzeit auswechselbar, sein Lohn der niedrigste von allen Löhnen, die das Stift zahlte. Er lege keinen Wert darauf, daß man ihm diesen Menschen vorführe.
Der Bursche schien erleichtert.
Wie heißt Du, fragte Martin.

Mathias, Mathias Palt.
Du kannst Martin zu mir sagen, antwortete der Schäfer. Aber vergiß nicht: Ich bin von jetzt an Dein Herr.
Mathias nickte und beugte sich hinunter zu dem Hund, der die Herde zu bewachen hatte. Der Hund hatte noch dem alten Hirten gedient. Sein graues Fell war verfilzt, die spitze Schnauze von Schmutz verkrustet. Aber er wirkte drahtig, war flink in seinen Bewegungen. Mit Martin hatte er sich noch nicht angefreundet, er ging ihm aus dem Weg.
Du bist gut, sagte Mathias und streichelte das Tier, Du bist gut, das weiß ich. Der Hund lehnte sich an ihn und leckte ihm die Hände.
Dumme Kreatur, sagte Martin zornig. Dann fragte er, ob Mathias mit Schafen umgehen könne.
Ich kann alles, war dessen Antwort.
Du bist stolz, meinte Martin.
Mathias hatte einige Tage lang Arbeit, um das Halterhaus in Ordnung zu bringen. Er warf die verbrauchte, vom Holzwurm zerfressene Bettstatt hinaus, baute sich aus entrindeten Ästen ein Lager, füllte es mit frischem Stroh. Er kehrte den Lehmboden, entfernte den Unrat aus allen Ecken, entnahm dem Sack, den er mitgebracht hatte, zwei Töpfe, einen Krug, Löffel und Messer, holte aus einem noch brauchbaren Eimer Wasser aus dem schmalen Bach, der aus einer Waldquelle auf die Wiese floß. An die hölzernen Wandnägel hing er Jacke und Hose, die zweite Garnitur seiner Kleidung, wie er es bei seinem Großvater Griegnstainer getan hatte. In der Kammer, die er nicht brauchte, versteckte er das Bündel mit den Büchern, die er vor neun Jahren bei seinem Auszug aus dem Stift mitgenommen hatte. Was noch fehlte, würde er sich irgendwann beschaffen. Nach langer Zeit fühlte er sich wieder gut.
Die Herde bestand aus zweihundert Schafen. Jedes der

Tiere trug das Zeichen des Stiftes, einen roten Farbstrich, an der linken Seite des Körpers. Die Tiere waren sanft und gefügig. Mit den Widdern, meinte Martin, wisse er umzugehen.
Es war Sommer, ein heißer Juli. Die Schafe weideten auf einer großen Wiesenfläche nahe der Fuglauer Straße. In den warmen und windstillen Nächten, wenn die Tiere, ins weiche Gras gebettet, mit leisem Schnaufen vor sich hindösten, gingen auch Martin und Mathias nicht heim. Sie streckten sich auf den mitgebrachten Decken aus und Martin begann, Mathias die Bilder der Sterne zu erklären, ihm ihre Namen zu nennen. Mathias erzählte ihm biblische Geschichten oder erwähnte wichtige Vorfälle aus der Chronik des Klosters und des Landes. Den Hund, dessen Name der frühere Schäfer nicht weitergegeben hatte, nannte er Spero. Er hörte bereits darauf.
Du warst nicht immer Schäfer, sagte Mathias zu Martin. Du lebtest nicht immer in Frauenhofen, sagte Martin zu Mathias.
Keiner von beiden erklärte sich dem anderen. Es gab auch Tage, da wechselten sie kein Wort miteinander. Es blieb eine Grenze zwischen ihnen.
Martin ließ sich selten im Dorf Altenburg blicken. Das Wirtshaus mied er. Wegen seines dichten dunklen Haares nannte man ihn heimlich den schwarzen Martl und begann, über sein sonderbares, abweisendes Betragen zu sprechen. Auch über Mathias sprach man. Alle waren sich einig, daß es wahrscheinlich für ihn nicht zu ertragen gewesen sei, nach dem Tod des Großvaters auf dem Hof seines Onkels zu verbleiben.
Sommer und Herbst verliefen für Mathias ruhig. Er betreute die Herde gewissenhaft, wußte mit der Geißel, wie man die Peitsche der Schäfern nannte und dem Halterkolben, einem keulenartig verdickten Stab, umzu-

gehen. Den Halterkolben verwendete er nur, wenn es weder ihm noch dem Hund gelang, zurückbleibende Tiere herzuholen. Dann warf er den Kolben so, daß er keines der Tiere traf, sondern sie nur erschreckte. Warf Martin den Kolben, wurde jedesmal eines der Schafe verletzt. Meist lahmte es dann und mußte geschlachtet werden. Mathias konnte an Martin niemals ein Zeichen des Bedauerns erkennen.
So oft er konnte traf er sich mit Fran. Auch Frans Leben hatte sich grundlegend verändert. Manchmal sprachen sie über den Abt Willibald Palt. Sie waren dabei bemüht, den anderen nicht mit der eigenen Trauer zu belasten. Sie sagten einander vor, daß ihr Leben, so wie es verlief, in Ordnung sei.
Erst im Winter trat ein Ereignis ein, das tiefe Spuren in Mathias' Gemüt hinterließ.

Zur gleichen Zeit, als Martin Kloibenstrunk und Mathias Palt ihre Arbeit als Schäfer aufnahmen, nämlich im Juli 1775, wurde in der Haupt- und Residenzstadt Wien ein Sträfling entlassen. Er kroch mehr als er ging aus einer der Kasematten der noch bestehenden alten Befestigungen der Stadt, die zur Unterbringung von Zuchthäuslern dienten. Seine graue Gesichtsfarbe, die Haltung seines sichtlich geschwächten Körpers deuteten darauf hin, daß er längere Zeit in diesen ungesunden Gemäuern verbracht hatte. Das Tageslicht blendete ihn, er hielt die Hand vor die Augen, als er torkelnd die ersten Schritte machte. Unter einem zertrennten Sack, der sie verbergen sollte, trug er noch die Kleidung der Anstalt, Hose und Jacke aus blauem Zwillich. Die eigene Kleidung hatte er bald nach seiner Inhaftierung einem erpresserischen Wärter für ein paar schäbige, unerlaubte Zuwendungen abtreten müssen. Der Entlassene schien allerdings zu wissen, wo er Hilfe erwarten durfte. Den weiten Weg in die Vorstadt bis zum Kloster der Elisabethinerinnen auf der Landstraße legte er, immer öfter irgendwo rastend und von den Passanten mißtrauisch begafft, in drei Stunden zurück. Die Schwestern betrieben nicht nur ein Krankenhaus, sie boten entlassenen Sträflingen getragene, zivile Kleidung und für die ersten Nächte in der Freiheit ein Quartier.

Der Strohsack, den man ihm als Lager bot, kam ihm nach dem harten Brett, auf dem er fünf Jahre lang geschlafen hatte, wie ein Daunenbett vor. Die bescheidene Nahrung, die man ihm reichte, machte ihn so satt, daß er sich nach der ersten warmen Mahlzeit erbrach. Warmes Essen hatte es im Zuchthaus nur zweimal die Woche gegeben, ansonsten nur Wasser und Brot. Um vier Uhr früh wachte er auf, weil er es gewohnt war, um diese Zeit geweckt zu werden. Er glaubte die derben Flüche, die Verdauungsgeräusche seiner Mitgefangenen zu hören, den üblen Geruch ihrer Körper zu spüren. Und er konnte es nicht glauben, daß er, als die Stadt erwachte, als die Bürger ihre Häuser verließen, nicht hinaus mußte, um die beschämendste Arbeit zu tun. Um angekettet an einen anderen Sträfling die Straßen zu kehren, den geschorenen Kopf gesenkt, preisgeben dem Hohn der Zuschauer und der Willkür des Wärters, der ihm beim leisesten Atemholen die Peitsche auf den Rücken sausen ließ. Es fiel ihm schwer, in eine Welt zurückzukehren, die er fast verloren hatte.

Aber nach zwei Tagen war ihm klar, daß er wieder dort beginnen mußte, wo er vor der Verurteilung wegen schweren Betruges und der Einweisung in das Zuchthaus hatte aufhören müssen. Er hieß Severin Schintnagel und er wollte wieder Severin Schintnagel werden: Geübt in der Täuschung von Menschen, die er sich aussuchte, um an ihnen die Macht seiner Überredungskunst, die Raffinesse seiner Lügen zu erproben.

Der Betrug am Freiherrn von Selb, war, das wußte er, sein Meisterstück gewesen. Alles, was er nachher getan hatte, war zwar gut ausgeklügelt und hatte, im Gegensatz zu diesem Meisterstück, Geld eingebracht. Geld, das infolge seiner noblen Allüren gleich wieder dahingeschmolzen war. Ja, und der letzte Betrug hatte ihn durch eine kleine, ganz kleine Unbedachtheit, für die er sich jetzt noch schämte, ins Zuchthaus gebracht.

Während Schintnagel in Gesellschaft einiger fragwürdigen Gesellen die dicke Gerstensuppe aß, hatte er ständig den Freiherrn von Selb vor Augen und jene Szene, als er ihn in einem schäbigen Wirtshaus mit dem an ihm begangenen raffinierten Betrug konfrontierte. Von neuem erkannte er die Demütigung, die er dem Freiherrn damit zufügte und wieder stieg jenes Triumphgefühl auf, das seinen Kopf und seinen Körper durchflutete und seine Person in höhere Sphären aufsteigen ließ.

Diese wunderbare Erinnerung bescherte ihm zwischen zwei Löffeln Suppe ein glückliches Lächeln. Am vierten Tag verließ er das Kloster, noch ohne Ziel, aber von neuem Selbstvertrauen erfüllt.

Nicht weit vom Kloster der Elisabethinerinnen entfernt, in dem Viertel der Vorstadt, das man „Unter den Weißgerbern" nannte, stand zwischen den ärmlichen Häusern und Hütten der hier ansässigen Handwerkern ein einziges größeres Haus. Es war von einer Mauer umgeben, hatte ein Stockwerk mit Balkon, hohe Fenster und ein hohes Walmdach. Das zweiflügelige Tor, das die Mauer unterbrach, war meistens geschlossen. Manchmal wurde es von einem Lakai in verbrauchter Livrée geöffnet, um einen mit zwei Pferden bespannten Landauer durchzulassen. Der Lakai war alt. Die Pferde, deren Schritt fast einem Stolpern glich, waren alt. Der Kutscher auf dem Bock, die Dame unter dem aufklappbaren, schleißigen Verdeck, sie waren alt. Die Dame hieß Anastasia von

Mühlburg, sie hatte einst bessere Zeiten gesehen. Das war, als ihr Mann noch lebte und seine weitläufigen, hauptsächlich in Niederösterreich gelegenen Güter mit Geschick verwaltete. Aber der Baron von Mühlburg war seit langem tot, der einzige Sohn hatte sein Erbe verspielt und war im Duell gefallen. Freiwillig, wie böse Zungen behaupteten. Daran glaubte die Baronin allerdings nicht. Sie vergaß ihren Mann und betrauerte ihren Sohn. Vom Vermögen war ein kleiner Rest geblieben, der ihr ein bescheidenes Leben erlaubte. Haus und Park wurden nicht mehr gepflegt, was zu bemerken war. Die Dienerschaft erhielt weniger Lohn als vorher und bekam nicht immer genügend zu essen. Aus Anhänglichkeit an den Baron, der ein gerechter und großzügiger Herr gewesen war, blieben die Leute der Witwe erhalten. Mit der Zeit vergaßen sie, daß es ihnen einst besser gegangen war. Wurde jemand von ihnen krank oder starb er, ersetzte man ihn nicht, und die noch Verbliebenen machten seine Arbeit. Nur ein einziges Mal wurde eine neue Person aufgenommen, das war vor acht Jahren gewesen. Die Person hieß Philomena Burger und wirkte als Gesellschafterin der Baronin.

Seither wurde Philomena von niemandem mehr „die Dame" genannt. Sie verlange, hatte die Baronin gemeint, von ihrer Gesellschafterin wie von allem ihrem Gesinde – dieses Wort sprach sie genußvoll aus – vollständige Unterwerfung unter ihren Willen, ständige Bereitschaft, ihren Wünschen zu dienen, Bescheidenheit, Diskretion und absolutes Wohlverhalten. Die Person, die man ihr als Gesellschafterin empfohlen habe, sei nicht mehr jung und könne sich glücklich schätzen, in diesem noblen Hause, unter einem Dach mit dieser Herrin leben zu dürfen. Über regelmäßigen, in bestimmter Höhe auszuzahlenden Lohn zu reden sei in diesem Falle wohl nicht angebracht. Man werde der Person, sollte sie sich als angenehm erweisen, dann und wann geldliche Mittel zukommen lassen. Logis und Kost seien selbstverständlich frei.

So lebte Philomena nun seit acht Jahren und hatte, so gut es ging, ihre Würde bewahrt. Sie fügte sich den Launen der Baronin, ihr Körper, ihre Gesichtszüge blieben unbewegt, drückten weder Mißfallen noch Empörung aus. Ihre Sprache war ruhig, niemals erhob sie die Stimme. Auch wenn man ihr zumutete, die Pflichten einer Kammerzofe zu übernehmen, wenn sie der Baronin das dünne Haar bürstete, ihr die Pantoffel an die kalten Füße steckte oder ihr mehrmals am Tag ein Schnupftuch brachte, das sie gebraucht wieder wegtragen mußte, blieb sie von gleichmäßiger, unbestimmter Freundlichkeit. Die seltenen Geldgaben aber nahm sie, obwohl die Baronin darauf wartete, ohne Dank entgegen.

Ihre liebste Arbeit war es, der Baronin vorzulesen. Es war ihr gelungen, auf die Auswahl der Lektüre Einfluß zu nehmen und jene Bücher vorzulegen, die sie selber schätzte. Ein einziges Mal nur hatte sie ihre Herrin während dieser Beschäftigung ohne Erlaubnis verlassen. Das geschah, als die Baronin meinte, die Vorleserinnen der Kaiserin würden ihren Dienst kniend vor der hohen Frau versehen. Das fände sie besonders schön, sie würde es begrüßen, wenn auch ihre Gesellschafterin diese Haltung einnähme.

An einem Sonntag im Juli, kurze Zeit nachdem Severin Schintnagel Wien verlassen hatte, ging Philomena während der Nachmittagsruhe der Baronin aus dem Haus. An den Läden und Werkstätten der Handwerker vorbei, der Fleischhauer und Flecksieder, der Lederer und der Weißgerber. Alle diese kleinen Unternehmungen, oft nur für den lokalen Bedarf bestimmt, verströmten, bedingt durch die Herstellung ihrer Produkte, einen unangenehmen Geruch, der sich oft zu regelrechtem Gestank stei-

gerte und wie eine regungslose Wolke über dieser Vorstadt hing. Am ärgsten war es bei den Weißgerbern, sie hatten ihre Häuser am Ufer des Wienflusses, wo sie an den seichten Stellen arbeiten konnten. Hier wurden die Felle der Kälber, Schafe und Ziegen nach dem Wässern im Fluß, nach dem Kalken enthaart, dann in Bottiche mit Pottasche eingelegt, entfleischt, ausgestrichen, gewalkt, gewaschen, gebeizt und schließlich mit Alaun gegerbt. Nach drei Monaten war der Gerbprozess beendet, und die Häute wurden auf Stangen getrocknet. Wenn die Witterung es erlaubte, begann man sofort mit dem nächsten Arbeitsgang, und der Gestank nahm kein Ende.
Philomena war nie gegen Gerüche empfindlich gewesen. Als sie noch in Wildberg lebte, als sie in Messern die Bauern besuchte, hatten die Dünste aus Ställen und Häusern nie ihre Nase beleidigt. Hier war alles anders, hier kam der Geruch von der langwierigen und unappetitlichen Präparierung tierischer Kadaver, die nichts mit den ländlichen Gegebenheiten zu tun hatte. Um den Platz, zu dem sie wollte, zu erreichen, mußte sie an den Gerbereien vorbei. Sie lief, sie wollte diesen widerlichen Ort rasch hinter sich lassen, und sie schämte sich dafür. Der Wienfluß litt unter den Werkstätten der Gerber, unter der Sorglosigkeit der Bewohner dieses Viertels. Nichtverwertbare Tierleichen, Abfälle von Häuten und Fellen schwammen im Wasser, Unrat und Kehricht häuften sich an den Ufern. Die schwüle Hitze des Sommers hatte alles in Verwesung und Verderbnis verwandelt, die Farbe des Wassers war von einem grünlichen Braun. Trotzdem sah man immer wieder Kinder und Erwachsene darin baden, Fäulnisfieber und epidemische Krankheiten waren die Folge.
Aber es gab auch noch schöne Stellen an diesem Fluß. Man mußte sich nur ein wenig von den menschlichen

Behausungen entfernen. Der Weg, den Philomena ging, führte sie zu einer ehemaligen Schenke, von der nur noch eine hölzerne Veranda übriggeblieben war. Das Hochwasser hatte das Hauptgebäude weggerissen, denn Hochwasser führte der sonst harmlos dahinplätschernde Wienfluß immer wieder. Bei Schneeschmelze, bei Wolkenbrüchen schwoll er zu einem reißenden Strom an, überschwemmte die Straßen der Vorstädte, ihre Häuser und Keller, zerstörte Brücken und Stege. Die vielen Mühlen, die an seinen Ufern standen, mußten immer wieder neu errichtet werden, oft wurden sie von ihren verzweifelten Besitzern verlassen. Die Schenke, aus Geschäftssinn zu nah am Fluß und billig erbaut, hatte nur ein einziges Jahr überstanden.

Es stand noch eine Bank auf dem von Moos und Flechten bewachsenen Boden der Veranda. Wie lange die drei hölzernen Wände, das lückenhafte Dach noch halten würden war nicht vorhersehbar. Aber mit dem Blick von der Bank auf das kleine Stück Wiese vor dem Fluß, auf den Weidenbaum, dessen Äste teils das Gras berührten, teils tief ins Wasser sanken, hoffte Philomena jene Gelassenheit zu finden, die sie sonst nur scheinbar zeigte. Wie stets gingen auch diesmal ihre Gedanken zurück zu ihrem Leben in Wildberg, zu ihrem Leben mit Johann Anton von Selb, und sie war dankbar für diese Erinnerung. Seinen stillen, versöhnlichen Tod hatte sie, wenn auch mit tiefem Schmerz, angenommen. Immer wieder sah sie die Entfernung seines Leichnams aus der Kapelle des Schlosses vor sich. Die gleichgültigen Gesichter der in nachlässiges Schwarz gekleideten Männer, ihr unwilliges, ungeschicktes Aufladen des Sarges auf ihre Schultern, ihr Hinunterpoltern über die Treppe bis in den Hof, wo der desolate, schwarz gestrichene Wagen mit den zersplitterten, verschmutzten Scheiben stand. Irgendwo aufgetrieben von den ungeliebten Töchtern und

mit braunen Pferden bespannt. Sie hatte mitgehen, dabeisein wollen bis zum letzten Augenblick und war dann doch auf der Treppe vor dem winzigen Fenster stehengeblieben. Sie sah gerade noch den schwankenden, hinteren Teil des Wagens und darin, ebenso schwankend, den Kopfteil des Sarges. Und noch immer saß in ihr Angst, daß auf diese Weise der tote Körper des Freiherrn von Selb, durchgerüttelt auf dem weiten Weg bis nach Wien, auf ewig jene Ruhe verloren haben könnte, die der Lebende in seinen letzten Stunden gefunden hatte. Ihr überstürzter Aufbruch, das heimliche Verlassen des Schlosses mit den wenigen Habseligkeiten, die sie einst mitgebracht hatte. Der Umweg, den sie mit dem schmutzigen gemieteten Gefährt machte, um nicht durch das Dorf Messern zu müssen. Das Schweigegeld, das sie dem Kutscher nach ihrer endlosen Fahrt bis nach Wien gab, damit er nicht ihr Ziel verrate. Die demütigende Aufnahme durch eine entfernte Cousine, die ihr schon nach wenigen Tagen sagte, sie könne nicht bleiben. Sie wisse aber eine großherzige Dame, die eine Gesellschafterin suche. Und die acht Jahre bisher, diese nur mit Aufbietung aller Kraft ertragenen Jahre.
Philomena saß vornübergebeugt auf der lehnenlosen Bank, die Hände im Schoß. Nur hier, an diesem Platz, gab sie ihrer Müdigkeit nach. Ihr Haar war vollständig ergraut, ihr Körper fülliger geworden. Das von der Baronin verlangte einfache Kleid ließ die geschwollenen Fußknöchel frei. Philomena wußte, wie sie aussah, in ihrer Lage war es nicht mehr wichtig.
Plötzlich wurde die Stille rund um sie unterbrochen. Tierisches Heulen, laute Schreie menschlicher Stimmen flogen über den Fluß. Es war Sonntag, der Tag, an dem das nahe Hetztheater, Lieblingszirkus vieler Wiener aller Klassen, seine Vorstellungen gab. Hier jagten der Hetzmeister und seine Helfer zur Freude des Publikums ge-

peinigte Tiere auf einander los. Bissige Hunde wurden auf Ochsen gehetzt, Bären, Wölfe, Hyänen zerfleischten einander, von den Peitschen der Helfer zur Aggression getrieben. Ein Tiger schlug ein Lamm und verzehrte es vor den Augen der begeisterten Zuschauer. Der alte Löwe, erfahren in diesem Theater und noch immer der gefragteste Darsteller, zerquetschte die ihn anspringenden Bulldoggen. Das Publikum, berauscht von Bier und Grausamkeit, johlte. Zwischen den Darbietungen spielte eine Kapelle stakkatoartige türkische Musik.
Philomena stand auf. Sie glaubte das Blut der gequälten Tiere zu riechen. Verzweiflung und Abscheu erfüllten sie. Sie machte sich auf den Weg zurück, durch das Viertel der Weißgerber, zur Baronin von Mühlburg, zu ihrem erniedrigenden Dienst. Es war ihr klar geworden, daß sie so nicht mehr weiterleben konnte. Sie wollte fort aus dieser Stadt. Bald.

Mit weitem Satz springt Eva hinein in die große Taffa. Der schmale Fluß, den manche auch einen Bach nennen, hat nur wenig tiefe Stellen. Meist geht das Wasser jenen, die hineinwaten, nur bis zur Hälfte des Körpers, größeren Kindern bis an die Brust. Aber auch an den heißesten Sommertagen sieht man wenig Menschen hier baden. Die Bauern haben keinen Sinn dafür, treiben höchstens ihre Rösser in das bräunliche Wasser.
Eva aber badet gern. Sie kennt die tiefsten Stellen, wo man gut schwimmen kann. Das Schwimmen hat sie sich selbst beigebracht, mit Prusten, Spucken und oftmaligem Untergehen, zuerst mit falschen, dann endlich mit richtigen Bewegungen, die ihren Körper an der Oberfläche des Wassers hielten Seither macht ihr das Schwimmen unbändige Freude. Nach Evas Sprung in die Taffa bläht sich ihr leinerner Kittel auf wie ein Ballon, sinkt dann in sich zusammen und treibt eine kurze Weile wie eine

sich entblätternde Blume auf dem Wasser. Nach ein paar kräftigen Stößen mit Armen und Beinen spürt Eva schon wieder den Grund, Schlamm, von kleinen, spitzen Kieseln durchsetzt. Sie watet zurück, beginnt von neuem zu schwimmen, auch ihr Leibl hat sich mit Wasser vollgesogen, sie spürt, wie schwer ihr Kleidung geworden ist. Nach zehn, fünfzehn Minuten hat sie genug und setzt sich ans Ufer. Sie entledigt sich des Kittels und wringt ihn aus, legt ihn ins Gras. Unter dem Kittel trägt sie eine Hose aus derbem Stoff, die ihr bis zu den Knien reicht. Sie wagt es nicht, auch Hose und Leibl auszuziehen. Hier kommt selten jemand vorbei, aber es kann geschehen. In Frauenhofen hören die Leute nicht auf, über Stina zu reden, und über Eva reden sie auch. Sie haben zwar ihre fehlenden Finger fast vergessen, aber seit sie vierzehn Jahre alt ist, hochgewachsen und bald so groß wie ihre Mutter und ihr Körper das Kindliche abstreift, begegnet sie mißtrauischen Blicken.
Eva beginnt zu singen, zuerst leise, damit niemand sie hören kann. Sie singt gern, besonders dann, wenn in ihr, so wie jetzt, ein Gefühl der Freiheit sitzt, des Wohlbehagens. Sie ist fast glücklich, und ihr Gesang wird lauter. Wie immer sind es Melodien, die sie selbst erfunden hat oder in diesem Augenblick erfindet. Sie überhört das leise Knacken von Zweigen hinter ihr, erst als sie ein bekanntes Nasenschniefen vernimmt, dreht sie sich um und sieht den kleinen Hans aus den Büschen treten.
Was willst Du hier, laß mich in Ruhe, geh weg, sagt sie bös.
Der kleine Hans gibt keine Antwort, bleibt aber stehen. Viel ist er nicht gewachsen, die fünfzehn Jahre sieht man ihm nicht an, er ist mager, fast dürr. Man könnte ihn auf zwölf Jahre schätzen, zeigte sein Gesicht nicht ständig einen unkindlichen Ausdruck müder Traurigkeit.

Darüber zerbricht sich aber niemand mehr den Kopf, auch nicht Stina. Nur Eva bemüht sich ab und zu, wenn sie bei Laune ist, den kleinen Hans aufzuheitern. Seine Sprechweise, leise, kaum verständlich, läßt darauf schließen, daß er, was immer er sagt, für unwichtig hält. Deshalb schweigt er meistens.
Du sollst weggehen, wiederholt Eva.
Hans hebt den Arm und deutet auf eine entfernt liegende Wiese, die zur Wirtschaft der Palts gehört.
Warum mähst Du dort nicht, fragt Eva. Was ist? Warum bist Du fortgelaufen? Muß ich Dir wieder die Sense dengeln?
Hans nickt. Wütend nimmt Eva den nassen Kittel über den Arm, geht in Hose und Leibl neben ihm her. Immer wieder blickt Hans zu ihr hinüber, nie noch hat er sie in einem solchen Aufzug gesehen. Bevor sie die Wiese erreichen, zupft er plötzlich an dem Band, das Evas Hose zusammenhält, dabei lächelt er und grunzt in sich hinein. Sie schlägt ihm sofort auf die Finger, wird sich ihres Aussehens bewußt. Verwirrt schlüpft sie in den nassen Kittel und läuft voraus. Während sie am Rand der Wiese sitzen und Eva hastig mit dem in einem nahen Rinnsal befeuchteten Wetzstein die Sense dengelt, bindet Hans aus rotblühendem Klee mit widerspenstigen Fingern einen kleinen Strauß. Als Eva ihm die Sense reicht und ihn, ohne ihn anzusehen, zum Weitermachen auffordert, legt er ihr, er weiß nicht wohin sonst, den Strauß auf die Schulter. Sie beutelt sich wild, und der Strauß fällt ins Gras. Dann geht sie.
Irgendeiner aus dem Dorf Frauenhofen hat die beiden auf dem Weg zur Wiese, hat Evas unvollständige Bekleidung gesehen. Sofort geht das Gerücht um, die Tochter der Witwe Palt, der ehemaligen Witwe des seltsam ums Leben gekommenen Müllers, sei dabei, den armen kleinen Hans zur Unkeuschheit zu verführen,

habe es vielleicht schon getan. Kein Wunder bei dieser Mutter, die auch so eine gewesen war, vielleicht noch immer so eine sei.

Seit in den beiden großen Seitenaltären der Stiftskirche die heiligen Leiber von San Benedictus Martyr und San Bonifacius Martyr, zwei Reliquien höchsten Ranges, beigesetzt worden waren, fühlte sich der Abt Berthold Reisinger getröstet und gestärkt. Den Leibern waren in zwei gläsernen Behältern Reste ihres getrockneten Blutes beigegeben worden. Auf mühsamen Wegen, als Last zweier Maultiere, hatte ein Eremit die kostbaren Reliquien von Rom nach Altenburg gebracht. Mit eigenhändigem, untertänigen Schreiben und vielen Segenswünschen bedankte sich der Abt beim Generalassistenten der römischen Kurie für diese großzügige Gabe. Zahlreiche weniger bedeutende heilige Überreste, alten römischen Gräbern entnommen, Knöchelchen, Zähne, Fingernägel und Haarbüschel frommer Männer und Frauen, Träger ungewöhnlicher Namen wie Hilarius, Jucundus, Irenäus, Adauctus, Generosa, Adeodata oder Scholastika, wurden auf Samt gebettet, mit Gold umrahmt, verglast, dann gefällig und gut sichtbar auf den kleineren Seitenaltären aufgestellt.

Noch immer reichten in diesem achten Jahr der Regierung des Abtes Berthold die Einkünfte des Stiftes nicht um Steuern, Wirtschaftskosten, Unterhalt der Geistlichen, Beamten und Dienstboten zu bezahlen. Noch immer verkaufte der Abt, zornig und seiner geringen wirtschaftlichen Fähigkeiten bewußt, Freihöfe, Weingärten, Äcker, Wiesen, behauste Untertanen, Grundholden und sogar einen goldenen Kelch aus dem Besitz des Stiftes. Wenn man ihm die Rechenbücher zeigte, womit er sich ungern beschäftigte, schoß ihm stets der Name seines Vorgängers durch den Kopf, und er sprach ein rasches

Gebet, um sich nicht mit einem bösen Wort zu versündigen. Die Mühe, aus Wildberg eine ertragreiches Gut zu machen, hatte zwar einige Erfolge gebracht, aber nicht wesentlich zur Tilgung der Schulden beigetragen.
Berthold Reisinger war nun fünfundvierzig Jahre alt. Er liebte die Kunst. Er liebte die Dichtung und die Musik. Vor allem die Schönheit seines Klosters. Seine finanziellen Mittel erlaubten ihm nicht, viel dafür zu tun. Das machte ihn oft schwermütig, dann gingen ihm die Konventualen aus dem Weg. Aber immer wieder gelang es ihm, sich aus den Tiefen seines Gemüts zu befreien. Die ehrenvolle Gabe der Reliquien hatte ihm dabei geholfen.
Manchmal setzte er sich einfach über alle Schwierigkeiten hinweg. Die alte Orgel war kaum noch spielbar, beim feierlichen Tedeum übertönte das Quietschen der Bälge den innigen Gesang des Chores. Berthold Reisinger entschloß sich, ohne Rücksicht auf die Kosten, eine neue Orgel bei einem berühmten Wiener Orgelbauer zu bestellen. Nun war sie eingebaut, kunstvoll gearbeitet, von hoher musikalischer Qualität, das Gehäuse ein Meisterwerk der Bildhauerei. Harmonisch fügte sie sich in den Kirchenraum und ein Doppelwappen, jenes des Stiftes und jenes des Abtes – auf letzterem hatte er bestanden – bildeten mit Inful und Pastorale die Krönung. Staunend wendeten die Untertanen während der sonntäglichen Messe die Köpfe, und es dauerte einige Zeit, bis ihre zaghaft einsetzenden Stimmen dem vollen Klang des Instrumentes halbwegs entsprachen.
Immer noch erfreute sich Berthold am Anblick des silbernen Kelches, der vor fünf Jahren auf seinen Wunsch in Wien geschmiedet worden war. Jedesmal, wenn seine Hände ihn berührten, wenn er ihn während der Wandlung des Weines in das Blut des Herrn hochhielt, die Augen zu ihm erhob, wenn die Spitzen seiner Finger zärtlich über Email und edle Steine glitten, vergaß er

den hohen Preis, den er dafür hatte zahlen müssen. Und er vergaß die ständigen peinlichen Erinnerungen des Obereinnehmeramtes an seine Steuerschulden, wenn an hohen Festtagen eines der neuen Ornate aus schwerem Gold- und Silberstoff auf seinen Schultern lag.
Es war ein herbstlicher Regentag. Berthold Reisinger hatte sich in den Pavillon zurückgezogen, der von seinem Vorgänger erbaut worden war. Alles, was ihn an Willibald erinnern konnte, hatte er daraus entfernen lassen. Hier vertiefte er sich ungestört in literarische und historische Werke, hier vergaß er alle ökonomischen Probleme. An diesem Tag aber fand er nicht die erhoffte Ruhe.
Der Hofmeister wünschte dringend vorgelassen zu werden. Er brachte Fran mit. Der Abt hatte Fran, seit dieser aus allen vertraulichen Diensten entlassen worden war, kaum mehr zu Gesicht bekommen, er hatte ihn vergessen. Die niederen Arbeiten, die Fran seither verrichtete, waren von keinem Interesse für den hohen Herrn, auch nicht die Menschen, die sie ausführten. Berthold Reisinger zeigte sich über die Störung erzürnt.
Man hat ihn in der Bibliothek gefunden, erklärte der Hofmeister. Dort hat er nichts verloren. Schon gar nicht während der Nacht.
Wer bist Du, fragte Berthold streng. Unangenehm berührt blickte er auf Frans von deftigem Schmutz bedeckte Kutte.
Fran. Der Laienbruder.
So. Du bist also derjenige, der meinem hochwürdigen Vorgänger persönliche Dienste geleistet hat.
Berthold sprach das Wort hochwürdig besonders deutlich aus.
Ja, ich hatte die Gnade, antwortete Fran. Er stand aufrecht, er sah dem Abt ins Gesicht.
Die Art Deiner Arbeit hat sich verändert, meinte Bert-

hold. Er lächelte. Aber seine schmalen, dunklen Augen lächelten nicht mit.
Ich bin auf der Welt um auszuführen, was man mir befiehlt. Wie mein Abt und mein Gott es will.
Du verstehst Dich auszudrücken. Deine Sprache ist nicht die eines Unwissenden. Lerntest Du sie aus den Gesprächen mit Deinem ehemaligen Herrn?
Ich lernte sie daraus. Mein Herr schenkte mir unwürdigem Menschen dazu die Möglichkeit.
Nun, jetzt brauchst Du diese Sprache wohl nicht mehr, wie ich sehe. Du bist wieder auf dem Platz, der Dir zusteht.
Der Hofmeister nickte beifällig. Er wagte es, den Abt mit einem Zeichen seiner Hand an den Grund von Frans Vorführung zu erinnern.
Also. Was hast Du nachts in der Bibliothek gesucht?
Berthold erhob fast nie seine Stimme. Aber in seinen Fragen lag ein Ton, der es nicht nötig machte.
Ich habe in den Büchern nach Bildern gesucht, anwortete Fran und die Erinnerung daran schien ihn zu freuen. Nach Bildern zur Heiligen Schrift. Um meine Gebete mit frommen Visionen zu vertiefen.
Deine Verteidigung überzeugt mich nicht. Ich will nicht sagen, daß Du lügst. Ich will aber auch nicht sagen, daß ich Dir glaube. Die Bibliothek ist kein Raum für einen Laienbruder. Außer er wäscht, auf den Knien liegend, den Boden. Hast Du verstanden?
Ich habe verstanden, hochwürdiger Herr, sagte Fran und neigte den Kopf gerade so weit, daß der Abt es bemerkte.
Berthold machte das Zeichen des Entlassens.
Da ist noch was, meinte der Hofmeister.
Rede, verlangte Berthold, aber fasse Dich kurz.
Der Laienbruder pflegt einen Umgang, der Euch vielleicht nicht recht wäre.

Mit welcher Person?
Mit dem Mathias. Dem Palt Mathias.
Noch immer? Der lebt doch wieder auf dem väterlichen Hof.
Er lebt hier im Halterhaus. Er ist der Gehilfe des Schäfers.
Berthold schwieg eine Weile. Warum hat man mich davon nicht unterrichtet, fragte er dann.
Ich bitte um Vergebung, sagte der Hofmeister. Aber wir sollen unseren Herrn nicht mit unwichtigen Dingen belästigen. Zum Beispiel nicht mit der Indienststellung eines gemeinen Knechtes.
Eines gemeinen Knechtes, wiederholte Berthold.
Er stand auf, ging zum Fenster, blickte hinaus in den Stiftsgarten, auf die vom Regen dunkel gefärbten, bizarren Gestalten der Zwerge. Er betrachtete sie lang. Dann nickte er und sagte, der Knecht des Schäfers möge bleiben.
Aber Du, wandte er sich an Fran, wirst den Umgang mit ihm aufgeben. Sogleich. Die Schäfer sind ein eigenes Volk. Vieles, was mir mißfällt, erzählt man von ihnen. Du gehörst zur Gemeinschaft dieses Klosters. Willst Du weiter hier leben, mußt Du das Zwielicht meiden.

Die Jahre 1770 und 1771 hatten den Waldviertler Bauern böse Mißernten gebracht. Wochenlang hatte es nicht geregnet, die Hitze war unerträglich, Brunnen und Bäche trockneten aus. Der Wasserstand des Kamp war so niedrig, daß manche Mühlen stillstanden. Das Korn verdorrte auf den Äckern, das Gras auf den Wiesen. Der Ertrag an Getreide und Futter reichte nicht aus, um Mensch und Tier zu ernähren. Die Preise für Nahrungsmittel jeder Art stiegen ins Gigantische, Inwohner und Viertellehner hatten nicht genügend zu essen. Obwohl auch das Stift unter dieser Lage litt, sah sich Berthold Reisinger verpflichtet, die Not seiner Untertanen zu lindern. Er kaufte Korn aus nicht betroffenen Gebieten und vergab es teils unentgeltlich, teils zu mässigen Zahlungen an die Bauern.

Diese Mißernten gaben den Anlaß zu einem neuen Robotpatent für Niederösterreich, das die Kaiserin mit Gültigkeit vom 6. Juni 1772 und einigen Nachträgen im folgenden Jahr erließ. Statt der „ungemessenen Robot", die die Willkür der Grundherren unterstützte, gab es nun die „gemessene" Robot. Sie verschaffte den Untertanen bestimmte Erleichterungen. Die Robot wurde für den Halblehner, der zwei Zugtiere besaß, auf maximal einhundertvier Tage jährlich begrenzt. Die tägliche Robotzeit war mit zehn Arbeitsstunden zuzüglich zwei Stunden Mittagspause festgelegt. Die Dauer des Hin- und Rückweges vom Bauernhof zur Arbeitsstätte des Grundherrn mußte in die Arbeitszeit eingerechnet werden.

Diese Vorteile betrafen Stina, die sich als Halblehner sah, nur zum Teil. Da sie nur ein Pferd besaß, hatte das Stift ihr von den einhundertvier Robottagen vierzehn Tage nachgelassen, hatte ihr zum Ausgleich auch nicht mehr an Handrobot auferlegt. Im Gegensatz zum verstorbenen Johann Palt kam sie allen ihren Verpflichtungen pünktlich nach, und sie erhoffte sich im Lauf der Zeit noch weitere Erleichterungen.

Das Gegenteil traf ein.

Als sie im Spätherbst 1775 die Erdäpfelernte eingebracht hatte, erschienen zwei Beamte des Stiftes, um den Ertrag zu prüfen und einen dafür aufzubringenden Zehent festzusetzen. Zornig erwiderte Stina, sie habe für diese Frucht keinen Zehent zu zahlen, der gelte nicht für urbar gemachtes Brachland. Und nur dort habe sie, mit ihrer Hände Arbeit, die Erdäpfel geerntet, um dieselben dann, wie vorgeschrieben, als Futtermittel zu verwenden.

Die Beamten erklärten, glaubwürdige Zeugen hätten der Stiftsverwaltung bekanntgemacht, die Witwe des Johann Palt habe bereits im Vorjahr Erdäpfel als Nahrungmittel nicht nur zu eigenem Bedarf genutzt, sondern solche, ebenfalls als Nahrungsmittel, auch an Bauern umliegender Dörfer verkauft. Das sei nicht erlaubt. Sie habe sich auf diese Weise pekuniäre Mittel und damit eine Erleichterung bei der Ablieferung des Feldzehents verschafft, was nicht zulässig sei und eine Ungerechtigkeit gegenüber den anderen bäuerlichen Untertanen darstelle. Daher werde ihr nun, nach eingebrachter Ernte, eine entsprechende Abgabe an die Grundherrschaft vorgeschrieben.

Außerdem sei ihr von diesem Tag an streng verboten, den gegebenen Vorschriften zuwider zu handeln. Andernfalls werde sie die Erlaubnis zur weiteren Bebauung von Brachland verlieren.

Und Ihr glaubt wirklich, ich werde keine Erdäpfel mehr in meinen Kochtopf tun, fragte Stina zornig. Warum werde ich bestraft, weil ich als Einzige im Dorf und nur mit Hilfe meiner Kinder den steinigen Boden gerodet, diese Frucht angebaut habe, weil ich mehr arbeite als alle anderen?

Die Beamten gaben ihr den Rat, vorsichtig mit ihren Worten zu sein. Der erhobene Zehent sei in vier Wochen zu zahlen.

Am Abend, nach dem Nachtmahl, blieb Stina nicht wie sonst noch eine Weile am Küchentisch sitzen. Sie zog sich in ihre Kammer zurück ohne Eva und dem kleinen Hans den Grund dafür zu nennen.

Sie hat jetzt eine Strafe. Man hat ihr eine Strafe gegeben, sagte der kleine Hans ernst.

Er stand auf und holte sich einen grünen, von braunen Flecken übersäten Apfel und biß hinein. Der linke Zahn neben seinen beiden Schneidezähnen fehlte. Fast alle an-

deren Zähne saßen locker.
Ich sage Dir doch immer, Du sollst Dir den Apfel schneiden, mahnte Eva.
Ich will nicht, daß sie eine Strafe hat, sagte der kleine Hans weinerlich und holte ein Messer. Ich will das nicht, ich will das nicht.
Sie verkraftet es, erwiderte Eva. Mach dir keine Sorgen. Und streich Dir die Haare aus der Stirn. Du siehst ja fast nichts. Du wirst Dich in den Finger schneiden.
Das kann Dir nicht so leicht passieren. Lachend zeigte der kleine Hans auf Evas linke Hand.
Hör damit auf, sagte Eva, hör auf, das ist langweilig. Warum sagst Du immer wieder dasselbe? Laß Dir einmal was anderes einfallen.
Ich weiß was, sagte Hans. Er stand auf und setzte sich neben Eva auf die Bank. Unwillig rückte Eva zur Seite. Einer ist hier herumgeschlichen, sagte er bedeutungsvoll. Einer, den niemand kennt.
Na und, sagte Eva. Kesselflicker, Scherenschleifer, Bettler, Abgehauste, entlaufene Soldaten, Zigeuner. Irgendwer von diesen Leuten schleicht immer wieder durch das Dorf. Und geht auch wieder. Weil wir niemanden hier behalten wollen. So ist das. Hast Du Angst? Ja, ja, ich weiß, Du hast Angst.
Mit Daumen und kleinem Finger drückte sie Hans' Nase zusammen und beutelte sie. Sie drückte fest, sie tat es gern, um die Kraft der beiden Finger zu üben.
Schneuz Dich öfter, sagte sie und rieb ihre Finger am Holz der Bank trocken.
Nur am Anfang hab ich Angst gehabt, antwortete der kleine Hans gekränkt. Es ist keiner von denen. Es ist ein anderer. Er redet wie ein Herr. Er hat mit mir geredet.
Eva schüttete sich aus vor Lachen, konnte kaum damit aufhören.

Einer, der wie ein Herr redet, hat mit dem kleinen Hans geredet. Nein, ich kann es nicht glauben. Und Du hast ihm geantwortet? Was hat er gewollt von Dir?
Er hat mich was gefragt.
Der kleine Hans ging an seinen Platz zurück, legte die Ellbogen auf den Tisch, bettete seinen Kopf hinein. Du glaubst schon wieder, daß ich lüge. Ich sag jetzt nichts mehr. Kein Wort.
Eva erkannte, daß er dem Weinen nahe war. Er weinte oft, trotz seiner fünfzehn Jahre. Sie ging zu ihm hin, zog ihn an den Haaren hoch, lächelte ihn an.
Jetzt red schon. Ich bin ganz neuierig.
Also. Ich steh draußen vor dem Haus. Gestern abend. Man kann fast nichts sehen. Über der kleinen Taffa liegt der Nebel. Ganz dick. Ich will ein Loch hineinblasen in den Nebel. Wie immer geht es nicht. Aber Du weißt, wie gern ich blase. So. Schau.
Ich weiß es. Erzähl weiter.
Kein Loch. Aber im Nebel bewegt sich was. Zuerst fürcht ich mich. Dann will ich wissen, was es ist. Es ist ein Mensch. Einer, den ich nicht kenn. Er kommt auf mich zu. Ich will ins Haus. Er sagt ganz freundlich bleib bitte stehen. Ich muß Dich was fragen. Ich bleib also stehen. Hab gezittert dabei.
Das kann ich mir denken. Und weiter?
Er fragt, ob in letzter Zeit ein Fremder ins Dorf gekommen ist. Nein sag ich. Nur Gesindel, das nicht bleibt. Das meint er nicht, sagt der Fremde. Er meint jemanden, der Arbeit gesucht hat und bleiben hat wollen. Nein, sag ich. Nicht in Frauenhofen. Aber vielleicht in der Nähe, meint der Fremde. Denk nach. Er faßt mich am Arm. Nicht fest. Aber seine Hände sind anders als seine Rede. Mir fällt zuerst nichts ein. Dann sag ich einer ist gekommen. Schon im Sommer. Der arbeitet als Schäfer in Altenburg. Für das Stift. Ob es weit ist, bis

dorthin, will der Fremde wissen. Ich sag nein. Ob er noch an diesem Abend bis nach Altenburg kommen kann. Leicht sag ich. Nur der Nebel, der ist nicht gut. Das macht ihm nichts, sagt er.
Und? Ist er wirklich noch weitergegangen?
Ja. Aber er hat sich noch einmal umgedreht und hat gefragt, wo der Schäfer wohnt. Wo soll er wohnen, hab ich gesagt, im Halterhaus.
Eva sprang auf. Sie packte den kleinen Hans an den Schultern, schüttelte ihn so, daß der Kopf an seinem schmalen Hals nach rechts und nach links flog. Er sah sie entsetzt an, nun liefen Tränen über seine Wangen.
Was hab ich wieder falsch gemacht, was, fragte er verzweifelt. Was?
Du bist dumm, Du bist zu dumm, Du bist das Dümmste, was es gibt, schrie Eva ihn an. Im Halterhaus wohnt Dein Bruder. Wer weiß, was der Fremde vorhat. Wer weiß, was Deinem Bruder passiert.
Daß der dort wohnt, hab ich vergessen. Ist mir gleich was mit meinem Bruder passiert. Dir kann es auch gleich sein. Warum bist Du so zornig?
Stina hatte von den Gesprächen ihrer Kinder nichts gehört. Sie lag im Dunkeln, den Kopf unter dem Federbett vergraben. Seit Johann Palt tot war, schlief sie ohne ihre Tochter, sie hatte Johanns Kammer an Eva weitergegeben, nichts hätte sie dazugebracht in dieser Kammer zu schlafen. Noch immer war Stina ohne Knecht. Noch immer hatte sie keine andere Hilfe als den schwachen, kleinen Hans und Eva mit ihrer verkrüppelten Hand. Sie war einfach versessen darauf, es jenen zu zeigen, die sie verachteten. Den Bewohnern von Frauenhofen und allen anderen, die nicht aufhörten, schlecht über sie zu reden.
Oft glaubte sie, nicht weiterzukönnen. Noch war ihr Körper kräftig, aber es konnte geschehen, daß er ihr den Dienst aufsagte, daß sie sich während der Feldarbeit

hinsetzen und warten mußte bis das Zittern ihrer Hände aufhörte. Sie versteckte die Hände dann unter ihrem Kittel, damit Hans und Eva ihre Schwäche nicht bemerkten.
Sie dachte an die Mühe der Jahre nach dem Tod des Johann Palt, den sie nie als ihren Mann angesehen, auf dessen Sterben sie gewartet hatte. Aber dem Gelingen ihres Planes, den Hof für ihre Tochter zu erringen, war sie durch diese unerwünschte und nie vollzogene Ehe ein Stück nähergekommen. Der kleine Hans war dabei kein Hindernis. Der kleine Hans liebte Eva, das war nicht zu übersehen. Ständig suchte er ihre Nähe, tat, was sie sagte, ordnete sich ihr unter. Es würde später nicht schwer sein, ihn zu einer Heirat mit ihr zu bewegen. Anders Eva. Sie hatte einen starken Willen. Und ihr Wille würde es nicht sein, die Frau des kleinen Hans zu werden. Irgendwie werde ich sie dazu zwingen, dachte Stina. Irgendwas wird mir dazu einfallen. Noch habe ich Zeit.
Stina verließ ihr Bett. Sie wußte, sie würde, wie so oft in letzter Zeit, keine Ruhe darin finden. Sie schlug ein Tuch um ihre Schultern und verließ das Haus. Barfuß, um sich nicht durch das Klappern der Holzschuhe zu verraten. Die Nacht war kalt. Als sie die kleine Taffa erreichte, schwebte der Nebel ein Stück über dem Fluß, ließ einen Streifen tiefschwarzer Wand über dem Wasser frei. Auch das Wasser war schwarz, nur durch seine sanfte Bewegtheit erkennbar. Hoch oben am Himmel, weit über dem Nebel, stand ein fast voller Mond. Sein Licht erreichte nicht den Fluß, schenkte aber den vom Frost gestreiften, späten Astern der Bauerngärten ein fahles Leuchten. Es war ganz still.
Stina hatte fast das Ufer der kleinen Taffa erreicht. Vor einem sumpfigen Wiesenfleck blieb sie stehen. Sie erinnerte sich der Nächte während der ersten Zeit ihrer Ehe

mit Lorenz, dem Müller, auch damals hatte sie bei Mondlicht das Haus verlassen und versucht, zu sich selbst zu finden. Das war ihr nicht gelungen, und es gelang ihr auch jetzt nicht. Obwohl sie es mit ganzer Kraft wollte.

Bilder, die sie nicht verließen. Wieder sah sie sich aus der Scheune treten, sah Mathias mit seinem Bündel, die Schuhe in der Hand, zurückkommend in sein Vaterhaus. Hörte sich sagen Was willst Du hier, hörte sie sich sagen, Du hast hier nichts verloren, Du gehörst nicht mehr hierher. Sah ihn, bevor er ging, noch kurz stehenbleiben in der Mitte des Hofes, ratlos und verstört, sah Fran, der ihn hinausführte.

Stina stöhnte und schloß die Augen. Als sie wieder aufblickte, zeigte sich im Mond ein dunkler Punkt. Er wurde größer und größer, wurde zu einer menschlichen Gestalt. Sie erkannte Fran, Fran wie er jetzt war, sichtbar älter geworden, von schwerer Arbeit und ständiger Demütigung gezeichnet. Er schwebte auf sie zu, streckte die Arme nach ihr aus.

Von Panik erfaßt drehte sie sich um und lief zurück ins Haus.

Der Fremde, von dem der kleine Hans Eva erzählt hatte, war in der vorherigen Nacht noch nach Altenburg gegangen. Er hatte mit viel Mühe das Halterhaus gefunden und laut an die Tür geklopft. Mathias, der schon geschlafen hatte, wollte ihm zuerst nicht öffnen, ließ sich aber durch die höfliche Bitte des Fremden dazu bewegen. Der Fremde fragte nach einem Mann, der im Sommer das Amt des Schäfers hier übernommen haben sollte. Mathias schickte ihn zu Kloibenstrunk.

Genau dort, wo die Straße, die aus Horn und Rosenburg kam, bei ihrem Weg durch das Dorf Altenburg eine Biegung machte, stand das neue Haus des Andreas Leutgeb. Die Biegung bewirkte, daß die Blicke aller, die das Dorf zu Fuß oder mit dem Wagen durchquerten, unweigerlich auf dieses Haus fallen mußten. Als es fertig gebaut war, im Jahr 1773, hatten sie angehalten, die Bauern und Knechte, die Handwerker und Fahrenden, die Bettler und Abgehausten, sogar die Bürger und geistlichen Herren, um dieses ungewöhnliche, gar nicht bäuerliche Gebäude genau zu betrachten. Mit Erstaunen und Unverständnis, selten mit Bewunderung, meist mit Neid und Mißgunst. Was war ihm nur eingefallen, dem Andreas Leutgeb, zwischen die niedrigen Hütten, meist noch aus Lehm und mit Stroh gedeckt, nur vereinzelt gemauert und mit Schindeldach versehen, dieses Haus zu stellen, ein Haus, das alle anderen überragte, ein Stockwerk hatte, einen hohen Giebel mit runder Luke, im unteren und oberen Geschoß je zwei große Fenster, straßenseitig, und auch noch zwei an der seitlichen Wand und eins am Vorbau zum breiten Tor. Sieben Fenster, alle verglast, etwas noch nie Dagewesenes an einem Bauernhaus. Nein, Bauernhaus konnte man zu diesem Anwesen nicht sagen, das gelb gefärbelt war und ein weißes Bandlwerk hatte über den Stockwerken wie sonst nur die Häuser der Reichen in der Stadt. Vor dem Haus hatte die Frau des Andreas einen Garten angelegt, aber nicht Kraut und Kohl und Zwiebel wuchsen darin, Blumen zog die Bäuerin, Blumen, die nichts wert waren für die Ernährung, weder für die Menschen noch für das Vieh.

Als erster hatte Fran das Innere des Hauses gesehen, Andreas selbst hatte ihm alles gezeigt. Betrat man den Hof, führte ein Arkadenplatz in das Vorhaus, von dem man in die langgestreckte Küche, zu der geräumigen Stube und den zwei Kammern gelangte. Eine hölzerne Treppe mit steilen Stufen führte in das erste Stockwerk, wo es wieder eine Kammer und zur Straße hin noch einen großen Raum gab, dessen Fenster es erlaubten, nach beiden Seiten des Dorfes zu sehen, auf der einen Seite fast bis zur Rosenburg, auf der anderen fast bis zum Stift. Nie noch, erzählte Fran den Konventualen und Dienstleuten, die ihm endlich einmal zuhörten, habe er so gut wie von dort Dorf und Straße gesehen. Der Dachboden mit seinem Kamin, aus dem der Rauch, ohne das kleinste Rußflänkchen zu hinterlassen, entweiche, biete Platz für nicht mehr Gebrauchtes, im Hof, den die Scheune voll abschließe, reihten die neuen Ställe sich weiträumig aneinander. Ein Brunnen sei da für das Vieh, der Misthaufen so angelegt, daß er nicht störe und keine Jauche mehr den festgestampften Boden verschmutze.

Ins Haus, erzählte Fran weiter, habe man hauptsächlich altes Möbelwerk hineingestellt, manche Räume seien noch ziemlich leer, enthielten nur das Notwendigste. Er müsse härter sparen als je zuvor, habe Andreas gesagt, ihm aber voller Stolz das Uhrenmännchen gezeigt, das er in der Stadt Horn wohlfeil aus dem Nachlaß eines verarmten Adeligen gekauft hatte. Der Andreas Leutgeb könne die Uhr lesen, erklärte Fran voller Bewunderung, auch die Tochter Elisabeth verstehe es, nur die Bäuerin tue sich noch schwer damit. Von dem Uhrenmännchen, meinte Fran, müsse er unbedingt erzählen. Es sei zwei Fingerspannen hoch, seine aus Holz geschnitzte Gestalt stehe auf einem kleinen Sockel. Breitbeinig, mit festen Waden, über den Knien die Pluderhose, darüber ein kurzes Jäckchen. Sein rundes Gesicht sei derb, fast bäuerlich, die großen, gewölbten Augen lägen unter dichten Brauen. Und einen Hut habe es auf dem Kopf, die Krempe aufgeschlagen, darunter schön gelocktes, auf die Schultern fallendes Haar. Mitten auf seinem Bauch trage es die Uhr. Ein rundes, weißes Blatt mit schwarzen Ziffern und Zeigern. Sie besitze, habe ihm Andreas erklärt,

ein Messingwerk mit Spindelgang – er, Fran, könne sich nichts darunter vorstellen – und wenn man sie mit dem kleinen Schlüssel aufziehe, gehe sie einen ganzen Tag lang. Bunt seien die Kleider des Männchens, die Schuhe schwarz, die Strümpfe weiß, die Hose grün, die Jacke rot, das Gesicht angenehm getönt, braun sei das Haar unter dem blauen Hut. Er habe, schloß Fran seinen Bericht, noch nie etwas so Liebliches, so Erstaunliches wie das Uhrenmännchen gesehen.
Frans Bericht machte in Stift und Dorf und weit in die Umgebung hinaus die Runde. Oft vielfältig verändert, nur die wahrnehmbare äußere Ansicht des Hauses von Andreas Leutgeb blieb gleich. Am stärksten veränderte sich die Gestalt des Uhrenmännchens, es wuchs fast bis zu Menschengröße, beschäftigte Phantasie und Vorstellungskraft aller, die davon hörten. Der Leutgeb hat eine Uhr, eine Uhr hat der Leugeb, flüsterten sie einander zu und hielten diese erstaunliche Tatsache für Hoffart und Sünde.
In den zwei Jahren, die seither vergangen waren, hatte sich die Erregung über das neue Haus des Bauern Leutgeb gelegt, man gewöhnte sich daran. Der vom Abt bestätigte Umstand, die Frau des Leutgeb habe nach einem reichen Verwandten eine größere Erbschaft gemacht, die zusammen mit den Ersparnissen des Ehepaares den Bau des Hauses ermöglicht habe, entkräftete böse Gerüchte. Das Uhrenmännchen aber geisterte noch immer in den Köpfen der Leute herum. Seit Andreas zu Ohren gekommen war, was man darüber erzählte, zeigte er es niemandem mehr. Und Fran, den man im Stift zu harter Arbeit anhielt, fand immer seltener die Möglichkeit, die Familie Leutgeb zu besuchen. Fragte man ihn nach dem Uhrenmännchen, lächelte er.
Seit Anna Leutgeb tot war, hatte ihre Enkelin Elisabeth im Ausgedinge geschlafen. Nun, im neuen Haus, wurde

ihr von Andreas eine der Kammern im Erdgeschoß zugewiesen. Elisabeth wehrte sich dagegen. Sie sei es gewohnt, für sich zu sein, sie wolle den großen Raum im ersten Stock haben, den man bis jetzt nicht genutzt habe. Andreas wurde zornig. Er fand das Verlangen der noch nicht Sechzehnjährigen untragbar. Später, meinte er, wenn sie erwachsen sei, könne man darüber reden. Aber Elisabeth, noch immer von unterschiedlichsten Krankheiten geplagt, begehrte mit einem mehrtägigen Nervenfieber dagegen auf. Sie bekam ihren Willen.
Ihre größte Freude war es, im neuen Haus umherzugehen. Dann liefen ihre Blicke von Wand zu Wand, und sie verschönerte in Gedanken jeden Raum mit Kasten, Kommoden, Tischen und Stühlen, aus feinstem polierten oder gemaserten Holz, Möbel, wie sie sie bei seltenen Gelegenheiten im Stift gesehen hatte. Sie wünschte sich, einmal so reich zu sein, um alles, wovon sie träumte, anschaffen zu können. Im Leben der Leutgebs hatte sich, außer dem Wohnen im neuen Haus, nichts geändert. Die harte Arbeit war geblieben, das karge Essen, die Überprüfung jeder kleinsten Ausgabe. Mehr Vieh als vorher war da, aber die Anzahl der Arbeitenden, Vater, Mutter und die beiden Knechte, war gleich geblieben. Elisabeth wurde geschont. Sie mußte nicht aufs Feld, sie ging nicht in den Stall. Sie fütterte die Hühner und holte die Eier aus den Nestern. Sie goß die Blumen im Garten. Sie arbeitete im Haus, manchmal kochte sie. Sie besserte Hosen, Hemden und Kitteln aus, sie nähte gern. Im Winter saß sie am Spinnrad, und obwohl es sie niemand gelehrt hatte, bestickte sie Bänder und Kragen mit feinen Stichen. Oft ging sie hinauf ins erste Stockwerk, in den großen Raum, der nun ihr gehörte. Sie nahm dann das Uhrenmännchen mit aus der Stube der Eltern, stellte es vor sich hin, betrachtete es lang. Dann trat sie ans Fenster und sah auf Dorf und Straße hinunter. Je

öfter sie hier war, umso größer wurde ihr Stolz. Niemand, weit und breit, war so hoch oben wie sie. Schon jetzt war sie eine reiche Erbin. Sie wollte noch höher hinaus. Irgendwann.
Sie besaß nur ein einziges schönes Gewand, Leibl und Kittel aus Brokat, die Schürze fein gewebt, das Kopftuch aus Seide. Da sie nur langsam wuchs, trug sie es schon lang. Aber es war gut erhalten, sie nahm es nur sonntags zur Kirche. Dort saß sie auf der Frauenseite in der dritten Reihe. Auch diesen Platz hatte sie sich durch ihre schwache Gesundheit erzwungen, der Platz der Mutter war hinter ihr.
Es war ein feuchter Novembersonntag, als Elisabeth allein, die Eltern hatten die Frühmesse besucht, zum Hochamt in die Stiftskirche ging. Sie hatte auf ihr Feiertagsgewand trotz Bitten der Mutter nicht verzichtet, nur ein dickes Umhängtuch über die Schultern gelegt. Sie fror, sie fühlte sich unbehaglich. Die Kälte des Steinbodens der Kirche drang eisig durch die Sohlen ihrer Schuhe, der kraftvolle, dröhnende Klang der neuen Orgel jagte Schauer durch ihren Körper. Sie versuchte, ihre Stimme mitklingen zu lassen im Chor der Gläubigen, aber sie brachte nur leise Töne heraus. Wie jedes Mal wurde sie zornig über sich selbst, sie strengte sich an mit tiefem Atemholen, und wie jedes Mal versagte ihre Stimme ganz. Sie biß sich auf die Lippen, schwieg. Auf einmal erhob sich eine sehr helle, sehr junge Stimme über alle anderen, eine Stimme, die man bisher in dieser Kirche noch nicht gehört hatte. Das „Salve regina, mater misericordiae", von den Untertanen stets mit Inbrunst und Flehen um Hilfe gesungen, änderte seinen Inhalt. Die bitteren Worte „Zu Dir seufzen wir trauernd und weinend in diesem Tal der Tränen" wandelten sich im Klang dieser Stimme zu gläubiger Hoffnung, die drängende Bitte „Wende Deine barmherzigen Augen uns

zu", schien die Erfüllung schon einzuschließen. Die Schlußworte „O gütige, o milde, o süße Jungfrau Maria" tönten dann plötzlich allein, nur von der leiser gewordenen Orgel begleitet, zu den Fresken des Paul Troger hinauf. Die Gläubigen hatten aufgehört zu singen. Alle Köpfe wandten sich rückwärts. Dort stand, im Gang zwischen den vollbesetzten Bänken Eva, die Tochter der Witwe des Johann Palt, der vormaligen Witwe des seltsam ums Leben gekommenen Müllers. Sichtbar erschrocken über ihren Sologesang, in einer Kirche, die nicht die ihre war, die sie an diesem Sonntag nur durch Zufall zur Messe betreten hatte.
Sie sang dann nicht mehr. Als die Gläubigen die Kirche verließen, stand sie am Tor, neben dem Weihwasserkessel. Sie hatte ihren Schrecken überwunden, ließ alle an sich vorbeiziehen, die linke Hand auf die rechte gelegt. Die meisten wußten, wer sie war. Elisabeth Leutgeb hatte von ihr gehört, sie aber noch nie gesehen. Sie erkannte sie an ihrer Hand.
Krüppel, flüsterte sie ihr zu, als sie an ihr vorbeiging.

Wie hast Du mich gefunden, fragte Kloibenstrunk.
Es war nicht ganz einfach, antwortete Schintnagel. Aber ich erinnerte mich, Du hast einmal gesagt, Du würdest ins Waldviertel gehen.
Das Waldviertel ist groß.
Du hast auch davon geredet, daß Du es als Schäfer versuchen willst. Doch nicht auf einer Dorfweide, hab ich mir gedacht. Die Bauern sind mißtrauisch. Die nehmen nicht einen wie Dich.
Warum hast du dann in Frauenhofen nachgefragt?
Nachfragen soll man nur in kleinen Dörfern. Da erfährt man nichts oder alles. Warum wohnst Du nicht im Halterhaus?
Weil ich lieber bei den Schafen schlafe. Dort vermutet

man mich nicht, wenn einmal einer kommt, von dem ich nicht gefunden werden will.
Aber Dein Knecht hat mir doch verraten, wo Du bist.
Wahrscheinlich hast Du es auf Deine bewährte Art erreicht. Edelmann mit feinen Manieren ersucht höflich um Auskunft.
So war es.
Es hat nichts ausgemacht. Ich habe Mathias gebeten, er soll mir ein Lichtzeichen geben, wenn jemand kommt und nach mir fragt. Das ist geschehen. Ich war also vorbereitet.
Was weiß er von Dir?
Nichts. Gar nichts. Wir haben eine stille Abmachung. Wir stellen einander keine Fragen.
Ich brauch Deine Hilfe.
Ich habe es oft gesagt, daß ich keinem Menschen mehr helfen werde, wenn ich wieder in Freiheit bin. Ich hab es einmal getan und bitter dafür bezahlt. Du bist ein Betrüger. Du hast kein Anrecht auf Hilfe.
Aber unsere gemeinsamen Jahre. Sowas schweißt doch zusammen.
Mit Dir schweißt mich nichts zuammen.
Ich hab Dich immer bewundert. Dein Ausbruch damals. Das war – das war einfach unglaublich. Niemand hat gedacht, daß Dir das gelingt. Wir haben Dich schon am Galgen gesehen. Aber plötzlich warst Du weg. Und unauffindbar. Trotz der wilden Suche, die man nach Dir veranstaltet hat. Hat man nicht einen Kopfpreis auf Dich ausgesetzt? Den könnte ich mir jetzt holen.
Das solltest Du nicht tun. Du würdest es büßen.
War nur ein Scherz. Ich bewundere Dich. Wahrhaftig, ich bewundere Dich. Aber hilf mir. Sicher weißt Du was für mich. Eine Arbeit. Ich kann auch arbeiten, wenn es sein muß. Stallarbeit. Da kenn ich mich aus.
Warte. Ich überlege. Wenn Du mir versprichst, daß Du

nicht sagst, ich hätte Dich geschickt. Wenn Du verschweigst, daß wir uns kennen. Das Stift sucht immer wieder Leute. Für Wildberg vor allem. Dort ist ein Kommen und Gehen. Dort könntest Du Arbeit finden. In Wildberg! Was für ein Spaß! Was für ein herrlicher Spaß!

An das Nächtigen im Schafstall mußte Mathias sich erst gewöhnen. Zu Beginn des Winters war Martin Kloibenstrunk erkrankt. Er klagte über Schmerzen im Hals, konnte nur noch breiige Nahrung schlucken, hitziges Fieber schwächte seinen Körper. Nur mit Mühe konnte Mathias ihn bewegen, ins Halterhaus zu ziehen, wo es wärmer und bequemer war. Ich gehe in den Stall, hatte Mathias erklärt, allein wirst Du leichter gesund.
Im Stall war der Geruch der eng zusammengepferchten Tiere, den man auf der Weide nicht wahrnahm, kaum zu ertragen. Er kam nicht nur von ihrer Ausdünstung. Oft blieb der Dung tagelang liegen, die Tiere traten ihn fest, er war dann leichter wegzuräumen, man trocknete ihn und hob ihn auf zur Düngung der Frühjahrssaat. Manchmal schaufelte Mathias einen breiten Raum rund um seine Schlafstelle frei, es half wenig. Nachts pfiff der Wind durch die Ritzen des Daches und der Wände und ließ das Feuer der Kochstelle und der Öllampe flackern. Dann drehte Mathias sich auf den Bauch und legte schützend seine Hände um das Buch, das er gerade las. Bücher erhielt er noch immer von Fran. Aber er mußte sie selber aus Frans Unterschlupf holen. Heimlich und unter Gefahr. Fran kam nicht mehr zu Stall oder Halterhaus. Manchmal trafen sie sich nachts, um miteinander zu reden. Immer an einer anderen Stelle. Kloibenstrunk wußte davon.
Seit Martin Kloibenstrunk im Halterhaus krank lag und Mathias auch seine Arbeit verrichtete, was im Winter,

wenn die Tiere im Stall blieben, nicht schwer war, fühlte er sich einsam. Er führte Gespräche mit dem Hund Spero, dem er schon lang das übliche Stachelhalsband abgenommen hatte. Spero dankte es ihm mit besonderer Anhänglichkeit. Den Kopf schiefgehalten, die Ohren aufgestellt, lauschte er geduldig, wenn Mathias ihm von seiner Lektüre erzählte. Aber irgendwann schlief er ein, und sein leiser Atem verlor sich im Stroh seines Lagers. Einmal, spät abends, als Martin sich besser fühlte, standen sie vor dem Halterhaus. Es war nicht so kalt wie sonst, der Himmel war klar und voller Sterne.
Ich will Dir was zeigen, sagte Martin. Wenn Du hinauf zum östlichen Himmel blickst, siehst Du einen besonders hell leuchtenden Stern. Er überstrahlt alle anderen. Das ist Sirius, der hellste Stern der nördlichen Halbkugel. Er gehört zum Wintersechseck, das man nur in dieser Jahreszeit sieht. Links oberhalb des Sirius bemerkst Du Procyon, sein Licht ist deutlich schwächer, ihm folgen Castor und Pollux, die Gemini-Sterne, benannt nach den Zwillingen der griechischen Sage. Capella bildet die nördliche Spitze des Sechsecks. Aldebaran steht schon etwas unterhalb. Dann aber kommt ein besonders interessantes Sternbild, nämlich das des Orion, er gehört zu den auffälligsten Himmelsgestalten. Der rote Stern an seiner rechten Schulter ist Beteigeuze. Der helle blaue Stern an seinem linken Fuß heißt Rigel. Und zwischen diese beiden schieben sich die drei Gürtelsterne mit dem Schwertgehänge kleinerer Gestirne. Sie zeigen wieder auf Sirius, wie um auf dessen Schönheit zu verweisen. Hast Du mir folgen können?
Mathias nickte. Er sollte diese Sternbilder nie vergessen, sie sollten ihn, in den Winternächten, ein Leben lang begleiten und in den Sommernächten veranlassen, die Augen, wie einst auf der Weide, zu anderen Sternbildern zu erheben. Begleitet von der Erinnerung an Martin

Kloibenstrunk.
Er hatte sich nicht zurückhalten können und gefragt: Woher weißt Du das alles. Und Martin hatte geantwortet. Du sollst keine Fragen stellen.
Auch über die Person des Severin Schintnagel hatte ihm Martin keine Auskunft gegeben.

Der Abt Berthold Reisinger schlug einen schwarzen Umhang um seine Schultern. Er trug warme Leibwäsche und dicke, gestrickte Socken. Wie er befürchtet hatte, herrschte an diesem 4. Dezember bereits winterliche Kälte. Der Nordwind fegte über die Felder und blies Schauer wässerigen Schnees in den Großen Stiftshof. Schon jetzt, am frühen Morgen, fühlte Berthold sich unbehaglich. Der Tag würde lang und anstrengend werden, es war der St. Barbaratag, der Tag des Gespendes. Man hatte ihn nach der schlimmen Zeit der Reformation wieder aufleben lassen, er verursachte dem Stift hohe Ausgaben.
Seit dem Jahr 1327 gab es das Gespende. Damals hatte die Burggräfin Gertraud von Gars aus Anlaß einer großzügigen Stiftung verfügt, daß an jedem 4. Dezember die Armen der Gegend gespeist werden sollten. Jeder mit einem Pfund Brot, einem halben Pfund Fleisch und einem Seitel Wein. Die Stiftung hatte einst dem Kloster die vorteilhafte Nutznießung an Diensten, Lehen und Hofstätten gebracht, ihm dafür aber Verpflichtungen von täglichen und jährlichen Totenmessen, still oder gesungen, auferlegt. Und auch die Betreuung der Armen. Die Nutznießung von damals reichte bei weitem nicht mehr aus, das Gespende zu finanzieren. Das wußte Berthold Reisinger, und dieses Wissen verstärkte sein Unbehagen. Hunderte würden kommen. Vielleicht auch tausend.
Sie würden kein Dach über dem Kopf haben. Auf langen Schragentischen, von einer Plache bedeckt, sollten

im Hof Brot und Fleisch bereitgelegt werden. Von jedem ein Stück, willkürlich abgewogen, unterschiedlich in Aussehen und Güte. Der Wein würde aus großen Fässern kommen, das Gefäß dafür hatte jeder mitzubringen. Der Kellermeister und seine Gehilfen hatten darauf zu achten, daß keiner mehr bekam als ihm zustand. Alle, die im Stift einen Dienst verrichteten, mußten an diesem Tag bereitstehen. Die Novizen sollten bei der Verteilung mithelfen. Die Konventualen hatten unter Anleitung des Subpriors für Ordnung zu sorgen. Der Prior selbst hatte die Oberaufsicht. Der Abt griff in das Geschehen mit tröstenden und hilfreichen Worten ein.
Auch die Schäfer waren zum Kommen angehalten. Martin Kloibenstrunk lag noch immer krank. Mathias hatte sich um fünf Uhr morgens allein auf den Weg ins Stift gemacht. Sofort suchte er nach Fran, der gemeinsam mit den Knechten dabei war, die Tische aufzustellen. Fran deutete Mathias mit Blicken an, sich von ihm entfernt zu halten. Verdrossen begann Mathias zu arbeiten. Schon nach kurzer Zeit wurden seine Finger klamm. Fran entzündete ein Feuer.
Man hatte die Tore zu allen Höfen und Eingängen geschlossen. Draußen versammelten sich bereits die Scharen der Ärmsten, die Starken rauften sich nach vorn, die Schwachen, auf Krücken, auf Stöcken, mit Holzbein oder auf Säcken rutschend, wurden immer wieder nach hinten gedrängt. Frauen mit schorfigen Kindern auf dem Arm, die größeren blaß und frierend am Rockzipfel hängend, Alte und Junge, Grobe und Schüchterne, manche, die in Wahrheit nicht dazugehörten, die sich nur für diesen Tag als Bettler verkleidet hatten. Sie versuchten die Angst in ihren Blicken zu verstecken, denn sie wußten, es würde ihnen schlecht ergehen, sollte man sie erkennen.
Mathias erwartete nicht, dem Abt unter den anstürmen-

den Massen zu begegnen. Er hatte bisher jede Konfrontation mit ihm vermieden. Als er noch in Frauenhofen gelebt hatte, war er dort zur Messe gegangen. Die Altenburger Kirche besuchte er nicht regelmäßig, obwohl ihm bewußt war, daß er dadurch zum Sünder wurde. Martin Kloibenstrunk schlüpfte stets erst gegen Ende der Messe unter die Gläubigen, stellte sich dann aber ganz nach vorn, sodaß man ihn nicht übersehen konnte. Du wirst schon wissen warum, sagte er zu Mathias, wenn der es vorzog, bei den Schafen zu bleiben.
Um acht Uhr wurden die Eingänge geöffnet. Die Armen wälzten sich in den Hof. Die stärksten der Stiftsknechte versuchten Gruppen zu bilden. Die Gruppen mischten sich stets von neuem, die Kraft der Masse stieß vor zu den Tischen, drohte sie umzuwerfen. Zum Gebet, rief der Prior, kniet nieder. Seine Stimme ging unter. Die Novizen begannen zu singen. Ihre Lieder verklangen im Lärm. Dienstleute versuchten mit ihren Körpern das Gespende vor gierigem Zugriff zu schützen. Es sah aus, als wäre ihre Anstrengung vergeblich. Da erschien der Abt. Er stand auf dem niederen Treppenabsatz, der vom Osttrakt in den Stiftshof führte. Er stand einfach da, schweigend.
Seine Gegenwart teilte sich allen mit. Die Masse hörte auf zu drängen, wurde ruhig. Fast alle Köpfe wandten sich ihm zu. Der Abt Berthold Reisinger lächelte. Dieser Augenblick, der sich jährlich während des Gespendes wiederholte, war ihm der liebste an diesem Tag. Er hob die Arme zum Segen.
Die einen gingen, hielten krampfhaft Fleisch und Brot umklammert, ließen voller Mißtrauen die Augen wandern, verdächtigten jeden des Diebstahls. Keiner nahm den Wein mit, meist wurden die Gefäße in einem einzigen gierigen Zug geleert. Die Wärme, die nun in den Körpern der Menschen saß, schenkte ihnen für kurze

Zeit trügerischen Schutz vor der Kälte des Winters. Neue erschienen, immer wieder Neue, sie mußten warten, bis die Reihe an sie kam. Der Nordwind war stärker, bissiger geworden, Füße, mit Fetzen umwickelt, färbten sich blau in schief getretenen Holzschuhen, Speichel aus zahnlosen Mäulern gefror auf dem Kinn, dünne, mit Flicken besetzte Kleider wurden vom nassen Schnee an ausgemergelte Körper gedrückt. Die Stunden vergingen, es war kein Ende abzusehen. Abt, Prior und Subprior hatten sich für eine Weile in die Wärme zurückgezogen. Die Dienstleute arbeiteten wie besessen, Fleisch mußte aus den Kellern geholt werden, Brot aus der Backstube. Mathias lief Stiegen hinauf und hinunter, trabte durch Gänge und Räume, die er von früher her kannte, versuchte trotzig, jede Erinnerung zu verdrängen, traf auf Bartl, den Schneider und gab sich nicht zu erkennen. Geh Du, Du bist der Jüngste, Schafknecht, riefen die anderen, wenn man etwas brauchte, und er ging, widerspruchslos, diente und gehorchte.
Als der Nachmittag kam, waren die, die das Gespende verteilten, der Erschöpfung nahe. Das war die Zeit des Abtes, er war wiedergekommen, stellte sich wie selbstverständlich hinter einen der Tische und reichte Brot und Fleisch. Er tat es um der Nächstenliebe willen, die ihm Gott befohlen hatte und die er allen Mitmenschen schenken wollte.
Auch Mathias wurde eine kurze Pause erlaubt. Obwohl er dagegen ankämpfte, zog es ihn hin zur Prälatur des Klosters, die Berthold Reisinger bewohnte, die von Willibald Palt bewohnt worden war, wo er selbst viele Stunden seiner Kindheit verbracht hatte. Er lief durch den Brunnenhof, kleine Eisbrocken knirschten unter seinen Füßen, er stolperte, wäre fast hingefallen und lief weiter, unter dem Torbogen durch ins Stiegenhaus, hinauf bis zum Zimmer des Abtes. Die Tür war nur ange-

lehnt. Leise schloß er auf, trat ein. Im großen, glasierten Kachelofen knisterte ein Feuer, die hellen Intarsien der Möbel leuchteten aus dunklem Holz, hell glänzten die Messingbeschläge. Die geschnitzten Rahmen der Bilder und des Spiegel leuchteten matt, zierlich wanden sich die hellen Bänder der Stukkatur die Wände hinauf bis zum Mittelfresko der Decke, wo in den Wolken ein Engel schwebte, den Abtstab und die drei Rosen aus dem Stiftswappen in seinen Händen haltend.
Mathias stand ganz still. Seine Augen wanderten durch den Raum, blieben hängen an allem, was er hatte vergessen wollen, aber nur verdrängt hatte. Er hörte die Stimme Willibalds, belehrend, aber immer bereit zu erklären, wenn der Knabe ihn nicht verstanden hatte. Er sah Willibalds bäuerliches Gesicht, das so vielen anderen Gesichtern im Dorf Frauenhofen glich, aber neben der Demut des Gottesdieners die Würde des Herrschenden zeigte. Er hörte ihn sagen, komm, wir beenden die Lektion, ich will Dir was erzählen, er spürte seine Hand, die ihm das Pectorale umlegte und hörte ihn sagen: Das wirst Du einmal tragen.
Wasser tropfte von seiner Jacke, vermengte sich mit den kleinen, schmutzigen Pfützen, die sich unter seinen Schuhen gebildet hatten. Der dumpfe, säuerliche Geruch nach Fleisch und Wein, der ihm seit Stunden anhaftete, teilte sich der Luft des Raumes mit.
Mathias bemerkte das Eintreten Berthold Reisingers nicht gleich. Erst als der Abt knapp vor ihm stand, drehte er sich erschrocken um. Fassungslos sah der Abt ihn an.
Wer bist Du, was willst Du hier, fragte Berthold. Nichts will ich, gar nichts, antwortete Mathias. Nur schauen. Schauen. Aus Neugierde.
Es steht Dir nicht zu, diese Räume zu betreten. Wer bist Du? Ich will wissen, wer Du bist.

Mathias Palt.
Der Schafknecht?
Der Schafknecht.
Jetzt sah ihn Berthold genau an, musterte ihn schweigend.
Warum die Neugierde? Ich nehme an, Du kennst diese Räume.
Ich kenne sie.
Und konntest sie nicht vergessen?
Ich habe es versucht.
Das ist gut so. Versuche es weiter. Bis Dir kein Bild mehr davon bleibt. Und jetzt höre mir zu.
Mathias kannte die Worte, die kommen würden.
Du gehörst nicht hierher. Daß Du da warst, war ein Irrtum. Du hast nie hierher gehört. Und jetzt geh und betritt nie wieder die Prälatur.
Was den Abt überraschte, war, daß Mathias ihm beim Hinausgehen nicht den Rücken zukehrte. Er ging rückwärts, immer rückwärts. bis er die Tür erreicht hatte und sah dabei dem Abt ins Gesicht.
Als er die Stiegen hinunterlief, knickten seine Beine ein, und er suchte an der Mauer Halt.
Du gehörst nicht hierher, hatte sein Vater zu ihm gesagt.
Du gehörst nicht hierher, hatte Stina zu ihm gesagt.
Du gehörst nicht hierher, hatte der Bruder seiner Mutter zu ihm gesagt.
Du gehörst nicht hierher, hatte der Abt Berthold Reisinger zu ihm gesagt.
Er arbeitete noch mit den anderen an der Verteilung des Gespendes bis es dunkel wurde und die letzten der Ärmsten sich auf den Heimweg machten. Als er zum Schafhof ging, hielt ihn einer der Bettler auf. Der Genuß des Weines schien seinem Körper nicht gutgetan zu haben. Torkelnd näherte er sich Mathias.
Gehörst Du zu uns, fragte er und versuchte seinen Rock zu fassen.

KAPITEL 6

WOLF SCHAF UND STERNMOOS

Im Jänner 1776 berichtete der Förster im Stift, er habe während der Nacht Wölfe heulen gehört. Das sei seit Jahren nicht mehr geschehen. Wahrscheinlich seien die Tiere über Böhmen aus dem Osten gekommen, auf der Suche nach Beute, kein Wunder bei der herrschenden Kälte, wo die Haustiere in den Ställen blieben und das Wild sich in Gruben und Mulden versteckte. Rund um sein Haus, das ja ein gutes Stück vom Stift entfernt mitten im Wald stehe, habe das Heulen getönt, Weib und Kinder hätten sich unter der Decke verkrochen, er selbst sei aber, seiner Pflicht entsprechend, mit der Flinte vor die Tür getreten. Aus der Tür sei Licht gefallen und sekundenlang sei das schreckliche, langgezogene Heulen verstummt. Dann aber habe eines der Tiere, die nicht zu sehen waren, mit dem Heulen von neuem begonnen, eines nach dem anderen sei eingefallen und noch lauter, noch unheimlicher habe der Chor geklungen.
Er warne davor, sagte der Förster, Tiere aus dem Stall zu lassen, vor allem mögen der Schäfer und sein Knecht auf die Schafe achten.
Man verständigte Kloibenstrunk. Er war noch krank, wohnte noch im Halterhaus. Die Halsschmerzen waren zwar verschwunden, aber ein schleichendes, stets wiederkehrendes Fieber zehrte an seinen Kräften. Er fragte Mathias, ob er wieder im Stall übernachten solle. Er komme allein zurecht, antwortete Mathias, er fürchte die Wölfe nicht.
Es ist so, sagt sich Mathias in der folgenden Nacht und zieht den Hund Spero zu sich heran, daß ich am liebsten allein bin. Es ist so, daß ich keinen um mich ha-

ben will, weil auch mich keiner will. Ich gehöre nirgends hin, das hat man mir gesagt. Meine Tiere hier sagen mir das nicht. Mein Hund ist gut und meine Schafe sind gut. Spero ist klug, er weiß, daß ich ihn mag, deshalb ist er gehorsam. Die Schafe sind dumm, aber auch sie spüren, daß ich sie mag, auch sie sind gehorsam. Zwar nicht immer. Aber ich bringe sie mit Speros Hilfe dazu. Und ohne den Halterkolben wie Martin. Woran liegt es, daß man mich von überall fortschickt. Meine Mutter war mir gut, der Abt, mein Oheim, war mir gut, mein Großvater Griegnstainer war mir gut, sogar Stina war mir einmal gut und Eva ist es, glaube ich, noch immer. Ich habe sie alle gern gehabt. Und ich könnte ohne Frans Zuneigung nicht leben und er nicht ohne meine. Woran liegt es, wer bin ich, was bin ich, wie soll ich anders werden, wer soll ich werden, was soll ich werden. Bin ich schlechter, bin ich weniger wert als die, die mich nicht wollen? Ich habe versucht, in meinen Büchern eine Antwort zu finden, ich habe sie nicht gefunden. Ich habe den lieben Gott um eine Antwort gebeten, er hat sie mir nicht gegeben. Ich muß sie wohl selber finden. Ja, ich muß sie selber finden.

Die Tiere drängen sich aneinander, sie frieren. Der Hofmeister hat eine Winterschur angeordnet, die nicht üblich ist, aber man wollte noch einmal ihre Wolle, um sie zu verkaufen. Schon geschoren, mußten die Tiere hinaus in die Kälte, als der Stall gereinigt wurde. Sie haben sich noch nicht davon erholt.

Wir haben sie gezählt, Martin und ich, bevor wir sie abends wieder hereintrieben, ja, wir haben sie gezählt, damit keines draußen bleibt, wegen der Wölfe, überlegt Mathias.

Er lehnt sich an die Stallwand, er hat sich eine Art Sitz aus Heu gemacht mit einer Lehne für den Rücken. Der ist gut, wenn man nachdenken will. Dabei hält Mathias

gern den Hirtenstab in seinen Händen und fährt mit seinen Fingern darauf auf und ab. Er hat den Stab zur Zeit der Sommerweide beschnitzt, hat rautenartige Muster eingeritzt und ein kopfartiges Gebilde daraufgesetzt. Eine Zeit lang hat er sich bemüht, dem Kopf die Züge des Willibald Palt zu verleihen, es ist ihm nicht geglückt. Trotzdem sieht er jedesmal, wenn er den Kopf anschaut, das Gesicht des Abtes.
Manchmal, so wie jetzt, wenn ihm wegen der Wölfe doch nicht ganz wohl zumute ist, was er sich aber nicht eingesteht, wünscht sich Mathias seinen Großvater Griegnstainer zurück. Es waren gute Jahre, die sie gemeinsam verbracht haben. Griegnstainer hat ihm wieder beigebracht wie ein Bauer zu arbeiten und hat ihn dabei nicht geschont. Obwohl der Großvater im Ausgedinge lebte, hatte er noch immer das Sagen am Hof seines Sohnes. Er teilte ein, schaffte an und meinte, seine alten, gichtigen Hände brauche man kaum mehr, aber noch immer brauche man seinen Kopf. Sohn und Schwiegertochter fügten sich, sie wußten, daß Griegnstainer recht hatte. Gegen Mathias als zusätzlichen Esser hatten sie sich anfangs gewehrt und sich damit den Zorn Griegnstainers zugezogen. Sie sagten dann nichts mehr, verließen sich auf Mathias' Hilfe ohne ihm jemals ein freundliches Wort zu geben. Mit ihren drei Kindern, jünger als Mathias, verstand er sich gut. Es war ihm klar, daß er kein Anrecht hatte auf diesen Hof, wo seine Mutter geboren war.
Abends kochte der Großvater für sie beide. Er lehnte die Kost der Schwiegertochter ab, beanspruchte lieber die Lebensmittel, die ihm zustanden. Oft bat er Mathias ihm aus den Büchern vorzulesen, die er aus dem Stift mitgebracht hatte. Er hörte ihm mit größter Aufmerksamkeit zu, stellte Fragen und merkte sich die Antworten. Daß er keine Schule hatte besuchen können, bedau-

erte er noch immer. Manchmal spielten sie Karten, ein primitives Spiel, bei dem Griegnstainer meist in höchste Erregung geriet und mit den Fäusten auf den Tisch schlug. Obwohl der Großvater ihn öfter tadelte, fürchtete Mathias ihn nicht. Er wurde nie von ihm geschlagen. Ich habe an Dir was gutzumachen, sagte Griegnstainer einmal zu ihm. Das, was ich an Deiner Mutter versäumt habe.
Sie sprachen selten von Maria Magdalena.
Als der Großvater dann vor drei Jahren krank wurde, begann das Leben am Hof seines Onkels für Mathias immer schwieriger zu werden. Da der Alte, wie Bauer und Bäuerin meinten, nun für nichts mehr zu gebrauchen, nur noch ein unnötiger Esser sei, müsse Mathias mehr als bisher arbeiten. Die Proteste Griegnstainers, der sich wegen ständiger Atemnot kaum noch von der Bank erheben konnten, nützten nichts. Mathias stand als Erster auf und ging als Letzter zu Bett. Er machte Feld- und Stallarbeit unter den schroffen Befehlen des Bauern, mähte Gras und Korn, bündelte und knebelte zur Erntezeit die Garben, belud den Leiterwagen hoch mit Heu, schlug im Spätherbst und Winter das Holz im Wald und schleppte es, Riemen auf den Schultern, auf primitiven Schlitten nach Haus. Er war dreizehn Jahre alt, sein Körper war noch nicht reif für diese Plage, er litt unter ständiger Übermüdung und fand zu wenig Schlaf.
Griegnstainer merkte es und verwünschte seine Ohnmacht. Seine Anweisungen, seine Ratschläge wurden nicht mehr befolgt. Ein einziges Mal nur war der Bader gekommen, er hatte gemeint, das Herz des Altbauern wolle nicht mehr recht, dagegen könne man kaum was machen. Einen Weißdornsaft möge die Bäuerin für ihn bereiten. Sie tat es ein Mal und nicht wieder. Wasser sammelte sich in Griegnstainers Beinen an, die Haut an den Waden brach auf. Heimlich kochte Mathias alte Lei-

nenfetzen aus, um den Großvater zu verbinden. Mit dem Wasser brach Blut und Eiter aus den offenen Wunden, Gestank verbreitete sich in den engen Räumen des Ausgedinges. Eines Tages stand Griegnstainer nicht mehr auf. Von da an schlief er viel. Im Halbschlaf sprach er jetzt oft von seiner Frau Agnes und seiner Tochter Lena. Erwachte er, rief er nach Mathias. Der war meistens nicht da. Einmal, als Griegstainer hellwach war, saß Mathias an seinem Bett.
Geben sie Dir auch genug zu essen, fragte er ihn. Mathias bejahte, obwohl es nicht stimmte.
Du sollst hier nicht bleiben nach meinem Tod, verlangte Griegnstainer. Es wäre nicht gut für Dich.
Nein, antwortete Mathias, es wäre nicht gut.
Geh irgendwohin. Mach irgendwas. Später, ich weiß es genau, später wirst Du ein Bauer sein. Ein anderer, als Dein Vater war. Nicht so eng im Denken. Weitsichtiger. Gescheiter. Vielleicht hab ich Dir von mir was mitgegeben. Über Deine Mutter. Sie hat immer gedacht, Du bist was Besonderes. Das Besondere verliert sich, wenn der Tod kommt. Das siehst du an mir. Aber bis dahin. Versprich mir was, sagte Griegnstainer und griff nach Mathias' Hand. Versprich mir, daß Du Deine Bücher weiterliest, wenn Du ein Bauer bist.
Deswegen müßt Ihr Euch nicht sorgen, sagte Mathias. Aber ich versprech es Euch.
Man schickte zu spät zum Pfarrer. Griegnstainer starb ohne Sterbesakramente.
Er kommt auch ohne Absolution in den Himmel, dachte Mathias.
Der Großvater war allein gestorben, alle waren bei der Arbeit gewesen. Aber er fühlte sich noch warm an, als Mathias seinen Tod erkannte. Rasch öffnete er das Fenster, damit die Seele des Großvaters zum Himmel aufsteigen konnte. Dann drückte er ihm die Augen zu. Drei

Stunden später wurde der Tote gewaschen. Der Anblick seines unbekleideten, ausgemergelten Körpers, die spitz über den Rippen sich wölbende Brust, bedeckt von weißlich gelber, runzeliger Haut, die blaugeäderten Arme und Beine, die ledernen, rissigen Sohlen der gemarterten Füße blieben Mathias ewig im Gedächtnis.
Man trug ihn dann in die gute Stube, legte ihn auf einen Laden und zog ihm sein Hochzeitsgewand an. Damit der Mund geschlossen blieb, band man das Kinn mit einem Tuch hoch. Ein Kruzifix wurde neben seinen Kopf gestellt, ein Öllicht angezündet. Mit niedergeschlagenen Augen legte die Bäuerin zum Besprengen des Toten ein Ährenbüschel neben den Weihwasserkessel. Mathias stand in einer Ecke, unfähig, einen einzigen Handgriff zu tun.
Der Leichnam Griegnstainers blieb noch zwei Tage und zwei Nächte im Haus. Während der ersten Nacht wachten der Sohn und Mathias bei ihm, in der zweiten Nacht wachte Mathias allein. Er war nun getröstet, er fand die Züge des Großvaters nicht mehr fremd, sie wurden ihm, je länger er ihn ansah, vertraut wie zuvor. Manchmal sprach er zu ihm und gab sich selbst die Antwort. Er verscheuchte die Fliegen von der Stirn des Toten und spürte dabei die ungewöhnliche, schwebende Stille, die sie beide umgab. Um die gefalteten Hände des Toten war ein Rosenkranz geschlungen. Mathias kannte ihn. Er bestand aus gelben, unregelmäßigen Steinen.
Als vor dem Begräbnis die Verwandten und Nachbarn kamen, um sich von Griegnstainer zu verabschieden, war Mathias nicht dabei. Er war auch nicht dabei, als man den Großvater zum Friedhof trug. Sie hatten einander alles gesagt.
Er reinigte sorgfältig das Ausgedinge. Das Bett des Großvaters benützte er nicht, wie bisher schlief er auf der Bank in der Küche. Da er auf Mathias' Arbeit nicht

mehr verzichten wollte, verjagte ihn der Bauer nicht vom Hof. Mathias wußte, er würde, wenn sich eine Möglichkeit bot, gehen. Damals war er fünfzehn Jahre alt. Er mußte noch ein Jahr warten.
Der Hund Spero ist eingeschlafen. Auch Mathias kämpft mit dem Schlaf. Die Erinnerungen haben ihn müd gemacht. Er öffnet noch einmal die Stalltür. Draußen ist es klirrend kalt und vollkommen ruhig. Kein Laut der Wölfe. Er schließt die Tür.
Am nächsten Morgen findet er hinter dem Stall die Reste eines toten Schafes. Es ist eines der älteren, schwächeren Tiere, das beim Eintrieb in den Stall übersehen wurde. Kopf und Hals liegen getrennt von angefressenen Körperteilen. Mathias erkennt, daß das Tier durch einen gezielten Biß in die Halsgegend getötet wurde. Kleine Blutlachen sind neben Fleischfetzen eingefroren im Schnee. Die wenigen erkennbaren Spuren zeigen, daß es sich bei dem Räuber um einen Einzelgänger gehandelt hat. Es besteht kein Zweifel: Es war ein Wolf.
Mathias überlegt, ob er Kloibenstrunk von dem Vorfall berichten soll. Schließlich haben sie beide die Schafe eingetrieben, es trifft sie also die gleiche Schuld. Er entschließt sich, nichts zu sagen. Sie sind für jedes Tier dem Stift gegenüber verantwortlich, und er wird eben die Verantwortung und damit für lange Zeit die Streichung seines kargen Lohnes auf sich nehmen. Der Wolf wird wiederkommen, davon ist er überzeugt. Allein, ganz allein, will er sich mit ihm auseinandersetzen.
Mathias hat Spero an einen Pfosten im Stall gebunden. Wenn Spero wach ist und sein Instinkt ihm sagt, irgendwas ist nicht in Ordnung, wird er zum wilden Kämpfer. Aber gegen den Wolf hat er keine Chance.
Während der nächsten Nacht wartet Mathias auf den Wolf. Er hat sich vom Stift ein Stück verdorbenes Fleisch erbettelt, das legt er als Köder aus. Ganz nahe

der Stalltür. Mit einem stimulierenden Trank aus verschiedenen Kräutern hält er sich wach. Die Stunden vergehen. Im Stall ist es finster. Mathias hat aus einem breiten Spalt zwischen zwei Brettern das abdichtende Werg entfernt und sieht hinaus in die Dunkelheit. Da der Himmel bedeckt ist, wird sie nur schwach vom bläulichen Licht des Schnees erhellt. Mathias kauert vor dem Spalt in unbequemer Haltung, Arme und Beine schmerzen. Er will den Schmerz nicht wahrnehmen. Alles in ihm und an ihm vibriert vor Erwartung.

Endlich bewegen sich die Zweige eines nahen Busches. Ein Schatten taucht auf, kommt näher. Erst spät wird er als Tier erkennbar. Es ist der Wolf. Er blickt um sich und schnuppert in die Luft. Dann läuft er zur Seite, nach rechts, nach links. Er hat das Fleisch gerochen, aber er ist nicht zufrieden. Er bevorzugt lebende Beute. Als er sie nicht findet, kehrt er zurück, legt sich in den Schnee, hebt den Kopf und beginnt zu heulen. Es ist ein schwaches Heulen, es hört sich an wie eine Klage. Er heult eine ganze Weile.

Dein Rudel hat Dich also verjagt, flüstert Mathias durch den Spalt. Man hat Dich ausgestoßen. Du bist einsam. Auch Du gehörst nirgends hin.

Gebückt, mit dem Bauch den Schnee fast berührend, schleicht sich der Wolf an den Fleischbrocken heran. Dann stellt er sich davor hin und winselt mit leisen, hellen Tönen. Was er findet, scheint seiner nicht würdig zu sein.

Du mußt Dich damit abfinden, daß man Dir die faulenden Reste zuwirft. Ich sage Dir, Du mußt es tun.

Mathias flüstert noch immer. Doch er hat das Gefühl, daß der Wolf ihn nun hört. Als die Wolken am Himmel aufreißen und der Mond sein Licht über den Schnee ergießt, bemerkt Mathias, daß der Wolf lauschend verharrt, die Ohren halb angelegt. Über seinen Augen liegt

noch ein Schatten.
Ja, Du mußt immer auf der Hut sein, sagt Mathias, nun lauter. Immer wachsam, damit Dir nichts Böses zustößt. Aber auch Du kannst es nicht vermeiden.
Mit hohem Sprung ist der Wolf nun bei der verachteten Beute, das Aufsetzen seiner Beine erzeugt im Schnee ein Geräusch wie zerbrechendes Glas. Er nimmt das Fleisch zwischen die Zähne und will sich davonmachen. Mathias reißt die Stalltür auf. In der Hand hält er den Hirtenstab.
Bleib stehen, schreit er hinaus in die Nacht. Bleib stehen. Ich will mit Dir reden.
Drinnen ist Spero erwacht und beginnt wild zu bellen. Erschrocken und verwirrt hält der Wolf inne.
Du hast ein Schaf gerissen und ich muß dafür zahlen, sagt Mathias. Heute gibt es kein Schaf für Dich. Das Stück Fleisch ist nicht groß. Du wirst hungern müssen.
Der Wolf hat sich umgedreht. Da er noch ganz nah ist, kann Mathias bemerken, daß er den Nasenrücken runzelt und die Zähne bleckt. Das Stück Fleisch liegt jetzt wieder im Schnee.
Du bist wütend, sagt Mathias. Du willst mich angreifen. Tu es doch.
Die hoch aufgestellten Ohren des Wolfes wandern langsam nach hinten. Das Fell im Wolfsgesicht wird dadurch glatter, die schwarzen Flecken unter den Augen werden deutlich. Mathias erkennt das Schwanken des Tieres zwischen Angriffslust und Angst.
Ich fürchte mich nicht vor Dir, sagt Mathias. Er bringt die Worte kaum heraus, er weiß um ihre Lüge. Ich will nur wissen, was in Dir vorgeht auf Deiner einsamen Jagd.
Noch immer ist der Wolf in seinem Verhalten unentschieden. Er macht kleine Zickzackprünge zur Seite, beugt den Kopf, stellt die Ohren wieder hoch und hebt

die Rute.
Ist das ein Spiel, fragt Mathias mit unsicherem Lachen. Gut. Wenn Du willst. Spielen wir.
Langsam macht der Wolf zwei, drei Schritte auf Mathias zu, es gleicht einem leisen Anschleichen. Dann prescht er mit schleuderndem Kopf hopsend vor. Mathias macht die Tür auf und einen Schritt in den Stall hinein. Er zittert. Hinter ihm versucht Spero sich mit wildem Jaulen vom Pfosten loszureißen. Die Schafe sind aufgestanden, drängen sich ängstlich aneinander, beginnen zu blöken.
Ein aufkommender Nachtwind schiebt die Wolken zu Seite. Fern aber erkennbar streckt sich ein Wegkreuz streng in den Himmel hinein. Mathias preßt die Fingernägel in das Holz des Hirtenstabes.
Aus den Fabeln des Äsop, sagt er mit heiserer Stimme zum Wolf, kenne ich Dich bereits. Mein Oheim, der Abt, hat mir daraus vorgelesen. Du kommst nicht gut weg darin. Du bist wohl kräftig, aber du bist nicht klug. Du gewinnst nur, wenn Du auf solche triffst, die dümmer sind als Du. Der Fuchs ist zwar schwächer, aber viel schlauer. Deshalb besiegt er Dich. Vielleicht bin ich heute der Fuchs, was denkst Du? Nein, setzt Mathias hinzu, ist nicht so gemeint. Ist ein Spiel jetzt zwischen uns beiden.
Der Wolf liegt nun ein Stück von der Stalltür entfernt auf seinen ausgebreiteten Vorderbeinen, der Vorderkörper liegt im Schnee. Schwanz, Hinterkörper und Kopf bewegen sich ruckartig. Er fixiert Mathias mit großen, runden Augen.
Deine Augen gefallen mir, meint Mathias und macht wieder einen Schritt aus dem Stall heraus. Sie sagen mir, daß Du ein Kämpfer bist. Es ist gut, ein Kämpfer zu sein.
Plötzlich springt der Wolf los, von Mathias weg. Er

kneift den Schwanz zwischen die Beine und legt die Ohren zurück. Es ist wie eine Aufforderung, ihn zu verfolgen. Als Mathias sich nicht rührt, kommt er zurück Ich lauf Dir nicht nach, sagt Mathias leise. Du sollst noch bleiben. Ich habe nicht erwartet, daß Du mir wirklich zuhörst.
Der Wolf läuft nun im Kreis. Immer wieder. Wie ein Kind, das ein anderes auffordert, es zu fangen. Die Spuren seiner Pfoten im Schnee gleichen einer mehrreihigen Perlenschnur. Sein Körper streckt sich im Lauf, nach einigen Minuten aber beginnt er zu schwanken, als hätte ihn ein Schwindel erfaßt. Mathias lacht laut auf. Der Wolf wirft sich in den Schnee. Jetzt knurrt er. Es ist ein böses Knurren. Er bleckt wieder die Zähne, erhebt sich langsam und schnappt in die Luft.
Du bist schwach, Du hast Hunger, ich weiß, sagt Mathias. Es war nicht richtig von mir, zu lachen.
In diesem Augenblick schießt Spero, dem es geglückt ist, sich zu befreien, aus dem Stall. Mit einem wilden Satz stürzt er sich auf den Wolf.
Wolf und Hund springen aneinander hoch, stehen auf den Hinterbeinen. Einer versucht sich in den anderen zu verbeissen. Spero kämpft hektisch und zügellos. Der Kampf des Wolfes ist trotz aller Wut auf ein Ziel gerichtet. Das Ziel ist, wie beim Schaf, der Hals des Hundes. Nicht nur das Beutetier, auch der Feind ist hier am ehesten verletzbar. Kurz bevor dem Wolf der tödliche Biß gelingt, fällt der Hund rücklings um. Sofort wirft sich der Wolf zu Boden, hält den Hund mit den Vorderbeinen fest und schlägt ihm seine Krallen ins Fleisch. Speros lautes Keuchen geht in ein heiseres Winseln über. Die völlige Unterwerfung des Hundes ist nur noch eine Sache von Sekunden.
Mathias, zuerst wie erstarrt, beginnt zu schreien. Der Wolf blickt zu ihm auf. Seine Augen sagen, das Spiel

ist aus. Er öffnet das Maul zum tödlichen Biß. Mathias hebt den Hirtenstab und wirft ihn dem Wolf entgegen. Mit voller Wucht trifft der Stab dessen Rücken. Die Attacke kommt für den Wolf völlig unerwartet. Jäh dreht er sich um und beißt in das Holz statt in den Hals des Hundes. Dabei zieht er die Krallen aus Speros Fleisch. Schrill pfeift Mathias den Hund zurück. Spero blickt noch kurz nach dem Wolf, dessen Zähne sich immer tiefer in das Holz verbeissen, dann saust er hinein in den Stall und verkriecht sich im Stroh.
Mathias beobachtet erregt den Kampf des Wolfes mit dem Hirtenstab. Der Wolf kann seine Zähne aus dem Holz nicht lösen. Er rennt, schlägt den Stab in den Schnee, der bleibt wie festgenagelt in seinem Maul, er springt in die Höhe, der Stab schwenkt nach rechts, nach links, der Wolf beutelt sich wild, der Stab macht seine Bewegungen mit.
Du tust mir leid, Du tust mir leid, schreit Mathias zum Wolf hin. Aber versteh mich. Ich mußte mich wehren. Ich mußte meinen Hund retten.
Der Wolf hört ihn nicht. Nun kugelt er sich, Kopf voraus. Als er aufsteht, ist der Stab noch immer in seinem Maul.
Langsam geht Mathias dem Wolf entgegen. Schritt für Schritt. Der Wolf liegt nahe dem Gebüsch, der Stab steht waagrecht zu beiden Seiten des Kopfes. Aus den Lefzen des Wolfes rinnt Blut.
Ich habe Angst, sagt Mathias zum Wolf. Glaub mir, ich habe Angst vor Dir. Aber ich kann Dir nicht mehr zusehen. So sollst Du nicht zugrunde gehen. So nicht. Mit einem Sprung ist er bei ihm. Nimmt den Stab an beiden Seiten, reißt an mit aller Kraft. Seine Kraft ist so groß, daß er den Wolf damit ein Stück aufhebt aus dem Schnee. Der Stab bricht ab. Zuerst links, dann rechts. Ein Stück davon bleibt im Maul des Wolfes stecken.

Der Wolf will heulen. Er kann nicht. Komische, verquollene Laute entringen sich seiner Kehle. Mit seltsam schlenderndem Gang verschwindet er hinter dem Gebüsch und in der Dunkelheit.
In dieser Nacht kann Mathias nicht schlafen. Er hat mit dem Wolf geredet. Weil er die Ähnlichkeiten in beider Leben gefühlt hat. Sogar eine Art Spiel hat es zwischen ihnen gegeben, es sollte die Angst, die in jedem von ihnen saß, vertreiben. Dann hat er sich gegen den Wolf gewehrt. Wehren müssen. Das findet er richtig. Aber er ahnt, daß der Wolf nicht überleben wird. Das hat er nicht gewollt. Die Begegnung mit dem Wolf hat ihm gezeigt, daß es notwendig ist, sich zu wehren. Aber auch, daß die Folgen bitter sein können.
Am frühen Morgen holt er die Reste des Stabes. Der geschnitzte Kopf ist unversehrt. Mathias denkt an Willibald Palt und fragt sich, ob er ihm den Stab in die Hand gedrückt hat. Eine Weile gefällt ihm dieser Gedanke. Aber dann verwirft er ihn. Er wird einen neuen Stab schnitzen und den Kopf daran befestigen.
Gegen Abend sickert vom Stift die Nachricht durch, der Förster habe am Rande des Waldes einen toten Wolf gefunden. Ein älteres, schwaches, sichtlich vom Rudel ausgestoßenes Tier. Im Maul des Wolfes sei ein Stück Holz gesteckt, der Wolf habe es, in der vergeblichen Mühe, seine Zähne davon zu befreien, immer tiefer in seinen Rachen getrieben, daran sei er schließlich erstickt.

Während der zwei Jahre, die Severin Schintnagel nun auf Schloß Wildberg lebte, hatte er eine beachtliche Laufbahn durchmessen. Als Pferde- und Stallknecht hatte man ihn eingestellt und, da man gerade dringend Hilfe brauchte, keine Papiere von ihm verlangt. Es war ihm gefährlich erschienen, seinen richtigen Namen anzuge-

ben, sei es wegen seiner Vergangenheit, sei es, weil er befürchtete, daß man sich an seinen verstorbenen Vater und an seine Herkunft aus Messern erinnern könnte. Er nannte sich einfach Severin Nagel und arbeitete einige Monate lang zur Zufriedenheit des Administrators Josef Hofer, der dem weltlichen Stande angehörte. Schon bald ließ er erkennen, daß er mehr konnte, als die Pflichten eines Stallknechtes erfüllen. Er suchte und fand engeren Kontakt zu Hofer, einem schlauen und verschlagenen Menschen, der nichts anderes im Sinn hatte, als für seine eigene Tasche zu arbeiten. Längst war ihm bekannt, daß der Abt des Stiftes die Abrechnungen lang liegen ließ und dann nur ungenau überprüfte. Er hatte sich ein System ausgedacht, das kleine Unterschlagungen geschickt verbarg, Unterschlagungen, die im Laufe der Zeit eine schöne Summe ergaben. Schintnagel blieben, ohne daß er die Bücher zu sehen bekam, die Machenschaften des Administrators nicht verborgen. Er registrierte die Verkäufe von Jungtieren, von Korn und Saatgut an Händler, die ebenso rasch verschwanden wie sie auftauchten und erkannte an den Mienen der Mitwisser, meist waren es die einfachsten des Gesindes, die Bedrohung, der sie ausgesetzt waren.
Schintnagel fürchtete Hofer nicht. Er bot sich ihm freiwillig für schwierige Dienste an, gewann immer mehr sein Vertrauen. Bald wurde er ihm unentbehrlich. Man zog Schintnagel vom Stalldienst ab, Hofer machte ihn zu seinem persönlichen Gehilfen. Er befolgte Schintnagels Ratschläge, und seine Einnahmen verbesserten sich erheblich. Eines Tages mußte Hofer zu seinem größten Erstaunen feststellen, daß Schintnagel weder lesen noch schreiben konnte. Er fand, daß dieser Mangel bei einem so klugen Menschen unverzeihlich sei und machte sich selbst die Mühe, seinen Schützling zu unterrichten. Schintnagel lernte rasch. Sein neues Wissen gab ihm die

Möglichkeit, Hofers Schliche noch besser zu erkennen. Aber er ließ sich Zeit, seinen Vorteil daraus zu ziehen. Das Vertrauen Hofers in ihn sollte noch vertieft werden. Er hatte es durch konspiratives Verhalten ganz gewonnen, als im Frühjahr 1778 der Pächter der Taverne, die sich in einem Außenhof des Schlosses befand, starb. Das Stift Altenburg hatte die Taverne bald nach dem Kauf Wildbergs eingerichtet und von ihren Betreibern den Pachtschilling verlangt. Die Taverne befand sich in einem düsteren Gewölbe, das seinerzeit zur Verwahrung von unbrauchbarem Gerät gedient hatte. Sie besaß kein Fenster und mußte auch bei Tag von Öllampen oder Unschlittkerzen erhellt werden. Das geschah nur ungenügend, vor allem stand der Tisch, an dem der Wirt Bier, Most und Met ausschenkte, fast im Dunkeln.
Hofer und Schintnagel versprachen sich vom Betreiben der Taverne persönliche Vorteile. Sie kamen überein, daß Hofer dem Stift Schintnagel als neuen Pächter empfehlen sollte. Dafür sollte dieser die Gewinne, die sich aus unlauterer Gebarung erzielen ließen, mit ihm teilen. Die Empfehlung hatte Erfolg. Schintnagel wurde Pächter der Taverne. Er hatte nicht die Absicht, deren beklagenswerten Zustand zu verbessern. Seine einzige Absicht war, sich selbst zu bereichern und Hofer um seinen Anteil zu prellen.
An einem verregneten Samstagabend im Mai stand Schintnagel zum ersten Mal hinter dem Schanktisch. Von Neugierde getrieben hatten sich zahlreiche Bauern aus Messern und den umliegenden Dörfern in der Taverne versammelt. Als Schintnagel verkündete, daß alle Getränke an diesem Tag frei seien, brach lautes Gejohle aus, und man ließ ihn hochleben. Das folgende hemmungslose Besäufnis endete erst in den Morgenstunden, manche der Bauern verbrachten die Nacht im Straßengraben. Schintnagels Ruf als freizügiger, leutseliger Wirt

aber war gefestigt.

Von nun an lebte Severin Schintnagel zwei Leben. Eines in der Taverne, die er erst in den Abendstunden und nur sonntags am Vormittag nach dem Kirchgang öffnete und ein anderes mit Plänen und Träumen die ihn wieder zu den großartigen Erfolgen raffinierten Betruges führen sollten.

Das Fenster der Kammer, die er nun allein bewohnte, ging in den inneren Schloßhof. Dort stand Schintnagel oft stundenlang und beobachtete das Treiben, das unten vor sich ging. Er sah die Halter, die, von der Weide kommend, Kühe, Ochsen Schafe und Gänse zurück in die Ställe trieben, sah die Mägde mit vorgezogenen Schultern volle Milcheimer schleppen, beobachtete die Knechte beim Striegeln und Zäumen der Pferde, hörte das bis ins Mark gehende Quietschen der mit Heu oder Korn hochbeladenen Wagen, verfolgte mit hämischen Blicken die schwitzenden Stallburschen, von deren Mistgabeln der Unrat troff. Kam einer der Fratres aus dem Stift um scheu und unsicher nach dem Rechten zu sehen, rieb sich Schintnagel lächelnd die Hände und drehte sich um.

Er drehte sich zu der dem Fenster gegenüberliegenden Wand, denn dort hing ein Spiegel. Ein Spiegel, der gar nicht zur bescheidenen Einrichtung der Kammer paßte. Sein Glas war brüchig, von braunen Flecken durchsetzt, nicht mehr geeignet, das Bildnis des davor Stehenden zur Gänze wiederzugeben. Aber der Spiegel besaß einen goldenen Rahmen, breit und auslandend, üppig wogende Akanthusblätter umgaben, sich ineinander verflechtend, das Glas und zeugten von einer Herkunft aus vornehmen Räumen.

Der Spiegel war einst in einem der Zimmer gehangen, die der Freiherr von Selb bewohnt hatte. Nach dem Verkauf des Schlosses Wildberg waren die wertvollen Mö-

bel in das Stift Altenburg gebracht worden. Den Spiegel wollte man nicht mehr. Schintnagel fand ihn in einem Verschlag. Er erkannte ihn wieder.
Er liebte diesen Spiegel. Blickte er hinein, fühlte er sich durch ihn erhöht. Er mußte sich auf die Zehenspitzen stellen, er mußte mit dem Kopf wackeln, um Teile seines Gesichtes zu erkennen. Sie aber zusammenzusetzen nach seinen ganz eigenen Vorstellungen, diese Möglichkeit war ihm gegeben. Im Laufe der Zeit gewöhnte er sich Bewegungen an, die ihm die größte Freizügigkeit erlaubten. Sah er nur die Hälfte seiner Stirn und nur das rechte Auge, dachte er sich die andere Hälfte und das linke Auge in ganz anderer, feinerer Ausbildung dazu. Sah er nur das Kinn, nur die Unterlippe, verwandelten sich Oberlippe und Nase von gewöhnlicher zu aristokratischer Form, ähnlich erging es ihm mit Hals, Ohren und Haar. Das Fehlende wurde immer besser, immer feiner und bald sah Schintnagel nicht mehr das eigene, nur noch das erträumte Gesicht.
Wenn er sich vom Spiegel abwandte, durchströmte ihn stets ein Gefühl, wie es ihn während seines Gespräches mit Philomena, der er als Edelmann entgegengetreten war, erfüllt hatte.
Nach der Betrachtung im Spiegel entnahm Schintnagel einer grob gezimmerten Truhe einen Mantel aus Pelz. Es mußte das Kleidungsstück eines Herrn gewesen sein, aber so wie der Spiegel sich durch braune Flecken, zeichnete sich der Mantel, der aus Marderfellen bestand, durch kahle Stellen aus. Bockiges, haarloses Leder zeigte sich an Ärmeln und Kragen, auch an Rücken und Vorderteil war es nicht zu übersehen. Für Schintnagel aber, der den Mantel bei seinen Streifzügen durch das Schloß gefunden hatte, war er noch immer der Maßstab alles Vornehmen, alles Außergewöhnlichen.
Er zog ihn an, machte einige Schritte auf den Spiegel

zu, zog ihn wieder aus und verwahrte ihn in der Truhe. Abends betrog er im Dunkel der Taverne die Bauern, indem er die Getränke mit Wasser vermischte oder ihnen, wenn sie trunken waren, mit Wasser gefüllte Krüge vor die Füße stellte, die sie unweigerlich umstießen und deren Inhalt sie teuer bezahlen mußten. Schintnagels Scherze waren derber als die des letzten Schweinehirten, und wenn sich die Bauern zu später Stunde auf den Lehmboden erbrachen, ging er zum nächsten Eimer und tat, als würde es ihm wie ihnen ergehen. Er selbst trank nie.
In Wildberg zu leben, wenn auch nur als Stallknecht, war bereits eine Chance für ihn gewesen. Die Taverne betrachtete er als Zwischenstation auf dem Weg zu neuen Triumphen.

Wenn sie die dicht belaubten Zweige der wild wachsenden Büsche zur Seite schob, konnte Philomena Burger die reichen Maßwerke der gotischen Fenster sehen, die einst zum Kreuzgang des Frauenklosters von St. Bernhard gehört hatten. Nach wechselvoller Geschichte verfielen die Bauten des Klosters immer mehr. Nur die Kirche war voll erhalten. Einen Teil des Kreuzganges hatte man in den Pfarrhof miteinbezogen, von den anderen Teilen gab es fast nur noch die Mauern. Eine solche Mauer stand auf einer von Unkraut und Disteln übersäten Wiese, und auf das breite Steinband, das sie abschloß, trug der Wind jedes Jahr unermüdlich neue Samen karger Pflanzen, die sich zwischen den Ritzen festsetzten. Manchmal kam Philomena hierher und blieb eine Weile vor den Fenstern stehen. Sie hatte dann den Wunsch, mit ihren Händen die Ziegel zu lösen, mit denen man die Außenseite der Fenster vermauert hatte. Licht könnte dann wie einst durch das zierliche Maßwerk dringen und dessen unaufhaltsamen Verfall verges-

sen lassen.
Nach ihrem Weggang aus Wien und einer planlosen Fahrt durch Niederösterreich, von Dorf zu Dorf, von Stadt zu Stadt, unfähig, irgendwo zu bleiben, war Philomena endlich in St. Bernhard gelandet. Der Grund, obwohl nicht eingestanden, war ihr klar. St. Bernhard lag nur zwei Gehstunden von Wildberg entfernt. Weit genug, um nicht erkannt zu werden. Nah genug ihren Erinnerungen.
Im Gutshof des Dorfes hatte sie Quartier genommen. Was sie tun sollte, wovon sie leben sollte, wußte sie vorerst nicht. Das Zimmer im Turm über dem Eingangstor war verschwenderisch groß, viel größer als jenes, das sie bei der Baronin von Mühlburg bewohnt hatte. Schon nach wenigen Tagen fühlte sie sich darin wohl, und sie begann sich einzurichten. Die langwierige Reise von Wien bis St. Bernhard hatte ihre Ersparnisse stark verringert. Die Miete für das Zimmer im Gutshof war nicht hoch. Aber Philomena wußte, sie würde sie nicht länger als zwei Jahre bezahlen können. Sie aß gerade soviel, daß sie nicht hungerte. Aber auch das kostete Geld. Sie mußte eine Arbeit finden, um leben zu können. Und sie wollte arbeiten. Sie war nie untätig gewesen.
Nach einigen Monaten, die sie mit dem Erkunden der Umgebung, mit Beeren- und Pilzesuchen und Holzsammeln verbrachte, wurde der Forstmeister, der im Gutshof wohnte, von einem vorzeitig fallenden Baum getroffen. Der mächtige Stamm traf seine Unterschenkel, es dauerte lang, bis man ihn aus seiner schrecklichen Lage, die ihm unerträgliche Schmerzen bereitete, befreit hatte. Der Arzt meinte, er würde nicht nur nie wieder gehen können, sondern auch für sein ganzes weiteres Leben ständige Pflege brauchen. Der Forstmeister hatte keine Frau. Philomena macht sich erbötig, für ihn zu sorgen. Von

diesem Tag an brauchte sie keine Miete mehr zu zahlen und durfte sich von der Mahlzeit, die sie dem Forstmeister bereitete, ihren Teil nehmen.
Der Forstmeister war ein schwieriger Patient. Während der ersten Monate nach dem Unfall, als sich bewahrheitete, daß die zerschmetterten Knochen nie wieder zusammenwachsen würden, als die Wunden der offenen Brüche nicht heilen wollten, als übelriechende Sekrete durch die Verbände sickerten und sein an Wind und Wetter gewöhnter Körper sich stets von neuem gegen die stickige Enge des Krankenzimmers aufbäumte, hatte es Philomena nicht leicht mit ihm. Was immer sie machte um ihm zu helfen, war ihm nicht recht oder zu wenig. Sie verstehe nichts von Pflege, schrie er sie an, nachlässig sei sie und zeige kein Mitleid, er wolle sich gar nicht vorstellen, was sie früher gemacht habe, wahrscheinlich habe sie in Saus und Braus gelebt und, was sie besessen, verpraßt.
Philomena antwortete ihm nie. Mit der Zeit wurde er ruhiger. Als er sich aufsetzen konnte und sie ihm sanft die Kissen in den Rücken schob und die Decke langsam, um ihm keinen Schmerz zuzufügen, über die gemarterten Beine breitete, traf sie manchmal ein dankbarer Blick.
Sie war, trotz allem, nicht unzufrieden. In den Stunden, die ihr gehörten, versuchte sie, sich mit ihrem nunmehrigen Leben anzufreunden.
Es gelang ihr in St. Bernhard viel besser, als es ihr in Wien gelungen war. Wie einst in Wildberg hatte sie auch hier rasch das Vertrauen der Menschen ihrer Umgebung gewonnen. Man grüßte sie, man grenzte sie nicht aus, man wußte um die Schwierigkeiten der Aufgabe, die sie übernommen hatte. Eines Tages begann der Forstmeister mit ihr zu reden. Zögernd, ängstlich ihre Antwort erwartend. Auch sie zeigte sich nicht gleich

gesprächig. Den Fragen nach ihrer Vergangenheit wich sie aus. Sie unterhielten sich über das Wetter, über Mißernten und Tierseuchen, über Essen, Trinken und den Dorfklatsch. Als der Forstmeister zum ersten Mal über sein verpfuschtes Leben sprach, gab sie ihm Trost. Neben seinem Lager sitzend begann sie ihm vorzulesen. Und er, der nur das derbe Wort der Umgangssprache kannte, erfuhr, daß es noch anderes auf der Welt gab als die Pflichten, die er, oft unter großer Mühsal, ausgeübt hatte. Als sie ihn an einem Sommertag zusammen mit einem der Knechte hinaus in den sonnendurchfluteten Garten trug und auf eine Decke in den Rasen bettete, erkannte sie, daß ein winziger Funken Lebensfreude in ihm erwacht war.

Als Philomena ihr Zimmer im Gutshof bezog, stand darin ein hochlehniges, gepolstertes Sofa, das sie behalten durfte. Oft benützte sie es in ihren arbeitsfreien Stunden um auszuruhen. Nun, wo sie Wildberg wieder nahe war, wurden die Erinnerungen an ihr Leben dort tröstlicher und taten nicht mehr weh. Immer öfter ging sie weiter in ihre Vergangenheit zurück.

Sie sah sich wieder im Waisenhaus, bedroht von Drill und willkürlichen Strafen, ein stilles Mädchen in einer Schar verschreckter Kinder, ständig wartend auf ein winziges Zeichen von Liebe, das niemals kam. Als man sie mit elf Jahren hinauswarf, damit sie sich selbst erhalte, empfand sie es als Erlösung, aber der Dienst in der Wirtshausküche einer Wiener Vorstadt verlangte von ihrem noch kindlichen Körper Anstrengungen, denen sie nicht gewachsen war. Das Waschen der riesigen verrußten und verkrusteten Pfannen und Töpfe, das ständige Nachlegen schwerer Holzscheite in den glühenden Herd, das Reinigen des von Fett und Schmutz starrenden Bodens mit von scharfer Lauge durchsetztem Wasser machten sie nach kurzer Zeit zu einem schwächlichen, armseligen Geschöpf, um dessen oftmalige Erkrankungen sich niemand kümmerte. Als sie einmal erst nach drei Wochen wieder aufstand, setzte man sie auf die Straße. Diejenige, die sie von dort auflas, war die mitleidige Frau eines Mannes, der an der Universität Geschichte lehrte. Sie hatte selbst keine Kinder und dachte vorerst nur daran, das Mädchen zu reinigen, zu kleiden und aufzufüttern. Bald erkannte sie, daß Philomena sich von anderen Kindern ihres Schicksals unterschied. Sie war aufmerksam, wißbegierig und lernwillig. Die Frau des Professors machte sie zu ihrer persönlichen Bedienung, und für Philomena begannen gute Zeiten. Was man von ihr verlangte, die Pflege der Wäsche und der Kleider ihrer Herrin, die Hilfe beim Ankleiden, das Inordnunghalten der Zimmer, wurde von ihr sorgfältig und mit Lust an der Arbeit getan. Sie streifte das Kindsein ab, wurde kräftiger und hübscher, und eines Tages begann sich der Professor, der sie bis dahin kaum wahrgenommen hatte, für sie zu interessieren. Er fand, daß man ihren regen Geist nicht bei fraulichen Handreichungen verkümmern lassen dürfe und bot sich an, sie im Schreiben und Lesen zu unterrichten und ihr eine gewisse Allgemeinbildung angedeihen zu lassen. Philomena war begeistert. Die Frau des Professors sah diese Veränderung nicht gern. Schon bald zeigte sich, daß das Interesse des Professors an Philomena nicht nur das eines Lehrers war. Seine Berührungen empfand sie, zuerst noch nichtsahnend, als unangenehm und sie versuchte, sich ihnen zu entziehen. Das ging eine ganze Weile, eines Tages aber ließ sich der Professor nicht mehr abwehren und tat ihr das Schlimmste an, was ihr geschehen konnte. An Philomenas Verzweiflung erkannte die Frau des Professors die Situation. Sie stellte den Unterricht ab und ließ sie in ungewöhnlichem Großmut weiter bei sich arbeiten. Als sich herausstellte, daß Philomena

schwanger war, ging sie mit ihr zum Kloster der Clarissinnen und bat die Schwestern um Beistand. Philomena durfte bei ihnen bleiben. Sie verlor das Kind im siebenten Monat. Sie trauerte lange darum, so, als hätte es gelebt. Die Schwestern verschafften ihr Arbeit als Zimmermädchen in einem adeligen Haus. Philomena besorgte sich Bücher, achtete auf das Benehmen ihrer Herrschaft, eignete es sich an soweit es ihr zustand und hatte bald deren Vertrauen gewonnen. Im Laufe der Zeit wurde sie zum Kindermädchen, später, dank ihrer Weiterbildung, zur Erzieherin in anderen herrschaftlichen Häusern. In einem davon traf sie anläßlich einer Theateraufführung ihrer Zöglinge den Freiherrn von Selb. Seine Bemühungen um sie lehnte sie anfangs schroff ab. Seit dem Erlebnis mit dem Professor war ihr kein Mann nahegekommen. Sie war einsam, sie wünschte sich nichts mehr als von jemandem geliebt zu werden, sie war Mitte dreißig und galt bereits als alternde Frau. Aber sie bemühte sich, die Überzeugung aufrecht zu erhalten, gegen alle Anfechtungen gefeit zu sein. Sie war es nicht. Das heitere und offene Wesen des Freiherrn, seine Freude an den schönen Dingen des Lebens, seine Warmherzigkeit und auch sein immer wiederkehrendes Schwelgen in Illusionen ließen sie seinem Drängen nachgeben. Sie wurde seine Geliebte. Die Gewissensbisse, in eine, wenn auch unglückliche Ehe, eingedrungen zu sein, verdrängte sie. Ihr ständiger Aufenthalt in Wildberg bot ihr und dem Freiherrn die Möglichkeit, den Schein zu wahren. Philomenas beste Jahre begannen.
An all das dachte sie während ihrer Ruhestunden auf dem hochlehnigen Sofa. Sie sagte sich, sie müsse nun, da sie wieder einem Menschen echte Hilfe geben konnte und dieser ihre Hilfe endlich annahm, zufrieden sein. Der Blick aus dem Fenster ihres Turmzimmers zeigte ihr eine Landschaft, die sie liebte, weil sie der um

Wildberg ähnlich war. Die Menschen, denen sie begegnete, waren freundlich zu ihr. Sie durfte und wollte nicht mehr verlangen für die restliche Zeit ihres Lebens. Diese positive Einstellung änderte sich, als Philomena im folgende Winter auf einem durch St. Bernhard fahrenden Wagen einen Menschen sitzen sah, dessen Bekleidung jedem auffallen mußte. Er trug einen Pelz. Und diesen Pelz aus Marderfellen, wenn auch bereits schäbig und an manchen Stellen kahl, erkannte Philomena mit voller Gewißheit wieder. Er hatte einst Johann Anton von Selb gehört. Niemand sonst in dieser Gegend hatte einen solchen Pelz besessen.
Die Gesichtszüge seines Trägers, flüchtig aufgenommen im Vorbeifahren, erinnerten Philomena an jemanden, den sie zu kennen glaubte. Lang dachte sie nach, wer es gewesen sein könnte. Eines Tages glaubte sie es zu wissen.
Von da an saß eine angstvolle Unruhe in ihr, die sie sich nicht eingestehen wollte, die sie aber immer wieder, vor allem in stillen Stunden, überfiel.

Sie lasse sich das nicht gefallen, meinte Stina zum Hofmeister des Stiftes, daß die herrschaftlichen Schäfer die Schafe einfach über ihre Felder trieben, wo die Saat schon aufgegangen sei. Das Triftrecht erlaube lediglich das Übertreiben unfruchtbaren Bodens. Außerdem habe man die Schafe nicht über die Äcker geführt, um die nächste eigene Weide zu erreichen, sondern habe die Tiere grasen und sie die jungen Triebe abfressen lassen. Sie wisse wohl, sagte Stina voller Zorn, welcher der beiden herrschaftlichen Schäfer diesen Frevel begangen habe, und sie wisse auch warum. Er sei ihr nämlich nicht gut gesinnt und wollte ihr auf diese Weise Schaden zufügen, was ihm auch in höchstem Maß gelungen sei.

Der Hofmeister fragte, um welchen Schäfer es sich handle, und Stina nannte, nach einigem Zögern, den Mathias Palt Er werde den Schäfer zur Verantwortung ziehen, versprach der Hofmeister, setzte aber hinzu, daß sich das Stift außerstande sehe, den Schaden zu ersetzen. Es handle sich ja um junge Pflanzen, die neu gesät werden könnten. Die Frage Stinas, woher sie das neue Saatgut nehmen solle, beantwortet er nicht.

Als sie nach Frauenhofen zurückging, als ihr Zorn verraucht war, bedauerte sie bereits ihre Klage. Noch immer hatte sie Reste guter Gefühle für Mathias, aber die Geschehnisse in letzter Zeit trugen dazu bei, diese Reste zu zerstören. Stinas Gang war langsamer geworden, sie sah während des Gehens gedankenversunken auf ihre schweren Schuhe, sie achtete nicht, wie sonst, auf den Gesang der Vögel, die den nahen Frühling schon erkannt hatten, sie achtete nicht auf die zarten Gräser, die sich durch die schwere, feuchte Erde kämpften, sie war mit sich und ihren Sorgen beschäftigt und mit dem Elend ihrer Seele, an dem sie, sie wußte es, zu einem großen Teil selbst die Schuld trug.

Wie immer blieb sie kurz vor dem Bildstock stehen, dessen Muttergottes die Züge der Maria Magdalena Palt trug. Und hier erreichte sie Fran, der ihr schon die längste Zeit gefolgt war, ohne daß sie es bemerkt hatte.

Laß Dir von mir helfen, Stina, sagte er. Laß Dir endlich von mir helfen.

Du und helfen, antwortete sie mit bösem Spott. Woran ich am meisten leide, ist mir durch Dich geschehen.

So sollst Du nicht reden. Du liebst Deine Tochter.

Wie soll ich sie noch lieben. Sie hat nur Sinn für den Menschen, den ich am wenigsten in ihrer Nähe haben will.

Ich weiß, was Du gegen Mathias hast. Er soll Deine Pläne nicht zerstören.

Wenn Du es weißt Fran und Du weißt es schon lang, warum tust Du dann alles dazu, daß es geschieht. Eva ist für den kleinen Hans bestimmt. Für ihn soll sie sich aufbewahren. Wenn ich daran denke, was zwischen ihr und dem Mathias schon geschehen sein kann. Wenn ich nur daran denke.
Gegen die Liebe kannst Du nichts tun, Stina. Das weißt Du doch selbst.
Und ob ich was dagegen tun kann. Einsperren kann ich Eva in ihrer Kammer, ihr Fenster kann ich vernageln, ihre Kleider kann ich verstecken, ihre Schuhe verbrennen. Nachts kämpfe ich gegen den Schlaf, damit ich sie höre, wenn sie sich aus dem Haus schleichen will. Dann erzähle ich ihr von meinem Schicksal. Dann bitte ich sie, vernünftig zu sein und auf mich zu hören. Wenn gar nichts hilft, schlag ich sie ins Gesicht und schlucke dabei meine Tränen.
Und. Hast du sie immer aufhalten können.
Das habe ich nicht. Und weißt Du, warum? Weil Du den beiden hilfst, weil Du sie beschützt, weil Du ihnen den teuflischen Weg zur Sünde zeigst. Du hast kein Erbarmen für mich und Eva.
Ich habe mich immer von ihr ferngehalten, Stina. Weil Du es so wolltest. Ich habe mich von Dir ferngehalten, Stina, weil es Dein Wille war. Manchmal, wenn ich in Eure Nähe kam, dachte ich, das ertrage ich nicht, ich will mein Leben nicht mehr. Aber gleichzeitig habe ich gewußt, daß ich auf die schwere Sünde, die ich begangen hatte, nicht noch eine größere laden darf. Und es gibt einen Menschen, der ist mein Freund, ja fast mein Sohn. Ich kenne ihn seit seiner Geburt. Wir sind gute und schwere Wege miteinander gegangen und tun es noch immer. Du mußt es verstehen, Stina, wenn ich sage, ich liebe ihn genauso wie Dich und Eva. Und wenn Eva und der Mathias sich lieben, ist das dann

falsch?
Es ist falsch, ganz falsch, lieber Gott im Himmel, laß Deinen Diener Fran nicht so verblendet sein, was soll ich tun, daß er mich versteht. Soll ich ihn an die Zeit erinnern, als ich bettelnd mit meinem Kind durch das Land zog, als ich die Magd des Johann Palt wurde, seinem Geiz und seinem schmutzigen Verlangen ausgeliefert war. Als ich trotz aller Abscheu vor ihm seine Frau geworden bin und nach seinem Tod für zwei gearbeitet habe, um den Hof zu erhalten. Muß ich das alles Deinem Diener Fran wieder sagen, damit er begreift, ich will für meine Tochter, die auch seine Tochter ist, nichts als einen Platz, von dem sie nicht vertrieben werden kann, nichts als ein Haus und ein Dach, das sie wärmt und schützt.
Das wird ihr auch Mathias einmal geben können. Ich weiß, so wird es kommen.
Ja. Mathias, der Schäfer. Dem nichts gehört als die Hirtenkleidung an seinem Körper. Den der Abt aus dem Stift geworfen hat. Der mit dem Kloibenstrunk zusammen ist, von dem man nicht weiß, was der verbrochen hat. Der Mathias, der noch immer so stolz ist wie damals, als er das Liebkind des Willibald Palt war. Über den hält keiner mehr die Hand. Der ist nichts. Der hat nichts. Der wird nie was haben.
Du sollst nicht so von ihm reden. Nicht hier. Vor diesem Bildstock
Ja, seine Mutter. Arme Frau. Ich wollte es besser machen als sie. Es ist mir nicht gelungen. Ich arbeite mich halb tot. Um jeden Sack Korn kämpfe ich, um jeden Bissen Brot. Ich habe Angst, daß ich krank werde, nichts mehr tun kann. Was soll dann werden aus Eva und dem kleinen Hans. Sieh mich an, wie ich aussehe, sieh mich doch an. Alt bin geworden, verbraucht bin ich.

Das ist nicht wahr. Du bist noch immer schön, Stina.
Willst Du mich verspotten? Weißt Du was? Früher hat man über mich geredet und mir alle Sünden der Welt zugetraut. Jetzt redet man kaum mehr über mich. Dafür aber über Eva. Sie geht jedem Mann zu, sagt man. Sie hat keine Hemmungen, sagt man. Und mit den zwei Fingern an ihrer linken Hand weiß sie schamlose Spiele, sagt man. Mit dem kleinen Hans treibt sie es schon lang. Und jetzt treibt sie es mit Mathias. Sie treibt es wohl mit allen beiden, sagt man. Ist Dir das recht, Fran, daß man so über sie redet?
Es ist mir nicht recht, Stina. Aber ich kenne die Wahrheit. Und die Wahrheit gibt mir Ruhe und läßt mich die bösen Mäuler verachten.
Glücklicher Mensch. Manchmal glaube ich, Du lebst nur in Deiner heiligen Welt und weißt nicht, daß es auch eine andere gibt.
Wie Du Dich täuschst. Diese andere Welt ist auch in der heiligen drinnen. Ich muß sie ständig von neuem an mir erfahren. Ich möchte Dir helfen, Stina. Sag mir, was ich für Dich tun kann.
Was Du für mich tun kannst, willst Du nicht tun. Geh zurück in Dein Kloster, Fran. Und beschütze weiter Deinen Freund Mathias, damit er zum Unglück Deiner Tochter wird.

Am Abend dieses Tages saßen sie nach langer Zeit wieder gemeinsam auf der Küchenbank, der kleine Hans und Eva. Sie waren allein. Eva hatte einen roten Kittel und ein weißes Leibchen an und roch nach frischer Wäsche. Ihr braunes Haar war zu einem langen Zopf geflochten, dessen Ende sie über die Schulter gezogen hatte. Ab und zu nahm sie es in den Mund und kaute daran. Der kleine Hans war nun achtzehn Jahre alt, ein Jahr älter als Eva, und er war ein winziges

Stück gewachsen. So gering dieses Wachstum auch war, es hatte seinen Rücken rund gemacht und ihm die Schultern nach vorn gedrückt. Während er unbeweglich auf seine geflickten Hosen schaute, bildeten sich auf seiner Stirn kleine Schweißtropfen. Er wartete darauf, daß Eva das Schweigen unterbrach.

Singen wir was, sagte Eva endlich.

Ja, antwortete der kleine Hans, singen wir was.

Was singen wir, fragte Eva.

Du sollst es sagen, antwortete der kleine Hans.

Eva begann mit ihrer hellen Stimme: Knödel soll ich kochen, hab kein Schmalz, hab kein Salz, Häferl ist mir brochn. Muß schnell in die Kirchn gehn, muß ein Gsetzl beten. Steht ein buckligs Mandel da, will mich gern errettn.

So sing doch mit, warum singst Du nicht, mahnte Eva. Leise, kaum verständlich, fiel der kleine Hans ein: Muß ich schnell auf die Wiesn gehn, um ein wenig Kümmel, steht das bucklig Mandel da, auf ein weißen Schimmel.

Lauter, forderte Eva, Du weißt doch, wie es geht.

Der kleine Hans strengte sich an: Und wie ich einmal umschaun tua, war das Mandel schon ein großer Bua und ist mit sein Schimmel grittn bis auf den Himmel.

Siehst Du, sagte Eva, auch Du wirst noch größer werden und vielleicht reitest Du dann auch mit dem Schimmel bis auf den Himmel.

Wie meinst Du das, fragte der kleine Hans verstört.

Gut mein ich es, erwiderte Eva. Ich mein Dir immer alles gut. Aber jetzt geh ich. Sag nicht der Mutter, daß ich fort bin.

Wohin gehst Du schon wieder, fragte der kleine Hans leise. Gehst Du wieder zu dem?

Eva hörte ihn nicht mehr.

Der kleine Hans blieb auf der Bank sitzen ohne sich zu rühren. Als Stina kam und nach Eva fragte gab er keine

Antwort.
Warum tust Du nichts, flüsterte Stina. Keiner tut was. Alle lassen mich allein.
Der kleine Hans stand auf, ging zu ihr hin und legte seinen Kopf auf ihre Schulter.
Kind, sagte Stina, Kind.

Eva hat es nicht eilig. Sie weiß nie genau, wann Mathias kommt. Es ist aber sicher, daß er kommt, nie ist ihr Warten auf ihn vergeblich. Sie verläßt den Hof durch den hinteren Garten. Es ist ihr zwar gleichgültig, was die Leute über sie reden, aber Stina ist es nicht gleichgültig. Der Schmerz darüber, daß sie ihrer Mutter weh tun muß, läßt niemals nach. Eva hat ein großes Tuch so umgelegt, daß es Kopf und Schultern bedeckt. Ihr Gesicht unter dem schweren, dunklen Stoff wirkt zuerst traurig, aber schon bald zeigt sich in ihren Augen freudige Erwartung. Sie nimmt den Feldweg, der nach Burgerwiesen führt, umgeht den kleinen Weiler, übersetzt rasch die von Horn und Rosenburg kommende Straße und taucht ein in den Wald, der sich vom Flußbett des Kamp zur Hochfläche hinaufzieht. Der Wald ist dicht und schwer, nur manchmal von Laubbäumen durchsetzt. Jetzt, Ende März, trägt der Boden noch eine dichte Dekke aus abgefallenen Nadeln, auch an den seltenen kleinen Lichtungen zeigt sich wenig Grün. Als Eva auf einer solchen Lichtung die gelbe Frühlingsknotenblume und die rötlich blühende Traube der Schuppenwurz entdeckt, bindet sie einige Blüten zu einem Strauß, den sie fest mit ihrer Hand umklammert. Die Dämmerung bricht plötzlich herein, es führt kein Weg mehr durch den Wald, aber Eva weiß, wo sie gehen muß. Sie weiß nicht, daß unweit von hier einst der Müller, den sie für ihren Vater hält, den Wald durchlaufen hat in der Hoffnung, mit seiner Angst und seiner Verzweiflung fertigzuwerden. Den Lauten der Tiere, die nur noch vereinzelt die Stille durchbrechen, lauscht Eva eine Weile nach und verlangsamt dabei ihre Schritte. Als sie endlich den Platz erreicht, wo sie Mathias treffen will, ist es ganz dunkel geworden. Sie setzt sich auf einen Baumstrunk und wartet.

Im vergangenen Winter hatte es angefangen. Nach langer Zeit waren sie einander wieder begegnet. Eva schleppte gerade vom Holzstoß nahe dem Hof einen dicken Ast hinter sich her, den der kleine Hans zu Brennholz hacken sollte. Wegen ihrer fehlenden Finger tat sie sich schwer damit, immer wieder entfiel der Ast ihren klammen Händen, wurde erneut naß vom Schnee. Sie erkannte Mathias gleich, als sie ihn sah, und sie wunderte sich, ihn in Frauenhofen zu finden, einem Ort, den er sonst mied. Er habe ein verlorenes Schaf, das den hiesigen Bauern gehöre, abgeliefert, erklärte er nach einem kurzen Gruß. Sie standen sich dann eine Weile gegenüber, wußten nicht, was sie reden sollten und schauten zu Boden. Endlich meinte Mathias, er werde statt ihr den Ast bis zum Haus schleppen. Sie nickte, ging an seiner Seite. Noch immer blieben sie stumm. Wie sie wisse, könne er nicht bleiben, sagte Mathias kurz bevor sie den Hof erreichten. Jetzt sah Eva ihn an. Vielleicht könnten sie einander woanders sehen, sagte sie leise. Erst viel später wurde ihr klar, daß sie diese Worte nicht bewußt ausgesprochen hatte. Ja, sagte Mathias sofort, ja, das wäre gut, schließlich seien sie als Kinder eine Zeit lang gemeinsam aufgewachsen. Es könne aber, meinte er, nur am Abend sein, wenn er seine Herde versorgt habe. Auch bei ihr, antwortete Eva, könnte es nur am Abend sein, wenn die Mutter im Stall sei, denn die Mutter würde nicht wollen, daß sie ihn sehe. Nein, bestätigte Mathias, die Mutter würde es nicht wollen. Und wo, fragte Eva nach einer langen

Pause. Die Kälte sei arg, meinte Mathias, es hätte keinen Sinn, draußen herumzustehen. Wo dann, fragte Eva, und sie spürte, wie eine fremde Ungeduld in ihr aufstieg. Also, wo, wiederholte sie fordernd, als sie nicht gleich eine Antwort erhielt. Sie einigten sich auf einen halbverfallenen Stadel, der sich auf einem Feld zwischen Frauenhofen und Altenburg befand. Er werde eine Decke und ein Licht mitbringen, sagte Mathias. Kein Licht, verlangte Eva. Nur eine Kerze, sagte Mathias. Also gut, eine Kerze, sagte Eva.
In der ersten Zeit merkte Stina nichts vom Verschwinden ihrer Tochter. Aber der kleine Hans merkte es. Er schlief schlecht, und wenn er wach war, lauschte er auf Evas Bewegungen in der Kammer nebenan. Oft hielt er seinen Atem an, um den ihren zu hören. Als es immer öfter still blieb, schaute er vorsichtig nach. Evas Bett war leer. Am nächsten Tag fragte er sie, wo sie gewesen sei. Das könne sie ihm nicht sagen, antwortete sie, er möge sie aber nicht der Mutter verraten. Er tat es nicht, und sie, die sich sonst um ihn sorgte, erkannte nicht, daß er litt. Eines Tages würde alles ans Licht kommen, das wußte sie. Aber es war ihr gleichgültig. Sie taten nichts anderes als miteinander reden. Im Stadel war es eisig kalt. Die abgewetzte Decke nahm die Feuchtigkeit des Bodens an, die losen Bretter der Wände beutelte der Wind und fegte das letzte Stroh aus den Ecken. Sie hielten die Hände über die Kerze, um sich zu erwärmen, aber auch, um dem Licht seine Leuchtkraft zu nehmen, damit man sie nicht entdeckte. Manchmal lehnten sie sich aneinander, wenn ein Frösteln sie vom Kopf bis zu den Zehen durchrieselte. Dann versicherten sie einander, das sei die Kälte, nichts anderes als die Kälte. Langsam wurde Mathias gesprächig, und Eva, sonst nicht geduldig, hörte ihm zu. Er erzählte ihr von seinem Leben im Stift, er erzählte ihr lang und

ausführlich vom Abt Willibald Palt, von den Stunden, die er mit ihm verbracht hatte, lernend und redend. Er zählte die Titel der Bücher auf, die er als Kind hatte lesen müssen und fügte hinzu, daß er es ohne Frans Hilfe nicht geschafft hätte. Auch von den Menschen im Kloster, die ihm nicht gut gesinnt waren, berichtete er und wieder nannte er Fran, der immer sein Freund gewesen sei. Du magst ihn wohl gern, meinte Eva. Du nicht, fragte Mathias. Ich kenne ihn kaum, antwortete Eva. Über die Zeit am Hof seines Onkels gäbe es nichts zu berichten, meinte Mathias. Nur daß er bei seinem Großvater Griegnstainer gelebt habe, sei gut gewesen. Ich rede zuviel, sagte Mathias eines Abends. Ich hör jetzt auf damit. Erzähl Du.
Ich kann nicht schreiben und lesen, sagte Eva.
Ich kann es Dich lehren, meinte Mathias.
Nein, sagte Eva. Ich will es nicht können. Ich kann singen.
Das ist gut. Sing mir was vor.
Nicht hier. Man könnte es hören.
Wenn es wärmer wird, müssen wir uns woanders treffen. Ich werde auf die Suche gehen. Sag mir, was macht mein kleiner Bruder, der Hans?
Was der macht? Ich weiß es nicht. Von ihm kann man nie sagen, was er macht.
Als der Winter sich seinem Ende näherte, gestand Mathias, er habe Fran von seinen Zusammenkünften mit Eva erzählt. Der habe sich wie ein Kind gefreut und erklärt, wenn sie seine Hilfe nötig hätten, würde er da sein.
Und der Kloibenstrunk, wollte Eva wissen.
Der fragt nicht, erwiderte Mathias
Stina wußte längst, daß Eva sich mit Mathias traf. Man hatte die beiden auf dem Feld gesehen und es ihr zugetragen. Aber Stina wußte nicht, wo sie sich aufhielten

und Eva schwieg. Dieses Schweigen riß sie einmal dazu hin, Eva mit dem Stock zu schlagen, immer wieder, bis sie vor Entsetzen über sich selbst aus dem Haus und hinaus aufs Feld rannte. Von dort holte der kleine Hans sie nach Stunden heim.
Als Mathias die Spuren dieser Schläge an Eva sah, stieg ein wilder Zorn gegen Stina in ihm auf. Und dieser Zorn ließ ihn im Frühjahr die Schafe über Stinas Felder treiben, wo die Tiere seinem Willen folgten und ihn rächten.
Der Platz, wo Eva jetzt auf dem Baumstrunk sitzt und auf Mathias wartet, ist ein neuer Platz. Mathias hat ihn ausgewählt, er war erst nach der Schneeschmelze erreichbar. Hier würde es vor allem an den Sommerabenden schön sein, hatte Mathias gemeint. Dieser Platz sei etwas Besonderes, wenn sie einmal länger bleiben könnten, wenn es wärmer sei, würde er ihr davon erzählen. Eva hört rasche Schritte, hört Mathias' gehetzten Atem. Sie steht auf und tritt dabei auf die Blumen, die sie in diesem Augenblick fallen läßt.
Im Sommer bleibt es länger hell, im Sommer bleibt Eva länger zu Hause, geht erst später weg. Das tut sie nicht jeden Tag, aber wenn es geschieht, hilft sie Stina noch bei der Stallarbeit. Stina duldet es, aber sie reden dabei kein Wort miteinander. Auch untertags spricht die Mutter nur das Notwendigste mit ihr. Längst hat sie es aufgegeben, der Tochter Vorhaltungen zu machen, sie zeigt ihr auch nicht mehr daß sie leidet, ihr Gesicht ist unbewegt, nur ihre Lippen sind schmäler geworden, wirken wie eingezogen. Eva dagegen blüht immer mehr auf. Die Erwartung streichelt ihr Gewissen, läßt es schläfrig werden, läßt es ganz einschlafen, wenn sie sich aufmacht, um Mathias zu sehen. Von ihrem Heimkommen nimmt niemand mehr Notiz. Weder Stina noch der kleine Hans. Eine steinerne Ruhe ist dann im Haus, und

Eva kriecht rasch in ihr Bett und läßt, was sie erlebt hat, hineingleiten in ihre Träume.

Das Moos habe es verraten, hatte ihr Mathias erzählt, daß rund um die Stelle, wo sie sich trafen, einst ein Dorf gewesen war. Seit Jahrhunderten sei es verödet, wahrscheinlich durch Kriegsläufte zerstört worden. Aber in den alten Schriften scheine es auf, es habe Stranzendorf geheißen. Im Laufe der Zeit sei dieser Ort vergessen worden, der Wald habe sich über die Lichtung verbreitet, dichtes Buschwerk habe die Mauerreste umwuchert, Erdreich die Brunnen verschüttet. Einer der Mönche, das wisse er von Fran, habe sich mit der Wissenschaft der Moose beschäftigt und auf seinen Wanderungen durch die Gegend entdeckt, daß das wellenblättrige Sternmoos, das hier selten vorkomme, an jenen Stellen wachse, wo man die verödeten Dörfer vermutete. Der Mönch habe Fran einmal mitgenommen, damit er ihm bei Grabungen nach alten Mauerresten helfe. Und eben hier, an dieser Stelle, wachse das Sternmoos. Tatsächlich seien Fran und der Mönch auf Grundmauern, Brunnenschächte, sogar auf Tierknochen gestoßen. Der Mönch sei bald darauf gestorben und niemand habe sich mehr mit den vom Sternmoos bedeckten Stellen befaßt. Er aber habe Frans Geschichte nie vergessen. Sie habe ihn bei seiner Suche nach einem Platz für sie beide hierhergebracht. Zwar habe die Natur wieder alles zugedeckt, was an das verödete Dorf erinnerte. Aber das Sternmoos sei noch immer da. Als Zeichen, daß nie verlorengehe, was vergangen sei.

Was hast Du verloren, hatte Eva gefragt.

Daß ich irgendwohin gehöre, hatte Mathias geantwortet.

Und hier willst Du es wieder finden, hatte Eva gefragt.

Wer weiß, hatte Mathias geantwortet.

Auch die Nächte sind in diesem Sommer warm. Das ist selten in dieser Gegend, von der die Bewohner sagen, hier sei neun Monate Winter und drei Monate kalt. Mathias hat von den wenigen Laubbäumen Äste gesammelt und ein primitives Dach über vier Stöcken gebaut. So sind sie geschützt, wenn es einmal regnet. An diesem Abend, in dieser Nacht, ist keine Wolke am Himmel. Lang dringt das Licht der Sonne in den Wald, macht erst spät einer weichen Dämmerung Platz. Die Stimmen der Vögel, das feine Surren der Insekten, der Laut leiser, flüchtiger Tritte auf dem bemoosten Boden verstummt nur langsam. Der Geruch von abgestorbenem Holz mischt sich mit jenem der wieder zu Humus werdenden Nadeln und dem herben Duft der Waldnessel. Als es ganz still geworden ist, singt Eva ein Lied. Eines, das sie sich selbst ausgedacht hat. Die Melodie findet Mathias schön, die Worte, deren Sinn ihm oft unklar bleibt, gefallen ihm nicht immer. Aber er hört gern zu. Es fällt ihnen immer schwerer, sich nicht zu berühren, wie sie es wollen. Sie haben nach Auswegen gesucht, streichen einander das Haar aus der Stirn, reiben Rücken und Hände des anderen, zeichnen mit dem Finger Nase und Mund nach, suchen nach rauhen Stellen seiner Haut, um sie mit dem eigenen Speichel zu benetzen. Damit wollen sie die Wünsche, die immer stärker in ihnen werden, beschwichtigen, ereichen aber damit das Gegenteil. Die Wünsche gehen ihre eigenen Wege. Manchmal legt Mathias seinen Kopf an Evas Brust und saugt den Geruch ihres Körpers ein. Eva sitzt dann steif und kerzengerade da und rührt sich nicht. Sie wäscht sich immer gründlich, bevor sie Mathias trifft. Manchmal legt Eva ihren Kopf in Mathias' Schoß, er bleibt nicht steif sitzen, sondern beugt sich zu ihr hinunter und streichelt sie. Mathias riecht immer nach Schafstall, aber Eva hat sich daran gewöhnt, es macht ihr nichts aus. Sie findet es schön, daß er so kräftig ist, großgewachsen, mit harten Muskeln an Armen und Beinen. Auch

sie ist größer als die Mädchen im Dorf, und sie glaubt, ja sie ist überzeugt davon, daß sie hübsch ist. Sie fühlt sich Mathias durchaus ebenbürtig, nur wenn er von seinen Büchern erzählt, von dem, was er gerade liest, fühlt sie sich ihm unterlegen. Das will sie nicht. Sie hört ihm zwar zu, sie bewundert ihn sogar, sagt es ihm aber nicht. Er hat es aufgegeben, ihr Schreiben und Lesen beibringen zu wollen. Eva glaubt, diesen Mangel durch ihre Lieder, durch ihre Kenntnis von Kräutern und Pflanzen, die sie von der Mutter hat, ausgleichen zu können. Nie hat Mathias gesagt oder auch nur angedeutet, daß ihn das Fehlen der drei Finger an ihrer linken Hand stört.
Diese Nacht ist anders als die Nächte zuvor. Kein Lied, keine leisen Berührungen führen sie hin zum miteinander Reden wie es sonst geschieht. Sie finden die Worte nicht. Sie wollen sich der Stummheit verweigern, jeder kämpft auf seine Weise darum, doch über ihre Lippen kommt kein Laut. Ein Zittern, ein Vibrieren sitzt in ihren Körpern, das sie nicht unterdrücken können. Ihr Erstaunen darüber wächst und wächst, in diesem Erstaunen sitzt eine ängstliche Freude, die noch keine Richtung hat. Sie warten und wissen nicht, worauf. Bis in die ruhige Nacht unvermutet ein leichter Wind einfällt. Ein Lufthauch nur, der sich gleich wieder verflüchtigt, als gehörte er nicht hierher. Aber er genügt, um von ihren Körpern zu verlangen seinem leisen Druck nachzugeben, ganz sanft und ohne Widerstand, bis das Sternmoos sie aufnimmt.

Nach einem Gespräch des Verwalters mit dem Abt Berthold Reisinger wurde festgelegt, in diesem Frühherbst die Schafe vor der Schur erstmals zur Wäsche in die Taffa zu führen. Die Handwerker, die die Wolle verarbeiteten, legten neuerdings großen Wert auf deren Sau-

berkeit und waren nicht bereit, mehr als das reine Gewicht zu bezahlen. Der Verwalter hatte dem Abt auch berichtet, daß der Schafknecht Mathias Palt, über den bereits wegen Verletzung des Triftrechts Klage geführt worden sei, sich abends von der Weide oft entferne, den Schäfer unerlaubt mit der Herde allein lasse und sich an einen unbekannten Ort begebe. Der Verwalter möge sich überlegen, meinte der Abt, wie man den Schafknecht wieder zur Vernunft bringen könne, gelänge es nicht, sei ein anderer an seiner Stelle in den Dienst zu nehmen.
Die Nachricht, daß das Stift eine Schafwäsche angeordnet habe, sprach sich nicht nur in Altenburg, auch in den umliegenden Dörfern herum. Viele der Bauern wollten sich dieses Schauspiel ansehen, sich von seiner Wirkung überzeugen. Was den Schafknecht Mathias Palt betraf, hatte der Verwalter einen Einfall, den er für gut hielt.
An einem Samstag im September, es war ein kühler, bereits vom Herbst gezeichneter Tag, trieben Kloibenstrunk und Mathias die zweihundert Schafe starke Herde ans Ufer der Taffa nahe dem Ort Frauenhofen. Hier hatte der Fluß eine Tiefe von fast einem Meter, die günstig war für das Eintauchen der Tiere. Außerdem erlaubte sie den Wäschern einen ruhigen Stand im Wasser. Kloibenstrunk und Mathias hatten das Waschen durchzuführen, zwei Helfer sollten am Ufer stehen, um die nassen, gereinigten Schafe in Empfang zu nehmen.
An beiden Seiten des schmalen Flusses hatten sich zahlreiche Bauern mit Frauen, Kindern und Gesinde versammelt, auch die dorfeigenen Schäfer waren dabei. Kloibenstrunk und Mathias wurden mit Lachen und Schreien empfangen, derbe Worte feuerten sie an, das Spektakel zu beginnen.
Sie stiegen in den Fluß, jeder mit Hose und Hemd bekleidet. Das Wasser reichte ihnen bis über den Nabel, an

ihren Bewegungen konnte man erkennen, daß es bereits sehr kalt war. Die Helfer am Ufer packten das erste Schaf an Hals und Beinen und warfen es Mathias zu. Auch er nahm das Schaf am Hals und zog es zu sich her, legte die rechte Hand über Nase und Maul, drückte mit der linken die Ohren des Tieres zu und tauchte es unter. Dann zog er es wieder aus dem Wasser und begann mit beiden Händen die Wolle vom Hals bis zum Schwanz auszudrücken. Als das geschehen war, gab er es an Kloibenstrunk ab, der, den Kopf des Schafes unter dem Arm, dessen Seiten vom Wasser befreite. Als er sicher war, daß der meiste Unrat sich aus der Wolle gelöst hatte, reichte er das Schaf den Helfern am Ufer zurück. Das taumelnde Tier, das wegen der Schwere der nassen Wolle kaum noch stehen konnte, wurde in einen Pferch gebracht, wo das Wasser langsam aus dem Fell tropfte.
Nach der Wäsche der ersten hundert Schafe wurde Kloibenstrunk von einem der Helfer abgelöst. Der Verwalter, der die mörderischer Härte dieser Arbeit unterschätzt hatte, reichte ihm selbst die Schnapsflasche. Die Bauern, immer mehr vom mitgebrachten Branntwein belebt, jubelten ihm zu. Dann wartete man darauf, daß auch der Schafknecht, nachdem Kloibenstrunk sich erholt und erwärmt hatte, aus dem Wasser steigen durfte. Dem Verwalter blieben die Blässe in Mathias' Gesicht, die violette Färbung seiner Hände nicht verborgen. Aber er dachte nicht daran, auf die Ausführung seines Einfalls zu verzichten. Der Schafknecht, verkündete er, sei jung und kräftig, es könne ihm nicht schwer fallen, auch das zweite Hundert der Schafe zu waschen.
Kloibenstrunk protestierte. Die Bauern murrten. Erschrocken wechselten die Frauen leise Worte miteinander, die Kinder warteten mit offenem Mund, was geschehen würde. Aus den Augen der dorfeigenen Schäfer

leuchtete Schadenfreude.
Nur einen Augenblick lang hörte Mathias nach dem Spruch des Verwalters mit seiner Arbeit auf. Dann tauchte er das nächste Schaf in das kalte Wasser der Taffa. Nach zwei Stunden entriß Kloibenstrunk dem Verwalter die Schnapsflasche und warf sie Mathias zu. Sie war halbvoll und Mathias leerte sie einem Zug. Dabei bäumte sich sein Körper auf, so, als wollte er sich aus dem Fluß erheben. Nach drei Stunden war die Schafwäsche beendet. Mathias torkelte ans Ufer.
Kloibenstrunk hatte aus trockenem Stroh einen Haufen gemacht, in den stieß er Mathias hinein, zog ihm das Hemd aus und rieb seinen Oberkörper mit Strohbüscheln trocken. Die meisten Zuschauer waren bereits gegangen, schweigend, kein Lachen war mehr zu hören. Fran war noch da, auch Eva war noch da. Als Kloibenstrunk Mathias aus dem Stroh aufhob und den halb Ohnmächtigen zu einem Leiterwagen führte, wollte Eva zu ihm hinstürzen, aber Fran hielt sie zurück.
An einen Baum gelehnt stand Elisabeth Leutgeb. Sie sah nicht die Hilflosigkeit des Schafknechts, sie sah nur seinen kräftigen, rotgeriebenen Rücken und seinen zwar gebeugten, aber immer noch starken Nacken, auf dem der helle Flaum seines Haares saß.

KAPITEL 7

DAS MÄDCHEN MIT DEN SIEBEN FINGERN

Was will dieser Kaiser, der nun schon ein Jahr nach dem Tod seiner verehrungswürdigen, tiefgläubigen Mutter allein regiert? Was bezweckt er mit all diesen willkürlichen, tiefgreifenden Reformen, die ein ganzes Zeitalter in Frage stellen? Warum gefällt es ihm, mit umwälzenden Neuerungen zu experimentieren, mit ihnen eine neue Ordnung anstelle der alten, bewährten Institutionen schaffen zu wollen? Er untersagt den österreichischen Klöstern ihre Verbindung mit den Ordensgenerälen in Rom. Und er erläßt ein Toleranzedikt, das freie Religionsausübung und gleiche Rechte für alle protestantischen Bekenntnisse und die griechische Kirche garantiert. Was, um Gottes Willen, soll aus der in weiten Kreisen bekannten Anschauung des Herrschers, die Menschen hätten schon auf Erden und nicht erst im Himmel ein Recht auf Glückseligkeit, entstehen? Glaubt er nicht mehr daran, daß auch in der Beschaulichkeit Einsicht und Weisheit blühen können, daß auch aus der Einsamkeit die von ihm so hochgeschätzte Vernunft erwachsen kann? Warum schenkt er all seine Liebe seinen bäuerlichen Untertanen, die er weitgehend aus der Leibeigenschaft befreit, denen er neue Rechte, neue Freiheiten gewährt, denen er sogar die Möglichkeit gibt, bei einem eigens für sie bestellten Advokaten Klage gegen ihren Grundherrn zu führen? Warum schenkt er seine Liebe nicht der allein selig machenden Kirche, wie es seine verehrungwürdige, tiefgläubige Mutter getan hat? Will er das Geistliche verweltlichen, die profane Welt über das Geistliche stellen? Was hat er vor?
An diesem trüben Novembertag des Jahres 1781 sitzt der Abt Berthold Reisinger an seinem Schreibtisch in

der Prälatur, sein Blick ist weder auf die lebhaften Fresken der Decke, noch auf die idyllische Landschaft der Gemälde gerichtet, er starrt auf die zweifarbig intarsierte Platte des Tisches, er tut es, ohne daß es ihm bewußt wird. In dem neu gesetzten, weiß glasierten Ofen, den Festons und Rosengewinde schmücken, knistert ein Feuer, es verbreitet endlich behagliche Wärme in diesem großen Raum, in dem der Abt bisher immer fror. Anfangs hat sich Berthold Reisinger an dieser Wärme erfreut, hat sie regelrecht genossen, die Schreibarbeit ging ihm leichter als früher von der Hand. Nun aber ist ihm kalt, er fröstelt, der Tag vor den Fenstern ist grau, immer wieder von Nebelschwaden durchsetzt. Nichts ist in ihm und um ihn, das seinen Leib, sein Gemüt erwärmen kann.

Berthold Reisinger ist dreiundvierzig Jahre alt, seit dreizehn Jahren steht er dem Stift als Abt vor. Noch immer ist er mager, noch immer verleiht ihm die stete Blässe seiner Haut den Ausdruck ernster Strenge. Nach den Regeln des heiligen Benedikt mit seinen Konventualen zu leben war für ihn stets das oberste Gebot. Sorte pater, sed corde favente per omnia frater – durchs Los der Vater, aus der Wärme des Herzens aber der Bruder aller – auch dieses Wort gab seinem Amt bis jetzt den Inhalt. Daß er einen immerwährenden und meist aussichtslosen Kampf mit allen wirtschaftlichen Belangen des Klosters führt, weiß er. Er weiß auch, daß er in diesem Kampf oft Schwäche, ja Orientierungslosigkeitkeit zeigt. Daß er sich ihm oft verweigert. Das beschämt ihn, beschert ihm quälende, reuevolle Stunden. Nie aber hat ihn die Hoffnung verlassen, daß sich einmal, irgendwann einmal, alles zum Guten wenden, und er von seinen Sorgen befreit werden könnte.

Die Situation aber, der er nun gegenübersteht, macht ihm Angst. Unzählige Gerüchte, Prophezeiungen beunruhigen die Bischöfe und Äbte, erfüllen alle hohen Herren der Kirche mit Besorgnis. Der Kaiser, sagt man, werde das kirchliche Leben einem Wendepunkt zuführen, es der Kontrolle des Staates unterwerfen, den klösterlichen Einrichtungen harte Einschränkungen auferlegen. Es gibt also viele Gründe, Schlimmes zu befürchten. Aber wie es sich darstellen wird, weiß man nicht.

Berthold Reisinger will es auch nicht wissen. Noch sträubt er sich gegen seinen unheilvollen Ahnungen.

Er zeichnet mit dem Fingernagel die Umrisse einer intarsierten Blume nach. Er bemerkt es erst, als sein Nagel abbricht. Sorgfältig hebt er das winzige abgebrochene Stück auf, führt es vor seine Augen und betrachtet es. Während dieser wenigen Sekunden setzen seine Gedanken aus. Aber die Angst in ihm bleibt da, unverändert.

Die Brüder machen sich ähnliche Sorgen wie er. Die Brüder aber sind nicht verantwortlich für alle geistigen und ökonomischen Anforderungen, die den Fortbestand des Klosters sichern, ohne deren Erfüllung die jahrhundertealte Geschichte, das religiöse Erbe nicht weitergegeben werden können an die nächsten Generationen von Konventualen und Gläubigen. Tag für Tag erfreuen sich die Brüder an den Schätzen und Kostbarkeiten, die Kirche und Prunkräume schmücken, angehäuft und gesammelt von kunstsinnigen Äbten, gespendet von frommen Herren, verloren in Kriegen, wiedergefunden oder wiedererworben durch die Umsicht, die Klugheit seiner Vorgänger. Die Brüder schicken ihre Ängste und Sorgen in ihren Gebeten hinauf zum Herrn, aber sie sind nicht dazu ausersehen, von ihm die Überwindung der kommenden Schwierigkeiten zu erbitten.

Sie zu überwinden ist allein seine, des Abtes, Verpflichtung. Nur er wird die Verantwortung zu tragen haben, was mit diesem Kloster geschieht, in welcher Form es

weiterbebestehen kann, welche Aufgaben es noch erfüllen darf. Mögen die Befehle, die Verordnungen des Kaisers auch unanfechtbar sein, ihm, Berthold Reisinger, wird man anlasten, was zum Schaden des Stiftes geschieht. Die Regel des Heiligen Benedikt besagt, daß von dem mehr verlangt wird, dem mehr anvertraut ist. Damit ist der Abt gemeint.
Berthold Reisinger holt aus seinem Schlafzimmer einen warmen Umhang. Als er ihn über seine Schultern legt, bemerkt er zum ersten Mal das Zittern seiner Hände. Er streckt die Arme aus, spreizt die Finger. Das Zittern läßt nach.
Die feuchte Kälte des Prälatenhofes läßt ihn erneut erschauern. Langsam geht er der Kirche zu, erwidert, ohne aufzublicken, mit kaum merkbarem Kopfnicken den ehrfürchtigen Gruß der Konventualen, erst als er Höfe und Gebäude hinter sich läßt, um vor zur Altane zu gehen, beschleunigt er seine Schritte. Er bewegt sich nun auf den Mauern des alten Konvents, steil fällt der Hang hinunter ins Tal, sein dichter Bewuchs zeigt vom Laub befreite Bäume, die Äste bilden, schwarz und vom Nebel gezeichnet, ein wirres Gestrüpp. Hier unterbricht der Mittelrisalit der Kirchenapsis, Zeichen der Vita sacra und der Ecclesia, die breite Ostfront des Stiftes mit den Flügelbauten der Bibliothek, die die Vita contemplativa und des Kaisertraktes, der die Vita activa verkörpert. Vor dem Risalit, dem drei Grabsteine längst dahingegangener Äbte eingefügt sind, bleibt Berthold Reisinger kurz stehen. Er überlegt, daß auch sie schwersten Schicksalsschlägen ausgesetzt waren, daß sie Kriege, Plünderungen, Brandschatzungen und immer wieder weltliche Willkür über sich ergehen lassen mußten. Als er dann ganz vorn auf der Altane steht, dort wo eine vorspringende Nische einen weiten Blick über die Landschaft erlaubt, stützt er sich mit den Händen auf die

schützende Mauer. Alles, was sich vor ihm ausbreitet bis weit hinunter zum Tal des Flusses Kamp, bis fast zu den an diesem Tag nur schemenhaft auftauchenden Mauern der Rosenburg, gehört dem Stift, ist ihm von Gott zu treuen Händen anvertraut. Die dichten Wälder, die Wiesen, die sich zwischen den Laubbäumen verstecken, die Quellen, die das wichtige Wasser der Bäche bringen, die Straßen, die unverzichtbar sind für die Verbindung mit der profanen Welt, befahren, begangen von Untertanen, von Reisenden, von Brüdern und Fremden.
Berthold Reisinger löst mit raschem Griff das Collar, das seinen Hals beengt und atmet tief durch. Vielleicht wird Gott in seiner Allmacht die Absichten des Kaisers noch zum Guten wenden. Vielleicht. Wenn nicht, wird er, der Abt, zu erhalten suchen, was dem Kloster und nicht dem Kaiser gehört.
Eine Saatkrähe hat sich auf der Mauer niedergelassen. Sie sucht vergeblich nach Nahrung, pickt mit scharfem Schnabel wild auf den harten Stein. Dann fliegt sie mit weit ausgebreiteten Flügeln davon. Berthold Reisinger sieht ihr nach, bis sie im Wald verschwindet.
Am 12. Jänner 1782 verordnete der Kaiser die Aufhebung aller Klöster, die nicht in der Seelsorge, der Krankenpflege oder im Schuldienst tätig waren. Das Benediktinerstift Altenburg war von dieser Verordnung nicht betroffen. Aber eine Folge kaiserlicher Dekrete sollte auch hier starke Veränderungen im klösterlichen Leben bewirken.

Der Kesselflicker hatte sich in Frauenhofen herumgetrieben, an alle Haustüren geklopft, löchrige Pfannen und Töpfe entgegengenommen und gehofft, daß irgendjemand ihm erlauben würde, im Hausflur oder in der Scheune oder an einem andern Ort, wo er ein Dach über dem Kopf hätte, mit seiner Arbeit zu beginnen. In

der warmen Jahreszeit hatte er damit keine Sorgen, da saß er einfach auf dem Dorfplatz, im Schatten eines Baumes, die Beine von sich gestreckt, auf dem Schoß das schadhafte Geschirr. Diesmal wurde sein Unternehmen durch die Tatsache erschwert, daß er zum ersten Mal nach Frauenhofen kam. Man kannte ihn nicht. Man mißtraute ihm. Zögernd händigte man ihm aus, was repariert werden sollte. Aber man ließ ihn nicht ein. Nahe dem Dorfbrunnen sammelte er alles zu einem Haufen. Nieselregen, der nach Schnee roch, setzte ein. Der Kesselflicker betrachtete seine klammen, blau verfärbten Hände. Angst, daß sie ihm bei dieser Novemberkälte versagen könnten, überfiel ihn.
Ein Kind kam die Dorfstraße entlang. Vornübergebeugt und zitternd, trotz der wollenen Jacke und der dicken Socken in den Holzschuhen. Langsam ging der Kesselflicker auf das Kind zu. Eine winzige Hoffnung saß in ihm.
Vielleicht kannst Du mir helfen, sagte er und bewegte, wie im Scherz, ruckartig seine verfärbten Hände. Er wußte, Kinder hatten Scherze gern. Aber das Gesicht, das sich ihm entgegenhob, war nicht das eines Kindes. Erschrocken machte der Kesselflicker einen Schritt zurück.
Geh weiter, sagte der kleine Hans, wir brauchen nichts. Geh weiter mit Deinen Scherben.
Der Kesselflicker gab nicht gleich auf. Er sprang dem kleinen Hans zur Seite, hielt mit ihm Schritt. Ein Dach, nur ein Dach, sagte er immer wieder, so lang, bis sie den Hof erreichten. Vergeblich versuchte der kleine Hans rasch durch das Tor zu schlüpfen, versuchte es zu schließen. Der Kesselflicker war schneller und vor allem stärker. Schon stand er in der Einfahrt und klopfte an die Küchentür.
Wen bringst Du da, fragte Stina.

Der kleine Hans hob ratlos die Schultern, flüsterte Unverständliches und verschwand in der Stube. Der Kesselflicker stand da mit hängenden Armen. Aus seiner Nase floß der Rotz. Die plötzliche Wärme trieb ihm das Wasser aus den Augen. Er schwankte ein wenig. Heiser brachte er sein Anliegen vor.
Ist gut, sagte Stina, ich mach Dir im Holzschuppen Platz.
Ehe der Kesselflicker davoneilte, um Töpfe und Pfannen zu holen, sah er ihr nach, wie sie über den Hof ging, die Tür zum Schuppen öffnete. Sie ging aufrecht, aber langsam, sie hielt ihren Kopf gerade, aber ihr Haar war fast grau.
Du kannst mir glauben, sagte Stina zum Kesselflicker, als er seine Arbeit beendet und abgeliefert, mit ihr in der Küche gegessen und sich einen Schemel in die Nähe der Feuers geschoben hatte. Ja, ich sage Dir, Du sollst mir glauben, ich habe das alles noch niemandem erzählt. Ich weiß nicht, warum ich es gerade Dir erzähle, es ist eben so. Wir haben gut gelebt hier, meine Tochter Eva, der kleine Hans und ich. Wir haben gemeinsam gearbeitet, haben unseren Frieden miteinander gehabt. Die Wirtschaft ist immer besser geworden, darauf war ich stolz. Das war nicht allein mein Verdienst. Eva mit ihren sieben Fingern und der kleine Hans mit seinem schwächlichen Körper haben mir dabei geholfen. Alles wäre gut gegangen. Aber dann ist der Mathias aufgetaucht. Den habe ich weggeschickt, als sie ihn aus dem Stift entfernt haben, vor vielen Jahren, da war er noch ein Kind und wollte wieder hierher, zurück nach Hause. Das konnte ich nicht zulassen. Nein, ich konnte es nicht, dafür gab es wichtige Gründe. Es ist mir nicht leicht gefallen. Hat mich verfolgt, Jahre lang. Er ist aufgetaucht, plötzlich und hat mir meine Tochter weggenommen. Du bist ein Mensch, der es schwer hat. Man nimmt Deine Arbeit,

aber man verschließt die Türen vor Dir. Ich bin auch so ein Mensch. Jetzt schau mich nicht so an. Glaubst Du, nur weil ich hier auf diesem Hof sitze, ist es mir viel besser ergangen? Fast alle haben vor mir die Türen verschlossen und verschließen sie noch. Fast alle. Die Nachbarn, der Pfarrer, die Bauern, Inwohner und Taglöhner. Ich habe den höchsten Zehent abgeliefert in diesem Dorf. Dank meiner Arbeit. Den Zehent haben sie genommen, die im Stift. Aber ich weiß, ich hätte mich dort nicht sehen lassen dürfen. Vielleicht in der letzten Kirchenbank, dort hätten sie mich sitzen lassen, vielleicht. Darum bin ich auch nie hingegangen, verstehst Du?
Aber ich will ja nicht von mir reden, von meinem Kind will ich reden. Ich weiß nicht, was die Eva zum Mathias hingezogen hat. Man erkennt ja nie, was der Grund ist, wenn zwei Menschen sich plötzlich an einander klammern. Was Geheimnisvolles muß dabei sein, das weiß ich schon. Ich hab ja selbst – das Schreckliche war, daß mein Kind mich stückweise verlassen hat, immer ein wenig mehr, ein wenig mehr. Zuerst hab ich geglaubt, sie wird mir bleiben, wird für immer zurückommen. Nein, eigentlich hab ich es von Anfang an nicht geglaubt, hab es mir nur eingeredet. Auch dem kleinen Hans hab ich es eingeredet. Aber dann war dieser Herbst vor zwei Jahren, damals als der Mathias mit seiner Arbeit als Schafknecht aufgehört hat. Einen großen Streit hat es gegeben mit dem Hofmeister, hat man erzählt, der war dem Mathias schon länger aufsässig. Angeblich hat es sich um ein gestohlenes Schaf gehandelt, das man beim Mathias im Halterhaus gefunden hat. Ein stiftseigenes war es. Mathias soll gesagt haben, es hätte die Räude, würde im Stall die anderen Tiere anstecken. Der Hofmeister hat verlangt, der Mathias soll auf seinen Hirtenstock schwören, daß er das Schaf nicht hat steh-

len wollen. Der aber hat sich geweigert. Er hat gemeint, wenn man ihm glaubt, dann braucht es keinen Schwur. Was soll ich Dir sagen. Man hat ihn ins Stift geholt. Das kranke Schaf hat er auf seinen Schultern getragen. Der Hofmeister hat ihn mit dem Prior erwartet. Wieder haben sie verlangt, daß der Mathias schwört. Der hat das arme, todkranke Schaf von seinen Schultern genommen und es dem Hofmeister um den Hals gelegt. Langsam und vorsichtig. Dann hat er sich umgedreht und ist gegangen. Seine Sachen im Halterhaus hat er schon zusammengepackt gehabt und auf einen Handkarren verladen. Angeblich hat sich der Kloibenstrunk für ihn beim Abt verwenden, hat den Mathias unbedingt behalten wollen. Aber der ist noch am selben Tag mit seinem Karren davongezogen.
Sowas spricht sich rasch herum. Ich hab die Eva beobachtet, hab sie nicht aus den Augen gelassen. Immer wieder hat sie sich mit dem Mathias getroffen, das hab ich gewußt. Aber sie ist doch immer wieder nach Haus gekommen. An diesem Tag bin ich ihr nachgegangen, vom Hof in den Stall, vom Stall in die Küche, von der Küche in die Stube, sie hat getan, als wäre alles wie sonst. Und plötzlich war sie weg. Wie vom Erdboden verschwunden. Der kleine Hans und ich haben nach ihr gesucht. Zornig, verzweifelt. Aber vergeblich. Wir haben gewußt, sie war mit dem Mathias gegangen. Aber wohin.
Heute weiß ich, es war alles zwischen ihnen seit langem besprochen. Wie denn sonst wäre im Stranzlwald schon eine Hütte gestanden, fest gebaut aus dicken Holzbalken, mit einem gestampften Lehmboden und einem starken Dach gegen Regen und Schnee. Eine Hütte, die beide aufgenommen hat, an diesem kalten Herbstabend, als der Frost an den Bäumen gegangen und auf den Wiesen gelegen ist. In der schon ein Feuer gebrannt hat, als die

Eva eingetreten ist, mit ein paar Habseligkeiten im Buk-
keltuch.
Jetzt kommt sie nicht mehr, hat der kleine Hans gesagt.
Das war eine lange Nacht. Irgendwann haben wir uns
niedergekniet und gebetet, aber ich fürchte, wir haben
nicht die richtigen Worte gefunden.
Zwei Tage später ist der Kloibenstrunk vorbeigekommen
und hat gesagt, wir sollen uns nicht sorgen, er weiß, wo
der Mathias und die Eva sind, dort geht es ihnen gut.
Er hat uns aber nichts verraten, nur gemeint, der Ort
kann nicht lang geheim bleiben und dann wird alles
sehr schwierig werden.
Ich rede zuviel, ich sehe, Du bist müd, ich bin gleich
fertig. Die Schwierigkeiten haben bald darauf angefangen. Im Stift hat man entdeckt, daß im Stranzlwald eine
Hütte steht. Weg mit ihr, hat es geheißen, der Wald gehört uns, und niemand hat das Recht, sich dort anzusie-
deln. Der Mathias hat es gewagt, zum Prior zu gehen.
Obwohl er seinen Dienst als Schafknecht unerlaubt verlassen hat.Und der Prior hat ihn empfangen. Der Mathias soll erklärt haben, daß dort, wo jetzt seine Hütte
steht, vor Jahrhunderten ein ganzes Dorf gewesen ist.
Damals hat niemand den Bauern verboten, sich anzusie-
deln. Er verlangt das gleiche Recht. Angeblich hat der
Prior in den Archiven nachschauen lassen, aber da hat
man nichts von dem Dorf, das dann verödet war, gefunden. So ist das. Was man nicht finden will, findet man
nicht. Aber unser Herr Abt war gnädig. Weil der Winter
kommt, hat er gemeint, kann der Mathias in der Hütte
bleiben. Im Frühjahr muß die Hütte weg. Und das Mädchen, die Tochter der Witwe des seltsam ums Leben
gekommenen Müllers – so reden sie noch immer von
mir – die muß gleich weg. Zurück nach Hause.
Das ist natürlich nicht geschehen. Die Eva ist geblieben.
Sie und der Mathias haben weiter in der Sünde gelebt.

Irgendwann einmal hat der Mathias den Fran vorgeschickt und anfragen lassen, ob er und Eva als Untertanen des Stiftes die Heiratsbewilligung bekommen könnten. Ausgeschlossen. Menschen, so in der Sünde verstrickt. Nur aus besonderer Gnade und weil der Mathias der Neffe des seligen Abtes Willibald ist, sind beide noch nicht im Zuchthaus.
Verzeih, daß mir die Stimme wegbleibt. Ich hab schon lang nicht soviel geredet wie jetzt. Wenn Du magst, kannst Du im Schuppen schlafen. Hörst Du die Schritte in der Kammer nebenan? Das ist der kleine Hans. Der sollte die Eva einmal heiraten. Daraus wird nichts mehr. Ich hab Angst um ihn. Der Kummer macht ihn immer mehr krank. Sein Wesen verändert sich. Er grübelt nur noch. Also im Frühjahr sind die Stiftsleute gekommen und haben die Hütte abgerissen. In einer Woche ist sie schon wieder dagestanden. So ist das eine Weile fortgegangen. Bis der Abt gesagt hat, man soll damit aufhören, die Sache wird sich von selbst erledigen. Solchen Sündern wird der liebe Gott nicht mehr lang zuschauen. Die gerechte Strafe wird sie erreichen. Bis jetzt ist das nicht geschehen. Der Mathias hat ein paar Schafe von den Bauern gekauft. Er hat ein Stück Wald gerodet, Gras gesät, daraus ist eine Wiese geworden. Die Eva hat die Erde umgegraben, Gemüse gepflanzt. So leben sie dahin. Zum Essen haben sie genug. Ein Kind ist ihnen weggestorben. Ich hab das kleine Grab in der Nähe der Hütte besucht. Weiter bin ich nicht gegangen. Der Mathias soll gesagt haben, er weiß jetzt endlich, wo er hingehört und niemand wird ihn von dort vertreiben. Und die Eva hat gesagt das Sternmoos blüht noch immer. Das hat man mir erzählt. Was sie damit gemeint hat, weiß ich nicht.
Geh jetzt schlafen. Dir fallen ja schon die Augen zu. Vielleicht träumst Du von einem besseren Leben. Das

würde ich auch gern tun. Aber es gelingt mir nicht mehr.

Durch das schüttere Fell des Hundes konnte man die Narben sehen. Narben, die durch den Halterkolben des Schafknechts, der seit zwei Jahren die Arbeit des Mathias Palt verrichtete, entstanden waren. Er hieß Lois, war siebzehn Jahre alt, sein Denken war primitiv, er war brutal. Zu seinen größten Freuden zählte es, anderen Lebewesen körperliche Schmerzen zuzufügen. Der Hund Spero war dafür sein liebstes Objekt. Wann immer er Lust hatte, und das geschah oft, quälte er ihn. Spero war neun Jahre alt, die ständigen Mißhandlungen hatten seine Kräfte aufgezehrt. Nur mit größter Anstrengung gelang es ihm, die Herde zusammenzuhalten. Immer öfter knickten seine Hinterpfoten ein, dann streifte sein Körper sekundenlang den Boden. In panischer Angst erhob er sich und jagte mit ungelenken Sprüngen die Herde. Nachts röchelte er im Schlaf.
Das war sogar Kloibenstrunk, der nie Speros Freund gewesen war, zuviel. Er tadelte den Schafknecht mit harten Worten und zeigte ihm dabei seine Verachtung. Der pfiff vor sich hin und leckte sich dann bei der Vorstellung neuer Mißhandlungen des Tieres die Lippen. Trotz aller Proteste war es Kloibenstrunk nicht gelungen, ihn loszuwerden. Lois kam aus Wildberg, hatte dort die niedrigsten Dienste verrichtet, war Untertan des Stiftes. Sein Geist war träge, in seinem Blick aber lag Verschlagenheit. Kloibenstrunk wurde das Gefühl nicht los, daß der Schafknecht ihn beobachtete. Er konnte sich nicht erklären, warum.
Seit Mathias fort war, hatte sich Kloibenstrunks Leben verändert.Da war niemand mehr, der ihm von Büchern erzählte, niemand, mit dem er über die Gestirne reden konnte. Er sah immer weniger einen Sinn darin, Schäfer

und Untertan des Klosters zu sein, die Tage nur mit den Schafen, in der ständigen, unerträglichen Gegenwart des Knechtes zu verbringen. Was er einst hinter sich gelassen hatte, schien ihm jetzt schon so weit entfernt, daß ihm die Erinnerung daran keine Ängste mehr bescherte. Seit der neue Schafknecht da war, hatte er den Stall verlassen und das Halterhaus bezogen. Irgendwas war hier noch geblieben von Mathias' Anwesenheit, eine bestimmte Ordnung der wenigen vorhandenen Geräte und Gegenstände, vor allem aber der Schatten eines Menschen, der zu wissen glaubte, welchen Weg er zu gehen hatte. Das hatte Kloibenstrunk an Mathias stets gefallen. So war auch er einmal gewesen.

Schulen hatte er besucht, Studien an der Universität hatte ihm der Vater versprochen, der ein Handelsgeschäft besaß und gutes Geld verdiente. Seine Jugend war sorgenlos verlaufen, es hatte ihm an nichts gefehlt, er hatte sich frei gefühlt und war seinen Interessen gefolgt, die vor allem der Astronomie galten. Aber der Vater starb, als er neunzehn Jahre alt war und hinterließ statt eines kleinen Vermögens einen großen Schuldenberg. Der plötzliche, unwiderstehliche Wunsch, das Elternhaus zu verlassen um der ratlosen Verzweiflung der Mutter, dem Drängen der Gläubiger zu entgehen, dann der heimliche Aufbruch, nachts, unter Mitnahme der letzten geldlichen Mittel. Gefühle, Bilder, die er bis jetzt verdrängt hatte, suchten Kloibenstrunk wieder heim, wenn er sich im Halterhaus auf den Strohsack streckte, wenn Wind oder Regen die Stille störten.

Bis nach Vorderösterreich war er gekommen auf seinen Wanderungen von Stadt zu Stadt, auf der Suche nach einer Bleibe, die ihm nicht nur ein Dach, sondern auch geistige Anregung bot. Er hatte Glück. Ein Adeliger nahm ihn auf. Im Turm seines Hauses befand sich eine Sternwarte mit einem großartigen Teleskop. Besseres

konnte ihm nicht passieren.
Der Adelige, obwohl viel älter, wurde fast sein Freund. Er war ihm untergeben, aber er bekam es nie zu spüren. Die Hausfrau behandelte ihn freundlich. Das Gesinde hielt zu ihm Distanz. Das war im recht. Es genügte ihm, mit wenigen Menschen, denen er vertraute, Umgang zu haben. Untertags verrichtete er Dienste als Schreiber. Wenn der Himmel es erlaubte, gehörte ein Teil der Nacht den Sternen.
Er vergaß sein Zuhause und seine mühsame Wanderschaft. Er spürte, wie durch das Studium der Gestirne eine Kraft in ihm wuchs, die Körper und Seele ausfüllte, die ihm Mut und Zuversicht schenkte. Er fühlte sich stark, und gerade deshalb strebte er nach keiner Veränderung. Manchmal dachte er an eine Zukunft, die ihn weiterbringen würde in Wissen und Urteilskraft, im persönlichen Rang. Aber noch war sie ihm nicht wichtig. Die dicken Mauern des Turmes machten die Sommernächte kühl und schützten in den Winternächten Kloibenstrunk und den Adeligen vor der schlimmsten Kälte. Sie saßen Seite an Seite und teilten einander ihre Beobachtungen mit. An einem Tag anfangs Dezember entschlossen sie sich, die Entdeckung eines berühmten englischen Astronomen nachzuvollziehen. Nach dessen Forschungen sollte der dritte Stern im Bild des Drachen, Gamma, zu dieser Zeit den südlichsten Punkt seiner scheinbaren Bahn erreicht haben. Und wie der englische Astronom stellten sie nach wenigen Tagen fest, daß Gamma Draconis weiter gewandert war, immer weiter nach Süden, und daß er diese Bewegung auch in der folgenden Zeit fortsetzte. Sie bestaunten erneut diese wichtige Entdeckung, diskutierten sie, wiegten sich in der Vorstellung, sie sei ihnen selbst gelungen. Im darauffolgenden Frühling bestätigten ihre Beobachtungen die Erkenntnis des englischen Astronomen, daß die nach

Süden gerichtete Bewegung des Sterns nun zum Stillstand gekommen war. Als dieser nach weiteren drei Monaten seine ursprüngliche Position wieder erreicht hatte und zum Norden aufzusteigen begann, folgten sie den Überlegungen des Astronomen, folgten seinen Versuche und Messungen, die er schließlich auf fünfzig Fixsterne ausgedehnt hatte. Diese große Anzahl an Gestirnen konnte das Teleskop, das ihnen zur Verfügung stand, nicht erfassen, aber auch die wenigen Sterne, die es ihnen nahebrachte, ließen sie das neu entdeckte Phänomen wieder erkennen: die Aberration der Fixsterne, diese scheinbare Veränderung ihres Himmelsortes in der Beschreibung einer Ellipse, verursacht durch den Umlauf der Erde um die Sonne. Der Stern Gamma Draconis hatte zu dieser Entdeckung, die zur Bestimmung der Lichtgeschwindigkeit führte, den Anlaß gegeben.
Ihre Freude, diese Entdeckung bestätigt zu finden, glich, so glaubten sie, der des englischen Astronomen, als er der Tragweite seiner Beobachtungen sicher war. Kloibenstrunk und der Adelige gingen in dieser Nacht nicht schlafen. Sie dachten sich hinein in die Geheimnisse der Erde und des Himmels und wähnten sich in diesen Stunden der Schöpfung nahe.
Auf seinem Lager im Halterhaus, im Schimmelgeruch des verbrauchten Strohs, wußte Kloibenstrunk, daß er damals das Gefühl eines fast vollkommenen Glücks erlebt hatte.
Jedesmal aber schoben sich vor diese Bilder die Ereignisse jener Nacht, als er um eines anderen willen eine Tat beging, die sein Leben zerstörte.
Kloibenstrunk hatte ungefähr drei Jahre im Haus des Adeligen gelebt und seine Interessen mit ihm geteilt. An einem Abend Ende Mai, er war für ihr Vorhaben besonders günstig, beschlossen sie, sich der Beobachtung der Plejaden im Sternbild des Stiers zu widmen. Nicht nur

das berühmte, auch mit freiem Auge sichtbare Siebengestirn, das seinen Namen aus der griechischen Mythologie hatte, wollten sie vergrößert durch das Teleskop betrachten. Auch kleinere Sterne, die sich in diesem Bild zu einem Haufen vereinigten, der vor mehr als vier Millionen Jahren aus einer großen Gas- und Staubwolke entstanden war, sollten sich ihren Augen zeigen.
Der Adelige saß bereits beim Teleskop. Erwartungsvoll ging Kloibenstrunk die Stiege zum Turm hinauf. Wie eingemeißelt in sein Gehirn, wie für immer in Tast-, Gesichts- und Geruchssinn verankert, spürte Kloibenstrunk noch immer die Steine der Stufen unter den Sohlen seiner Schuhe, sah die winzigen Fensterluken, vor denen die Nacht lag, roch den feuchten Moder der dicken Mauern. Er wußte, daß er sich während des Aufwärtsgehens erregt mit den Fingern durch sein dichtes, dunkles Haar fuhr, daß ihn die ungeduldige Erwartung des Kommenden zur Eile trieb. Bevor er noch den Eingang zur Sternwarte erreicht hatte, hörte er Schritte hinter sich. Schritte, die er noch nie hier gehört hatte. Jemand stieß ihn heftig zur Seite, er war darauf nicht gefaßt, es war ein Mann, der an ihm vorbeihetzte, hinein zu dem Adeligen, der ahnungslos das Teleskop bediente. Kloibenstrunk hörte Wortfetzen, einen Schrei, erreichte stolpernd den Raum, sah den Fremden mit einem schweren Gegenstand auf den Adeligen einschlagen. Mit einem Satz, mit seiner ganzen Kraft, warf er sich auf den Angreifer, packte ihn um die Mitte und schleuderte ihn die Stiegen hinunter. Das rhytmische Aufschlagen des Körpers auf den einzelnen Stufen, unten der dumpfe Fall, die folgende, nicht auslotbare Stille, die nur sein rasender Herzschlag begleitete, es war noch nicht das Schrecklichste, was Kloibenstrunk erlebte.
Als er aufblickte, sah er in der offenen Tür zur Sternwarte den Adeligen stehen, Blut und Entsetzen im Ge-

sicht. Was hast Du mit meinem Sohn gemacht, sagte er leise, was hast Du nur getan, es war mein Sohn. Damit war alles vorbei. Nie hatte der Vater den Sohn, der vor Jahren das Haus in Unfrieden verlassen hatte, erwähnt. Nie war auch nur ein einziges Mal sein Name gefallen. Kloibenstrunk hatte von seiner Existenz nichts gewußt.
Nun aber wurde der Tote von den Eltern tief betrauert. Nun war Kloibenstrunk zu seinem Mörder geworden. Daß der Sohn ihn fast erschlagen hätte, schien der Vater vergessen zu haben. Er richtete an Kloibenstrunk kein einziges Wort mehr und nahm ihn in häuslichen Gewahrsam. Einige Tage später erließ das zuständige Kreisamt den Befehl, ihn in Haft zu nehmen. Man legte ihn an Händen und Füßen in Ketten und warf ihn ins Gefängnis. Seine Verteidigung, in Notwehr gehandelt zu haben, ließ man nicht gelten. Es sollte ihm wegen Mordes der Prozeß gemacht werden. Irgendwann.
Erst nach einem Jahr unbeschreiblicher Qualen gelang ihm der Ausbruch. Man suchte per Steckbrief nach ihm. In bitterer Not trieb er sich in den verschiedensten Gegenden herum, bis er im Jahr 1768 die Haupt- und Residenzstadt Wien erreichte. Hier unterzutauchen erschien ihm leicht. Das Gegenteil war der Fall. Man griff ihn auf, machte ihm den Prozeß und verurteilte ihn zu zwanzig Jahren Zuchthaus. Dort machte er die Bekanntschaft Schintnagels. Dank kluger Geduld und Überlegung gelang ihm nach sechs Jahren ein zweites Mal die Flucht. Ein neuer Steckbrief klebte an den Mauern. Er hatte sich vorgenommen, ins Waldviertel zu gehen und kam nach Altenburg.
Hier erst legte er seinen wahren Namen ab und nannte sich Kloibenstrunk. Dieser Name schien ihm bizarr genug, um glaubwürdig zu sein.
Mit diesem Namen, mit der Arbeit des Schäfers, war

Kloibenstrunk endgültig in eine neue Haut geschlüpft. Er hatte abgelegt, was er einmal gewesen war, hatte Interessen und persönliche Wünsche getötet, war nur seiner Liebe zu den Sternen treu geblieben. Der ihm notwendig scheinende Zwang zur Grobheit gegenüber Mensch und Tier, seine zur Schau getragene Unnahbarkeit waren mit der Zeit zur Gewohnheit geworden, die Lüge, die er über seine Person geworfen hatte, galt ihm als unumstößliche Wahrheit. Bis ihm eines Tages klar wurde, daß es nicht so war. Daß er mit jemandem darüber reden mußte. Daß er Mathias aufsuchen mußte. Als der Winter zu Ende ging, machte er sich gemeinsam mit Spero auf den Weg.

Erzähl mir von ihm, verlangte Schintnagel von Lois, dem Schafknecht. Sie hatten einander auf der Hutweide nahe dem Meierhof, der zum Schloß Wildberg gehörte, getroffen. Schintnagel lehnte am breiten Stamm einer alten Buche, Lois stand vor ihm. Er ließ Arme und Schultern hängen, als Zeichen der Unterwürfigkeit. Aber seine Augen verrieten den Stolz der Komplizenschaft. Er steckte einen Finger in die Nase, bohrte eine Weile darin, dachte nach.
Er ist vielleicht anders, sagte er dann. Ich weiß nicht. Er wirft den Halterkolben nicht mehr nach den Tieren. Manchmal holt er sich den Hund her. Ich weiß nicht.
Ist er krank, ist er müde, wollte Schintnagel wissen.
Glaub ich nicht, antwortete Lois, nur, reden tut er noch weniger als sonst. Unlängst ist er weggegangen mit dem Hund.
Wohin ?
Weiß ich nicht. Er ist sonst nie weggegangen, solang ich da bin. Außer in die Kirche. Nicht mehr ins Wirtshaus. Dort ist er ja allein am Tisch gesessen. Weil niemand neben ihm hat sitzen wollen.

Redet man im Dorf noch über ihn?
Weiß ich nicht. Hab nichts gehört. Glaub ich nicht. Der ist fast vergessen.
Ich hab Dir gesagt, Du sollst ihn in meine Taverne einladen. Dort ist er willkommen als mein Gast.
Ich hab es versucht. Er hört mir nicht zu. Er hört mir nie zu. Ich mag ihn nicht.
Dann sag es ihm noch einmal. Sag es ihm immer wieder. Ich will ihn sehen. Ich muß ihn sehen. Wenn er kommt, kriegst Du, was ich Dir versprochen habe.
Lois zuckte die Achseln. Gib mir gleich was, sagte er und streckte die Hand aus. Schintnagel schlug ihm auf die Finger. Lois zog die Finger ein. Dann machte er einen Kratzfuß, lachte und ging.
Alle Pläne Schintnagels waren bisher schiefgelaufen. Irgendwann hatte man die Unregelmäßigkeiten des Schloßverwalters von Wildberg, Hofer, erkannt. Ein neuer Verwalter kam. Er war ehrlich und genau. Schintnagels vorsichtiger Antrag, ihm bei unlauteren Geschäften behilflich zu sein, wurde schroff von ihm abgelehnt. Schintnagel hatte Glück, daß man ihm nicht die Taverne wegnahm. Dort begann man ihn zu seinem größten Unbehagen zu kontrollieren. Bei den Bauern sprach es sich bald herum, daß er sie mit gewässertem Wein und hohen Preisen betrogen, daß er sie für Tölpel gehalten hatte. Immer weniger von ihnen kamen in die Taverne. Von seinen Geschäften mit Hofer besaß Schintnagel noch eine größere Summe an Geld. Aber darum ging es ihm nicht. Darum war es ihm nie gegangen. Er wollte den idealen Betrug. Der ihm die eigene Größe bewies. Die Gelegenheit dazu war bis jetzt noch nicht gekommen. Dann fiel ihm eines Tages Kloibenstrunk ein. Der unnahbare Kloibenstrunk, der mit ihm nichts gemein haben wollte. Der ihn verachtete. Und von dem er viel, sehr viel wußte. Nur – er fürchtete ihn. Er war klug ge-

nug, es sich einzugestehen. Er mußte ihm gelingen, daß er, Schintnagel, Kloibenstrunk nicht mehr fürchtete. Daß Kloibenstrunk ihn zu fürchten begann. Eine der vielen Ideen, die er diesem Plan widmete, schien ihm Aussicht auf Erfolg zu haben.

Immer öfter kommt es vor, daß Fran nicht weiß, wie es um ihn steht. Sitzt er endlich nach schwerer körperlicher Arbeit in seiner Kammer, sucht er sich eine Beschäftigung. Irgendeine. Er kehrt mit aller Sorgfalt den Boden auf, läßt aber den Schmutz in einer Ecke liegen. Er flickt seine beschädigten Kleider und zerbohrt dann mit dem Finger eine mürbe Naht, sodaß sie aufreißt. Oder er knüpft die oftmals gerissenen Bänder seiner Schuhe und löst den Knoten in langwieriger Arbeit wieder auf. Ist er mit einer dieser Tätigkeiten fertig, sitzt er regungslos auf dem Schragen seines Bettes und starrt irgendwohin. Manchmal schläft er dabei ein, dann fällt ihm das Kinn auf die Brust und dünne Speichelfäden lösen sich aus seinem Mund. Hat er sich aus diesem Schlaf befreit, kann es sein, daß er zu beten beginnt. Obwohl er eines seiner Lieblingsgebete, ausgesucht aus frommen Büchern, zum Himmel schickt, hört er oft mitten im Gebet auf, ohne daß es ihm bewußt wird. Fran befindet sich in einem Zustand, der ihm bisher fremd war. Er lebt im Stift, in seinen Gedanken aber lebt er woanders. Gern lebt er in der Vergangenheit. In der Zeit des Abtes Willibald Palt. Als er diesem mit Freuden diente. Als er der unentbehrliche Freund des Knaben Mathias wurde. Als er eine sündhafte, aber wunderbare Begegnung mit einer Frau hatte. Als ein Mädchen geboren wurde. Als er die Flußperlmuschel fand. Das sind schöne Gedanken, in ihnen findet er sich zurecht. Was aber die Gegenwart, was die Zukunft betrifft, da sitzt eine große Ratlosigkeit in ihm, die seinen Geist so bela-

stet, daß er nicht weiß, wie es um ihn steht.
Immer wieder der Tadel des Abtes. Weil es nicht unendeckt geblieben ist, daß er Mathias beim ersten Bau der Hütte geholfen hat. Der Abt hat ihm ja schon vor Jahren den Umgang mit Mathias verboten. Weil er sich oft heimlich aus dem Kloster und in den Stranzlwald geschlichen hat, um Mathias und Eva irgendwie zu helfen. Weil auch das nicht verborgen geblieben ist. Die Bußgebete,die man ihm auferlegte, hat er gern auf sich genommen. Nur das heilige Versprechen, sich nie wieder zu diesen beiden Sündern zu begeben, kann er nicht halten.
Gleichzeitig hat Fran Mitleid mit dem Abt. Lange Zeit war die Angst vor der Aufhebung des Klosters in den stiller gewordenen Räumen und Gängen zu spüren gewesen. Alle, nicht nur der Abt und die Conventualen, hatten von Tag zu Tag die Ankunft eines Boten, der das verhängnisvolle Dekret überreichen würde, gefürchtet. Dazu war es nicht gekommen. Aber die theologische Hauslehranstalt, Stolz des Abtes und der Brüder, war auf Befehl des Kaisers aufgehoben worden. Hier hatten die Besten des Stiftes, Professoren, die an der Universität der Haupt- und Residenzstadt Wien die Lehrbefähigung erhalten hatten, Theologie und Philosophie unterrichtet. Hier hatten unter dem Präsidium des Abtes Berthold Reisinger die berühmten und feierlichen Disputationes in lateinischer Sprache stattgefunden, ausgetragen zwischen den hiesigen Conventualen und den Angehörigen umliegender Klöster. Theologische Thesen waren in Rede und Gegenrede diskutiert, ihre Programme gedruckt und archiviert worden. Ihr Inhalt war Fran unbekannt geblieben, aber die Tatsache, daß es sie gab, hatte auch ihn mit Stolz erfüllt. Das alles war nun vorbei und würde nie wiederkommen.
Darunter leidet Fran, denn das Stift ist und bleibt sein

Zuhause. Der Umstand, daß er hier nur mehr der niedrigste der Diener ist, kann daran nichts ändern. Was er will und was sich nicht erfüllt ist, daß auch Mathias und Eva ein Zuhause haben. Ihr mühsames, durch Kälte und Stürme gefährdetes Dasein, das Ausgeschlossensein von jeder Gemeinschaft, das Leben in einer primitiven Hütte auf dem kargen Boden eines verödeten Dorfes darf in Frans Augen nicht endgültig sein. Er kann nicht viel für sie tun. Manchmal bringt er ihnen mit, was er sich beim Essen vom Mund abspart. Etwas Fleisch, Kuhmilch, ein Stück weißes Brot. Manchmal hilft er Eva, wenn die Arbeit für ihre Hände zu schwer wird. Manchmal bringt er Mathias ein Buch mit. Das ist nicht ungefährlich, denn Fran weiß nie, wann er wiederkommen und das Buch in die Bibliothek zurücktragen kann. Seine größte Freude ist, daß Eva beginnt ihn gernzuhaben. Der Gedanke daran ist auch ein schöner Gedanke, und er spinnt ihn, wenn er auf seinem Schragen sitzt, weiter aus, stellt sich vor, Eva könnte einmal wissen, wer er für sie ist. Gleicht darauf überfällt ihn tiefe Traurigkeit, denn Stina hat ihm durch den kleinen Hans sagen lassen, nun besitze Eva ja das wärmende Haus, das schützende Dach, von dem er gesagt habe, daß Mathias es ihr geben werde. So, wie es nun sei, müsse es ihm recht sein. Sie aber wolle nichts, gar nichts mehr von ihm wissen.
Manchmal träumt Fran davon, daß er das Amt eines Priesters ausüben, daß er Mathias und Eva trauen könnte. Er sieht sich vor ihnen stehen, mit Albe und Stola bekleidet. Nicht in einer Kirche, sondern an irgendeinem stillen Platz mitten im Wald, in der Nähe einer Quelle, die ein Symbol für das Leben auf dieser Erde ist. Seit er denken kann, ist für Fran die Allgegenwart Gottes selbstverständlich. Also, so träumt er, wird Gott es ihm eher verzeihen, wenn er nicht im geweihten Raum, sondern in der Natur Mathias und Eva das Sakrament der

Ehe spendet. Er kennt den Ritus genau, oft hat er den Trauungen in der Stiftskirche beigewohnt. Meistens heimlich, denn niemand hat ihn dabeihaben wollen. In seiner schmutzigen Kutte hat er sich in ein dunkle Ecke gedrückt, die Feier mit größter Anteilnahme verfolgt, das Brautpaar still beobachtet. Kaum ein Paar war glücklich, das hat Fran genau gespürt. Selten wurde bei den bäuerlichen Eltern nach Liebe gefragt, wichtig war, daß Haus und Hof zusammenpaßten, daß die Mitgift stimmte. Verschreckte Bräute an der Seite gefühlsarmer Männer, schöne Mädchen neben einem von der Arbeit bereits verkrüppelten Bräutigam, dessen freudlose Miene sie bald mit ihm teilen sollten. Wenn der volle Klang der Orgel die Kirche erfüllte, ahnte Fran daß sie alle in diesem Augenblick von einer Liebe träumten, die sich nie erfüllen konnte.

Zwischen Mathias und Eva ist es anders. Deshalb steht Fran in seinen Träumen vor ihnen, in Albe und Stola, mitten im Wald. Bei seinem letzten Besuch hat Fran unvermittelt, aus einem beiläufigen Gespräch heraus, Mathias rechte Hand und Evas rechte Hand ergriffen, hat sie zum Erstaunen der beiden ineinandergelegt und sie mit seiner Hand bedeckt. Diese Handlung hat er nicht geplant, er hat nur gewußt, sie muß geschehen. Mathias hat sofort verstanden.

Laß uns damit in Ruhe, waren seine Worte, wenn die Kirche uns nicht will, wollen auch wir sie nicht haben, und wir brauchen keinen Ersatz, auch wenn er Dir vielleicht Trost gibt.

Fran denkt in letzter Zeit viel über Mathias nach, der schon immer seinen eigenen Willen hatte und sich kritisch gegenüber anderen Menchen verhielt. Nun scheint er sich völlig von der übrigen Welt abzuschließen. Mir geht es gut, ich gehöre hierher, erklärt er, wenn Fran ihn nach seinem Befinden fragt. Er klopft dabei mit der

Faust auf die Bretter der Hütte und stampft auf den Boden. Von Eva erhält Fran auf seine Frage ein Lächeln, das ihr nicht recht gelingt. Wenn sie seine Sorge bemerkt, beginnt sie zu singen, solang, bis er endlich in die Melodie miteinfällt.
In seinen heimlichen Unterschlupf geht Fran nur noch selten. Was ihn früher nicht störte, die Kälte, die Finsternis des alten Gemäuers, bereitet ihm jetzt Unbehagen. Er fröstelt, wenn er sich eine Weile dort aufhält. Die karge Einrichtung ist teilweise zerfallen. Fran bringt die Energie nicht auf, sie in Ordnung zu bringen. Wenn er sich in die Bibliothek schleicht, um ein Buch zu holen, ist er viel ängstlicher als früher. Oft muß er sich zur Lektüre zwingen. Fran ist dreiundfünfzig Jahre alt, aber er fühlt sich älter.
Die Familie Leutgeb sucht er immer noch auf. Man behandelt ihn dort als Freund und als Gast, das tut ihm gut. Andreas Leutgeb hat, seit die neuen Gesetze des Kaisers den Bauern ein leichteres Leben erlauben, seine Wirtschaft erweitert, neue Äcker dazugewonnen. Die Befugnisse der Grundherrschaft sind endlich Beschränkungen unterworfen, der Bauer darf nun die Nutzbarkeit seines Bodens selbst bestimmen, darf ihn sogar bis zu einem Drittel seines Wertes mit Hypotheken belasten. Das hat Andreas Leutgeb auf seine Art genützt, er hat neue Frucht gesät und zusätzliches Vieh eingestellt, seine Einnahmen sind gestiegen. Ins Haus sind, sparsam gestellt, neue Möbel gekommen. Eine rechteckiger, mit mehrfarbigem Holz ausgelegter Tisch, ein bemalter Kasten, verschiedene, gefirniste Truhen. Die schönsten Möbel stehen im Zimmer der Tochter Elisabeth. Dort gibt es einen braun furnierten Wandschrank mit Messingbeschlägen, auf dem nun das Uhrenmännchen steht. In seiner Buntheit bildet es dazu einen heiteren Kontrast. Vor den Fenstern mit Blick auf die Dorfstraße

steht ein Stuhl mit Armlehnen und gepolstertem Sitz. Diese Möbel hat Elisabeth sich von den Eltern mit Rücksicht auf ihre angeschlagene Gesundheit erkämpft. Sie verbringt viel Zeit in diesem Raum. Daß sie sich viel besser und kräftiger fühlt als früher will sie sich nicht eingestehen. Sie ist auch noch ein ganzes Stück gewachsen und sieht nicht unhübsch aus. Noch immer aber zeigen sich in ihrem Gesicht die Spuren echten und vorgegebenen Leidens.

Elisabeth ist zweiundzwanzig Jahre alt und noch unvermählt. Einige ernsthafte Bewerber, die sich weniger von ihrer Person als von der Aussicht auf ihr Erbe angezogen fühlten, hat es bereits gegeben. Auch daß keine Geschwister da sind, die der spätere Bauer hinauszahlen müßte, wurde als Vorteil angesehen. Andreas Leutgeb wäre der eine oder andere Bewerber recht gewesen. Elisabeth aber hat alle abgelehnt. Betrat der Brautwerber die Stube, um mit gedrechselten Worten die Absicht seines Auftraggebers kundzumachen, ging sie wortlos hinaus. In der Gegend sprach es sich bald herum, daß mit der Elisabeth Leutgeb, was die Heirat betraf, vorläufig nichts zu machen sei. Später, sagte man, wenn sie sich dem Zustand des ältlichen, sitzengebliebenen Mädchens näherte, würde sie ihre stolze Haltung verlieren und rasch den nächstbesten Freier nehmen.

Elisabeth aber hat den Wunsch, daß es noch lange so bleiben soll wie es ist. Sie ist mit ihrem Leben zufrieden. Der Wohlstand, der sie umgibt, ist ihr angenehm. Der Vater arbeitet wie ein Junger, die Mutter kränkelt zwar, ist aber im Haus noch tätig wie früher. Sie beansprucht die Hilfe der Tochter nur, wenn sie ihr gern gegeben wird. Die Knechte räumen den Kuhmist weg, wenn Elisabeth über den Hof geht und scheuchen die Schweine in den Stall. Ständig nimmt man Rücksicht auf ihre Person und sie genießt es.

Sitzt sie an den Nachmittagen, mit einer Näharbeit beschäftigt, in ihrem bequemen Stuhl, paßt sie auf, daß sich der Zwirn nicht verknüpft. Das bedeutet nämlich, daß eine nahe Brautschaft bevorsteht. Die will sie vermeiden, denn sie verliert sich, wenn sie Stich um Stich auf feines Leinen setzt, in ganz bestimmten Träumen. Sie schickt die mißliebigen Gestalten der Freier, die bisher um sie warben, in einen Fluß, dessen Wasser sie mitfortnehmen. Aus dem Fluß aber steigt, das nasse Hemd, die nasse Hose eng an den Körper geklebt, ein junger Mann, der ein Schafknecht ist und torkelt ans Ufer. Ein anderer zieht ihm das Hemd aus und reibt seinen Oberkörper mit Strohbüscheln trocken. Wieder sieht Elisbeth den kräftigen, rot geriebenen Rücken des Schafknechts, seinen zwar gebeugten, aber starken Nakken, auf dem der Flaum heller Haare sitzt.
Ein ganz eigenes Gefühl durchrieselt dann ihren unberührten Körper. Sie legt die Näharbeit in den Schoß und will dieses Gefühl, das sie gleichzeitig frösteln läßt und erhitzt, so lang bewahren wie es nur geht. Sie will das Bild des Schafknechts Mathias Palt behalten, will es lebendig sein lassen, es sich zu eigen machen für immer.
Fran kommt die Stiegen herauf. An Elisabeths Augen bemerkt er, daß sie ihn nicht wahrnimmt. Er bleibt stehen bis sie seine Gegenwart spürt. Unwillig wendet sie sich ihm zu.
Geh wieder, sagt sie, ich will allein bleiben.
Fran kennt Elisabeth seit ihren Kindertagen. Er durchschaut sie auch jetzt. Er weiß, er braucht nur eine kleine Weile zu warten, dann wird sie ihm eine Frage stellen, deren Inhalt und Worte einander stets gleichen.
Was macht der Schafknecht in seiner jämmerlichen Hütte, fragt Elisabeth mit Spott in der Stimme.
Es geht ihm gut, antwortet Fran fröhlich. Das Gras seiner Wiese ist saftig und würzig. Seine Schafe haben das

schönste Fell und geben die beste Wolle. Das Klaubholz, das er im nahen Wald findet, ist hell und trocken, gut für ein wärmendes Feuer. Er ist dabei, noch ein Stück Boden zu roden, um Korn

Sei still, fällt ihm Elisabeth ins Wort, ich weiß, daß Du übertreibst. Was soll ihm denn schon gelingen mit diesem diesem Krüppel an seiner Seite.

Das ist der Augenblick, wo Fran sich mit aller Kraft beherrschen muß, um Elisabeth nicht an ihren unverbrauchten Händen zu packen und ihr ins Gesicht zu schreien.

Die Eva ist kein Krüppel, sagt er leise, sie arbeitet genauso hart wie der Mathias. Und sie wird immer schöner.

Der letzte Satz ist für Fran Triumph und Schadenfreude zugleich. Denn jetzt springt Elisabeth auf, die Näharbeit fällt zu Boden.

Du lügst, ruft sie, wie kann sie schön sein, sie, die Tochter einer Mörderin.

Versündige Dich nicht, antwortet Fran streng, wer andere verleumdet, den straft Gott.

Daß diese Müllerswitwe schuld war am Tod ihres Mannes, das hat schon der Bandlkramer vor vielen Jahren erzählt, meint Elisabeth höhnisch, da ist was Wahres dran. Und warum der Johann Palt umgekommen ist, weiß man auch nicht genau. Und daß es ihre Tochter getrieben hat

Elisabeth. Elisabeth, sagt Fran nur. Er ballt die Hände zu Fäusten und versteckt sie in seiner Kutte. Als er sich gefaßt hat, fragt er beiläufig:

Warum interessierst Du Dich denn für die beiden?

Gar nicht interessier ich mich für sie, gar nicht, sagt Elisabeth und setzt sich wieder hin.

Kommst Du dann herunter in die Stube, fragt Fran freundlich.

Vielleicht, erwidert sie mürrisch, vielleicht später.

Ich bin Eva, die Tochter der Witwe des seltsam ums Leben gekommenen Müllers. Das Wort seltsam wird mich ewig verfolgen, so oft habe ich es gehört. Ich bin Eva und kann mich an diesen Vater nicht mehr erinnern. Man sagt auch, er sei gar nicht mein Vater, irgendein anderer sei es gewesen, aber keiner sagt, wer. Ich bin Eva, die es für den Johann Palt, den zweiten Mann meiner Mutter, nicht gegeben hat. Als ich klein war, sind seine Blicke über mich hinweggegangen. Als ich größer wurde, hat er durch mich hindurchgesehen. Seinen Sohn, den kleinen Hans, hätte ich, nach dem Willen meiner Mutter, später heiraten sollen. Damit ich mit ihm zusammen in den Besitz des Hofes komme. Sie hat alles daran gesetzt, daß es geschieht. Ich bin Eva, die den kleinen Hans wie einen Bruder geliebt hat, sich um ihn gesorgt hat, ihn betreut hat. Nie konnte ich ihn mir als meinen Mann vorstellen. Ich bin Eva, die mit dem großen Bruder des kleinen Hans, den man von Haus und Hof gewiesen hat, in Sünde lebt. In einer Hütte, durch die der Wind pfeift und die Kälte dringt, die auch das heftigste Feuer nicht erwärmen kann. In einer Hütte, die dort steht, wo einmal einmal ein Dorf war, aus dem Kriege und Seuchen die Bewohner vor Jahrhunderten vertrieben haben. Mathias, mit dem ich lebe, sagt, uns wird niemand vertreiben, wir können hier bleiben für immer. Aber ich, Eva, habe ständig Angst, daß man uns vertreibt. Ich will diese Angst nicht zeigen. Ich war nie ängstlich. Es hat mich auch nie bedrückt, daß ich nur sieben Finger habe. Aber nun beginnt es mich zu bedrücken. Seltsam ist das, auch ich muß dieses Wort gebrauchen. Oft liege ich wach und bete, Gott möge mir die restlichen drei Finger noch schenken. Gleich darauf wird mir klar, daß Gott das Gebet einer Sünderin, wie

ich es bin, nicht erhören kann. Falle ich dann in einen Traum, sehe ich meine beiden Hände vor mir und, was für ein Wunder, es sitzen fünf Finger an jeder Hand. Nach dem Erwachen zähle ich nach: Eins, zwei, drei vier, fünf, sechs, sieben – es werden nicht mehr. Und dann überkommt mich wieder diese Angst, ich drehe mich um, vergrabe mein Gesicht in der groben Decke, bis ich keine Luft mehr kriege und laut Atem hole. Mathias, der neben mir liegt, hört es und fragt: Was ist mit Dir? Nichts, antworte ich, nichts, und er schläft weiter.
Ich bin Eva, ich singe gern. Am liebsten ist es mir, wenn ich zu einer Melodie selbst die Worte finde. Ein einziges Mal hat Mathias solche Worte aufgeschrieben. Schwarz und deutlich standen sie da, in Buchstaben, die ich nicht kenne. Ich war richtig stolz. Jetzt haben wir kein Papier und können auch keines kaufen. Bringt Fran einmal ein Blatt mit, braucht es Mathias selbst. Er schreibt auf, was auf unserem Boden hier gedeiht und was nicht. Vieles gedeiht nicht. Ich singe noch immer gern. Aber mir fallen nur noch selten eigene Worte dazu ein.
Ich bin Eva, ich bin einundzwanzig Jahre alt, mit zwanzig habe ich ein Kind geboren. Es war eine schwere Geburt. Nur Mathias war bei mir. Wäre ich zu Hause gewesen, wäre mir meine Mutter beigestanden. Aber meine Mutter sehe ich nicht mehr. Nach der Geburt ist mein Blut noch tagelang auf den Lehmboden getropft, ich habe geglaubt, es hört nimmer auf. Mein Strohsack war nicht mehr zu gebrauchen, Mathias hat mir seinen gegeben, jetzt schläft er auf dem blanken Holz. Das Kind war ein Mädchen, ganz schwach, fast durchsichtig. Ich habe gleich bemerkt, daß es nicht leben will. Der Mathias hat gesagt, daß auch er ganz schwach gewesen ist, daß er sich aber bald kräftig entwickelt hat, man

muß nur warten können. Aus meiner Brust floß fast keine Milch, ich konnte drücken wie ich wollte. Vielleicht war auch die Schafmilch schuld am Tod des Kindes, in meiner Verzweiflung habe ich ihm Schafmilch gegeben, die ist schwer und sauer. Gleich nach dem ersten Mal hat es die Schafmilch verweigert und dann nichts mehr zu sich genommen. Es ist ganz still gestorben, eines Morgens war es einfach tot. Wir werden noch einen Sohn haben, glaubt Mathias. Ich glaube es nicht.
Ich bin Eva und wäre gern wieder fröhlich, so wie früher. Wache ich auf in der Früh, sag ich mir vor: Das wird ein guter Tag. Meistens wird es keiner. Die Arbeit bringt keine Freude, nur Mühsal. Es fehlt uns an so vielem. Was soll man mit einem Holzspaten tun, von dem sich der Eisenrand löst. Was mit einer Schaufel, wenn das Blatt vom Stiel fällt. Was mit einer Sichel, die stumpf ist und stumpf bleibt. Alles alt, verrostet, irgendwo aufgelesen. Der Mathias gibt nicht auf und wird nie aufgeben. Eine schattenloses, wild verwachsenes Stück Boden hat er mühsam gerodet. Das Saatgut aufgetrieben. Aber zu Beginn des Frühjahrs ist der Boden noch einmal gefroren, bei Tag hat es getaut, die kleinen Halme standen hohl, die Wurzeln konnten weder Nahrung noch Wasser aufnehmen. Alles war vergeblich.
Auf dem Türstaffel der Hütte sind wir gesessen und haben die Augen nicht wegnehmen können von diesem Unglück. Wir versuchen es eben noch einmal, hat der Mathias gesagt und meine Hand genommen. Ja, hab ich gesagt, ja.
Ich bin Eva und habe früher alles so lang versucht, bis es mir gelungen ist. Ich versuche es auch jetzt, aber oft vergebens.
Als der Schnee weg war nach einem langen, kalten Winter ist der Kloibenstrunk hier aufgetaucht. Mit dem Hund Spero, der ganz wahnsinnig vor Freude war, als er

den Mathias gesehen hat. Mathias und Kloibenstrunk haben lang miteinander geredet, während ich in einer Ecke gesessen bin und Wolle sortiert habe. Die Wolle unserer Schafe, wir haben jetzt sieben Stück, ist grob, viel gröber als die der herrschaftlichen Tiere, das kommt davon, weil es bei uns kälter ist als unten in der Ebene, außerdem schaben unsere Schafe ihre Wolle oft an den Bäumen ab, dadurch wird sie noch rauher, ich muß viel davon weggeben. Um sie zu verkaufen, geht der Mathias sehr weit, von den hiesigen Händlern will uns nämlich niemand was abnehmen. Soviel ich gehört habe, will der Kloibenstrunk nicht lang mehr Schäfer sein. Er kommt jetzt öfter vorbei, immer mit Spero und redet mit Mathias.
Sie reden dann von Büchern und von den Sternen. Davon verstehe ich nichts. Ich bin Eva. Ich kann nicht schreiben und nicht lesen. Aber ich singe gern und gut.
Der kleine Hans war auch einmal da. Ganz plötzlich ist er aufgetaucht aus dem Wald, ich habe ihn nicht gleich erkannt. Er läßt die Schultern hängen, er wirkt fast kleiner als früher und trippelt ein bißchen. Mich hat er angeschaut, als hätte er mich nie vorher gesehen. Er wollte mit seinem Bruder Mathias sprechen, der war gerade unterwegs. Der kleine Hans hat sich lang und genau in unserer Hütte umgesehen. Er hat kein Wort gesagt, die Armseligkeit unserer Behausung aber erkannt. Vor dem Mathias ist er erschrocken, fast in sich zusammengekrochen. Dann hat er die Schultern, so weit es möglich war, zurückgenommen und gesagt:
Laß die Eva gehen.
Wohin soll ich sie gehen lassen?
Nach Hause. Wo sie hingehört.
Sie kann gehen. Wann sie will. Frag sie, ob sie will.
Kommst Du zurück mit mir, Eva? Nach Hause?
Nein, Hans, habe ich geantwortet, nein, nie mehr. Dabei

sind mir die Tränen über die Wangen gelaufen, obwohl ich es nicht gewollt habe. Ich werde ihn ewig, ewig so davongehen sehen, wie das bucklige Mandl aus dem Lied, das ich mit ihm gesungen habe.
Nachts hat mich der Mathias in die Arme genommen und gesagt, er hat gewußt, daß ich so antworten würde, er hat keine Sorge gehabt. Es war wieder wie die Sternmoosnacht und ich, Eva, habe meine Angst in seinem Herzen vergraben.

Im Frühsommer 1782 erzählte ein Bauer aus St. Bernhard, er sei in der Schenke zu Wildberg eingekehrt und habe dort die seltsamsten Umstände vorgefunden. Die Schenke sei arg verschmutzt gewesen, von stickiger Luft erfüllt. Der Schenkenwirt, ein gewisser Nagel, übel beleumundet wegen einst begangenen wiederholten Betrugs an seinen Gästen, sei mit einem anderen in einer dunklen Ecke gesessen und habe mit diesem ein leises, aber erkennbar heftiges Gespräch geführt. Er, der Bauer, habe ab und zu einen Schluck von dem krachsauren Wein getrunken, schweigend, denn er war der einzige Gast. Aufgehorcht habe er erst, als vereinzelt laute Worte fielen, er habe das Wort Drohung und Erpressung gehört, dann konnte er, weil die beiden einander nur noch wütend anschrien, nichts mehr verstehen. Schließlich sei der, der bei Nagel saß, aufgesprungen, habe diesen mit beiden Händen an den Schultern gepackt, ihn niedergedrückt und gebrüllt: Nie wieder will ich Dich sehen, verstehst Du, nie wieder. Wie ein Narr sei er an ihm vorbeigerannt und er habe zu seinem größten Erstaunen den Schäfer des Stiftes Altenburg, Kloibenstrunk, in ihm erkannt.
Die Geschichte des Bauern machte im Dorf die Runde. Sie gelangte auch zu Ohren des gelähmten Forstmeisters, der sie Philomena erzählte.

Vier Jahre waren fast vergangen, seit Philomena zufällig an einem vorbeifahrenden Mann den Pelz aus Marderfellen erkannt hatte, der einst im Besitz von Johann Anton von Selb gewesen war. Damals hatte ihr dieser Mann Angst eingejagt, weil sie glaubte, in ihm jenen Menschen zu erkennen, der ihr einst Hilfe für Johann Anton angeboten und den sie dann für einen Betrüger gehalten hatte, ohne einen Beweis dafür zu haben. Sie hatte zu niemandem von diesem Verdacht gesprochen und diesen Mann nicht wieder gesehen. Obwohl sie ihn nicht vergessen konnte, klangen Angst und Unruhe langsam ab, ihr Leben floß still dahin, erfüllt von der Pflege des Forstmeisters, den Gesprächen mit ihm, geprägt von den gleichförmig ablaufenden Ereignissen des Kirchen- und Bauernjahres, von kleinen persönlichen Freuden. Philomena erkannte, daß sie alt wurde, sie fand diesen Zustand nicht beklagenswert sondern angenehm, er schenkte ihr die tröstlichen Bilder einer nachgelebten Vergangenheit, die Ruhe einer erfüllten Gegenwart und die Überzeugung einer stillen, vorbestimmten Zukunft. Daß der Mann im Marderpelz mit dem Schenkenwirt von Wildberg identisch war, wußte sie nicht.

In St. Bernhard erfuhr man auch, daß der Abt des Stiftes Altenburg das diesjährige Fronleichnamsfest besonders feierlich gestalten wollte. Als Zeichen der trotz aller kaiserlichen Dekrete noch immer bestehenden klösterlichen Macht. Philomena erbat sich vom Forstmeister die Zeit, daran teilzunehmen.

Der Himmel zeigte sich an diesem zweiten Donnerstag nach Pfingsten bedeckt, es sah nach Regen aus. Ein Bauer nahm Philomena auf seinem Leiterwagen nach Altenburg mit. Sie kamen rechtzeitig zur Messe in der Stiftskirche an. Die Kirche war voll von Menschen, sie drängten sich in den Gängen, zwischen den Bänken, standen auf den Stufen zu den Seitenaltären, zwischen den Beichtstühlen. Philomena saß eingezwängt zwischen zwei alten Frauen, außer einigen Leuten aus St. Bernhard bemerkte sie niemanden, den sie kannte. Eine unerklärliche, lang nicht empfundene Unruhe brach in ihr aus. Sie bereute es, hierhergekommen zu sein, sie erhob sich halb, um aufzustehen und hinauszugehen, aber die Messe begann und sie setzte sich wieder. Orgelklang und Gesang, die vollzählig anwesenden Konventualen in ihrem Chorgestühl, inbrünstiger Andacht hingegeben, der Abt in prächtigem Ornat die Messe zelebrierend, umflattert von schwarz-weißen Ministranten, die Ausdünstung flüchtig gewaschener Körper, der Geruch selten getragener Kleider, das Murmeln der Gebete, der Fürbitten, alles umfangen vom Duft des Weihrauchs und vom schmelzenden Wachs der Kerzen, erweckten in Philomena einen panikartigen Zustand. Ihre Hände begannen zu zittern, sie fühlte Schweiß auf Stirn und Wangen, der Schweiß drängte sich zwischen Kleid und Haut, floß langsam und kalt ihren Rücken hinunter. Sie kniete nieder und begann zu weinen, sie war sich fremd wie nie zuvor.

Die Wandlung ging vorbei. Auf dem Hochaltar leuchtete unübersehbar die prunkvolle Monstranz aus versilbertem Messing in ihrem Strahlenkranz. Oberhalb des fein modellierten Buches mit den sieben Siegeln, vom Lamm Gottes behütet, zeigte sich hinter Glas die von einem halbmondförmigen, perlenbesetzten Träger gehaltene Hostie. Die göttliche Hülle des Leibes Christi, in der nun, nach der Wandlung, der Sohn Gottes mit Fleisch und Blut, mit Leib und Seele, als Mensch und als Gott wahrhaftig und wesentlich gegenwärtig war. In dieser Monstranz würde der Abt nach der Kommunion die Hostie und damit den Leib Christi hinaustragen aus dem geweihten Raum der Kirche, inmitten der Prozession der Gläubigen, um zu zeigen, daß Christus auch in der pro-

fanen Welt bei ihnen weilte und sie auch hier seines Segens teilhaftig wurden.
Es dauerte lang, bis Klerus und Gläubige die Kirche verließen, bis die Prozession sich formierte und als endlos langer Zug durch die Höfe des Stiftes die mit Birkenreisern geschmückte Dorfstraße erreichte. Voran die Musik mit ihren Blasinstrumenten, die Schritte aller zu ungewohntem, feierlichen Rhytmus zwingend, dann die weißgekleideten, Blumen streuenden Mädchen, die schüchternen Blicke auf die staubige Straße geheftet. Unter den Fahnenträgern die Schäfer und Hirten von Stift und Dorf. Voran Kloibenstrunk. Er trug den Kopf hoch, sah nicht zur Seite. An der schweren, schräg gehaltenen Stange flatterte das Tuch mit dem Bildnis Christi als guten Hirten und dem Bildnis des Königs David. Dann kamen die Ministranten, die Konventualen. Zuletzt, unter dem Baldachin der Abt, die Monstranz feierlich vor sich hertragend. Ihm folgten, wie von selbst nach Rang und Bedeutung geordnet, die Gläubigen. Beamte des Stiftes, die Kaufleute und Wirte, die wohlhabenden Bauern, die armen Bauern, die Inwohner, die Taglöhner, die Abgehausten, die Bettler. Zum Schluß die Frauen. Philomena unter ihnen. Sie hatte sich gefaßt, sie glaubte ihren Körper wieder zu beherrschen, seine Schwäche überwunden zu haben.
Als der Zug den ersten, von Blumen umkränzten Altar erreichte, begann es in feinen Strichen zu regnen. Das Wasser mischte sich mit dem Staub zu glitschigen Klumpen. Philomena, mit sich selbst beschäftigt, bemerkte es nicht, rutschte aus und stürzte zu Boden. Sie stürzte in die sie umgebenden Frauen hinein, rutschte mit vorgestreckten Armen ab an Kitteln und Beinen und blieb liegen. Einige wollten stehenbleiben, um ihr zu helfen, wurden aber von den Nachfolgenden nach vorn gedrängt. Erst jetzt hörte Philomena, daß die Kirchen-

glocken ohne Unterlaß läuteten, daß ihr Klang schmerzhaft in ihren Ohren dröhnte. Sie versuchte aufzustehen, es gelang ihr nicht. Ein Mann, der nicht im Zug mitging und an einer Hauswand lehnte, wurde von einer der Frauen mit bittender Geste hergerufen. Er näherte sich unwillig und zog Philomena an beiden Armen langsam hoch. Als sie sich gegenüberstanden, erkannten sie einander. Sekundenlang verhielten sie sich regungslos, Blick in Blick gesenkt.

Philomena wußte nun, daß dieser Mann den Pelz des Freiherrn getragen hatte. Daß er es war, der, vornehm gekleidet aber zwielichtig in seinem Verhalten, sie auf Schloß Wildberg besucht und sich als selbstloser Helfer für Johann Anton angeboten hatte. Sie erkannte in diesem Augenblick, daß er ein Betrüger war.

Auch Schintnagel fand in den gealterten Zügen Philomenas jene Dame wieder, von der er glaubte, er hätte sie, in seinem besten Auftritt, durch Benehmen und wohlgesetzte Worte von seinen lauteren Absichten überzeugt. Aber gleichzeitig wurde ihm klar, daß sie ihn jetzt durchschaut hatte.

Sie sprachen kein Wort. Philomena fügte sich in die Porzession wieder ein. Schintnagel entfernte sich mit raschen Schritten.

Was dann geschah, bewegte die Menschen in Stift und Dorf Altenburg, bewegte die Bewohner der umliegenden Dörfer noch lange Zeit.

Zu Beginn des Jahres 1782 betrugen die Passivkapitalien des Stiftes Altenburg 85.860 Gulden, an reinen Einnahmen wurden 14.769 Gulden und 48 Kreuzer ausgewiesen. Im selben Jahr wurde ein Personalstand von 40 Geistlichen erhoben. Für den Abt verrechnete man jährlich 1500 Gulden, für jeden Konventualen und Offizialen 300 Gulden und zwar für Kost, Wein, Kleidung,

Wäsche, Holz, Licht und anderes. Weitere Ausgaben erforderte der Unterhalt der Pfarrherren und Cooperatoren der zum Stift gehörenden Pfarren, die Deputate an Holz und Korn nicht eingerechnet.
Der Abt Berthold Reisinger sah sich wieder einmal gezwungen, die Schuldenlast des Stiftes zu verringern. Er besprach sich mit dem Prior, und sie kamen überein, außer einigen Äckern und Wiesen auch die Mahlmühle zu Wildberg zu verkaufen. Durch eine Indiskretion wurde dieser Plan in Wildberg bekannt, er erzeugte große Unruhe bei den dort beschäftigten Untertanen. Gerüchte über den oder jenen Käufer wurden laut.
Was der Abt nicht ahnen konnte war, daß wenige Monate später eine Verordnung des Kaisers in Umlauf gelangen sollte, die besagte, daß es der gesamten Geistlichkeit verboten sei, Grundstücke, Realitäten, Kapitalien, Pretiosa, nicht zum Wirtschaftsbetrieb gehörende Mobilien, alle bestimmten oder unbestimmten jährlichen Nutzungen oder Einkünfte ohne landesfürstliche Bewilligung zu veräußern. Außer den angedrohten Strafen bei Nichtbefolgung der Verordung gab es noch einen Punkt, von dem der Kaiser sich deren genaue Beachtung versprach. Jeder, der eine unerlaubte Veräußerung eines solchen Vermögen entdeckte und sie den zuständigen Stellen meldete, sollte unter Verschweigung seines Namens drei Jahre hindurch vier Prozent des geschätzten Verkaufspreises erhalten.
Das Dekret erreichte den Abt noch rechtzeitig, um einen kurz vor dem Abschluß stehenden Verkauf der Mahlmühle zu verhindern. Der Inhalt des Dekretes kam auch dem Verwalter von Schloß und Gut Wildberg und durch ihn einigen dort Beschäftigten zu Ohren. Von der Aufgabe der Verkaufspläne hatte der Verwalter nichts erfahren. Er gab seiner Besorgnis Ausdruck, daß ein Verkauf im letzten Augenblick doch noch zustandegekommen

sein könnte.

Es war unvermeidlich, daß auch Schintnagel von der Sache erfuhr. Und er plante, sich dieses Wissen zunutze zu machen. Als er nach dem ungeheuerlichen Vorfall, den er gegen Ende der Fronleichnamsprozession verursacht hatte, von zwei Knechten in das Stift geschleppt wurde, hatte er sich die Strategie seiner Vorgangsweise längst überlegt.

Der Abt erwartete ihn in einem der Räume der Prälatur. Er verlangte, daß Schintnagel in angemessener Entfernung von ihm stehenbleibe. Die Knechte schickte er hinaus.

Mit kühler, ruhiger Stimme fragte Berthold Reisinger, warum der Schenkenwirt Nagel dem Schäfer des Stiftes, Kloibenstrunk, vor dem letzten Altar, kurz nach dem gemeinsamen Gebet, die Fahne entrissen habe. Warum er diese vor den entsetzten Gläubigen in den Staub geworfen und gerufen habe, der Schäfer verdiene es nicht, sie zu tragen, denn er habe sich eines schweren Verbrechens schuldig gemacht. Durch diese unverzeihbare Störung der frommen Prozession, durch die Entweihung der Fahne und die nicht begründete, ungeheuerliche Anschuldigung eines bisher unbescholtenen Menschen sei er selbst schuldig geworden und habe sich nun zu rechtfertigen.

Schintnagel sah zu Boden und schwieg einige Sekunden. Leise, fast unverständlich fing er zu sprechen an. Es sei ihm klar gewesen, sagte er, daß seine Handlungsweise größtes Aufsehen erregen mußte. Er habe es aber als seine Pflicht angesehen, damit den hochwürdigen Herrn Abt über die dunkle Vergangenheit seines Schäfers aufzuklären und die Bevölkerung vor weiteren Missetaten Kloibenstrunks zu warnen.

Nun folgte die von Schintnagel in vielen Stunden sorgfältig vorbereitete Geschichte von einem Steckbrief, mit

dem nach einem Mörder, von dessen Person eine genaue
Beschreibung gegeben war, gefahndet wurde. Mehrere
Besucher seiner Schenke, vertrauenswürdige Leute, hätten ihm von diesem Steckbrief erzählt. Und jeder, wirk-
lich jeder von ihnen, hätte gemeint, daß die Beschreibung des Mörders bis in die kleinste Einzelheit auf den
Schäfer Kloibenstrunk, der den meisten Menschen dieser
Gegend schon seit langem unheimlich sei, zutreffe.
Er selbst habe das nicht glauben wollen. Der Schäfer
Kloibenstrunk sei ihm nur von einigen zufälligen Begegnungen bekannt. Seine auffallende Erscheinung präge
sich aber sofort jedem ein. Einer der Gäste habe ihm
eine Abschrift des Steckbriefes überlassen. Er, der die
Kunst des Lesens verstehe, habe vorerst zur Ansicht
geneigt, daß die Beschreibung des Täters mit der Person
Kloibenstrunks nicht vollkommen übereinstimme. Die
Sache habe ihm aber keine Ruhe gelassen. Und er sei
auf die Idee gekommen, Kloibenstrunk zu einem freund-
schaftlichen Besuch in die Schenke zu laden, um mit
aller Vorsicht zu erkunden, ob der schwerwiegende Verdacht gegen ihn zu Recht bestehe.
Erst nach mehreren Aufforderungen sei Kloibenstrunk
erschienen. Sein Verhalten sei seltsam und abweisend
gewesen, es habe auf Unsicherheit hingedeutet, obwohl
sich außer ihnen beiden niemand in der Schenke befun-
den habe. Dem angebotenen Wein habe der Schäfer mit
unverhohlener Gier zugesprochen. Es sei aber unmöglich
gewesen, mit ihm ins Gespräch zu kommen. Harmlos
gestellte Fragen nach Herkunft und Vergangenheit habe
er nicht beantwortet, er sei nur, schon halb trunken,
schweigend dagesessen. Das habe ihm, Nagel, die Möglichkeit gegeben, seinen Gast genau zu beobachten. Und
mit einem Mal sei, unwiderruflich, die Gewißheit in ihm
aufgestiegen: Ja, das ist er, der Gesuchte, der Mörder.
Gleichzeitig sei ihm klar geworden, er müsse nun aufs

Ganze gehen, sollte es auch ihn selbst in Gefahr bringen. Wortlos habe er den Steckbrief vor Kloibenstrunk hingelegt, der, wie man wisse, sich auch aufs Lesen verstehe. Was dann geschah, könne er nur mit Schaudern berichten. Kloibenstrunk sei aufgesprungen, habe sich auf ihn gestürzt, ihn zu würgen begonnen und gebrüllt: Du willst Dir nur das Kopfgeld verdienen, Du Verräter, gib acht, sonst stirbst auch Du. Plötzlich habe er ihn wieder losgelassen, den roten Wein über den Steckbrief geschüttet, wild lachend das nasse Papier zu kleinen Fetzen zerrissen und sei, dem Satan gleich, zur Tür hinausgefahren. Wie Blut sei der rote Wein vom Tisch auf den Boden geronnen, wie Blut.
Schintnagel schwieg erschöpft. Auch der Abt blieb eine Weile still.
Den Steckbrief gäbe es also nicht mehr, meinte er dann.
Schintnagel hob bedauernd die Schultern, verneinte.
Ob ein anderes Exemplar des Steckbriefes vielleicht aufzutreiben sei, fragte der Abt.
Schintnagel wiegte den Kopf. Nicht einfach, meinte er. Der Gast, der ihm die Abschrift gebracht habe, sei in ein anderes Kronland gezogen.
Und kein Name sei auf dem Steckbrief gestanden, nur eine Personsbeschreibung, fragte der Abt.
Schintnagel nickte eifrig. So sei es gewesen, es komme ja oft vor, daß man den Namen eines Mörders nicht kenne.
Und was, wollte der Abt wissen, solle nun nach Meinung des Schenkenwirtes mit dem Schäfer geschehen?
Schintnagel antwortete nicht gleich. Die Sache schien nicht so zu laufen, wie er es sich vorgestellt hatte. Er biß sich auf die Lippen. War er nicht so gut gewesen, wie er dachte? War er auch damals vor der Dame in Wildberg nicht restlos überzeugend gewesen, wie die heutige, unerwartete Begegnung mit ihr zu beweisen

schien? Unsicherheit überfiel ihn. Der Schäfer habe ihn bedroht, stammelte er, mit Mord bedroht, das müsse doch genügen.
Zeugen? fragte der Abt.
Schintnagel schwieg.
Er könne also keinen Beweis für seine Anschuldigung erbringen, stellte der Abt fest.
Schintnagel senkte den Kopf. Er habe erwartet, meinte er gekränkt, daß der hochwürdige Abt ihm, einem ehrlichen und ergebenen Untertan, Glauben schenken würde.
Das genüge nicht, antwortete der Abt scharf. Von der Ehrlichkeit des Schenkenwirts sei er keineswegs überzeugt. Er erinnere sich, von Betrügereien an dessen Gästen gehört zu haben.
Ein Gefühl der Ohnmacht, der Niederlage stieg in Schintnagel auf. Hektisch suchte er nach Worten, um den letzten Trumpf seines Planes auszuspielen. Es sei ja kein Geheimnis, stammelte er endlich, daß der Abt die Mahlmühle zu Wildberg in Mißachtung der Verordnung des Kaisers verkauft habe. Wie er wisse, berühme sich der Schäfer Kloibenstrunk bereits, dieses Vergehen um der ausgesetzten Belohnung willen anzuzeigen.
Das Gesicht des Abtes wurde blaß vor Zorn. Er rief die Knechte herein. Schintnagel wurde abgeführt und noch im Laufe des selben Tages der Gerichtsbarkeit zu Wildberg übergeben.
Als erschwerend wirkte der Umstand, daß noch vor der Befragung Schintnagels Philomena Burger bei Berthold Reisinger vorgesprochen und ihn vor diesem Betrüger gewarnt hatte. Der Abt hatte ihrer Geschichte mit besonderem Interesse zugehört.
Auch der Schäfer Kloibenstrunk wurde befragt. Ja, er sei in der Schenke gewesen, nachdem ihn der Wirt durch den Schafknecht Lois mehrmals dazu aufgefordert habe. Schließlich sei er, um endlich Ruhe zu haben, hin-

gegangen. Sofort habe der Wirt versucht, ihn zu erpressen. Angeblich hätte ihn der Schafknecht beim Diebstahl frisch geschorener Wolle beobachtet. Nagel habe gewollt, daß er den Abt wegen eines verbotenen Verkaufes bei der landesfürstlichen Behörde verklage und das Schandgeld mit ihm teile. Das habe er empört abgelehnt. Daraufhin habe der Wirt erklärt, er besitze Kenntnis von seiner verbrecherischen Vergangenheit und werde diese öffentlich aufzeigen. Er, Kloibenstrunk, könne beschwören, daß es kein Verbrechen in seinem Leben gäbe. Der Wirt habe ihm den Steckbrief, mit dem angeblich nach ihm gefahndet wurde, nicht zeigen können. In wildem Zorn habe er daraufhin die Schenke verlassen. Er gebe zu, daß er den Schafknecht verprügelt habe. Daß er es unterlassen habe, dem Abt Meldung über Erpressung und Drohung des Schenkenwirts zu machen, sei ein Fehler gewesen. Er habe einfach nicht geglaubt, daß Nagel so weit gehen würde. Übrigens sei er nicht allein mit dem Wirt gewesen. Ein Bauer, wahrscheinlich aus St. Bernhard, habe sich zur gleichen Zeit in der Schenke aufgehalten.
Der Bauer wurde ausgeforscht. Er sagte aus, er habe kein Papier gesehen. Weder in Händen des Wirtes, noch in Händen des Schäfers.
Der Abt glaubte Kloibenstrunk. Schintnagel wurde mit sofortiger Wirkung die Pacht der Schenke entzogen. In raschem Verfahren wurde er wegen des Verbrechens der Erpressung und Verleumdung zu einer Strafe von zwei Jahren schweren Kerkers, verschärft durch Zwangsarbeit und Peitschenhiebe, verurteilt. Er wurde in das Gefängnis der nahegelegenen Stadt Horn verbracht.
Die Bevölkerung des Dorfes Altenburg und der umliegenden Dörfer erfuhr diese Geschichte mit den üblichen Veränderungen, in ihrem Inhalt aber gültig. Man traute dem Schenkenwirt von Wildberg die bösen Absichten

zu. Flüsternd von Mund zu Mund hielt man aber auch den Schäfer Kloibenstrunk eines Verbrechens für fähig. Traf man ihn, was selten geschah, wurde sein Gruß nicht erwidert.
Ein neuer Schafknecht kam. Er war still und verläßlich. Kloibenstrunk sprach nur das Notwendigste mit ihm. Oft benutzte er dazu nur seine Hände.

Der Mond der Winternächte hatte ein eigenes Licht. Traf es zwischen den Ästen der Bäume den Schnee, bekam dessen Oberfläche einen stählernen Glanz, der in den Augen schmerzte. Es dauerte eine Weile, bis Mathias sich trotz der Fackel daran gewöhnte, wenn er nachts in den Wald ging, um heimlich Holz zu fällen. Da er keine verräterischen Spuren hinterlassen wollte, hatte er alte Fetzen um die derben Schuhe gewickelt. Manchmal gelang es ihm, regelrecht auf dem Schnee dahinzugleiten, dann schoß kurz ein Gefühl der Freude in ihm hoch, aber Säge und Beil, die er auf seinem Rücken trug, rissen seinen Oberkörper immer wieder nach vorn. Der Jungwald war stets sein Ziel. Größere Bäume konnte er allein nicht fällen. Er suchte junge Fichten oder Buchen, sie gaben, zu Scheitern zerkleinert, ein gutes Feuer. Oft wurden seine Hände während des Schlägerns so klamm, daß er sich vor Schmerzen die Lippen zerbiß. Dann half ein Schluck aus der Branntweinflasche. Aber er mußte rasch weitermachen, er hatte nicht viel Zeit. In der Hütte lag Eva wach.
Immer öfter geschah es, daß sie nicht schlafen konnte. Seit er es wußte, machte er sich Sorgen um sie. Dann stellte er sich die Frage, was er ihr antat mit diesem Leben. Sie sang immer seltener. Es gehe ihr gut, sagte sie, wenn sie bemerkte, daß er sie beobachtete. Sie sagte es ganz beiläufig, im gleichen Tonfall, in dem sie von Alltäglichkeiten sprach. Er erkannte, daß ihr die leichte

Winterarbeit schwer fiel. Als sie einmal ein Stück Holz zu Spänen spaltete, fuhr ihr das Messer tief in den Daumen der linken Hand. Die Wunde heilte lang nicht. Eva sagte, wäre der Daumen weggewesen, wäre ihr nur der kleine Finger an dieser Hand geblieben,es hätte nichts ausgemacht. Meistens sei ja die Arbeit, die sie hier verrichtete, vergeblich gewesen. Damals hatte Mathias zum ersten Mal Angst um sie.

Die junge Buche, die er in dieser Nacht fällte, fiel mit leisem Knarren in den Schnee, sank lautlos ein. Die helle Schnittfläche des verbliebenen Stumpfes dunkelte durch die Feuchtigkeit der fallenden Flocken rasch nach. Früher, als er noch bei seinem Großvater Griegnstainer lebte, hatten sie in jede Schnittfläche als Dank mit dem Beil ein Kreuz gezeichnet. Mathias zögerte kurz. Dann wandte er sich ab und ging. In den nächsten Tagen wollte er die Buche mit Seilen aus dem Wald schleppen. Auf dem Heimweg dachte er an Kloibenstrunk, der trotz der schlimmen winterlichen Verhältnisse immer öfter bei ihnen auftauchte. Sein Entschluß, die Schäferei der Stiftsherrschaft zu verlassen, war nach dem Vorfall mit dem Schenkenwirt und der daraus entstandenen vollständigen Ausgrenzung seiner Person endgültig gefaßt. Zum ersten Mal sprach er, in Evas Gegenwart, zu Mathias von seinen Plänen, sprach von fremden Ländern, wo es warm war, wo es keine Winter gab wie hier, wo einem die Arbeit leicht von der Hand ging. Dann wünschte Mathias, Kloibenstrunk würde schweigen wie früher oder nur von Büchern und Sternen reden. Von den Sternen sprach er auch jetzt. Er erwarte von ihnen das Zeichen zum Aufbruch, sagte er.

Auch in dieser Nacht spürte Mathias, daß Eva neben ihm nicht schlief. Er spürte es trotz der Regungslosigkeit ihres Körpers, trotz ihres leisen, regelmäßigen Atems, in dem er ein Seufzen zu hören glaubte.

Auch in dieser Nacht war ihm, als hörte er draußen das Heulen von Wölfen. Aber es gab in diesem Winter keine Wölfe in der Gegend.

Noch bevor das Frühjahr kam, wurden der Wildberger herrschaftliche Jäger, seine Frau und seine drei Kinder, das Jüngste zwei Jahre alt, ermordet in ihrem Haus aufgefunden. Man hatte sie, wahrscheinlich mit einem Messer oder Dolch, regelrecht im Schlaf hingerichtet. Die schreckliche Tat erregte überall größtes Aufsehen. Man erzählte, der Jäger hätte einen nicht unbeträchtlichen Geldbetrag, Ersparnis aus großmütigen Spenden hoher Jagdgäste, in seinem Haus aufbewahrt. Als man das Haus nach dem Mord durchsuchte, wurde kein Geld gefunden. Der Landesgerichtsverwalter nahm die Erhebungen auf.

KAPITEL 8

TONSCHERBEN UND UHRENMÄNNCHEN

Der Bauer Melchior Patzelt, der mit Frau und Sohn den einsam gelegenen Hof am Ufer des Kamp nahe des steilen Felsens, der den Namen Hängender Stein trug, bewirtschaftete, fand in jener Frühsommernacht keinen Schlaf. Die rheumatischen Schmerzen, die ihn seit dem strengen Winter plagten, hatten sich auch in der warmen Jahreszeit nicht gebessert. Er warf sich von einer Seite auf die andere und stöhnte vor sich hin. Als er den Ruf 'Hol über' von jenseits des Flusses hörte, glaubte er zunächst sich zu täuschen. Patzelt, dessen ärmliche Wirtschaft ihm und seiner Familie gerade das Überleben erlaubte, war Besitzer eines Kahns. Mit ihm holte er, was nicht oft geschah, wandernde Handwerksburschen, Jäger oder auch Fremde, die ihren Weg in südlicher Richtung fortsetzen wollten, über den Fluß. Dafür bekam er ein paar Kreuzer, die er gut brauchen konnte. Als der Ruf 'Hol über' immer wieder und immer lauter ertönte, verließ Patzelt fluchend sein Bett und schlüpfte in seine Kleider.

Trotz des bedeckten Himmel und des schwachen Lichts seiner Laterne konnte Patzelt zwei Gestalten am anderen Ufer des Flusses erkennen. Ihren Umrissen nach ein Mann und eine Frau. Es war windstill, das Wasser floß ruhig dahin, Patzelt brauchte nicht lang, um überzusetzen. Den Mann erkannte er sofort, obwohl er ihn noch nie gesehen hatte. Seit dem Mord an dem Wildbergschen Jäger gingen über seine Person die schlimmsten Gerüchte, jeder wußte, wie er aussah. Patzelt hatte keinen Zweifel, daß es sich um den stiftsherrlichen Schäfer Martin Kloibenstrunk handelte. Wer die Frau war, wußte er nicht. Sie war kleiner und so dick vermummt, daß man ihren Körperbau nicht erkennen konnte. Das Gugltuch hatte sie weit über die Augen, ein anderes Tuch weit über den Mund gezogen. Patzelt fiel auf, daß sie die linke Hand, die sie unter ihrer Kleidung versteckt hatte, auch während der Überfahrt nicht zeigte.

Die beiden seien, als sie ausgestiegen waren, in Richtung Pfaffenleiten im Wald verschwunden, erzählte Patzelt aufgeregt, als er früh am nächsten Morgen im Stift Bericht erstattete. Sehr rasch seien sie gegangen, fast gelaufen, so, als ob jemand hinter ihnen hergewesen wäre. Mitgehabt hätten sie nur ein einziges, sackartiges Gebilde, das habe der Kloibenstrunk auf seinen Schultern getragen. Es sei nicht sehr groß gewesen, es könnte sich, fügte er leise hinzu, um einen Geldsack gehandelt haben.

Der Kanzlist des Stiftes Altenburg nahm die Aussage des Bauern Melchior Patzelt zu Protokoll. Erst als das Verschwinden des Schäfers Martin Kloibenstrunk, dem man bisher keine Schuld am Tod des Wildberg'schen Jägers hatte nachweisen können, offenkundig wurde, begann man sich für den Grund seines unerlaubten Fortgehens zu interessieren. Einige Tage später erfuhr man in Stift und Dorf, daß die Frau, die den Schäfer begleitet hatte, Eva, die Tochter der Witwe des seltsam ums Leben gekommenen Müllers, gewesen war. Was niemanden wunderte von einer, die bisher mit dem Mathias Palt in der Sünde gelebt hatte.

Seither war viel Zeit vergangen. Aber immer noch bewegte jene Nacht vom 12. auf den 13. Juni 1784 als Albtraum Mathias' Schlaf und als unüberwindbarer, wütender Schmerz viele Stunden seiner Tage.

Am Abend vorher war Mathias lang draußen gewesen, denn es blieb schon lang hell. Das Korn schien in diesem Jahr endlich zu gedeihen auf dem mühsam gerodeten Acker. Er hatte Unkraut ausgerissen, mit tief gebücktem Rücken, viele Stunden lang. Hornkraut, Leindotter und Wolfsmilch wuchsen bereits kräftig im Schutze des reifenden Getreides. Irgendwann erschien Kloibenstrunk mit Spero und fragte ihn, ob er den Hund dalassen dürfe. Er und der Schafknecht müßten nach zwei Tieren ihrer Herde suchen, die sich verirrt hatten. Der Hund würde sie doch aufspüren, meinte Mathias erstaunt, Kloibenstrunk aber antwortete, ohne Hund würden sie sich leichter tun. Sie wechselten sonst nicht viele Worte. Mathias fiel auf, daß Kloibenstrunk nicht ruhig wegging, sondern weglief, als würde es ihn forttreiben. Er sah darin nichts Außergewöhnliches. Seit dem Mord an dem Wildberg'schen Jäger und dem immer lauter werdenden Verdacht der Bevölkerung, der Schäfer könnte damit was zu tun haben, sicher sei was Wahres dran gewesen an den Anschuldigungen des Schenkenwirts, war Kloibenstrunk immer stiller geworden. Die Gerüchte um seine Person hörten auch nicht auf, als sich nach seiner Befragung durch den Gerichtsverwalter herausstellte, daß er die Tat nicht begangen haben konnte, weil er die fragliche Nacht zusammen mit dem Knecht im Schafstall verbracht hatte. Seltsamerweise sprach Kloibenstrunk nicht mehr davon, daß er bald woandershin aufbrechen wollte. Mathias glaubte, daß er noch immer auf ein Zeichen der Sterne wartete.

Das Gespräch, das er mit Eva führte, als er müde und verschmutzt vom Acker heimkam, hatte sich für immer in seinem Gedächtnis eingegraben.

Gibt es was zu essen?

Alle Schafe sind gemolken. Aus der frischen Milch hab ich Käse angerührt. Und neu gebackenes Fladenbrot ist da. Hier ist heißes Wasser zum Waschen.

Das brauch ich auch. Und dann her mit dem Essen.

Steht schon auf dem Tisch.

Und du ißt nichts? Warum nicht?

Ich hab schon gegessen.
Du weißt, das hab ich nicht gern. Ich will Dich bei mir haben, wenn ich esse.
Ich war hungrig. Vom Wiesenmähen.
Wieso vom Wiesenmähen? Das wollten wir morgen gemeinsam machen.
Das Wetter war so schön.
Das Brot ist gut. Du machst die allerbesten Fladen. Hörst Du den Hund draußen bellen? Das ist der Spero.
Wundert es dich nicht, daß der Spero da ist.
Nein. Oder doch. Freilich wundert es mich.
Der Kloibenstrunk hat ihn gebracht. Für zwei Tage. Sie müssen nach verirrten Schafen suchen.
Hat er sonst noch was gesagt, der Kloibenstrunk?
Nein. Ist gleich wieder gegangen. Setz dich wenigstens her zu mir. Warum mußt du jetzt den Boden fegen und alle Töpfe putzen, das machst du doch nie am Abend. Laß es und komm. Sag einmal Eva, warum hast du Deine Haare aufgesteckt so kurz vor dem Schlafengehen?
Hat mich was gestochen, hinten am Hals.
Zeig her. Ich kann nichts sehen. Du bist schon sonderbar. Ich geh schnell hinaus und schau nach dem Hund. Da hängt ja noch Wäsche zwischen den Bäumen. Soviel Wäsche. Du hast ja alles gewaschen, was wir haben. Warum?
Das Wetter war so schön.
Deshalb muß man sich doch nicht krankarbeiten. Ich will nicht, daß Du das tust. Wie Du ausschaust. Ganz weiß bist Du im Gesicht. Gib mir Deine Hand. Die rechte. Du zitterst ja. Fehlt dir was, Eva, um Himmels Willen, sag es mir.
Mathias.
Also fehlt Dir was, ja oder nein.
Nein. Gar nichts. Die Sonne war es vielleicht.
Morgen wird es kühler sein. Der Himmel hat sich schon

bedeckt.
Ja. Bedeckt. Das ist gut. Es wächst soviel Bitterklee am Wiesenrain. Soviel Bitterklee. Schau einmal.
Was willst Du mit dem Büschel? Warum hast Du es ausgerissen? Wirf es weg. Du sollst es wegwerfen, sag ich. Den Rain werde ich morgen mähen. Dann gibt es ihn nicht mehr, den Bitterklee.
Dann gibt es ihn nicht mehr.
Bist Du trauig, was hast Du? Wegen Deiner Mutter, wegen dem kleinen Hans oder warum? Das muß doch endlich aufhören. Eva. Ich bin müd. Mach mir keinen Ärger. Sing was, ja, sing was. Was ist mit Dir? Du sollst singen, nicht weinen. Gut. Ich geh jetzt schlafen. Morgen wird alles anders sein.
Am nächsten Morgen war alles anders. Als Mathias erwachte, war Eva nicht mehr da. Ein Stück von der Hütte entfernt, auf dem Weg hinein in den Wald, lag Kloibenstrunks Hirtenstab.
Das war der Anfang von Stinas Unglück, damals.
Das war der Anfang vom Unglück des kleinen Hans, damals.
Das war der Anfang von Frans Unglück, damals.

Der Kaiser war überzeugt, daß es nicht allen seinen Untertanen bewußt war, welche Vorteile der Staat ihnen schenkte: Schutz ihrer Person, ihres Eigentums, ihrer Arbeit und einen entsprechenden Anteil an Wohlergehen. Es gäbe sonst keinen, der aus Leichtsinn oder Unwissenheit daran dächte, diesen Staat zu verlassen und auf die ihm zuteil werdende Fürsorge zu verzichten. Daher sei es unerläßlich, jede Art von Auswanderung durch ein Gesetz zu verbieten.
Als Auswanderer sei zu betrachten, besagte dieses Gesetz, wer sich aus den Erbländern in auswärtige Länder begebe mit dem Vorsatz, nicht wieder zurückzukehren.

Als Vorsatz nicht wieder zurückzukehren sei zu betrachten, verfügte dieses Gesetz, wenn erwiesen werde, daß jemand ohne Bewilligung der Obrigkeit ausgewandert sei und während dreier Jahre aus sämtlichen Erbländern abwesend bleibe.

Sobald die Auswanderung eines Untertans bekannt geworden sei, verfügte dieses Gesetz, müßten dessen Anverwandte vom Ortsgericht verhört werden, um den Weg, den der Auswanderer genommen, den Ort, wohin er sich begeben wollte, zu entdecken, damit er noch innerhalb der Grenzen zurückgeführt werden könnte.

Die Strafe der Auswanderung, bestimmte dieses Gesetz, bestehe im Verlust aller bürgerlichen Rechte und der Einziehung des Vermögens, das der Auswandernde zur Zeit seines Weggangs besessen habe. Sollte er kein Vermögen besitzen, sei er, im Falle seiner Ergreifung, zu drei Jahren öffentlicher Arbeit zu verurteilen.

Stina wurde im zuständigen Kreisamt verhört. Sie gab an, ihre Tochter habe sie vor fünf Jahren verlassen und habe ihr Leben mit dem des Mathias Palt geteilt. Was sie zum unerlaubten Weggang bewogen, wohin sie sich begeben habe, sei ihr unbekannt.

Auch der kleine Hans sollte im zuständigen Kreisamt verhört werden. Dieses Verhör kam nicht zustande, denn aus dem kleinen Hans brachte man außer der gestammelten Nennung seines Namens nichts heraus.

Nach den Angehörigen der unerlaubt Weggegangenen wurde Mathias Palt zum Kreisamt zitiert. Ohne jedes Zeichen innerer Bewegung erklärte er, er habe zwar Kloibenstrunks Weggang erwartet, nicht aber denjenigen Evas. Da sie sich gemeinsam entfernt hätten, sei anzunehmen, daß sie sich ins Ausland begeben wollten. Einen solchen Plan habe der Schäfer Kloibenstrunk, aber nur was ihn selbst anging, einige Male geäußert. Er glaube nicht, daß auch nur einer von beiden jemals zurückkomme. Von der angedrohten öffentliche Arbeit könnten sie daher nicht betroffen werden. Nach ihnen innerhalb der Landesgrenzen zu suchen halte er für sinnlos.

Aber es gab einen, der es nicht für sinnlos hielt. Fran. Er wurde nirgends hinzitiert, von ihm wollte man nichts wissen. Er aber wollte wissen, was mit Eva geschehen war. Und er machte sich auf die Suche.

Von einem Knecht erbat er sich eine abgelegte Hose und Jacke um sich seiner Kutte entledigen zu können. Die Löcher seiner Schuhe verstopfte er mit in Leim getränktem Papier. Er sammelte das Haltbare aus den Mahlzeiten mehrerer Tage und steckte es in einen Sack. Vom Keller holte er sich unerlaubt zwei Flaschen Wein, nahm den Trinkbecher mit. Er fand ein warmes Unterhemd für kalte Nächte und einen dicken Kotzen für ein Lager im Freien. Den Kotzen wollte er sich um die Hüfte schnallen, den Sack auf dem Rücken tragen. Unter größter Vorsicht kopierte er in der Bibliothek einen Plan, der alle Wege aufzeichnete, die vom Waldviertel bis in die Haupt- und Residenzstadt Wien führten. Nur dort, so stellte er es sich vor, konnten die beiden untergetaucht sein, nur dort entgingen sie der Gefahr, aufgegriffen zu werden, nur von dort aus konnten sie versuchen, in ein südliches Land zu gelangen. Über Kälte, daran erinnerte sich Fran, hatte Eva oft geklagt.Was er vorhatte, hielt er geheim. Eines Morgens Ende Juni brach er auf.

Am ersten Tag kam er am Anwesen des Melchior Patzelt vorbei, er umging den Hängenden Stein, stieg die Pfaffenleiten hinauf und wieder hinunter, glaubte überall noch Spuren von Eva und Kloibenstrunk zu erkennen und war sich dieser Illusion bewußt. Durch dichten Wald gelangte er ins Tal und nach Rosenburg. Dort fragte er nicht nur den Wirt, sondern jeden, den er traf, nach Kloibenstrunk und Eva. Man hatte von ihnen gehört, aber niemand hatte sie gesehen. Er möge doch nicht so einfältig sein zu glauben, die seien mitten durch das Dorf gegangen, meinte einer. Wo doch der Schäfer im Verdacht stehe, ein Verbrecher zu sein. Fran wanderte weiter auf Wiesenpfaden und Waldwegen, ging das Ufer des Flusses Kamp entlang, schlief in Heustadeln und im Schatten der Weiden, schlug im warmen Nachtregen den Kotzen über seinen Kopf und drückte sich, kam Wind auf, an die schützende Wand eines einsamen Hauses. Wen immer er auf diesen heimlichen Wegen traf, Bauern und Halter, Köhler und Handwerker, Bettler und Fremde, fragte er nach Kloibenstrunk und Eva. Manchmal fragte er auch nur nach Eva allein, in der Hoffnung, sie hätte sich von Kloibenstrunk getrennt und sei auf dem Weg nach Hause.

Im Laufe seiner Wanderung und Suche kam Fran über Gars und Plank nach Schönberg, und traf, durch ein Hagelgewitter bis auf die Haut durchnäßt, in den letzten Ausläufern des Waldes auf Zigeuner, die ihm erlaubten, sich an ihrem Feuer zu wärmen. Er konnte in ihren dunklen, fremden Gesichtern jene Spuren von Verschlagenheit und Heimtücke nicht finden, von denen in Stift und Dorf gesprochen wurde. Immer öfter fühlte er sich erschöpft, immer öfter mußte er stundenlang rasten. Als er die von Weinbergen umgebene Landschaft von Langenlois erreichte, versetzten ihn das milde Klima und die sonnenüberfluteten Rebhänge in Erstaunen. Hier traf er zum ersten Mal auf einen Handwerksburschen, der ihm auf seine Frage antwortete, er sei auf einem abgelegenen Weg einem Paar begegnet, das in großer Eile dahingegangen sei. Seinen Gruß hätten sie nicht erwidert, wahrscheinlich, um ihn nicht ansehen zu müssen. Der Mann groß und dunkel, die Frau zart, mit braunem Haar, fragte Fran in höchster Erregung. Ja, daran glaube er sich zu erinnern, meinte der Handwerksbursche. Sie hätten die südliche Richtung eingeschlagen, die südliche, ganz sicher.

Was Fran nicht wußte, war, daß der Handwerksburche niemanden gesehen hatte. Aber er hatte seinen Spaß gehabt an diesem sonderbaren Menschen, der verkommen aussah und krank schien vor Müdigkeit. Nur seine Augen waren nicht müd gewesen, ein Glanz unzerstörbarer Hoffnung war darin.

Fran schleppte sich weiter, die Strecke, die er täglich zurücklegte, wurde immer kürzer, die Schwäche seines Körpers nahm zu. Das Essen mußte er sich bereits erbetteln, nur Wasser gab es genügend aus Quellen und Brunnen. Auf den Lagern auf Stroh oder Heu, auf dem Boden des Waldes oder der Wiesen fand er nicht den Schlaf, den er brauchte. Wirre Träume und Ängste erschreckten ihn, immer wieder tauchte Evas Bild vor ihm auf. An der Seite Kloibenstrunks, der sich zuwenig um sie sorgte und den er zu hassen begann. Oder von Kloibenstrunk verlassen, allein, hilflos, allen Widerwärtigkeiten des Lebens preisgegeben. Dann versuchte er seine Tränen zu unterdrücken. Eines Nachts gab er diesen Versuch auf.

Frans Aussehen näherte sich dem eines Bettlers. Die Kleidung, ständig auf dem Körper getragen, war zerrissen und verschmutzt, sein Schuhwerk zerfetzt. Das ungepflegte Haar, der auf Kinn und Wangen wachsende Bart, der Geruch, der von ihm ausging machten ihn einem Unbehausten ähnlich. Immer öfter wies man ihn ab, wenn er um Brot bat.

In der Nähe von Fels am Wagram konnte er nicht mehr weiter. Das war im Juli nach einer Periode heftigster Gewitter. Schwüle, feuchte Luft lag über der Landschaft. Fran gab es auf, den Schweiß von Stirn und Wangen zu wischen. Seine Hände klebten, er fühlte sich wie ausgeleert, er taumelte. Als abends der schwere Himmel fast die Wipfel der Bäume streifte, sank er um. Er lag hingestreckt zwischen Unkraut und Disteln, kleine Steine bohrten sich in seinen Rücken, Ameisen krochen seine Arme hinauf. Nachts schüttelte ihn das Fieber. Es bescherte ihm zum ersten Mal nach langer Zeit einen wunderbaren Traum. Er sah Eva in der kaiserlichen Stadt, in der es nur prächtige Häuser, gute Menschen und keine Armut gab. Er sah sie in einem Saal, prunkvoller als alle Säle seines Stiftes, in diesem Saal saßen auf rotgoldenen Stühlen vornehme Damen und Herren. Auf einer Art Bühne stand Eva. Ganz in weiße Seide gekleidet, feine Schuhe an den Füßen, das Haar in Locken gelegt. Sie sang, begleitet von einem kleinen Orchester, eine schwierige Arie, ihre glockenhelle Stimme hob sich hinauf in höchste Höhen, immer von neuem, immer strahlender, bis am Ende die vornehmen Damen und Herren begeistert in ihre Hände klatschten. Eva knickste in vollendeter Art, nichs Bäuerliches, nichts Derbes war an ihr, und als sie den Kopf hob, stand ein Leuchten in ihrem Gesicht. Noch einmal, noch einmal, verlangte Fran im Fieber, aber Evas Bild kam nicht wieder.

Am Nachmittag des nächsten Tages fand ihn ein Bauer, der das Wachstum seiner Erdäpfelpflanzen auf einem nahen Acker prüfen wollte, noch immer am selben Platz. Er glaubte zuerst, dieser Mensch sei tot. Aber Fran begann, ohne seine Lage zu verändern, leise Worte zu flüstern, die der Bauer nicht verstand. Da er zufällig eine leere Schubkarre mit hatte, lud er Fran fluchend auf und fuhr mit ihm in den Ort und vor das Pfarrhaus, wo er ihn dem Mesner übergab.

Im Pfarrhaus durfte Fran bleiben, bis das Fieber verschwand. Daß er ein Laienbruder im Benediktinerstift Altenburg sei, wollte ihm der Pfarrer lang nicht glauben. Als ein Viehhändler mit seinem Wagen dorthin fuhr, gab

man ihm Fran mit. Eingepfercht zwischen quiekenden und stoßenden Schweinen, immer wieder von Schwächeanfällen gepeinigt, überstand Fran die Fahrt. Im Stift erkannte man ihn zunächst nicht. Als sich herausstellte, wer er war, brachte man ihn in die Krankenstube. Berthold Reisinger entschloß sich, aus Mitleid mit dieser armen Seele, die allem Anschein nach nicht wußte, was sie getan hatte, Nachsicht zu üben. Es dauerte lang, bis Fran gesund wurde. Als er halbwegs bei Kräften war, teilte man ihn zu den bisher von ihm getanen niedrigen Arbeiten wieder ein.
Erst gegen Ende August machte er sich in den Stranzlwald zu Mathias auf den Weg. Sie standen vor einander, und es war, als hätte sich ein Schatten zwischen sie geschoben.
Warum ist sie mit dem Kloibenstrunk gegangen, fragte Mathias.
Warum ist sie nicht bei Dir geblieben, fragte Fran.

Während der zwei Jahre, die seit Evas Verschwinden vergangen waren, hatte sich Mathias' Leben verändert. Er wußte es, aber er wollte es nicht wissen. Einige Monate teilte noch der Hund Spero, alt und fast unbeweglich, seine Einsamkeit. Mathias begann zu ihm zu sprechen, zuerst leise, dann laut, wie zu einem Menschen. Er sprach zu ihm über die Schwierigkeiten seines Arbeitstages, über die Mißerfolge, die sich mehrten. Es konnte auch geschehen, daß er untätig vor der Hütte saß, gedankenlos in den Himmel starrte und nur wegblickte, wenn Spero leise Schmerzenslaute von sich gab. Alles, was Eva gepflanzt hatte, Gemüse, Kräuter, Erdäpfel auf einem kleinen Fleck guten Bodens, war längst verwildert, nicht mehr erkennbar. Mathias kümmerte sich um die Schafe, den Anbau des Getreides. Das genügte ihm. Abends nahm er Spero mit in die Hütte und

erst dann redete er über Eva. Er redete über sie wie über einen Menschen, der ihm fremd geworden war und stellte den Sinn seines Zusammenlebens mit ihr in Frage. Es war, als wollte er vor Spero seinen Schmerz verbergen. Das gelang ihm nicht immer. Wenn er sich zu Spero hinunterbeugte und begann: Und weißt Du, ich habe doch geglaubt – hob Spero seinen Kopf, als verstünde er ihn. Dann brach aus Mathias heraus, was er nicht überwinden konnte, Enttäuschung und Bitterkeit, ratloser Zorn und tiefe Trauer.
Als er eines Tages Spero verendet hinter einem Busch liegen fand, wollte er es nicht glauben. Er trug ihn in die Hütte, rieb ihn abwechselnd mit kalten und warmen Tüchern ab, versuchte sein Maul zu öffnen, um ihm Schafmilch einzuflößen, bis sich auf dem Boden säuerliche Flecken bildeten. Den Kadaver ließ er noch zwei Tage in der Hütte liegen, erst als der Geruch unerträglich wurde, begrub er ihn.
Im ersten Frühling nach Evas Fortgang war ein Abgesandter des Stiftes erschienen, um nachzusehen, was alles auf dem Boden, den der Untertan Mathias Palt sich unrechtmäßig zu eigen gemacht hatte, wuchs. Wenn schon der Abt in seiner Güte den Untertan trotz aller Bedenken gewähren ließ, sei es nur recht und billig, auch von ihm den Zehent zu verlangen. Ohne ein Wort zu sagen, zerrte Mathias den erschrockenen Bruder vor den mühsam gerodeten Acker, vor die nur an manchen Stellen aufgegangene Saat. Was willst Du davon, schrie er ihn an. Sag mir, was Du davon willst, wenn Du dem Abt erzählt hast, was ich habe.
Der Bruder kam nicht wieder.
Manchmal erschien Fran. Mathias merkte, daß ihm der Weg bis zu ihm schwer fiel. Die Bücher, die er brachte, gab ihm Mathias ungelesen zurück. Es werde immer schwieriger für ihn meinte Fran, die Bücher zu beschaf-

fen. Er wolle aber nicht aufgeben. Man müsse ja irgendwas haben, woraus man Trost schöpfen könne. Vielleicht werde er wieder zu lesen beginnen, erklärte Mathias. Irgendwann. Ob er bete, wollte Fran wissen. Damit habe er aufgehört, sagte Mathias. Er vermied es, mit Fran über Eva zu reden. Aber jedesmal, wenn er ging, sprach Fran von der Hoffnung, Eva könnte wiederkehren. Dann wunderte sich Mathias, warum Evas Fortgang Fran in so besonderem Maß bewegte. Es war ihm auch nicht klar, warum er sich auf die Suche nach ihr gemacht hatte.
Als sich nach monatelangen Untersuchungen und der Auffindung eines wichtigen Zeugen herausstellte, daß der verabscheuungswürdige Mord an dem Wildberg'schen Jäger und seiner Familie von dessen Gehilfen aus Habgier begangen worden und damit die Unschuld des Schäfers Kloibenstrunk erneut bewiesen war, meinte Fran in ungewöhnlichem Zorn, dieser bleibe, was Eva angehe, in seinen Augen ein böser Mensch. Er könne Frans Ansicht nicht teilen, widersprach Mathias, der Schäfer habe Eva sicher nicht gezwungen, mit ihm zu gehen, sie habe es freiwillig getan.
Der Gehilfe des Wildberg'schen Jägers wurde zum Tod durch Erhängen verurteilt. Im Stift Altenburg sah man keine Veranlassung mehr, dem Verbleib des Schäfers Kloibenstrunk nachzuforschen. Was mit Eva geschehen war, interessierte ohnehin nur mehr die Menschen, die ihr nahestanden.
Außer mit Fran sprach Mathias mit niemandem. Die Entfremdung, die zwischen ihnen entstanden war, fand er gut. Eine Preisgabe seiner selbst durfte nicht stattfinden.

Im Haus des Andreas Leutgeb hatte sich vieles, ja fast alles verändert. Seit der Bauer krank war und nicht mehr arbeiten konnte wie er wollte, seit die Knechte

zwar noch immer unter seiner Aufsicht und seinem Kommando standen, aber doch nicht soviel weiterbrachten wie sie sollten, herrschte gedrückte Stimmung. Die Ehefrau Else, seit langem kränklich, konnte nicht helfen. Die Tochter Elisabeth, noch immer Kränklichkeit vorgebend, wollte es nicht tun. Der Bader sagte, Andreas leide an der Wassersucht, daran sei das Herz schuld, das nicht mehr so richtig schlage und daran sei wieder die viele schwere Arbeit schuld, die Andreas ein Leben lang getan habe. Das Herz sei einfach müd. Daß das Wasser jetzt in seinen Beinen sei, daß es sie unförmig und schwerfällig mache, sei kein gutes Zeichen, und man könne wenig dagegen tun.
Elisabeth nahm zunächst die Krankheit des Vaters nicht ernst. Sie saß weiter in ihrem Zimmer, in ihrem Lehnstuhl, blickte auf die Dorfstraße oder setzte feine Stiche in feines Leinen. Als der Ertrag der Ernte schlechter ausfiel als zur Zeit, da der Vater gesund war, als zwei Rinder durch die Unachtsamkeit der Knechte krepierten und die Erdäpfelpflanzen durch die Krautfäule eingingen, wurde sie aufmerksam. Vorsichtig fragte sie den Vater, ob er nicht doch mehr tun könne, wenn er sich nur bemühe. Sein heftiger Zornausbruch überraschte sie. Längst sollte ein junger Bauer im Haus sein, schrie Andreas sie an, sechsundzwanzig Jahre sei sie alt und noch immer unverheiratet und wenn er daran denke, daß alles, was noch bleibe, einmal ein Fremder kriegen sollte, weil sie, ohne Mann und Kinder, zur alten Jungfer werden würde, ja es fast schon sei, dann müsse er sich sagen, sein Leben und seine Arbeit seien nichts wert gewesen.
Elisabeth war verstört. Nie noch hatte der Vater so zu ihr gesprochen. Sie fing an, jene Gedanken wieder hervorzuholen, die sie nach Evas Verschwinden unablässig bewegt hatten. Zuerst, als sie davon erfuhr, war ein Ge-

fühl der Freude und des Triumphes dagewesen. Das verkrüppelte Wesen, das sie gehaßt hatte ohne es näher zu kennen, war weg. Der ehemalige Schafknecht Mathias Palt, in ihren Träumen stets gegenwärtig, war allein. Und unglücklich, wie sie von Fran wußte. Sie begann, sich Begegnungen mit ihm auszumalen. Er würde ja jetzt, wo er einsam war, seine Hütte ab und zu verlassen. Der Zufall würde sie mit ihm zusammenführen. Bei der Heiligen Immaculata vielleicht, deren fromme Gestalt mit dem Sternenkranz auf dem Haupt nahe der Rosenburger Straße stand, die Mathias, vom Stranzlwald kommend, betreten könnte. Oder, nicht weit davon, beim Standbild des Heiligen Donatus, der so vertrauenerweckend von seinem Pfeiler blickte, wenn er auch den jämmerlichen Acker des Mathias nicht genügend vor Schaden bewahrt hatte. Aber der Heilige Donatus wußte sicher, warum. Ein Zusammentreffen an einsamer gelegenen Orten könnte noch schöner sein, dachte Elisabeth weiter. Auf einem Waldweg irgendwo. Oder ohne Weg, nur in der Stille des Waldes. Diese Möglichkeit gefiel ihr am besten. Sie malte sich aus, wie sie, an einem Sommertag, einfach gekleidet, aber mit offenem Haar, durch den Stranzlwald streifte, um Beeren oder Pilze zu suchen. Das hatte sie zwar noch nie getan, aber sie würde es tun ohne sich zu schämen. Von irgendeiner seiner sinnlosen Arbeiten kommend, würde Mathias plötzlich vor ihr stehen, überrascht von ihrer Erscheinung und sie bewundernd ansehen. Nach einer Weile des Schweigens würden sie miteinander zu reden beginnen. Mit dieser Szene gingen Elisabeths Vorstellungen zu Ende. Denn was sie reden würden, wußte sie nicht. In der folgenden Zeit verließ Elisabeth öfter das Haus und blieb länger weg, was sonst nicht ihre Art war. Die Vorhaltungen der Eltern, sie möge die wenigen Pflichten, die man von ihr verlange, nicht vernachlässigen, sie

müsse sich nicht wie ein Taglöhnerweib im Wald herumtreiben, beachtete sie nicht. Sie schlug stets die gleiche Richtung ein, wenn sie das Dorf verließ, sie kam stets mit leeren Händen zurück, und man begann über sie zu reden.
Als nach einigen Wochen das zufällige Zusammentreffen mit Mathias Palt noch immer nicht stattgefunden hatte, kam sie zur Besinnung. Was tat sie sich an. Sie, eine reiche Erbin, lief einem Schafknecht, einem Besitzlosen, einem Entrechteten nach. Sie verbot sich ihre Hoffnungen. Ihre Träume konnte sie sich nicht verbieten.
Inzwischen begann Andreas Leutgeb über sein Testament nachzudenken. Seine Hoffnung, Elisabeth könnte sich noch verehelichen, war gering. Sie sollte Erbin des Hofes bleiben. Sie würde die Hilfe von Leuten brauchen, die das Wirtschaften verstanden, die besser waren als die Knechte und besser entlohnt wurden. Für deren Einstellung konnte er noch sorgen. Ob es nach seinem Tod dann gut ging oder schlecht, lag nicht mehr in seiner Hand. In seiner Hand aber lag es, seine Person noch einmal und zwar eindrucksvoll ins rechte Licht zu rükken und damit gleichzeitig eine gnädige Aufnahme in das himmlische Reich Gottes zu erwirken. Andreas Leutgeb entschloß sich, das Erbe seiner Tochter zu vermindern, indem er das Benediktinerkloster Altenburg mit einer frommen Stiftung bedachte.
In seiner besten Kleidung machte er sich auf den Weg zum Abt. Berthold Reisinger, von seinem Kommen unterrichtet, empfing ihn gnädig. Andreas Leutgeb hatte sich im Laufe der Jahre als ein treuer und, was die vorgeschriebenen Abgaben betraf, auch als ein wichtiger Untertan erwiesen. Die Absicht, die ihm der Bauer eröffnete, hörte der Abt nicht ungern. Den Reformen des Kaisers entsprechend war das Stift verpflichtet worden, zum Besten der Seelsorge, auf die der Monarch erheb-

lich mehr Wert legte als auf die Dienste der Klöster, drei neue Pfarren zu errichten. Die Pfarrhäuser mußten neu erbaut werden, gleichzeitig waren Schulen zu gründen. Nach der vom Kaiser anbefohlenen Aufhebung des Gespendes gab es auch im Stift eine Schule. Den Lehrer bezahlte das Haus, die Kinder hatten weder Schulnoch Heizgeld zu entrichten, Bücher, Papier und Tinte wurden ihnen zur Verfügung gestellt. Das alles belastete die noch immer unausgeglichenen Finanzen des Stiftes schwer. Der Betrag von siebenhundert Gulden, den Andreas Leutgeb als Stiftung testamentarisch einbringen wollte, bedeutete zwar keine wesentliche Hilfe, war aber trotzdem nicht zu verachten.

Der Abt erklärte Andreas Leutgeb, was zu geschehen habe. Der Stiftsbrief werde von ihm, dem Abt selbst, errichtet. Davor müsse aber die Sicherstellung des Stiftungskapitals erfolgen, am besten mit einer Hypothek auf Haus oder Grund des Stifters, mit einer gerichtlichen Vormerkung versehen. Ebenfalls vor Errichtung des Stiftsbriefes müsse der Consens des erzbischöfliches Ordinariates eingeholt werden. Sei dies alles erledigt und der Brief vom Abt mit Unterschrift und Siegel versehen, müsse derselbe noch von der Landesregierung bestätigt werden. Dann hätte alles seine Ordnung. Von den vom Stiftungskapital abfallenden Interessen würde in der Stiftskirche allmonatlich eine Messe für Andreas Leutgeb und seine Ehefrau gelesen werden.

Andreas Leutgeb blieb eine Weile still. So kompliziert hatte er sich die Sache nicht vorgestellt. Um die siebenhundert Gulden zu sparen, hatte er nur die Arbeit seiner Hände gebraucht. Der Abt wollte wissen, ob er noch Fragen habe. Andreas Leutgeb fragte, was er dann überhaupt noch mit der Stiftung zu tun habe. Nur ein entsprechendes Testament zu machen, erklärte der Abt freundlich. Aber er wünsche ihm noch ein langes und

gesundes Leben.
Auf dem Weg nach Hause erinnerte sich Andreas an die Tage, als man ihn des Jagdfrevels bezichtigt hatte, als er sich mit aller Kraft gegen diese Verdächtigung gewehrt hatte, als man ihn trotzdem in den Stock gesperrt und er diese Marter und Demütigung stolz und ohne zu klagen ertragen hatte. Irgendwie, dachte Andreas, war das für mich die bessere Zeit.
Die Mutter verriet Elisabeth das Vorhaben des Vaters. Elisabeth war davon tief betroffen. Nur mit Mühe gelang es ihr, den Zorn gegen ihn zu zu unterdrücken. Obwohl es keine Anzeichen dafür gab, befürchtete sie eine weitere Schmälerung ihres Erbes. Die wollte sie um jeden Preis verhindern.

Niemand hat Stina nach Evas Verschwinden gefragt, wie es ihr geht. Auch damals, als Eva Stina verlassen hat, um mit dem Mathias Palt zu leben, hat Stina niemand gefragt, wie es ihr geht. Vielleicht der kleine Hans, das eine oder andere Mal. Aber seit Eva mit Kloibenstrunk fort ist, fragt auch er nicht mehr. Er hat sich ganz eingesponnen in eine Welt, in die ihm Stina nicht folgen kann.
Das Wohnhaus ist noch in Ordnung, aber die Wirtschaftsgebäude verfallen langsam. Es nützt nichts, wenn Stina da und dort ein Brett erneuert, Holz zu Dachschindeln spaltet, Löcher in der Wand mit Lehm zuschmiert. Die unsachgemäße Arbeit hält nicht lang, das Wetter, der Wind machen alles bald wieder zunichte, richten neue Schäden an. Stina hat allein nicht mehr die Kraft, alle Felder zu bebauen, einige davon, die mit dem schlechtesten Boden, liegen brach. Die stiftsherrlichen Schafe ziehen darüber hin, auch die Bauern von Frauenhofen lassen ihre Tiere dort weiden. Es ist für Stina nicht mehr von Bedeutung. Seit Eva bei Nacht und Ne-

bel mit Kloibenstrunk weg ist, tauchen auch über sie die alten Gerüchte wieder auf, man spricht wieder über den seltsamen Tod des Müllers, das qualvolle Sterben des Johann Palt, über Stinas unbekannte und daher verdächtige Herkunft. Wer weiß, sagen die Leute, was die Tochter einer solchen Mutter an Verwerflichem noch getan hat, wer weiß, warum sie sich so plötzlich aus dem Staub gemacht hat. Die wenigen Menschen, mit denen Stina ein paar Worte wechselt, tragen ihr mit Freude diese Gerüchte zu, sie aber leidet nicht mehr darunter. Noch immer haben sie und der kleine Hans genug zu essen, aber bald, das weiß Stina, wird die Nahrung das einzige sein, was ihnen bleibt. Stina hat keinen Ehrgeiz mehr, was die Wirtschaft betrifft. Ihr Schmerz kreist um Eva, ihre Sorge um den kleinen Hans.
Morgens steht der kleine Hans mit Stina auf, hält den Kopf unter das kalte Brunnenwasser, kaut an einem Stück Brot, nimmt die Mistgabel und geht in den Stall. Dort bleibt er aber nicht, denn der Stall hat ein Fenster, durch das er ihn wieder verläßt. Stina weiß es, sie reden nie darüber. Stina macht die Arbeit des kleinen Hans, und er geht hinein in eine Welt, die seinem Leben nach Evas Verschwinden noch Sinn gibt. Es ist die Welt seiner Kindheit. Die Zeit, als seine Mutter, Maria Magdalena, noch lebte, läßt er aus, an sie hat er fast keine Erinnerung mehr. Außerdem beherrschte diese Zeit noch sein Bruder Mathias, mit dem will er nichts zu tun haben. Seine Kindheit beginnt mit Stinas und Evas Erscheinen am väterlichen Hof, beginnt mit Mathias' Fortgang ins Stift. Damit fängt sein gutes Leben an. Die finstere, lieblose Figur seines Vaters stellt er in eine Ecke und läßt sie dort stehen. Nur Stina, Eva und er selbst sind die Menschen, die Haus und Hof, Wiesen und Äcker, Wald und Weide bevölkern. Um diese kostbare Welt wiederzufinden, muß er hinaus ins Freie, muß

er der hier herrschenden Bedrückung entfliehen. Draußen findet er die Bilder wieder, die er in seinem Inneren trägt, draußen gelingt es ihm, neue Bilder hinzuzufügen, die zuerst nur tröstlich sind, sich bald aber zu einer nur für ihn erkennbaren Wirklichkeit gestalten. Jetzt ist er froh darüber, daß er in den letzten Jahren nicht mehr gewachsen ist. Wozu soll er ein Mann sein, wenn es Eva nicht mehr gibt. Wer kann denn schon behaupten, er sei sechsundzwanzig Jahre alt, wer hat ein solches Dokument schon gesehen. Mit leichten Sprüngen läuft er über die Wiese, sucht nach Malwurfshügeln, sticht, wenn er sie findet, tief mit einem Stock hinein und empfindet dabei großes Behagen. Gleich darauf hört er Eva sagen, Hans, was machst Du da, laß die Maulwürfe in Ruh. Er wirft den Stock sofort weg, und das Behagen, getan zu haben, was Eva wollte, ist noch größer. Dann geht er in den Wald, sammelt Holz, schlichtet es zu einem Stoß, hört Evas Stimme, ihr Lachen, ihre Behauptung, sie habe viel mehr Holz als er, hört ihre Worte, als sie sieht, was er zustandegebracht hat: Das hast Du gut gemacht Hans, besser als ich. Er weiß noch genau den Baum, in dessen Schatten sie gerastet haben, er setzt sich darunter, holt das restliche Brot aus der Tasche, holt auch einen Apfel heraus, den es nicht gibt, reicht beides Eva. Sie nimmt es dankbar, ißt mit Vergnügen, während er ihr dabei zusieht. Dann singt sie eines ihrer selbstgedachten Lieder. Nie singt sie das Lied vom bucklign Mandel, das er nicht leiden kann. Nicht immer müssen sie arbeiten, sie sind ja noch Kinder. Deshalb begibt der kleine Hans sich jetzt zu einer Lichtung, wo der Boden eben ist und spielt Nachlaufen mit Eva. Er läuft so schnell er kann, aber Eva ist wie immer schneller als er. Er fühlt ihre Hand im Nacken, ihre gesunde Hand, hört ihren Ausruf, jetzt hab ich Dich aber, jetzt hab ich Dich. Er dreht sich zu ihr um und

lacht, er sieht das Lachen in ihrem Gesicht, sieht ihr zerzaustes Haar, die roten Wangen und spürt wieder den drängenden Wunsch sie zu berühren, dem er damals nicht nachgegeben hat. Jetzt aber tut er es. Er ergreift ihre linke Hand, führt sie an seinen Mund und streicht mit der Zunge, immer wieder, den verknorpelten Bogen zwischen Daumen und kleinem Finger entlang. Nun ist er zufrieden, ist glücklich. Eva verschwindet irgendwohin. Eine Weile noch streift er in der Gegend umher, springt, läuft, tappt in Pfützen, dann geht er heim. Dort hilft er, so gut er kann, Stina bei der Arbeit. Er bemüht sich, das Kindsein abzustreifen, aber es fällt ihm schwer.
Es bleibt nicht verborgen, was der kleine Hans so treibt. Immer wieder sehen ihn Dorfleute auf den Wiesen, nahe der Felder und sogar im Wald, sehen sein seltsames Verhalten, hören ihn reden, ohne daß jemand in der Nähe ist, bemerken seine seltsamen Gebärden. Sein Körper war immer zu schwach, sagen sie, nun ist er auch schwach im Kopf. Als Stina das erfährt, wird sie zornig. Sie will nicht wahrhaben, was die Leute sagen, sie will nicht wahrhaben, was sie selbst seit einiger Zeit ahnt. Eines Tages geht sie dem kleinen Hans nach als er den Hof verläßt und findet bestätigt, was man erzählt. Abends versucht sie ihn zum Reden zu bringen.
Sag mir, was Du machst, wenn Du fortgehst.
Der kleine Hans schweigt.
Sag es mir, ich will es von Dir hören, nicht von anderen.
Der kleine Hans schweigt, aber er lächelt in sich hinein.
Es ist also schön, was Du erlebst?
Der kleine Hans nickt heftig und sieht Stina glücklich an.
Hat es was mit Eva zu tun?
Wieder nickt der kleine Hans, schweigt kurz und sagt

dann stolz: Mit Eva und mir. Und mir.
Du stellst Dir also vor, sie ist wieder da?
Sie ist wieder da. Wirklich. Ganz wirklich.
Und was macht Ihr zwei, Du und Eva?
Stina ist besorgt und hat Angst vor der Antwort.
Der kleine Hans versteht sie nicht. Oder will sie nicht verstehen.
Wir sind zusammen, sagt er bös. Zusammen. Wie früher. Wie viel früher.
Was heißt das? Wie Kinder?
Wir sind Kinder, sagt der kleine Hans ernst.
Stina geht rasch hinaus, weil sie dem kleinen Hans nicht zeigen will, daß sie weint.
Abends setzt sie sich an sein Bett. Sie schweigen. Bevor der kleine Hans einschläft, fragt er, ob sie sich morgen wieder zu ihm setzen wird. Stina nickt in die Dunkelheit hinein

Der Morgen des 17. Juni 1786 zeigte sich klar und kühl. Der Nachtwind hatte den Himmel blankgefegt, noch war der Tag erst im Kommen, er würde hell und freundlich werden. Mathias war früh aufgestanden, er fühlte sich besser als sonst, er nahm sich vor, das gute Wetter für alle notwendigen Arbeiten zu nützen. Als er aus der Hütte trat, legte sich feuchte Luft auf seine Haut. Er benetzte seinen Zeigefinger mit der Zunge, hielt ihn in die Höhe. Aus Nordosten kam ein leichter Wind.
In diesem Jahr stand der Sommerroggen, mit dem er sein einziges Feld bebaut hatte, gut. Dem Roggen genügte die karge, seit Jahrhunderten brachgelegene und erst von Mathias wieder kultivierte Erde. Der Boden war nach der Schneeschmelze gut abgetrocknet, der Schafdung hatte seine Wirkung getan. Nun zeigte sich bereits deutlich der Ährenbesatz, vom schädlichen Gelb-

rost war nichts zu sehen. Die Halme würden im Winter gutes Stroh für die Schafe abgeben. Mathias umrundete das Feld mehrere Male. Zu seinem Erstaunen begann er sich auf die Zeit zu freuen, wo er das Korn über dem Daumennagel brechen würde, um dessen Reife zu erkennen.
Er ging zur Schafweide, prüfte das Fell der Tiere, zog Milch ab von einem Muttertier, nahm wie immer den Blick weg von Evas verwildertem Garten, überlegte aber, ob er nach dem Roggenschnitt die genügsame Krautrübe anbauen sollte, die seine eintönige Nahrung bereichern könnte. Aus dem Wald holte er Nadel- und Moosstreu, davon wollte er sich einen Vorrat anlegen für den Winter. Als er am frühen Nachmittag, erfüllt von einer lange nicht mehr gekannten Zufriedenheit, eine kurze Rast vor der Hütte machte, war die Luft ausgesprochen schwül.
Das Gewitter kam gegen vier Uhr. Zuerst verstärkte sich der Wind, fuhr in immer wilder werdenden Böen durch die Wipfel der Bäume, zerzauste Büsche und Halme, wirbelte den Staub auf über dem Boden, schlug die Tür der Hütte krachend zu. Vögel flatterten auf, die Schafe duckten sich ins Gras. In unglaublicher Geschwindigkeit zogen dunkle Wolken heran, bedeckten den Himmel, verdrängten das Licht. Dann zuckten Blitze auf, der Regen stürzte in Strömen zur Erde und dann, nach sekundenlanger Stille, kam der Hagel. Er zeigte seine Gewalt in taubeneigroßen Eisstücken, die wie Geschosse auf die Erde prasselten und Verheerung anrichteten. Mit Mühe gelang es Mathias, ins Innere der Hütte zu gelangen. Auf dem Dach splitterte das Holz, er hörte das Knirschen der Wände, hörte unheimliche, bisher noch nie vernommene Laute. Er krümmte sich zusammen, umfaßte seinen Hals mit beiden Händen und drückte den Kopf zu Boden. Kurz glaubte er, Gott wolle ihn

strafen, ihn allein und er sagte sich vor, daß er nicht bereit sei, diese Strafe anzunehmen. Aber je länger der Hagel wütete, die Dauer von nur wenigen Minuten kam Mathias wie eine Ewigkeit vor, umso klarer wurde ihm, daß es sich um eine Katastrophe handeln mußte, die nicht nur ihn betraf.

Der Hagelschlag vom 17. Juni 1786 zerstörte im Dorf Altenburg und in dessen Umkreis alle Feldfrüchte. Seine Verwüstungen reichten bis zum Stranzlwald und verschonten dort vor allem jenen baumlosen Flecken nicht, den Mathias Palt auf dem ehemaligen Grund eines verödeten Dorfes unter größten Mühen gerodet und bepflanzt hatte.

Im Stift Altenburg zerstörte der Hagel das Glas aller Fenster der Nordseite. Die kostspielige Reparatur mußte rasch vonstatten gehen, damit die Räume keinen Schaden erlitten. Für den Abt war diese unerwartete und hohe Ausgabe erneut ein Grund zur Sorge. Sorge bereitete ihm auch der unermeßliche Schaden, der die Bauern betroffen hatte, die nun, mit Recht, Hilfe von ihrem Grundherrn erwarteten.

Schon nach zwei Tagen trug man ihm zu, daß der von Mathias Palt unrechtmäßig in Besitz genommene Grund einer Wüste glich. Keine Pflanze, kein Halm stand dort mehr, auch die Hütte schien beschädigt. Der Überbringer dieser Nachricht erwartete vom Abt ein Lob, zumindest aber einen freundlichen Dank. Er wurde enttäuscht. Während der sieben Jahre, die der Untertan Mathias Palt bisher im Stranzlwald entgegen jedem Recht gelebt hatte, davon mehrere Jahre in Sünde mit der Tochter des Müllers, hatten sich die Gedanken des Abtes immer wieder mit diesem unbotmäßigen Menschen beschäftigt. Daß er seinen Befehlen nicht gehorcht, die abgetragene Hütte wieder aufgerichtet hatte und durch nichts dazu bewegt werden konnte, den Platz, der nicht ihm gehörte, zu verlassen, hatte ihn mit heftigem Zorn erfüllt. Wider alle Vernunft, ja wider seine Pflicht hatte er ihn schließlich gewähren lassen in der Hoffnung, irgendwann würde er aufgeben müssen. Nun schien diese Zeit gekommen zu sein.

Schon zu Beginn seines Amtsantritts hatte Mathias ihm Ärger, ja Schwierigkeiten bereitet. Den Neffen hatte sein Vorgänger ihm aufzwingen wollen, ein Kind, das nicht ins Kloster gehörte und keine Ansprüche zu stellen hatte. Mit raschem Entschluß, der nicht der Vorsicht entbehrte, hatte er sich von ihm befreit. Wohin das Kind sich wenden sollte, war nicht in seiner Verantwortung gelegen, irgendwo mochte es den Platz finden, der ihm zustand. Dann hatte er einige Jahre nichts von Mathias Palt gehört, bis dieser zu seinem großen Mißvergnügen wieder aufgetaucht war als Gehilfe des Schäfers. Da hatte es begonnen, sein mildes Gewährenlassen, gleich hätte er diesen Schafknecht entlassen sollen, den er dann mit aller Schärfe aus den Räumen des Klosters weisen mußte, als er diese in unfaßbarer Kühnheit am Tag des Gespendes ohne Erlaubnis betrat. Und so war es weitergegangen mit dem Untertan. In unangemessenem Stolz hatte er sich geweigert, auf den Hirtenstab zu schwören, um den Verdacht des Diebstahls zu entkräften. Und unerlaubt hatte er gleich darauf seinen Dienst verlassen, so, als sei es ein Unrecht, einem Menschen wie ihm zu mißtrauen. Immer dieser Hochmut ohne eine Spur von Demut. Schließlich hatte er sich im Stranzlwald festgesetzt, auf grundherrlichem Boden, mit dem aberwitzigen Plan, wie ein Bauer dort zu leben. Und dann noch das Mädchen. Die Sünde.

Jetzt endlich also war der Tag da, der den Mathias Palt in die Knie zwang und ihn Gehorsam und Demut lehrte, dachte Berthold Reisinger.

Aber irgendwas ließ ihn nicht ganz froh werden bei die-

sem Gedanken.
Er saß in den Ästen eines Apfelbaumes, als sie ihn vor achtzehn Jahren zum Abt machten, ihn, den knapp Dreißigjährigen, der nicht im Traum daran dachte, er könnte für diese hohe Würde ausersehen werden. Er saß in den Ästen eines Apfelbaumes, im Stiftsgarten, denn der 20. April war ein milder, sonniger Tag, ungewöhnlich für das rauhe Klima dieses Landes. Er hatte, nach der Frühmesse, einfach Lust gehabt, seine Kutte zusammenzuraffen, in diesen Baum zu klettern, eine Weile zwischen seinen Ästen, die schon zarte Blätter und winzige Knospen zeigten, sitzenzubleiben, die Nase in der frischen Luft, die Haare gestreichelt vom Wind. Dieser Tag erinnerte ihn an seine Kindheit im Kahlenbergerdörfl bei Wien, damals war das Erklettern der Bäume seine Leidenschaft gewesen, aber nicht, um oben sitzenzubleiben, sondern um sich zu holen, was der Baum an Früchten trug. Er saß in den Ästen eines Apfelbaumes und war bereits Professor der Moraltheologie, er durfte seine Kenntnisse weitergeben an die jüngeren Brüder, er tat es ernst und gewissenhaft, folgend den Gesetzen des Glaubens und den Regeln des Heiligen Benedikt. Aber es kam vor und zwar nicht selten, daß sie nach Stunden ernsten Unterrichts auf die Johanneswiese liefen um einander einen Ball zuzuwerfen unter Lachen und Geschrei. Er saß in den Ästen eines Apfelbaumes und hatte trotz aller Liebe zu seinem Gott und der unbedingten Bereitschaft ihm mit aller Kraft zu dienen noch immer ein Stück Freiheit in Kopf und Körper, das ihn veranlaßte, in den Frühlingstag hinein ein Lied zu pfeifen, sich im Takt dazu in den Ästen zu wiegen und ein Mensch zu sein wie alle anderen.
Irgendwo im Stift tagte die Kommission, die den neuen Abt wählen sollte. Kämmerer, Regierungsräte, Klosterrats-Präsidenten und Sekretäre und andere würdige Her-

ren. In ernsten Gesprächen berieten sie, was für und was gegen den jeweiligen Kandidaten sprach und stärkten sich von Zeit zu Zeit an dem vorzüglichen Wein, den man ihnen reichte. Was Berthold Reisinger nicht wußte war, daß schließlich eine nüchterne Überlegung der Konventualen den Ausschlag gab, ihn zu wählen. Man wollte endlich einen jungen Mann als Abt, dessen Lebenserwartung die Hoffnung auf eine längere Amtszeit gab, was dem Stift die hohen Kosten, die eine Wahl stets mit sich brachte, sparen half. Alle Mitglieder der Kommission waren tagelang Gäste des Hauses und erhielten neben bester Verpflegung auch eine beträchtliche Geldsumme für ihr Bemühen.

Berthold Reisinger saß noch immer im Apfelbaum, als der Prior erschien und ihm befahl, herunterzuklettern. Es war ihm peinlich, daß man ihn in einer solchen Situation überraschte, aber auch als er schon auf der Erde stand, war in seinem Kopf und Körper noch immer das Stück Freiheit da.

Dann, vor der Kommission, konnte er die salbungsvollen und bereits unterwürfigen Worte nicht fassen, mit denen man ihm Amt und Würde auferlegte. Er spürte nur, daß jetzt alles anders war, daß es diesen noch eben genossenen Apriltag nicht mehr gab, auch nicht den Apfelbaum im Stiftsgarten, nicht mehr die milde Luft und den sanften Wind, nicht das Lied und nicht denjenigen, der es gepfiffen hatte.

Sein Leben hatte sich mit einem Schlag verändert. Er hatte sich verändert.

Daran dachte der Abt Berthold Reisinger, als er sich sagte, daß der Mathias Palt nun alle Freiheit, die er sich erkämpft und ertrotzt hatte, aufgeben mußte. Daß es nur gerecht war, daß Gott ihn auf diese Weise bestrafte. Aber um sich einzugestehen, daß er den Mathias Palt um diese Freiheit manchmal ein wenig beneidet hatte, und daß er nun sein Schicksal ein wenig bedauerte, dazu war war er schon zu lang in seinem hohen Amt.

Das Stück Ton, das er gefunden hatte, als er mit bloßen Händen versuchte, ein von der Hüttenwand abgerissenes Brett aus Schlamm und Dreck zu befreien, faszinierte ihn. Er reinigte es und betrachtete es genau. Er war überzeugt, es mit dem Teil eines Gefäßes zu tun zu haben, das von Menschen aus fernster Zeit benützt worden war. Sie mußten vor vielen Jahrhunderten auf dem Platz des verödeten Dorfes gelebt haben.
Nach dem verheerenden Hagelschlag waren Mathias nur die beschädigte Hütte und die Schafe geblieben. Als Gewitter und Hagel vorbei waren und er das Ausmaß des Schadens erkannt hatte, war er einige Stunden lang reglos zwischen den geköpften und zerfetzten Halmen des Roggens gesessen. Die Dämmerung fiel ein und dann die Nacht, eine Nacht voller Sterne, so, als hätte es die grausame Zerstörung nicht gegeben. Als Mathias endlich in die Hütte ging, stand der Lehmboden unter Wasser. Er verkroch sich in sein feuchtes Bett, und zum ersten Mal fand er es gut, daß Eva nicht da war. In den folgenden Tagen ging er verloren umher, suchte in der klumpigen Erde nach den unreifen Körnern des Roggens, fand eine Handvoll davon, betrachtete sie lang und warf sie weg. Auf der halbwegs trockenen Weide hockte er sich unter die Schafe und sah ihnen beim Grasen zu. Die Tage kamen und gingen, sie gaben ihm weder Inhalt noch Verpflichtung, ziellos lebte er dahin, herausgetreten aus allem, was einmal gewesen war.
Bis er den Scherben fand. Er war aus grobem, braunen Ton und schien zu einem größeren, eiförmigen Gefäß gehört zu haben. In den Ton eingeritzt war eine Reihe von Wellenbändern. Sie zogen sich rund um die Schulter des Scherbens, der ungefähr eine Hälfte des Gefäßes

darstellte. Der Mundsaum fehlte. Mathias ließ den Scherben fast nicht mehr aus den Händen, trug ihn draußen und drinnen mit sich herum, strich mit den Fingern über seine Oberfläche, über die stumpfen Ränder der Bruchstellen. Als er eines Abends beim Licht der Unschlittkerze ein Töpferzeichen auf dem Bodenfragment zu erkennen glaubte, wußte er, was er von nun an tun wollte: Suchen, um die zweite Hälfte des Scherbens zu finden.

Was man erwartet hatte, geschah nicht. Mathias Palt verließ nicht den Stranzlwald, den Grund des verödeten Dorfes, er blieb in seiner notdürftig gerichteten Hütte, er hauste neben dem verwüsteten Roggenfeld, das vom Unkraut überwuchert wurde, er lebte von der Milch und dem Fleisch seiner Schafe und den Früchten des Waldes. Leute, die in seine Nähe kamen, berichteten, sie hätten ihn graben gesehen, große Erdhaufen habe er rund um die Hütte aufgeschichtet, vielleicht, so meinten sie dann, grabe er nach einem Schatz. Vielleicht sei das der Grund, weshalb er diesen nutzlos gewordenen Platz nicht verlasse.

Fran hörte davon und machte sich auf den Weg.

Sag mir, was Du tust, fragte er Mathias. Es ist gefährlich, für einen Schatzgräber gehalten zu werden.

Ich bin einer, antwortete Mathias ernst. Ich habe den Teil eines Schatzes gefunden, aber ich will den ganzen Schatz haben.

Zeig mir den Teil, verlangte Fran.

Vorsichtig, als trüge er die größte Kostbarkeit in seinen Händen, zeigte Mathias ihm den Scherben.

Der ist sehr alt, bestätigte Fran, und deshalb vielleicht auch wertvoll. Für jemanden, der davon was versteht. Aber doch nicht für Dich. Was willst du damit?

Was ich damit will? Ich will Zerstörtes wieder ganz machen. Wieder ganz machen, Fran, darum geht es mir.

Diesen Tonscherben habe ich in der Nähe der Hütte gefunden. Dieser Tonscherben muß eine zweite Hälfte haben. Wenn die eine Hälfte hier war, kann die zweite Hälfte nicht weit sein. Nach ihr suche ich. Solang, bis ich sie gefunden habe. Mir ist hier alles kaputtgegangen. Alles, was mir wichtig war, alles, was ich unbedingt haben wollte. Eva ist fort. Mein Feld, auf dem endlich, nach Jahren, genügend Korn für eine Ernte stand, gibt es nicht mehr. Soll ich wieder so anfangen wie vor sieben Jahren? Darauf muß ich eine Antwort finden.
Ich verstehe Dich noch immer nicht, sagte Fran.
Es ist ganz einfach. Ich grabe den zweiten Scherben aus. Ein Gefäß, ein Ganzes entsteht wieder. Das gelingt nach hunderten von Jahren. Es sagt mir, daß es mir auch gelingen könnte, aus dem, was mir der Hagel gelassen hat, wieder ein Ganzes zu machen. Das Gefäß trägt das Zeichen von Menschen, die es benutzten, die hierher gehörten. Auch ich gehöre hierher.
Wohin verrennst Du Dich, Mathias. Es ist einfach Zeit, daß Du gehst von hier. Es ist Zeit.
Ich hätte nicht mit Dir reden sollen. Ich habe ja gewußt, daß es besser ist, nicht mit Dir zu reden.
Er nahm wieder seine Schaufel und stieß sie mit ganzer Kraft in die Erde. Fran sah ihm noch eine Weile schweigend zu, ehe er ihn verließ.
Was er dann tat, mußte er tun. Er ging zu Stina. Zu Stina, die ihn von sich gewiesen hatte, weil er die Liebe zwischen Mathias und Eva gut gefunden hatte. Weil er den beiden geholfen hatte, zu einander zu kommen. Weil er darüber glücklich gewesen war. Er ging zu Stina und wußte nicht, ob sie das Tor für ihn öffnen, ob sie mit ihm reden würde. Seit vielen Jahren war es nicht mehr geschehen. Nur von weitem hatte er sie gesehen, wenn er es nicht mehr ausgehalten und nach Frauenhofen gewandert war, in die Nähe ihres Hofes. Er ging

zu Stina, deren Tochter nun auch den Mathias Palt verlassen hatte, um mit dem Schäfer, einem Menschen, dem man alles Böse zutraute, fortzugehen. Nicht nur Mathias, auch ihm, Fran, würde sie die Schuld daran geben. Weil er erlaubt hatte, daß alles begann. Deshalb hatte er keine Hoffnung, daß sie die Bitte, mit der er zu ihr kam, erfüllen würde. Aber er wollte sie wenigstens aussprechen.
Das Hoftor war offen. Es war niemand zu sehen. So lang war er nicht dagewesen. Nichts hatte sich verändert und doch war alles anders als früher. Wie ein Ort, aus dem die Hoffnung weggestorben war. Wie ein Ort, der sich zur Aufgabe bereit zeigte. Fran blickte in den Stall. Die Kühe, die auf der Weide sein sollten, lagen auf dünnem Stroh. Langsam wiederkäuten sie, was im Futtertrog gewesen war. Der Pferdeverschlag war leer. Im Kobel, wo sich früher vier Schweine gewälzt hatten, gab es nur noch ein einziges, altes Tier. Erst jetzt bemerkte Fran, daß sich das Rinnsal der Jauche bis hinaus auf die Straße zog. Die Schafe, dachte Fran, wird sie noch haben, die Schafe sind ständig draußen und machen wenig Arbeit. Zögernd betrat er Schuppen und Scheune, sah sich in der Holz- und Futterkammer um. Es gab keine Unordnung dort. Es gab eine Ordnung, die nie vollendet wurde. Als er wieder ins Freie trat, kam vom Garten hinter dem Haus der kleine Hans daher. Zuerst sah er Fran ängstlich an, dann schien er ihn zu erkennen.
Du bist doch der Fran, sagte er. Du bist alt geworden.
Du hast Dich nicht verändert, antwortete Fran. Er merkte, daß sich der kleine Hans darüber freute. Kommst Du von der Arbeit, fragte er weiter.
Nein, erwiderte der kleine Hans. Stina arbeitet. Sie ist auf dem Feld.
Mit dem Pferd?
Ohne Pferd. Das haben wir nicht mehr.

Geht es Euch gut?
Ja. Gut. Ich sehe oft die Eva.
Was sagst Du?
Die Eva. Der kleine Hans trat nahe an Fran heran. Wir treffen uns. Sie spielt wieder mit mir. Aber komm ins Haus. Du bist doch früher auch ins Haus gekommen. Fran folgte ihm. Er folgte ihm wie einem Fremden, den er eben erst kennengelernt und der ihm sein ganzes Schicksal erzählt hatte. Seine Angst, Stina gegenüberzutreten, wurde kleiner. Als sie in die Stube trat, saß er beim Tisch und hielt eine Schüssel mit Milch in den Händen.
Sie blieb in der Tür stehen. Er sah, wie sehr sie gealtert war. Vergebliche Mühen, das Ende jeder Hoffnung hatten sie gezeichnet. In ihrem Blick lag kein Gefühl, auch kein Haß.
Geh wieder, sagte sie.
Gleich, sagte Fran. Nur ein paar Worte.
Warum?
Eine Bitte um Hilfe.
An mich? Wem sollte ich helfen?
Dem Mathias.
Sie starrte ihn an. Fassungslos. Geh, wiederholte sie leise, geh.
Fran stand auf. Beim Aufstehen stieß er die Milch um. In schmalen Bächen rann sie über den Tisch. Der kleine Hans blickte ratlos von einem zum andern.
Stina. Er hat alles verloren. Er war hier zu Hause. Er könnte zurückkommen. Er könnte Dir helfen.
Ich habe auch alles verloren. Ich bin hier zu Hause. Und der kleine Hans ist hier zu Hause. Er hilft mir.
Der kleine Hans stellte sich neben Stina. Fran schwieg. Stina wußte, was er mit diesem Schweigen meinte. Zorn stieg in ihr auf.
Du sollst ernst nehmen, was ich Dir sage. Verstehst Du?

Ernst. Weißt Du überhaupt, ob der Mathias mir helfen will? Weißt Du das?
Nein, erwiderte Fran. Ich weiß es nicht. Ich würde ihn bitten, es zu tun.
Er wird es nicht tun. Niemals. So wie ich ihm niemals helfen werde. So ist es.
Ich geh also wieder, meinte Fran und blieb stehen. Du sollst noch eines wissen. Ich habe Eva gesucht. Ich habe sie nicht gefunden. Aber ich suche sie weiter mit meinen Gedanken und mit meinem Herzen.
Ich suche sie nicht mehr.
Stina. Das glaub ich nicht. Sie ist Dein Kind.
Ich habe nur ein Kind. Ein einziges. Dieses hier.
Sie schlang ihre Arme um den kleinen Hans. Er lächelte glücklich. Plötzlich riß er sich los.
Aber ich habe sie gefunden, rief er und lief hinaus, ich, und sie gehört mir allein.
Als Fran heimging, schien ihm der Weg von Frauenhofen nach Altenburg kein Ende zu nehmen. Er wußte nicht, war es so weit, oder war er so müd.

Der Herbst kam früh. Schon Ende September begann sich das Laub der Bäume zu verfärben und an den Ästen der Bruchweiden wurden die rostfarbenen Flechten sichtbar. Nur die Blätter der an Steilhängen wachsenden Eichen blieben länger grün. Anfang Oktober lag der Rauhreif auf den Äckern, unterbrochen von Fahnen dunkler, grobkörniger Erde. Noch tiefer schienen sich die Dörfer in die Mulden zu ducken, die sie vor den rauhen Winden schützten. Eine dünne Eissschicht bedeckte das schwärzliche Wasser der Teiche, und in den weißgrauen Himmel hinein streckten sich, weithin erkennbar, die klaren Konturen der Kirchtürme.
Auch im Wald wurde es stiller. Die Tiere zogen sich langsam zurück. An den Wacholder und Brombeersträu-

chern schrumpften die Beeren. Noch legte das Weißmoos seine bläulichgrünen Polster über die im Vorjahr abgefallenen Nadeln. Das Sternmoos in der Nähe von Mathias' Hütte war längst abgeblüht.
Nach Wochen härtester Arbeit hatte es Mathias von einem Tag zum andern aufgegeben, nach der zweiten Hälfte des Tonscherbens zu graben. Was er nicht wahrhaben wollte, gestand er sich jetzt ein. Zerstörtes ließ sich nicht wieder zusammenfügen, Zerstörtes ließ sich nicht erneuern. Es war sinnlos, nochmals dort zu beginnen, wo er vor sieben Jahren angefangen hatte. Zum ersten Mal fragte er sich, ob er wirklich hierhergehörte, zum ersten Mal wurde ihm bewußt, daß der Ort, den er sich zur Bleibe gewählt hatte, nun der gleichen Verödung ausgeliefert war wie das einstige, vor vielen hundert Jahren aufgegebene Dorf.
Aber er konnte sich nicht entschließen, wegzugehen. Nicht nur, weil er nicht wußte, wohin. Noch immer erinnerte ihn die Umgebung an alle Hoffnungen, die er gehabt hatte. Noch immer sah er Eva in der Hütte das Fladenbrot backen, sah sie in ihrem Kräutergarten umhergehen, mit ihren sieben Fingern schwere Arbeit tun. Nachts, wenn er auf seinem Strohsack lag, glaubte er, ihren Atem zu hören. Und noch immer gab es hier, kaum mehr erkennbar, das Grab des gemeinsamen Kindes.
Er achtete nicht mehr auf sein Äußeres. Er schnitt nicht mehr sein Haar, er schabte den Bart nicht mehr ab. Wenn er daran dachte, wusch er sich im Zuber, aber er dachte nicht oft daran. Der winzige Spiegel, den Eva mitgebracht hatte, war irgendwo verschwunden. Er ging ihm nicht ab. Eines Tages fiel ihm auf, daß er immer öfter mit sich selber redete. Er begann sich zu beobachteten und redete von da an nur mit den Schafen. Seine einzige Tätigkeit war, den Winterstall für die Tiere her-

zurichten. Er arbeitete langsam und wurde gerade rechtzeitig vor der ärgsten Kälte fertig. Er aß unregelmäßig. Was er aß, war ihm egal.
Er wußte, daß der Abt Berthold Reisinger nun damit rechnete, er würde den Stranzlwald verlassen. Sollen sie kommen und mich forttreiben, dachte er. Sollen sie kommen. Dann gehe ich eben. Bis dahin bleibe ich. Aber niemand kam. Was er lang nicht getan hatte, versuchte er. Er versuchte zu beten. Es gelang ihm nur, wenn das Bild des Willibald Palt vor ihm auftauchte, ein Bild, das ihn überzeugen wollte, daß Gott auch in der Ödnis gegenwärtig war.
Im Dorf Altenburg, in Frauenhofen verdichteten sich die Gerüchte um ihn immer mehr. Manche, die gedacht hatten, er suche nach einem Schatz, waren heimlich in der Nähe der Hütte mit Schaufel und Spaten aufgetaucht, aber jedesmal von ihm entdeckt und fortgejagt worden. Fran, der Mathias von diesen lästigen Menschen befreien wollte, brachte die Tatsache in Umlauf, daß er nur nach einem Tonscherben aus längst vergangenen Zeiten suche. Schließlich glaubte man ihm. Das Gehaben des Mathias Palt war ja immer schon seltsam gewesen. Die Schatzgräber verliefen sich. Nun meinten die Dorfbewohner, der Mathias Palt sei genauso wenig richtig im Kopf wie sein Bruder, der kleine Hans. Nur eine von ihnen war nicht dieser Meinung.
Als der Winter kam, wurde Mathias krank. Zuerst fieberte er, dann verging das Fieber, aber seine Kräfte kehrten nicht zurück. Ständige Müdigkeit quälte ihn, die Kopfschmerzen hörten nicht auf. Stundenlang döste er auf seinem Lager dahin und verließ es nur um zu trinken. Manchmal kam Fran. Er duldete nur kurz seine Anwesenheit. Als er eines Tages aus der Hütte wankte, um nach den Schafen zu sehen, stand eine Frau vor ihm.

Sie stand da, dick eingehüllt in ihre schwere, winterliche Kleidung und rührte sich nicht. Wie kleine Wolkenstreifen flog ihr warmer Atem aus ihrem Mund und löste sich in der strengen Kälte wieder auf. Sie schien noch jung zu sein, aber er wußte nicht, wer sie war. Er hatte keine Ahnung, was sie hier wollte. Holzsammlerinnen hatten sich nie bis zu ihm verirrt, und wie eine Holzsammlerin sah sie nicht aus. Er wartete, daß sie zu sprechen begann. Sie tat es nicht. Zorn stieg in ihm auf. Er wollte nicht gestört werden in seiner Einsamkeit, in seiner Krankheit.
Was suchst Du hier, fragte er bös.
Ich suche Dich, antwortete Elisabeth Leutgeb.
Er hatte keine Ahnung, warum er es nicht über sich brachte, sie einfach wieder gehen zu lassen. Zögernd trat sie in die Hütte, zögernd nahm sie ihr Kopftuch ab. Sie setzte sich ganz knapp an den Rand der Bank und hielt sich mit den Händen an. Es waren keine Bauernhände, stellte er fest. Nun sagte sie ihm ihren Namen, und er erinnerte sich an das ewig kranke und nicht sehr freundliche Kind, das sie einmal gewesen war und an das spätere Urteil der Dorfbewohner über sie. Als er sie dann fragte, warum sie ihn suche, mußte er auf ihre Antwort warten. Endlich begann sie leise, sie habe von seinem Unglück gehört, nicht nur von der schrecklichen Verwüstung seines Feldes durch den Hagel, sondern auch von seiner vergeblichen Suche nach den Resten eines alten Gefäßes, das ihm sehr wichtig gewesen sein mußte. Vor allem aber habe sie von seiner Krankheit gehört, nämlich von Fran, der ab und zu den Hof ihrer Eltern besuche. Sie habe großes Mitleid mit ihm empfunden und sich gesagt, es sei ihre Pflicht, ihm, der ganz allein sei, aus christlicher Nächstenliebe zu helfen. Das wolle sie tun. Darum sei sie hier.
Mit immer größer werdendem Erstaunen hatte Mathias

ihr zugehört. Mit seinem Erstaunen wuchs auch seine Ablehnung. Er brauche keine Hilfe, sagte er, als sie fertig war. Die habe er in keiner Weise nötig. Sie befinde sich in einem großen Irrtum, wenn sie das glaube. Er sei bereits wieder gesund und werde den Winter mit seinen Schafen hier verbringen und vielleicht auch später noch bleiben. Er danke ihr für ihren guten Willen, bitte sie aber, den beschwerlichen Weg zu ihm nicht wieder zu machen. Außerdem käme sie ins Gerede, ob ihr das klar sei.
Elisabeth gab keine Antwort. Sie blieb noch kurz sitzen und sah sich in der Hütte um. Dann nahm sie ihr Kopftuch und ging. Ihren Gruß erwiderte er nicht.
Nach ein paar Tagen war sie wieder da. Sie brachte Essen, eine Flasche Wein und zwei Decken mit. Er hätte sie am liebsten hinausgeworfen, aber draußen ging ein so kalter Wind, daß er dachte, es sei unmenschlich, und sie müsse sich ein wenig aufwärmen. Er aß nicht viel, aber er spürte, daß der Wein ihm guttat. Sie wechselten wenig Worte. Heimlich sah er sie genauer an und stellte fest, daß sie im Gegensatz zu Eva fast reizlos war. Sie schien diesen Vergleich zu ahnen und griff nach ihrem Haar, um es zu ordnen.
Irgendwann gewöhnte er sich an ihr Kommen und nahm ohne Dank an, was sie brachte. Irgendwann begann er auf sie zu warten. Sie erzählte ihm von ihrem Leben zu Hause, und er wunderte sich darüber, daß es einer Bauerntochter möglich war, ein solches Leben zu führen. Sie sagte, ihre Eltern wüßten, daß sie zu ihm gehe, sie seien darüber böse und entsetzt und wollten es ihr verbieten. Sie aber lasse sich nichts von ihnen verbieten, das habe sie immer so gehalten.
Über Eva sprachen sie nie. Manchmal hatte Mathias den Wunsch, über sich zu reden. Aber dann erschrak er und blieb stumm.

Eines Tages, die Kälte hatte ihren Höhepunkt erreicht, kehrte Mathias' Krankheit mit hohem Fieber zurück. Als Elisabeth kam, lag er, von heftigem, nicht enden wollendem Schüttelfrost gebeutelt, auf seinem Strohsack. Wortlos legte sie sich in ihren Unterkleidern zu ihm und hielt ihn mit ihren Armen fest. Zum ersten Mal seit Evas Weggang spürte er den erregenden Geruch und die sanfte Wärme eines weiblichen Körpers. Er wußte, er würde sich nicht länger dagegen wehren wollen.
Gegen Ende Februar 1787 sagte ihm Elisabeth Leutgeb, daß sie ein Kind erwarte.

KAPITEL 9

DER DORFRICHTER

Die seltsame Gestalt wurde in Messern zum ersten Mal von einem Bauern, der vom Feld heimkehrte, im August 1789 gesehen. Die Gestalt näherte sich ihm schwankend, und erst als sie nahe vor ihm stand, erkannte der Bauer, daß es sich um einen Mann handelte. Der Bauer hielt ihn für einen Bettler und zwar für einen der schlimmsten Sorte. Das waren jene, die, wenn sie nüchtern waren, stahlen, und wenn sie gestohlen hatten tranken. Die Kleidung des Mannes bestand aus Lumpen, in fettigen Büscheln hing ihm das ergraute Haar ins Gesicht. Der Mann bat stammelnd um etwas zu essen, dabei entblößte er beim Heben der Arme sein Handgelenk, tiefgefurchte, schlecht verheilte Narben wurden sichtbar. Sofort wußte der Bauer, daß er nicht nur einen Bettler, sondern auch einen entlassenen oder entflohenen Sträfling vor sich hatte. Er wies in mit groben Worten ab. Der Mann verschwand.
Ein paar Tage später tauchte er in Wildberg wieder auf. Er saß am Beginn des Weges, der zum Schloß hinauf führte. Einige Bedienstete gingen an ihm vorbei ohne ihn zu beachten. Als aber einer von ihnen den Weg zurückging und der zerlumpte Mensch noch immer am selben Platz saß, fiel er ihm auf. Er stieß ihn derb mit dem Fuß in die Seite und befahl ihm zu verschwinden. Als der Zerlumpte ihn anblickte, kamen ihm dessen Züge bekannt vor. Er ging weiter und dachte nicht darüber nach. Nach einer Weile stand der Mensch mit Hilfe eines hölzernen Steckens mühsam auf. Dann machte er sich langsam auf den Weg zum Schloß. Das rechte Bein zog er hinter sich her.
Im Hof des Schlosses gab man ihm eine Schüssel mit

Brei. Dann vergaß man ihn. Vor sich hindämmernd kauerte er in einer Ecke. Als der Knecht ihn erblickte, lief er wütend hin, um ihn erneut zu vertreiben. Diesmal erkannte er ihn. Es ist der Nagel, der Nagel, rief er laut. Einige Leute kamen näher. Schintnagel richtete sich auf. Der Verwalter war neu, er wußte nicht viel über Schintnagel. Man hatte zwar in Wildberg nach seiner Verhaftung noch oft von ihm gesprochen, aber die Zeit war über seine Geschichte hinweggegangen, nicht viele der Leute erinnerten sich noch an ihn. Der Verwalter befahl Schintnagel in seine Kanzlei. Ein anderer Mensch, als der, der eben noch in einer Ecke gekauert war, schien den Weg dorthin anzutreten. Kerzengerade, den Kopf hoch erhoben, das kranke Bein zu rhytmischen Schritten zwingend, folgte er dem Knecht. Als der Verwalter ihm befahl, neben der Tür stehenzubleiben, lächelte er, als erweise man ihm eine Gunst.
Der Verwalter wollte wissen, warum er hierhergekommen sei. Um eine Geschichte zu erzählen, antwortete Schintnagel. Niemand, erklärte der Verwalter, wolle die Geschichte eines Verbrechers hören. Er habe seine Strafe verbüßt, sagte Schintnagel stolz, eine Strafe, die er nicht verdient habe. Das Gericht entscheide stets gerecht, meinte der Verwalter. Er möge den Grund seines Kommens endlich nennen und dann gehen. Leute seines Schlages seien stets verdächtig, neue Untaten zu planen. Schintnagel schien diese Unterstellung nicht zu hören. Er lehnte sich an die Wand und begann.
Er erzählte alles. Er erzählte von seinem Betrug am Freiherrn von Selb, von den Anfängen bis zum Ende, und er vergaß keine Einzelheit. Er sprach in wohlgesetzten Worten, unterstrich sie mit eleganten Gesten und ließ trotzdem seinen Emotionen freien Lauf. Komödiant und Edelmann schienen in seiner Person vereinigt, seine Lumpen wurden zum Kostüm, zum vornehmen Gewand,

sein Haar schien sich zu ordnen, die Gewöhnlichkeit seiner Züge milderte sich. Seine Selbstdarstellung erreichte ihren Höhepunkt, als er von seinem Besuch bei der Dame Philomena Burger erzählte. Während er vom Eingeständnis seines Betruges dem Freiherrn gegenüber berichtete, wurde er wieder der triumphierende Stallknecht, dem es dank seiner Überlegenheit gelungen war, den hohen Herrn zu demütigen.

Der Verwalter übersah, daß Schintnagel immer näherkam und schon knapp vor seinem Schreibtisch stand. Er hörte ihm sprachlos zu. Nicht alles verstand er von der Geschichte, die ihm Schintnagel erzählte, aber er war fasziniert von dem Schauspiel, das sich ihm bot. Es fiel ihm nicht auf, daß Schintnagel seine Zeit in Wildberg nur mit wenigen Worten streifte, er schenkte seine ganze Aufmerksamkeit den folgenden Aussagen, die Schintnagel überzeugend, in der Pose eines Verfechters der Wahrheit, machte. Er habe, aus gutem Grund, den Schäfer Kloibenstrunk seinerzeit als Verbrecher bezeichnet. Man habe ihm nicht geglaubt und ihn dafür bestraft. Nun aber habe den Kloibenstrunk das gerechte Schicksal ereilt. Als er selbst schon länger frei war, habe ihm ein Zuchthäusler erzählt, daß knapp vor seiner Enthaftung ein Schäfer dieses Namens eingeliefert worden sei, der, völlig heruntergekommen, durch Diebstähle sein Leben fristen wollte. Die Frau, die ihn begleitet habe, sei in einer Strafanstalt verschwunden.

Als Schintnagel geendet hatte, spürte man die Stille im Raum. Der Verwalter versuchte sich zu sammeln. Mit strenger Gebärde verwies er Schintnagel an seinen Platz. Schintnagel folgte ihm langsam. Als er an der Wand stand, sackte er zusammen.

Der Verwalter ließ Schintnagel, der keinen Widerstand leistete, in Verwahrung nehmen. An den Abt Berthold Reisinger schrieb er einen ausführlichen Bericht. Er er-

suchte um Anweisung, was mit dem Mann, der sich Nagel nannte und einst in Wildberg beschäftigt gewesen war, geschehen sollte. Der Abt bat Philomena Burger um ein Gespräch.
Sie lebte schon lang allein. Bevor er starb, hatte der Forstmeister von der Gutsverwaltung die Zusage erlangt, daß Philomena, die ihn so lang gepflegt hatte, auch weiterhin im Gutshof wohnen durfte. Die Geldsumme, die er ihr vermachte, reichte für ihren Unterhalt. Philomena hatte keine Schwierigkeit, sich in ihrer Einsamkeit einzurichten. Ihre Zeit mit dem Freiherrn von Selb sah sie immer mehr als den wichtigsten Inhalt ihres Lebens an. Alles, was vorher geschah, hatte geholfen, dieses Leben zu erreichen, alles, was nachher geschah, hatte geholfen, dieses Leben zu erkennen. Das Bild, das sie sich nun davon machte, war fertig. Sie wollte es nicht mehr verändern.
Als Berthold Reisinger sie fragte, ob sie eine Gegenüberstellung mit dem Mann, den sie schon einmal als Betrüger bezeichnet habe, wünsche, verneinte sie. Die Einzelheiten, die er über seinen Betrug am Freiherrn von Selb dem Verwalter verraten hatte, waren für sie nicht mehr von Bedeutung. Ebenso wenig wie eine erneute Begegnung mit ihm. Sie habe mit allem abgeschlossen, sagte sie zum Abt. Es sei auch schon so lang her. Ihr Schicksal sei gut gewesen, das wisse sie nun. Man möge den Betrüger nicht weiter anhören und ihn laufen lassen. So, wie sie ihn einschätze, sei das für ihn die größte Strafe.
Philomena hatte recht. Als der Verwalter Schintnagel eröffnete, er könne gehen, sah ihn dieser entsetzt an. Ob denn niemand mehr seine Geschichte hören wolle, fragte er, sicher doch die Dame, vielleicht sogar der Abt, er sei bereit, sie auch vor größerem Publikum zu erzählen, er habe ja bemerkt, wie sehr er den Verwalter beein-

druckt habe. Die Kraft seiner Darstellung könne er noch steigern. Ihm zuzuhören wäre für jeden ein Erlebnis. Die Knechte warfen ihn hinaus.

Es war Abend, als Schintnagel den Schloßberg hinunterging. Er stolperte mehrmals, er fühlte sich schwach. Unten lag das Dorf Messern, der Ort, wo geboren war. Er hatte diesen Ort verachtet und verleugnet und doch hatte es ihn wieder dorthin gezogen nach einer langen und mühseligen Wanderschaft. Nach seiner Entlassung aus dem Gefängnis war er ohne Geld dagestanden, wieder hatte er, wie beim ersten Mal, kein Dach über dem Kopf und nur ein einziges, zerschlissenes Gewand. Damals hatte er noch große Pläne gemacht. Diesmal hatte er nicht die Kraft dazu. Er verließ das Waldviertel und zog planlos durch das Land. Manchmal fand er Arbeit, öfter aber fand er keine, und er fing an zu betteln. Das Zeitmaß ging ihm verloren, er tauchte in den verschiedensten Orten auf, er kannte nicht deren Namen und tauchte wieder unter. Die Jahre machten ihn gleichgültig. Aber eines Nachts hatte er einen Traum. Er sah sich wieder vor dem Freiherrn, vor der Dame stehen und seine größten Triumphe erleben. Er beschloß, nach Messern, nach Wildberg zurückzukehren. Und sich noch einmal als der zu zeigen, der er seiner innersten Überzeugung nach war. Der Weg war weit und er schaffte ihn kaum. Wieder stieg beim Anblick von Messern Verachtung in ihm auf. Doch seine Kraft kam zurück, als der Verwalter von Wildberg ihn zu sich befahl.

Er hatte gehofft, ja fest geglaubt, nicht nur ihn mit seiner Geschichte beeindrucken zu können. Den Schloßhof voller Menschen, die ihm zuhörten, hatte er sich vorgestellt, vor der Dame hatte er seine Rolle spielen wollen, vor der strengen Gestalt des Abtes. Gern hätte er dafür eine neuerliche Haft in Kauf genommen. Daß man sich für ihn nicht mehr interessierte, daß man ihn nicht ernst

nahm, erschütterte ihn.
Als er, von Müdigkeit fast überwältigt, in Messern am Armenhaus vorbeikam, klopfte er an und bat um ein Nachtlager. Man wies ihn ab. Kurz dachte er an seinen Vater, der hier gelebt hatte. Nicht nur aus Lieblosigkeit, auch weil er sich seiner schämte, hatte er ihn nie besucht.
Schintnagel irrte weiter. Er fürchtete die Nacht, er würde sie im Freien verbringen müssen, ihren unheimlichen Stimmen und der Grausamkeit der Wahrheit ausgesetzt. Der Gedanke an den von ihm erfundenen Zuchthäusler, an die Lüge von der Verhaftung Kloibenstrunks und Evas brachte ihm keinen Trost. Das war nur ein kleines Spiel im großen Spiel gewesen, dessen Wirkung mit der Ausschaltung seiner Person für ihn verloren gegangen war.
Die Augustnacht war warm, ein sternenübersäter Himmel milderte die Dunkelheit, von den Wiesen her duftete das Heu, ab und hörte man das Rütteln eines heimkehrenden Fuhrwerks. Nichts davon nahm Schintnagel wahr. Eine unbekannte Kälte durchzog seinen Körper, er wechselte mehrmals die Richtung, es wurde ihm nicht bewußt. Den hölzernen Stecken hatte er verloren. Er strauchelte, er fiel hin, er stand auf, er betastete sein Gesicht und erkannte sich nicht. Endgültig losgelöst von allem, was er hatte sein wollen, ging er langsam aus seinem Schicksal hinaus.

Der kleine Josef Palt war ein gesundes, kräftiges Kind. Er war fast zwei Jahre alt, er lief schnell, ohne hinzufallen, in Haus und Hof umher, kletterte auf Leitern und Zäune und unter den Bauch der Kühe, fischte die Fliegen aus seiner Milchschüssel und aß sie auf, jagte Hühner und Ferkel. Trotzdem war er selten müd, trotzdem schlief er schlecht. Jede Nacht hing er mehr-

mals am Gitter seines Holzbettes, das im Schlafzimmer der Eltern stand und verlangte mit lautem Geschrei nach Aufmerksamkeit. Dann ging Elisabeth zu ihm hin, beruhigte ihn mit leisen Worten und wartete, kniend vor seinem Bett, bis er wieder einschlief. Nachher fand sie rasch wieder ihren Schlaf. Mathias aber lag jedesmal lang wach. Er war hier noch immer nicht daheim. Nicht in diesem Haus, nicht in diesem Raum und nicht neben seiner Frau.
Stets gingen dann seine Gedanken zurück in die Zeit vor seiner Heirat, die eine Zeit des Zweifels und der Unruhe gewesen war.
Er war nicht glücklich gewesen, als ihm Elisabeth von ihrer Schwangerschaft berichtete. Er war ihm zwar klar, daß es dazu kommen konnte, aber er hatte diesen Gedanken verdrängt. Sie erklärte sofort, daß er sie heiraten müsse. Seine Einwände waren schwer, und er versuchte sie von deren Richtigkeit zu überzeugen. Er sei einer, der außerhalb des Gesetzes lebe, nie würde ihr Vater mit einer solchen Ehe einverstanden sein, außer den Schafen habe er nichts, was ihm gehöre, im Dorf würde es einen Aufruhr geben, die Mäuler würde man sich vor allem über sie, Elisabeth, zerreißen und der Abt, ja, der Abt würde dieser Verbindung niemals zustimmen. Schließlich habe er dessen Befehle ständig mißachtet und mit Eva in Sünde gelebt.
Von dem Einwand, der ihm der wichtigste war, sprach er nicht. Nämlich daß er sie nicht liebte.
Evas Name war zum ersten Mal zwischen ihnen gefallen. Elisabeth schwieg eine Weile.
Und wie hast Du mit mir gelebt? fragte sie.
Mit Dir habe ich nicht gelebt, antwortete Mathias. Und Dich habe ich nicht gerufen.
Daß er sie gekränkt hatte, zeigte sie ihm nicht. Sie machte sich einfach mit aller Engergie daran, das, was

sie wollte, zu erreichen. Von den Eltern erzwang sie mit dem Hinweis, sie würde sonst trotz des zu erwartenden Kindes unvermählt bleiben und damit die Familie mit ewiger Schande beladen, die Einwilligung, den Mathias Palt zu heiraten. Sie verspreche ihnen, sagte sie, daß er ein ebenso guter Bauer sein werde wie der Vater, als er noch gesund war. Auch sie werde sich in Hinkunft mehr als bisher um die Arbeit in Haus und Hof kümmern. Als Andreas Leutgeb ohne große Hoffnungen beim Abt vorstellig wurde und ihm die Situation, in der sich seine Tochter befand, darlegte, gefiel diese dem Abt zwar nicht, aber er lehnte die Lösung durch eine Heirat mit dem unerwünschten Kindesvater erstaunlicher Weise nicht ab. Was Leutgeb nicht wußte war, daß ein neues kaiserliches Dekret die Untertanen nicht mehr verpflichtete, von der Grundherrschaft die Heiratsbewilligung einzuholen. Was Leutgeb nicht wußte war, daß der Abt in dieser unerwarteten Heirat die Möglichkeit sah, sich endlich von einem aufsässigen Untertanen zu befreien und die gestörte Ordnung im Stranzlwald wieder herzustellen. Was Leutgeb nicht wußte war, daß der Abt sich nur schweren Herzens dazu entschloß, trotz aller moralischen Bedenken dem großzügigen Stifter und dessen Tochter keine Schwierigkeiten zu bereiten.
Dieses Hindernis war also aus dem Weg geräumt. Elisabeth teilte es Mathias mit. Sie erwartete nicht, daß er sich darüber freute. Aber sie hatte nicht mit seiner neuerlichen Verweigerung gerechnet. Sie müsse verstehen, sagte er, daß er sich nicht in Abhängigkeit begeben wolle, und das müßte er tun im Haus ihrer Eltern. Sie müsse verstehen, daß er nicht so plötzlich von hier aufbrechen wolle. Ja, er werde diesen Platz, wo er solang gelebt habe, verlassen. Aber doch nicht jetzt, nicht gleich. Übrigens glaube er, daß es ihr nicht schwer fallen würde, trotz des Kindes einen Freier zu finden, der sie gern,

im Hinblick auf die zu erwartende Erbschaft zur Frau nähme.
Zum ersten Mal weinte sie vor ihm. Er bemerkte es mit Erstaunen und meinte, er hätte ihr doch alles vernünftig erklärt. Sie ging ohne zu antworten.
Schließlich bewegte ihn der Gedanke an das Kind dazu, diese Heirat auf sich zu nehmen. Es würde sein Kind sein, es würde ihm gehören.
Als er zum ersten Mal wieder in das Haus des Andreas Leutgeb kam – er hatte das Haar geschnitten, den Bart weggeschabt und ein sauberes Gewand angezogen – war alles nicht so schlimm, wie er befürchtet hatte. Man empfing ihn zurückhaltend, aber ohne Feindseligkeit. Man sprach über die Vorbereitungen zur Hochzeit. Elisabeth sagte, sie wolle in der Stiftskirche in Altenburg heiraten. Mathias widersprach. In die Stiftskirche, sagte er, bringe man ihn nicht hinein. Er wünsche die Trauung in Frauenhofen, wo er geboren sei. Es sei ihr recht, meinte Elisabeth nach kurzem Schweigen.

Im Grunde genommen erlebte er alles nicht wirklich. Nicht was vorher geschah, nicht die Hochzeit selbst. Er redete sich ein, nur einem Spiel zuzusehen, das ihn nichts anging. Er warb nicht um Elisabeth, wie es üblich war, aber die Braut bestand darauf, daß er den Beistand ins Haus brachte und dieser ihn, wie es die Sitte verlangte, fragte, ob er nicht anderswo mit einer anderen versprochen sei. Die Antwort darauf fiel ihm schwer, denn er hatte Evas Bild vor Augen. Aber er sagte nein und stellte sich vor, es in einen leeren Raum hinein zu sagen. An Geld und Gut hatte er nichts einzubringen außer seinen Schafen.
Die führte er einige Tage vor der Hochzeit vom Stranzlwald ins Dorf. Als er sich von der Rosenburger Straße her mit der kleinen Herde näherte, stand Elisabeth zum

letzten Mal allein am Fenster ihres Zimmers, das sie bald mit ihrem Mann teilen sollte. Sie sah ihn genauso wie sie ihn sehen wollte, sah seinen kräftigen Körper in dem verbrauchten Alltagsgewand, das kaum gekämmte, widerspenstige blonde Haar, erkannte in seinen Bewegungen die Auflehnung gegen alles, was er als Unrecht gegen seine Person empfand. Viele der Dorfbewohner waren aus ihren Häusern, aus ihren Höfen getreten, standen da mit verschränkten Armen, die Hälse nach vorn gereckt und genossen stumm das Schauspiel, das sich ihnen bot. Mathias Palt zog an ihnen vorbei, als brächte er nicht ein paar armselige Schafe in das Haus seiner Braut ein, sondern vor allem, als ein Geschenk der Gnade, sich selbst. Das Gefühl des Triumphes, das Elisabeth erfüllt hatte, verflüchtigte sich.

Am meisten schmerzte es Elisabeths Mutter, daß die Hochzeitsfeier nicht im Haus der Braut stattfinden sollte. Es wäre zu umständlich gewesen, alle Gäste nach der Trauung zurück nach Altenburg zu bringen. Das Wirthaus in Frauenhofen war klein und primitiv, ungeeignet für große Feste. Spöttisch verfolgte Mathias, der sich nur selten bei den Leutgebs blicken ließ, die hektischen Vorbereitungen von Mutter und Tochter. Er stellte keine Fragen, er hörte kaum zu, wenn Elisabeth anfing, ihm davon zu erzählen.

Der 30. Juni 1787 zeigte sich nach einem kühlen Morgen als heller, sonniger Tag. Alles war gerichtet. Zwei Tage vorher schon war eine Köchin ins Wirtshaus von Frauenhofen eingezogen, um das Mahl vorzubereiten. Mädchen aus der Verwandtschaft halfen ihr dabei. Kälber, Schweine und Hühner waren im Haus des Brautvaters geschlachtet worden, von der Brautmutter kam das Backwerk, eine Gevatterin lieferte den schönsten Schmuck der Tafel, den Prügelkrapfen, dessen Teig aus zahllosen Eiern, Zucker und Mehl am offenen Feuer der

Schmiede über einen hölzernen Prügel gegossen und gebacken wurde. Der Hochzeitslader im blumengeschmückten Hut hatte Verwandtschaft und Nachbarn zu Trauung und Mahl gebeten, die Beistände und Kranzljungfern warteten auf die Erfüllung ihrer Aufgabe. An die Armen und Kranken der Orte Altenburg und Frauenhofen hatte Andreas Leutgeb Geld und Lebensmittel verteilt. Das Kleid der Braut war aus goldgelbem Brokat, in dunklem Grün glänzten Schürze und Fürtuch. Wortlos hatte Andreas Leutgeb den Betrag für die Kleider des Bräutigams ausgelegt. Wortlos nahm Mathias die Kleider in Empfang.
Er verbat es sich, die Hochzeit länger als einen Tag zu feiern, trotz Elisabeths Einwand, man würde ihren Vater für einen Geizhals halten. Er kam am Morgen der Trauung aus seiner Hütte her, seltsam anzusehen in seinem feierlichen Gewand, und er hatte nichts von der Vorfreude, von der schlecht verborgenen Aufgeregtheit eines Bräutigams an sich. Er war ernst und gleichgültig und blieb es den ganzen Tag.
Die Kirche in Frauenhofen war genau so voll wie an jenem Tag vor achtundzwanzig Jahren, als Mathias Palt getauft worden war. Hingetragen von der eigenen Mutter, im Arm gehalten von seinem Paten und Oheim, dem Prior des Stiftes Altenburg, Willibald Palt. Manche Einwohner von Frauenhofen erinnerten sich noch an diese seltsame Taufe, über die man lang geredet hatte. Nun redeten sie über diese seltsame Heirat, über die Braut, von der es sich herumgesprochen hatte, daß sie ein Kind erwartete. Über den Bräutigam und seinen ungewöhnlichen Lebensweg, der ihn zuletzt in die Gesetzlosigkeit führte. Gerüchte darüber, wie die beiden zusammengekommen waren, hörten nicht auf.
Obwohl Elisabeth Leutgeb eine gefallene Braut war und nur ein schwarzes Kopftuch hätte tragen dürfen, trug sie

einen Kranz aus frischen Blumen im Haar. Obwohl der Bräutigam ein Niemand, ein Besitzloser war, wirkte er in Gang und Haltung noch stolzer als die Braut. Ein junger Pfarrer aus Strögen spendete den beiden das Sakrament der Ehe. Als sie auf den Stufen zum Altar die Glückwünsche entgegennahmen, lächelte die Braut anstatt zu weinen und der Bräutigam ließ es nicht zu, daß man auch ihn, wie es Brauch war, auf die Wange küßte. Mathias behielt vor allem die Zeit im Wirthaus in Erinnerung, die ihm viel zu lang erschienen war und deren Ende er herbeiwünschte.

Die Gäste, Körper an Körper gedrängt auf den schmalen Bänken, tief über Suppe und Braten gebeugt, dann wieder aufgerichtet, um ihn und Elisabeth anzustarren. Die Hitze, der Dunst in der niedrigen Wirtsstube, der immer stärker werdende Lärm nach dem immer rascher genossenen Wein. Die starre Haltung der Brauteltern, die, ohne selbst zu genießen, nur auf die Reichlichkeit der aufgetragenen Speisen achteten. Die alte, nicht ausrottbare Sitte, daß alles sitzenbleiben mußte, bis die letzte der Schüsseln geleert war. Dann, nach Stunden der Tanz, der erste vom Brautführer mit der Braut, der zweite vom Brautpaar getanzt, Elisabeth in seinen Armen, nicht zu nah, denn in ihrem Bauch wuchs das Kind, erzwungene Darstellung der Einigkeit und Harmonie, die Augen voll unbeantworteter Fragen. Brautraub und Brautauffindung, Scherze und Maskeraden, außer Rand und Band geratene Kinder, betrunkene Musikanten und Gäste, endlich spät in der Nacht die Auflösung eines Festes, das seine Ordnung verloren hatte.

Sie waren beide zum Umfallen müd, als sie im Haus der Leutgebs ankamen. Heimat für Elisabeth, Fremde für Mathias. Die Größe des Zimmers bereitete ihm Unbehagen, das neue, holzgeschnitzte Bett mit den hochaufgeschichteten Polstern und den dick gefüllten Decken

machte ihm Angst. Er sah Elisabeth nicht zu, als sie sich entkleidete und fühlte nur kurz Erleichterung, als er die eigenen, beengenden Kleider über einen Stuhl warf Es war Elisabeth, die die Kerzen löschte. Mathias rührte seine Frau in dieser Nacht nicht an. Es sei wegen des Kindes, sagte er, auf das Kind müsse man achten.
Immer wieder riß ihn das Schlagen des Uhrenmännchen aus dem Schlaf. Dann mußte er sich erst besinnen, wo er war.
Im November 1787 wurde Josef geboren. Von da an wurde es leichter für Mathias und seine Frau. Das Kind gab ihnen Stoff für andere gemeinsame Gespräche als bisher, wo es nur um Fragen der Wirtschaft gegangen war. Zum Erstaunen ihrer Eltern begann Elisabeth zuerst langsam, dann immer eifriger im Hof und auf dem Feld mitzuarbeiten. Von ihren Krankheiten sprach sie nicht mehr. Zwischen Mathias und Andreas Leutgeb entwickelte sich ein ruhiges Einverständnis, einer begann den anderen zu achten. Die Krankheit Leutgebs schritt immer weiter fort. Er gab an Mathias ab, was er nicht mehr leisten konnte.
Während der mehr als zwei Jahre, die Mathias seit seine Heirat hier lebte, hatte er alle Aufgaben, alle Pflichten gewissenhaft, oft auch mit Ehrgeiz erfüllt. Aber seine Liebe gehörte immer noch Eva. Immer noch sah er die Hütte im Stranzlwald, deren Reste in Wind und Wetter langsam zerfielen, als seine Heimat an.

Berthold Reisinger hatte zuerst vorgehabt, Stina von der Inhaftnahme ihrer Tochter Eva zu unterrichten. Aber da er den Behauptungen Schintnagels mißtraute, ließ er davon ab. Mit der Bitte, die Sache vertraulich zu behandeln, hatte er den Bericht des Wilberg'schen Verwalters dem Prior zum Lesen gegeben. Eine Weile hielt sich der Prior daran. Aber da Schintnagels Auftauchen in Wildberg doch einigen Staub aufgewirbelt hatte und unter den Konventualen besprochen wurde, wiederholte der Prior bei einer solchen Gelegenheit, was Schintnagel über die Verhaftung Kloibenstrunks und Evas berichtet hatte. Die Konventualen waren zur Verschwiegenheit nicht verpflichtet. Die Nachricht machte im Stift die Runde und gelangte bis zu Fran.

Fran hatte sich seit seiner Rückkehr von der Suche nach Eva nicht mehr richtig erholt. Er machte seine Arbeit, aber er machte sie nicht mehr gut. Vom Schaffner, sogar von den Knechten, wurde er immer öfter getadelt, ja beschimpft. Statt ihn zu schonen, teilte man ihm immer schwerere Arbeiten zu. Frans Körper streikte beim Entladen des Getreides, beim Tragen schwerer, mit Korn gefüllter Säcke, beim Drusch in der heißen, staubigen Scheune, beim Ausmisten der Ställe, beim Striegeln der zahlreichen Pferde und, vor allem, beim Schleppen riesiger Scheiter von den Holzstößen bis in den Hof. Oft ging er unter der Last in die Knie und konnte sich nur mit größter Anstrengung wieder aufrichten. Oft gelang es ihm nicht ganz, dann ging er mit gebeugtem Rücken, als hätte er einen Buckel, dahin. Er erwartete kein Bedauern und überhörte den Spott.

Als er von Kloibenstrunks und Evas Verhaftung hörte, sagte er sich zuerst, es sei nicht wahr. Dem ehemaligen Schenkenwirt von Wildberg, dem Menschen, der Kloibenstrunk verleumdet hatte, konnte man nicht trauen. Aber, dachte Fran weiter, es war durchaus möglich, daß Kloibenstrunk gestohlen hatte. Er hatte auch Eva gestohlen, und das war sein wahres Verbrechen. Daß Eva sich nicht beteiligt hatte an Kloibenstrunks Vergehen, stand für Fran fest. Einfach mitgerissen hatte er sie, hinein in die Unehrlichkeit, abgedrängt vom rechten Weg. Aus Not, aus Verzweiflung, vielleicht – und doch wieder nicht, nein, es war ein Lüge, nichts als eine Lüge.

Die Zweifel quälten Fran, er brachte sie nicht aus dem Kopf. Gern hätte er mit Mathias gesprochen, aber Mathias sah er schon lang nicht mehr. Er konnte und wollte ihm nicht verzeihen, daß er sich verheiratet hatte, da doch noch immer die Möglichkeit bestand, daß Eva zurückkehrte. Er hätte Mathias keiner Frau, wer immer sie sein mochte, gegönnt, aber daß es gerade Elisabeth Leutgeb war, bedeutete für ihn einen weiteren persönlichen Verlust. Das Haus der Leutgebs, seit Jahrzehnten Trost und Zuflucht für ihn, betrat er, seit Mathias dort lebte, nicht mehr.
Was willst Du, sagte Mathias, als Fran von der bevorstehenden Heirat erfuhr, es ist nicht mein Wunsch, es ist so gekommen. Elsisabeth wird ein Kind haben.
Wenn es nicht Dein Wunsch ist, darfst Du es nicht tun. Auch nicht wegen Elisabeth. Es wäre nicht recht.
Es ist ihr Wunsch, verstehst Du? Und wer hat gesagt, ich soll den Stranzlwald verlassen? Wer hat gesagt, es ist einfach Zeit, daß Du gehst? Du warst es Fran, Du.
Ja, ich habe gesagt, Du sollst gehen. Ich habe nicht gesagt, Du sollst Dich verheiraten. Ich ich habe andere Möglichkeiten gesucht für Dich.
Andere Möglichkeiten? Welche hätte es denn gegeben?
Ich war bei Stina, sagte Fran leise, ich habe sie um Hilfe gebeten für Dich.
Nie sollte Fran das bittere Lachen vergessen, in das Mathias ausbrach.
Bei Stina? Ein guter Gedanke, Fran, ein kluger Gedanke, ein Gedanke, auf den nur Du kommen konntest.
Ich habe gedacht
Denk nicht soviel. Vor allem nicht, was mich betrifft. Ich komm allein zurecht. Hilfe von Stina für mich. Das ist verrückt, Fran. Ich hätte sie niemals angenommen. Seltsam ist das mit Dir und Stina. Einmal meidest Du sie, dann siehst Du sie wieder, sie will Dich aber nicht

sehen, Du bleibst fort und gehst wieder hin.
Was weißt Du, Mathias
Und Du bist gescheitert mit Deiner Bitte, ja? Das war vorauszusehen.
Ich habe es vorausgesehen.
Seither mieden sie einander. Es war eine schwere Zeit für beide. Mathias verdrängte dieses Wissen, Fran nicht. Wenn Stina erfährt, was man von Eva erzählt, und irgendwann muß sie es erfahren, dachte Fran, wird sie so tun, als mache es ihr nichts aus. Wenn Stina das erfährt, wird sie noch mehr als bisher am Schicksal Evas leiden und vom Scheitern ihres eigenen Schicksals noch mehr als bisher überzeugt sein. Wenn Stina das erfährt –
Fran hatte Angst um Eva. Fran hatte noch mehr Angst um Stina. Seit seiner ersten Begegnung mit Stina waren dreißig Jahre vergangen. In seiner Erinnerung war sie immer noch gegenwärtig und so lebendig, als wäre sie erst vor kurzem geschehen. Stinas Anblick, ihre Schönheit, ihre halbe Nacktheit, die ihn erschreckte und verwirrte, das nicht ausdeutbare Gefühl, das ihn dabei bewegte. Die Stille zwischen ihnen. Der rätselhafte Wunsch auf einander zuzugehen, den sie nicht erkannten, aber spürten. Das Geheimnis einer nicht auflösbaren Verbindung, die schmerzhaft ihr Leben begleiten sollte. Immer wieder hatte Fran den Weg zur Mühle eingeschlagen, immer seltener hatte er Stina von seinen Verstecken aus erblickt. Er begriff, daß ihr Leben in der Mühle, neben ihrem Mann, schwierig war. Er erfuhr vom Tod ihres Kindes, von ihrem Unglück. Er wollte ihr wiederbegegnen.
Es geschah einfach. Manchmal, wenn sein Dienst im Kloster und beim Abt es erlaubte, ging Fran den Wald hinunter bis zum Försterhaus, überquerte den Bach und stieg dann den schmalen Pfad hinauf zum Umlaufberg, den der Kamp in einer weiten Schlinge umfloß. An sei-

ne leichten Schritte erinnerte er sich nun, an die Freude, mit der sein junger Körper sich bewegte. Unten im Tal begleitete ihn der Bach, er hörte das feine, helle Geräusch des Wassers, er hob einen Stein auf und warf ihn hinunter, fast lautlos sprang er über Bodenwellen und Wurzeln, bis er sich in Moosen und Flechten verlor. Auf der Höhe des Berges blieb Fran stehen. Unter dem steilen Absturz des Felsens konnte er die Mäander des Flusses erkennen, unverändert seit Jahrtausenden. Bis an die letzte sichere Stelle wagte er sich vor, schob einen Fuß halb über den Abgrund und schloß die Augen. Verkleinert, aber überdeutlich lag dann das Bild der spröden Landschaft unter seinen Lidern, und er dachte, daß es gut war, hier zu leben.
So war es auch an jenem späten Nachmittag im Herbst gewesen. Die Luft hatte bereits den Geruch nach Holz, Laub und Erde in sich, den man nur an solchen Tagen spürte. Als Fran sich umwandte um zurückzugehen, glaubte er im Schatten eines Baumes einen Menschen zu erkennen. Hier begegnete er selten jemandem. Als er näherkam, sah er, daß es eine Frau war. Sie schien ihn nicht zu hören, sie rührte sich nicht. Rücken und Kopf an den Stamm gelehnt, die Hände verschränkt, so stand sie da.
Als er Stina erkannte, dachte er zuerst an eine Täuschung. Aber es war keine. Erst als er näher an sie herantrat, sah sie auf. Wie um ihn wegzuschieben hob sie die Arme, ließ sie aber gleich wieder sinken. Wortlos, wie bei ihrer ersten Begegnung, sahen sie einander an. Langsam ließ sich Stina den Stamm hinuntergleiten und setzte sich auf die Erde. Fran setzte sich neben sie. Behutsam nahm er ihre Hand und sie ließ sie ihm. Er wußte nicht, was er sagen sollte. Gleichzeitig wurde ihm klar, daß es nicht wichtig war. Er ließ ihre Hand los und nahm ihr Gesicht in seine beiden Hände. Sie lächel-

te ihn an, zuerst traurig, aber dann verschwand die Trauer immer mehr aus ihren Zügen und machte einer Erwartung Platz, die er mit ihr teilte. Eine Weile saßen sie schweigend da, sein Arm ruhte nun auf ihrer Schulter. Dann sagte Stina, daß sie froh sei, ihm wieder zu begegnen und daß sie ihn nie vergessen habe. Dann sagte Fran, daß er sie nie vergessen habe, und daß er nicht nur froh sei, sondern daß es für ihn ein Wunder bedeute, ihr wieder zu begegnen. Es habe, was geschehen solle, eben seine Zeit, sagte Stina. Daran habe er, ohne es zu wissen, immer geglaubt, sagte Fran.
In der Nacht darauf bat er Gott in der dunklen, leeren Kirche seines Klosters um Vergebung. Er bat ihn lang darum und war sich der schweren Sünde, die er begangen hatte, bewußt. Als er sich endlich erhob, erkannte er voller Staunen, daß sein Glücksgefühl stärker als seine Reue war.
Was wird mit Stina sein, dachte Fran nach so vielen vergangenen Jahren. Nur ein einziges Mal war sie ihm nahe gewesen, später hatte sie sich ihm in jeder Form verweigert. Was wird mit Stina sein, dachte Fran und fürchtete die Antwort.

Das Begräbnis des Andreas Leutgeb im März 1791 war eindrucksvoll gewesen, wie es einem so hoch geachteten Bauern gebührte. Der Abt hatte ihm die außergewöhnliche Ehre einer Aufbahrung in der Veitskapelle erwiesen, eine Messe wurde für ihn gelesen, dann trugen ihn Männer aus der Nachbarschaft auf ihren Schultern zum Friedhof. Als man an seinem Haus vorbeikam, stellte man den Sarg noch einmal vor dem Hoftor nieder, damit der Tote Abschied nehmen konnte. Die Anteilnahme der Dorfbewohner war groß, ein langer Zug von Menschen begleitete den Verstorbenen bis zum Grab. Über Güte und Reichlichkeit des Leichenschmauses sprach man noch lang.

Man sprach, nachdem Leutgeb begraben war, begreiflicher Weise viel über den Mathias Palt, der nun über Haus und Hof gebot, obwohl das Erbe seiner Frau zugefallen war. Man redete über die Erweiterung der Wirtschaft, die er nun mit aller Energie betrieb, über den Zukauf von Äckern und Wiesen, über den Bau neuer Stallungen und die Vergrößerung des Viehbestandes.

Man stellte fest, daß er nun, nach einer Zeit ungebührlichen Fernbleibens, sonntags wieder zur Messe in die Stiftskirche ging, daß man ihn aber nie in einem Beichtstuhl und daher nie bei der heiligen Kommunion sah. Und es ging das Gerücht, daß er jedes Zusammentreffen mit dem Abt Berthold Reisinger vermied. Man beredete die Büchersendungen, die über einen Händler aus Horn aus der Haupt- und Residenzstadt Wien bei Mathias Palt eintrafen. Werke, die sich angeblich mit schwierigen und für jeden Bauern sinnlosen Themen befaßten, und man erzählte, daß sich der Mathias Palt jeden Abend vor dem Einschlafen in sie vertiefte.

Was seine Ehe mit Elisabeth betraf, wußte man nicht, was man davon halten sollte. Bei den kirchlichen Festen sah man sie wohl gemeinsam, aber am täglichen Leben des Dorfes nahm nur Mathias teil. Den Nachbarn gegenüber zeigten sich beide freundlich und hilfsbereit. Zum Tratsch, zum gemeinsamen Spinnen und Nähen der Frauen kam Elisabeth nicht. Man sagte, sie sei noch immer stolz, man sagte aber auch, ihre Hände seien nicht mehr glatt. Nie sah man sie zusammen mit ihrem Mann über die Felder gehen, um den ersten Aufbruch des Saatgutes, das Gedeihen der Frucht zu prüfen. Von Streit und Mißstimmung zwischen den Eheleuten war nichts bekannt. Aber es trug ja niemand im Dorf seine Gefühle nach außen. Eine Tochter war dem Ehepaar noch geboren worden, ein drittes Kind war unterwegs.

Wie jedes Jahr klagte man über Unwetter und Viehseuchen, über zu hohe Abgaben und zu schwere Robot, von der sich die wenigsten loskaufen konnten.

Man ereiferte sich über die Ausgaben des Stiftes für den Bau ein neues Gärtnerhauses, für eine neue Wohnung für den Schmied und meinte, die alten Behausungen seien gut genug gewesen, letztlich hätten für alles die Untertanen aufzukommen.

Irgendwo weit, weit draußen, gab es Kriege, die das eigene Land gegen andere Länder, deren Namen man kaum kannte, immer wieder führte. Mit Genugtuung hörte man, daß das Stift verpflichtet war, für die Kriegsführung hohe Darlehen zu entrichten. Und was die Rekrutierungskommission betraf, gelang es den Bauernsöhnen immer wieder, sich der Stellung durch Flucht oder durch eine selbst zugefügte Verstümmelung – das Abhacken eines Fingers war die beliebteste Methode – zu entziehen.

Der Tod des Kaisers, der den Bauern ein so großes Stück Freiheit geschenkt hatte, war wenig beachtet worden. Die Untertanen vergaßen rasch, was sie ihm zu verdanken hatten. Daß der neue Kaiser bald einen Teil der so wichtigen Reformen wieder rückgängig machen würde, wußten sie noch nicht. Sein Ausspruch vor einer steirischen Bauerndelegation, daß er den Grundherren nur dann alles wegnehmen könne, wenn an deren Stelle die Bauern alle Steuern bezahlten, gelangte nicht bis nach Niederösterreich.

Das Jahr 1791 hatte also für die Altenburger nicht viel mehr Bedeutung als die Jahre vorher. Bedeutung gewann ein Ereignis, das gegen Ende des Jahres in Frauenhofen stattfand und dort und in den umliegenden Dörfern die oft verkrusteten Gemüter der Menschen aufbrach, sie bewegte und erschütterte.

Das Einzige, was dem kleinen Hans außer seinen träumerischen Spielen mit Eva noch gefällt, ist das Spielen mit Farben. Er preßt dunkelroten Saft aus Obst und Beeren und läßt ihn an seinen Fingern trocknen. Er träufelt den giftigen, weißen Saft der Wolfsmilch auf dunkles Holz und läßt ihn dort zu Mustern zerrinnen. Irgendwoher, Stina weiß nicht von wo, hat er eines Tages mit grüner Farbe versetzte Kalkmilch gebracht, zuerst einen Kübel, dann noch einen Kübel und hat begonnen, damit die Außenwand des Hauses zu tünchen. Er stellt sich dabei auf den Melkschemel und streicht wild über das bröckelnde Gemäuer, auf dem das ursprüngliche Blau fast nicht mehr zu sehen ist. Da der kleine Hans nur alle zwei, drei Tage mit einem Kübel voller Farbe ankommt, die Farbe jedesmal eine andere Schattierung hat und sich von der bereits aufgetragenen sichtbar unterscheidet, kommt eine wilde Mischung hellgrüner und dunkelgrüner Flecken zustande. Der kleine Hans malt nur soweit, als der Melkschemel es ihm erlaubt, der Rest der Hauswand bleibt, wie sie ist. Stinas Verbot nützt nichts, der kleine Hans malt, wenn sie fortgeht. Sie hat den Verdacht, daß hinter den mysteriösen Farbenlieferungen an ihn eine bestimmte heimtückische Absicht steckt. Eines Tages muß sie erfahren, daß ihr Verdacht richtig war. Völlig verstört kommt der kleine Hans heim, er hat weder Hemd noch Janker an, sein Oberkörper ist nackt und auf seinem Rücken stehen mit jener grünen Farbe, die er für die Hauswand verwendet hat, zwei Worte geschrieben: EVA und DIEBIN. So rasch sie kann, wäscht Stina ihm die Farbe herunter, der beißende, schlecht gelöschte Kalk hat sich bereits in die Haut des kleinen Hans eingegraben, er schreit vor Schmerzen. Stina legt ihm eine Salbe auf, die sie selbst zubereitet, sie hilft nur langsam. Der kleine Hans kann wochenlang nur auf dem Bauch liegend schlafen. Trotz drängender

Fragen erfährt Stina nicht, wer ihm das angetan hat.
Die Geschichte mit der Farbe ist nur eine von vielen, die Stina das Leben noch schwerer machen, als es schon ist. Beim Rainmähen ist ihr die Sichel in den rechten Handballen gefahren, der Schnitt ist tief, blutet lang und heilt schlecht. Als die Wunde endlich zu ist, bricht sie noch einmal auf, und dicker Eiter quillt heraus. Stina kann darauf keine Rücksicht nehmen und arbeitet weiter, ungeschützt vor Mist und Jauche. Irgendwann kommt die Sache in Ordnung, aber die Hand ist empfindlich geworden und nicht mehr so kräftig wie früher. Den Anbau von Roggen und Weizen hat sie fast eingestellt, um den Hafer kümmert sie sich noch. Da sie kein Pferd mehr hat, kann sie ihn verkaufen, aber es bringt nicht viel. Auch die wenigen Schafe bringen nicht viel. Im Stift ist sie, trotzdem es ihr schwer fiel, vorstellig geworden und hat dem Hofmeister ihre Lage geschildert. Die Robot hat man ihr bereits erlassen, nun hat man ihr erlaubt, anstatt des Zehents Hühner und Eier abzuliefern. Seither weiß sie, wie man sie einschätzt, wie weit sie heruntergekommen ist. Bettelweib, nennt sie sich manchmal, weil es ihr gut tut, sich weh zu tun.
Alles aber ist nichts gegen den Schmerz, den sie über Evas Schicksal empfindet, ein Schmerz, den sie leugnen will, aber nicht leugnen kann. Sie hat sich vorgenommen, das, was Schintnagel erzählt hat, für wahr zu halten, um sich zu überzeugen, Eva habe damit ihre Liebe endgültig vertan. Aber es gelingt ihr nicht, es gelingt ihr einfach nicht, obwohl seit Schintnagels Auftauchen in Wildberg zwei Jahre vergangen sind.
Die Heirat zwischen Mathias Palt und Elisabeth Leutgeb hat sie zur Kenntnis genommen wie irgendeine andere Nachricht. Da es Mathias' Schuld gewesen sein muß, daß Eva fortgegangen ist, würde sie nie wieder zu ihm zurückkehren, und was mit ihm geschieht, kann ihr, Sti-

na, nur gleichgültig sein.
Als im Herbst nach einer längeren Regenperiode die Erdäpfel im Acker verfaulen, hat sie zum ersten Mal Schwierigkeiten, sich und den kleinen Hans zu ernähren. Das Pilzgeflecht des giftigen Mutterkorns in einem Teil des Roggens hat sie flüchtig erkannt, aber statt diesen Roggen zu vernichten, läßt sie ihn für den Eigengebrauch zusammen mit Haferkorn vermahlen. Das Brot, das sie daraus bäckt, hat einen dumpf-bitteren Geschmack. Der kleine Hans nimmt keinen Schaden davon. Aber bei Stina stellen sich Schwindel und Erbrechen ein. Sie vernichtet das Brot, ihr Zustand wird nicht besser. Eine eigenartige Schwäche, begleitet von Benommenheit, überfällt sie immer wieder.
Als der Winter sich nähert, hofft sie, daß alles leichter wird. Der kleine Hans wird öfter im Haus sein, er kann Holz machen für den Herd, kann die letzte Kuh melken, die Streu aus der Scheune holen. Es gibt noch Schweinespeck, und ein paar Stücke vom schwarzen Rauchfleisch. Im Faß liegen noch Rüben und Kraut. Wenn sie sparsam sind und nur einmal am Tag essen, muß es genügen. Kerzen und das Öl für die Lampe sind fast ausgegangen, Stina kann nichts nachschaffen. Aber sie freut sich darauf, im Dunkeln zu sitzen und ihren Gedanken nachzuhängen. Die Kraft ihres Willens ist gebrochen. Sie weiß es.
Dem kleinen Hans machen die Einschränkungen nichts aus. Aber er sorgt sich um Stina. Oft fragt er, wie es ihr geht. Ihr gehe es gut, sagt sie dann, sie habe nur Angst, daß es ihm nicht gut gehe. Aber ja, antwortet der kleine Hans, setzt sich neben sie und läßt sich von ihr über den Kopf streichen. Wenn das Feuer im Herd ausgeht, wird es in der Küche gleich eiskalt, und sie rücken nah zusammen. Stinas Füße sind gefroren, die Ballen sind schmerzhaft entzündet, ständig reiben sie sich am stei-

fen Leder der Schuhe. Ab und zu, wenn das Wetter es erlaubt, geht der kleine Hans hinaus, um Eva wieder zu finden.
Die werden bald abhausen, sagt man in Frauenhofen.
Als Stina eines Nachmittags wieder allein ist, kramt sie in einer Truhe nach einem wärmenden Tuch. Sie findet es und findet auch ein anderes, das sie vergessen hat. Die Seide ist gebrochen, die Farben sind vergilbt, aber die dicht aufgenähten bunten Steine glitzern wie einst. Stina läßt es durch ihre Hände gleiten und nimmt es mit in die Stube. Sie setzt sich unter das Holzkreuz, an dem Jesus mit lang ausgezogenen Armen hängt und ist überzeugt, daß er einen kleinen Teil seines Leidens an sie abgegeben hat. Aber das vergessene Tuch in ihrer Hand bewirkt ein unerwartetes, zaghaftes Aufbrechen verschütteter Gefühle, die sie noch einmal hinaustragen aus all ihrem Elend.
Es war lang vor ihrer Zeit mit dem Müller gewesen. Nach einem nicht endenden Tanz auf dem Kirchweihfest hatte ihr der Bursche das Tuch geschenkt. Sie war eine Waise, geduldet im Dorf, und er war reich. Daran hatte während des Tanzes keiner von beiden gedacht. Sie waren sehr jung und ließen sich mitreißen von der Musik und von Empfindungen, die sie bisher nicht gekannt hatten. Den ganzen Abend lang wich keiner von der Seite des anderen, und sie bemerkten nicht die Erregung, die ihr Verhalten bei allen Anwesenden verursachte. Das Gespräch zwischen ihnen war dürftig, aber hinter den wenigen Worten versteckten sich tausend Geständnisse. An diesem Abend glaubten sie fest daran, nie mehr von einander lassen zu können. Schon am nächsten Tag sah alles anders aus. Von den Eltern des Burschen veranlaßt, wurde Stina vor den Pfarrer zitiert. Er verurteilte ihr schamloses Benehmen und die eitle Hoffart, die sie vergessen ließ, wer sie war. Nie und nimmer,

sagte der Pfarrer, könne eine Verbindung zwischen ihr und dem Burschen zustandekommen, zu groß seien die Unterschiede von Herkunft und Stand. Sie möge den Burschen, der sich vernünftig den Mahnungen der Eltern gefügt habe, in Ruhe lassen. Sie ließ ihn in Ruhe, denn wenn er ihr begegnete, sah er sie nicht mehr an. An ihrer Enttäuschung litt sie lang. Manchmal holte sie das Tuch hervor, und bei seinem Anblick zeigte sich das Glück dieser wenigen gemeinsamen Stunden unbeschädigt und wahr.
Jetzt liegt das Tuch wieder in ihrer Hand und nach Jahrzehnten spürt sie erneut das Unzerstörbare des damals Erlebten. Sie lehnt sich zurück, Tonfolgen fügen sich überraschend zu einem Ganzen, zu einer Melodie, die so plötzlich da ist, als wäre sie nie verklungen, fügen sich zum Rhytmus eines Tanzes, der Seele und Körper zwingt, ihm nachzuträumen.
Das will Stina. Sie will aber, daß dieses wieder erwachte Gefühl nicht nur dieser einen Erinnerung gehört, sie will es übertragen auf das Leben, das sie nachher lebte, um ihm einen anderen Inhalt zu geben.
Darum tanzt Stina jetzt mit Lorenz, dem Müller, der sie niemals tanzend im Arm hielt, nach jener wiedergefundenen Melodie. Sie macht es gern und mit Freude, sie verweigert sich nicht, wie in ihrer Ehe, seiner Berührung, warm und gut fühlt sie sich von seinen Armen umschlossen, es ist keine Fremdheit zwischen ihnen. Keine Spur mehr von seiner tiefen, sprachlosen Traurigkeit ist an Lorenz zu bemerken, er hebt sie während des Tanzes lachend in die Höhe, stellt sie lachend wieder auf den Boden. Stinas Wangen sind heiß, sanft legt sie ihre Hand auf seinen atemlosen Mund.
Darum tanzt Stina dann mit dem Johann Palt, der nie in seinem Leben auch nur einen einzigen Tanzschritt machte, er hopst und walzt zu der rascher werdenden Melo-

die in seinen schweren Stiefeln als hätte er den Frühling in den Füßen. Fest legen sich seine Arme um Stinas Mitte, fest liegen ihre Hände auf seinen Schultern. Alle Menschen auf diesem ländlichen Fest, das Stina so gern besucht, aber an dem Johann nie teilgenommen hätte, sehen ihnen zu und spornen sie zu immer rascheren Drehungen an. Das mürrische, harte Gesicht ihres Mannes verzieht sich im Schwung des Tanzes, im drängenden Takt der Melodie zu einem breiten, befreienden Lächeln, das für Sekunden auch ihr, Stina, gehört und die trostlose Kälte ihrer Ehe erwärmt.

Darum tanzt Stina zum Schluß – sie wartet ein wenig, weil dieser Schluß etwas Besonderes ist – mit Fran, der bei diesem Tanz keine Kutte trägt und keinem Kloster angehört. Zum grünen Frack trägt er eine rote Weste, weiße Strümpfe zur schwarzen Hose und Schnallenschuhe. In dieser Aufmachung sieht Fran ganz verändert aus, aber er gefällt Stina, sein Körper ist jung und kräftig und das sonst kurz geschnittene dunkelbraune Haar fällt ihm locker in die Stirn. Von Anfang an ist ihr klar, er wird der beste Tänzer von allen sein, darum stellt sie sich ganz nah zu ihm hin, damit er sich ja keine andere nimmt. Er denkt nicht daran, er reißt sie fast an sich. Die Bretter des Tanzbodens sind so glatt als hätte man sie mit Wachs bestrichen, ohne Anstrengung gleiten sie darüber hin, sie müssen nichts anders tun als einander ansehen. Die Melodie ist geblieben, aber die Musik ist langsamer geworden, sie ist keine derbe Kirchweihmusik mehr, woher sie kommt, weiß Stina nicht, aber sie weiß, so schön hat sie die Melodie noch nie gehört. Auch Fran scheint es zu empfinden. Er bleibt plötzlich stehen und sagt leise: Das wird niemals aufhören.

Nein, es hat niemals aufgehört, weiß Stina, als sie langsam in die Wirklichkeit zurückkehrt. Die Liebe zwischen ihr und Fran, dem Vater ihrer Tochter, ist trotz all

ihrer Bemühungen, sich von ihm zu entfernen, in ihnen beiden geblieben bis jetzt. Stina trauert nicht um die verlorenen Stunden der Gemeinsamkeit, sie bedauert nicht, unnahbar, abweisend, gegenüber Frans Versuchen, sich ihr zu nähern, gewesen zu sein. Daß sie nichts mehr hat wissen wollen von dem, was zwischen ihnen geschehen ist, daß sie ihm die Schuld an Evas Schicksal gegeben hat, lag in ihrem Leben begründet, das ihr kein anderes Verhalten erlaubte.
Sie nimmt diese Liebe, die sie endlich erkennt und die ihr mehr Schmerzen als Glück gebracht hat, nun an.
Sorgfältig legt sie das Tuch, das nicht mehr wichtig für sie ist, in die Truhe zurück. Nach dem kleinen Leinenfetzchen, in dem die Flußperle eingebunden ist, muß sie nicht suchen, sie weiß, wo es ist. Es ist lang her, daß sie es geöffnet hat. Jetzt tut sie es. Vor ihr liegt die Perle. Klein, von unausgewogener Form. Ihr matter Glanz ist noch schwächer geworden. Stina bemerkt es nicht. Für sie glänzt die Perle wie einst. Sie betrachtet sie eine Weile und bindet sie dann wieder in das Leinenfetzchen ein.
Als sie hinaus in den Hof und von dort in den Stall geht, um die Kuh zu melken, hält sie die Perle, ohne daß es ihr bewußt wird, noch immer in ihrer Hand. Die Benommenheit, die sie plötzlich überfällt, ist stärker als sonst. Sie stürzt über eine vom kleinen Hans achtlos abgestellte Schubkarre und schlägt mit dem Hinterkopf auf dem steindurchsetzten Sandboden auf.
Die Wunde, meinte der Bader, sei nicht groß, aber der harte Aufprall habe den Schädel zertrümmert.
Immer wieder geschahen unverhersehbare tödliche Unfälle im Leben der Bauern und Bäuerinnen. Man nahm es erschrocken zur Kenntnis und gab für kurze Zeit mehr auf sich acht. So gesehen erregte Stinas Tod wohl Aufsehen, aber er war nicht außergewöhnlich.

Außergewöhnlich war, daß am nächsten Tag im Stift Altenburg stundenlang die Totenglocke läutete und daß man Fran, der es unerlaubter Weise tat, mit Gewalt aus dem Glockenturm entfernen mußte.

Was jedoch nach Stinas einsamem Begräbnis, dem nur der kleine Hans und ein paar alte Frauen gefolgt waren, geschah, nur ein paar Stunden, nachdem sie unter der Erde lag, war so noch nie in Frauenhofen geschehen, und es war dieses Ereignis, das die Menschen erschütterte und bewegte.

Der winterliche Nachmittag war kalt, aber klar gewesen, und niemand hatte mit dem heftigen Wind gerechnet, der plötzlich von Norden einherfegte. Gegen Abend befanden sich die meisten Dorfbewohner bereits in ihren Häusern und gingen dort ihrer Arbeit nach. Plötzlich hörte man von der Straße her ein schrilles, gellendes Pfeifen, das nicht aufhören wollte und dem ein unheimlicher, nicht gleich erkennbarer Lärm folgte. Zuerst liefen nur ein paar Menschen hinaus, dann immer mehr und schließlich stand fast ganz Frauenhofen vor der Wirtschaft des Johann Palt, die dessen Witwe für seinen Sohn, den kleinen Hans, geführt hatte. Gewaltige Flammen schlugen aus den Dächern von Haus, Stall und Scheune, angefacht vom heftigen Wind zerstörten sie unaufhaltsam alles Brennbare und ließen keine Hoffnung mehr, das Anwesen noch retten zu können.

Vor dem Hoftor, mitten im Krachen der Balken und Mauern, im Knistern der Flammen, im beißenden, schwarzen Rauch, stand der kleine Hans. Er pfiff noch immer laut und schrill auf seiner Pfeife, einem seltsamen, blau-rot gefärbten Holzferd. Nur die, die in seiner Nähe standen, hörten noch dieses Pfeifen, das in der Entfernung im Lärm des Brandes unterging. Nur die, die in seiner Nähe standen, sahen die Tränen, die unaufhörlich über seine Wangen liefen.

Der Abt Berthold Reisinger kam eben von der Vesper, als ihn die Gruppe der Altenburger Bauern erwartete. Der Wunsch, den man ihm vortrug, brachte ihn beinahe aus der Fassung. Nichts anderes verlangten die Bauern, als den Mathias Palt zum Nachfolger des kürzlich verstorbenen Dorfrichters zu machen.

Immer noch war es die Stiftsherrschaft, die den Dorfrichter bestellte und die von den Bauern für dieses Amt vorgeschlagene Person zurückwies oder anerkannte. Schon wollte der Abt mit aller Bestimmtheit diesen Vorschlag ablehnen, aber dann besann er sich und fragte die Bauern, warum sie gerade den Mathias Palt haben wollten.

Einer von ihnen trat vor und erklärte, der Palt habe sich, wie man wisse, vom Schafknecht zu einem tüchtigen und klug wirtschaftenden Bauern hochgearbeitet, was man, trotz mancher Einwände gegen seinen früheren Lebenswandel, nicht bestreiten könne. Er wisse mit Gesinde und Taglöhnern streng aber gerecht umzugehen, halte seine Familie in Ehren und habe Erbe und Besitz seiner Frau in kurzer Zeit erheblich vermehrt. Außerdem verstehe er sich auf das Schreiben und Lesen und sei auf diese Weise fähig, Bittschriften und Klagen der Untertanen aufzusetzen. Er verstehe auch, sich klar und überzeugend auszudrücken, was für das dörfliche Gerichtsverfahren von Vorteil sei.

Dem Abt war es klar, daß er diesen Argumenten nicht viel entgegenhalten konnte. Daß der Mathias Palt kein guter Christ war, wußten die Bauern, sie wußten auch, daß es zwischen dem Mathias Palt und ihm weit zurückreichende persönliche Konflikte gab. Die konnte er ihnen nicht erklären. Andererseits hatten die Bauern recht. Keiner von ihnen war für dieses Amt geeigneter als Mathias Palt. Berthold Reisingers Frage, ob die Bauern ihm nicht noch jemand anderen nennen wollten, war

daher rein rhetorisch. Sie wollten es nicht.
Der Abt verlangte Bedenkzeit, um sein Gesicht zu wahren. Dann stimmte er dem Vorschlag der Bauern zu. Mit der Befolgung der Regel, daß der Abt niemals den Zorn zur Tat werden lassen dürfe, beschwichtigte er seine Bedenken.
Mathias wußte längst von der Absicht der Bauern wie sie von seinem Einverständnis wußten. Für ihn waren die Wahl und das Amt, das er bekleiden sollte, von höchster persönlicher Bedeutung. Nun durfte er richten, er, über den stets andere gerichtet hatten oder richten hatten wollen. Dieses Amt, so war er überzeugt, würde ihn vergessen lassen, was ihn immer wieder bewegte und was er nicht zugeben wollte: Die Nachricht von Evas angeblicher Verhaftung, der Tod Stinas, die Zerstörung des Hauses, in dem er geboren worden war. Und nicht zuletzt die noch immer nicht ausgestandenen Schwierigkeiten seiner Ehe mit Elisabeth. Es war ihm nicht möglich, jene Gefühle zu zeigen, auf die seine Frau noch immer wartete.
Freude machte ihm sein Sohn Josef. Er war lebhaft, stark und klug. Er half dem Vater bereits bei der bäuerlichen Arbeit. Mit Erstaunen bemerkte Mathias die Geschicklichkeit des sechsjährigen Kindes. Josef besuchte die Stiftsschule, auch beim Lernen zeigte er Eifer. Mathias fand, daß sein Sohn ihm ähnlich war. Ihn liebte er. Er gehörte ihm. Zu seiner Tochter Barbara war er freundlich, nicht mehr.
Elisabeth Palt hatte ihr drittes Kind, das wieder eine Tochter war, nach nur drei Wochen an den Fraisen, einer kurzen, heftigen Krankheit, die vor allem Neugeborene befiel, verloren. Ihre Trauer um das kleine Mädchen war groß. Anders als Josef und Barbara hatte sie das verstorbene Kind unter Schwierigkeiten und heftigen Schmerzen geboren und deshalb eine besondere Zunei-

gung zu ihm gefaßt. Fast wäre sie darüber trübsinnig geworden, wie ihre Mutter Else, die im Ausgedinge lebte, meinte. Aber von einem Tag auf den anderen wandte sie sich zum Erstaunen aller einer schwierigen Aufgabe zu.

Die schwierige Aufgabe war, Kontakt zum kleinen Hans zu finden. Er lebte seit einigen Monaten im Haus seines Bruders. Kaum jemand kümmerte sich um ihn, er ging niemandem zu. Nach Stinas Tod hatte man ihn einfach ins Armenhaus gesteckt, da man nicht wußte, was man sonst mit ihm anfangen sollte. Vergeblich hatte man nach dem verheerenden Feuer im Anwesen des Johann Palt nach einem Brandstifter gesucht. Der Verdacht, der kleine Hans könnte in seiner Verzweiflung über Stinas Tod das Feuer selbst gelegt haben, verdichtete sich immer mehr. Man führte ihn ins Kreisamt zum Verhör. Aber so wie damals, als man ihn über Evas Verschwinden befragt hatte, brachte man auch diesmal kein Wort aus ihm heraus. Man gab die Suche nach dem Brandstifter auf. Im Armenhaus dämmerte der kleine Hans, sprachlos geworden, unter ähnlich Sprachlosen dahin. Manchmal brach er aus. Dann sah man ihn über Äcker und Wiesen springen, sah, daß er seinen Mund wie zum Reden bewegte. Kam er zurück, war er von einer seltsamen Fröhlichkeit und brabbelte ein paar Worte, die niemand verstand. So verbrachte er fast drei Jahre.

Als er sich nach einer schweren Erkrankung nur mühsam erholte, fand der Pfarrer des Ortes, es sei eine Schande, wie der kleine Hans dahinvegetiere. Für den wohlhabenden Bauern Mathias Palt in Altenburg dürfe es keine Mühe sein, den Bruder bei sich aufzunehmen. Der kleine Hans wurde nicht gefragt, ob er bei Mathias, der ihm stets fremd geblieben war, leben wollte oder nicht. Man brachte ihn, nachdem Mathias zögernd eingewilligt hatte, in dessen Haus. Er bezog eine Kammer

mit Bett, Tisch und Stuhl, das einzige Fenster ging auf den Hof. Da es sich bald herausstellte, daß es nicht angenehm war, ihm bei der gemeinsamen Mahlzeit zuzusehen, bekam er sein Essen erst, nachdem Familie und Gesinde damit fertig waren. Anfangs lief er auch hier hinaus auf Wiesen und Felder. Aber er kannte sich in der Gegend nicht aus und konnte Eva nicht finden, die er suchte. Manchmal mußte man ihn von draußen holen. Dann bemerkte man, daß er verzweifelt war, aber man wußte nicht, warum. Eines Tages gab er seine Suche auf.
Er blieb in seiner Kammer und verließ sie nicht mehr.
Als Elisabeth ihn dort zum ersten Mal besuchte, saß er mit gesenktem Kopf auf seinem Bett und wippte mit den Füßen. Erst als sie ihn anredete, blickte er auf.
Du könntest uns beim Heuwenden helfen, sagte Elisabeth.
Der kleine Hans antwortete nicht.
Für uns wäre es gut, fuhr Elisabeth fort. Und auch für Dich wäre es gut.
Jetzt sah der kleine Hans sie an, als würde er sie nicht verstehen.
Muß ich Dich darum bitten, fragte Elisabeth und zwang sich zur Geduld.
Der kleine Hans nickte.
Das erstaunte sie, und sie antwortete nicht sofort. Ihren Stolz, den sie im Zusammenleben mit Mathias oft fast verloren glaubte, an dem sie nur mit größter Mühe festhielt, mußte sie vor dem kleinen Hans nicht zeigen. Sie holte tief Atem.
Bitte, hilf uns, sagte sie.
Der kleine Hans stand vom Bett auf und machte ein paar Schritte auf sie zu.
Gleich? fragte er.
Nein, sagte Elisabeth, morgen.

Das war der Anfang ihrer Verbindung zum kleinen Hans. Sie half ihr, die Trauer über den Tod ihres Kindes zu lindern. Als Mathias zum ersten Mal die Anwesenheit des kleinen Hans auf der Wiese bemerkte, sein ungeschicktes Hantieren mit der Heugabel, sein rasches Müdwerden, beides verursacht durch die lange körperliche Untätigkeit, wurde er zornig. Er stellte Elisabeth zur Rede und verlangte, den kleinen Hans in Hinkunft zu Hause zu lassen. Das gab ihr endlich wieder die Möglichkeit zum Widerstand. Noch immer, sagte sie, gehöre ihr der Grund, auf dem das Heu gewendet werde, es sei vor allem ihr Recht zu bestimmen, wer auf diesem Grund arbeite. Mathias antwortete darauf nicht und erhob keinen Einwand mehr, daß man seinen Bruder zu leichteren Arbeiten heranzog. Aber er zeigte Elisabeth, daß er ihr Verhalten mißbilligte.

Vorsichtig führte Elisabeth auch ihre Kinder dem kleinen Hans zu. Mit der Zeit verloren sie ihre Scheu vor ihm, sie ließen ihn an ihren Spielen teilnehmen, setzten sich zu ihm, wenn er aß und vergaßen darauf, ihn zu verspotten.

Die Angelegenheit mit dem kleinen Hans verlor für Mathias bald an Bedeutung. Im Jahr 1794 wurde er Dorfrichter. Er begann sein Amt mit dem ernsten Vorsatz, es streng, aber unter genauer Beachtung der Gerechtigkeit auszuüben.

Gegen Ende des selben Jahres stießen Stiftsknechte bei Verputzarbeiten im Mostkeller auf eine schadhafte Mauer, deren Ziegel sich gelockert hatten. Sie entfernten die Ziegel und stießen zu ihrem Erstaunen auf einen Hohlraum, der zur Hälfte mit Bruchsteinen und geschwärzten großen Kieselsteinen, die auf eine Herdstelle hinwiesen, gefüllt war. Lehm verband die Steine der Wände. Die Knechte meldeten diese Entdeckung der

Stiftskanzlei, man ordnete an, der Stiftsbaumeister möge untersuchen, ob sich hinter diesem Hohlraum, der sicher auf die mittelalterliche Klosteranlage zurückging, noch weitere, bisher unentdeckte Räume befänden. Man wurde aber nicht gleich fündig und gab die Arbeiten, bedingt durch die winterliche Kälte, bald wieder auf. Einer der Knechte wollte sich Lob und zusätzlichen Lohn verdienen und setzte auf eigene Faust die Nachforschungen fort. Hinter einer Seitenwand des von der Fundstelle aus gegrabenen und aufgegebenen schmalen Ganges glaubte er eines Tages durch Klopfen einen weiteren Hohlraum zu erkennen. Er holte sich das nötige Werkzeug und schlug in die Wand ein schmales Loch. Was er sah, war ein gespenstisches Bild, das ihn heftig erschreckte. Da war ein Raum, dessen Einrichtung, obgleich vernachlässigt, noch nicht sehr alt war. Ein Tisch stand da, ein Stuhl, beides aus grobem Holz gezimmert. Auf einem Wandbrett lagen neben beschriebenem Papier einige Bücher, deren Rücken mit Kennzahlen beklebt waren. Von einer Fackel kam noch leichter Rauchgeruch. In einer Ecke ein einzelner Schuh, zerrissen, von Schimmel bedeckt. Über allem eine eigene Düsternis, die bedrückende Atmosphäre eines Aufenthaltes, der knapp davorstand, aufgegeben zu werden.

Von seltsamen, nicht bestimmbaren Empfindungen erfüllt, lief der Knecht ins Freie. Dem ersten Menschen, dem er begegnete, erzählte er, was er gefunden hatte. Man führte ihn vor den Abt.

Berthold Reisinger machte sich sofort auf den Weg, um diese erstaunliche Entdeckung zu besichtigen. Sofort erkannte er, daß nur ein Mitglied der Klostergemeinschaft diesen Raum eingerichtet und benutzt haben konnte. Die Frage, von welcher Stelle aus er begehbar war, wurde bald geklärt. Dichtes Gebüsch verdeckte in einer Außenmauer eine Tür, die direkt zu dem geheimen Raum führte.

Der Abt ordnete eine genaue Untersuchung an. Außer dem Schuh fand man keinen persönlichen Gegenstand. Was die Bücher betraf, stellte man fest, daß sie schon seit längerer Zeit aus der Bibliothek fehlten. Der Abt verlangte, daß sich alle Brüder sowie alle im Stift beschäftigten Personen, die des Schreibens kundig waren, einer Schriftprobe unterzogen. Das Ergebnis zeitigte keine Übereinstimmung mit der auf den Papieren vorgefundenen Schrift. Der Schuh stammte aus der Schusterwerkstatt des Stiftes, Schuhe dieser Art und Größe wurden immer wieder hergestellt, das Fundstück konnte daher niemandem zugeordnet werden. Eine eindringliche persönliche Befragung jedes einzelnen Konventualen durch den Abt brachte außer ratlosem Kopfschütteln kein Ergebnis.

Der Abt befahl, den Raum auszuräumen und zuzuschütten. Die Unaufklärbarkeit dieser Sache erfüllte ihn mit Ärger, er wollte nichts mehr davon wissen.

Als sich an einem kalten Wintertag die Stiftsknechte an die Arbeit machten, Sand und Geröll in den Raum schaufelten und die Tür zumauerten, stand Fran unter den wenigen Zuschauern. Die Arme hinter dem Rücken verschränkt, scheinbar teilnahmslos, beobachtete er, wie für immer zerstört wurde, was für ihn einst Erfüllung seines Wissensdurstes und persönlicher Stolz gewesen war. Sein Unterschlupf, die Fluchtmöglichkeit vor Demütigung und Spott, die heimliche Freude seines mühsamen Lebens. Voller Befriedigung stellte er fest, daß es ihn nicht schmerzte, daß es fast wie eine Befreiung für ihn war. Er hatte diesen Raum kaum noch betreten, hatte kaum mehr einen Blick in die Bücher geworfen, nicht mehr aufgezeichnet, was ihm darin wichtig erschienen war. Die Kälte, die dumpfe Luft dieses Raumes hatten seinen Körper und seine Seele immer stärker bedrängt und ihm das Atmen schwer gemacht. Seit Evas Ver-

schwinden, seit Stinas Tod, seit dem Verlust seiner Freundschaft mit Mathias hatte er keinen Trost mehr hier gefunden, nur mehr die Plage einer Gewohnheit, die ihm nichts mehr bedeutete.
Fran hatte sich entschlossen, sein Leben mit der Hilfe Gottes und vor allem mit der Hilfe des heiligen Lambert in Hingabe an seine irdischen und christlichen Pflichten zu Ende zu leben, verklärt von den Erinnerungen an die Menschen, die er geliebt hatte und immer noch liebte.

Dem von der Stiftskanzlei am 28. November 1796 unter dem Vorstand des geistlichen Auditors aufgenommenen Protokoll über eine „von dem größten Teil der Gemeinde Altenburg wider ihren Richter Mathias Palt überreichte schriftliche Beschwerde und das von dieser Gemeinde gestellte Begehren, sich einen anderen Richter wählen zu dürfen", ging folgende Geschichte voraus: Der Sohn des Dorfrichters Mathias Palt, Josef, ein kluges und lebhaftes, aber nicht immer leicht lenkbares Kind, hatte sich wegen oftmaligem ungebührlichen Betragen während der Schulstunden den Zorn des Lehrers zugezogen. Heftige Ermahnungen hatten nicht geholfen, Fingerklopfen bis zum Bluten der Hände, Maulschellen und auch das Knien auf scharfkantigen Holzscheitern hatten nur eine kurzfristige Besserung im Betragen des Kindes bewirkt. Je strenger die Strafen wurden, umso unerträglicher wurde Josefs Verhalten. Der Lehrer forderte Josefs Vater auf, in die Schule zu kommen. Er hatte sich Hilfe von ihm erwartet, die Bestätigung, daß die von ihm ausgeübten erzieherischen Maßnahmen richtig waren, daß der Vater sie zu Hause auf eine ebenso strenge Weise fortsetzen würde, damit Widerstand und Trotz des Sohnes gebrochen würden.
Es kam anders.
Zornig erklärte Mathias Palt, sein Sohn habe ihm erst

jetzt von der körperlichen Bestrafung durch den Lehrer erzählt, die Spuren der Züchtigung bisher verheimlicht. Er halte die Methode, Gehorsam durch Schläge, ja Mißhandlungen zu erzwingen, grausam und vor allem ungeeignet, ein Kind zur Vernunft zu bringen. Der Lehrer sei scheinbar der Ansicht, daß Bauernkinder nur auf diese unmenschliche Art zu bändigen seien, anstatt sie durch gutes Zureden und geduldiges Aufklären von der Unrichtigkeit ihres Verhaltens zu überzeugen. Er wolle als Dorfrichter dafür sorgen, daß in dieser Schule keine Duckmäuser erzogen würden, sondern Kinder, die auch ohne Schläge wüßten, was sie zu tun hätten. Seinen Sohn werde er mit ernsten Worten bestrafen und zu ordentlichem Benehmen anhalten. Dem Lehrer gebe er den dringenden Rat, sich der körperlichen Züchtigung der Schüler in Zukunft zu enthalten.

Der Lehrer war sprachlos. So hatte noch nie jemand mit ihm geredet. Was der Dorfrichter da von ihm verlangte, fand er lächerlich und undurchführbar. In jeder Schule gab es die Prügelstrafe, und sie hatte sich als gut und nützlich erwiesen. Zorn und Haß gegen den Mathias Palt stiegen in ihm auf. Wenn dieser auch das Amt des Dorfrichters bekleidete, er war und blieb ein Bauer, ein Untertan, nichts sonst.

Der Lehrer war nicht allein mit seinem Unwillen. Auch einigen Bauern war das strenge Regiment des Dorfrichters bereits lästig geworden. Der Lehrer wußte es und machte sich auf den Weg. Was die Verwirklichung seiner Absichten betraf, zeigte er Geschick. Es gelang ihm, auch bisher Unvoreingenommene für das Begehren, den Dorfrichter abzuwählen, zu gewinnen. Er bot sich als Sprecher an.

Das Protokoll hielt folgende Beschwerden der Bauern fest:

Was die Ausschreibung geldlicher Dienstbarkeiten der

Untertanen betraf, habe der Dorfrichter davon nur jeden einzeln unterrichtet, ohne die Summe, die die ganze Gemeinde betraf, zu nennen. Der Einzelne habe also nach der Willkür des Dorfrichters seine Zahlungen leisten müssen. Das sei unrichtig, entgegnete der Dorfrichter, er mache sich erbötig, diesen Vorwurf durch die Vorlage von entsprechenden Quittungen und den dazu verfaßten genauen Berichten zu entkräften.

Die Bauern wollten auch daran erinnern, sagte deren Sprecher, daß ihnen der Dorfrichter anläßlich der Gemeindeversammlung außer dem einen bei dieser Gelegenheit stets vertrunkenen Eimer Wein einen zweiten Eimer in Aussicht gestellt habe. Sie sollten ihm dafür beim Bau einer neuen Futterkammer unentgeltlich Hilfe leisten und durch einen halben Tag die Fuhren machen. Das habe man zugesagt, auch den zweiten Eimer vertrunken, dann aber feststellen müssen, daß der Betrag dafür dem Vorspanngeld zugeschlagen wurde.

Das sei unrichtig, entgegnete der Dorfrichter, das Vertrinken eines zweiten Eimer Weines, das er ungern, aber auf ausdrücklichen Wunsch der Versammelten erlaubt habe, sei nicht auf eine erzwungene unbezahlte Hilfeleistung für ihn zurückzuführen. Er habe zwar um diese Hilfeleistung gebeten, aber gleichzeitig erklärt, daß er sie bezahlen wolle. Was die Aufrechnung der Kosten für den zweiten Eimer Wein auf das Vorspanngeld betreffe, so handle es sich dabei um eine gemeine Verleumdung. Er habe diese Kosten in die Gemeinderechnung eingebracht, was er durch die vorhandenen Unterlagen ersichtlich machen könne.

Es gehe den Bauern auch wider den Strich, meinte deren Sprecher, daß der Dorfrichter, was die der Herrschaft zu leistende Robot betreffe, nicht die gehörige Ordnung beachte. Er lasse bald bei diesem, bald bei jenem Hause ansagen und so geschehe es, daß manche die leichteren, andere die schwereren Arbeiten zu leisten hätten, wodurch eine ungleiche Verteilung der Robotschuldigkeit entstehe. Es gäbe auch Anzeichen dafür, daß der Dorfrichter selbst sich manchen dieser Verpflichtungen bewußt entziehe.

Das sei unrichtig, entgegnete der Dorfrichter, würde es sich so verhalten, hätte es sich bisher keiner der Bauern gefallen lassen. Er selbst robote wahrlich nicht nach Wohlgefallen, er robote gleich den anderen Bauern und es gäbe redliche Männer, die dies bezeugen könnten. Wie der Richter über die Bauern denke, erklärte deren Sprecher, gehe aus der Aussage jener hervor, die kürzlich beim Wegmachen im Gemeindewald dabeigewesen seien. Da habe der Dorfrichter bereits gewußt, daß man Beschwerde gegen ihn einreichen wolle. Er habe sich nicht enthalten zu sagen, er werde jene, die dies anzettelten, schon noch unter das Joch ziehen, wenn die ganze Sache vorbei sei. Denn er habe sich nichts vorzuwerfen, ihm könne man nichts anhaben.

Das sei unrichtig, erklärte der Dorfrichter, er habe wohl von dem Vorhaben, Beschwerde gegen ihn einzureichen, gewußt, aber nichts vom Inhalt derselben und auch nicht, wer jene waren, die sie gegen ihn erheben wollten. Man müsse verstehen, daß er über ein solche Absicht empört gewesen sei, denn er habe sie nicht für rechtens gehalten. Niemals habe er, und er könne es beschwören, die Worte „unter das Joch ziehen" verwendet, als er diese gegen ihn gerichtete Absicht verurteilte. Das Wort Joch würde er nie in Bezug auf einen Menschen verwenden, weil es jede Möglichkeit der Freiheit ausschließe.

Das Protokoll wies noch acht weitere Punkte auf, zu denen der Dorfrichter Stellung nehmen mußte und es in immer zornigerer Weise tat. In allen diesen Punkten wurde er schwerer und leichterer Vergehen beschuldigt,

der Fahrlässigkeit, der Unehrlichkeit, der Ungerechtigkeit und sogar der Erpressung.
Die Verteidigung des Dorfrichters war schwer zu widerlegen, sie war sachlich und erschien glaubwürdig. Trotzdem blieb, als der Grundherr die Beschwerde gegen den Mathias Palt abwies und die Notwendigkeit, einen neuen Dorfrichter zu wählen, als nichtig erklärte, bei allen Beteiligten ein ungutes Gefühl zurück. Die Beschwerdeführer fühlten sich als Lügner und Denunzianten ausgewiesen und wollten nicht wahrhaben, falsch gehandelt zu haben. Manche fühlten sich von jenen, die die Beschwerde angeregt hatten, als Werkzeug mißbraucht. Die Beziehung der Dorfbewohner zu einander war verdorben, es fielen böse Worte.
Beruhigung trat erst wieder ein, als Mathias Palt erklärte, das Amt des Dorfrichters nicht weiter ausüben zu wollen. Er habe eingesehen, das Vertrauen der Leute verloren zu haben. Die alte Ordnung wiederherzustellen sei daher nicht möglich.
Ein neuer Dorfrichter wurde gewählt. Mathias Palt zog sich merkbar aus dem dörflichen Leben zurück.
Eine Veränderung ging in ihm vor, stellte Elisabeth fest. Er war schweigsam geworden. Oft antwortete er nicht, wenn man ihn ansprach. Das Gesinde ging ihm aus dem Weg. Oft vergrub er sich zu einer Zeit, die er für die Wirtschaft hätte nützen müssen, in seine Bücher. Dann ordnete Elisabeth das Notwendige an. Die Kritik, die sie von seiner Seite erwartete, kam nicht. Sie mache es gut, meinte er zu ihrem Erstaunen und oft mußte sie ihn mehrmals auffordern, ihr bei schwierigen Entscheidungen zu helfen.
Die Kinder sah er gern, aber seine Geduld mit ihnen war gering. Den zweijährigen Anton holte er oft zu sich her, aber nach kurzer Zeit übergab er ihn seiner Tochter Barbara, die er selten nach ihren Tätigkeiten fragte. Der

neunjährige Josef verhielt sich nun, nach einem eindringlichen Gespräch mit seinem Vater, zufriedenstellend in der Schule. Ab und zu kam es noch vor, daß er aus Übermut den Unterricht störte. Der Lehrer schlug ihn nicht mehr. Überlegst Du auch immer, fragte ihn Mathias, ob das, was Du tust, richtig ist? Josef bejahte es. Aber es war ihm nicht ganz klar, was der Vater von ihm wollte.

In der Stube standen jetzt außer den noch von Andreas Leutgeb angeschafften Möbel ein hochlehniges, mit schwerem Leinen bezogenes Sofa und ein Gläserkasten, in den Elisabeth von Zeit zu Zeit eine Schale mit dem Namen eines Wallfahrtsortes, einen gesteindelten Becher, Stücke nur zum Anschauen, stellte. Das Sofa war, wie einst der bequeme Stuhl, den sie nicht mehr benützte, ihr Lieblingsplatz. Dort saß sie abends, müde von körperlicher Arbeit, von der Plage mit den Kindern, schon schwerfällig, weil das nächste Kind unterwegs war. Sie versuchte, wieder feine Stiche auf feines Leinen zu setzen, was sie lang nicht getan hatte. Die Stiche waren gröber als früher, Elisabeth war sechsunddreißig Jahre alt, die Kraft ihrer Augen hatte bereits nachgelassen. Sie wollte es nicht wahrhaben und stellte, der Verschwendung bewußt, eine Reihe dicker Kerzen rund um sich auf. Mathias kam und ging, ruhelos wie immer in letzter Zeit. Als er endlich blieb, redete sie ihn an.

Du hast Dich verändert, ich spüre es.

Wir alle verändern uns, erwiderte Mathias abwehrend.

Du hast Dich verändert seit Du nicht mehr Dorfrichter bist.

Vielleicht. Vielleicht hast Du recht.

Ist es, weil Du dieses Amt vermißt?

Ich vermisse es nicht. Nicht mehr. Vielleicht war ich nicht dafür geeignet.

Aber Du hast geglaubt, daß Du es bist.

Das kann ein Fehler gewesen sein. Ja, ein Fehler.
Was für ein Fehler?
Ich habe gedacht, ich wäre gerecht. In allen Dingen gerecht. Ich fürchte, ich war es nicht.
Du hast doch alles, was man Dir vorgeworfen hat, erklären können.
Das ist zuwenig.
Ich verstehe Dich nicht.
Ich habe versucht, es den anderen zu erklären. Ich muß es mir selbst erklären können.
Und? Kannst Du es?
Ich weiß es nicht. Es waren so viele gegen mich. Irgendwas habe ich falsch gemacht.
Was?
Ich denke darüber nach. Die ganze Zeit denke ich darüber nach.

KAPITEL 10

DIE ERSTE STUFE DER DEMUT

Als sich Elisabeth Palt über ihn beugt, atmet er noch. Seit Tagen hat sie Angst, er würde, wenn sie wiederkommt, nicht mehr atmen. Wie immer ist sie vorsichtig über die Körper der Verwundeten hinweggestiegen, über die verkrampften, steif daliegenden oder irgenwie zusammengekauerten Körper auf den von Urin und Blut durchtränkten Lagern aus Stroh. Das Stroh klebt auf den Steinfußböden der Kaiserzimmer, der Marmorzimmer und aller anderen Räumen, die man eilig freimachte, als die Verwundetentransporte aus einem Lazarett nahe Graz ankamen. Manche, die man vor dem Stift aus den primitiven Wagen hob, lebten nicht mehr, manche kämpften noch verzweifelt gegen den Tod, manche hatten sich bereits aufgegeben und bekamen nicht mehr mit, was mit ihnen geschah. Alle Menschen, die zum Stift, zum Dorf gehörten, waren vom Abt aufgerufen worden zu helfen, es schloß sich keiner aus, jeder gab die Hilfe, die er geben konnte. Geistliche Schwestern eilten aus nahegelegenen Klöstern herbei, Bader, die in der Umgebung tätig waren, trafen ein, aus der Stadt Horn stellten sich Ärzte zur Verfügung. Immer wieder kamen neue Transporte an, die Stiftsknechte, die die Verwundeten auf Schubkarren luden, sie auf rasch gezimmerten Bahren ins Haus trugen, hatten Ekel und Abscheu vor dem Elend, das sich ihren Blicken bot, längst verloren. Mitte April 1797 war die Zahl der im Benediktinerstift Altenburg untergebrachten kaiserlichen Soldaten, die im Krieg gegen die Franzosen verwundet worden waren, auf 2200 angestiegen.

Worum es in diesem Krieg eigentlich geht, weiß Elisabeth nicht. Niemand im Dorf weiß es genau. Ihr Mann

Mathias vielleicht. Er hat versucht, es ihr zu erklären. Seit vier Jahren bereits, sagte er ihr, gebe es diesen Krieg. Die fernen Schauplätze der Kampfe hätten ständig gewechselt, ebenso wie die Siege und Niederlagen des kaiserlichen Heeres. Nun aber sei der Feind tief ins Land eingedrungen, stehe mit seinen Truppen in der Steiermark, weshalb man die Verwundeten von dort hierhergebracht habe. Er solle ihr sagen, warum man diesen Krieg überhaupt führe, verlangte Elisabeth. Das zu beantworten sei zu schwierig, meinte Mathias, auch er könne es kaum verstehen. Es seien immer die Mächtigen, die Kaiser, die Könige und die Feldherren, die die Gründe dafür wüßten, aber er frage sich, ob dieses Wissen nicht im Laufe langer Kriegsjahre und vieler Schlachten auch ihnen verloren gehe. Jedenfalls finde er es gut, daß die Leute dieser Gegend, die lang in Frieden gelebt hätten, die Auswirkungen solcher Kriege auf die Menschen zu sehen bekämen, sie würden dann eine Zeitlang vergessen, ihr eigenes Leben zu beklagen. Das treffe auf ihn doch nicht zu, meinte Elisabeth. Beklagen nein, beklagen nicht, antwortete Mathias.

Sie sucht sich jene unter ihnen aus, die jung sind und kräftig, die blondes Haar haben, die so aussehen, als könnte das Leben sie niemals verlassen. Sie sucht sie aus, weil sie trotz dieser Eigenschaften verwundet wurden, verletzt sind an Körper und Seele, Hilfe brauchen und Hilfe wollen. Es ist ihr nicht bewußt, daß sie es deshalb tut, weil Mathias keine Hilfe mehr von ihr annimmt. Der, um den sie sich besonders kümmert, hat anfangs den Anschein erweckt, er könnte genesen. Zuerst hat sie ihm nur Essen gebracht, nichts Schweres, eine Kost, wie man sie eben in dieser Gegend den Kranken gibt. Er hat sie dankbar angenommen und trotz des verwundeten Armes den Löffel selbst zum Mund geführt. Sie hat ihm dabei zugesehen. Sprechen konnte sie nicht mit ihm, denn seine Sprache war eine andere als ihre. Es war nicht wichtig, er hat sie angelächelt, und sie hat ihm das Lächeln zurückgegeben. Sie hat auch andere Soldaten betreut, bei ihm aber blieb sie am längsten. Vor einigen Tagen hat er zu fiebern begonnen und nach Luft gerungen. Seither macht sie sich Sorgen um ihn.

Elisabeth beugt sich über ihn, sein Atem ist flach, die Augen sind geschlossen und öffnen sich nicht, als sie ihn leise anspricht. Der Verband an seinem Arm ist lokker, so, als hätte man ihn vor kurzem geöffnet und sich nicht mehr die Mühe gemacht, ihn zu erneuern. Vorsichtig berührt Elisabeth seine Finger. Sie sind steif, fühlen sich wie leblos an. Der Arm liegt schwer auf der rauhen Decke, er ist stark angeschwollen. Als der Verwundete plötzlich die Augen aufmacht, zeigt ihm Elisabeth mit dem Heben ihres Armes, er möge ihrem Beispiel folgen. Er versucht es, es gelingt ihm nicht. Nun schließen sich seine Augen wieder, die Brauen ziehen sich zusammen, Falten graben sich in die Stirn, die verkniffenen Lippen deuten auf starke Schmerzen hin. Sie bleibt noch eine Weile bei ihm stehen, die Schüssel mit dem Essen, das sie ihm reichen wollte, in der Hand. Er sieht sie nicht mehr an. Sie geht und füttert einen anderen, der ihr dafür dankbar ist. Als sie das Stift verlassen will, trifft sie einen der Ärzte. Sie zögert, wagt es nicht gleich, ihn anzusprechen. Dann aber kann sie nicht anders, sagt, wo der Verwundete liegt, sagt, was sie beobachtet hat. Der Arzt ist ungehalten über die ungebildete Bäuerin, die ihn belästigt. Da sei nichts mehr zu machen, erklärt er schroff, der habe den Wundstarrkrampf, mit dem gehe es zu Ende. Dann läßt er sie stehen. Sie wendet sich an einen der Brüder, die unablässig durch die Reihen gehen, Trost spenden und mit den Verwundeten beten. Mit ihm kehrt sie an das Lager des Aufgegebenen zurück.

Der Bruder will schon jetzt die Sterbegebete für ihn sprechen. Er möge damit noch warten, bittet ihn Elisabeth, eine kleine Weile wenigstens noch warten. Der Bruder versteht sie. Am nächsten Tag liegt ein Anderer auf dem Stroh.
Manchmal, sagt Elisabeth zu Mathias, habe sie Angst um ihn. Dafür gäbe es keinen Grund, antwortet er, er verstehe sie nicht. Es sei aber so, antwortet Elisabeth. Irgendwie rührt ihn, was sie sagt.
Innerhalb weniger Wochen starben 494 der im Stift Altenburg untergebrachten Verwundeten. Man wählte den Stranzlwald zu ihrer letzten Ruhestätte.

Die Gestaltung des Raumes zwang jeden, der ihn betrat, an den Tod zu denken. Berthold Reisinger mußte sich dazu nicht zwingen. Seit fast das ganze Stift zum Spital geworden war, seit jeden Tag Menschen hier starben, zog es ihn immer öfter in die Veitskapelle. Viele der Brüder, der Äbte hatte man hier aufgebahrt. Unmöglich war es, die Toten des Krieges hier zu verabschieden, es waren einfach zu viele. Ihm blieb nichts als die Segnung der eilig gezimmerten Särge, bevor man sie rasch wegbrachte, ihm blieben die Fürbitten während der Messe und die Nennung von Namen, deren Schreibweise oft ungenau, deren Aussprache oft falsch war.
Auf dem Tisch des Hochaltars der Sarkophag mit dem Leichnam Christi, von trauernden Engeln umgeben, dahinter das hohe, von einem Leichentuch umschlungene Kreuz, schwebend das allsehende Auge Gottes, Symbol dessen ständiger Gegenwart. Vergeblich versuchte Berthold Reisinger, dem Blick dieses Auges standzuhalten, Fragen zu stellen, zu denen er kein Recht hatte. Er senkte den Kopf und fuhr fort, für die gefährdeten jungen Menschen zu beten, die seinem Haus anvertraut waren. Die Sorge für die Kranken müsse über allem ste-

hen, verlangte der heilige Benedikt, man möge ihnen so dienen, als wären sie Christus. Wie aber, fragte sich Berthold Reisinger, hätte er Christus gedient, bei allem Willen es richtig zu machen. Er hätte Fehler begangen. So wie er auch jetzt Fehler beging bei der geistlichen Betreuung der verwundeten Soldaten. Wie sollte er den von Schmerzen Gepeinigten, den über verlorene Glieder Geschockten erklären, daß man ihnen diene, um Gott zu ehren, wenn sie oft den Namen Gottes, von dem sie sich im Stich gelassen fühlten, nicht hören wollten. Erst wenn sie um ihr Sterben wußten, waren sie bereit, sich mit Gott zu versöhnen. Dann erst konnte er, der Abt, ihnen in ihrer Verzweiflung helfen. Warum nicht eher?
Die Totenköpfe, Knochen, Notenblätter, die leichtsinnigen Mandolinen, die schwermütige Viola da Gamba, die unerbittliche Sanduhr, die schrillen Posaunen des Jüngsten Gerichts, Symbole des Todes, die die Stukkatur der Decke beherrschten, schienen sich, bewegt durch die Zweifel des Abtes, von dort zu lösen, auf seine Hände zu fallen, sie aus der Gebärde des Gebets zwingen zu wollen.
Berthold Reisinger führte das Gebet zu Ende und ging zurück in die Prälatur. Er hatte sich in einen einzigen Raum, der ihm zur Arbeit und zum Schlafen diente, zurückgezogen. Das Kriegsgeschehen schien bedrohlich näher zu kommen. Die Sorge, die ihn deshalb belastete, wollte er sich nicht eingestehen, aber wie sehr sein Stift im Laufe der Jahrhunderte unter Kriegen und Überfällen gelitten hatte, war in den Archiven aufgezeichnet.
Im vierzehnten Jahrhundert kämpften in unmittelbarer Nähe des Stiftes Ungarn und Kumanen gegen den Landesfürsten und bedienten sich im Kloster mit allem, was sie brauchten. Die entandenen Schäden wurden aber ein Jahrhundert später vom Verwüstungsfeldzug der Hussiten weit übertroffen. Sie raubten das Kloster vollständig aus

und steckten es in Brand. Die Mönche zogen sich in die Höhlen eines nahegelegenen Berges zurück und sangen dort ihre Horen. Als man das Kloster notdürftig wieder aufgebaut hatte, traten die Hussiten zu einem zweiten Plünderungszug gegen das Stift an und brandschatzten die Untertanen. Der weitere Verlauf der Geschichte brachte kaum Ruhe, aufrührerische Bauern und räuberische Ritter erschienen immer wieder in Altenburg, plünderten, zerstörten und versetzten die Bevölkerung in ständige Angst. Während der Reformationszeit hatten sich die meisten der Adeligen dieser Gegend dem neuen Glauben verschrieben, sie traten feindlich gegen das Kloster auf, veranlaßten Raubzüge und verhielten die Untertanen des Stiftes dazu, für sie zu arbeiten. Später wandten sich auch die Bauern der Umgebung gegen das Stift und versuchten gewaltsam dort einzudringen. Kaiserliche Truppen zwangen sie zum Abzug. Im Laufe des dreißigjährigen Krieges tauchten die Schweden in Altenburg auf, Mönche und Abt mußten flüchten, ein einziger Geistlicher kämpfte im Stift ums Überleben. Die Schweden nahmen alles, was ihnen gefiel an sich, zerstörten aus Freude am Zerstören. In den Pfarren riß man den Geistlichen die Kleider vom Leib, raubte ihnen Vieh und Geld. Noch Jahre später gab es von vielen Höfen nur noch rußgeschwarzte Ruinen. Von 460 Untertanenhäusern des Stiftes waren 162 verödet.

Das waren nur die schlimmsten der kriegerischen Ereignisse, die in den Archivalien festgehalten wurden. Die menschliche Tragödie des Einzelnen blieb unbeschrieben.

So schlimm würde es nicht mehr kommen, das wußte Berthold Reisinger. Aber was dem geschah, der ungewollt und ungefragt in den Krieg hineingeworfen wurde, das würde sich stets wiederholen.

Die Pferde nicken mit den Köpfen, während sie den schweren Wagen ziehen. Es sind Ackerpferde, ihr Körper ist gedrungen, sie haben breite, trittsichere Hufe, sie sind wohlgegenährt. Die helle, fast falbe Mähne bildet einen deutlichen Kontrast zum sauberen, gut gestriegelten braunen Fell. Die Pferde gehören Mathias Palt, auf dem Wagen liegen, dicht nebeneinander, vier Särge. Mathias Palt ist, ebenso wie die meisten der Altenburger Bauern, dazu angehalten, im Stift verstorbene Verwundete zur Begräbnisstätte in den Stranzlwald zu führen. Er macht es an diesem warmen Maitag nicht zum ersten Mal.
Auf den Feldern gäbe es viel Arbeit für ihn, aber er will keinem der Knechte diese Fuhren überlassen. Seit seiner Heirat mit Elisabeth, das ist nun zehn Jahre her, hat er den Stranzlwald nicht mehr betreten. Er hatte Angst davor wieder hinzugehen, er hat sich gezwungen, diese Angst zu verdrängen, hat sich gesagt, er müsse mit seinen Gefühlen und Erinnerungen fertig werden. Das fällt ihm jetzt nicht leicht, vor allem, weil der Anlaß zu diesen Fahrten ein trauriger ist. Die Stelle, an der man die riesige Grube für die Särge ausgehoben, die vielen Bäume geschlägert hat, ist nicht weit von seiner einstigen Hütte entfernt. Er war noch immer nicht dort. Ständig hat er es hinausgeschoben und sich einen Feigling genannt. Als nun der Wagen von der nach Rosenburg führenden Straße links in den Stranzlwald einbiegt, weiß er plötzlich, das ist der Tag, an dem er seine Vergangenheit wiederfinden wird. In der Nähe der Grube lädt er die Särge ab, versorgt die Pferde und verneint die Frage der Stiftsleute, ob er gleich zur nächsten Fuhre aufbrechen werde. Sie sehen ihm verwundert nach, als er in den Wald hineingeht, langsam, als brauche er dafür Zeit. Vieles hat sich verändert. Die Bäume sind in die Höhe gewachsen, manche erkennt er nicht wieder, manche

sind abgestorben, liegen als schwarz vermoderndes Bruchholz da. Sträucher haben sich zwischen die Stämme gedrängt, unter ihren biegsamen Ästen verbergen sich knorrige Wurzelstöcke. Noch dringt wenig Licht in den Wald, aber Bärlauch und Zahnwurz bedecken an manchen Stellen schon den feuchten Boden. Mathias horcht seinen Schritten nach. Sie sind leise und vorsichtig. Ab und zu bleibt er stehen, lauscht einem Vogelruf, Vertrautheit mit einst Wahrgenommenem stellt sich zögernd wieder ein. Als er knapp vor dem Platz ist, wo einst sein Zuhause war, dem Ort, von dem er glaubte, daß er dorthin gehöre, will er nicht weiter. Spielt mit dem Gedanken, umzukehren. Schließt die Hände zu Fäusten und schlägt sie aneinander. Macht die Augen zu und spürt den Schatten unter seinen Lidern. Dann reißt er sich zusammen, biegt das Dickicht zur Seite und macht einen großen Schritt vorwärts.
Es ist, als sei nie jemand hier gewesen. Der Platz ist klein geworden, junge Bäume und Büsche haben sich in ihn hineingeschoben, haben sich breit gemacht, Gräser und Unkraut wuchern, verstreut liegen Steine da, rätselhaft von irgendwoher gekommen. Keine Spur mehr von Hütte und Schafstall, keine Spur mehr von Feld und Kräutergarten, von menschlichem Leben. Dieser Platz, den Mathias, als das Sternmoos hier blühte, zum ersten Mal entdeckte, gleicht nicht jenem, dessen Verödung Kriegsläufte und Seuchen vor vielen Jahrhunderten verursacht hatten. Ihn haben nicht nur Naturgewalten, sondern auch die Menschen, die hier lebten, der Verödung zugeführt. Das erkennt Mathias plötzlich und klar. Nun spielt eine neue Kraft hier ihre Stärke aus, die Kraft der Natur, die jeder anderen überlegen ist.
Langsam geht er weiter, sucht mit den Augen nach Resten von Pflanzen, nach den Spuren vergangener Jahre. Als er unter Unkraut und Gras einen einzelnen, verküm-

merten Roggenhalm entdeckt, spingt er hin und reißt ihn aus. Er dreht ihn zwischen seinen Fingern, riecht daran, prüft die schwach entwickelte Ähre und hält sie fest. Mehrmals wechselt er beim Umherstreifen die Richtung, tritt dann auf der Stelle, sucht nach Wegen, die in den Wald hinein-, die aus dem Wald herausführten und findet sie nicht mehr. Sein Blick fällt auf die Wildkirsche, die einzige, die hier wächst, an ihr vorbei zog sich ein schmaler Pfad. Mathias drängt sich durch das Gestrüpp, geht zielbewußt ein Stück weiter. Dann steht er vor einem kleinen, baumlosen, von schwarzer Erde bedeckten Fleck. Er steht und blickt auf diesen Fleck hinunter, für ihn ist er nicht leer, noch immer sieht er dort, wie am Morgen nach Evas Weggang, Kloibenstrunks Hirtenstab liegen. Er schließt die Augen, er öffnet sie wieder, der Hirtenstab bleibt an seinem Platz.
Mathias fängt zu laufen an, er läuft zurück in die Wildnis, die er für immer roden wollte, er stößt mit dem Fuß an ein Hindernis, es läßt sich nicht beiseite schieben, es ist der vermorschte Rest eines Balkens, der eine Wand der Hütte trug. Er setzt sich darauf nieder.
Nun kommt auf ihn zu, was kommen mußte, das verdrängte, halbherzig vergessene, das schmerzhaft verlorene, das trotzig verleugnete, das wunderbare und schreckliche, das in Trauer verwandelte und der Trauer nie endgültig entrissene Leben, das er, Mathias Palt, nach seinem Willen hier gelebt hat.
Nach einem langen Winter erscheint Kloibenstrunk, er besucht ihn immer öfter, sie sitzen in der Hütte, in der es niemals richtig warm wird, sie hören den Wind nicht, der an den Brettern rüttelt, sie reden über Bücher, sie reden über die Gestirne. Etwas wie Vertrautheit entsteht zwischen ihnen, aber sie zeigen sie nicht. Nebenan die sanften Geräusche zweier Hände, die die rauhe Wolle der Schafe sortieren. Das macht Eva, aber Mathias sieht

Eva nicht, sein Blick ist auf Kloibenstrunk gerichtet, was Eva tut, ist nicht so wichtig wie das Gespräch, das er mit Kloibenstrunk führt.

Ein Sommer kommt, das Sternmoos blüht, ein Mensch ist da, dem er ganz nah sein will, aber die Nähe wird zerstört von einem einzigen Wort, es heißt Bitterklee, es reißt diesen Menschen von ihm weg, und er begreift nicht, warum. Der Mensch ist eine Frau, sie heißt Eva, sie läuft an der Wildkirsche vorbei und nimmt den Hirtenstab mit, der nicht weit davon liegt und noch immer da ist. Während sie läuft und er ihr nachlaufen will, hebt sie ihre Hand, um ihm zu zeigen, daß er sie nicht einholen kann. An dieser Hand sitzen nur zwei Finger, trotzdem zwingt sie ihn zum Stehenbleiben, zur Aufgabe. Irgendwo bellt ein Hund, es ist Spero.

Komm zurück, verlangt der kleine Hans, komm nach Hause. Er hat kein Glück, der kleine Hans, diejenige, von der er es verlangt, weist ihn ab. Und er, Mathias, hat nichts anderes erwartet, man wird ihn nie verlassen. Der kleine Hans trippelt davon, sein Haar ist bereits so grau wie jetzt. An einem Abend, es ist schon dunkel, flattert noch Wäsche vor der Hütte, sie ist schwarz, jedes einzelne Stück ist schwarz, dabei ist sie ja frisch gewaschen, der Abend ist daran schuld. Das Gesicht der Wäscherin ist weiß und fremd. Warum hat sie so spät noch diese Arbeit getan. Es wird immer schwieriger für ihn, sie zu verstehen. Wolken bedecken den Himmel, morgen wird es regnen. Morgen wird alles anders sein.

Komm her Spero, Du bleibst einige Tage hier. Einige Tage. Ihr Lied will er wenigstens noch hören. Aber Eva ist so weit weg, er kann sie nicht mehr sehen, und sie kann ihm seine Bitte nicht erfüllen. Vielleicht will sie es auch nicht. Es gibt kein Lied mehr.

Der Himmel stürzt ein, die kümmerliche Ähre entfällt seiner Hand. Ein Tonscherben zerbricht und verwundet

ihn. Jemand kommt, um seine Schmerzen zu lindern. Er nimmt die Hilfe ohne Dank und widerstrebend an.
Als Mathias zur Grube zurückkehrt, sind die Särge, die er mitgeführt hat, bereits bestattet. Sie liegen kreuz und quer auf anderen, die schon früher beigesetzt wurden. Er tadelt die Stiftsknechte und verlangt, die Särge sorgfältig hinzustellen. Jetzt erst fällt ihm das tote Kind ein, das hier, irgendwo in er Nähe, begraben liegt. Das Vergessen ist alt, er hat vier lebende Kinder.
Die Pferde kennen Weg nach Hause, er braucht sie nicht zu lenken. Er läßt die Zügel hängen, gibt sich seinen Gedanken und dem ruhigen Schaukeln des Wagens hin.

Ein paar Monate später wurde Frieden zwischen den kriegführenden Parteien geschlossen, er hielt kaum zwei Jahre, dann brach der Krieg von neuem aus. Er sollte sich weit in das nächste Jahrhundert hineinziehen und dem Kaisertum Österreich eine Reihe seiner Provinzen und zahllose Tote kosten.
Im Waldviertel kehrte Ruhe ein, das Leben im Stift Altenburg ging, nachdem das Militärspital aufgehoben worden war, seinen gleichmäßigen, Gott zugewandten Gang. Was die Bauern betraf, diskutierte man in den Landtagen darüber, die Fronarbeit abzuschaffen, aber die Gegner dieses Gedankens beriefen sich auf die finanzielle Unsicherheit der Epoche. Sollte der Bauer allein über Aussaat und Viehzucht bestimmen können, wäre die Ordnung in der Landwirtschaft gefährdet. Es würde an Pferden fehlen, wenn der Bauer sie nicht mehr für den Vorspann benötigte, die großen Besitzungen, die Güter würden an Wert verlieren, wenn der Bauer nicht mehr durch die Fronarbeit an die Grundherrschaft gebunden wäre. Es bestünde das Risiko, daß die Grundherren keine Garantie mehr für aufgenommene Hypotheken und keine Sicherheit mehr für Schulden gegenüber ihren

Gläubigern bieten könnten. Die Fronarbeit blieb also weiter bestehen.
Elisabeth Palt hatte nach der Geburt ihres vierten Kindes, einer Tochter, Therese, gehofft, von weiteren Schwangerschaften verschont zu bleiben. Aber es wurde noch ein Sohn, Johann, geboren. Elisabeth hatte diesen Namen ausgewählt und nicht gewußt, warum sich ihr Mann lang dagegen wehrte. Der kleine Hans meinte, Mathias wolle seinem Sohn nicht den Namen des Großvaters geben. Der auch der seines Bruders sei, für den er sich wahrscheinlich schäme. Elisabeth bat Mathias, den kleinen Hans, von dessen Gegenwart er noch immer kaum Notiz nahm, nicht zu kränken. Mathias gab nach.
Josef war inzwischen elf Jahre alt geworden, er war kräftiger als seine Geschwister, er war groß gewachsen und fast eine vollwertige Arbeitskraft. Was man von ihm wollte, verstand er rasch, er war geschickt, er begriff Zusamenhänge. Nach Beendigung der Grundschule beabsichtigte Mathias, ihn nach Horn, in das Gymnasium der Piaristen zu schicken. Josef wehrte sich heftig dagegen. Er wolle keinen Drill mehr, meinte er, er wolle mit seinem Körper arbeiten und nicht mit seinem Kopf. Was er brauche, um einmal sein Erbe anzutreten, werde er bei der Arbeit lernen und nicht im Gymnasium. Mathias war enttäuscht. Seine Überzeugung, Josef sei ihm in vielem ähnlich, war nicht mehr so stark wie vorher. Auch er hatte sich gegen jeden Zwang gewehrt, aber er hatte stets versucht, sein Wissen zu vermehren. Er bemühte sich, Josef zum Lesen leicht faßlicher Texte anzuregen, aber der rührte die Bücher nicht an. Es kam zu zu einer Entfremdung zwischen Vater und Sohn, auf die Mathias mit besonderer Strenge, Josef mit immer stärkerem Widerstand reagierte.
Die jüngeren Geschwister verbrachten viel Zeit mit dem kleinen Hans. Sie kamen in seine Kammer, wenn sie

ihre Pflichten erfüllt hatten, sie hockten auf dem Tisch, auf dem Bett, sie spielten einfache Kartenspiele mit ihm, sahen ihm zu, wenn er eine Weidenflöte für sie machte und entrissen ihn immer mehr seiner Sprachlosigkeit. War er traurig und wollte ihnen nicht sagen warum, heiterten sie ihn durch Späße und harmlose Streiche auf. Zu ihrem großen Erstaunen begann er eines Tages eine Geschichte zu erzählen. Diese Geschichte hatte er einst von Stina gehört und sie nie vergessen. Der Wassermann, erzählte der kleine Hans, sitze abends gern am Rand eines Teiches und kämme dort sorgfältig sein langes, triefendes Haar. Beim Schwedenteich, gleich in der Nähe des Dorfes, habe ihn mancher schon sitzen gesehen. Er sei klein, er trage ein grünes Gewand und hohe Röhrenstiefel. Bei Mondschein umkreise er mit seinem Wagen, der mit sechs Katzen bespannt sei, den Teich. Er sei leicht zu erkennen, denn aus seiner linken Rocktasche tropfe ständig das Wasser. Als Wohnung besitze er einen unterirdischen Palast, den Boden habe er mit den glänzenden Augen der Fische bestreut. Jedes Jahr müsse man dem Wassermann ein grünes Gewand schenken und es ans Ufer des Teiches legen, damit er kein Unheil an den Wiesen der Bauern anrichte. Er könne den Wiesen nämlich das Wasser entziehen und sie austrocknen lassen. Oder ihnen das Wasser in großen Mengen zuführen und sie so zu Sümpfen machen.
Die Geschichte gefiel den Kindern. Als sie Josef davon erzählten, meinte er spöttisch, den Wassermann gäbe es nicht. Die neunjährige Barbara wollte es nicht wahrhaben, sie beschloß, den Wassermann mit dem vierjährigen Anton heimlich aufzusuchen. Niemand sollte davon erfahren. Weder die Eltern, noch der große Bruder. Auch der kleine Hans wurde nicht in den Plan eingeweiht. Die Jüngsten, Therese und Johann, zählten noch nicht. Sie hatten sich alles genau überlegt. Sollte sich der

Wassermann nicht zeigen, wollten sie ihm wenigstens das verlangte Geschenk bringen und damit die elterlichen Wiesen retten. Zum Glück hatte Josef erst vor kurzem einen dunkelgrünen Rock für den Kirchgang bekommen, zum Glück standen die Röhrenstiefel des Vaters jeden Abend in der Einfahrt.
Anstatt schlafen zu gehen, huschten sie, als es dunkel war, aus dem Haus. Anton hatte darauf bestanden, die Stiefel zu tragen. Zusammengebunden, baumelten sie schwer von seinen schwachen Schultern. Josefs Rock, zu einer straffen Rolle gepreßt, hielt Barbara in ihren Händen. Sie verließen die Straße, schlugen sich über Feldwege, Wiesen und Äcker hin zum Teich. Als sie ankamen, war es ganz finster geworden. Es zeigten sich weder Mond noch Sterne, in rascher Folge zogen dichte Wolken, vom Wind getrieben, über sie hin. Angst stieg in ihnen auf. Anton begann zu weinen und blieb stehen. Seine Schwester nahm ihm die Stiefel ab und stieß ihn weiter. Hohes Schilf versperrte ihnen den Weg. Dahinter das leise, geheimnisvolle Glucksen des Wassers. Und plötzlich, grell, durch Mark und Bein dringend, das Geschrei einer Katze. Eine Weile standen sie da und wagten nicht zu sprechen. Endlich meinte Barbara, bei dieser Finsternis sei der Wassermann sicher schon in seinem Palast verschwunden und zähle die glänzenden Augen der Fische. Anton teilte die Meinung seiner Schwester. Kurz überlegten sie, wo sie das Geschenk für den Wassermann lassen sollten. Mit angehaltenem Atem zwängte sich Barbara ein kleines Stück durch das Schilf, Rock und Stiefel glitten in den feuchten Grund.
Am nächsten Tag wurde das Verschwinden von Rock und Stiefeln bemerkt. Zögernd gestanden die Kinder. Die Sachen wurden gefunden, die Stiefel waren noch zu retten, der grüne Rock war es nicht. Josef, wild vor Zorn, erklärte, der kleine Hans sei schuld, er habe diese

dumme Geschichte erzählt.
Er wollte mit dieser Geschichte den Kindern eine Freude machen, meinte der kleine Hans zu Mathias. Er selbst habe stets große Freude empfunden, wenn Stina sie ihm erzählte. Auch Eva habe die Geschichte gern gehört. Vielleicht sei Mathias einmal dabeigewesen, vielleicht könne er sich nur nicht daran erinnern.
Es sei unmöglich für ihn, sich daran zu erinnern, erwiderte Mathias kalt. Es sei unmöglich, denn Stina habe ihn früh aus dem Haus gewiesen. Sein Bruder möge mit solchen Geschichten die Kinder nicht verwirren.
Die Strafe für die Kinder fiel mild aus, man berücksichtigte ihre gute Absicht. Der kleine Hans ließ erst nach einer ganzen Weile die Kinder wieder in seine Kammer. Elisabeth versuchte ihn zu trösten, er zeigte sich auch ihr gegenüber unzugänglich. Er hatte versucht, Josef zu versöhnen. Aber Josef wollte vom kleinen Hans nichts mehr wissen.
Dein Bruder tut mir leid, sagte Elisabeth zu Mathias. Warum hilfst Du ihm nicht. Du bist selbstgerecht und stolz.
Mathias verteidigte sich nicht.

Der Winter 1798/99 zeichnete sich durch eine überaus strenge Kälte aus. Am 26. Dezember zeigte das Thermometer in der Haupt- und Residenzstadt Wien 18 Grad unter dem Gefierpunkt, der tiefste Stand, seit dort Messungen gemacht wurden. Aller Wahrscheinlichkeit nach war die Kälte im Waldviertel noch schlimmer, doch dort wurde sie nicht gemessen, dort spürten sie Menschen und Tiere nur bis an die Knochen. Im Jänner und Februar wurde es nicht besser, und auch im März lag noch soviel Schnee, daß nicht nur alle Wege, sondern auch die meisten der Straßen unpassierbar waren. Als das Tauwetter kam, verstopften Unmengen von Eis

den Wasserfluß der Donau, sie führten zu weiträumigen Überschwemmungen in Wien, den Vorstädten und der weiteren Umgebung, bis hinauf nach Krems. Die Haupt- und Residenzstadt war schwer erreichbar geworden.
So kam es dazu, daß russische Truppen, die den Österreichern bei dem sich abzeichnenden neuen Feldzug gegen Frankreich zu Hilfe eilen sollten, im Waldviertel aufgehalten wurden. Mit Kriegsgerät und Pferden quartierten sie sich in Altenburg und den umliegenden Dörfern ein.
Sie erreichten auch St. Bernhard und nahmen den Gutshof mit allen seinen Räumen in Beschlag.
In den letzten Monaten sei sie sehr alt geworden, sagten die Dorfbewohner von Philomena. Man habe manchmal den Eindruck, sie würde die Zeit, in der sie lebe, nicht mehr erkennen.
Sie hatte ohne Widerstand und ohne Bedauern das Zimmer mit dem hochlehnigen Sofa, das Schlafzimmer, die kleine Küche verlassen. Der russische Offizier war freundlich zu ihr gewesen, er hatte versucht, ihr sein Vorgehen zu erklären, sie von dessen Notwendigkeit zu überzeugen. Sie hatte ihm ruhig zugehört, ihn sogar angelächelt, aber keine Antwort gegeben. Langsam, ohne sie zu prüfen, packte sie einige ihrer Habseligkeiten in einen Korb. Als sie die winzige Kammer im Haus eines Bauern bezog, trug sie ein Kleid mit kurzen Ärmeln. Die Bäuerin legte ein Tuch um ihre Schultern.
Sie machte sich nicht mehr, wie früher, nützlich, sie saß vor dem leise flackernden Feuer, ließ das feuchte Holz ausbrennen und sah dann zu, wie die Asche verglühte. Manchmal ging sie zum Fenster, doch die dicke Eisschicht verwehrte ihr den Blick ins Freie. Immer öfter vergaß sie, sich zu waschen und zu kämmen, und wenn man ihr das Essen brachte, schüttelte sie den Kopf. Auch bei Tag schlief sie viele Stunden. Nach einiger

Zeit bemühte sich die Bäuerin nicht mehr, mit ihr zu reden. In Philomenas Schweigen lag eine Ruhe, die sie nicht zu stören wagte.

Als Philomenas körperlicher Zustand bedenklich wurde, holte man den Bader. Er sagte, sie sei nicht krank, sie müsse nur wieder zu essen beginnen. Er redete ihr zu, sie bemühte sich, doch mehr als ein paar Bissen brachte sie nicht hinunter.

Ein einziges Mal noch wurde sie wach. Das geschah, als eine Truppe russischer Soldaten am Haus vorbeiritt, die Bäuerin aufgeregt hereintrat und ihr mitteilte, die Soldaten hätten vor wenigen Stunden Wildberg verlassen. Etwas wie Freude, wie Verstehen zeigte sich in Philomenas Gesicht. Es erlosch sofort wieder, als die Bäuerin meinte, auch von hier würden sie bald wegziehen, und sie könnte dann wieder in den Gutshof zurückkehren.

Die Stationierung russischer Truppen im Waldviertel dauerte fünf Wochen. Als die Donau bei Krems wieder passierbar war, zogen sie weiter. Die Befürchtung, sie könnten sich fremdes Gut aneignen und die Bevölkerung unter Druck setzen, die man im Stift Altenburg und in den Dörfern gehabt hatte, bewahrheitete sich nicht. Das meiste, was die Truppe für ihre Ernährung brauchte, bezahlte sie. Daß sie sich Most, Schnaps und Wein aus den Kellern holte, hatte man erwartet.

Philomena Burger kehrte nicht mehr in den Gutshof zurück. Sie wurde in St. Bernhard begraben.

Wenn die Bauerhäuser leer waren, wenn sich alle Leute auf den Feldern befanden, dann schlugen sie zu. Sie, das waren Unbekannte, die in die Häuser eindrangen und kleine Diebstähle begingen. Sie kannten sich genau aus, sie wußten, auf welchen Fenstervorsprüngen, unter welchem Türstaffel die Schlüssel lagen, die dort von den Besitzern sorglos verwahrt wurden. Es fehlten nur Kleinigkeiten, was anfangs niemandem auffiel. Irgendwann aber ging einem Bauern ein Werkzeug, einer Bäuerin ein Krug ab, man suchte danach, ohne Erfolg. Als nach einiger Zeit wieder was fehlte, wurde man aufmerksam und erzählte es den Nachbarn. Seltsamer Weise erging es ihnen ähnlich. Eine Diebsbande mußte am Werk sein. Eine Diebsbande, die nie nach Geld suchte, sondern sich mit Gegenständen des Alltags zufrieden gab. Vorläufig, so dachten die Bestohlenen. Aber man wußte ja nicht, wie es weiterging, vielleicht würden die Diebe später auch wertvolle Sachen mitnehmen. Die Schlüssel verschwanden von Fenstern und Türstaffeln. Man meldete die Diebstähle dem Dorfrichter, er empfahl, Wachen aufzustellen. Da man kurz vor der Ernte stand und keinen Erwachsenen entbehren konnte, entschloß man sich, in jedem Haus eines der Kinder zu lassen, das von einem sicheren Versteck aus die Lage beobachten sollte. Damit wurde die Sache wurde noch mysteriöser. Obwohl die Kinder behaupteten, niemanden gesehen zu haben, wurde zur Zeit ihrer Wache erneut eingebrochen.

Eines Tages klärte sich alles auf. Ein Bauer bemerkte ein Nachbarkind, das mit einem Schnitzmesser, das er als das seine erkannte, ein Stück Holz bearbeitete. Das Kind wurde ins Gebet genommen und gestand, zu jener Bande zu gehören, die die Diebstähle beging. Die Bande setzte sich aus Kindern unterschiedlichen Alters zusammen, Kinder aus jenen Häusern des Dorfes, die von den Einbrüchen betroffen waren. Unter ihnen befand sich der zwölfjährige Josef Palt.

Mathias wollte es nicht glauben. Sein Sohn unter den Dieben. Sein Sohn, der ihm ähnlich sein sollte. Sein Sohn, der ihn bereits ein Mal enttäuscht hatte und den er mit Strenge dazu hatte zwingen wollen, es nicht wieder zu tun. Er schrie ihn nieder und er schlug ihn, als

Josef ihm zu sagen versuchte, sie hätten sich nichts Böses dabei gedacht, einer von ihnen hätte den Einfall gehabt, es sei einfach lustig und aufregend gewesen, die Großen an der Nase herumzuführen, und sie hätten auch alles wieder zurückgeben wollen. Daß er mit diesen Taten auch Widerstand gegen die Strenge des Vaters zeigen wollte, war Josef nicht bewußt.
Obwohl Elisabeth es nicht wollte, wurde Josef von Mathias zwei Tage lang in einen fast lichtlosen Geräteschuppen gesperrt. Mit einem Krug Wasser, aber ohne Nahrung. Keines der anderen Kinder wurde so hart bestraft. Als man Josef herausließ, brach er zusammen. Er erholte sich rasch. Seinem Vater ging er aus dem Weg.

In der Krankenstube des Stiftes standen vier Betten. Drei davon waren leer. In einem lag Fran. Er war seit zwei Tagen da. Vor zwei Tagen hatten ihn die Stiftsknechte bewußtlos auf dem Boden seiner Kammer gefunden, als er nicht zur Arbeit erschienen war. Zuerst legte man ihn auf sein eigenes Bett und rieb ihm Stirn und Schläfen mit Kampfer ein. Fran kam langsam zu sich und konnte sich nicht erklären, was mit ihm geschehen war. Als er sich erheben wollte, mißlang es ihm. Immer wieder preßte er seine Hand auf die Brust, sein Körper zog sich schmerzhaft zusammen. Man brachte ihn hierher.
Frans Organismus, meinte der Bader, sei einfach verbraucht. Da könne man kaum noch helfen. Er ließ eine Arznei da. Alle drei Stunden kam einer der Brüder, flößte sie Fran ein und sprach ein paar fromme Worte. Manchmal vergaß er zu kommen. Fran war müde, aber hellwach. Meistens sah er, nachdem er gebetet hatte, zum hochgelegenen Fenster hinauf, sah zu, wie der herbstliche Tag sich veränderte. Er wartete.
Du hast mich rufen lassen, sagte Mathias. Warum?

Ich wollte noch ein Mal mit Dir reden.
Noch ein Mal? Was meinst Du damit?
Ich bin krank.
Davon habe ich gehört. Du wirst wieder gesund werden.
Nein. Es ist nicht von Bedeutung. Mein Leben war lang.
So sollst Du nicht reden. Du bist noch nicht alt. Wie alt bist Du, Fran?
Siebzig. Wahrscheinlich. Ich weiß es nicht genau. Ich war ein Findelkind.
Das habe ich vergessen. Ein Findelkind. Hast Du das je als schlimm empfunden? Du hast nicht gelebt wie ein Findelkind.
Nein. Ich hatte Gott. Ich hatte den Abt Willibald, meinen Herrn. Ich hatte Dich. Und ich hatte meine Bücher.
Habe ich zu Deinem Leben gehört?
Das weißt Du doch. Wie ich zu Deinem.
Wie kann ich Dir helfen, Fran, sag es mir.
Bleib ein wenig da. Wir haben einander so lang nicht gesehen. Ich habe Dich vermißt.
Ich habe Dich auch vermißt. Das weiß ich jetzt.
Wenn Du mit dem Wagen vorbeigefahren bist am Johannishof, habe ich Dich manchmal gesehen. Auch Deine Kinder habe ich gesehen. Und Deine Frau. Wie geht es Dir und Elisabeth?
Recht gut. Glaube ich. Recht gut. Du wolltest nicht, daß ich sie heirate.
Auch Du wolltest es nicht. Es war falsch von Dir. Und von mir. Eva ist ja nicht wiedergekommen. Ich hätte es wissen müssen.
Warum hast Du so lang nach ihr gesucht? Warum, Fran.
Weil ich sie geliebt habe. Nicht so, wie Du sie geliebt hast. Ich kann es Dir nicht erklären.
Du kannst es nicht oder Du willst es nicht?
Ich will es nicht.
Warte, Deine Decke ist heruntergefallen. Ich geb sie Dir

wieder. Ich wickle auch Deine Füße ein, sonst frierst Du. Wenn Du mir nicht erklären willst, warum Du Eva geliebt hast, so ist das Dein Recht. Auch der kleine Hans hat sie geliebt. Ob ihre Mutter es getan hat, weiß ich nicht. Was hast Du Fran, leg Dich wieder hin, was ist, was regt Dich so auf?
Laß Stina in Ruhe, bitte, laß Stina in Ruhe.
Schon gut. Sie ist tot. Manchmal denke ich, sie hat es nicht gern getan, mich aus dem Haus zu weisen. Du warst ja dabei. Weißt Du es noch? Jetzt gibt es das Haus nicht mehr.
Wir sind gemeinsam über die Felder gegangen. Ich habe Dich ins Stift gebracht. Du hast Deinem Oheim, dem Abt Willibald, viel bedeutet. Ich habe Dich von dort wieder fortgebracht. Fortbringen müssen. Das war für mich genau so schwer wie für Dich. Ein wichtiges Stück Leben war für uns beide zu Ende. Aber hoch über uns haben die Lerchen gesungen an diesem Frühlingstag. Die hat uns der liebe Gott geschickt, um uns zu trösten.
Du findest an allem was Gutes. So warst Du immer. Wie ist Dir das nur gelungen.
Ich will Dir was sagen. Du hättest Dorfrichter bleiben sollen.
Nein. Das hätte ich nicht tun können. Das hätte ich nicht über mich gebracht. Nach der Klage, die man gegen mich geführt hat.
Weil Du keine Demut hast, Mathias Palt.
Das ist ein schwerer Vorwurf. Den mußt Du erst begründen, Fran.
Du hast Fehler begangen. Die kann keiner vermeiden. Du aber hast sie aus Eigenwillen begangen. Aus Stolz. Sie waren Dir bewußt. Du hast über sie nachgedacht. Trotzdem hast Du Dich nicht geändert.
Ich habe gekämpft. Ich habe immer kämpfen müssen.

Wenn man mich hat demütigen wollen, hab ich die Demut nicht zugelassen. Das ist doch leicht zu verstehen. Du hast die Demut auch nicht zugelassen, wenn sie notwendig war. Gegenüber Gott. Gegenüber den Menschen in Deinem Leben. Gegenüber Dir selbst. Ich habe viel über Dich nachgedacht. Es ist so. Versuche, die Demut zu üben. Du wirst viele Stufen gehen müssen, um sie zu erreichen. Fang mit der ersten Stufe an.
Und welche ist die erste Stufe?
Die mußt Du selber finden.
Gibst Du mir damit eine Aufgabe?
Ja. Ich wünsche mir, daß Du sie annimmst. Ich habe ja schon früh begonnen, Dir Aufgaben zu geben. Als ich das Lesen mit Dir geübt habe. Erinnerst Du Dich?
Ich erinnere mich. Ich sehe keine Bücher hier bei Dir.
Schau her. Ich habe mir gedacht, ich bringe Dir ein Buch mit. Eine Schilderung ferner Landschaften. Es wird Dich interessieren.
Die fernen Landschaften sind mir stets fremd geblieben. Die Landschaft hier schließt mich in sich ein. Nimm das Buch wieder mit. Ich lese nicht mehr.
Hast Du Angst, daß man das Buch bei Dir findet? Hast Du Angst, daß man erfahren könnte Du kannst lesen? Das ist doch jetzt gleichgültig, Fran, ganz gleichgültig. Lies.
Es hat einen Abend gegeben, es ist lang her, da habe ich auf den Kirchturm und auf den heiligen Lambert geschaut, von dem ich glaube, daß er mich beschützt. Der Schaffner ist vorbeigekommen, er hat gedacht, ich blicke auf die Uhr. Sag mir wie spät es ist, Fran, hat er verlangt. Oder kannst Du vielleicht die Uhr nicht lesen? Ich habe den Kopf geschüttelt und ihn angelächelt. Es ist mir schwer gefallen. Aber ich habe ja gewußt, daß ich die Uhr lesen kann. Das war wichtig. Jetzt hat es keine Bedeutung mehr für mich. Eine große Stille ist in

mir, sie läßt keinen Platz mehr für anderes. Ich muß keine Worte, keine Sätze mehr lesen. Ich sehe die Menschen, die mein Leben begleitet haben.
Das genügt Dir?
Ich sehe Deine Mutter, Lena. Sie hebt Dich hoch und zeigt mir, wie groß Du geworden bist. Ich sehe meinen Abt, Willibald, ich schnüre ihm die Schuhe, ich weiß, daß er mich braucht. Ich sehe Deinen Bruder, den kleinen Hans und versuche, ihn zum Lachen zu bringen. Ich sehe Stina. Ich sehe sie und weiß viel mehr von ihrem Leben als alle anderen. Ich sehe Eva, als Kind, als Mädchen, aber nur von fern. Als sie bei Dir ist, sehe ich sie endlich aus der Nähe. Ich sehe Euch beide.
Jetzt ist alles anders, Fran.
Was ist daran schlecht? Nur weil es einst so war, ist es wie jetzt gekommen. Das wirst Du noch erkennen. Gott wird Dir dabei helfen. Gibst Du mir bitte das Wasserglas?
Aber ich bin nicht wie Du, Fran, nicht wie Du. Kannst Du Dich aufsetzen? Reich mir die Hand. Ja, so. Das Wasser ist schon warm, warte, ich hole Dir frisches.
Bleib da. Es genügt mir. Ich weiß nicht, woher ich gekommen bin, ich weiß nicht, wer mich ausgesetzt hat, weil er mich nicht haben wollte oder nicht haben konnte, weil die Not so groß war oder die Sünde, ich habe nicht gewußt, wohin ich gehen soll. Ich habe es lernen müssen. Jetzt weiß ich es. Deine Hütte, in der Du mit Eva gelebt hast, gibt es sie noch?
Nein. Die Zeit hat sie weggenommen.
Die Zeit nimmt auch mich weg. Ich habe Sünden begangen, ich war einer der niedrigsten Diener hier, ich warte auf den Zustand der Gnade. Geh jetzt, Mathias. Man hat mir einst den Namen Anton gegeben. Du hast doch einen Sohn, der so heißt?

Der Sommer war heiß und gut wie schon lang nicht mehr. Auch der Frühling hatte der Landwirtschaft das beste Wetter gebracht. Es gab die richtige Mischung aus Wärme und Regen, sie bescherte den Wiesen üppiges Grün, dem Getreide volle Frucht, sogar der empfindliche Weizen gedieh prächtig.
Das macht das neue Jahrhundert, sagten die Bauern. Es wird uns, so Gott will, ein besseres Leben schenken. Auf ein besseres Leben hofften sie noch immer.
Der Drusch war schwer und dauerte mehrere Tage. In der Scheune des Mathias Palt arbeiteten der Bauer, zwei Knechte und zwei Wanderdrescher. Das aus den Garben gelöste Getreide hatte man auf den Dreschboden gebreitet, die Ähren zeigten zur Mitte. Im Dreivierteltakt schlugen die Männer mit der Drischel, die mit dem Handstab beweglich verbunden war, auf die Ähren nieder. Unter Wolken von Staub löste sich das Korn. Schweiß lief ihnen von der Stirn ins Gesicht, von den Schultern über die Arme. Manchmal, aber nicht oft, machten sie eine Pause. Es war nicht gut, den Rhythmus zu unterbrechen. Dann brachte ihnen Elisabeth mit kühlem Wasser versetzten Wein, sie tranken ihn im Stehen. Wenn sie die Drischel wieder im Takt bewegten, hatte in ihren Köpfen nichts anderes als die Einhaltung dieses Taktes Platz. Es war kein Zwang, der sie dazu trieb, es war ein Gesetz, das es immer schon gegeben hatte.
Auch diesmal waren die Drescher im Haus des Mathias Palt die ersten, die mit dem Drusch fertig waren. Inzwischen hatten die Kinder das Strohmandl gemacht, das sie nach heftigem Anklopfen dem Nachbarn ans Scheunentor lehnten. Jetzt wußte der Nachbar, daß er säumig gewesen war und nicht so tüchtig wie der Bauer nebenan. Es geschah in diesem Jahr zum ersten Mal, daß Mathias verlangte, man möge mit diesem Brauch aufhö-

ren, es liege ihm nichts daran, den Nachbarn zu verspotten, das mache nur böses Blut. Elisabeth wunderte sich darüber, ebenso wie die Kinder, die sich diesen Spaß nicht nehmen ließen.
Es gab Fleisch, es gab Wein, es gab Krapfen beim festlichen Essen nach dem Drusch. Kamen von irgendwoher Musikanten und spielten auf, dann tanzte man auf dem Scheunenboden. Dann gab es keinen Unterschied zwischen den Knechten, den Wanderdreschern und der bäuerlichen Familie. An diesem einen Abend.
Der kleine Hans war bei solchen Anlässen nie dabei, obwohl es ihm Elisabeth anbot. Er sagte, er finde nichts daran, es seien ihm auch zu viele Leute da, und sie würden vielleicht fragen, was er hier verloren habe. Ein Wort von Mathias hätte ihn aus der Reserve locken können, das wußte Elisabeth. Aber das Wort kam nicht. Die Kinder brachten dem kleinen Hans Fleisch, Krapfen und Wein in die Kammer und hopsten ein wenig vor ihm herum. Das machte ihm Freude.
In diesem Jahr, in diesem guten Jahr, hatten die Kinder auch mehr Freiheit als sonst. Als das meiste Korn in der Mühle und jenes, das man als Saatgut brauchte, auf dem Schüttboden war, durften sie an heißen Tagen hinunter zum Fluß laufen, um zu baden. Barfuß zogen sie los, der Binkel mit schwarzem Brot und grünen Äpfeln tanzte, während sie immer wieder über den Försterbach sprangen, auf ihrem Rücken. Josef war selten mit, Barbara hatte die Aufsicht, Anton und Therese folgten ihr zögernd, der kleine Johann blieb zu Hause. Das Wasser des Flusses war braun und kalt, an den seichten Stellen eilte es aufgischtend über glatte Steine, hier war der Ort von Spaß und Spiel, von kindlichen Kämpfen zwischen den Geschwistern. Hatten sie genug vom kalten Wasser, lungerten sie auf den Uferwiesen herum, kauten an Brot und Äpfeln, und Barbara versuchte zur Freude ihrer

kleinen Schwester mit einem langen Grashalm, den sie geschickt zwischen ihren Fingern drehte, die Grillen aus ihren Löchern zu locken. Anton war ein stilles, ängstliches Kind, er sah diesem Spiel ungern zu. Er entfernte sich, lief zum Waldrand hin, pflückte Blumen gemischt mit Unkraut, band mit trockenen Rispen alles zu einem Strauß, den er dann irgenwo liegen ließ. Mathias meinte, er sei das genaue Gegenteil von seinem Bruder Josef und werde es einmal schwer haben, sich durchzusetzen. Er hatte sich, da Josef und er einander noch immer nicht nähergekommen waren, mehr diesem Sohn zugewendet. Er suchte und fand in seinem Gesicht eine Ähnlichkeit mit Maria Magdalena und brachte erstaunlich viel Geduld für ihn auf.

Als Anton wieder zurück will zu seinen Schwestern, sieht er, daß sich im Gras was bewegt. Das Gras ist hier hoch aufgeaufgeschossen, wellenartig neigt es sich einmal nach dieser, dann nach jener Seite. Anton erschrickt, er will gar nicht nähergehen, aber die Neugierde ist zu groß. Was er sieht, läßt ihn den Atem anhalten. Durch das Gras windet sich eine riesige Schlange, so lang, wie er noch nie eine gesehen hat. Stets ist er vor dem Anblick einer Schlange davongelaufen. Nun steht er da wie festgenagelt und wagt nicht, sich zu rühren. Der glatte, dunkelbraune von feinen, schwarzen Linien gezeichnete Körper des Tieres verlangsamt seine Bewegung, hält still. Die Zunge schießt aus dem Maul, scheint einen Geruch aufzunehmen. Dann fährt der geschmeidige Körper blitzschnell in ein kleines, kaum sichtbares Loch, als er wieder herauskommt, hält das Maul, gerade noch erkennbar, eine Maus zwischen den Zähnen. Unzerkaut, voller Gier, aber mit sichtbarer Anstrengung schluckt die Schlange die Maus hinunter, dabei dehnt sich ihr Rachen schwellend aus. Dann verschwindet sie träge, eine schmale Spur im Gras hinter-

lassend.
Es dauerte Sekunden, bis Anton imstande war, sich wieder zu bewegen. Schreiend lief er zu seinen Schwestern, die ihn mit Fragen bestürmten. Erst auf dem Heimweg berichtete er stockend, was er erlebt hatte. Zu Hause weigerte er sich, die Geschichte noch einmal zu erzählen, Barbara mußte es für ihn tun. Während der Nacht bekam er Fieber, auch am Morgen fieberte er noch.
Es war ein Tag, der viel Arbeit brachte, an dem alle das Haus verlassen mußten. Elisabeth bat den kleinen Hans, auf Anton zu achten. Johann nahm sie mit.
Anton befand sich in seinem Bett in der Kinderstube, der kleine Hans in seiner Kammer. Es war nicht üblich, daß er sich in den Räumen der Familie aufhielt. Ab und zu ging er zu Anton hinüber, griff ihm an die noch immer heiße Stirn, gab ihm zu trinken. Er bemerkte die Unruhe des Kindes, die Finger, die mit den Nägeln über die Decke fuhren, am Leintuch zerrten. Er versuchte leise mit Anton zu reden, wartete darauf, daß er einschlief. Anton hörte ihm nicht zu, unentwegt blickten seine Augen zur Decke hinauf, an der schwarz die Fliegen klebten. Der kleine Hans ging, kam wieder, glaubte, daß das Kind endlich eingeschlafen war. Auch er fühlte sich müde und streckte sich auf seinem Lager aus. Durch die Fensterritzen drang die Hitze des Sommertages.
Ob Anton die Augen offenhält, ob er sie schließt – es ist gleichgültig. Das Bild der Schlange, die die Maus hinunterwürgt, bleibt davor stehen. Die Schlange wird umso größer, je mehr Anton sich bemüht, sie zu vertreiben. Immer mehr Mäuse stecken in ihrem offenen Maul, zwischen den spitzen, bösen Zähnen, der Körper der Schlange ist ein sich blähendes, wogendes Auf und Ab, in jeder seiner Ausbuchtungen sitzt eine Maus, die noch lebt und unter Qualen zugrunde geht. Anton kriecht unter die Decke, um sich zu verstecken, sein fiebriger

Zustand erlaubt ihm, an alles zu glauben, was unmöglich ist, vor allem daran, daß sich die Schlange vom Fluß herauf durch den Wald hierherbewegt, hierher in dieses Haus.
In der Scheune liegt noch das Stroh, das vom Drusch übriggeblieben ist, man hatte noch keine Zeit, es auf dem Boden zu lagern. Im Stroh hausen unzählige Mäuse. Wenn die Schlange kommt, wird sie beginnen, sie hinunterzuwürgen, und weil soviele Mäuse da sind, wird sie nicht damit aufhören können, sie wird immer größer, immer dicker werden, bis ihr Körper aufspringt und die toten, erstickten Mäuse aus ihm herausquellen. Anton erbricht in sein Bett. Zitternd steht er auf. Er muß die Mäuse aus der Scheune vertreiben.
Das Scheunentor ist zu. Anton kann es öffnen, aber um nicht entdeckt zu werden muß er es wieder schließen. Dann ist es düster in der Scheune. Dann kann er die Nester, die Verstecke der Mäuse nicht finden. Er läuft zurück ins Haus, um eine Laterne zu holen. Als er die Scheune betritt, fällt sie ihm aus der Hand, das Glas geht auf, die Kerze bricht heraus. Sie brennt aber weiter, er setzt sie wieder in die Laterne ein.
Der kleine Hans schläft nicht richtig, er döst nur vor sich hin. Er weiß, er darf nicht einschlafen, er muß wieder nach Anton sehen. Seine Augen sind noch geschlossen, als ein ganz eigener Geruch in seine Nase dringt. Er kennt diesen Geruch, er hat ihn nie vergessen. Mit einem Satz springt er auf. Als er im Hof ist, merkt er sofort, woher der Geruch kommt. Er läuft zur Scheune, reißt das Tor auf. Der Luftzug, der entsteht, läßt ein noch schwaches Feuer, das rauchend über verstreute Strohhalme tanzt, gefährlich aufflackern. Irgendwo, weit hinten, stöbert Anton mit der Laterne im Stroh herum.
Der kleine Hans reißt sich die Kleider vom Leib und schlägt damit auf die Flammen ein, er tritt sie mit den

Füßen, er ruft nach dem Kind. Anton hört nicht. Geht weg, geht weg, sie frißt Euch sonst, hört er Anton immer wieder schreien. Er weiß nicht, was Anton mit der brennenden Laterne im Stroh sucht, er hastet zu ihm hin, packt ihn, wirft ihn fast hinaus in den Hof, löscht die Laterne. In der Scheune glost das Feuer nur noch schwach. Der kleine Hans findet ein paar leere Kornsäcke und erstickt es. Er wankt hinaus. Kein Feuer mehr, nur kein Feuer mehr, flüstert er immer wieder.
Anton sitzt mitten im Hof. Er weint in sich hinein. Was er in der Scheune wollte, wird niemand von ihm erfahren.
Als Mathias ein wenig früher als die anderen zurückkam, bemühte sich der kleine Hans ihm zu erklären, was geschehen war. Er suchte nach Worten. Es gelang ihm nicht, ganze Sätze zu bilden, seine Stimme stolperte, er zitterte. Mathias erfaßte, was er ihm sagen wollte, er riß das Scheunentor auf, außer einem Aschenhaufen war nichts mehr vom Brand zu sehen, er eilte in die Kinderstube, Anton lag in seinem Bett und schlief. Als er wieder in den Hof trat, stand der kleine Hans noch immer so da, wie er ihn verlassen hatte. Nackt bis auf die Hose, der schwächliche Oberkörper von Schweiß bedeckt, das Leder der alten, vertretenen Schuhe, die dünnen Waden rußverschmiert. Das graue Haar hing ihm in die Stirn, er blickte hinunter auf seine Hände. Jetzt sehe ich erst, wie klein er ist, dachte Mathias.
Es war gut, daß Du das Feuer so schnell gelöscht hast, sagte er.
Der kleine Hans nickte.
Es war vor allem gut, daß Du Anton herausgeholt hast. Aber warum bist Du nicht bei ihm geblieben?
Der kleine Hans antwortete nicht gleich. Was er dann sagte, kam sehr leise, aber Mathias verstand es.
Es ist nicht mein Haus.

Mathias schwieg. Was er während weniger Sekunden dachte, konnte er nicht ordnen, aber was er sagen mußte, wußte er.
Es ist auch nicht meines. Und doch gehören wir hierher. Du und ich.
Er beugte sich zum kleinen Hans hinunter und legte ihm die Hand auf die Schulter. Es geschah nach Jahrzehnten zum ersten Mal, daß er seinen Bruder wieder berührte.

Noch im selben Jahr ließ Elisabeth Palt die Hälfte ihres unbeweglichen Besitzes an Haus, Hof und Grund ihrem Ehemann, Mathias Palt, durch einen Notar der Stadt Horn überschreiben. Das hatte sie seit langem schon tun wollen. Mathias aber hatte es stets mit dem Hinweis abgelehnt, er wolle keinen Anteil an fremdem Eigentum, er betrachte nur als ihm gehörend, was er selbst erarbeitet habe. Dabei handle es sich lediglich um einige während seiner Ehe erworbene Äcker. Und vielleicht auch um den Anteil an einem Geldbetrag, den er durch geschickte Verkäufe von Getreide und Vieh erwirtschaften konnte. Da er sicher sei, seine Frau werde später den Besitz den gemeinsamen Kindern vererben, sehe er keine Notwendigkeit, daß sie, was ihr gehöre, mit ihm teile.
Als Elisabeth ihm diesen Vorschlag neuerlich machte, nahm er ihn an. Ihr Erstaunen darüber war nicht groß. Sie hatte sein Einverständnis diesmal erwartet.
Es war ihm schwergefallen und es fiel ihm immer noch schwer. Nicht sofort nein zu sagen, wenn er was nicht wollte. Nicht gleich den anderen ins Unrecht zu setzen, wenn er glaubte, im Recht zu sein. Nicht die Tür zuzuwerfen, wenn er sich in seinem Stolz verletzt fühlte. Aber sein Umgang mit den Menschen war einfacher geworden. Und wenn er sich von ihnen abhob, blieb er nicht oben, sondern er kam zurück. Um Vergebung bat

er nur im Stillen, er versuchte, diese Bitte in seinen Handlungen auszudrücken.
Als Elisabeth meinte, es sei ihr Wunsch, nach diesem guten Erntejahr auch ein gutes Werk zu tun, Gott damit für seine Güte zu danken und gleichzeitig den Menschen Freude und Schutz zu schenken, hatte er keine Ahnung, was sie wollte.
Sie erklärte es ihm.
Daß Anton gerettet wurde, dafür müssen wir Gott dankbar sein.
Ich bin es.
Das Feuer hätte das ganze Haus zerstören können. Daß es nicht geschehen ist, auch dafür müssen wir ihm dankbar sein.
Das weiß ich, Elisabeth. Aber ich bin auch meinem Bruder dankbar. Wenn er nicht gewesen wäre, hätte es ein großes Unglück gegeben.
Feuer ist für unsere Dörfer immer eine schlimme Gefahr gewesen. Zahllose Häuser hat es zerstört, viele Menschen sind darin umgekommen. Auch Dein Elternhaus hat das Feuer vernichtet. Du gibst es nicht zu, aber ich weiß, daß es Dich schmerzt.
Was willst Du tun?
Ich will einen heiligen Florian haben. Mitten auf dem Dorfplatz. Gleich gegenüber unserem Hof. Groß, gut sichtbar, soll er auf einem Wiesenfleck stehen, in der einen Hand das brennende Haus, in der anderen den Wasserkrug, mit dem er den Brand löscht. Und Blumen will ich haben zu seinen Füßen, Blumen, die vom Frühling bis in den Herbst hinein blühen. Er wird uns vor dem Feuer schützen. Uns und unser Dorf.
Elisabeth sah anders aus als sonst. Freude und Begeisterung zeigten sich in ihrem Gesicht, machten es weich. Und doch bemerkte Mathias darin eine Spur von Angst. Die Angst, er könnte ihren Wunsch nicht verstehen, ihn

mißbilligen, und sie wäre wieder einmal gezwungen, sich gegen diese Verweigerung zu wehren. Er dachte eine Weile nach.
Wollen wir es gemeinsam tun?
Gemeinsam, antwortete Elisabeth mit einem Lächeln.
Auch Mathias lächelte, wenn auch nur mit den Augen. Aber Elisabeth hatte bereits Übung, dieses Lächeln zu erkennen.
Später dachte er oft an seinen Gang ins Stift, den er antrat, um den Abt von diesem Vorhaben zu unterrichten. Er sah sich durch den Herbsttag gehen, langsam den Johannishof durchwandern, sah das vom Nebel noch feuchte Gras, das sich verfärbende Laub der Bäume, spürte in seinem Gesicht jene eigenartig prickelnde Luft, die die kommende Kälte ankündigte. Er sah, wie er vor dem Hauptportal seine Schritte verlangsamte, sekundenlang zu den freundlichen Putten hinaufblickte, zu den Herzen, die sie als Zeichen der irdischen und der überirdischen Liebe in ihren Händen trugen und dann durch die Vorhalle in den Stiftshof trat. Seine Schritte wurden rascher, die leisen Geräusche des Brunnens erreichten ihn nicht, hastig lief er im Prälatentrakt die breite Treppe hinauf und blieb dann atemlos vor den Räumen des Abtes stehen.
Er wurde mit kühler Freundlichkeit empfangen.
Seit dem Tag des Gespendes war er nicht in diesen Räumen gewesen. Nichts hatte sich hier verändert. Berthold Reisinger war älter geworden, wie er auch. Noch immer stand zwischen ihnen das vertriebene Kind, der trotzige Schafknecht, der Gesetzlose. Noch immer stand zwischen ihnen das Wort: Du gehörst nicht hierher, das am Tag des Gespendes ausgesprochen wurde.
Das Vorhaben von Mathias und Elisabeth Palt erfreute Berthold Reisinger. Er sagte, er werde ihm seinen Segen erteilen und in der Kirche eine Messe lesen. Diese Ab-

sicht des Ehepaares, meinte er, sei von wahrer christlicher Gesinnung getragen, der heilige Florian werde durch seine sichtbare Anwesenheit das Dorf und seine Bewohner noch besser beschützen.
Mathias sah sich, als der Abt ihn verabschiedete, genauso den Raum verlassen wie am Tag es Gespendes. Rückwärts gehend, bis er die Tür erreicht hatte, das Gesicht dem Abt zugewendet.
Das Erinnern an damals, an sein Verhalten Mathias gegenüber, überfiel Berthold Reisinger plötzlich, und es beschämte ihn. Er ging auf Mathias zu, Mathias blieb stehen.
Es ist gut, daß Du wiedergekommen bist, sagte der Abt und gab ihm die Hand.
Die Steinfigur des heiligen Florian wurde im Sommer 1801 im Rahmen einer kirchlichen Feier und unter Anteilnahme der gesamten Einwohnerschaft auf dem Dorfplatz von Altenburg aufgestellt. Der heilige Florian zeigte sich so, wie Elisabeth es gewollt hatte, eindrucksvoll und Vertrauen erweckend, man konnte ihn nicht übersehen. In einem von Lorbeer umrahmten Medaillon waren auf seiner Rückseite die Namen der Stifter zu lesen: Mathias Palt und seine Ehewirtin Elisabeth.
Das neue Jahrhundert brachte den Menschen im Waldviertel gute und schlechte Zeiten wie die Jahrhunderte zuvor. Das Leben der Bauern wurde langsam besser, es gab Vergünstigungen, Erleichterungen von Seiten des Staates, von Seiten der Grundherren, aber auf die endgültige Freiheit, auf die Abschaffung von Zehent und Robot, mußten sie fast noch fünfzig Jahre warten. Sie zeigten weniger Geduld als früher, ihr Selbstbewußtsein war stärker geworden, Erfindungen, die ihnen die Arbeit erleichtern sollten, betrachteten sie immer noch mit Skepsis, waren aber eher bereit, sie anzunehmen. Naturkatastrophen, Infektionskrankheiten und Viehseuchen ge-

hörten weiter zu ihrem Dasein, und wenn sie Gott auch kurzfristig ihr Vertrauen entzogen, begaben sie sich doch stets erneut unter seinen Schutz.
Im Benediktinerstift Altenburg kämpfte Berthold Reisinger weiter mit einer Schuldenlast, die sich kaum verringerte, mit den Schäden und Verlusten, die durchziehende militärische Truppen im Laufe des lang anhaltenden Krieges verursachten.
Er sah sich aber immer wieder gestärkt durch das Vertrauen auf die Hilfe Gottes, sowie auf jenes, das seine Brüder in ihn setzten. Trotz der eigenen schwierigen wirtschaftlichen Lage, half er, so gut er konnte, den Untertanen in Zeiten der Not. Sein 50-jähriges Priesterjubiläum feierte er in aller Stille, um seinem Haus keine Kosten zu verursachen. Als ihm aber die außergewöhnliche Gnade zuteil wurde, das 50-jährige Jubiläum als Abt zu begehen, was bisher keiner seiner Vorgänger erleben durfte, fand im Stift ein großes, prächtig ausgerichtetes Fest statt, das Abt, Konventualen, wichtige geistliche und weltliche Persönlichkeiten einen Tag lang in dankbarer Freude vereinte. Nachher allerdings mußte Berthold Reisinger wegen der bedeutenden Ausgaben, die dieses Fest erfordert hatte, den Tadel hoher kirchlicher Stellen hinnnehmen. Zwei Jahre später starb er im Alter von zweiundachtzig Jahren.
Mathias Palt mußte sich in seiner neuen Lage als Mitbesitzer von Haus und Hof nicht erst zurechtfinden. Fast alles lief so wie vorher, man folgte seinen Anweisungen, man vertraute seiner Meinng. Öfter als früher besprach er sich mit Elisabeth über Anbau und Viehzucht, über den Zukauf von Äckern, über Verbesserungen an den Wirtschaftsgebäuden. Abends saß die Familie oft gemeinsam in der Stube, die Strenge des Vaters hatte nachgelassen. Auch der kleine Hans saß manchmal dabei, meistens hockte er in einer Ecke und hörte den

anderen zu. Am liebsten aber blieb er in seiner Kammer. Als die Kinder größer wurden und ihn nicht mehr so oft besuchten, machte er sich mit kleinen Arbeiten nützlich, er hackte Holz und spaltete es zu Spänen, er kehrte an Samstagen den Hof. Eines Tages begann er, Figuren aus Fichtenholz zu schnitzen, die ersten brachten ihn und die Kinder zum Lachen, bald gelangen sie ihm immer besser. Eine besonders geglückte, weiblich aussehende Figur behängte er mit bunten Flicken und setzte feinst zerschnittenes Stroh auf ihren Kopf. Er bat Mathias zu sich herein. Erkennst Du sie, fragte der kleine Hans und hielt ihm die Figur nah vor die Augen. Mathias antwortete nicht gleich. Ich erkenne sie, sagte er dann. Es ist Eva.

Mit seinem Sohn Josef hatte es Mathias nicht leicht, Josef ordnete sich den Anordnungen des Vaters nicht gern unter, er glaubte vieles besser zu wissen, er wurde leicht zornig und warf oft, die Beherrschung verlierend, das Arbeitsgerät aus der Hand. Mathias brauchte dann seine ganze Kraft, um ruhig zu bleiben. Wenn Josef sich wieder gefaßt hatte, war er Einwänden zugänglich, und es ging wieder eine Weile gut zwischen Vater und Sohn. Daß Josef einmal den Hof übernehmen würde, stand fest.

Das geschah früher, als Mathias gedacht hatte. Als Elisabeth an einem nassen, kalten Spätherbsttag vom Feld zurückkam, wohin sie Mathias, Josef und den Knechten, die mit dem Anbau der Wintergerste beschäftigt waren, das Jausenbrot gebracht hatte, begann sie zuerst leicht, dann immer stärker zu husten. Sie fieberte, und nach zwei Tagen stellte der aus Horn gerufene Arzt eine Lungenentzündung fest. Die Arzneien, die fiebersenkenden Wickel blieben wirkungslos. Oft drohte sie an den Hustenanfällen zu ersticken. Sie starb am fünften Tag der Krankheit, im zweiundsechzigsten Jahr. Während der

ganzen Zeit war Mathias, nur von kurzen Stunden des Schlafes unterbrochen, bei ihr.
Bald darauf verließ auch der kleine Hans die Welt. Ihm fehlte nichts, er war nicht krank, er hatte keine Schmerzen. Er stand einfach eines Morgens nicht mehr auf. Mathias glaubte in seinen Zügen die Gewißheit zu erkennen, endlich den Menschen zu finden, nach dem er ständig gesucht hatte.
Josef Palt verehelichte sich erst spät, mit dreiundvierzig Jahren. Längst hatte ihm Mathias den Hof übergeben, längst hatte Josef seinen Geschwistern den Anteil am Erbe ausgezahlt. Die Schwestern hatten, von einer ansehnlichen Mitgift begleitet, wieder in Bauernhöfe eingeheiratet, Johann unterhielt in einem Nachbardorf einen kleinen Laden. Wo sich Anton herumtrieb, wußte man nie genau. Er zog, wurde berichtet, von Ort zu Ort, predigte den Menschen, in Frieden miteinander zu leben, denn nur so könnten sie ihre Ängste verlieren. Manchmal tauchte er zu Hause auf, dann gab man ihm Geld, er brauchte nicht viel davon.
Mathias hatte sich ins Ausgedinge zurückgezogen, das Elisabeths Mutter längst verlassen hatte. Auf seinen Wunsch war es erweitert und bequemer gemacht worden. Er beobachtete die Arbeit seines Sohnes, meistens fand er gut, was er machte, und wenn er es nicht tat, übte er Kritik, die nicht verletzte. Er half, wenn man ihn darum bat, lieber aber war es ihm, wenn man ihn in Ruhe ließ und er sich seinen Büchern widmen konnte. Als endlich die Schwiegertochter ins Haus kam, als bald ein Enkel geboren wurde, freute er sich darüber. Aber er ließ sich nicht oft bei der Familie sehen. Auch nicht, als er spürte, daß er alt wurde. Er ordnete sich ein, aber er gab sich nicht auf.
Wenn er den Hof verließ, ging er am Stift vorbei und dann quer über die Felder. Er fühlte dabei Fran an sei-

ner Seite, beschritt in Gedanken wieder die vielen gemeinsamen Wege mit ihm und wußte, daß er sie alle hatte gehen müssen, um dort, wo er nun lebte, zu Hause zu sein.

Impressum:

Die Literaturedition Niederösterreich wird von der Abteilung für Kultur und Wissenschaft des Amtes der NÖ Landesregierung herausgegeben.
Lektorat: Gerhard Winkler.
Betreuung: Gerhard Winkler und Gabriele Ecker.
Umschlaggestaltung: Gerhard Winkler nach einem Bild von Hubert Aratym.
Satz und Layout des Textes: Peter Seeberg.
Druck- und Gesamtherstellung: Druckerei Ing. Christian Janetschek,
A-3860 Heidenreichstein.

ISBN: 3-90111748-2

niederösterreich kultur

Die Rechte liegen bei der Autorin, die Rechte für diese Ausgabe bei

©LITERATUREDITION NIEDERÖSTERREICH A-3109 ST. PÖLTEN 2000